D0949593

ENGLISH—HUNGARIAN
HUNGARIAN—ENGLISH
DICTIONARY

ANGOL—MAGYAR MAGYAR—ANGOL SZÓTÁR

ELSŐ RÉSZ

ANGOL—MAGYAR

HIPPOCRENE BOOKS
NEW YORK

ENGLISH—HUNGARIAN
HUNGARIAN—ENGLISH
DICTIONARY

PART ONE

ENGLISH—HUNGARIAN

HIPPOCRENE BOOKS
NEW YORK

Edited by

TAMÁS MAGAY

ILONA MENTL   SÁNDOR SKRIPECZ

OTTÓ RÁTZ   BÉLA VÉGH

ISBN 0 88254 986 3

Co-edition of Hippocrene Books New York and
Akadémiai Kiadó Budapest

Copyright by Akadémiai Kiadó, Budapest 1972

HIPPOCRENE BOOKS, Inc.
171 Madison Ave.
New York, NY 10016

Printed in Hungary

PREFACE

The aim of the English—Hungarian part of this dictionary is to give a selection of words and phrases the tourist is bound to need when visiting Hungary. It is not just a word-list, but combines essential vocabulary with a phrase-book in dictionary form, for the quickest reference possible. To mention just a few of the situations covered: bookings, travelling by train, bus, or plane, driving, car repairs, changing money, customs formalities, asking one's way, finding accommodation, eating and drinking, shopping, camping, sightseeing, holidaying by Lake Balaton, going to the theatre or concerts, attending congresses, summer schools, sporting events, and the like.

The simple way of presenting English idioms and short sentences taken from actual life enables any user with little or no knowledge of Hungarian to make himself understood. There is, however, one practical hint as far as grammar is concerned: all verbs have been given in their infinitive form. Inflected forms (of verbs as well as nouns) occur only in the phrases or sentences.

Since the dictionary is primarily intended for English speakers, the pronunciation of Hungarian words and phrases has been given (where necessary) in a form that will enable the user to s a y what is required.

It is sincerely hoped that this little dictionary, which is limited to some 10 000 words and phrases, will indeed help rather than puzzle or annoy its users.

Numerals, together with conversion tables for weights and measures etc. are given in the Appendix.

We hope you will have an enjoyable time in Hungary.

A MAGYAR HASZNÁLÓ FIGYELMÉBE

Ez a kis szótár a mindennapi élet legszükségesebb általános, valamint az utazás és idegenforgalom speciális szókincsét tartalmazza. De szótárunkban nemcsak szavakat, hanem sajátos angol fordulatokat, kifejezéseket és példamondatokat is talál a használó. Így ez a kis mű egyszersmind társalgási zsebkönyv is — szótári formában.

Az angol—magyar részben mindenekelőtt az angol ajkú használót tartottuk szem előtt. Ezért a *magyar* szavak és kifejezések kiejtését adtuk meg, s a magyarázatokat angolul közöltük. Reméljük, ez nem zavarja majd a magyar használót az angol szavak és kifejezések helyes magyar fordításainak megtalálásában. Az angol szavak kiejtését a magyar—angol részben tüntettük fel.

PHONETIC RESPELLING

In Hungarian each letter always has the same sound value, and is clearly pronounced. There exist no "mute" vowels; even final vowels are fully pronounced.

Thus, in the phonetic respelling which follows the Hungarian words [in square brackets] every symbol is to be pronounced. This system of respelling consists mainly of the ordinary letters of the English alphabet. The important thing is that *each symbol (i.e. letter or combination of letters) represents one sound only, and each sound is always represented by the same symbol.*

In those cases where the respelling would coincide with the spelling of the Hungarian word, it has been omitted.

In Hungarian double length in the case of consonants is shown by doubling the letter, or, where the sound is represented by two letters, by doubling the first; similarly in the phonetic respelling (e.g. Hungarian 'annál' is pronounced double long, as in English 'unnatural').

Accent has not been marked in the phonetic respelling. *In Hungarian stress always falls on the first syllable of the word.*

Short hyphens in the phonetic respelling are used to mark off compound words or verbal prefixes, or to break (longer) words into more easily pronounced segments.

KEY TO PHONETIC RESPELLING

Only those symbols are given in the key, which might be unfamiliar to the English speaker. All the other letters used in the respelling have the same sound value as in English.

Phonetic symbols	APPROXIMATE PRONUNCIATION
â	short, darker than *a* in *card*
aa	long, as in *are*, *father*, but more open
ai	as in French *thé*, *plaît*, or *café* (similar to the sound of English *bait*)
aw	as in *awful*
ay	as in *day*
ch	as in *church*
dj	as in *due*, *Rudyard*
e	short, between *bed* and *bad*, fully pronounced (even in final position !)
ee	long, as in *meet*
er	as in *air* only short and with the *r* rolled
g	as in *go*, *get*
h	always pronounced, as in *hot*
i	short, as in *bit*, only somewhat tenser (but never as in *night* !)
nj	as in *new*, *onion*, *lenient*, or the French *peigne*
o	short, as in the Scottish pronunciation of *hot*, *dog*
oo	as in *good* or *too*
ou	as in *out*, *now*
ö	short, as in French *de*, *neuf*, similar to English *the*
ő	long, as in French *peu*, *veut*, similar to English *bird*
r	always rolled, as in Scots

Phonetic symbols	APPROXIMATE PRONUNCIATION
s	as in *so*
sh	as in *she*
tj	as in *tube*
ts	as in *bits, tsetse*
ü	short, as in French *punir* (round lips for *oo* and try to pronounce *ee*!)
ű	long, as in French *rue*
y	as in *yes, you* (but never *i* as in *lady*!)
z	as in *zero, his*
zh	as *s* in *measure, pleasure*

ABBREVIATIONS AND SIGNS
RÖVIDÍTÉSEK ÉS JELEK

a adjective   melléknév [mellaik-naiv]
adv adverb   határozószó [hâtaarozaw-saw]
conj conjunction   kötőszó [kötő-saw]
fam. familiar use   bizalmas szóhasználat [bizâl-mâsh saw-hâsnaalât]

GB British usage   brit szóhasználat [saw-hâs-naalât]

kb körülbelül   approximately
n noun   főnév [fő-naiv]
prep preposition   elöljáró [elöl-yaaraw]
pron pronoun   névmás [naivmaash]
sby somebody   valaki [vâlâki] *(vki)*
sth something   valami [vâlâmi] *(vmi)*
swhere somewhere   valahol [vâlâhol] *(vhol)*
v verb   ige
vhol valahol [vâlâhol]   somewhere *(swhere)*
vhová valahová [vâlâ-hovaa]   somewhere (= to a place) *(swhere)*
vki valaki [vâlâki]   somebody *(sby)*
vmi valami [vâlâmi]   something *(sth)*
US American usage   amerikai szóhasználat [âmerikâ-i saw-hâsnaalât]

~   represents the entry word or words
a címszót pótolja (akár egy akár több szóból áll)

/   joins the interchangeable words in a phrase
egymással felcserélhető szavakat kapcsol össze

→ see under
lásd még, lásd ott

[ ] indicate the pronunciation of Hungarian words
or phrases
a magyar szavak és szókapcsolatok kiejtését
tartalmazza

( ) indicate
a) (in *italics*) explanations of the various
meanings
b) possible omissions in English words or phrases
and/or their Hungarian translations, in order
to save space

tartalmazza

a) a dőlt betűs magyarázatokat
b) az angol szavak és szókapcsolatok illetve
magyar megfelelőik elhagyható elemét —
helynyerés céljából

A

a, an egy [edj]

A.A. Automobile Association, *(in Hungary:)* Magyar
Autóklub [mâdjâr outaw-kloob]; ~ **member** (autó)-
klubtag [(outaw)kloobtâg]; ~ **patrol(man)** segély-
kocsi [shegaykochi], „sárga angyal" [shaargâ ân-
djâl]

abbey apátság [âpaat-shaag]

abbreviation rövidítés [rövideetaish]

ability képesség [kaipesshaig]

able tud; **is ~ to play** tud játszani [tood yaatsâni]

aboard *(ship)* hajón [hâyawn], *(plane)* repülőgépen
[-gaipen], *(train)* vonaton [vonâton]; **go ~** *(ship)*
hajóra szállni [hâyawrâ saalni], beszállni [-saalni],
(train, plane) beszállni [-saalni]; **all ~!** beszállás
[-saalaash]!

about *(approximately)* körülbelül; **what is it ~?** miről
szól [sawl]?; **what ~ a cup of tea?** mit szólna egy
csésze teához [mit sawlnâ edj chai-se teyaahoz]?;
he is ~ to leave indulni készül [indoolni kaisül]

above felett, fent

abroad *(in)* külföldön, *(to)* külföldre; **travel ~** kül-
földre utazni [ootâzni]; **from ~** külföldről; **tourists
from ~** külföldi turisták [toorishtaak]

absence távollét [taavollait]

absent távol [taavol]

absolutely teljesen [telyeshen]

academy akadémia [âkâdaimiyâ]

accelerate gyorsítani [djorsheetâni]

acceleration gyorsulás [djorshoolaash]; gyorsítás [djorsheetaash]

acceleration lane gyorsítósáv [djorsheetaw-shaav]

accelerator (pedal) gázpedál [gaazpedaal]

accent *(stress)* hangsúly [hång-shooy]; *(pronunciation)* kiejtés [ki-eytaish]

accept elfogadni [-fogâdni]

accessories kellékek [kellaikek], tartozékok [târtozaikok], alkatrészek [âlkâtraisek]

access (road) ráhajtó út [raa-hâytaw oot], megközelítő [meg-közeleető] út; bekötőút

accident baleset [bâleshet]; **I want to report an ~** egy balesetet szeretnék bejelenteni [edj bâleshetet seretnaik beyelenteni]

accidentally véletlenül [vailetlenül]

accident insurance balesetbiztosítás [bâleshet-bistosheetaash]

accident-report form kárfelvételi jegyzőkönyv [kaarfelvaiteli yedjzőkönjv]

accommodate elhelyezni [-heyezni], elszállásolni [-saalaasholni], szállást adni [saalaasht âdni]

accommodation elszállásolás [-saalaasholaash], elhelyezés [-heyezaish], szállás(hely) [saalaash(hey)]; **~ will be provided** szállás biztosítva [bistosheetvá]; **~ for fifty people** ötven férőhely [fairőhey]

accommodation fee szállásdíj [saalaash-deey]

accompany elkísérni [-keeshairni], vele menni; **accompanied by . . .** *(children)* vele utazó (gyermekei) . . . [vel-e ootâzaw (djermekeyi)]

accordingly megfelelően

according to szerint [serint]

account *(money)* számla [saamlâ]; **I have an ~ at the . . . bank** folyószámlám van a . . . bankban [foyawsaamlaam vån â . . . bânkbân]; **on ~ of** miatt [miyâtt]; **on no ~** semmi esetre sem [shemmi eshetre shem]; **take into ~** tekintetbe venni

accountant könyvelő [könjvelő]
accumulator akkumulátor [âkkoomoolaator], akku [âkkoo]
accuse vádolni [vaadolni]
get **accustomed** *to* hozzászokni [hozzaa-sokni] (vmihez)
ache fájni [faayni]; **my ear** ~s fáj a [faay â] fülem
achieve végrehajtani [vaigre-hâytâni], teljesíteni [tel-yesheeteni]
acid sav [shâv]
acid level savszint [shâvsint]
acknowledge *(receipt)* igazolni [igâzolni], nyugtázni [njooktaazni]
acknowledgement elismervény [elishmervainj]
acquaintance *(person)* ismerős [ishmerősh]; *(knowledge)* tudás [toodaash]
be **acquainted** *with* ismerni [ishmerni] (vkit, vmit)
across át [aat]; ~ **the street** a túloldalon [â toololdâlon]
act 1. *n (sth done)* tett; *(theatre)* felvonás [felvonaash] **2.** *v* cselekedni [chelekedni]
action tett; **is out of** ~ nem működik
active tevékeny [tevaikenj]
activity elfoglaltság [elfoglâlchaag]
actor színész [seenais]
actress színésznő [seenaisnő]
actual valóságos [vâlaw-shaagosh]
actually valóban [vâlawbân], ténylegesen [tainjlege-shen]
add hozzátenni [hozzaa-]
addition összeadás [össe-âdaash]; **in** ~ **to** ráadásul [raa-âdaashool], továbbá [tovaabbaa], ...n felül
additional további [tovaabbi], utólagos [ootawlâgosh]; **each** ~ ... minden további ...
address 1. *n* cím [tseem], lakcím [lâk-tseem]; *(speech)* beszéd [besayd]; **your** ~ **please** kérem a címét [kairem â tseemait] **2.** *v* (meg)címezni [-tseemezni]
addressee címzett [tseemzett]

adequate megfelelő, kellő
adhesive tape ragasztószalag [rágástaw-sálág]
adjective melléknév [mellaik-naiv]
adjoining szomszédos [somsaidosh]
adjust beigazítani [-igázeetáni], beállítani [-aaleetáni]
adjustable állítható [aaleet-hátaw]
admission belépés [-laipaish]; **price of ~** belépti díj
  [belaipti deey], belépődíj [belaipő-deey]; **~ free** a
  belépés díjtalan [á belaipaish deeytálán]
admit *(let in)* beengedni; *(agree)* elismerni [-ishmerni]
admittance bemenet
adult felnőtt
advance *(progress)* haladás [háládaash], elő(bb)rejutás
  [-yootaash]; **in ~** előre, kellő időben; **~ (money)** előleg
advance booking helyfoglalás [heyfoglálaash], előjegy-
  zés [-yedjzaish]; *(buying)* jegyelővétel [yedj-elő-
  vaitel], előreváltás [-vaaltaash]
advantage előny [előnj]
adventure kaland [káland]
advertise hirdetni
advertisement hirdetés [hirdetaish], reklám [reklaam]
advice tanács [tánaach]
advisable tanácsos [tánaachosh], ajánlatos [áyaanlá-
  tosh]
advise ajánlani [áyaanláni]; **you are ~d to** ... aján-
  latos ... [áyaanlátosh], tanácsos ... [tánaachosh]
aerial antenna [ántennâ]
aeroplane repülőgép [-gaip]
affair ügy [üdj]
afford nyújtani [njooytáni]; **I can't ~ it** nem enged-
  hetem meg magamnak [mágámnák], nincs rá pénzem
  [ninch raa painzem]
be **afraid** félni [failni]; **I'm ~** ... attól tartok, hogy ...
  [áttawl tártok, hodj], sajnos ... [sháynosh]
Africa Afrika [áfriká]
African afrikai [áfrikáyi]

after 1. *adv, prep* . . . után [ootaan]; ~ **breakfast** reggeli után [ootaan]; ~ **that** azután [âzootaan]; **he came** ~ **me** utánam jött [ootaanâm yött] **2.** *conj* miután [miyootaan]

afternoon délután [dailootaan]; **in the** ~ délután [dailootaan]; ~ **free** szabad délután [sâbâd dailootaan]. **a [â]** délután szabad

after-shave lotion borotválkozás utáni arcvíz [borotvaalkozaash ootaani ârts-veez]

afterwards azután [âzootaan], később [kaishőbb]

again újra [ooyrâ]

against ellen; **I want something** ~ **toothache** kérek valamit fogfájás ellen [kairek vâlâmit fogfaayaash ellen]

age kor; **ten years of** ~ tízéves [teez-aivesh]

aged . . . kora [korâ] . . . ; ~ **17 (years)** tizenhét (éves) [tizenhait (aivesh)]

age limit korhatár [kor-hâtaar]

agency iroda [irodâ], jegyiroda [yedj-irodâ]; társaság [taar-shâshaag], ügynökség [üdjnök-shaig]

agent ügynök [üdjnök], képviselő [kaipvishelő]

ago ezelőtt; **ten years** ~ tíz évvel ezelőtt [teez aivvel ezelőtt]; **I arrived only a few days** ~ csak pár napja érkeztem [châk paar nâpyâ airkeztem]

agree *(with)* megegyezni [-edjezni], *(to)* beleegyezni [bel-e-edjezni]

agreeable kellemes [kellemesh]

agreement megállapodás [-aalâpodaash]

agriculture mezőgazdaság [-gâzdâshaag]

ahead *(to)* előre; *(at)* elöl; '~ **only**' kötelező haladási irány [kötelező hâlâdaashi iraanj]; **go** ~ **!** *(start)* kezdje [kezdye]!; **induljon** [indoolyon]!; *(continue)* folytassa [foytasshâ]!

aid segítség [shegeet-shaig]

aidpoint, aid station műszaki segélyhely [műsâki shegay-hey]

2

aim 1. *n* cél [tsail] **2.** *v (at)* szándékozni [saandaikozni]
air levegő; **by ~** repülőgéppel [-gaippel]
air bed gumimatrac [goomimâtrâts]
air-conditioned légkondicionált [laig-konditsi-onaalt]
air-conditioning légkondicionálás [laig-konditsi-onaa-laash], klímaberendezés [kleemâ-berendezaish]
air cooling léghűtés [laig-hűtaish]
aircraft repülőgép [-gaip]
airfield repülőtér [-tair]
air filter légszűrő(betét) [laigsűrő(betait)]
air hostess légikisasszony [laigi-kishâssonj], stewardess
air letter légipostai levél [laigi-poshtâyi levail]
airline *(route)* légi útvonal [laigi ootvonâl]; *(company)* légitársaság [laigitaarshâshaag]
airline office városi iroda [vaaroshi irodâ]
airliner utasszállító (repülő)gép [ootâsh-saaleetaw (repülő)gaip], utasgép [ootâsh-gaip]
airmail légiposta [laigi-poshtâ]; **by ~** légipostával [laigi-poshtaavâl]
air passenger légiutas [laigi-ootâsh]
atrplane *(US)* repülőgép [-gaip]
airport repülőtér [-tair]; **to the~, please !** kérem vigyen a repülőtérre [kairem vidjen â repülőtair-re] !; **~ of arrival** érkezési repülőtér [airkezaishi repülő-tair]; **~ of departure** indulási repülőtér [indoolaashi repülőtair]
airport bus repülőtéri autóbusz [repülőtairi outaw-boos]
airport fee/tax, airport service charge repülőtéri illeték [repülőtairi illetaik], repülőtérhasználati díj [repülő-tair-hâsnaalâti deey]
air pump pumpa [poompâ]
airsick légibeteg [laigibeteg]
airsickness légibetegség [laigi-beteg-shaig]
air terminal városi iroda [vaaroshi irodâ]
air ticket repülőjegy [-yedj]

air transport légi szállítás [laigi saaleetaash]
airways →airline
aisle *(cathedral)* oldalhajó [oldâl-hâyaw]; *(US)*
(corridor) folyosó [foyoshaw]
à la carte étlap szerint [aitlâp serint]
alarm (cord) vészfék [vaisfaik]
alarm-clock ébresztőóra [aibrestő-awrâ]
alcohol alkohol [âlkohol], szeszes ital [sesesh itâl]; ∼
content szesztartalom [sestârtâlom]
alcoholic drink szeszes ital [sesesh itâl]
ale világos sör [vilaagosh shör]
alien külföldi
Aliens Registration Office Külföldieket Ellenőrző
Országos Központi Hivatal, KEOKH [ke-ok]
alight leszállni [lesaalni]
alike 1. *a* egyforma [edjformâ] **2.** *adv* ugyanúgy [oodjân-
oodj]
alive élő [ailő]; életben [ailetben]
all egész [egais], összes [össesh], minden; **that's** ∼
ennyi az egész [ennji âz egais], mást nem kérek
[maasht nem kairek]; **we** ∼ mindnyájan [minnjaa-
yân]; ∼ **day** egész nap [egaisnâp]; ∼ **night** egész éjjel
[egais ay-yel]; ∼ **right** rendben van [vân]; ∼ **the time**
egész idő alatt [egais idő âlâtt]; **not at** ∼ *(politely)*
szívesen [seeveshen], nincs mit [ninch mit]
allergy allergia [âllergiâ]
alley fasor [fâ-shor]
all-inclusive tour →inclusive
allow megengedni; **please** ∼ **me to** ... engedje meg
kérem ... [engedye meg kairem]; **be** ∼**ed to** ...
szabad ... [sâbâd], meg van [vân] engedve, hogy ...
[hodj]
allowance →free
almond mandula [mândoolâ]
almost majdnem [mâydnem]
alone egyedül [edjedül]

2*

along . . . mentén [mentain]; ~ **Lake Balaton** a Balaton mentén [â bâlâton mentain]; ~ **with** együtt [edjütt] . . . vel/-val

already már [maar]

also is [ish], szintén [sintain]

altar oltár [oltaar]

alter megváltoztatni [-vaaltoztàtni], módosítani [mawdosheetâni]

alteration (meg)változtatás [-vaaltoståtaash]; módosulás [mawdoshoolaash]

alternate váltakozó [vaaltâkozaw]; ~ **parking** váltakozó várakozás [vaaltâkozaw vaarâkozaash]

although bár [baar]

altitude magasság [mâgâsshaag]

altogether összesen [össeshen]

always mindig

am →**be**

a.m. délelőtt (de.) [dailelött]; **10.00 a.m.** délelőtt 10 óra(kor) [dailelőtt teez awrâ(kor)]

amateur amatőr

ambassador nagykövet [nâdj-követ]

amber *(colour)* sárga [shaargâ]; ~ **light** sárga fény [shaargâ fainj]

ambulance *(car)* mentőautó [-outaw]; *(institution)* mentők

America Amerika [âmerikâ]

American amerikai [âmerikâyi]

among között

amount összeg [össeg]

amuse szórakoztatni [sawrâkostatni]

amusement szórakozás [sawrâkozaash], szórakozási lehetőség [sawrâkozaashi lehetőshaig]

amusing szórakoztató [sawrâkoståtaw]

anaesthetic *(local)* (helyi) érzéstelenítő [(heyi) airzaishteleneető]

anchor horgony [horgonj]

ancient régi [raigi]

and és [aish]

angle[1] *n (corner)* szög [sög]

angle[2] *v (fish)* horgászni [horgaasni]

angler horgász [horgaas]

angling horgászás [horgaasaash]

angry mérges [mairgesh], dühös [dühösh]

animal állat [aalát]; "~s crossing" „Vigyázat! kísérő nélküli állatok" [vidjaazát! keeshairő nailküli aalátok]; "vadcsapás" [vád-châpaash]

ankle boka [bokâ]; **twisted his ~** kificamította a bokáját [-fitsâmeetottâ â bokaayaat]

anniversary évforduló [aiffordoolaw]

announce bejelenteni [-yelenteni]

announcement bejelentés [-yelentaish]

announcer bemondó [bemondaw]

annoying bosszantó [bossântaw]

annual évi [aivi]; egy évre szóló [edj aiv-re saw-law]

another (egy) másik [(edj) maashik]; *(one more)* még egy [maig edj]; one ~ egymást [edjmaasht]

answer 1. *n* válasz [vaalâs], felelet 2. *v* válaszolni [vaalâsolni]; felelni

ant hangya [hândjâ]

antibiotic antibiotikum [ânti-biyotikoom]

anti-freeze (mixture) fagyálló (folyadék) [fâdjaalaw (foyâdaik)]

antique 1. *a* régi [raigi], antik [ântik] 2. *n* régiség [raigishaig], antik tárgy [ântik taardj]

antique shop régiségkereskedés [raigi-shaig-kereshkedaish]

antiquity régiség [raigishaig]

antiseptic fertőtlenítő [fertőtleneető]

anxious aggódó [âggawdaw]; I am ~ to see you alig várom, hogy láthassam [âlig vaarom, hodj laathâsshâm]

any valami [vâlâmi]; **have you ~ money?** van pénze

[vân pain-ze]?; **no, I haven't~** nincs semmi pénzem
[ninch shemmi painzem]; **~ day** bármely nap(on)
[baarmey nâp(on)]; **at~ time** bármikor [baarmikor];
in ~ case mindenesetre [-eshetre]
anybody, anyone bárki [baarki]
anyhow *(in any case)* mindenesetre [-eshetre]; külön-
ben is [ish]
anything valami [vâlâmi], bármi [baarmi]
anyway mindenesetre [-eshetre]
anywhere bárhol [baar-hol]
apart from vmitől eltekintve, vmin kívül [keevül]
apartment lakosztály [lâkostaay]; *(US) (flat)* lakás
[lákaash]
apologize bocsánatot/elnézést kérni [bochaanâtot/el-
naizaisht kairni]
appeal to fordulni [fordoolni] vkihez
appear megjelenni [-yelenni]; *(seem)* látszik [laatsik]
appearance megjelenés [-yel-enaish], külső [külshő]
appendicitis vakbélgyulladás [vâkbail-djoollâdaash]
appetite étvágy [aitvaadj]
applaud tapsolni [tâp-sholni]
applause taps [tâpsh]
apple alma [âlmâ]
apple-pie almás lepény [âlmaash-lepainj]
applicant kérvényező [kairvainjező]; *(for visa)* vízum-
kérő [veezoom-kairő]
application kérvény [kairvainj], kérelem [kairelem];
(use) alkalmazás [âlkâlmâzaash]; **~ for visa** vízum-
kérelem [veezoom-kairelem]; **~s should be made
ᵗo . . .** jelentkezni lehet . . . [yelentkezni le-het]
application form (kérvény)űrlap [(kairvainj)űrlâp];
jelentkezési lap [yelentkezaishi lâp]; *(for visa)*
vízumkérőlap [veezoomkairő-lâp]
apply 1. ~ to sby for sth vkitől kérni [kairni] vmit,
kérvényt benyújtani [kairvainjt benjooytâni] vki-
hez; **~ for a visa** vízumot kérni [veezoomot kairni];

where should I ~? kihez fordulhatok [fordoolhâ-tok]?, hová kell benyújtani a kérelmet [hovaa kell benjooytâni â kairelmet]?; **~ to the KEOKH** a KEOKH-hoz kell fordulni [â ke-ok-hoz kell fordoolni]; **(sth) applies to sth** érvényes [airvainjesh] vmire, vonatkozik [vonâtkozik] vmire; **this does not ~ to you** ez nem vonatkozik [vonâtkozik] önre **2.** *(put to use)* alkalmazni [âlkâlmâzni]

appoint kinevezni

appointed kijelölt [kiyelölt]

appointment megbeszélés [-besailaish], megbeszélt [-besailt] időpont; randevú [rândevoo]; **make an ~ with** *(sby)* megbeszélni egy időpontot [meg-besailni edj időpontot] (vkivel); **have an ~ with . . .** megbeszélt egy időpontot/találkozót [meg-besailt edj idő-pontot/talaalkozawt] vkivel; *(with a dentist etc.)* be van jelentve (a fogorvosnál etc.) [be vân yelentve (â fogorvoshnaal)]

appreciate értékelni [airtaikelni]

approach közeledni (vmihez)

approval jóváhagyás [yaw-vaa-hâdjaash]

approximate megközelítő [-közeleető], hozzávetőleges [hozzaavetőlegesh]

approximately hozzávetőleg [hozzaavetőleg], körül-belül

apricot sárgabarack [shaargâ-bârâtsk]

April április [aaprilish]; **on ~ 7th/8th** április 7-én/8-án [aaprilish hetedikâin/njoltsâdikaan]

apron kötény [kötainj]

arch (bolt)ív [-eev]

architecture építészet [aipeetaiset]

are →**be**

area terület

area code körzeti hívószám [heevaw-saam]

argue vitatkozni [vitâtkozni], érvelni [airvelni]

argument érv [airv], *(debate)* vita [vitâ]

arise *(from)* eredni, származni [saarmâzni] (vmiből)
arm kar [kâr]
armchair fotel, karosszék [kârosh-saik]
arm signals karjelzések [kâr-yelzaishek]
army hadsereg [hâd-shereg]
around . . . körül, *(approx.)* körülbelül
arrange elintézni [-intaizni]; *(organize)* (meg)szervezni [-servezni]; ~ **for sby** elintézni [-intaizni] vki számára [saamaarâ], *(secure)* biztosítani [bistosheetâ-ni] vki számára [saamaarâ]; ~ **with sby** megbeszélni [-besailni] vkivel; **we ~d a meeting** megbeszéltünk egy találkozót [megbesailtünk edj talaalkozawt]
arrangement *(preparation)* intézkedés [intaizkedaish], megbeszélés [-besailaish], előkészület [-kaisület]; **make ~s** intézkedni [intaizkedni]; **make ~s (with sby) for sth** megbeszélni/elintézni [meg-besailni/elintaizni] vmit vkivel
arrest letartóztatni [-târtawztâtni]
arrival (meg)érkezés [-airkezaish]; ~**s** *(as a notice)* érkezik [airkezik]; **on ~** érkezéskor [airkezaish-kor]; **on ~ day** az érkezés napján [âz airkezaish nápyaan]
arrive (meg)érkezni [-airkezni] *(at* vhová, . . . ba, . . . be); **when does the train (bus, ship, plane) ~ from . . . ?** mikor érkezik a vonat (busz hajó, repülőgép) . . . ból/ . . . ből? [mikor airkezik â vonât (boos, hâyaw, repülőgaip) . . . bawl/. . . ből]?; **(s)he has ~d** megérkezett [-airkezett]; ~ **late** későn érkezni [kaishőn airkezni], elkésni [-kaishni]
arrow nyíl [njeel]
art művészet [művaiset]
art gallery képtár [kaiptaar]
article cikk [tsikk], tárgy [taardj]; *(piece of writing)* cikk [tsikk]; ~**s for personal use** használati tárgyak [hâsnaalâti taardjâk]; **various ~s** különféle (áru)-cikkek [különfai-le (aaroo)tsikkek]
artist művész [művais]

art relic műemlék [mű-emlaik]
as *(when)* (a)mint [(â)mint], *(because)* mivel; ~ **for**
ami [âmi] . . . t illeti; ~ **far** ~ amennyire [âmennji-
re]; ~ **much** ~ legalább [legâlaab]; ~ **soon** ~ mihelyt
[miheyt]; ~ **well is** [ish]; ~ **well** ~ valamint [vâlâ-
mint]
ascend (fel)emelkedni
ash(es) hamu [hâmoo]
be **ashamed** *of* szégyellni [saidjelni] vmit
go **ashore** partra szállni [pârtrâ saalni], kiszállni
[-saalni]; **I want to go** ~ **at** . . . szeretnék kiszállni
[seretnaik kisaalni] . . . ben/. . . ban
ashtray hamutartó [hâmootârtaw]
Asia Ázsia [aazhiâ]
aside félre [fail-re]
ask *(question)* (meg)kérdezn i [-kairdezni]; *(request)*
kérni [kairni]; **may I** ~ **you a question?** kérdezhetek
valamit [kairdez-hetek vâlâmit]?; ~ **about/after**
érdeklődni [airdeklődni] . . . felől; **did anyone** ~
for me? keresett valaki [kereshett vâlâki]?
be **asleep** (mélyen) alszik [(mayen) âlsik]
asparagus spárga [shpaargâ]
assembly gyűlés [djűlaish]
assent beleegyezés [be-le-edjezaish]
assist támogatni [taamogâtni], segíteni [shegeeteni]
assistance támogatás [taamogâtaash], segítség [she-
geet-shaig]
assistant segéd [shegaid]
association egyesület [edjeshület]
assure biztosítani [biztosheetâni]; **I can** ~ **you** bizto-
síthatom [biztosheet-hâtom] önt
at *(place)* -on, -en, -ön, -n; *(time)* -kor; ~ **10.00 p.m.**
este tíz órakor [esh-te teez awrâkor]; ~ **ten thirty**
tíz óra harminckor [teez awrâ hârmintskor]; ~ **the**
post-office a postán [â poshtaan]; **not** ~ **all** *(politely)*
szívesen [seeveshen], nincs mit [ninch mit]; ~ **first**

először [elősör]; ~ **home** otthon [ott-hon]; ~ **last**
végre [vaig-re]; ~ **least** legalább [legålaab]; ~ **night**
éjjel [ay-yel], éjszaka [aysåkå]; ~ **once** azonnal
[åzonnål]
ate →eat
athlete atléta [åtlaitå]
athletics atlétika [åtlaitikå]
atlas térkép [tairkain], atlasz [åtlås]
attach hozzácsatolni [hozzaa-chåtolni], odaerősíteni
[odå-erősheeteni]
attaché attasé [åttåshai]
attaché case aktatáska [åktåtaashkå]
attack 1. n támadás [taamådaash] **2.** v támadni [taa-
mådni]
attempt megkísérelni [-kee-shairelni]
attend *(be present)* részt [raist] venni, jelen [yelen]
lenni; *(a performance)* megnézni [-naizni]; *(look
after)* ellátni [ellaatni], gondozni; *(wait upon)* ki-
szolgálni [kisolgaalni]; ~ **a lecture** meghallgatni egy
előadást [-hålgåtni edj elő-ådaasht]
attendant *(at a cinema)* jegyszedő [yedj-sedő]; *(at a
petrol station)* (benzin)kútkezelő [(benzin)koot-
kezelő], benzinkutas [-kootåsh]
attention figyelem [fidjelem]
attorney ügyvéd [üdjvaid]
attract vonzani [vonzåni]
attraction varázs [våraazh]
attractive vonzó [vonzaw]
auction árverés [aarveraish]
audience közönség [közön-shaig]
August augusztus [ougoostoosh]; **on ~ 7th/8th** auguszt-
tus 7-én/8-án [ougoostoosh hetedikain/njoltsådi-
kaan]
aunt nagynéni [nådjnaini]
Australia Ausztrália [å-oostraaliyå]
Australian ausztráliai [å-oostraaliyå-i]

Austria Ausztria [â-oostriyâ]
Austrian osztrák [ostraak]
author szerző [serző]
authorities hatóságok [hâtaw-shaagok]
automatic automata [outomâtâ], automatikus [outo-
   mâtikoosh]; ~ **gear-changer** *(or* **shift)** automata
   seb(esség)váltó   [outomâtâ sheb(esshaig)vaaltaw]
automobile *(US)* autó [autaw], (gép)kocsi [(gaip)kochi]
Automobile Club autóklub [outaw-kloob]
automobile registration *(US)* forgalmi engedély [for-
   gâlmi engeday]
autumn ősz [ős]; **in** ~ ősszel [össel]
available kapható [kâp-hâtaw], rendelkezésre álló
   [rendelkezaishre aalaw], igénybe vehető [igainjbe
   vehető]
avenue fasor [fâshor], sugárút [shoogaaroot]
average átlag [aatlâg]
avoid elkerülni
await várni [vaarni]; **I am ~ing your news** értesítését
   várom [airtesheetai-shait vaarom]
awake 1. *a* **be** ~ ébren van [aibren vân] **2.** *v. (stop
   sleeping)* felébredni [fel-aibredni]; *(wake sby up)*
   felébreszteni [-aibresteni], felkelteni
awaken →**awake 2.**
be **aware** *(of)* tudatában van [toodâtaabân vân]
   (vminek)
away el; **is** ~ *(from home)* nincs otthon [ninch ott-hon]
awful borzasztó [borzâstaw]
awfully borzasztóan [borzâstaw-ân], nagyon [nâdjon]
awkward kínos [keenosh], kellemetlen
axe balta [bâltâ], fejsze [feyse]
axle tengely [tengey]
axle weight tengelynyomás [tengey-njomaash]

B

baby kisbaba [kishbâbâ]
baby-sit gyermeket [djermeket] őrizni
baby-sitter pótmama [pawtmâmâ], gyermekőrző [djer-mekőrző]
bachelor nőtlen ember, agglegény [âglegainj]
back 1. *adv* vissza [vissâ]; **(s)he is ~** ő visszajött [vissâ-yött]; **come ~** ! jöjjön vissza [yöyyön vissâ]!; **look ~** hátranézni [haatrânaizni]; **~ to the engine** háttal a menetiránynak [haattâl â menetiraanjnâk] 2. *n, (part of body)* hát [haat]; *(hinder part)* hátsó része [haat-shaw raise], hátulja [haatoolyâ]; **on the ~** *(of a photo)* a hátoldalon [â haatoldâlon]
back-axle hátsótengely [haat-shaw-tengey]
background háttér [haat-tair]
back seat hátsó ülés [haat-shaw ülaish]
back stroke hátúszás [haat-oosaash]
backward(s) hátra(felé) [haatrâ(felai)]
bacon szalonna [sâlonnâ]
bad rossz [ross]
badge jelvény [yelvainj]
badly lit area nem kellően megvilágított [-vilaageetott] terület
badminton tollaslabda [tollâsh-lâbdâ]
bag zacskó [zâchkaw]; *(large)* zsák [zhaak]; *(for carrying)* táska [taashkâ], bőrönd
baggage poggyász [poddjaas]; **~ in excess** →excess baggage
baggage allowance →free baggage allowance
baggage car *(US)* poggyászkocsi [poddjaas-kochi]
baggage claim check →baggage ticket
baggage insurance poggyászbiztosítás [poddjaas-bizto-sheetaash]
baggage room *(US)* = left-luggage office

baggage ticket poggyászjegy [poddjaas-yedj]
bait csalétek [châlaitek]
bake sütni [shütni]
baker('s) pék [paik]
balance mérleg [mairleg]
balcony erkély [erkay]
bald kopasz [kopâs]
ball labda [lâbdâ]; *(dance)* bál [baal]
ballet balett [bâlett]
balloon léggömb [laig-], ballon [bâllon]
ball(-point) pen golyóstoll [goyawsh-toll]
ban megtiltani [-tiltâni]; **be ~ned from driving** el-
    veszik/visszavonják a vezetői engedélyt [elvesik/
    vissâvonyaak â vez-etőyi engedayt]
banana banán [bânaan]
band *(ribbon)* szalag [sâlâg]; *(music)* zenekar [zene-
    kâr]
bandage kötszer [kötser]
bank¹ *(river)* part [pârt]
bank² *(money)* bank [bânk]
bank account bankszámla [bânksaamlâ]
bank holiday munkaszüneti nap [moonkâsüneti nâp]
banking hours nyitvatartás(i idő) [njitvâtârtaash(i
    idő)]; **~: 09—14.00 hrs.** nyitvatartás 09—14.00
    óráig [njitvâtârtaash kilentstől tizennaidj aw-raa-ig]
bank note bankjegy [bânkyedj]
banquet bankett [bânkett]
banquet-hall különterem
bantamweight *(boxing)* harmatsúly [hârmât-shooy],
    (weightlifting, wrestling) légsúly [laig-shooy]
bar *(rod)* rúd [rood]; *(barrier)* korlát [korlaat], sorompó
    [shorompaw]; *(drinking-place)* ivó [ivaw], bár
    [baar]
barber('s) borbély [borbay]
bare csupasz [choopâs]
bargain üzlet

bark *(dog)* ugatni [oogâtni]
barmaid pincérnő [pintsairnő]
barman csapos [châposh]
barn csűr [chűr], pajta [pâytâ]
barometer barométer [bâromaiter]
barrack(s) laktanya [lâktânjâ], barakk [bârâkk]
barrel hordó [hordaw]
barrier sorompó [shorompaw]; korlát [korlaat]
basement alagsor [âlâg-shor]
basin mosdótál [mozhdaw-taal]; *(bathroom)* mosdó-kagyló [mozhdaw-kâdjlaw]
basket kosár [koshaar]
basketball kosárlabda [koshaarlâbdâ]
bat *(sports)* ütő
bath *(room)* fürdő(szoba) [-sobâ]; *(tub)* fürdőkád [-kaad]; *(place)* fürdő; **room with (private)** ~ szoba fürdőszobával [sobâ fürdősobaavâl], fürdőszobás [fürdősobaash] szoba; ~ **and lavatory facilities** mosdó- és toalettlehetőségek [mozhdaw- aish toâlett-lehetőshaigek]; **have a** ~ (meg)fürdeni
bathe fürdeni
bathing fürdés [fürdaish]
bathing-cap fürdősapka [-shâpkâ]
bathing-costume fürdőruha [-roohâ]
bathing-drawer(s) fürdőnadrág [-nâdraag]
bathing-dress fürdőruha [-roohâ]
bathing facilities fürdési lehetőségek [fürdaishi lehetőshaigek]
bathing season fürdőidény [-idainj]
bathing-suit fürdőruha [-roohâ]
bathrobe *(US)* fürdőköpeny [-köpenj]
bathroom fürdőszoba [-sobâ]; **where is the** ~? hol van a fürdőszoba [hol vân â fürdősobâ]?; **bedroom with** ~ fürdőszobás szoba [fürdősobaash sobâ], szoba fürdőszobával [-sobaavâl]; **without** ~ fürdőszoba nélkül(i) [-sobâ nailkül(i)]

bathtub fürdőkád [fürdőkaad]

battery *(lamp)* elem; *(car)* akku(mulátor) [âkkoo(moo-laator)]; **the ~ needs charging** tölteni kell az akkut [tölteni kell âz âkkoot]

battery-operated telepes [telepesh]

battle csata [châtâ]

bay öböl

be lenni; **be late** elkésni [-kaishni]; **here am I** itt vagyok [vâdjok]; **I am English** angol vagyok [ângol vâdjok]; **there is . . .** van . . . [vân]; **there are . . .** vannak . . . [vânnâk]; **is there a swimming-pool here?** van-e itt uszoda [van-e itt oosodâ]?; **where is it?** hol van [vân]?; **how are you?** hogy van [hodj vân]?, *(plural)* hogy vannak [vânnâk]?, *(familiar)* hogy vagy [vâdj]?; **here you are** tessék [tesshaik]; **have you been to London?** járt/volt (már) Londonban [yaart/volt (maar) londonbân]?; **where have you been?** hol volt/járt [yaart]?

beach (tenger)part [-pârt], strand [shtrând]

beam *(bar)* gerenda [gerendâ], *(light)* sugár [shoogaar]; *(US)* **high ~** országúti fény [orsaagooti fainj]; **low ~** tompított [tompeetott] fény

bean(s) bab [bâb]

bean soup bableves [bâblevesh]

bear¹ *v* hordani [hordâni], viselni [vishelni]

bear² *n* medve

beard szakáll [sâkaal]

beast (vad)állat [(vâd)aalât]

beat *(strike)* (meg)verni; *(win)* legyőzni [-djőzni]; *(record)* megdönteni

beautiful szép [saip]

beauty parlour kozmetikai szalon [kozmetikâyi sâlon]

beauty spot szép hely/táj [saip hey/taay]

because mert; **~ of** miatt [miyâtt]

become lenni; **~ a doctor** orvos lesz [orvosh les]

bed ágy [aadj]; **~ and breakfast** szoba [sobâ] reggeli-

vel; **he is going to** ~ lefekszik (aludni) [lefeksik (åloodni)]; **make the** ~ megágyazni [-aadjázni]
bed-clothes ágynemű [aadjnemű]
bedroom hálószoba [haalawsobå]; *(hotel)* szoba [sobå]; **double** ~ kétágyas szoba [kaitaadjåsh sobå]; **single** ~ egyágyas szoba [edj-aadjåsh sobå]; ~ **with (private) bathroom** szoba (külön) fürdőszobával [sobå (külön) fürdősobaavål], fürdőszobás szoba [fürdősobaash sobå]
bed-sheet lepedő
bee méh [may]
beef marhahús [mårhå-hoosh]
beefsteak bifsztek [bifstek], marhabélszín [mårhåbailseen]
been →be
beer sör [shör]
beetle bogár [bogaar]
beetroot cékla [tsaiklå]
before előtt; **the day** ~ előző nap [nåp]; ~ **you go** mielőtt elmegy [mi-előtt elmedj]; **I have seen him** ~ már láttam [maar laattåm] (őt)
beg: I ~ **your pardon** (=*sorry)* bocsánatot kérek [bochaanåtot kairek]; (=*say it again)* tessék [tesshaik]?
began →begin
begin *(begin sth)* (el)kezdeni; *(sth begins)* (el)kezdődni; **when does the match** ~? mikor kezdődik a mérkőzés [å mairkőzaish]?
beginning kezdet
begun →begin
on behalf of vki helyett [heyett], vkinek az érdekében [åz airdekaiben]
behave viselkedni [vishelkedni]
behind 1. *adv* hátul [haatool] 2. *prep* mögött
Belgian belga [belgå], belgiumi [belgi-oomi]
Belgium Belgium [belgi-oom]
believe hinni; **I don't** ~ **it** nem hiszem [hisem]

bell csengő [chengő]
bellboy boy
belly has [hâsh]
belong *to* tartozik [târtozik] vhová; **it ~s to me (him/
her)** (ez) az enyém (övé) [âz enjaim (övai)]
belongings holmi
below lent, alul [âlool], . . . alatt [âlâtt]
belt öv; **→seat belt**
bench pad [pâd]
bend 1. *n* kanyar [kânjâr], útkanyarulat [ootkânjâroo-
lât] 2. *v* (meg)hajlítani [-hayleetâni]
benefit 1. *n* előny [előnj]; haszon [hâson] 2. *v* hasznot
húzni [hâsnot hoozni] (vmiből)
bent **→bend** 2.
berth hálóhely [haalaw-hey], fekhely [fek-hey], fekvő-
hely [fekvőhey], ágy [aadj] 2-~ két hálóhelyes
[kait haalaw-heyesh], kétágyas [kait-aadjâsh];
book a ~ hálókocsijegyet rendelni/váltani [haalaw-
kochi-yedjet rendelni/vaaltâni]
beside mellett
besides azonkívül [âzonkeevül]
best legjobb [legyobb]; **as ~ I could** amennyire
[âmennjire] tőlem tellett
bet fogadni [fogâdni]
better jobb [yobb]; **all the ~** annál jobb [ânnaal yobb];
to get ~ javulni [yâvoolni]; **we had ~ go** jó lesz elin-
dulnunk [yaw les elindoolnoonk]
betting office fogadóiroda [fogâdaw-irodâ]
between között
beverage ital [itâl]
beware! vigyázz! [vidjaazz]!, vigyázat [vidjaazât]!;
~ of traffic! vigyázat, autó [vidjaazât, outaw]!;
~ of trains! vigyázz, ha jön a vonat [vidjaazz, hâ
yön â vonât]!
beyond túl [tool]
bible biblia [bibliyâ]

3

bicycle kerékpár [keraikpaar], bicikli [bitsikli]
big nagy [nâdj]; **too ~ for me** túl nagy nekem [tool nâdj nekem]
bile epe
bill *(invoice)* számla [saamlâ]; *(US) (bank note)* bankjegy [bânk-yedj]; **the ~, please!** *(at a restaurant)* fizetek!; **let me settle the ~ !** engedje meg, hogy én fizessek [engedye meg, hodj ain fizesshek]!
bill of delivery szállítólevél [saaleetaw-levail]
bill of exchange váltó [vaaltaw]
bill of fare étlap [aitlâp]
bind (meg)kötni
bird madár [mâdaar]
birth születés [sületaish]; **date of ~, ~ date** születési idő/ideje [sületaishi idő/ideye]; **place of ~, ~ place** születési hely(e) [sületaishi hey(e)]
birth-certificate születési anyakönyvi kivonat [sületaishi ânjâkönyvi kivonât]
birthday születésnap [sületaish-nâp]
biscuit keksz [keks]
bit darab [dârâb]; *(money)* érme [airme]; **3d ~** hárompennys [haarompenny-sh]
bite 1. *v* harapni [hârâpni] 2. *n* harapás [hârâpaash]
bitter keserű [kesherű]
black fekete; **~ coffee** feketekávé [-kaavai]
blade penge
blank üres [üresh]; **~ cheque** biankó csekk [biyânkaw chekk]
blanket takaró [tâkâraw]
blaze (turista)jelzés [(toorishtâ)yelzaish]
blazer sportkabát [shportkâbaat]
bleed vérezni [vairezni]; **is ~ing** vérzik [vairzik]
blend keverék [keveraik]
blew →**blow**
blind[1] *(sightless)* vak [vâk]
blind[2] *(window)* (vászon)roló [(vaason)rolaw]

blind alley zsákutca [zhaak-oottsâ]
blinker villogó [villogaw]
blister hólyag [hawyág]
blizzard hóvihar [hawvihâr]
block 1. *n* tömb, rönk, tuskó [tooshkaw]; *(obstruction)* akadály [âkâdaay]   **2.** *v* elzárni [-zaarni], eltorlaszolni [-torlâsolni]
block letters   please kérjük nyomtatott betűkkel írni [kairyük njomtâtott betükkel eerni]
block of flats bérház [bairhaaz]
blond(e) szőke [sőke]
blood vér [vair]
blood alcohol level véralkoholszint [vairâlkohol-sint]
blood-poisoning vérmérgezés [vair-mairgezaish]
blood-pressure vérnyomás [vair-njomaash]
blood test vérvizsgálat [vair-vizhgaalât]
bloom virágzik [viraagzik]
blot folt
blouse blúz [blooz]
blow fújni [fooyni]; **the wind is ~ing** fúj a szél [fooy â sail]; **~ up** *(a tyre)* felpumpálni (gumit) [-poompaalni (goomit)]
blow-out gumidefekt [goomi-], durrdefekt [doorr-]
blue kék [kaik]
blunt tompa [tompâ]
board 1. *n (meals)* ellátás [-laataash], koszt [kost], penzió [penziyaw]; *(ship)* fedélzet [fedailzet]; **~ and lodging** lakás és ellátás [lâkaash aish ellaataash]; **full ~** teljes ellátás [telyesh el-laataash]; **half ~** fél penzió [fail penziyaw]; **on ~** *(ship)* hajón [hâyawn], *(plane)* fedélzeten [fedailzeten] **2.** *v (ship)* hajóra szállni [hayawrâ saalni], *(bus, plane, train)* beszállni [-saalni], *(tram)* felszállni [-saalni]
boarder kosztos [kostosh]
boarding card beszállókártya [besaalawkaartjâ]
boarding-house penzió [penziyaw]

3*

boarding-school kollégium [kollaigi-oom]
boat *(rowing)* csónak [chawnâk], *(ship)* hajó [hâyaw];
where can I hire a~? hol bérelhetek csónakot [hol
bairelhetek chawnâkot]?; **when does the next ~
leave for...**? mikor indul a következő hajó ...
felé [mikor indool a kövyetkezö hâyaw ... felai]?
boating csónakázás [chawnâkaazaash]
boat-train vonat hajócsatlakozással [vonât hâyaw-
châtlákozaasshâl]
boat trip hajókirándulás [hâyaw-kiraandoolaash]
bobby rendőr
body test [tesht]; *(car)* kocsiszekrény [kochi-sek-
rainj]
bodywork kocsiszekrény [kochi-sekrainj], karosszéria
[kârossairyâ]
boil forralni [forrâlni], főzni
boiled főtt; *(soft)* ~ **egg** lágytojás [laadj-toyaash]
boiler vízmelegítő [veezmele**geet**ő]
bolt *(screw)* csavar [châvâr]
bomb bomba [bombâ]
bone csont [chont]
bonnet motorháztető [-haaztető]
book 1. *n* könyv [könjv]; ~ **of tickets** jegyfüzet [yedj-
füzet] 2. *v (reserve in advance)* lefoglalni [-foglâlni],
előjegyezni [-yedjezni]; *(take a ticket)* (meg)váltani
[-vaaltâni]; **I have ~ed a single(-bed) room here**
foglaltam itt egy egyágyas szobát [foglâltâm itt edj
edj-aadjâsh sobaat]; ~ **in advance** *(to reserve)* lefog-
lalni [lefoglâlni]; *(to pay)* előre megváltani [meg-
vaaltâni]; elővételben [elővaitelben] megváltani; ~
a seat *(to reserve)* lefoglalni egy helyet [lefoglâlni edj
heyet]; *(to pay for it)* jegyet váltani [yedjet vaaltâ-
ni], megváltani egy [edj] jegyet; *(on a train)* hely-
jegyet váltani [hey-yedjet vaaltâni]; ~ **a sleeper**
hálókocsijegyet váltani [haalaw-kochi-yedjet vaal-
tâni]; ~ **a tour** befizetni egy társasutazásra [edj

taarshâsh-ootâzaashrâ]; **I am ~ed up for this evening**
mai estém foglalt [mâyi eshtaim foglâlt]

bookable váltható [vaalt-hâtaw], kapható [kâphâtaw]

bookcase könyvszekrény [könjv-sekrainj]

booking *(in advance)* helyfoglalás [heyfoglâlaash], elő-
jegyzés [előyedjzaish], jegyrendelés [yedj-rendelaish];
(at a hotel) szobafoglalás [sobâfoglâlaash], szoba-
rendelés [sobârendelaish], *(other accommodation)*
szállásfoglalás [saalaash-foglâlaash]; *(buying the
ticket)* jegyváltás [yedj-vaaltaash]; *(issuing tickets)*
jegyárusítás [yedj-aaroosheetaash]; **make a ~** *(=to
book a room)* szobát foglalni [sobaat foglâlni]; **make
the ~s** (el)intézni a hely- és szobafoglalást [(el)in-
taizni â hey- aish sobâfoglâlaasht]

booking-office jegypénztár [yedj-painstaar]

booklet füzet; **~ of stamps** bélyegfüzet [bayeg-]

bookseller könyvkereskedő [könjv-kereshkedő], *(the
shop)* könyvesbolt [könjvesh-bolt]

bookshelf könyvespolc [könjvesh-polts]

bookshop könyvesbolt [könjvesh-bolt]

bookstall, bookstand könyvárusítóhely [könjv-aaroo-
sheetaw-hey], (utcai) könyvárus [(oottsâyi) könjv-
aaroosh]

bookstore *(US)* könyvkereskedés [könjv-kereshke-
daish], könyvesbolt [könjvesh-]

boot *(footwear)* magas szárú cipő [mâgâsh saaroo
tsipő]; *(of car)* csomagtartó [chomâgtârtaw], rakodó-
hely [râkodaw-hey]

booth (telefon)fülke

boot-lid csomagtartófedél [chomâgtârtaw-fedail]

border határ [hâtaar]; **on the ~** a határon [â hâtaaron]

border crossing point határátkelőhely [hâtaar-aatkelő-
hey]

border line szegélyvonal [segay-vonâl], vezetősáv
[-shaav]

border station határállomás [hâtaar-aalomaash]

boring unalmas [oonâlmâsh]
born született [született]; **where were you** ~? hol született [hol született]?
borrow kölcsönkérni [kölchön-kairni]; **may I** ~ **your pen?** kölcsönkérhetném a tollát [kölchön-kairhetnaim â tollaat]?
boss főnök
both mindkét [mindkait], mindkettő; ~ **ways** mindkét irányba(n) [mindkait iraanjbá(n)]
bother zavarni [zâvârni]; **stop** ~ing **me!** ne zavarj [ne zâvâry]!, hagyj békén [hâddj baikain]!; **don't** ~ ! ne törődj vele [ne törödj vel-e]!
bottle palack [pâlâtsk], üveg; a ~ **of wine** egy [edj] üveg bor
bottle-opener sörnyitó [shörnjitaw]
bottom fenék [fenaik], *(of sth)* feneke, alja (vminek) [âlyâ]
bought →buy
boulevard körút [köroot], sugárút [shoogaar-oot]
bound *(obliged)* ~ **to do sth** köteles [kötelesh] vmit (meg)tenni; **he is** ~ **to come e!** kell jönnie [yönniye]; *(of ship)* ~ **for Britain** útban Anglia felé [ootbân angliâ felai]
bow 1. *n (violin)* vonó [vonaw]; *(knot)* csomó [chomaw] **2.** *v* meghajolni [-hâyolni]
bowl edény [edainj], tál [taal]
box doboz; *(theatre)* páholy [paahoy]
boxing ökölvívás [-veevaash], boksz [boks]
Boxing Day karácsony másnapja [karaachonj maashnâpjâ]
box-office jegypénztár [yedj-painstaar]
boy fiú [fiyoo]
boy scout cserkész [cherkais]
bra melltartó [-târtaw]
bracelet karkötő
braces nadrágtartó [nâdraag-târtaw]

brain agy [ådj]
brake fék [faik]; **brakes** fékberendezés [faik-beren-
dezaish], fékek [faikek]; **put on the ~s** fékezni [fai-
kezni]; **the ~ is on** be van húzva a fék [be vån
hoozvå å faik]
brake lining fékbetét [faikbetait]
brakeman fékező [faikező]
brake pedal fékpedál [faikpedaal]
brake shoe fékpofa [faikpofå]
braking distance fékút [faikoot]
branch *(tree)* ág [aag]; *(railway)* elágazás [elaagå-
zaash]
branch-line szárnyvonal [saarnjvonål]
branch office kirendeltség [kirendelt-shaig], fiókiroda
[fi-awk-irodå], *(travel agency)* vidéki utazási iroda
[vidaiki ootåzaashi irodå]
brand márka [maarkå], fajta [fåytå]
brandy konyak [konyåk], pálinka [paalinkå]
brass (sárga)réz [(shaargå)raiz]
brave bátor [baator]
bread kenyér [kenjair]
bread and butter vajas kenyér [våyåsh kenjair]
breadth szélesség [sailesshaig]
break 1. *v* eltörni, összetörni [össe-]; **the window is
broken** betört az ablak [åz åblåk]; **I have broken my
leg** eltörtem a lábam [å laabåm]; **~ one's journey**
megszakítani az utazást/utat [megsåkeetåni åz
ootåzaasht/ootåt]; **the car broke down** defektet
kapott a kocsi [defektet kåpott å kochi], elromlott/
elakadt a kocsi [-åkått å kochi] 2. *n* szünet [sünet];
~ of journey útmegszakítás [oot-megsåkeetaash]
breakage törés [töraish]
breakdown (motor)hiba [-hibå], defekt, műszaki hiba
[műsåki hibå]; elakadás [-åkådaash]; **I had a ~**
elromlott a kocsim [å kochim], defektem volt; **~
assistance/service** autómentő (segély)szolgálat [outaw-

mentő (shegay)solgaalàt]; ~ **lorry/truck** autómentő
[outawmentő]
breakfast reggeli; ~ **included** reggelivel; ~ **not included**
reggeli nélkül [nailkül]; **have** ~ reggelizni
breast mell
breast stroke mellúszás [mell-oosaash]
breath lélegzet [lailegzet]
breathalyser alkoholszonda [àlkoholsondà]
breathe lélegzeni [lailegzeni]
breath test alkoholpróba [àlkohol-prawbâ], szondázás
[sondaazaash]
breeze szellő [sellő]
brick tégla [taiglà]
bride menyasszony [menjàssonj]
bridegroom vőlegény [vőlegainj]
bridge híd [heed]
brief rövid
briefcase aktatáska [àktâ-taashkâ]
bright *(light)* világos [vilaagosh], *(colour)* élénk [ai-
laink]
bring hozni; ~ **me some coffee, please** kérem, hozzon
kávét [kairem, hozzon kaavait]; ~ **back** visszahozni
[vissâ-]; ~ **in** behozni
Britain →Great Britain
British brit
broad széles [sailesh]
broadcast 1. *n* adás [âdaash], közvetítés [közveteetaish]
2. *v* közvetíteni [közveteeteni]
brochure prospektus [proshpektoosh]
broil roston sütni [roshton shütni]
broiled chicken grillcsirke [-chirke]
broke(n) →break 1.
broken (white) line terelővonal [-vonâl]
brooch bross [brosh]
broom seprű [sheprű]
broth húsleves [hoosh-levesh]

brother fivér [fívair], testvér [teshtvair]
brother-in-law sógor [shawgor]
brought →bring
brown barna [bârnâ]
bruise horzsolás [horzholaash]
brush 1. *n* kefe, *(shaving)* ecset [echet] 2. *v* lekefélni [-kefailni]
Brussels sprouts kelbimbó [-bimbaw]
bucket vödör
Budapest Tourist Board Budapesti Idegenforgalmi Igazgatóság [boodâpeshti idegenforgâlmi igâzgâtaw-shaag]
budget költségvetés [kölchaig-vetaish]
buffet büfé [büfay]
bug *(US)* bogár [bogaar]
build építeni [aipeeteni]; **it was built** . . . épült [aipült]. .
building épület [aipület]
built →build
built-up area beépített/lakott [be-aipeetett/lâkott] terület; **in ~(s)** lakott [lâkott] területen
bulb *(electric)* égő [aigő]
Bulgaria Bulgária [boolgaariâ]
Bulgarian bolgár [bolgaar]
bulletin közlemény [közlemainj], jelentés [yelentaish]
bump 1. *n* ütés [ütaish] 2. *v (one's head)* beüti (a fejét) [â feyait]
bumper lökhárító [-haareetaw]
bumpy road egyenetlen út(szakasz) [edjenetlen oot-(sâkâs)]
bun molnárka [molnaarkâ]
bunch csomó [chomow]; *(of flowers)* csokor [chokor]; *(of bananas)* fürt
bundle csomó [chomaw]
bungalow nyaralóház [njârâlaw-haaz], bungalow
bunk hálóhely [haalawhey]
buoy bója [bawyâ]; *(life)* mentőöv

burden teher
bureau iroda [irodâ], hivatal [hivâtâl]
burglar betörő
burn égni [aigni]; *(cause to burn)* égetni [aigetni]
bursar pénztáros [painstaarosh]
bursary ösztöndíj [östöndeey]
burst szétrepedni [saitrepedni], kipukkadni [kipook-kadni]; **the tyre** ~ durrdefektet kapott a gumi [doorrdefektet kâpott â goomi]
burst tyre durrdefekt [doorrdefekt]
bury (el)temetni
bus (autó)busz [(outaw)boos]; **let's go by** ~ menjünk busszal [mennjünk boossâl]; **catch the** ~ elérni a buszt [elairni â boost]; **we missed the** ~ nem értük el a buszt [nem airtük el â boost], lemaradtunk a buszról [lemârattunk â boosrawl]
bush bokor
business üzlet; **on** ~ üzleti/hivatalos ügyben/úton [üzleti/hivâtâlosh üdjben/ooton]
business hours hivatalos órák [hivâtâlosh awraak]
businessman üzletember
bus route autóbusz-útvonal [outawboos-ootvonâl]
bus service autóbuszjárat [outawboos-yaarât]
bus shelter autóbuszváróhely [outawboos-vaaraw-hey]
bus station autóbuszmegálló [outawboos-megaalaw], autóbuszállomás [-aalomaash]
bus-stop (autó)buszmegálló [(outaw)boosmegaalaw]
bus ticket buszjegy [boosyedj]
busy elfoglalt [-foglâlt]; **I am** ~ el vagyok foglalva [el vâdjok foglâlvâ], nem érek rá [nem airek raa]; **are you** ~ **this evening?** foglalt ma este? [foglâlt mâ eshte]; „**line** ~" foglalt [foglâlt]; **shops are** ~ zsúfoltak az üzletek [zhoofoltâk âz üzletek]; **a** ~ **day** mozgalmas nap [mozgâlmâsh nâp]; ~ **street** forgalmas utca [forgâlmâsh ootsâ]; **this is one of the busiest**

stations ez az egyik legforgalmasabb állomás [ez âz eddjik legforgâlmâshabb aalomaash]

but de, hanem [hânem]; *(except)* kivéve [kivai-ve], *(only)* csak [châk]

butane (gas) butángáz [bootaangaaz]

butane lighter gázöngyújtó [gaaz-öndjooytaw]

butcher('s) hentes [hentesh], húsbolt [hoosh-bolt]

butter vaj [vây]

butterfly lepke; **~ stroke** pillangóúszás [pillângaw-oosaash]

button gomb; **press the ~** nyomja [njomyâ] meg a [â] gombot!

buy (meg)venni, vásárolni [vaashaarolnı], *(ticket)* (meg)váltani [-vaaltâni]; **what do you want to ~?** mit akar vásárolni/venni [mit âkâr vaashaarolni/ venni]?; **I must ~ some presents** valami ajándékot kell vennem [vâlâmi âyaandaikot kell vennem]; **he bought it for ten shillings** tíz shillingért vette [teez shillingairt vette]; **where can I ~ the tickets?** hol válthatom/vehetem meg a jegyeket [hol vaalt-hâtom/vehetem meg â yedjeket]?

buyer vevő, vásárló [vaashaarlaw]

by *(near)* mellett, ... nál, ... nél [... naal, ... nail]; *(agent)* által [aaltâl], ... tól, ... től [... tawl]; **~ car** kocsival [kochivâl], kocsin [kochin]; **made ~ hand** kézzel gyártott [kaizzel djaartott], kézi [kaizi]; **~ myself** egyedül [edjedül]; **~ plane** repülővel, repülőn; **~ return of post** postafordultával [posh-tâfordooltaavâl]; **~ train** vonattal [vonâttâl]; **~ the nine o'clock train** a kilencórás vonattal [â kilents-awraash vonâttâl]; **~ all means** feltétlenül [feltaitlenül]; **~ day** nappal [nâppâl]; **~ the time you get there** amikorra odaér [âmikorrâ odâ-air]; **~ Wednesday** (legkésőbb) szerdára [(legkaishőbb) serdaarâ]; **he should be home~ now** most már otthon kell lennie [mosht maar ott-hon kell lenni-e]; *(ex-*

pressing authorship) ... by írta ... [eertâ]; **a lecture
on Burns by X X** előadása [előâdaashâ] B-ről
bye-bye szervusz(tok) [szervoos(tok)]!, szia [seeyâ]!
bypass elterelő út [oot]
by-road mellékút [mellaik-oot]

C

cab taxi [tâksi]
cabbage káposzta [kaapostâ]
cabin kabin [kâbin], (utas)fülke [(ootash)fülke]
cabin bag kézitáska [kaizitaashkâ]
cabin luggage kézipoggyász [kaizi-pcddjaas]
cable 1. *n (wire)* kábel [kaabel]; *(cablegram)* távirat
[taavirât]; **send a ~** táviratot [taavirâtot] küldeni,
táviratozni [taavirâtozni]; **by ~** távirati úton
[taavirâti ooton] **2.** *v* táviratozni [taavirâtozni],
kábelezni [kaabelezni]
cablegram kábel [kaabel], távirat [taavirât]
café kávéház [kaavaihaaz]
cafeteria önkiszolgáló étterem/étkezde [önkisolgaalow
aitterem/aitkezde]
cake sütemény [shütemainj], tészta [taistâ]; **a ~
of soap** egy darab szappan [edj dârâb sâppân]
calculate kiszámítani [kisaameetâni], számolni
[saamolni]
calculation számítás [saameetaash]
calendar naptár [nâptaar]
calf borjú [boryoo]
call 1. *n (telephone)* (telefon)beszélgetés [-besailgetaish],
telefonhívás [-heevaash]; *(visit)* látogatás [laato-
gâtaash]; **I'll give you a ~** fel fogom hívni (telefonon)
[fel fogom heevni]; **pay a ~ on sby** meglátogatni

vkit [-laatogåtni], felmenni vkihez 2. *v (shout)*
kiáltani [ki-aaltåni]; *(summon)* hívni [heevni];
(visit) látogatást [laatogåtaasht] tenni (vkinél),
felkeresni (vkit) [-kereshni], felmenni (vkihez);
(name) hívni [heevni]; **please ~ me a taxi** kérem
hívjon egy taxit [kairem heevyon edj tåksit];
please ~ a doctor kérem hívjon orvost [kairem
heevyon orvosht]; **~ me at 7 a.m.** hívjon fel hétkor
[heevyon fel haitkor]; **he was out when I ~ed** nem
volt otthon amikor fent voltam (nála) [nem volt
ott-hon åmikor fent voltåm (naalå)]; **he is ~ed John**
őt Jánosnak hívják [őt yaanoshnåk heevyaak];
~s at every station minden állomáson megáll [minden
aalomaashon megaal]; **could you ~ me back later?**
vissza tudna hívni később [vissâ toodnâ heevni
később]?; **~ for sby** hívatni [heevâtni] vkit, *(fetch)*
érte [airte] menni; **I'll ~ for you at 6 o'clock** 6
órakor érted megyek [håt awråkor airted medjek];
to be ~ed for postán maradó [poshtaan mârâdaw];
~ in behívni [beheevni]; **~ on sby** felkeresni
[-kereshni] vkit, meglátogatni [-laatogâtni] vkit,
felmenni vkihez; **~ out for sth** kiáltani [ki-aaltâni]
vmiért; **~ out to sby** odakiáltani [odâki-aaltani]
vkinek; **~ sby up** felhívni [-heevni] (telefonon);
~ her up on the telephone hívja [heevyâ] fel tele-
fonon
call-box telefonfülke
caller látogató [laatogâtaw]
calling card *(US)* névjegy [naiv-yedj]
calm *(person)* nyugodt [njoogott]; *(sea, · weather)*
csendes [chendesh]
came → **come**
camera fényképezőgép [fainj-kaipezőgaip], kamera
camp 1. *n, (tents)* (sátor)tábor [(shaator)taabor]; **pitch
~** tábort [taabort] üⁿni; **strike ~** tábort bontani
[taabort bontâni] **2.** *v* kempingezni; táborozni

[taaborozni]; **go ~ing** kempingezni/táborozni megy [kempingezni/taaborozni medj]

campavan sátorral felszerelt utánfutó [shaatorral felserelt ootaanfootaw]

camp-bed tábori ágy [taabori aadj], kempingágy [-aadj]

camp-chair kempingszék [-saik], strandszék [shtrand-saik]

camper kempingező

camp-fire tábortűz [taabortűz]

camping 1. *n* kempingezés [kempingezaish] **2.** *a* kempingező; kemping-, camping-

camping area kempingezésre használható terület [kempingezaish-re hâsnaalhâtaw terület]; *(US)* camping, kemping

camping articles kempingcikkek [-tsikkek]

camping association kempingezők egyesülete [edje-shülete] *(in Hungary:* Magyar Camping és Caravanning Club)

camping carnet →International Camping Carnet

camping equipment kempingfelszerelés [-felserelaish]

camping facilities kempingben igénybe vehető szolgáltatások [kempingben igainjbe vehető solgaaltâtaashok], kempingszolgáltatások [-solgaaltâtaa-shok]

camping fee (camping/kemping) helyfoglalási díj [heyfoglâlaashi deey]

camping site →**camp site**

camping stove kempingfőző

camping table kempingasztal [-âstâl]

camping warden camping-gondnok, kempinggondnok

camp light keminglámpa [-laampâ]

camp site camping, kemping

camp-stove →**camping stove**

can¹ *n* kanna [kánná]; *(US) (tin)* konzerv(doboz)

can² *v* tud ... [tood]; ~ **you bring me ...?** tud(na) [tood(nâ)] hozni ...-t nekem?; ~ **you swim?** tud úszni [tood oosni]?; **I ~, but my sister cannot** én tudok, de a nővérem nem tud [ain toodok, de â nővairem nem tood];**he ~ speak English** ő tud/beszél angolul [ő tood/besail ângolool]; ~ **we park here** parkolhatunk [pârkolhâtoonk] itt?; ~ **you see it?** látja [laattjâ]?; **you ~ go** elmehet; **could I see it?** láthatnám [laat-hâtnaam]?; **megnézhetném** [megnaiz-hetnaim]?; **he couldn't come** nem tudott (el)-jönni [nem toodott (el)yönni]

Canada Kanada [kânâdâ]
Canadian kanadai [kânâdâyi]
canal csatorna [châtornâ]
cancel törölni; *(seats etc.)* lemondani [-mondâni]; **the sports meeting was ~led** a találkozó elmaradt [â tâlaalkozaw elmârâdt], a találkozót lemondták [â tâlaalkozawt lemontaak]
cancellation törlés [törlaish]; *(of seat)* helylemondás [hey-lemondaash]
cancer rák [raak]
candle gyertya [djertjâ]
candy *(US)* cukorka [tsookorkâ], édesség [aidesshaig]
candystore *(US)* édességbolt [aidesshaig-]
canned konzerv-, -konzerv; ~ **food** konzerv, készétel [kais-aitel]; ~ **meat** húskonzerv [hoosh-]
canoe kenu [kenoo]
canoeing kajakozás-kenuzás [kâyâkozaash-kenoo-zaash]
canteen *(place)* (üzemi) étkezde [aitkezde], menza [menzâ]; *(for drinking)* kulacs [koolâch]
canvas vászon [vaason]
cap sapka [shâpkâ]; *(lid)* kupak [koopâk]
capable képes [kaipesh]
capital *(city)* főváros [-vaarosh]; *(letter)* nagybetű [nâdjbetű]

captain *(officer)* százados [saazâdosh]; *(sports)*
kapitány [kâpitaanj]

caption felirat [-irât]

car kocsi [kochi], autó [outaw]; **by ~** kocsival [kochi-
vâl], autóval [outaw-vâl]

car accident autóbaleset [outaw-bâl-eshet]

car aerial autóantenna [outaw-ântennâ]

caravan 1. *n* lakókocsi [lâkaw-kochi]   **2.** *v* lakókocsit
igénybe venni [lâkaw-kochit igainj-be venni],
lakókocsizni [lâkaw-kochizni]

caravanner lakókocsizó [lâkaw-kochizaw]

caravanning lakókocsizás [lâkaw-kochizaash]

caravan site lakókocsitábor [lâkaw-kochi-taabor]

car battery akkumulátor [âkkoomoolaator]

car body kocsiszekrény [kochi-sekrainj]

carburettor porlasztó [porlâstaw], karburátor [kârboo-
raator]

car cover autóponyva [autawponjvâ]

card *(playing)* kártya [kaartjâ]; *(visiting)* névjegy
[naivyedj]; *(post)* levlap [levlâp]; **play at ~s** kártyáz-
ni [kaartjaazni]

Cardan shaft kardántengely [kardaan-tengey]

cardigan kardigán [kârdigaan]

car documents gépkocsiokmányok   [gaipkochi-ok-
maanjok], forgalmi engedély [forgâlmi engeday]

care 1. *n* gond(oskodás) [gond(oshkodaash)]; **take ~ !**
vigyázz [vidjaazz] !, óvatosan [aw-vâtoshân] !; **take
~ of sby** vigyázni [vidjaazni] vkire; **with ~ !** óvatosan
[aw-vâtoshân]!; **~ of (c/o)** Mr. X X úr leveleivel/cí-
mén, [X oor leveleyivel/tseemain]; **"~ of Poste
Restante"** postán maradó (küldemény) [poshtaan
mârâdaw (küldemainj)] **2.** *v ~* **for** törődni vmivel;
I don't ~ what you do nem érdekel, mit csinál(sz)
[nem airdekel, mit chinaal(s)]; **would you ~ to
read this?** elolvasná-e ezt [-olvâshnaa-e est]?

careful óvatos [aw-vâtosh]

carefully óvatosan [aw-vâtoshân]
careless figyelmetlen [fidjelmetlen]
car-ferry (autó)komp [(outaw)komp], rév [raiv]
cargo teher, szállítmány [saaleetmaanj]
car-heating system fűtőberendezés [-berendezaish]
car hire (service) autókölcsönzés [outaw-kölchönzaish],
    gépko‑ iköilcsönzés [gaipkochi-], autókölcsönző szol-
    gálat [outaw-kölchönző solgaalát]
car-jack kocsiemelő [kochi-emelő]
car mechanic autószerelő [outaw-serelő]
"Carnet de Passages en Douane" nemzetközi gép-
    kocsi-vámigazolvány [gaipkochi-vaamigâzolvaanj],
    carnet
carp ponty [pontj]
car park parkoló(hely) [pârkolaw(hey)]
carpet szőnyeg [sőnjeg]
car polish autófényező [outaw-fainjező]; polírviz
    [poleer-veez]; polírpaszta [-pástâ]
carport parkoló(hely) [pârkolaw(hey)]
car radio autórádió [outaw-raadiyaw]
car rental *(renting)* autókölcsönzés [outaw-kölchönzaish]
    gépkocsikölcsönzés [gaipkochi-]; *(the car rented)*
    bérautó [bair-outaw], bérgépkocsi [bair-gaip-kochi];
    (the sum given as rent) bérleti díj [bairleti deey];
    (the agency) autókölcsönző [outaw-kölchönző], gép-
    kocsikölcsönző [gaipkochi-], „rent a car"
car repair shop → **repair shop**
carriage *(vehicle)* kocsi [kochi]; *(carrying)* szállítás
    [saaleetaash]; *(cost of carrying)* fuvardíj [foovârdeey];
    ~ **free/paid** bérmentve [bairmentve]; ~ **forward**
    fuvardíj utánvételezve [foovârdeey ootaanvaite-
    lezve]
carriageway úttest [oot-tesht]; útpálya [-paayâ];
    dual ~ osztottpályás úttest [ostott-paayaash oot-
    tesht]
carrot sárgarépa [shaargâ-raipâ]

4

car rug kocsitakaró [kochitâkâraw]

carry vinni, szállítani [saaleetâni]; ~ **an emergency supply of oil!** vigyen magával tartalékolajat [vidjen mâgaavâl târtâlaik-oláyât] !; ~ **on** folytatni [foytatni]; ~ **out** elvégezni [-vaigezni]

carrying basket *(infant's)* mózeskosár [mawzeshkoshaar]

carry-on baggage kézipoggyász [kaizi-poddjaas]

car service аutóservice [outaw-serviz], gépkocsiszolgálat [gaipkochi-solgaalât]

car shampoo autósampon [outaw-shâmpon]

carton (karton)doboz [(kârton)doboz]

cartoned milk zacskós tej [zâch-kawsh tey], flakontej [flâkontey]

cartoon rajzfilm [râyzfilm]

cartridge *(for a roll of film)* kazetta(töltés) [kâzettâ(töltaish)]; *(gas)* (csere)palack [(cher-e-)pâlâtsk]

car tyre gumiabroncs [goomi-âbronch]

carving faragás [fârâgaash]

car-wash *(automatic)* autómosó [outaw-moshaw]

car washing autómosás [outaw-moshaash], kocsimosás [kochimoshaash]

case¹ *(box)* doboz, láda [laadâ]; *(display)* vitrin; *(bag)* (kézi)táska [(kaizi)taashkâ]

case² *(occurrence)* eset [eshet], ügy [üdj]; **in any ~** mindenesetre [mindeneshetre]; **in ~** ha [hâ]; **in ~ it rains** ha esni találna [hâ eshni talaalnâ], eső esetére [eshő eshetai-re]; **in ~ of** abban az esetben, ha ... [âbbân âz eshetben, hâ], ... esetén [eshetain]

cash 1. *n* készpénz [kaispainz]; **in ~** készpénzben [kaispainzben]; ~ **down** készpénzfizetés ellenében [kaispainzfizetaish ellenaiben]; ~ **on delivery** utánvéttel [ootaanvaittel]; **be out of ~** nincs pénze [ninch painze] **2.** *v* beváltani [-vaaltâni]; **will you please ~ this traveller's cheque?** legyen szíves

beváltani ezt az utazási csekket [ledjen seevesh
bevaaltâni ezt âz ootâzaashi chekket] l; ... **can
be ~ed** ... beválthaló(k) [-vaalt-hâtaw(k)]
cash-desk pénztár [painstaar]
cashier pénztáros [painstaarosh]
cash price készpénzár [kais-painz-aar]
cash register pénztárgép [painstaargaip]
cassette kazetta [kâzettâ]
cassette recorder kazettás magnó [kâzettaash mâgnaw]
cast 1. *v* dobni **2.** *n (theatre)*szereposztás [serepostaash]
castle vár [vaar]; *(fine house)* kastély [kâshtay]
castor-oil ricinusolaj [ritsinoosh-olây]
casualty *(killed)* halálos áldozat [hâlaalosh aaldozât]
casualty department baleseti osztály [bâlesheti ostaay]
cat macska [mâchkâ]
catalogue katalógus [kâtâlawgoosh], *(goods)* árjegy-
     zék [aaryedjzaik]
catch *(train etc.)* elérni [-airni]; *(disease)* megkapni
     [-kâpni]; ~ **cold** megfázni [-faazni]
category osztály [ostaay]
cater ellátni [-laatni]
catering (arrangements) (utas)ellátás [(ootâsh)ellaa-
     taash]
catering trade vendéglátóipar [vendaiglaataw-ipâr]
cathedral székesegyház [saikesh-edjhaaz]
Catholic katolikus [kâtolikoosh]
cats-eyes macskaszem(ek) [mâchkâsem(ek)]
cattle (szarvas)marha [(sârvâsh)mârhâ]
caught →**catch**
cauliflower karfiol [kârfi-ol]
cause 1. *n* ok **2.** *v* okozni
caution 1. *n* óvatosság [aw-vâtosshaag]; *(warning)* vigyá-
     zat [vidjaazât] !
caution light villogó sárga fény(jelzés) [villogaw
     shaargâ fainj(-yelzaish)]
cautious óvatos [aw-vâtosh]

4 *

cave barlang [bârlâng]
caviar kaviár [kâvi-aar]
cease abbahagyni [âbbâhâdjni]
ceiling mennyezet [mennjezet]
celebrate ünnepelni
cellar pince [pintse]
cello cselló [chellaw]
cemetery temető
cent cent [tsent]
central 1. *a* központi; ~ **heating** központi fűtés
  [fűtaish]; ~ **island** járdasziget [yardâsiget]; ~
  reserve (középső) elválasztó sáv [(közaip-shő) el-
  vaalâstaw shaav] 2. *n (US)* (távbeszélő)központ
  [(taavbesailő)köspont]
Central Europe Közép-Európa [közaip-e-oorawpâ]
centre köz(ép)pont [köz(aip)pont], centrum [tsentroom]
centre forward középcsatár [közaip-châtaar]
centre-half középfedezet [közaip-]
centre line *(no crossing)* záróvonal [zaaraw-vonâl]
century század [saazâd]
cereal *(US)* zabpehely [zâb-pehey]
ceremony szertartás [sertârtaash]
certain *(some)* bizonyos [bizonjosh]; *(sure)* biztos
  [bistosh]
certainly természetesen [termaiseteshen]!, hogyne
  [hodjne]!; ~ **not**! szó sincs róla [sa shinch rawlâ]
certificate igazolás [igâzolaash]; ~ **of health** orvosi
  bizonyítvány [orvoshi bizonjeetvaanj], egészség-
  ügyi bizonylat [egais-shaig-üdji bizonjlât]; ~ **of**
  inoculation oltási bizonyítvány [oltaashi bizonjeet-
  vaanj]
certify igazolni [igâzolni]; **this is to** ~ **that** ... ezennel
  igazolom, hogy ... [ezennel igâzolom, hodj]
chain lánc [laants]
chair szék [saik]
chair-lift silift [sheelift], libegő

chalet faház [fâhaaz]; nyaralóház [njârâlaw-haaz]
chamber kamara [kâmârâ]
chamber-maid szobaasszony [sobâ-âssonj]
chamois leather szarvasbőr [sârvâshbőr]
champagne pezsgő [pezhgő]
champion bajnok [bâynok]
championship bajnokság [bâynok-shaag]
chance *(hazard)* esély [eshay]; *(opportunity)* alkalom
  [âlkâlom]; **by~** véletlenül [vailetlenül]
change 1. *n* változás [vaaltozaash]; változtatás [vaal-
  tostâtaash]; *(exchange)* csere [cher-e]; *(of money)*
  váltás [vaaltaash]; **~ of tyre** gumicsere [goomi-
  cher-e]; **(small) ~** aprópénz [âpraw-painz]; **some
  small ~, please!** aprópénzt kérek [âprawpainst
  kairek]!; **I have no ~** nincs aprópénzem [ninch
  âpraw-painzem], nem tudok visszaadni [nem toodok
  vissâ-âdni]; **give ~** visszaadni [vissâ-âdni]; **keep
  the ~!** nem kérek vissza [nem kairek vissâ]! **2.** *v*
  változni [vaaltozni]; *(exchange)* cserélni [cherailni];
  (money) felváltani [-vaaltâni], *(into different
  currency)* átváltani [aatvaaltâni]; *(clothes)* átöltözni
  [aatöltözni]; *(trains etc.)* átszállni [aatsaalni];
  I've ~d my address megváltozott a címem [megvaal-
  tozott â tseemem]; **~ direction** irányt változtatni
  [iraanjt vaaltostâtni]; **~ lane** sávot változtatni
  [shaavot vaaltostâtni]; **~ money** pénzt váltani
  [painst vaaltâni]; **~ tyres** gumit cserélni [goomit
  cherailni]; **~ a £1 note** felváltani egy egyfontosat
  [felvaaltâni edj edjfontoshât]; **please ~ this into ...!**
  legyen szíves ezt felváltani ... [ledjen seevesh ezt
  felvaaltâni]; **do I have to ~?** *(trains)* át kell száll-
  nom [aat kell saalnom]?; **where do I ~ for ...?**
  hol kell átszállnom ... felé [hol kell aatsaalnom ...
  felai]?; **~ (trains) at E. for G.** E.-ban kell át-
  szállni G. felé [E.-ban kell aatsaalni G. felai]; **all
  ~ for ...** átszállás ... felé [aatsaalaash . felai]

changing változó [vaaltozaw]

channel csatorna [châtornâ]

character jelleg [yelleg]; *(in a book etc.)* szereplő [sereplő]; ~s személyek [semayek]

charge 1. *n. (price)* költség [kölchaig], díj [deey]; ~s költségek [kölchaigek], kiadások [ki-âdaashok]; **the ~ for ... is ... ... be/ba kerül, ... t** számítanak fel [saameetânâk fel]; **free of ~, without ~** díjmentesen [deeymenteshen], díjtalanul [deeytâlânool], ingyen [indjen] **2.** *v (ask)* kérni [kairni], felszámítani [felsaameetâni]; *(battery)* tölteni; **how much do you ~ for it?** mennyit kér érte [mennjit kair airte]?; **the dynamo is not charging** nem tölt a dinamó [â dinâmaw]

charming bájos [baayosh]

charter(ed): ~ **(air)plane** külön (bérelt) repülőgép [(bairelt) repülőgaip]; ~ **flight** külön (bérelt) repülőjárat (kedvezményes társasutazásra) [külön (bairelt) repülőyaarât (kedvezmainjesh taarshâshootâzaashrâ)]

chase üldözni

chassis alváz [âlvaaz]; ~ **No.** alvázszám [-saam]

chat beszélgetni [besailgetni]

chauffeur vezető, sofőr [shofőr]

chauffeur-driven car bérautó vezetővel [bair-outaw vezetővel]

cheap olcsó [olchaw]

cheat csalni [châlni], becsapni [bechâpni]

check¹ *(US)* →**cheque**

check² **1.** *n, (bill for meal)* számla [saamlâ]; *(cloakroom ticket)* ruhatári jegy [roohâtaari yedj]; *(counter)* zseton [zheton]; *(supervision)* ellenőrzés [ellenőrzaish], felülvizsgálat [-vizhgaalât]; **a thorough ~ of a car** a kocsi alapos műszaki felülvizsgálata/ellenőrzése [â kochi âlâposh műsâki felülvizhgaalâtâ/ellenőrzaishe] **2.** *v (make sure)* meggyőződni [megdjőződni] (vmiről); *(supervise)* ellenőrizni (vmit); *(register luggage)* feladni [-âdni]; ~ **a car** kocsit műszakilag ellenőrizni [kochit műsâkilâg ellenőrizni]; **please,** ~...! kérem, ellenőrizze a ... [kairem, ellenőrizze â], kérem, nézze meg a... [kairem, naizze meg â]; ~ **in** *(at an airport)* jelentkezni [yelentkezni], megjelenni [-yelenni]; *(at a hotel)* bejelenteni magát [beyelenteni mâgaat]; elfoglalni a szobát [â sobaat]; ~ **out** *(of a hotel)* kijelentkezni [ki-yelentkezni], távozni [taavozni]; *(US)* ~ **one's luggage** ruhatárba teszi a poggyászát [roohâtaarbâ tesi â poddjaasaat]

checked *(baggage)* feladott [-âdott]

check-in desk jegy- és poggyászkezelés [yedj- aish poddjaas-kezelaish]

checking-in jelentkezés [yelentkezaish], megjelenés [-yelenaish]

check-in time megjelenési/jelentkezési (határ)idő [megyelenaishi/yelentkezaishi (hâtaar-)idő]

check-out time *(at a hotel)* **what is the** ~? mikor kell leadni/átadni a szobát [mikor kell le-âdni/aatâdni â sobaat]?

checkroom *(US)* poggyászmegőrző [poddjaas-megőrző], ruhatár [roohâtaar]

check-up ellenőrzés [-őrzaish]; kivizsgálás [-vizhgaalash], felülvizsgálat [-vizhgaalât]

cheerful vidám [vidaam]

cheerio szervusz(tok) [servoos(tok)]!, viszlát [vislaat]!

cheers éljenzés [ailyenzaish]; *(in drinking)* egészségére [egais-shaigai-re]!

cheese sajt [shâyt]

chemist('s) gyógyszertár [djawdj-sertaar], patika [pâtikâ]; **chemist on night duty** ügyeletes gyógyszertár [üdjeletesh djawdj-sertaar]

cheque csekk [chekk]; **cash a** ~ csekket beváltani [chekket bevaaltâni]; **by** ~ csekken [chekken]

cheque-book csekkfüzet [chekk-]
cherry cseresznye [cheresnje]
chess sakk [shákk]
chest mell(kas) [-kásh]; *(box)* láda [laadá]
chestnut gesztenye [gestenje]
chew rágni [raagni]
chewing gum rágógumi [raagaw-goomi]
chicken csirke [chirke]
chief 1. *a* fő 2. *n* főnök
chiefly főleg
child gyer(m)ek [djer(m)ek]; ~ren under 4 years of age 4 éven aluli gyermekek [naidj aiven álooli djermekek]
chilly hűvös [hűvösh]
chimney kémény [kaimainj]
chin áll [aal]
chips rósejbni [raw-sheybni]
chocolate csokoládé [chokolaadai]
choice választás [vaalástaash]
choked *(with dirt)* eldugult [-doogoolt], eltömődött
choose (ki)választani [-vaalástáni]
chop szelet [selet], karaj [kárây]
chose →choose
Christian name utónév [ootaw-naiv]
Christmas karácsony [káraachonj]; →merry
church *(building)* templom; *(organization)* egyház [edjhaaz]
church service istentisztelet [ishten-tistelet]
cigar szivar [sivár]
cigarette cigaretta [tsigárettá]; have a ~ gyújtson rá [djooy-chon raa]!
cigarette-case cigarettatárca [tsigárettá-taartsá]
cigarette-holder szipka [sipká]
cinecamera filmfelvevő (gép) [gaip]
cine-film mozifilm, *(reversal)* fordítós [fordeetawsh] film (2×8 mm)

cinema mozi

cine projector vetítőgép [veteetőgaip]

cinerama panoráma-szélesvásznú (film) [pânoraamâ-
sailesh-vaasnoo]

circle kör; *(theatre)* erkély [erkay]

circular tour/trip körutazás [-ootâzaash]

circus *(show in tent)* cirkusz [tsirkoos]; *(junction e.g.
Piccadilly C.)* körtér [körtair]

citizen *(US)* állampolgár [aalâmpolgaar]

city város [vaarosh]; *(inner part of town)* (bel)város
[-vaarosh]; **how do I get to the ~?** hogyan jutok be a
városba [hodjân yootok be â vaaroshbâ]?; **~ of**
Pécs Pécs városa [paich vaaroshâ]

city map a belváros térképe [â belvaarosh tairkai-
pe]

claim 1. *n* igény [igainj], követelés [követelaish];
~ for damages kárigény [kaarigainj]; **~ for refund**
visszatérítési igény [vissâtaireetaishi igainj] 2. *v*
jelentkezni [yelentkezni] (vmiért), igényelni [igainjel-
ni] (vmit)

class osztály [ostaay]

clean 1. *a* tiszta [tistâ] 2. *v* (ki)tisztítani [-tisteetâni];
(wash) megmosni [-moshni]; **I should like to get
my suit ~ed** szeretném kitisztíttatni az öltönyömet
[seretnaim kitisteettâtni âz öltönjömet]; **~ out**
kitisztítani [-tisteetâni]; **~ up** kitakarítani [-tâkâ-
reetâni]

cleaner's ruhatisztító [roohâtisteetaw]

cleaning tisztítás [tisteetaash]; *(of room)* takarítás
[tâkâreetaash]

cleanser folttisztító (paszta) [-tisteetaw (pâstâ)]

cleansing tissue →**tissue**

clear 1. *a* tiszta [tistâ]; *(road)* szabad [sâbâd]; **a ~
view ahead** szabad kilátás [sâbâd kilaataash];
leave sth ~ szabadon hagyni [sâbâdon hâdjni]
2. *v* szabaddá [sâbâddaa] tenni

clearly tisztán [tistaan]; világosan [vilaagoshân]; szabadon [sâbâdon]

clear soup erőleves [-levesh], húsleves [hoosh-lev-esh]

clearway gyorsforgalmi út [djorsh-forgâlmi oot]; *(sign)* megállni tilos [megaalni tilosh]

clergyman lelkész [lelkais]

clerk tisztviselő [tistvishelő], *(female)* tisztviselőnő [tistvishelőnő]; *(shop-assistant)* elárusító [elaaroo-sheetaw]; → **desk clerk**

clever ügyes [üdjesh]; *(in understanding)* okos [okosh]

climate éghajlat [aig-hâylât]

climb *(a mountain)* megmászni [-maasni]; ~ **over** átmászni [aatmaasni]

clinic rendelőintézet [-intaizet], klinika [klinikâ]

clinical thermometer lázmérő [laazmairő]

cloakroom ruhatár [roohâtaar], poggyászmegőrző [poddjaas-], csomagmegőrző [chomâg-]

clock óra [âwra]

close 1. *v (door)* becsukni [-chookni]; (be)zárni [-zaarai] ~ **the door, please** kérjük az ajtót becsukni [kairyük âz âytawt bechookni]; **the shops are ~d** az üzletek zárva vannak [âz üzletek zaarvâ vânnâk]; **what time do the shops ~?** mikor zárnak az üzletek [mikor zaarnâk âz üzletek]? 2. *a* ~ **by** közvetlenül mellette → **season**

closed zárva [zaarvâ]; ~ **for lunch break** ebédszünet miatt zárva [ebaidsünet miyâtt zaarvâ]; ~ **to all vehicles** minden jármű forgalma mindkét irányból tilos [minden yaarmű forgâlmâ mind-kait iraanj-bawl tilosh]

early **closing day** az üzletek délután zárva tartanak [âz üzletek dailootaan zaarvâ târtânâk]

closing time üzletzárási [-zaaraashi] idő

cloth *(material)* szövet [sövet]

clothes ruha [roohâ], *(plural)* ruhák [roohaak]; **put on one's ~** felöltözni

clothes-brush ruhakefe [roohâ-]

clothes-hanger ruhaakasztó [roohâ-âkâstaw]

clothing ruházat [roohaazât], ruhák [roohaak]; **articles of ~** ruházati cikkek [roohaazâti tsikkek]

cloud felhő

cloudy felhős [felhősh]

cloverleaf *(road junction)* lóhere [law-he-re]

club klub [kloob], egyesület [edjeshület]

clutch tengelykapcsoló [tengey-kâpcholaw], kuplung [kooploong]

clutch slip a kuplung csúszása [â kooploong choo-saashâ]

c/o ... (= *care of*) ... leveleivel [leveleyivel], ...címén [tseemain]

coach *(bus)* (távolsági) autóbusz [(taavolshaagi) outawboos], *(railway carriage)* (vasúti) kocsi [(vâshooti) kochi]; **by ~** autóbusszal [outawboossâl]

coach-driving *(horses)* fogathajtás [fogât-hâytaash]

coach service (távolsági) autóbuszjárat [(taavol-shaagi) outawboos-yaarât], buszjárat [boosyaarât]

coach station autóbuszállomás [outaw-boos-aalomaash], (autó)buszmegálló [-boosmegaallaw]

coal szén [sain]

coarse durva [doorvâ]

coast (tenger)part [-pârt]

coat kabát [kâbaat]

Coca-Cola Coca-Cola, kóla [kawlâ]

cock kakas [kâkâsh]

cocktail koktél [koktail]

cocktails (= *party*) koktélparti [koktailpârti]

cocoa kakaó [kâkâ-aw]

cod tőkehal [-hál]

coffee kávé [kaavai]

coffee-bar eszpresszó [espresso]

cog-rail fogaskerekű [fogâshkerekű]

coin pénz(érme) [painz(airme)], érme [airme]; ~s aprópénz [âpraw-painz]; **5p** ~ ötpennys [öt-pennysh]; **10p** ~ tízpennys [teez-]

coinage aprópénz [âpraw-painz]

cold 1. *a* hideg; ~ **weather** hideg idő; **start from** ~ *(of a car)* hidegindítás [-indeetaash]; **are you** ~ fázik [faazik]?; **I am/feel** ~ fázom [faazom] **2.** *n* nátha [naat-hâ], hűlés [hűlaish]; **I have caught a** ~ megfáztam [-faaztâm]

cold meat felvágott [felvaagott]

collapsible összecsukható [össe-chook-hâtaw]

collar gallér [gâllair]

collar size nyakbőség [njâkbőshaig]

colleague kolléga [kollaigâ]

collect gyűjteni [djűyteni]; *(fetch)* érte [airte] menni

collected package utánvétcsomag [ootaanvait-chomâg]

college kollégium [kollaigi-oom]

collide összeütközni [össe-ütközni]

collision összeütközés [össe-ütközaish], karambol [kârâmbol]

collision insurance baleseti töréskár [bâlesheti töraish-kaar]

colour szín [seen]; **what** ~ **is it?** milyen színű [miyen seenű]?; ~ **film** színes [seenesh] film; ~ **TV** színes televízió [televeeziyaw]

colour rinse bemosás [bemoshaash]

column oszlop [oslop]

comb 1. *n* fésű [faishű] **2.** *v* (meg)fésülni [-faishülni]

combined kombinált [kombinaalt]

come jönni [yönni]; **please** ~ **here** kérem jöjjön ide [kairem yöyyön ide]; **where do you** ~ **from?** honnan jön ön [honnân yön ön]?, hová valósi [hovaa vâlawshi]?; **I** ~ **from Hungary** Magyarországról jöttem [mâdjârorsaagrawl yöttem]; **has he** ~ **yet?** megjött már [megyött maar]?; **can you** ~ **along?**

el tud(sz) jönni [el tood(s) yönni]?; ~ along!
gyerünk [djerünk]!; ~ back visszajönni [visså-
yönni]; ~ in bejönni [-yönni]; ~ in! tessék (be-
fáradni) [tesshaik befaarådni]!; ~ on! gyerünk
már [djerünk maar]!
comedy vígjáték [veegyaataik]
comfort kényelem [kainjelem]
comfortable kényelmes [kainjelmesh]
comfort station *(US)* nyilvános illemhely [njilvaanosh
illemhey]
comical komikus [komikoosh]
commence *(a journey)* megkezdeni [mekkezdeni];
(sth ~s) elkezdődni, megkezdődni [mekkezdődni]
commencement megkezdés [mekkezdaish]; ~ of the
journey az utazás megkezdése [åz ootåzaash mekkez-
daishe]
comment megjegyzés [-yedjzaish]
commentator beszélő [besailő], riporter
commerce kereskedelem [kereshkedelem]
commercial kereskedelmi [kereshkedelmi]; ~ traveller
kereskedelmi utazó [ootåzaw]
committee bizottság [bizott-shaag]
commodity szükségleti cikk [sükshaigleti tsikk],
árucikk [aaroo-tsikk]
common közös [közösh], általános [aaltålaanosh];
~ sense józan ész [yawzån ais]
commonwealth nemzetközösség [-közösh-shaig]
communication(s) közlekedés [közlekedaish]
communication cord vészfék [vaisfaik]
companion (úti)társ [(ooti)taarsh]
company társaság [taarshåshaag], *(business)* vállalat
[vaalålåt]
compare összehasonlítani [össehåshonleetåni]
compared to vmihez képest [kaipesht]
compartment fülke, szakasz [såkås]
compass iránytű [iraanjtű]

compel kényszeríteni [kainjsereeteni]
compete versenyezni [vershenjezni]
competition verseny [vershenj]
competitor versenyző [vershenjző], induló [indoolaw]
complain panaszkodni [pânâskodni]
complaint panasz [pânâs]; **what is your ~?** mi a panasza [mi â pânâsâ]?
complaints panaszok [pânâsok], reklamáció [reklâmaatsi-aw]
complete 1. *a* teljes [telyesh], egész [egais] 2. *v (a form)* kitölteni; **must be ~d** ki kell tölteni
completely teljesen [telyeshen]
completion befejezés [-feyezaish]; *(of a form)* kitöltés [-töltaish]
complicated bonyolult [bonjoloolt]
be **composed** *of* áll [aal] vmiből
composer zeneszerző [zeneserző]
composition összetétel [össetaitel]; *(writing)* fogalmazás [fogâlmâzaash]
(fully) **comprehensive insurance** casco-biztosítás [kâskaw-bistosheetaash]
comprehensive school általános középiskola [aaltâlaanosh közaip-ishkolâ]
compulsory kötelező, előírt [-eert]; **~ liability insurance** →**Third Party Liability**
concept fogalom [fogâlom]
concern *v* vonatkozni [vonâtkozni] (vmire); **as far as I am ~ed** a magam részéről [â mâgâm raisairől]
concerning ... vonatkozólag [vonâtkozawlâg]
concert hangverseny [hângvershenj]
concert hall hangversenyterem [hângvershenj-]
concession engedmény [engedmainj]
condensed milk tejkonzerv [tey-]
condition *(state)* állapot [aallâpot]; *(term)* feltétel [feltaitel]; **on ~ that** ... azzal a feltétellel, hogy ... [âzzâl â feltaitellel, hodj]

conduct vezet, *(music)* vezényel [vezainjel]; ~ed by . . .
vezényel . . . [vezainjel]
conducted tour társasutazás [taarshâsh-ootâzaash]
conductor *(bus, train)* kalauz [kâlâ-ooz]; *(music)*
karmester [kârmeshter]
cone *(ice-cream)* tölcsér [tölchair]
confectionery édesség [aidesshaig], (cukrász)sütemény
[(tsookraas-)shütemainj]; *(the shop)* cukrászda
[tsookraazdâ]
conference konferencia [konferentsiyâ]
confidential bizalmas [bizâlmâsh]
confirm megerősíteni [-erősheeteni], érvényesíteni
[airvainjesheeteni]; **have sth ~ed** érvényesíttetni
[airvainjesheet-tetni] vmit
confirmation megerősítés [-erősheetaish], érvényesítés
[airvainjesheetaish]
confusion (zűr)zavar [-zâvâr]
congratulations ! gratulálok [grâtoolaalok] !
congress kongresszus [kongressoosh]
connect *(with)* csatlakozni [châtlâkozni] (vmihez);
buses ~ing with trains vonatokhoz csatlakozó buszok
[vonâtok-hoz châtlâkozaw boosok]
connecting csatlakozó [châtlâkozaw]; ~ **flights**
csatlakozó járatok [châtlâkozaw yaarâtok]; ~
points csatlakozások [châtlâkozaashok]
connection csatlakozás [châtlâkozaash], összeköttetés
[össeköttetaish]; **is there a ~ to** . . .? van csatla-
kozás . . . felé [vân châtlâkozaash . . . felai]?;
miss one's ~ lekésni a csatlakozást [lekaishni â
châtlâkozaasht]
consent beleegyezés [bele-eddjezaish]
consequence következmény [következmainj]
consider megfontolni
consideration megfontolás [-fontolaash]; **take into ~**
fontolóra [fontolawrâ] venni
consist of áll [aal] vmiből

constable rendőr
constipation székrekedés [saikrekedaish]
under **construction** épités alatt [aipeetaish âlâtt]
consul konzul [konzool]
consulate konzulátus [konzoolaatoosh]
consult tanácsot kérni [tânaachot kairni] (vkitől)
consultation/consulting hours rendelés (ideje) [rendelaish (ideye)]
consultation room rendelő
consume (el)fogyasztani [-fodjâstâni]
consumer(s') goods közszükségleti cikkek [közsükshaigleti tsikkek]
contact érintkezésbe lépni [airintkezaishbe laipni] (vkivel)
contain tartalmazni [târtâlmâzni]
container tartály [târtaay], edény [edainj]
contents tartalom [târtâlom]
contest verseny [vershenj]
continent kontinens [kontinensh]
the **Continent** Európa [e-oo-rawpâ]
continental európai [e-oo-rawpâyi]
Continue folytatni [foy‚âtni]
continuous folyamatos [foyâmâtosh], folytonos [foytonosh]; ~ **white line** *(GB)* terelővonal [-vonâl], *(in Hungary: no crossing)* záróvonal [zaarawvonâl]
control 1. *n* irányítás [iraanjeetaash]; ~ **of traffic** forgalomirányítás [forgâlom-iraanjeetaash] 2. *v (traffic)* irányítani [iraanjeetâni]; ~ **(the) traffic** irányítani a forgalmat [iraanjeetâni â forgâlmât]
controlled parking fizetőparkoló [-pârkolaw]
control tower irányítótorony [iraanjeetaw-toronj]
convenience kényelem [kainjelem]; **with every modern** ~ összkomfortos [össkomfortosh]
convenient kényelmes [kainjelmesh]; alkalmas [âlkâlmâsh]

convention *(US)* konferencia [konferentsiâ], kongresz-szus [kongressoosh]

conversation beszélgetés [besailgetaish]

convertible currency konvertibilis valuta [konverti-bilish vâlootâ]

convertible top nyitható [njit-hâtaw] tető

cook 1. *n* szakács [sâkaach] **2.** *v* főzni

cooker *(gas)* (gáz)főző [(gaaz)-]; *(two-burner)* kétlapos [kait-lâposh] (gáz)főző; *(electric)* villanyfőző [villânj]

cookie *(US)* sütemény [shütemainj], süti [shüti]

cooking főzés [főzaish]; ~ **facilities** főzési lehetőség [főzaishi lehetőshaig]

cook-out *(US)* főzés a szabadban [főzaish â sâbád-bân]

cool hűvös [hűvösh], hideg

coolant hűtőfolyadék [-foyâdaik]

cooling system hűtőberendezés [-berendezaish]

co-op szövetkezeti bolt [sövetkezeti bolt]

copy másolat [maasholât]; *(one)* példány [paildaanj]

cord zsineg [zhineg]

cork dugó [doogaw]

corkscrew dugóhúzó [doogaw-hoozaw]

corn *(wheat)* búza [boozâ]; *(oats)* rozs [rozh]; *(US)* *(maize)* kukorica [kookoritsâ]

corner sarok [shârok]; *(football)* szöglet [söglet]

corner seat sarokülés [shârokülaish]

correct helyes [heyesh]

correspond levelezni

correspondence levelezés [levelezaish]

correspondent levelező; *(press)* tudósító [toodaw-shee-taw]

corridor folyosó [foyoshaw]

cosmetic kozmetikai szer [kozmetikâyi ser]

cost 1. *n* költség [kölchaig], ár [aar]; ~ ... ára ... [aarâ]; **at the** ~ **of** 2/- 2 shillinges áron [kait shillin-gesh aaron], 2 shillingért [kait shillingairt]; ~ **of**

5

living megélhetési költségek [megailhetaishi költ-chaigek] 2. *v* kerülni (vmibe); **how much does it ~?** mennyibe [mennjibe] kerül?;¡ **it ~s Ft 20** húsz forintba kerül [hoos forintbâ kerül]
costume viselet [vishelet]; *(lady's)* kosztűm [kostűm]; **national ~** nemzeti viselet [vishelet]
cottage nyaralóház [njârâlaw-haaz]
cottage cheese *(US)* túró [tooraw]
cotton pamut [pâmoot]
cotton-wool vatta [vâttâ]
couch divány [deevaanj]
couchette fekvőkocsi [fekvő-kochi], couchette
cough 1. *n* köhögés [köhögaish]; **I have a bad ~** csúnyán [choonjaan] köhögök 2. *v* köhögni
could →**can²**
council tanács [tânaach]
count megszámolni [-saamolni]
counter *(shop)* pult [poolt]; *(bank)* pénztár(ablak) [painstaar(âblâk)], ablak [âblâk]; *(telephone)* (tele-fon)érme [-air-me], tantusz [tântoos]
country *(nation)* ország [orsaag]; *(outside town)* vidék [vidaik]
countryside vidék(i táj) [vidaik(i taay)]
county megye [medje]; **~ tourist office** megyei idegenforgalmi hivatal [medjeyi idegenforgâlmi hivâtâl]
couple (egy) pár [(edj) paar]; **a ~ of ...** egy pár ... [edj paar], két ... [kait]
coupon szelvény [selvainj], jegy [yedj], utalvány [ootâlvaanj]
courier idegenvezető
course *(direction)* (út)irány [(oot)iraanj]; *(lessons)* tanfolyam [tânfoyâm]; *(food)* fogás [fogaash]; *(sports)* pálya [paayâ]; **in the ~ of .. ...** alatt [âlâtt]; **of ~** természetesen [termaiseteshen], persze [per-se]

court bíróság [beeraw-shaag]
cousin unokatestvér [oonokâteshtvair]
cover 1. *n (top)* fedél [fedail]; *(lid)* fedő; *(car)* ponyva [ponjvâ]; *(protection)* fedél [fedail]; *(insurance)* biztosítási [bistosheetaashi] fedezet **2.** *v* befedni; *(distance)* megtenni; *(extend over)* kiterjedni [-teryedni] (vmire); *(of money: be enough)* elég [elaig] (vmire); ~**ed thirty miles** harminc mérföldet tett meg [hârmints mairföldet tett meg]; ~**s one's expenses** fedezi a költségeket [fedezi â kölchaigeket]; **it** ~**s all the countries ...** minden országra kiterjed [minden orsaagrâ kiteryed]; **how are you** ~**ed?** milyen biztosítása van [miyen bistosheetaashâ vân]?
coverage (biztosítási) [biztosheetaashi] fedezet
covered fedett
cow tehén [tehain]
cox(wain)ed kormányos [kormaanjosh]
cox(wain)less kormányos nélküli [kormaanjosh nailküli]
crack repedés [repedaish]
cracker *(US)* keksz [keks]
craft shop népművészeti [naipművaiseti] bolt
cramp görcs [görch]
crank-case karter [kârter]
crank-handle kézikar [kaizikâr], kézi indító [kaizi indeetaw]
crankshaft forgattyús tengely [forgâttjoosh tengey]
crash 1. *n* zuhanás [zoohânaash], *(car)* karambol [kârâmbol] **2.** *v (plane)* lezuhanni [-zoohânni]; *(car)* karambolozni [kârâmbolozni]; ~ **into** beleszaladni [-sâlâdni] (vmibe)
crash helmet bukósisak [bookaw-shishâk]
cream tejszín [teyseen]; *(cosmetic)* krém [kraim]
crease-resistant gyűrhetetlen [djűr-hetetlen]
credit hitel
credit card hitelkártya [-kaartjâ]

5*

crew legénység [legainj-shaig], személyzet [semayzet]
cricket krikett
crop termés [termaish]
cross v *(sea)* átkelni [aatkelni]; *(road)* átmenni [aat-menni], áthaladni [aat-hâlâdni]; **he is ~ing the road** átmegy/áthalad az úttesten [aatmedj/aat-hâlâd âz oot-teshten]; **~ the line** átlépni/áthajtani a vonalon [aatlaipni/aat-hâytâni â vonâlon]; **must not ~ the continuous white line** nem szabad átlépni a záróvonalat [nem sâbâd aatlaipni â zaaraw-vonâlât]; **~ from one lane to another** sávot váltani [shaavot vaaltâni]
crossing *(by sea)* átkelés [aatkelaish]; *(at an intersection)* áthaladás [aat-hâlâdaash]; *(of roads)* út-kereszteződés [ootkereszteződaish]; *(railway) (vasúti)* átjáró [(vâshooti) aatyaaraw]; **a rough ~** viharos átkelés [vihârosh aatkelaish]; **~ with barrier** sorompós vasúti átjáró [shorompawsh vâsh-ooti aatyaaraw]; **~ with flashing lights** fénysorom-póval ellátott vasúti átjáró [fainj-shorompaw-val ellaatott vâshooti aatyaaraw]
crossroads (út)kereszteződés [(oot)kereszteződaish]
crosswalk *(US)* gyalogátkelőhely [djâlogaatkelő-hey]
cross-wind(s) oldalszél [oldâlsail]
crowd tömeg
crowded zsúfolt [zhoofolt], *(areas)* sűrűn lakott [shűrűn lâkott]
cruise sétahajózás [shaitâ-hâyawzaash]
cruising speed utazósebesség [ootâzaw-shebesshaig]
cry 1. n kiáltás [kiyaaltaash] **2.** v *(shout)* kiáltani [kiyaaltâni]; *(weep)* sírni [sheerni]
cube kocka [kotskâ]
cucumber uborka [ooborkâ]
cuff kézelő [kaizelő]
cuff-links kézelőgomb(ok) [kaizelőgomb(ok)]
cuisine konyha [konjhâ]

cultural kulturális [kooltooraalish], művelődési [művelődaishi]; ~ **attaché** kulturális attasé; → **Institute for Cultural Relations**

culture kultúra [kooltoorâ], művelődés [művelődaish]

cup csésze [chai-se]; *(sports)* kupa [koopâ]; **a ~ of tea** egy csésze tea [edj chai-se teyâ]

curb járdaszegély [yaardâ-segay]

cure kúra [koorâ]

currency valuta [vâlootâ], (külföldi) pénz [painz]

currency examination valutavizsgálat [vâlootâ-vizhgaalât]

currency restrictions devizakorlátozások [devizâ-korlaatozaashok]

current 1. *a* elterjedt [elteryett]; ~ **account** folyószámla [foyaw-saamlâ]; **open a ~ account** folyószámlát nyitni [folyaw-saamlaat njitni]; ~ **events** aktuális események [âktoo-aalish eshemainjek] **2.** *n (electric)* áram [aarâm]

curtain függöny [függönj]

curve útkanyarulat [ootkânjâroolât], kanyar [kânjâr]

cushion párna [paarnâ]

custard tejsodó [teyshodaw]

custom szokás [sokaash] → **customs**

customary szokásos [sokaashosh]

customer *(in a shop)* vevő, *(in a restaurant)* vendég [vendaig]

custom-house vámhivatal [vaamhivâtâl]

customs vám [vaam]

customs and passport examination útlevél- és vámvizsgálat [ootlevail aish vaam-vizhgaalât]

customs authorities vámhatóságok [vaam-hâtawshaagok]

customs clearance vámkezelés [vaamkezelaish]

customs declaration vámnyilatkozat [vaam-njilâtkozât]

customs duty vámkezelési illeték [vaam-kezelaishi illetaik], vám [vaam]

customs examination/formalities vámvizsgálat [vaam-vizhgaalât]
customs office vámhivatal
customs officer/official vámtiszt [vaamtist]
customs regulations vámszabályok [vaamsâbaayok]
customs tariff vámtarifa [vaamtârifâ]
cut 1. v (el)vágni [-vaagni]; ~ **in two** kettévágni [kettai-vaagni]; ~ **in** *(on a vehicle)* elévágni (jármű-nek) [elai-vaagni (yaarműnek)]; ~ **short** rövidre vágni [vaagni]; ~ **up** felszeletelni [-seletelni] **2.** *n (wound)* vágás [vaagaash]; *(clothes)* fazon [fâzon]
cute *(US)* helyes [heyesh], csinos [chinosh]
cutlet szelet [selet]; ~ **of veal** borjúszelet [boryoo-selet]
cycle kerékpározni [keraikpaarozni], biciklizni [bitsiklizni]
cycle path/track kerékpárút [keraikpaar-oot]
cycling kerékpározás [keraikpaarozaash]
cyclist kerékpáros [keraikpaarosh], biciklista [bitsik-lishtâ]
cylinder *(motor)* henger; *(of compressed gas)* (bután)-gázpalack [(bootaan)gaazpâlâtsk]
Czech cseh [cheh]
Czechoslovak csehszlovák [cheslovaak]
Czechoslovakia Csehszlovákia [cheslovaakiâ]

D

d = penny, pence
daily 1. *adv* mindennap [-nâp], naponta [nâpontâ]
   2. *a* napi [nâpi] **3.** *n (paper)* napilap [nâpilâp]
dairy tejcsarnok [tey-chârnok]
damage 1. *n* kár [kaar]; sérülés [shairülaish]; ~s kárté-rítés [kaartaireetaish] **2.** *v* **get** ~d megsérülni [-shai-

rülni], megrongálódni [-rongaalawdni]; **his car has been** ~d a kocsija megrongálódott [â kochiyâ megrongaalawdott]

damaged sérült [shairült], megrongálódott [-rongaalawdott]

damp párás [paaraash], nedves [nedvesh]

dance 1. *n* tánc [taants] **2.** *v* táncolni [taantsolni]

dance orchestra tánczenekar [taants-zenekâr]

dancing tánc [taants]; **do you like** ~? szeret táncolni [seret taantsolni]?

Dane dán [daan]

danger veszély [vesay]; ~ ! **road up!** vigyázat! útépítés! [vidjaazât! ootaipeetaish!]

dangerous veszélyes [vesayesh]; ~ **hill** veszélyes lejtő [leytő]

Danish dán [daan]

Danube Duna [doonâ]; **a small town on the** ~ Duna menti kisváros [doonâ menti kish-vaarosh], kisváros a Duna mellett/mentén [mentain]

Danube bend Dunakanyar [doonâ-kânjar]

dare merni; **I daren't speak** nem merek beszélni [besailni]

dark sötét [shötait]

dash *(past)* elszáguldani [-saagooldâni] (vki mellett)

dashboard műszerfal [műserfâl]

date[1] időpont, dátum [daatoom], kelet; *(appointment)* randevú [rândevoo]; ~ **of arrival** érkezés időpontja [airkezaish időpontyâ]; ~ **of birth** születési ideje [sületaishi i-de-ye]; ~ **of departure** hazautazás/elutazás időpontja [hâzâ-ootâzaash/elootâzaash időpontya]; ~ **of issue** a kiállítás/kiadás kelte [â ki-aaleetaash/ki-âdaash kel-te]

date[2] *(fruit)* datolya [dâtoyâ]

date stamp keletbélyegző [-bayegző]

daughter lánya [laanjâ] (vkinek)

daughter-in-law meny [menj]
day nap [nâp]; **what ~ is today?** milyen nap van ma [miyen nâp vân mâ]?; **the ~ after tomorrow** holnapután [holnâpootaan]; **the ~ before yesterday** tegnapelőtt [tegnâpelőtt]; **all ~** egész nap [egais nâp]; **every ~** mindennap [-nâp]; **the other ~** a minap [â minâp]; **for the ~** egy napra [edj nâprâ]; **for three ~s** három napra/napig [haarom nâprâ/nâpig]; **35 Ft a ~** napi 35 Ft [nâpi hârmintsöt forint]; **by ~** nappal [nâppâl]; **a ~'s journey** egy napi utazás [edj nâpi ootâzaash]
day-nursery óvoda [aw-vodâ]
day return ticket egy napig érvényes menettérti jegy [edj nâpig airvainjesh menet-tairti yedj]
daytime: in the ~ nappal [nâppâl]
dazzle elvakítanî [-vâkeetâni]
dead halott [hâlott]
dead-end (street) zsákutca [zhaak-oottsâ]
dead slow lépésben (hajts) [laipaishben (hâych)]!, lassan [lâsh·shân]!
deaf süket [shüket]
deal¹: a good/great ~ of sok [shok]; **(s)he is a good ~ better** sokkal jobban van [shokkâl yobbân vân]
deal² with foglalkozni [foglâlkozni] (vkivel, vmivel); **we ~ with Smith, the butcher** mi S. hentesnél vásárolunk [mi S. henteshnail vaashaaroloonk]
deal³ v (cards) osztani [ostâni]
dealer kereskedő [kereshkedő]
dealt → deal²
dear (expensive) drága [draagâ]; (much loved) kedves [kedvesh], drága [draagâ]; **Dear Sir,** Kedves Uram [kedvesh oorâm]!
death halál [hâlaal]
debt adósság [âdawsh-shaag]
decagram deka(gramm), dkg [dekâ(grâmm)]
deceleration lane lassító sáv [lâsh-sheetaw shaav]

73   **delay**

December december [detsember]; **on ~ 7th/8th** december 7-én/8-án [detsember hetedikain/njoltsâdikaan]
decent rendes [rendesh]
deci̇ (el)határozni [-hâtaarozni], (el)dönteni; **we have ~d to . . .** úgy döntöttünk, hogy . . . [oodj döntöttünk, hodj]
decilitre deci(liter), dl [detsi(liter)]
decimal currency tízes pénzrendszer [teezesh painzrendser]
deck fedélzet [fedailzet]
declare kijelenteni [-yelenteni]; *(articles bought)* beírni (a vámárunyilatkozatba) [be-eerni (â vaamaaroo-njilâtkozâtbâ)]; **have you anything to ~ ?** van valami elvámolni valója [vân vâlâmi elvaamolni vâlawyâ]?
declutch kikuplungozni [-kooploongozni], kinyomni a kuplungot [kinjomni â kooploongot]
decrease csökkenni [chökkenni]
deep mély [may]
deep-frozen mélyhűtött [may-]
deer őz
defect (műszaki) hiba [(műsâki) hibâ], defekt
defence védelem [vaidelem]
defend megvédeni [-vaideni]
defer elhalasztani [-hâlâstâni], későbbi időpontra áttenni [kaishőbbi időpontrâ aat-tenni]
defroster jégtelenítő [yaigteleneető]
degree 1. *(thermometer)* fok; **20 ~s centigrade** (plusz) húsz fok (20° C) [(ploos) hoos fok] 2. *(university)* diploma [diplomâ]
de-ice jégteleníteni [yaigteleneeteni]
delay 1. *n* késés [kaishaish], késedelem [kaishedelem]; **without ~** haladék/késedelem nélkül [hâlâdaik/ kaishedelem nailkül] 2. *v* elhalasztani [-hâlâstâni]; **cannot be ~ed** nem halasztható el [hâlâst-hâtaw el]; **I was ~ed by the traffic** a forgalom miatt késtem

[â forgâlom miyatt kaishtem], a forgalom tartott
fel [târtott fel]
delicacy csemege [chemege]
delicate finom
delicatessen *(shop)* csemegeüzlet [chemege-üzlet];
(food) csemegeáru [-aaroo]
delicious kitűnő
delight 1. *n* élvezet [ailvezet] 2. *v.* I shall be ~ed to ...
nagy örömömre fog szolgálni, ha ... [nâdj örömömre
fog solgaalni, hâ]
delightful gyönyörű [djönjörű], elragadó [elrâgâdaw]
deliver *(carry)* kézbesíteni [kaizbesheeteni]
delivery *(letter)* kézbesítés [kaizbesheetaish], *(parcel)*
(ki)szállítás [-saaleetaash]; **payable on** ~ szállításkor
[saaleetaashkor] fizetendő
de luxe hotel osztályon felüli szálloda [ostaayon felüli
saalodâ]
demand 1. *n* kérés [kairaish], követelés [követelaish];
(for goods etc.) kereslet [kereshlet]; **on** ~ kívánságra
[keevaanshaagrâ]; **payable on** ~ látra szóló [laatrâ
saw-law] 2. *v* kérni [kairni], (meg)követelni
Denmark Dánia [daaniâ]
denomination *(relig.)* felekezet; *(money)* címlet
[tseemlet]
dense sűrű [shűrű]
dental office *(US)* →dental surgery
dental plate, denture műfogsor [műfog-shor]
dental surgery fogorvosi [fogorvoshi] rendelő
dentist fogorvos [fogorvosh]
depart (el)indulni [-indoolni]
department osztály [ostaay]
department store áruház [aaroohaaz]
departure (el)indulás [-indoolaash]; ~s *(as a notice)* in-
dul [indool]; **on** ~ induláskor [indoolaashkor]; **on**
~ **day** a visszaindulás napján [â vissâ-indoolaash
nâpyaan]

departure time indulási [indoolaashi] idő(pont)
depend *on* számítani [saameetâni] (vkire); **that** ~**s ez
attól** [ât-tawl] függ
deposit 1. *n* előleg; letét(i díj) [letait(i deey)] **2.** *v*
lefizetni, letenni
depth mélység [may-shaig]
deregistration form kijelentkezési lap [kiyelentkezaishi
lâp]
describe leírni [le-eerni]
description leírás [le-eeraash]; ~ **of person** személy-
leírás [semay-le-eeraash]
deserve (meg)érdemelni [-airdemelni]
design terv; (*pattern*) minta [mintâ]
desirable kívánatos [keevaanâtosh]
desire óhajtani [aw-háytâni], akarni [âkârni]
desk (*writing*) íróasztal [eeraw-âstâl]; (*paying*) pénz-
tár [painstaar], kassza [kâssâ]; **please pay at the
~ a kasszánál tessék fizetni** [â kâssaanaal tesh-
shaik fizetni]
desk clerk (fogadó)portás [(fogâdaw)portaash]
dessert csemege [chemege]; (*course of sweets*) édesség
[aidesh-shaig], (*fruit*) gyümölcs [djümölch]
dessert spoon gyermekkanál [djermek-kânaal]
destination (**station**) célállomás [tsail-aalomaash], ren-
deltetési állomás [rendeltetaishi aalomaash]; úticél
[ooti-tsail]
destroy elpusztítani [elpoosteetâni]
detail részlet [raislet]; **give full ~s megadni a pontos
adatokat** [megâdni â pontosh âdâtokât], **közölni a
részleteket** [â raisleteket]; **full ~s from ... részletes
felvilágosításért forduljon ...** [raisletesh felvilaago-
sheetaashairt fordoolyon]
detergent (*washing*) mosószer [moshaw-ser], (*cleaning*)
tisztítószer [tisteetaw-ser]
determine meghatározni [meg-hâtaarozni]
detou (*US*) terelőút [terelő-oot]

develop fejlődni [feylődni]; *(film)* előhívni [elő-heevni]; **get it** ~**ed** előhívatni [-heevátni]

development fejlődés [feylődaish]; *(latest)* fejlemény [feylemainj]

deviation elterelés [elterelaish], terelőút [-oot]

diabetes cukorbaj [tsookorbáy]

dial *v* tárcsázni [taarchaazni]; ~ **04!** *(=ambulance)* hívja/tárcsázza a nulla négyet [heevyá/taarchaazzá á noollá naidjet]!

dial tone *(US)* búgó jel [boogaw yel]

diamond gyémánt [djaimaant]

diaper *(US)* pelenka [pelenká]

diarrhoea hasmenés [hásh-menaish]

dictionary szótár [saw-taar]

did →**do**

die meghalni [-hálni]; **(s)he died** meghalt [-hált]

diesel dízel [deezel]

diet diéta [dee-aitá]

dietetic restaurant diétás étterem [dee-aitaash ait-terem]

differ *from* különbözik, más [maash] mint

difference különbség [külömb-shaig]

different különböző [külömböző], különféle [különfai-le]

differential (gear) differenciál [diferentsi-aal]

difficult nehéz [nehaiz]

difficulty nehézség [nehaish-shaig], baj [báy]

dig ásni [aashni]

dim homályos [homaayosh], tompa [tompá]

dimensions méretek [mairetek]

dimmed headlights →**dipped headlights**

dimming tompított fényszóró használata [tompeetott fainj-saw-raw hásnaalátá]

dine *(noon)* ebédelni [ebaidelni]; *(evening)* vacsorázni [váchoraazni]; **we are dining out this evening** ma este elmegyünk valahová vacsorázni [má esh-te elmedjünk váláhovaa váchoraazni]

dining-car étkezőkocsi [aitkező-kochi]
dining-room ebédlő [ebaidlő], étterem [ait-terem]; *(restaurant)* étkezde [aitkez-de]
dinner *(noon)* ebéd [ebaid]; *(evening)* vacsora [vâchorâ]; **have ~** *(noon)* ebédelni [ebaidelni]; *(evening)* vacsorázni [vâchoraazni]; **what shall we have for dinner?** *(noon)* mi lesz ebédre [mi les ebaidre]?; *(evening)* mi lesz vacsorára [vâchoraarâ]?
dinner jacket szmoking [smoking]
dip: ~ the headlights tompítani a fényszórót [tompeetâni â fainj-saw-rawt], levenni a fényt [â fainjt]
dipped headlights tompított fényszóró [tompeetott fainj-saw-raw]
dip-stick mérőpálca [mairő-paaltsâ]
direct 1. *a* közvetlen; **~ airline** közvetlen légijárat [laigi-yaarât]; **~ service** közvetlen járat [yaarât] **2.** *v* eligazítani [-igâzeetâni], irányítani [iraanjeetâni]; *(play, film)* **~ed by . . .** rendezte . . .
direction (menet)irány [-iraanj]; haladási irány [hâlâdaashi iraanj]; **to change ~** (menet)irányt változtatni [(menet)iraanjt vaaltoztâtni]; **~s for use** használati utasítás [hâsnaalâti ootâsheetaash]
direction indicator irányjelző [iraanj-yelző], villogó [villogaw]
direction sign (út)irányjelző tábla [(oot)iraanj-yelző taablâ]
director igazgató [igâzgâtaw]
directory telefonkönyv [-könvj]
dirt piszok [pisok]
dirt road földút [föld-oot]
dirty piszkos [piskosh]
disagree nem ért egyet [airt eddjet]
disappear eltűnni
disappointment csalódás [châlawdaash]
discount kedvezmény [kedvezmainj]], engedmény [engedmainj]

discover felfedezni
discuss megtárgyalni [-taardjálni], megbeszélni [-besailni]
discussion megbeszélés [-besailaish], tárgyalás [taardjálaash]
disease betegség [beteg-shaig]
dish *(container)* edény [edainj]; *(flat)* tál [taal]; *(food)* étel [aitel]; **wash up the** ~es elmosogatni [-moshogátni]
dislocation ficam [fitsâm]
dispatch 1. *n* elküldés [-küldaish] **2.** *v* elküldeni
dispensary, dispensing chemist (kórházi) gyógyszertár [djawdj-sertaar]
disposable eldobható [-dobhâtaw];~s *(nappy)* papírpelenka [pâpeer-pelenkâ], *(face tissue)* arctörlő [ârts-törlő]
disposal: at sby's ~ vkinek a rendelkezésére [â rendelkezai-shai-re]
distance távolság [taavol-shaag], táv [taav]
distant távoli [taavoli]
distinguish megkülönböztetni [-különböstetni]
distributor (gyújtás)elosztó [(djooytaash)elostaw]
distributor cap elosztófedél [elostaw-fedail]
distributor head elosztófej [elostaw-fey]
district kerület, körzet
disturb (meg)zavarni [-zâvârni]
ditch árok [aarok]
diversion terelőút [ter-elő-oot]
divide felosztani [-ostâni]; *(in two)* kettéosztani [kettai-ostâni]
divided highway *(US)* osztottpályás úttest [ostottpaayaash oot-tesht]; kétpályás út [kaitpaayaash oot]
dividing line/strip (középső) elválasztó sáv [(közaipshő) elvaalâstaw shaav]
divorced elvált [elvaalt]

feel **dizzy** szédülni [saidülni]
do (meg)tenni, csinálni [chinaalni]; **what are you
~ing?** mit csinál(sz) [chinaal(s)]?; **will it be done
quickly?** hamar meglesz [hâmâr megles]?; **what
can I ~ for you?** miben lehetek szolgálatára solgaa-
lâtaarâ]?; **that will ~** ez elég lesz [ez elaig les];
I shall ~ that azt fogom csinálni [âst fogom chi-
naalni]; **he did London in two days** két nap alatt
[kait nâp âlâtt] megtekintette Londont; **we ~ ten
miles a day** tíz mérföldet teszünk meg egy nap
[teez mairföldet tesünk meg edj nâp]; **I ~ my best**
megteszek [meg-tesek] minden tőlem telhetőt; **how
~ you~ ?** jó napot kívánok [yaw nâpot keevaanok] !,
üdvözlöm!; **he is ~ing well** jól van [yawl vân];
I don't know nem tudom [nem toodom]; **did you
see it?** látta(d) [laattâ(d)]?; **~ sit down** (de) üljön
már le [(de) ülyön maar le]!; **you like her, don't
you?** ugye szereti (őt) [oo-dje sereti (őt)]?; **so ~ I**
én is [ain ish]; **has to ~ with sth** köze van [kö-ze
vân] vmihez; **has nothing to ~ with sth** semmi köze
[shemmi kö-ze] vmihez; **~ without** megvan nélküle
[megvân nailkü-le]
dock dokk
doctor orvos [orvosh], doktor; **send for the ~** orvost
hív(at)ni [orvosht heev(ât)ni], orvosért [orvoshairt]
küldeni; **~'s certificate** orvosi bizonyítvány/igazolás
[orvoshi bizonjeetvaanj/igâzolaash]
documents iratok [irâtok], papírok [papeerok]
dog kutya [kootjâ]
dollar dollár [dollaar]
domestic *(house)* házi [haazi]; *(country)* hazai [hâ-
zâyi]
done →do
door ajtó [âytaw]
door-handle ajtókilincs [âytaw-kilinch]
door-lock ajtózár [âytaw-zaar]

dormitory hálóterem [haalaw-]
double 1. *a* kettős [kettősh], dupla [dooplá]; ~ **bed**
duplaágy [dooplá-aadj]; ~ **(bed)room** kétágyas
szoba [kait-aadjásh sobá]; **can I have a** ~ **room?**
kaphatok egy kétágyas szobát [káphátok edj kait-
-aadjásh sobaat]?; ~ **bend/curve** *(US)* kettős útka-
nyarulat [kettősh ootkánjároolát]; ~ **(white) line**
(= *single in Hungary, no crossing!*) záróvonal
[zaaraw-vonál] 2, *v* ~ **(up)** összehajtani [össe-
háytáni]
double-decker (bus) emeletes autóbusz [emeletesh
outaw-boos]
double-ended spanner kettős villáskulcs [kettősh
villaash-koolch]
doubt 1. *n* kétely [kaitey]; **if in** ~ kétely esetén
[kaitey eshetain]; **no** ~ kétségtelenül [kait-shaigtele-
nül], bizonyára [bizonjaará] 2. *v* **I** ~ **it** kétlem [kait-
lem]
doughnut fánk [faank]
down[1] 1. *adv/prep (to a lower position)* le(felé) [-felai];
(in a lower position) lenn; **sit** ~ leülni; **he's** ~ **with
a flu** influenzával ágyban fekszik [influenzaavál
aadjbán fekşik]; ~ **the river** lefelé a folyón [lefelai
â foyawn] 2. *a* ~ **payment** előleg; **the** ~ **train** a
fővárosból érkező vonat [â fővaaroshbawl airkező
vonát]
down[2] *n (eider-)* dunyha [doonj-hâ]
downstairs *(to the lower floor)* le; *(on the lower floor)*
lent (a földszinten) [â föltsinten]; **go** ~ lemenni;
he is waiting ~ lent vár [vaar]
downtown *(US) (to)* a belvárosba [â belvaaroshbâ];
(in) a belvárosban [â belvaaroshbân]
dozen tucat [tootsât]
draft *(plan)* tervezet; *(writing)* vázlat [vaazlât];
(US) (air) huzat [hoozât]
drain off *(oil)* leengedni [le-engedni]

drama színdarab [seendârâb], dráma [draamâ]

drank →drink 2.

draper('s) textilüzlet [tekstil-üzlet]

draught *(air)* huzat [hoozât]

draw 1. *v (pull)* húzni [hoozni]; *(make a picture)* rajzolni [râyzolni]; ~ **back** visszahúzni [vissâhoozni]; ~ **near** közeledni; ~ **up** megállni [-aalni] 2.*n* **ended in a** ~ döntetlenre végződött [vaigződött]

drawer *(of a table)* fiók [fiyawk]; *(undergarment)* ~s alsónadrág [âlshaw-nâdraag]

drawing-room fogadószoba [fogâdaw-sobâ], szalon [sâlon]

dream 1. *n* álom [aalom] 2. *v* álmodni [aalmodni]

dress 1. *n* ruha [roohâ]; **evening** ~ estélyi ruha [eshtayi roohâ]; **morning** ~ utcai ruha [ootsâyi roohâ] 2. *v* öltöz(köd)ni; felöltözni; **well** ~**ed** jól [yawl] öltözött; ~ **a wound** bekötözni sebet [shebet]

dressage test díjlovaglás [deey-lovâglaash]

dress circle első emeleti erkély [elshő emeleti erkay]

dress coat frakk [frâkk]

dressing *(putting on clothes)* öltözködés [öltözködaish]; *(bandaging a wound)* (be)kötözés [-kötözaish], *(the bandage)* kötés [kötaish], kötszer [kötser]; *(for salad)* majonéz [mâyonaiz]

dressing-cabin öltöző

dressing-case neszeszer [neseser]

dressing-gown köntös [köntösh], pongyola [pondjolâ]

dressing-room öltöző

dressmaker női szabó [nőyi sâbaw]

dress rehearsal főpróba [fő-prawbâ]

drew →draw 1.

dried szárított [saareetott]

drier hajszárító [hây-saareetaw]

drink 1. *n* ital [itâl]; **have a** ~ inni (egyet) [eddjet]; 2. *v* inni; ~**s a glass of water** iszik egy pohár vizet [isik edj pohaar vizet]; **she drank a cup of tea** ivott

egy csésze teát [ivott edj chai-se teyaat]; ~ **to
the health of sby** vkinek az egészségére inni [âz
egais-shaigai-re inni]
drinking ivás [ivaash]
drinking-water ivóvíz [ivaw-veez]
drip-dry csavarás nélkül száradó [châvâraash nailkül
saarâdaw]
drive 1. v vezetni, hajtani [hâytâni]; **can you ~ a
car?** tud vezetni [tood vezetni]?; ~ **slowly !** lassan
hajts [lâsh-shân hâych]!; ~ **with caution !** óvatosan
hajts/vezess [aw-vâtoshân hâych/vezessh]!; **shall
we ~ home or walk?** kocsival menjünk haza vagy
gyalog [kochivâl mennjünk hâzâ vâdj djâlog]?; **he
drove me to the station** elvitt az állomásra (kocsival)
[elvitt âz aalomaashrâ (kochivâl]; ~ **off** elhajtani
[-hâytâni]; ~ **through** keresztülhajtani [kerestül-
hâytâni] **2.** n autózás [outawzaash], autóút [outaw-
oot]; **it is an hour's ~ away** egy órányira van autón/
kocsin [edj awraanjirâ vân outawn/kochin]
drive-in movie autó(s)mozi [outaw(sh)mozi]
driver (jármű)vezető [(yaarmű)vezető], sofőr [shofőr]
driving vezetés [vezetaish]; ~ **on the right** jobbrahaj-
tás [yobbrâ-hâytaash]
driving licence vezetői engedély [vezetőyi engeday],
(gépjárművezetői) jogosítvány [(gaip-yaarmű-veze-
tőyi) yogosheetvaanj]; ~ **number** vezetői engedély
száma [saamâ]
driving mirror visszapillantó [vissâ-pillântaw] tükör
driving seat vezetői ülés [vezetőyi ülaish]
drizzle szitálás [sitaalaash], szitáló eső [sitaalaw
eshő]
drop 1. n csepp [chepp] **2.** v *(let fall)* leejteni [le-
eyteni]; *(coin)* bedobni; ~ **in (on sby)** benézni
[-naizni] (vkihez); ~ **me a line** írjon (egy) pár
sort [eeryon (edj) paar short]
drown vízbe fulladni [veezbe foollâdni]

drug *(medicine)* gyógyszer [djâwdj-ser]; *(narcotic)* kábítószer [kaabeetaw-ser]; **under the influence of** ~**s** kábítószer hatása alatt [kaabeetaw-ser hâtaashâ âlâtt]

druggist gyógyszerész [djawdj-serais]; „drugstore"-tulajdonos [-toolâydonosh]

drugstore *(chemist's)* gyógyszertár [djawdj-sertaar,] patika [pâtikâ]

drunk részeg [raiseg]

dry 1. *a* száraz [saarâz] **2.** *v (get dry)* megszáradni [-saarâdni]; *(make dry)* megszárítani [-saareetâni]; ~ **one's hand** megtörölni a kezét [meg-törölni â kezait]; ~ **the dishes** eltörülgetni

dry-clean szárazon tisztítani [saarâzon tisteetâni], vegytisztítani [vedj-tisteetâni]

dry-cleaning establishment vegytisztító [vedj-tisteetaw]

dual carriageway osztottpályás úttest [ostott-paayaash oot-tesht]; ~ **road** osztottpályás út [oot], kétpályás [kait-paayaash] út

dubbed szinkronizált [sinkronizaalt]

dubbing szinkronizálás [sinkronizaalaash]

duck kacsa [kâchâ]

duck shooting vadkacsázás [vâd-kâchaazaash]

due 1. *a* esedékes [eshedaikesh]; **the train is** ~ **at 1.30** a vonatnak 1.30-kor kell (be)érkeznie [â vonâtnâk edj awrâ hârmintskor kell (be-)air.kezniye]; ~ **to** ... ... következtében [következtaiben] **2.** *n* díj [deey], illeték [illetaik]

dug →**dig**

dull *(uninteresting)* unalmas [oonâlmâsh]; *(stupid)* buta [bootâ]; *(not bright)* borús [boroosh]

dumplings gombóc [gombawts]

duration idő(tartam) [-târtâm]; ~ **of proposed stay** a tervezett ottartózkodás ideje [â tervezett ott-târtawzkodaash ide-ye]

6*

during alatt [ålått]; ~ **the day** napközben [nåp-];
~ **the summer** a nyár folyamán [å njaar foyåmaan]
dust por
dustbin szemétvödör [semait-]
dustfree pormentes [pormentesh]
dusty poros [porosh]
Dutch holland [hollånd]
dutiable vámköteles [vaamkötelesh]
duty *(obligation)* kötelesség [kötelesh-shaig]; *(customs)*
vám [vaam]; **be on** ~ ügyeletes [üdjeletesh], szol-
gálatban van [solgaalåtbån vån]; inspekciós [in-
shpek-tsi-awsh]; **what is the** ~ ? mennyi vámot
fizetek [mennji vaamot fizetek[?; **pay** ~ **on sth**
vámot [vaamot] fizetni vmire
duty-free 1. *a* vámmentes [vaam-mentesh] **2.** *adv*
vámmentesen [vaam-menteshen]
dwell lakni [låkni]
dye befesteni [-feshteni]
dynamo (töltő)dinamó [-dinåmaw]
dysentery vérhas [vair-håsh]

E

each minden, mindegyik [mind-edjik]; **on** ~ **side**
mindkét/mindegyik oldalon [mind-kait/mind-edjik
oldålon]; ~ **other** egymást [edjmaasht]; **they cost
a penny** ~ darabja egy penny [dåråbyå edj penny].
ear fül
earache fülfájás [-faayaash]
early 1. *a* korai [koråyi]; **an** ~ **riser** koránkelő [koraan-
kelő]; ~ **closing day** délutáni zárvatartás [dail-
ootaani zaarvå-tårtaash] **2.** *adv* korán [koraan]; **it
is very** ~ nagyon korán van [nådjon koraan vån]

earn keresni [kereshni]
ear-ring fülbevaló [-vålaw]
earth föld
east 1. *n* kelet; **Budapest East** Keleti pályaudvar
[paayâ-oodvâr] 2. *adv* keletre [kel-et-re], kelet felé
[felai]
Easter húsvét [hoosh-vait]
eastern keleti
eastward(s) kelet felé [felai]
easy könnyű [könnjű]
eat enni; **will you have something to ~?** akar(sz)
valamit enni [âkâr(s) vâlâmit enni]?; **where shall
we ~ ?** hol eszünk/együnk [hol esünk/edjünk]?
eating étkezés [aitkezaish]
economical gazdaságos [gâzdâ-shaagosh]
economy class turistaosztály [toorishtâ-ostaay]
economy class return kedvezményes menettérti jegy
[kedvezmainjesh menet-tairti yedj]
economy flight kedvezményes repülőút [kedvez-
mainjesh repülő-oot]
edge *(sharp part)* éle [ai-le] (vminek); *(border)* széle
[sai-le] (vminek)
edition kiadás [kiâdaash]
editor szerkesztő [serkestő]
education oktatás [oktâtaash]
eel angolna [ângolnâ]
effect hatás [hâtaash]
be **effective** érvényes [airvainjesh]
e.g. (=*for example*) például, pl. [paildaa-ool]
egg tojás [toyaash]; **fried~** tükörtojás [-toyaash]; **hard-
boiled ~** keménytojás [kemainj-toyaash]; **soft-
boiled ~** lágy tojás [laadj toyaash]
eight nyolc [njolts]; *(sports)* **~s** nyolcas [njoltsâsh]
eighteen tizennyolc [tizen-njolts]
eighteenth tizennyolcadik [tizen-njoltsâdik]
eighth nyolcadik [njoltsâdik]

eightieth nyolcvanadik [njoltsvânâdik]
eighty nyolcvan [njoltsvân]
either akármelyik [akaar-meyik]; ~ **of them** egyik(et)
[edjik(et)] a kettő közül; **on** ~ **side** mindkét oldalon
[mind-kait oldâlon]; **not** ... ~ ... sem [shem];
~ ... **or** vagy ... vagy [vâdj]
elastic (band) gumiszalag [goomi-sâlâg]
elbow könyök [könjök]
elder idősebb [időshebb]
eldest legidősebb [legidőshebb]
electric(al) villamos [villâmosh], elektromos [elektro-
mosh]; ~ **appliances** villamoskészülékek [-kaisü-
laikek]; ~ **current** (villany)áram [(villânj)aarâm];
~ **engineer** elektromérnök [-mairnök]; ~ **light**
villany [villânj]; ~ **outlet** fali csatlakozó [fâli
châtlâkozaw], konnektor; ~ **razor/shaver** villany-
borotva [villânj-borotvâ]; ~ **razor points** villany-
borotva-csatlakozó [-châtlâkozaw]; ~ **torch** zseb-
lámpa [zheblaampâ]; ~ **train** villamosvasút [villâ-
mosh-vâshoot]
electrician villanyszerelő [villânj-serelő]
electricity villany [villânj]
electrics *(of a car)* elektromos berendezés [elektro-
mosh berendezaish]
elementary school általános iskola [aaltâlaanosh
ishkolâ]
elevator *(US)* felvonó [felvonaw], lift
eleven tizenegy [tizen-edj]
eleventh tizenegyedik [tizen-eddjedik]
else más [maash]; **anything** ~, **sir?** parancsol még
valamit, uram [pârânchol maig vâlâmit, oorâm]?;
nothing ~, **thank you** köszönöm, mást nem (kérek)
[kösönöm, maasht nem (kairek)]; **it is someone**
~'s **másé** [maashai], más valakié [maash vâlâkiyai];
or ~ különben
elsewher másutt [maashoott]

embark beszállni [be-saalni]

embassy nagykövetség [nâdj-követ-shaig]

embroidery hímzés [heemzaish]

emergency szükség [sük-shaig]; *(unexpected event)* váratlan esemény [vaarâtlân eshemainj]; sürgős eset [shürgősh eshet]; **in (case of) emergency, in an ~** szükség esetén [sük-shaig eshetain], *(danger)* közvetlen veszély [vesay] esetén

emergency exit vészkijárat [vais-kiyaarât]

emergency telephone segélyhívó telefon(készülék) [shegay-heevaw (-kaisülaik)]

emphasize hangsúlyozni [hâng-shooyozni]

employ alkalmazni [âlkâlmâzni]

employee alkalmazott [âlkâlmâzott]

employer munkaadó [moonkâ-âdaw]

employment alkalmazás [âlkâlmâzaash]; munkavállalás [moonkâ-vaalâlaash]; foglalkozás [foglâlkozaash]; **enter ~** munkát vállalni [moonkaat vaalâlni]

empty üres [üresh]

enclose mellékelni [mellaikelni], csatolni [châtolni]

end 1. *n* vég [vaig], *(of sth)* vége [vai-ge]; **the ~ of the road** az út vége [âz oot vai-ge]; **~ of prohibition** tilalom feloldása [tilâlom feloldaashâ] **2.** *v* véget érni [vaiget airni], végződni [vaigződni], vége van [vaig-e vân]

endorse láttamozni [laattâmozni], aláírni [âlaa-eerni]; **~ one's licence, have one's licence ~d** *(kb)* elveszik a betétlapját [elvesik â betait-lâpyaat]

endorsement láttamozás [laattâmozaash]; **have an ~ = have one's licence →endorsed**

energy energia [energiyâ], erő

engage elfoglalni [-foglâlni], lefoglalni [le-]; **be ~d** (=*not vacant*) foglalt [foglâlt]; **is this seat ~d?** foglalt ez a hely [foglâlt ez â hey]?; **are you ~d?** el van foglalva [el vân foglâlvâ]?, szabad [sâbâd]?;

(sby) is ~d in sth el van foglalva vmivel; **the line/
number is ~d** foglalt a vonal [foglâlt â vonâl];
John and Ann are ~d János és Anna jegyesek
[yaanosh aish ânnâ yedjeshek]
engagement *(obligation)* kötelezettség [kötelezett-
shaig]; *(appointment)* megbeszélés [-besailaish],
megbeszélt találkozó [-besailt tâlaalkozaw]; *(pro-
gramme)* elfoglaltság [-foglâlt-shaag], program [prog-
râm]; *(employment)* állás [aalaash], hely [hey];
(agreement to marry) eljegyzés [-yedjzaish]; **I
have numerous ~s for next week** számos programom
van a jövő hétre [saamosh prográmom vân a yövö
hait-re], a jövő hetem be van táblázva [â yövő hetem
ben vân taablaazvâ]
engine *(machine)* motor; *(locomotive)* mozdony [moz-
donj]; **~ No.** motorszám [-saam]
engine-driver mozdonyvezető [mozdonj-]
engineer mérnök [mairnök]; → **engine-driver**
engine hood motorháztető [-haaztető]
England Anglia [ângliâ]
English angol [ângol]; **I am ~** angol vagyok [ângol
vâdjok]; **(s)he speaks ~** beszél/tud angolul [besail/
tood ângolool]; **~ (is) spoken** itt beszélnek angolul
[itt besailnek ângolool]
enjoy élvezni [ailvezni]; **~ oneself** jól érzi magát
[yawl airzi mâgaat], jól szórakozik [sawrâkozik];
did you ~ it? *(film, play etc.)* tetszett [tet-sett]?;
(holiday etc.) jól érezte magát [yawl airezte mâgaat]?,
élvezte [ailvezte]?, *(in plural)* jól érezték magukat
[aireztaik magookât]?, élvezték [ailveztaik]?; **we
~ed it very much** nagyon élveztük [nâdjon ailvez-
tük], nagyon tetszett [tet-sett] (nekünk); **~ doing
sth** szívesen/élvezettel csinál [seeveshen/ailvezettel
chinaal] vmit, élvez [ailvez] vmit
enlargement nagyítás [nâdjeetaash]
enough elég [elaig]; **have you ~ to pay the bill** ki

tudja fizetni a számlát [ki toodyâ fizetni â saam-laat]?

enquire, enquiry →**inquire, inquiry**

en route útközben; ~ **from Paris to London** útban Párizs és London között [ootbân paarizh aish london kčzött]

enter *(go in)* belépni [-laipni]; beutazni [-ootâzni]; *(write down)* felírni [-eerni], bejegyezni [-yedjezni]; *(in a competition)* benevezni, indulni [indoolni]; ~ **the room** belépni a szobába [be-laipni â sobaabâ]; ~ **a roundabout** behajtani körforgalomba [be-hâytâni körforgâlombâ]

entertain szórakoztatni [sawrâkostâtni]; ~ **to dinner** vendégül látni ebédre [vendaigül laatni ebaid-re]

entertainment *(entertaining sby)* szórakoztatás [saw-râkostâtaash]; *(amusement)* szórakozás [sawrâko-zaash]; *(programme)* program [progrâm]

entire teljes [telyesh], egész [egais]

entirely teljesen [telyeshen]

entitled című [tseemű]; ~ **to . . .** jogosult [yogoshoolt] . . .re/ra

entrance *(entering)* belépés [-laipaish]; *(door-way)* bejárat [-yaarât], kihajtó [-hâytaw]; *(of bus)* ajtó [âytaw]

entrance fee belépti díj [belaipti deey]

entry *(entering)* belépés [-laipaish]; beutazás [-ootâ-zaash]; *(entrance)* bejárat [-yaarât]; *(sports)* bene-vezés [-nevezaish]; **on** ~ belépéskor [-laipaishkor]; **no** ~ belépni tilos [belaipni tilosh]!, *(for vehicles)* behajtani [-hâytâni] tilos!

entry visa (cél)vízum [(tsail)veezoom]

envelope boríték [boreetaik]

epée párbajtőr [paarbâytőr]

epidemic járvány [yaarvaanj]

equal egyenlő [edjenlő]

equestrian events lovaglás [lovâglaash]

equip felszerelni [-serelni], ellátni [el-laatni]

equipment felszerelés [-serelaish], berendezés [-rende-zaish]

erect *(tent)* felállítani [-aaleetâni]

erection *(tent)* felállítás [-aaleetaash]

error hiba [hibâ]; tévedés [taivedaish]

escort 1. *v* kísérni [kee-shairni] 2. *n* kísérő [keeshairő]

especially különösen [különöshen]

espresso eszpreszó [espressaw]

essential fontos [fontosh], lényeges [lainjegesh]

establishment intézmény [intaizmainj]

estate car kombi

estimate 1. *n* becslés [bechlaish] 2. *v* becsülni [bechülni] (-raᵤ-re)

etc. stb. (=s a többi) [shâtöbbi]

Europe Európa [e-ooraw-pâ]

European európai [e-ooraw-pâyi]; ~ **record** Európa-csúcs [e-oorawpâ-chooch]

even még [maig]; ~ **if** még (akkor is) ha [maig (âkkor ish) hâ]

evening 1. *n* est [esht], este [esh-te]; **in the** ~ este [esh-te]; **this** ~ ma este [mâ esh-te] 2. *a* esti [eshti]; ~ **entertainment** esti program [eshti progrâm]

even-numbered páros [paarosh]

event *(case)* eset [eshet]; *(happening)* esemény [eshe-mainj]; *(sports)* (verseny)szám [(vershenj)saam]

ever valaha [vâlâhâ]; **have you** ~ **been there?** vol(tál) már valaha ott [volt(aal) maar vâlâhâ ott]?; ~ **since** azóta [âzawtâ]

every minden, *(each)* mindegyik [mind-edjik]; ~ **day** mindennap [minden-nâp]; ~ **other day** minden másnap [maashnâp]; ~ **time** *(always)* mindig, *(whenever)* valahányszor [valahaanj-sor]

everybody mindenki

everyday *a* mindennapi [minden-nâpi] → **every**

everyone mindenki

everything minden
everywhere mindenhol [minden-hol], mindenütt
exact pontos [pontosh]
exactly pontosan [pontoshân]
examination *(checking)* vizsgálat [vizhgaalât]; átvizsgálás [aatvizhgaalaash]; *(school test)* vizsga [vizhgâ]
examine megvizsgálni [-vizhgaalni], átvizsgálni [aat-]
example példa [paildâ]; **for ~** például [paildaa-ool]
exceed meghaladni [-hâlâdni]; **must not ~** nem haladhatja meg [nem hâlâdhâtyâ meg]; **~ the speed limit** a megengedettnél gyorsabban hajtani [â meg-engedett-nail djor-shâbbân hầytâni]; **not ~ing... ...** meg nem haladó [hâlâdaw]; **not ~ing Ft 4000** 4000 Ft-ot meg nem haladó [naidjezer forintot meg nem hâlâdaw]
exceedingly rendkívül [rendkeevül]
excellent kitűnő, elsőrangú [elshőrângooյ
except kivéve [kivai-ve]; **~ for access** „célfuvar" [tsailfoovâr]
exception kivétel [kivaitel]
excess *(weight)* túlsúly [tool-shooy], többletsúly [-shooy]; *(fare)* pótdíj [pawt-deey], különbözet; **~ baggage/luggage** poggyásztúlsúly [poddjaas-tool-shooy]; **~ charge/fare** pótdíj [pawt-deey], különbözet(i díj) [deey]; **~ postage** portó [portaw]; **~ weight** túlsúly [tool-shooy]
exchange **1.** *n (exchanging)* csere [che-re]; **in ~ for** cserébe [cherai-be]; **~ of currency/money** pénzváltás [painz-vaaltaash]; **~ of letters** levélváltás [levail-vaaltaash]; **foreign ~** valuta [vâlootâ], deviza [devizâ]; **rate of ~** (valutabeváltási) árfolyam [(vâlootâ-bevaaltaashi)aarfoyâm] **2.** *v* (ki)cserélni [-cherailni]; **~ money** pénzt (be)váltani [painst (be)vaaltâni]; **... can be ~d ...** beváltható [-vaalt-hâtaw]
exchange permit devizaengedély [devizâ-engeday]

exchange rate beváltási árfolyam [bevaaltaashi aar-foyâm]

exciting izgalmas [izgâlmâsh]

exclusive *of* nem számítva [saameetvâ]

excursion kirándulás [-raandoolaash]

excursion fare/ticket kedvezményes (kiránduló) tértijegy [kedvezmainjesh (kiraandoolaw) tairti-yedj]

excursion train turistavonat [toorishtâ-vonât]

excuse *v* megbocsátani [-bochaatâni]; ~ **me!** bocsánat [bochaanât] !, elnézést kérek [elnai-zaisht kairek] !; **excuse me, Sir** ... kérem szépen, uram ... [kairem saipen, oorâm], bocsánat [bochaanât] uram ...; **please ~ me for being late** elnézést kérek a késésért [elnai-zaisht kairek â kai-shai-shairt] !

exempt mentes [mentesh]

exercise gyakorlat [djâkorlât]

exercise book füzet

exhaust-pipe kipufogócső [kipoofogaw-chő]

exhibition kiállítás [-aaleetaash]

exhibition hall kiállítási csarnok [-aaleetaashi chàrnok]

exhibits kiállított tárgyak [-aaleetott taardjâk]

exist létezni [laitezni]; *(of men)* élni [ailni]

exit *(from motorway, theatre etc.)* kijárat [kiyaarât]; *(from country)* kiutazás [-ootâzaash]

expect várni [vaarni]; *(hope)* remélni [remailni]; *(think)* gondolni; **I ~ to stay for a week** előreláthatólag egy hétig maradok [előre-laat-hâtawlâg edj haitig mârâdok]; **I ~ you know** ... úgy gondolom, tudja ... [oodj gondolom, toodyâ]

expectant mother terhes anya [terhesh ânjâ]

expense költség [kölchaig], kiadás [ki-âdaash]

expensive drága [draagâ], költséges [kölchaigesh]; **that is rather ~** ez kissé drága [kish-shai draagâ]

experience tapasztalat [tâpâstâlât]; *(personal)* élmény [ailmainj]

experiment kísérlet [keeshairlet]

expiration lejárat [le-yaarât]

expire lejárni [le-yaarni]; **the validity of this passport**
~s **on** ... ennek az útlevélnek az érvényessége lejár
...-én [ennek âz ootlevailnek âz airvainjesh-shai-ge
le-yaar ... ain]

expired lejárt [le-yaart]

expiry lejárat [le-yaarât]; ~ **of visa** a vízum lejárta [â
veezoom le-yaartâ]

explain megmagyarázni [-mâdjâraazni]

explanation magyarázat [mâdjâraazât]

export 1. *n* export, kivitel **2.** *v* kivinni, exportálni [ex-
portaalni]; **can be** ~ed kivihető; **cannot be** ~ed
ki nem vihető, nem kivihető

export licence kiviteli engedély [engeday]

exposure *(picture)* felvétel [-vaitel]; **how many** ~s
have you made? hány felvételt készített [haanj
felvaitelt kaiseetett]?

exposure meter fénymérő [fainj-mairő]

express 1. *n (train)* gyorsvonat [djorsh-vonât], ex-
pressz [express] **2.** *v* ~ **oneself** kifejezi magát [kifey-
ezi mâgaat]

express bus service gyorsjárat [djorsh yaarât]

expression kifejezés [kifey-ez-aish]

express letter expresszlevél [express-levail]

express lift, *(US)* **elevator** gyorslift [djorsh-lift]

express post expressz kézbesítés [express kaizbe-shee-
taish]

express train → **express 1.**

expressway *(US)* autópálya [outaw-paayâ]

extend *(visa)* meghosszabbítani [-hossâbbeetâni];
... **can be** ~ed meghosszabbítható [meg-hossâb-
beet-hâtaw]; **visas can be** ~ed **by the hotel reception**
a vízumhosszabbítást a szállodai recepció intézi
[â veezoom-hossâbbeetaasht â saalodâyi retsep-
tsiyaw intaizi]

extendable meghosszabbítható [-hossâbbeet-hâtaw]
extension meghosszabbítás [-hossâbbeetaash]; *(tele-phone)* mellék(állomás) [mel-laik(aalomaash)]; ~ **of visa** vízumhosszabbítás [veezoom-hossâbbeetaash]
for **external use** külsőleg [külshőleg]
extra 1. *n (charge)* felár [felaar], pótdíj [pawt-deey], külön díj/költség [deey/kölchaig]; **are there any extras?** vannak külön/egyéb kiadások [vânnâk külön/edjaib kiâdaa-shok]? **2.** *a (plus)* külön; *(petrol)* extra [extrâ]; **an ~ bed** pótágy [pawt-aadj]; ~ **charge** →**extra 1.**; **for no ~ charge** külön költség/díj nélkül [külön kölchaig/deey nailkül]: ~ **cost** külön költség [kölchaig]; ~ **fare** pótdíj [pawt-deey], kiegészítő (jegy) [ki-egaiseető (yedj)]
extraordinary rendkívüli [-keevüli]
extremely nagyon [nâdjon]
eye szem [sem]
eyebrow pencil szemöldökceruza [semöldök-tseroozâ]
eyelashes szempilla [sem-pillâ]
eyelid szemhéj [sem-hay]
eyesight látás [laataash]

F

face arc [ârts]
face tissue arctörlő [ârts-törlő]
facilities szolgáltatások [solgaaltâtaashok]; lehetősé-gek [lehetőshaigek]; **sports ~** sportolási lehetőségek [shportolaashi lehetőshaigek]
facing szemben [semben]; ~ **the engine** menetiránnyal szemben [menetiraan-njal semben]; ~ **oncoming traffic** szemben a forgalommal [semben â forgâlom-mâl]

fact tény [tainj]; **in ~, as a matter of ~** valójában [vâlaw-yaabân], ami azt illeti [âmi âst illeti], tulajdonképpen [toolâydon-kaipen]

factory gyár [djaar]

factory worker gyári munkás [djaari moonkaash]

fade kifakulni [fâkoolni]

fail *(cease to function)* elromlani [-romlâni]; **~s to do sth** elmulaszt [elmoolâst] vmit megtenni; **he ~ed to turn up** nem jött [yött] el; **the brake ~ed** me elromlott a fék [â faik]

failure *(non-success)* bukás [bookaash]; **~ to do so** ennek elmulasztása [elmoolâstaashâ]

faint elájulni [-aayoolni]; **she ~ed** elájult [-aayoolt]

fair[1] *n* vásár [vaashaar]

fair[2] *a* korrekt

fairly meglehetősen [meg-lehetőshen]

fall[1] 1. *v* (le)esni [-eshni]; **let ~** leejteni [le-eyteni]; **~ ill** megbetegedni 2. *n* esés [eshaish]; **I have had a ~** elestem [-eshtem]

fall[2] *(autumn)* ősz [ős]

falling rocks kőomlás [-omlaash]

false hamis [hâmish]

be **familiar** *with* jól ismer [yawl ishmer] vmit

family család [châlaad]

family fares családkedvezmény [châlaad-kedvezmainj]

famous híres [heeresh]

fan ventillátor [ventillaator]

fan belt ékszíj [aikseey]

fancy *(ornamental)* díszes [deesesh]; **~ goods** díszműáru [deesmű-aaroo]

far messze [mes-se]; **how ~ is it?** milyen messze van [miyen mes-se vân]?; **it is not ~ away** nincs messze [ninch mes-se]; **it is not ~ from here** nincs messze innen; **as ~ as the bridge** egészen a hídig [egaisen â heedig]; **as ~ as I am concerned** ami engem illet;

as/so ~ as I know ha jól tudom [hâ yawl toodom];
so ~ eddig; ~ better sokkal jobb(an) [shokkâl
yobb(ân)]

fare *(bus, train etc.)* fuvardíj [foovârdeey], menetdíj
[-deey], *(taxi)* viteldíj [-deey]; *(travel expenses)*
útiköltség [ootikölchaig]; ~s díjtételek [deey-taite-
lek], fuvardíjak [foovârdeeyák]; ~s, please ! kérem
a jegyeket [kairem a yedjeket]!; what is the ~?
(taxi) mennyivel tartozom [men-njivel târtozom]?

farewell búcsú [boochoo]; say ~ elbúcsúzni [-boochooz-
ni]

farm gazdaság [gâzdâshaag], farm

farmer gazdálkodó [gâzdaalkodaw]

farmers' co-operative téesz [tai-es]

far-off távoli [taavoli]

farther messzebb [messebb], tovább [tovaab]

fashion divat [divât]

fashionable elegáns [elegaansh]

fast 1. *a* gyors [djorsh]; ~ train gyorsvonat [djorsh-
vonât]; my watch is five minutes ~ öt percet siet
az órám [öt pertset shiyet âz awraam] 2. *adv* gyor-
san [djorshân]

fasten → seat belt

fast-moving traffic gyorsforgalom [djorsh-forgâlom]

fat 1. *a* kövér [kövair] 2. *n* zsír [zheer]

fatalities a halálos áldozatok (száma) [â hâlaalosh
aaldozâtok (saamâ)]

father apa [âpâ]

father-in-law após [âpawsh]

faucet (víz)csap [(veez-)châp]

fault hiba [hibâ]; it's not my ~ nem az én hibám
[nem âz ain hibaam]

favour szívesség [seevesh-shaig]; may I ask a ~ of
you? kérhetek öntől egy szívességet [kair-hetek öntől
edj seevesh-shaiget]?

favourable kedvező

favourite kedvenc [kedvents]
fear félelem [fail-elem]
feather toll
featherweight pehelysúly [peh-ey-shooy]
feature 1. *n (characteristic)* vonás [vonaash]; *(distinctive article)* nagy cikk [nâdj tsikk]; *(attraction)* főszám [fősaam] **2.** *v (film)* **featuring X** X-szel a főszerepben [X-sel â fő-serepben]
feature film nagyfilm [nâdj-], játékfilm [yaataik-]
febrifuge lázcsillapító [laaz-chillâpeetaw]
February február [febroo-aar]; **on ~ 7th/8th** február 7-én/8-án [febroo-aar hetedikain/njoltsâdikaan]
fed →feed
federation szövetség [sövet-shaig]
fee díj [deey]; **for a ~** díj ellenében [deey ellenaiben]; **what is your ~, please?** kérem, mennyivel tartozom [kairem, men-njivel târtozom]?
feed megetetni
feeder road betorkolló út [betorkollaw oot]
feel érezni [airezni]; **how are you ~ing today?** hogy érzi magát [hodj airzi mâgaat]?; **she ~s well** jól érzi magát [yawl airzi mâgaat]; **I don't ~ well** nem érzem jól magam [nem airzem yawl mâgâm]; **I ~ (the) cold** fázom [faazom]; **I ~ tired** fáradt vagyok [faarâtt vâdjok]; **I don't ~ like...** nincs [ninch] kedvem...
feeling érzés [airzaish]
feet →foot
fell →fall[1] **1.**
fellow társ [taarsh]
felt →feel
felt-tip pen filctoll [filts-toll]
fence kerítés [kereetaish]
fencer vívó [veevaw]
fencing vívás [veevaash]
fender *(US)* →mudguard

7

ferry komp; rév [raiv]; *(the service)* kompátkelés [-aatkelaish]

ferryboat komphajó [-hâyaw]

festival fesztivál [festivaal]

fetch elhozni

fever láz [laaz]

few néhány [nai-haanj], *(not many)* kevés [kevaish]

my **fiancé** a vőlegényem [â vőlegainjem]

my **fiancée** a menyasszonyom [â menjassonjom]

fibre pen rosttoll [rosht-]

fiction regényirodalom [regainj-irodâlom]

field mező; ~ **of interest** érdeklődési [airdeklődaishi] kör

fifteen tizenöt; ~ **hundred metres** *(running)* 1500 m-es síkfutás [ezer-ötsaaz maiteresh sheek-footaash]

fifteenth tizenötödik

fifth ötödik

fiftieth ötvenedik

fifty ötven

fifty-forint note ötvenforintos [-forintosh]

fight küzdelem

figure *(shape)* alak [âlâk]; *(number)* szám(jegy) [saam(yedj)]; *(diagram)* ábra [aabrâ]

fill (meg)tölteni; **will you fill in/up this form, please?** szíveskedjék kitölteni ezt az űrlapot [seevesh-kedyaik kitölteni est âz űrlâpot]; ~ **up** *(with petrol)* (fel)tankolni [-tânkolni], teletölteni; ~ **her up, please!** tele kérem [te-le kairem]

fillet (hús)szelet [(hoosh)selet]

filling *(in tooth)* tömés [tömaish]

filling station benzinkút [-koot], töltőállomás [-aalomaash]

filling station attendant (benzin)kútkezelő [koot-kezelő], benzinkutas [-kootâsh]

film film; **8mm** ~ 8 mm-es [njolts-milimaiteresh] mozifilm

filmstrip diafilm [diâfilm]

filter *(air)* (lég)szűrő(betét) [(laig)sűrő(betait)]; *(oil)* olajszűrő [olâj-]; **the ~ is to be cleaned** meg kell tisztítani a szűrőt [tisteetâni â sűrőt]

filter(-tipped) cigarette füstszűrős cigaretta [füsht-sűrősh tsigârettâ]

final végső [vaig-shő]; *(sports)* ~s döntő

find (meg)találni [-tâlaalni]; **have you found it?** megtalálta [-tâlaaltâ]?; ~ **me another seat, please** kérem, keressen nekem egy másik ülőhelyet [kairem keresh-shen nekem edj maashik ülő-heyet]; **where do I** ~ **a ...?** hol találok egy ... [hol tâlaalok edj]?; ~ **me a taxi** hívjon egy taxit [heevyon edj tâksit]; ~ **one's way** *(to)* eljutni [-yootni] (vhová)

fine[1] *a* szép [saip]; **it will be** ~ **today** szép idő lesz ma [saip idő les mâ]; **I feel** ~ remekül érzem magam [airzem mâgâm]; **that's** ~ **!** remek!

fine[2] *(punishment)* 1. *n* pénzbírság [painz-beer-shaag] 2. *v* megbírságolni [-beer-shaagolni]; **be** ~**d** megbírságolják [-beer-shaagolyaak]

fine arts képzőművészet [kaibző-művaiset]

finger ujj [ooyy]

finish 1. *v* befejezni [-feyezni] 2. *n* *(sports)* hajrá [hâyraa]

Finland Finnország [finn-orsaag]

Finn(ish) finn

fire 1. *n* tűz; **sth is on** ~ vmi ég [aig]; **fire 05** tűzoltók: 05 [tűzoltawk] 2. *v* **the engine doesn't** ~ nem gyújt [djooyt] a [â] motor

fire-brigade, *(US)* **fire department** tűzoltók [tűz-oltawk]

fire-engine tűzoltóautó [tűz-oltaw-outaw]

fireplace kandalló [kândâllaw]

fire-station →**fire-brigade**

firewood tűzifa [tűzifâ]

firm[1] *a* erős [erősh], szilárd [silaard]

7*

firm² *n* vállalat [vaalâlât], cég [tsaig]
first első [elshő]; **(at)** ~ először [elősör]
first aid elsősegély [elshő-shegay]
first-aid kit mentőláda [-laadâ]
first-aid post/station elsősegélyhely [elshő-shegay-
-hey]
first class első osztály [elshő ostaay]
first-class 1. *a* első osziályú [elshő-ostaayoo] **2.** *adv*
travel ~ első osztályon utazni [elshő ostaayon
ootâzni]
first name utónév [ootaw-naiv]
first night bemutató [-mootâtaw]
fish 1. *n* hal [hâl]; ~ **and chips** sült hal rósejbnivel
[shült hâl raw-sheybnivel] **2.** *v* **go** ~**ing** halászni
megy [hâlaasni medj]
fishing outfit horgászfelszerelés [horgaɔs-felserelaish]
fit 1. *a (suitable)* alkalmas [âlkâlmâsh]; *(in good
condition)* fitt **2.** *v* **this** ~**s me** ez jó [yaw] nekem
fitter szerelő [serelő]
five öt; ~ **thousand metres** *(running)* 5000 m-es sík-
futás [ötezer maiteresh sheekfootaash]
fix *(price)* rögzíteni [rögzeetni]; *(time)* kitűzni;
(US) (repair) megcsinálni [-chinaalni]; **can we**
~ **the time?** megállapodhatnánk az időben [meg-
aalâpod-hâtnaank âz időben]?; ~ **up** *(repair)*
megjavítani [-yâveetâni], megcsinálni [-chinaalni]
flag zászló [zaaslaw]
flash *v* villogni, villogó fényt adni [villogaw fainjt
âdni]; *(cause to flash)* villogtatni [villogtâtni]; ~
headlights villogtatni (a fényszórót) [villogtâtni (â
fainj-saw-rawt)]
flashing 1. *n (as a warning)* villogtatás [villogtâtaash]
2. *a* villogó [villogaw]; ~ **red light** villogó piros fény
[villogaw pirosh fainj]
flashlight *(photography)* villanófény [villânaw-fainj];
(torch) zseblámpa [zheblaampâ]

flat¹ *a* lapos [låposh]; **I have got a ~ (tire)** gumidefektet kaptam [goomidefektet kâptâm]; **went ~** *(battery)* lemerült

flat² *n* lakás [låkaash]

flavour íz [eez]

flesh hús [hoosh]

flew →fly²

flight *(flying)* repülés [repülaish]; *(journey)* repülőút [-oot]; *(as scheduled)* (légi)járat [(laigi)yaaråt]; **~ number** járatszám [yaarât-saam]

floodlit kivilágított [-vilaageetott]

floor padló [pâdlaw]; *(story)* emelet

flour liszt [list]

flow *v* folyni [foyni], ömleni

flower virág [viraag]

flu influenza [infloo-enzâ]

fluorescent lighting fénycső(világítás) [fainjchő-vilaageetaash]

fly¹ *n (insect)* légy [laidj]

fly² *v* repülni; *(send by air)* repülőgépen [gaipen] küldeni

flying-time menetidő (repülőgépen) [-gaipen]

flyover felüljáró [-yaaraw]; **~ junction** útkereszteződés külön szintben [ootkereszteződaish külön sintben]

flyweight *(boxing)* légsúly [laig-shooy]; **light ~** *(boxing)* papírsúly [pâpeer-shooy]

foam rubber habszivacs [hâpsivâch], laticel [låtitsel]

fog köd

fog lights ködlámpa [-laampâ]

foil tőr; **~ fencing** tőrvívás [-veevaash]

fold összehajtani [össe-hâytâni]

folder prospektus [proshpektoosh], leporelló [leporellaw]

folding bed összecsukható ágy [össe-chook-hâtaw aadj]

folding table összecsukható asztal [össe-chook-hâtaw âstâl]

folk art népművészet [naip-művaiset]
folk dance népitánc [naipi-taants]
folklore folklór [folklawr]
follow *(pursue)* követni; *(succeed)* következni
following day másnap [maashnâp]
be **fond** *of* szeretni [seretni], kedvelni; **I'm ~ of music** szeretem a zenét [seretem â zenait]
food étel [aitel], ennivaló [-vâlaw]
food container ételtároló [aitel-taarolaw]
food store(s) élelmiszerüzlet [ailelmi-ser-], KÖZÉRT [közairt]; *(large)* élelmiszer-áruház [-aaroohaaz]
foodstuff(s) élelmiszer(ek) [ailelmi-ser(ek)]
foot láb [laab]; *(measure)* láb [laab] (=30,48 cm); **go on ~** gyalog [djâlog] menni
football *(soccer)* labdarúgás [lâbdâ-roogaash], futball [footbâl]; **play ~** futballozni [footbâlozni]
football-ground futballpálya [footbâl-paayâ]
foot brake lábfék [laab-faik]
foot-path, footway gyalogút [djâlog-oot], járda [yaardâ]
for: this letter is ~ me ez a levél nekem szól [ez â levail nekem sawl]; **I bought it ~ you** önnek *(more familiarly:* neked) vettem; **the train ~ Glasgow** a Glasgowba induló vonat [â G-bâ indoolaw vonât], a glasgowi vonat; **I paid £5 ~ it** öt fontot fizettem érte [air-te]; **we could not see ~ the fog** nem láttunk a köd miatt [nem laat-toonk â köd miyâtt]; **we are going to stay ~ three days** három napig maradunk [haarom nâpig mârâdoonk]; **~ 2 hours** két óráig [kait awraa-ig]; két óra hosszat [kait awrâ hossât]; **~ example** például [paildaa-ool]; **~ hire** *(taxi)* szabad [sâbâd]
forbid (meg)tiltani [-tiltâni]; ... **is ~den** tilos ... [tilosh]; **smoking is ~den** tilos a dohányzás [tilosh â dohaanjzaash]
force 1. *n* erő **2.** *v* kényszeríteni [kainj-sereeteni]

forehead homlok
foreign idegen, külföldi; ~ **countries** külföld; ~ **currency/exchange** (külföldi) valuta [vâlootâ]; deviza [devizâ]; ~ **language** idegen nyelv [njelv]; **Foreign Office** *(GB)* külügyminisztérium [külüdj-ministairyoom]
foreigner külföldi, idegen
forest erdő
forget elfelejteni [-feleyteni]; **I have forgotten where he lives** elfelejtettem hol lakik [elfeleytettem hol lâkik]; **I forgot the book** ottfelejtettem a könyvet [ott-feleytettem â könjvet]
forgive megbocsátani [-bochaatâni]; ~ **me for coming so late** bocsásson meg, hogy ilyen későn jövök [bochaash-shon meg, hodj iyen kaishőn yövök]
forint cheque forintutalvány [-ootâlvaanj]
fork villa [vil-lâ]
form *(shape)* alak [âlâk], forma [formâ], *(printed paper)* űrlap [űrlâp]; *(class)* osztály [ostaay]; **fill in/up this ~, please** kérem, töltse ki ezt az űrlapot [kairem, tölche ki est âz űrlâpot]
formal hivatalos [hivâtâlosh]; ~ **dress** ünneplő ruha [roohâ]
formalities formaságok [formâ-shaagok], adminisztráció [âdministraatsyaw]; **completed all the ~** eleget tett a formaságoknak [â formâ-shaagoknâk]
former előbbi, előző
fortieth negyvenedik [nedjvenedik]
fortnight két hét [kait hait]; **for a ~** két hétre [kait hait-re]; **két hétig** [haitig]; **we stayed there for a ~** két hétig/hetet voltunk ott [kait haitig/hetet voltoonk ott]; **a ~'s holiday** kétheti szabadság [kaitheti sâbâd-shaag]
fortunately szerencsére [serenchai-re]
forty negyven [nedjven]
forward *v* továbbítani [tovaabbeetâni]; **please ~**

my letters to this address kérem utánam küldeni
leveleimet erre a címre [kairem ootaanâm küldeni
leveleyimet er-re â tseem-re] → **forwards**
forwarding address új cím [ooy tseem]
forwarding agent szállítmányozó [saaleetmaanjozaw]
forwards előre [elő-re], tovább [tovaab]
foul 1. *a* piszkos [piskosh] **2.** *n (sports)* szabálytalanság
[sâbaaytâlan-shaag]
found →**find**
fountain forrás [forraash]; *(in a garden)* szökőkút
[sökő-koot]
fountain-pen töltőtoll
f **our** négy [naidj]; *(sports)* ~s négyes [naidjesh]
fourteen tizennégy [tizen-naidj]
fourteenth tizennegyedik [tizen-nedjedik]
fourth negyedik [nedjedik]
fowl baromfi [bâromfi], szárnyas [saarnjâsh]
fox róka [rawkâ]
foyer előcsarnok [-chârnok] hall [hâll]
fracture törés [töraish]
fragile törékeny [töraikenj]
frame keret
frame tent vázszerkezetes sátor [vaaz-serkezetesh
shaator]
France Franciaország [frantsiâ-orsaag]
free *(not controlled)* szabad [sâbâd]; **morning is** ~
a délelőtt szabad [â dailelőtt sâbâd]; ~ **(of charge)**
díjtalan(ul) [deeytâlân(ool)], díjmentes(en) [deey-
mentesh(en)], ingyen [indjen]; ~ **of duty** vámmen-
tes(en) [vaam-mentesh(en)]; ~ **(baggage) allowance**
szabad súlykeret/poggyászkeret [sâbâd shooykeret/
poddjaaskeret]; **100 metres** ~ **style** 100 m-es gyorsú-
szás [saaz maiteresh djorsh-oosaash]; ~ **ticket**
(for the theatre) ingyenjegy [indjen-yedj], szabad-
jegy [sâbâd-yedj]
freeway *(US)* autópálya [outaw-paayâ]

freeze (be)fagy [-fâdj]; **it is freezing** fagy [fâdj]; **it is frozen over** befagyott [-fâdjott]

freezer mélyhűtő [mayhűtő]

freight teher(áru) [-aaroo]

freight train tehervonat [-vonât]

French francia [frântsiâ]; **(s)he speaks ~** beszél/tud franciául [besail/tood frântsi-aa-ool]; **~ bean(s)** zöldbab [-bâb]; **~ fried potatoes** hasábburgonya [hâshaab-boorgonjâ]

frequent gyakori [djâkori]

frequented látogatott [laatogâtott]

frequently gyakran [djâkrân]

fresh friss [frish]

fresh-water édesvízi [aidesh-veezi]

Friday péntek [paintek]; **on ~** pénteken [painteken]

fried sült [shült]; **~ eggs** tükörtojás [-toyaash]; **~ fish** sült hal [shült hâl]; **~ potatoes** zsírban sült burgonya [zheerbân shült boorgonjâ]; →**fry**

friend barát [bâraat]; **my ~** (a) barátom [(â) bâraatom]

friendly barátságos [bâraat-shaagosh]

frock ruha [roohâ]

frog béka [baikâ]

from -ból [-bawl], -ből; -tól [-tawl], -től; **he travelled ~ London to Paris** Londból Párizsba utazott [londonbawl paarizhbâ ootâzott]; **ten miles ~ London** Londontól tíz mérföld(nyire) [londontawl teez mairföld(njire)]; **~ the table** az asztalról [âz âstâlrawl]; **~ April 20th to May 5th** április 20-tól május 5-ig [aaprilish hoosâdikaatawl maayoosh ötödikayig]

front 1. *a* első [elshő], mellső [melshő]; **~ blinker** mellső irányjelző [melshő iraanj-yelző]; **~ door** főbejárat [fő-be-yaarât]; **in the ~ part of the train** a vonat elején [â vonât eleyain]; **~ seat** első ülés [elshő ülaish] 2. *n (of house)* homlokzat [homlok-

zât]; *(of train)* eleje [e-le-ye]; **in ~** elöl; **in ~ of**
sth vmi előtt

frontier (ország)határ [(orsaag-)hâtaar]

frontier crossing point határkilépőhely [hâtaar-kilaipő-
hey], határátkelőhely [hâtaar-aatkelő-hely]

frontier station határállomás [hâtaar-aalomaash]

front-wheel drive elsőkerék-meghajtás [elshő-keraik-
meg-hâytaash]

frost fagy [fâdj]

froze →**freeze**

frozen meat fagyasztott hús [fâdjâstott hoosh]

fruit gyümölcs [djümölch]

fruiterer('s) gyümölcsárus [djümölch-aaroosh]

fry (zsírban) süt [(zheerbân) shüt]; **she fried some fish**
kisütött néhány halat [ki-shütött naihaanj hâlât];
the sausages are ~ing sülnek a kolbászok [shülnek
â kolbaasok]

frying pan, frypan serpenyő [sherpenjö]

ft (=*foot, feet)* láb [laab]

fuel üzemanyag [-ânjâg], tüzelőanyag

fuel mixture keverék (üzemanyag) [keveraik (üzem-
ânjâg)]

full *(filled)* tele [te-le]; *(complete)* teljes [telyesh];
I'm ~ tele vagyok [te-le vâdjok]; **~ board** teljes
ellátás [telyesh el-laataash]; **~ day's** egésznapos
[egais-nâposh]; **~ fare** teljes fuvardíj [telyesh foo-
vardeey], egész jegy [egais yedj]; **~ house** telt ház
[haaz]; **~ information** részletes felvilágosítás [rais-
letesh felvilaagosheetaash]; **~ name** teljes név
[telyesh naiv]; **~ particulars** részletes adatok
[raisletesh âdâtok]; **at ~ speed** teljes sebességgel
[telyesh shebesh-shaiggel]; **~ up** megtelt

full-back hátvéd [haat-vaid]

full-day excursion egésznapos kirándulás [egaisnâ-
posh kiraandoolaash]

fully teljesen [telyeshen]

fully comprehensive →comprehensive insurance
fun tréfa [traifâ], vicc [vits]; **for ~** tréfából [traifaa-bawl], viccből [vitsből]
fund alap [âlâp]
funeral temetés [tem-et-aish]
funny vicces [vittsesh]
fur prém [praim]
fur coat bunda [boondâ]
furnish ellátni [el-laatni], felszerelni [-serelni]
furnished flat bútorozott lakás [bootorozott lâkaash]
furniture bútor(ok) [bootor(ok)]
further 1. *adv* tovább [tovaab] 2. *a* további [tovaabbi]
fuse biztosíték [bistosheetaik]; **the ~ went** kiégett a biztosíték [ki-aigett â bistosheetaik]
future jövő [yövő]

G

gain 1. *v* nyerni [njerni] 2. *n* nyereség [njere-shaig]
gallery *(pictures)* képtár [kaiptaar], galéria [gâlairià]; *(theatre)* (harmadik emeleti) erkély [(hârmâdik emeleti) erkay]
gallon gallon (=4,5 litres)
gamble 1. *n* játék [yaataik] 2. *v* játszani [yaatsâni]
gambling house játékkaszinó [yaataik-kâsinaw]
game *(play)* játszma [yaatsmâ], játék [yaataik]; *(wild animal)* vad [vâd]; *(flesh)* vadhús [-hoosh]
gangway hajóhíd [hâyaw-heed]
gap nyílás [njeelaash]; hézag [haizâg]; *(between vehicles)* követési távolság [követaishi taavol-shaag]
garage 1. *n (for storing)* garázs [gâraazh]; *(with repair and service)* autójavító [outaw-yâveetaw], javító-

műhely [yâveetaw-műhely], szerviz(állomás) [serviz-
(aalomaash)] 2. *v* garazsírozni [gârâzheerozni]
garbage *(US)* szemét [semait], hulladék [hoollâdaik]
garden kert
gardener kertész [kertais]
garlic fokhagyma [fok-hâdjmâ]
garment ruha [roohâ]
garnishing körités [köreetaish]
gas gáz [gaaz]; *(US)* benzin; **the ~ is on** ki van nyitva
a gáz [ki vân njitvâ â gaaz]; **please turn the ~ off**
legyen szíves elzárni a gázt [ledjen seevesh elzaarni
â gaast]; *(US)* **step on the ~** gázt adni [gaast
âdni]
gas bottle gázpalack [gaazpâlâtsk]
gas cartridge (gáz) cserepalack [(gaaz) cherepâlâtsk]
gas-cooker gázfőző [gaaz-]; **two-burner ~** kétlapos
[kait-lâposh] gázfőző
gas cylinder gázpalack [gaazpâlâtsk]
gas-fire gázkandalló [gaaz-kândâllaw]
gas heater (bután)gáz-hősugárzó [(bootaan)gaaz-hő-
shoogaarzaw]
gasoline *(US)* benzin
gas station *(US)* benzinkút [-koot]
gas-stove gázfőző [gaaz-], gáztűzhely [gaaz-tűz-hey]
gate kapu [kâpoo], *(barrier)* sorompó [shorompaw];
(airport) kijárat [ki-yaarât]; **level-crossing with ~**
sorompós vasúti átjáró [shorompawsh vâshooti
aat-yaaraw]
gather összegyűjteni [össe-djűyteni], összeszedni [össe-
sedni]; *(come together)* összegyűlni [-djűini]
gauge mérőműszer [mairőműser]; *(distance of rails)*
nyomtáv [njomtaav]
gauze géz [gaiz]
gave →give
gay vidám [vidaam]
gear sebesség(fokozat) [shebesh-shaig(fokozât)]; **~s**

sebességfokozatok [shebesh-shaig-fokozâtok], sebes-
ségváltó [-vaaltaw]; **change** ~ sebességet váltani
[shebesh-shaiget vaaltâni]; **go into second/third** ~
második/harmadik sebességbe kapcsolni [maashodik/
hârmâdik shebesh-shaigbe kâpcholni]; **top** ~ negye-
dik (sebesség) [nedjedik (shebesh-shaig)], direkt
gearbox sebességváltó [shebesh-shaig-vaaltaw]
gear lever sebességváltókar [shebesh-shaig-vaaltawkâr]
gear wheel fogaskerék [fogâsh-keraik]
general általános [aaltâlaanosh]; ~ **assembly** közgyűlés
[-djűlaish]; ~ **practitioner** általános orvos [aaltâ-
laanosh orvosh]
generally általában [aaltâlaabân]
gentleman úr [oor]; **gentlemen** *(as notice)* férfiak
[fairfiyâk]
gentlemen's ... férfi ... [fairfi]
gentlemen's wear férfidivatcikk [fairfi-divât-tsikk]
gents *(notice)* férfiak [fairfiyâk]
German német [naimet]; **speaks** ~ beszél/tud németül
[besail/tood naimetül]; ~ **Democratic Republic**
Német Demokratikus Köztársaság [naimet demok-
ratikoosh köztaarshâshaag]; ~ **Federal Republic**
Német Szövetségi [sövet-shaigi] köztársaság
get *(obtain)* kapni [kâpni]; **where can I get ...?**
hol kaphatok ... [kâp-hâtok]?; **can I** ~ **a ...?**
kaphatok (egy) ...-t [kâp-hâtok (edj)]?; **have
you got a pen?** van egy tolla [vân edj tollâ]?; **have
you got a family?** van családja [vân châlaadyâ]?;
~ **sth ready** elkészíteni [elkaiseeteni] vmit; ~ **your
passports ready, please** kérem, készítsék elő az útle-
veleket [kairem, kaiseet-shaik elő âz ootleveleket]!;
he is ~ting ready készül(ődik) [kaisül(ődik)]; ~
me?, got me? ért [airt] engem?, *(more fam.)* értesz
[airtes]?; **I didn't** ~ **you** nem értettem [airtettem],
(more fam.) nem értettelek [airtettelek]; ~ **better**
javulni [yâvoolni]; **it is ~ting late** későre jár [kai-

shőre yaar]; ~ **drunk** berúgni [-roogni]; ~ **home** hazaérni [hâzâ-airni]; *(with prepositions:)* ~ **along well** boldogul [boldogool]; ~ **back** visszatérni [vissâ-tairni]; ~**in** *(car)* beszállni [-saalni], *(arrive)* befutni [-footni]; ~ **in the car** beszállni a kocsiba [-saalni â kochibâ]; ~ **in(to) (the) lane** besorolni [-shorolni]; ~ **in touch with sby** érintkezésbe lépni [airintke- zaishbe laipni] vkivel; ~ **into** beszállni [-saalni] ...-ba; ~ **into a bus** felszállni a buszra [felsaalni boosrâ]; ~ **off** leszállni (. . .-ról) [lesaalni], kiszállni (. . .-ból) [ki-]; **please tell me where to** ~ **off** kérem, szóljon, hol kell leszállnom [kairem, sawlyon, hol kell lesaalnom] !; **this is where you** ~ **off** itt kell leszállnia [lesaalniyâ]; ~ **off at the next stop** szálljon le a következő állomáson [saalyon le â következő aalomaashon] !;~ **on** *(bus)* felszállni [-saalni]; **they are ~ting on well (with one another)** jól kijönnek [yawl kiyönnek]; ~ **out (of here)** ! ki innen !; ~ **out** *(of bus etc.)* leszállni (. . .-ról) [lesaalni], kiszállni (. . .-ból) [kisaalni]; ~ **out one's luggage** kiváltani a poggyászát [-vaaltâni â poddjaasaat]; **how can/ do I** ~ **to** ... hogy jutok el ə ... [hodj yootok el â]?; **how do I** ~ **to the city?** hogy jutok be a városba [hodj yootok be â vaaroshbâ]?; **when do we** ~ **to** . . .? mikor érünk [mikor airünk] . . .-ba/ -be?; ~ **up** felkelni

get-acquainted dinner party, get-together ismerkedési vacsora/est [ishmerkedaishi vâchorâ/esht]

feel **giddy** szédülni [saidülni]

gift ajándék [âyaandaik]

gift-shop ajándékbolt [âyaandaik-bolt]

ginger ale gyömbérsör [djömbair-shör]

gingerbread mézeskalács [maizesh-kâlaach]

gipsy →**gypsy**

girdle harisnyatartó [harishnjâ-târtəw]; csípőszorító [cheəpő-soreetaw]

girl lány [laanj]

give adni [âdni], odaadni [odâ-âdni]; **please ~ me a . . .** kérek egy . . . [kairek edj]; **~ sby the address** megadni a címet [-âdni â tseemet]; **~ him the book** adja oda neki a könyvet [âdyâ odâ neki â könjvet] !; **may I ~ you some more?** adhatok még [âdhâtok maig]?; **how much did you ~ for it?** mennyit adott érte [men-njit âdott airte]?; **~ back** visszaadni [vissâ-âdni]; **~ way to . . .** elsőbbséget adni [elshőbb-shaiget âdni] . . .-nak/-nek; **~ way!** elsőbbségadás [elshőbbshaig-âdaash] kötelező !

given →give

glad boldog; **~ to see you !** örvendek !

glass *(material)* üveg; *(drinking vessel)* pohár [pohaar]; **a ~ of wine** egy pohár bor [edj pohaar bor]

glasses szemüveg [semüveg]

glove kesztyű [kestjű] |

glove compartment kesztyűtartó [kestjű-târtaw]

gnat szúnyog [soonjog]

go (el)menni; **must you ~ already?** igazán mennie kell már [igâzaan menniye kell maar]?; **let's ~** gyerünk [djerünk] !; **~ abroad** külföldre menni/utazni [ootâzni]; **he is gone** elment; **is ~ing to the pictures/ cinema** moziba megy [mozibâ medj]; **which bus goes to . . .?** melyik/hányas busz megy [meyik/haanjâsh boos medj] . . .ba/be?; **has the train for Glasgow gone?** elment már a glasgowi vonat [elment maar â glasgowi vonât]?; **the clock isn't ~ing** nem jár az óra [nem yaar az awrâ]; **is ~ing to do sth** fog/szándékozik [fog/saandaikozik] vmit tenni; **I am ~ing to buy the tickets tomorrow** holnap [holnâp] meg fogom venni a jegyeket [yedjeket], holnap megveszem [megvesem] a jegyeket; *(with prepositions:)* **~ ahead !** indulj(on) [indooly(on)] !, *(begin)* kezdje el !; **~ away** elmenni, elutazni [-ootâzni]; **~ by** elhaladni [-hâlâdni]; **~ by air** repülővel utazni

[ootâzni], repülni; ~ **by train** vonattal menni/
utazni [vonâttâl menni/ootâzni]; **are you ~ing
by train or by air?** vonattal vagy repülőgéppel utazik
[vonâttâl vâdj -gaippel ootâzik]?; ~ **down(stairs)**
lemenni; ~ **on** *(continue)* folytatni [foytâtni];
~ **on!** tovább [tovaab]!, folytassa kérem [foytash-
-shâ kairem]!: **he is ~ing on a journey** (el)utâzik
[-ootâzik], utazni készül [ootâzni kaisül]; ~ **out**
kimenni; **they went out to dinner** elmentek vacso-
rázni [vâchoraazni] (vhová); **the light has gone out**
kialudt a világítás [ki-âloott â vilaageetaash]; ~
up felmenni; ~ **up to town** bemenni a városba [â
vaaroshbâ]
goal gól [gawl]
goal-keeper kapuvédő [kâpoovaidő], kâpus [kâpoosh]
God Isten [ishten]
gold arany [ârânj]
golf golf; **play** ~ golfozni
golf-course golfpálya [-paayâ]
gone →**go**
good jó [yaw]; *(of visa)* érvényes [airvainjesh]; **would
you be ~ enough to ...** lenne/legyen szíves ...
[lenne/ledjen seevesh]; ~ **afternoon** jó napot (kívá-
nok) [yaw nâpot (keevaanok)]!; ~ **evening** jó estét
(kívánok) [yaw eshtait (keevaanok)]!; ~ **luck** sok
szerencsét [shok serenchait]!; ~ **morning** jó reggelt
(kívánok) [yaw reggelt (keevaanok)]!, jó napot [yaw
nâpot] (kívánok)!; ~ **night** jó éjszakát (kívánok)
[yaw aysâkaat (keevaanok)]!; **have a~ time** jó mu-
latást [yaw moolâtaasht]!
good-bye 1. viszontlátásra [visont-laataashrâ]! **2.** *n*
búcsú [boochoo]; **we have come to say ~** búcsúzni
jöttünk [boochoozni yöttünk]; **I must say ~ now**
el kell búcsúznom [boochooznom]; ~ **party** búcsúest
[boochoo-esht]
Good Friday nagypéntek [nâdj-paintek]

goods áruk [aarook]
goods train tehervonat [tehervonât]; **send by** ~ teher-
áruként [teheraarookaint] küldeni
goose liba [libâ]
gooseberry egres [egresh]
goulash gulyás [gooyaash]; *(soup)* gulyásleves [-le-
vesh]
government kormány [kormaanj]
grade fok; *(US)* osztály [ostaay]
grade crossing *(US)* = **level-crossing**
gradient lejtő [leytő]
gradual fokozatos [fokozâtosh]
gradually fokozatosan [fokozâtoshân]
grain szem [sem]
gram gramm [grâmm]
grammar nyelvtan [njelvtân]; *(book)* nyelvtan(könyv)
[-könjv]
grammar school gimnázium [gimnaaziyoom]
gramophone gramofon [grâmofon]
gramophone record hanglemez [hâng-lemez]
grandchild unoka [oonokâ]
granddaughter (leány)unoka [(le-aanj)oonokâ]
grandfather nagyapa [nâdjâpâ]
grandmother nagyanya [nâdjânjâ]
grandparents nagyszülők [nâdj-sülők]
grandson unoka [oonokâ]
grand-stand lelátó [lelaataw]
grant megadni [-âdni]; ~ **a request** kérést teljesíteni
[kairaisht telyesheeteni]; ~**ed him permission**
megadta neki az engedélyt [megâdtâ neki âz enge-
dayt]
grape szőlő [sőlő]
grapefruit grapefruit
grass fű
grateful hálás [haalaash]
grave sír [sheer]

8

gravy szaft [sâft]

gray →grey

grease 1. *n (lubricant)* (kenő)zsír [-zheer] **2.** *v* zsírozni [zheerozni], kenni

greasing zsírzás [zheerzaash]

great nagy [nâdj]; **a ~ deal (of)** sok [shok], *(object)* sokat [shokât]

Great Britain Nagy-Britannia [nâdj-británniâ]

greatcoat télikabát [tailikâbaat]

Greece Görögország [-orsaag]

Greek görög

green 1. *a* zöld; **~ arrow** zöld nyíl [njeel]; **~ paprika** zöldpaprika [-pâprikâ]; **~ pea** zöldborsó [-borshaw] **2.** *n* **greens** zöldség(félék) [zölchaig(failaik)]

green card zöld kártya [kaartjâ]

greengrocer('s) zöldséges [zölchaigesh]

greet üdvözölni (vkit), köszönni [kösönni] (vkinek)

greeting *(in writing)* üdvözlet; *(on meeting)* köszönés [kösönaish]

grew →grow

grey szürke [sür-ke]; *(hair)* ősz [ős]

greyhound racing agárverseny [agaar-vershenj]

grill 1. *n (meat)* roston sült hús [roshton shült hoosh], *(US)* nyársonsült [njaarshon-shült]; *(cooker)* grillsütő [-shütő] **2.** *v* roston sütni [roshton shütni]

grilled roston shült [roshton shült], grill . . .; **~ chicken** grillcsirke [-chirke]

grind őrölni

grocer's, grocery élelmiszerüzlet [ailelmiser-üzlet], KÖZÉRT fűszer-csemege [közairt fűser-chemege]

groceteria *(US)* önkiszolgáló élelmiszerüzlet [önkisolgaalaw ailelmiser-üzlet]

ground föld; **on the ~** a [â] földön

ground floor földszint [földsint]

ground transport(ation) szállítás a repülőtérre [saaleetaash a repülő-tair-re]

group csoport [choport]
group passport csoportos/kollektív útlevél [choportosh/
kollekteev ootlevail]
group travel csoportos utazás [choportosh ootâzaash],
társasutazás [taarshâsh-ootâzaash]
grow nőni; *(cultivate)* termeszteni [termesteni];~ **up** fel-
nőni; **begins to ~ dark** kezd sötétedni [shötaitedni]
grown-up felnőtt
guard *(in charge of train)* vonatvezető [vonât-],
főkalauz [-kâlâ-ooz]
guarded *(level crossing)* sorompóval védett [shorom-
paw-vâl vaidett]
guess kitalálni [kitâlaalni]; *(US)* **I ~** azt hiszem
[ast hisem]; **I ~ not** nem hiszem [nem hisem]
guest vendég [vendaig]
guest-house penzió [penziyaw]
guide 1. *n (book)* útikönyv [ooti-kónjv], útikalauz
[-kâlâ-ooz]; útmutató [ootmootâtaw]; *(person)*
(idegen)vezető **2.** *v* vezetni; irányítani [iraanjeetani]
guidebook útikönyv [ooti-könjv]
guidepost →signpost
guilty bűnös [bűnösh]
guitar gitár [gitaar]
gulf öböl
gum íny [eenj]
gun puska [pooshkâ]
gymnasium tornaterem [tornâ-terem]
gymnastics torna [tornâ]
gym-shoes tornacipő [tornâ-tsipő]
gym-suit tornaruha [tornâ-roohâ]
gypsy music cigányzene [tsigaanj-ze-ne]

H

haberdasher('s) rövidáru-kereskedés [rövidaaroo-keresh-kedaish], RÖLTEX; *(US)* férfidivatáru-üzlet [fairfi-divât-aaroo-]

haberdashery *(goods)* rövidáru [rövidaaroo], *(US)* férfidivatáru [fairfidivât-aaroo]

habit szokás [sokaash]

had →**have**

hair haj [hây]

hairbrush hajkefe [hâyke-fe]

haircut hajvágás [hây-vaagaash]; **a ~, please!** kérek egy hajvágást [kairek edj hâyvaagaasht]

hairdo frizura [frizoorâ]

hairdresser('s) fodrász(at) [fodraas(ât)]; **women's ~** női [nőyi] fodrász; **men's ~ férfi** [fairfi] fodrász

hairdresser's parlor fodrászszalon [fodraas-sâlon]

hair-spray hajlakk [haylákk]

hair-style frizura [frizoorâ]

half fél [fail]; *(of sth)* fele [fe-le] (vminek); **one and a ~** másfél [maash-fail]; **~ an hour** félóra [fail-awrâ]; **~ past one** fél [fail] kettő; **~ board** fé! penzió [fail penziyaw]

halfback fedezet

half-crown két és fél shillinges [kait aish fail shilling-esh]

half-hour félóra [fail-awrâ]

halfpenny félpenny [fail-]

half-price félárú [fail-aaroo]

half-time *(sports)* félidő [fail-idő]

halfway félúton [fail-ooton]

hall *(entrance)* hall [hâll]; *(dining)* ebédlő [ebaidlő]

hallo(a)! halló [hâllaw]; *(greeting)* szervusz(tok) [servoos(tok)]!; szia [siyâ]!

halt 1. *n (coach, train)* megálló(hely) [meg-aalaw(hey)]

2. *v (cause to stop)* megállítani [-aaleetâni]; *(stop)* megállni [-aalni]; **halt!** állj [aayy]!

ham sonka [shonkâ]

ham and egg(s) (sült) sonka tojással [(shült) shonkâ toyaash-shâl]

hamburger *(US)* fasírt [fâsheert]

hammer kalapács [kâlâpaach]

ham sandwich sonkásszendvics [shonkaash-sendvich]

hand 1. *n* kéz [kaiz]; **on the one** ~ egyrészt [edjraist]; **on the other** ~ másrészt [maashraist] **2.** *v (over)* átadni [aatâdni]; ~ **in** beadni [be-âdni], leadni [le-], átadni [aat-]

handbag kézitáska [kaizitaashkâ], retikül

hand baggage kézipoggyász [kaizi-poddjaas]

handbrake kézifék [kaizi-faik]; ~ **lever** kézifékkar [-kâr]

handkerchief zsebkendő [zheb-kendő]

handle fogantyú [fogântjoo], *(door)* kilincs [kilinch]

handling charge/fee kezelési díj/költség [kezelaishi deey/kölchaig]

handsome csinos [chinosh], jóképű [yaw-kaipű]

hang (fel)akasztani [-âkâstâni]; ~ **it on that hook** akassza arra a fogasra [âkâssâ ârrâ â fogâshrâ]; ~ **it up** akassza [âkâssâ] fel; **he had hung up** *(the receiver)* letette a kagylót [â kâdj-lawt]

hanger ruhaakasztó [roohâ-âkâstaw], vállfa [vaalfâ]

happen történni [tör-tain-ni]; **what has ~ed?** mi történt [mi törtaint]?; **how did the accident ~?** hogy történt a baleset [hodj törtaint â bâleshet]?; **I ~ed to be there** történetesen/véletlenül ott voltam [törtaineteshen/vailetlenül ott voltâm]

happy boldog; **I am ~ to see you** örülök, hogy láthatom [hodj laat-hâtom]; ~ **motoring** jó utat [yaw ootât]!, kellemes autózást [kellemesh outawzaasht]!; ~ **New Year!** Boldog újévet kívánok [boldog ooyaivet kivaanok]!; **many ~ returns** *(of the day)*! Isten éltesse(n) [ishten ailtesh-she(n)]!

harbour kikötő

hard *(not soft)* kemény [kemainj]; *(not easy)* nehéz [nehaiz]; ~ **court** salakpálya [shâlâkpaayâ]; ~ **currency** kemény valuta [kemainj vâlootâ]; *(US)* ~ **drinks** rövid italok; ~ **shoulder** útpadka [ootpâtkâ]

hard-boiled →egg

hard cash készpénz [kaispainz]

hardly alig [âli*z*]

hardware shop vaskereskedés [vâsh-kereshkedaish]

hare nyúl [njool]

harm kár [kaar]; **do** ~ **to sby** ártani [aartani] vkinek

harvest aratás [ârâtaash]

has →have

haste sietség [shiyet-shaig]

hat kalap [kâlâp]

hatchet fejsze [fey-se]

hate utálni [ootaalni]

have 1. *(possess)* van (vmije) [vân vâlâmiye]; **I** ~ **a** . . . van egy . . . [vân edj]; ~ **you (got) a family?** van (önnek) családja [vân (önnek) chalaadyâ]?; **I haven't time to write now** most nincs időm írni [mosht ninch időm eerni]; **I haven't (got) any** nekem egy sincs [edj shinch], nekem nincs [ninch]; **I have (got) some money** van egy kis pénzem [vân edj kish painzem]; **(this is) all I** ~ ez minden, *(luggage)* más csomagom nincs [maash chomâgom ninch]; *(in a shop)* ~ **you got** . . . ? kapható . . . [kap-hâtaw]?; van önöknél . . . [vân önöknail]?; **we do not** ~ **it in Hungary** nálunk, Magyarországon, nincs ilyen [naaloonk, mâdjârorsaagon, ninch iyen]; **it is to be had (in this shop)** (ebben az üzletben) kapható [(ebben âz üzletben) kâp-hâtaw]; ~ **sth on** van rajta [vân râytâ] **2.** *(take)* ~ **a swim** úszik egyet [oosik eddjet]; úszni megy [oosni medj]; **we are just having dinner** éppen vacsorázunk [aippen vâchoraazoonk]; **do you** ~

tea or coffee for breakfast? teát vagy kávét kér/
parancsol reggelire [teyaat vâdj kaavait kair/pâ-
rânchol reggeli-re]?; **will you ~ a cup of tea?** kér
(more fam.: kérsz) egy csésze teát [kair(s) edj
chai-se teyaat]?; **what will you ~ for breakfast?**
mit kér/enne reggelire [mit kair/enne reggeli-re]?;
what shall we ~ for lunch? *(at home)* mi lesz ebédre
[mi les ebaid-re]?, *(in a restaurant)* mit együnk
ebédre [mit edjünk ebaid-re]?; **may I ~ some more?**
kaphatnék még [kâp-hâtnaik maig]; **what will you
have, sir/madam?** mit parancsol, uram/asszonyom
[mit pârânchol oorâm/âssonjom]?; **I shall have . . .**
én egy . . .-t kérek [ain edj . . .-t kairek]; **can I ~
. . .?** kaphatok . . .[kâp-hâtok] . . . ?; **~ a cigarette !**
gyújtson rá [djooychon raa]!; **~ one** vegyen egyet
[vedjen eddjet]! **3.** *(get)* **may I ~ your pen for a
minute?** megkaphatnám egy percre a tollát [meg-
kâp-hâtnaam edj perts-re â tollaat]?; **let me ~ it**
kérem (ide) [kairem (id-e)] **4.** *(obligation)* **we ~ (got)
to be at the station at 10a.m.** de. 10 órakor az állo-
máson kell lennünk [dailelőtt teez awrâkor âz aalom-
aashon kell lennünk] **5.** *(causative)* **I shall ~ my
hair cut tomorrow** holnap levágatom a hajam
[holnâp levaagâtom â hâyâm] **6.** *(auxiliary)* **~ you
done it?** megcsináltad [meg-chinaaltâd]? **Yes, I ~**
Igen (megcsináltam) [igen (meg-chinaaltâm)];
we had better go jó lesz indulni [yaw les indoolni]
haversack oldalzsák [oldâl-zhaak]
he ő
head 1. *n* fej [fey]; *(chief person)* igazgató [igâzgâtaw],
főnök **2.** *v (football)* fejelni [feyelni]
headache fejfájás [feyfaâyaash]; **I have a ~** fáj a fejem
[faay â feyem]
headlamp(s), headlight(s) fényszóró [fainj-saw-raw]
headmaster igazgató [igâzgâtaw]
head office központ(i iroda) [irodâ], főiroda [fő-irodâ]

headrest fejtámasz [feytaamâs]
headwaiter főpincér [főpintsair]
heal gyógyítani [djawdjeetani]
health egészség [egais-shaig]; **your ~** ! egészségére
[egais-shai-gai-re] !; →**national**
health certificate orvosi bizonyítvány [orvoshi bizo-
njeetvaanj]
Health Insurance Centre SZTK [es-tai-kaa]
health resort gyógyhely [djawdj-hey], üdülőhely [-hey]
healthy egészséges [egais-shaigesh]
hear hallani [hâllâni]; I can ~ it hallom [hâllom];
I cannot ~ it very well nem hallom jól [nem hâllom
yawl]; I have heard it hallottam [hâllottâm]
heart szív [seev]
heartburn gyomorégés [djomor-aigaish]
heat 1. n (hot weather) hőség [hőshaig]; (sports) (elő)-
futam [-footâm] 2. v melegíteni [melegeeteni]
heater (radiator) hősugárzó [hő-shoogaarzaw]; (water
heater) bojler [boyler]
heating fűtés [fűtaish]
heavy nehéz [nehaiz]; ~ duty magas vám [mâgâsh
vaam]; ~ rain nagy eső [nâdj eshő];~ traffic erős/
nagy forgalom [erősh/nâdj forgâlom], (lorries etc.)
teherautóforgalom [teher-outaw-]
heavyweight nehézsúly(ú) [nehaiz-shooy(oo)]; light ~
félnehézsúly(ú) [fail-]
heel sarok [shârok]
height magasság [mâgâsh-shaag]; (of person) termet
height limit magasságkorlátozás [mâgâsh-shaag-kor-
laatozaash]
held →**hold**
helicopter helikopter
hello szervusz [servoos] !, (plural) szervusztok [ser-
voostok]; ! szia [siâ] !
helmet (bukó)sisak [(bookaw)shishâk]
help 1. n segítség [shegeet-shaig] 2. v segíteni [shegee-

teni] (vkinek); would you ~ me please legyen szíves
segíteni [ledjen seevesh shegeeteni] nekem; may I
~ you to some more meat? adhatok még egy kis
húst [ád-hátok maig edj kish hoosht]?; ~ yourself
tessék [tesh-shaik] venni!, parancsoljon (még)
[pârâncholyon (maig)]!; ~ yourself to the fruit
parancsoljon/vegyen a gyümölcsből [pârâncholyon/
vedjen â djümölchből]!
hen tyúk [tjook]
her *(possessive)* az ő ... [âz ő]; *(object)* őt; ~ ticket az ő
jegye [âz ő yedje]; I gave ~ my pen odaadtam neki a
tollamat [odâ-âdtam neki â tollâmât]; help ~ segít-
sen [shegeet-shen] neki
here *(in this place)* itt; *(to this place)* ide [id-e]; ~ is
my address itt (van) a címem [itt (vân) â tseemem];
~ you are ! tessék [tesh-shaik]!; ~ is to you! egész-
ségére [egais-shai-gai-re]!
hers az övé [âz övai]
herself (ő) maga [mâgâ]
high magas [mâgâsh]; ~ diving toronyugrás [toronj-
oograash]; ~ jump magasugrás [mâgâsh-oograash]
high school *(US)* középiskola [közaip-ishkolâ]
high tea uzsonna(vacsora) [oozhonnâ(-vâchorâ)]
highway *(public road)* (köz)út [-oot]; *(main)* főútvonal
[fő-ootvonâl] →divided
Highway Code KRESZ [kres]
hike 1. *v* túrázni [tooraazni] 2. *n* túra [toorâ]; *(outing)*
kirándulás [kiraandoolaash]
hiker turista [toorishtâ]
hiking (gyalog)túra [(djâlog)toorâ], turistáskodás
[toorish-taashkodaash], túrázás [tooraazaash]
hill domb, *(mountain)* hegy [hedj]
him őt; to ~ neki; I gave ~ the tickets odaadtam neki a
jegyeket [odâ-âdtâm neki â yedjeket]
himself (ő) maga [mâgâ]
hinder akadályozni [âkâdaayozni]

hip csípő [cheepő]

hire 1. *v* bérelni [bairelni]; ~ **a car** kocsit bérelni [kochit bairelni]; **where can I ~ a . . . ?** hol bérelhetek . . . [bairel-hetek]?; ~ **out** bérbe adni [bair-be âdni] **2. "for ~"** „szabad" [sâbâd]; **boats for ~** csónakok bérelhetők [chawnâkok bairel-hetők]

hired bérelt [bairelt]; ~ **car** bérelt autó/kocsi [bairelt outaw/kochi], bérautó [bair-outaw]

hirer bérlő [bairlő]

his az ő . . . [âz ő]; ~ **family** az ő családja [châlaadyâ]; ~ **ticket** az ő jegye [âz ő yedje]; ~ **case** az ő táskája [âz ő taash-kaayâ]

historic történelmi [törtainelmi]

history történelem [törtainelem]

hit (meg)ütni; *(with car)* elütni

hit-and-drive/run accident cserbenhagyásos baleset [cherben-hâdjaasosh bâleshet]

hitchhike 1. *n* autóstopp [outaw-shtopp] **2.** *v* (autó)-stoppal megy [(outaw)shtoppâl medj]

hitchhiker autóstoppal utazó [outaw-shtoppâl ootâzaw]

hitchhiking = hitchhike **1.**

hockey gyeplabda [djeplâbdâ]; *(ice)* jégkorong [yaig-korong], jéghoki

hold tartani [târtâni]; ~ **the line!** tartsa a vonalat [târchâ â vonâlât]!; ~ **on!** *(telephone)* tartsa a vonalat [târchâ â vonâlât]!; *(wait)* várjon (csak) [vaaryon (châk)]!; ~ **up** feltartani [-târtâni]

holder *of passport* útlevéllel [ootlevaillel] rendelkező

hold-up *(forgalmi)* torlódás [(forgâlmi) torlawdaash]

hole lyuk [yook]

holiday *(one day)* ünnepnap [-nâp]; *(vacation)* szabadság [sâbâd-shaag]; **a month's ~** egyhónapi szabadság [edj-hâwnapi sâbâd-shaag]; **go on ~** szabadságra [sâbâd-shaagrâ] menni; **he is on ~** szabadságon van [sâbâd-shaagon vân]

holiday centre/resort üdülőhely [üdülő-hey]

holidaymaker üdülő, nyaraló [njârâlaw]
home 1. *n* otthon [ott-hon]; *(flat)* lakás [lâkaash];
  she is at ~ otthon van [ott-hon vân] **2.** *adv (at his* ~)
  otthon [ott-hon], *(to his* ~) haza [hâzâ]; **he went** ~
  hazament [hâzâ-]
Home Office *(GB)* Belügyminisztérium [belüdj-mi-
  nistairyoom]
honest becsületes [bechületesh]
honey méz [maiz]
honeymoon nászút [naasoot]; **they are on** ~ nászúton
  vannak [naasooton vânnâk]
honour 1. *n* tisztelet [tistelet] **2.** *v* ~ **a cheque** csekket
  beváltani [chekket bevaaltâni]
hood *(for the head)* kapucni [kâpootsni]; *(of a car,*
  motorháztető [-haaz-tető]
hook horog
hope remélni [remailni]; **I** ~ **you will come** remélem,
  eljön [remailem, elyön]; **I** ~ **so** remélem (hogy igen)
hop, step and jump hármasugrás [haarmâsh-oograash]
horizon látóhatár [laataw-hâtaar]
horizontal vízszintes [veez-sintesh]; ~ **bar** nyújtó
  [njooytaw]
horn kürt, duda [doodâ]; **sound/use one's** ~ dudálni
  [doodaalni]; **use of** ~ **prohibited** hangjelzés tilos
  [hâng-yelzaish tilosh]
horn push kürt-nyomógomb [-njomawgomb]
horse ló [law]
horse-race lóverseny [law-versheņj]
horse-radish torma [tormâ]
horse-show lovasbemutató [lovâsh-bemootâtaw]
hose tömlő, cső [chő]
hospital kórház [kawr-haaz]
hospitality vendégszeretet [vendaig-seretet]
host szállásadó [saalaas-âdaw], házigazda [haazi-
  gâzdâ]
hostel *youth)* (ifjúsági) szálló [(ifyoo-shaagi) saalaw];

(other) turistaszálló [toorishtâ-saalaw], turistaház [-haaz]

hostess *(landlady)* háziasszony [haazi-âssonj]; →**air hostess**

hot forró [forraw]; *(pepper etc.)* csípős [cheepősh], erős [erősh]; **I feel ~** nagyon melegem van [nâdjon melegem vân]; **it is a ~ day** nagy a hőség ma [nâdj â hőshaig mâ]; **~ water** melegvíz [-veez]; **~ and cold water** hideg és meleg folyóvíz [foyaw-veez]

hotel szálloda [saalodâ], szálló [saalaw], hotel; **Hotel Budapest** Budapest Szálloda [boodâpesht saalodâ]

hotel accommodation szállodai elhelyezés [saalodâyi el-heyezaish]

hotel bill szállodai számla [saalodâyi saamlâ], hotelszámla [-saamlâ]

hotel booking szállodai szobafoglalás [saalodâyi sobâfoglâlaash]

hotel charges/expenses szállodaköltségek [saalodâkölchaigek]

hotel reservation szállodai szobafoglalás [saalodâyi sobâ-foglâlaash]

hotel voucher szállodai szobautalvány [saalodâyi sobâ-ootâlvaanj], szállodautalvány, szálloda-voucher [saalodâ-]

hot-water-bottle melegvizespalack [melegvizesh-pâlâtsk]

hour óra [awrâ]; **an ~** egy óra [edj awrâ]; **half an ~** fél óra [fail awrâ]; **an ~ and a half** másfél óra [maashfail awrâ]; **every~**, **by the~** óránként [awraankaint]; **08.00—16.30hrs** 08.00—16.30 óráig [awraayig]; **50 miles an ~** óránként 50 mérföldes sebességgel [awraankaint ötven mairföldesh shebesh-shaiggel];**48 ~s' stay** 48 órás tartózkodás [nedjven-njolts awraash târtawz-kodaash]

house ház [haaz]; **keep ~** háztartást [haastârtaasht] vezetni

household appliances háztartási készülékek/gépek [haastârtaashi kaisülaikek/gaipek]
household goods háztartási cikkek [haastârtaashi tsikkek]
household store(s) háztartási [haastârtaashi] bolt
household utensils háztartási eszközök/felszerelés [haastârtaashi eszközök/felserelaish]
housekeeper házvezető(nő) [haaz-vezető(nő)]
housing estate lakótelep [lâkaw-telep]
hovercraft légpárnás hajó [laig-paarnaash hâyaw]
how hogyan [hodjân]?, hogy [hodj]?; ~ **are you?** hogy van [hodj vân]?, *(more fam.)* hogy vagy [hodj vâdj]?; ~ **do you do?** jó napot kívánok [yaw nâpot keevaanok]!, üdvözlöm!; ~ **did it happen?** hogy történt [hodj törtaint]?;~ **far is it to ...?** milyen messze van... [miyen mes-se vân]?; ~ **long?** mennyi ideig [mennji ideyig]?, meddig?; ~ **long have you been in Hungary?** mióta van Magyarországon [miyawtâ vân mâdjâr-orsaagon]?; ~ **long is it valid for?** meddig érvényes [airvainjesh]?; ~ **many** hány [haanj]?; ~ **much** mennyi [mennji]?, *(object)* mennyit [mennjit]?; ~ **much is that?** mennyibe kerül [mennji-be kerül]?; ~ **much do you want?** mennyit parancsol [mennjit pârânchol]?
however azonban [âzombân]; *(in whatever way)* bárhogy [baar-hodj]
hub kerékagy [keraikâdj]
hub cap dísztárcsa [dees-taarchâ]
huge hatalmas [hâtâlmâsh]
hullo halló [hâllaw]!
hundred száz [saaz]
hundred and five százöt [saaz-öt]
hundred-forint note százforintos [saaz-forintosh]
hundredth századik [saazâdik]
hung →hang
Hungarian magyar [mâdjâr]; **in ~ currency** magyar

pénzben [mâdjâr painzben]; ~ **Academy of Sciences**
Magyar Tudományos Akadémia [mâdjâr toodo-
maanjosh âkâdaimyâ]; ~ **National Bank** Magyar
Nemzeti Bank [mâdjâr nemzeti bânk]; ~ **People's
Republic** Magyar Népköztársaság [mâdjâr naip-
köstaarshâshaag]; ~ **State Insurance Company**
Állami Biztosító [aalâmi bistosheetaw]; ~ **State
Railways** MÁV [maav]; ~ **Travel Agency** IBUSZ
[iboos]; **(s)he speaks** ~ beszél/tud magyarul [be-
sail/tood mâdjârool]; **I do not speak** ~ nem tudok
magyarul [nem toodok mâdjârool]
Hungary Magyarország [mâdjâr-orsaag]
hungry éhes [aihesh]; **I feel** ~ éhes vagyok [aihesh
vâdjok]
hunt vadászni [vâdaasni]
hunting vadászat [vâdaasât]
hunting-ground vadászterület [vâdaas-]
hunting trip vadászkirándulás [vâdaas-kiraandoo-
laash]
hurdles gâtfutás [gaat-footaash]; **110 metres** ~
110 m-es [saas-teez-maiteresh] gát(futás)
hurricane lamp viharlámpa [vihâr-laampâ]
hurry 1. *n* sietség [shiyet-shaig]; **be in a** ~ sietni [shi-
yetni]; **he is in a ~ to catch the train** siet/rohan, hogy
elérje a vonatot [shiyet/rohân, hodj el-air-ye â
vonâtot] **2.** *v* sietni [shiyetni]; ~ **up!** gyerünk
[djerünk]!, siess [shiyessh]!; **les us** ~ **up!** siessünk
[shiyesshünk]!; **don't** ~ ne siessen [ne shiyesshen];
we hurried home hazasietünk [hâzâ-shiyettünk]
hurt *(cause pain)* megsérseni [-shairteni]; *(feel pain)*;
fájni [faayni]; **he** ~ **himself** megsérült [-shairült];
he did not ~ **himself** nem sérült [shairült] meg;
where does it ~? hol fáj [faay]?; **it** ~**s here** itt
fáj
husband férj; **my** ~ a férjem [â fairyem]; **her** ~ a férje
[fair-ye]

hut menedékház [menedaik-haaz], kunyhó [koonj-haw]
hydraulic fluid fékfolyadék [faik-foyâdaik]
hydrofoil szárnyashajó [saarnjâsh-hâyaw]
hypacidity savhiány [shâv-hiyaanj]

I

I én [ain]; **it is I** én vagyok [ain vâdjok]
ice jég [yaig] →**ice-cream**
icebox hűtődoboz
ice-cream fagylalt [fâdjlâlt]
ice-hockey jéghoki [yaig-]
icy jeges [yegesh]
idea ötlet
ideal ideális [id-e-aalish]
identification igazolás [igâzolaash], igazolvány [igâ-
zolvaanj]
identity card személyi igazolvány [semayi igâzolvaanj]
i.e. *(=id est)* azaz [âzâz]
if ha [hâ]; *(whether)* vajon [vâyon]; ~ **possible** ha
lehet(séges) [hâ le-het(-shaigesh)]; **ask ~ he comes**
kérdezze meg, vajon jön-e [kairdez-ze meg, vâyon
yön-e]
ignition gyújtás [djooytaash]
ignition adjustment gyújtásbeállítás [djooytaash-
be-aaleetaash]
ignition key gyújtáskulcs [djooytaash-koolch], slussz-
kulcs [shlooss-koolch]
ignition switch gyújtáskapcsoló [djooytaash-kâp-
cholaw]
ill beteg; **be taken ~** megbetegedni
illegal illegális [illegaalish]

illness betegség [beteg-shaig]

imagine elképzelni [-kaipzelni]

immediate közvetlen; *(without delay)* azonnali [ázonnáli]

immediately *(without delay)* rögtön, azonnal [ázonnál]; *(directly)* közvetlenül

immense óriási [awryaashi]

immigration bevándorlás [bevaandorlaash]

immigration authorities bevándorlási hatóságok [bevaandorlaashi hâtaw-shaagok]

immigration officer bevándorlási hatóság tisztviselője [bevaandorlaashi hâtaw-shaag tistvishelőye]

immobilized *(car)* mozgásképtelen [mozgaash-kaiptelen]

impatient türelmetlen

impolite udvariatlan [oodvaryâtlan]

import 1. *v* behozni; importálni [importaalni]; **may be ~ed** behozható [behoz-hâtaw], bevihető 2. *n* ~s behozatal [be-hozâtâl], import

importance fontosság [fontosh-shaag]

important fontos [fontosh]

import duty behozatali vám [behozâtâli vaam]

import licence behozatali engedély [behozâtâli engeday]

impose kiszabni [kisâbni]; ~ **a fine on the spot** helyszíni bírságot kiszabni [heyseeni beer-shaagot kisâbni]

impossible lehetetlen

improve javítani [yâveetáni], fejleszteni [feylesteni]; *(get better)* javulni [yâvoolni]

improvement haladás [hâlâdaash], fejlődés [feylődaish]

in *(place)* **in London** Londonban [londonbân]; **in Budapest** Budapesten [boodâpeshten]; **in the room** a szobában [â sobaabân]; **he is in** benn van; **in the country** vidéken [vidaiken]; *(time)* **in 1960** 1960-ban [ezer-kilents-saaz-hâtvânbân]; **in five minutes** öt perc múlva [öt perts moolvâ]; **in an hour's time**

(within) egy órán [edj awraan] belül; **in three hours**
(in the course of) három óra alatt [haarom awrâ
âlâtt]

inch hüvelyk (= 2.54 cm) [hüveyk]

include magában foglalni [mâgaabân foglâlni], bele-
számítani [-saameetâni]; **is ~d** bele van számítva
[be-le vân saameetvâ]

including beleértve [be-le-airt-ve]

inclusive: from April 20th to May 5th ~ április 20-tól
május 5-éig bezárólag [aaprilish hoosâdikaatawl
maayoosh ötödikayig bezaarawlag]; **~ cost** a teljes
költség [â telyesh kölchaig]; **(all-) ~ tour** (külföldi)
társasutazás [taarshâsh-ootazaash]

income jövedelem [yöv-ed-elem]

income-tax jövedelmi adó [yöv-ed-elmi âdaw]

inconvenience kényelmetlenség [kainjelmetlenshaig]

inconvenient kényelmetlen [kainjelmetlen], alkalmatlan
[âlkâlmâtlân]

incorrect helytelen [heytelen], téves [taivesh]

increase *(become greater)* növekedni; *(make greater)*
növelni, fokozni; **~ speed** fokozni a sebességet [â
shebesh-shaiget]

indeed valóban [vâlawbân], csakugyan [châkoodjân]

independent független

indicate mutatni [mootâtni], feltüntetni, jelezni [ye-
lezni]

indicator irányjelző [iraanj-yelző], villogó [villogaw]

indigestion emésztési zavar [emaistaishi zâvâr]

individual 1. *a* egyéni [edjaini] **2.** *n* egyén [edjain]

indoors házon [haazon] belül, benn (a házban) [â
haazbân]

indoor swimming-pool fedett uszoda [oosodâ]

industrial ipari [ipâri]; **~ fair** ipari vásár [ipâri vaa-
shaar]

industry ipar [ipâr]

inexpensive nem drága [draagâ], olcsó [olchaw]

9

infant csecsemő [chechemő]
infection fertőzés [fertőzaish]
infectious fertőző
inflammation gyulladás [djoollâdaash]
inflatable felfújható [-fooyhâtaw]
inflate felfújni [-fooyni]
influence hatás [hâtaash], befolyás [-foyaash]; **be under the ~ of alcohol** szeszes ital hatása alatt van [sesesh itâl hâtaashâ âlâtt vân]
influenza influenza [infloo-enzâ]
inform értesíteni [air-tesheeteni]
informal nem hivatalos [hivâtâlosh], közvetlen; *(dress)* hétköznapi [haitköznâpi]
information felvilágosítás [-vilaagosheetaash], tájékoztatás [taayaikostâtaash], információ [informaatsiyaw]; **further ~ ...** bővebb felvilágosítás(t) ... ; **give ~** felvilágosítást adni [felvilaagosheetaasht âdni], tájékoztatni [taayaikostâtni]
information bureau tájékoztató/információs iroda [taayaikostâta/w/informaatsiyawsh irodâ]
information desk tájékoztatás [taayaikostâtaash], információ [informaatsiyaw]; →**inquiry office**
information office →**inquiry office**
informative sign útbaigazítást adó jelzőtábla [ootbâigâzeetaasht âdaw yelző-taablâ]
infringement *(of traffic regulations)* (közlekedési) szabálysértés [(közlekedaishi) sâbaay-shairtaish]
infuse *(tea)* leforrázni [-forraazni]
inhabitant lakos [lâkosh]
injection injekció [inyektsiyaw]
get **injured** sérülést szenvedni [shairülaisht senvedni], megsérülni [-shairülni]
injury sérülés [shairülaish]; **he suffered severe injuries** súlyos sérüléseket szenvedett [shooyosh shairülaisheket senvedett]
ink tinta [tintâ]

inland belföldi

inn vendéglő [vendaiglő]

inner tube tömlő

inquire *(about, for)* érdeklődni [airdeklődni] (vmi iránt) [iraant], tudakozódni [toodâkozawdni] (vmi után) [ootaan]; ~ **at the office !** érdeklődjék az irodában [airdeklődjaik âz irodaabân], kérdezze [kairdez-ze] meg az irodában !

inquiry, inquiries érdeklődés [airdeklődaish], tudakozódás [toodâkozawdaash], információ [informaatsiyaw]; **make inquiries about sth/sby** érdeklődni/tudakozódni/informálódni [airdeklődni/toodâkozawdni/informaalawdni] vmi/vki felől; **make your** ~ **at the office !** érdeklődjék az irodában [airdeklődjaik âz irodaabân], kézdezze meg az irodában [kairdezze meg âz irodaabân]; **inquiries should be made to . . .** érdeklődni lehet . . . [airdeklődni leh-et]

inquiry office információs iroda [informaatsiyawsh irodâ], tudakozó [toodâkozaw]

insect rovar [rovâr]

insecticide rovarirtó [rovâr-irtaw]

insert behelyezni [be-heyezni]; bedobni; ~ **a telephone counter** dobjon be egy telefonérmét [dobyon be edj telefon-airmait]

inside 1. *a* belső [belshő]; ~ **lane** *(GB)* külső/szélső sáv/nyom [külshő/sailshő shaav/njom]; ~**left** *player* balösszekötő [bâlössekötő]; ~ **right** jobbösszekötő [yobb-] 2. *adv* belül, benn; ~ **the bus** a busz belsejében [â boos belsheyaiben]

insist ragaszkodni [râgâskodni]

inspect megvizsgálni [-vizhgaalni]

inspection szemle [sem-le], ellenőrzés [ellenőrzaish]

inspection pit szerelőakna [serelő-âknâ]

instalment részlet [raislet]

instance példa [paildâ]; **for** ~ például [paildaa-ool]

instant azonnali

9*

instead of ... helyett [heyett]; ~ **of you** helyette(d) [heyette(d)]

institute intézet [intaizet]

Institute for Cultural Relations Kulturális Kapcsolatok Intézete (KKI) [kooltooraalish kâpcholâtok intaize-te]

institution intézmény [intaizmainj]

instruct oktatni [oktâtni]

instruction oktatás [oktâtaash]; ~s *(for use)* használati utasítás [hâsnaaláti ootâsheetaash]

instructor oktató [oktâtaw]

instrument műszer [műser], eszköz [esköz]

instrument board/panel műszerfal [műserfâl]

insult 1. *v* sérteni [-shairteni] **2.** *n* sértés [shairtaish]

insurance biztosítás [bistosheetaash]; **take out ~** biztosítást [bistosheetaasht] kötni

insurance card biztosítási lap [bistosheetaashi lâp]

insurance company biztosító (társaság) [bistosheetaw (taar-shâ-shaag)]; **State I~ Company** Állami Biztosító [aalâmi bistosheetaw]

insurance policy/premium biztosítási kötvény [bistosheetaashi kötvainj]

insurance vignette biztosítási bélyeg [bistosheetaashi bayeg], érvényesítési [airvainjesheetaishi] bélyeg

insure biztosítani [bistosheetâni]; **the car is ~d** a kocsi biztosítva van [â kochi bistosheetvâ vân]

insured *(party)* biztosított (fél) [bistosheetott (fail)]

insurer biztosító [bistosheetaw]

intend szándékozni [saandaikozni]; **I ~ed to come** el akartam jönni [el âkârtâm yönni]

intended tervezett, szándékolt [saandaikolt]

intention szándék [saandaik]

interchange különszintű csatlakozás/csomópont [különsintű châtlâkozaash/chomawpont]

interchange station átszállóhely [aat-saalaw-hey]

interest 1. *n* érdek [airdek]; *(money rate)* kamat [kâ-

mât]; **is of ~ to sby** érdekel [airdekel] vkit, vki szá-
mára érdekes [saamaarâ airdekesh]; **take ~ in sth**
érdeklődni vmi iránt [airdeklődni vmi iraant] **2.**
v **is ~ed in sth** érdekli [airdekli] vmi; **are you ~ed
in sports?** érdekli a sport [airdekli â shport]?
interesting érdekes [airdekesh]
interior belső [belshő]
intermediate station közbenső állomás [közbenshő
aalomaash]
internal belső [belshő]; **~ injuries** belső sérülések [belshő
shairülaishek]
international nemzetközi; **I~ Camping Carnet** Nemzet-
közi Camping Carnet (CCI); **~ driving licence/permit**
nemzetközi gépjárművezetői igazolvány [gaip-
yaarmű-vezetőyi igâzolvaanj]; **~ fair** nemzetközi
vásár [vaashaar]; **~ flight** nemzetközi járat [yaarât];
**I~ Motor Insurance Certificate ~green card; ~
registration letters** nemzetközi gépkocsijelzések
[gaipkochi-yelzaishek]
interpret tolmácsolni [tolmaacholni]
interpreter tolmács [tolmaach]
interrupt félbeszakítani [fail-be-sâkeetâni]
intersection útkereszteződés [ootkeresteződaish], cso-
mópont [chomawpont], útcsatlakozás [oot-châtlâ-
kozaash]
interval szünet [sünet]
interview interjú [interyoo]
into . . . ba [bâ], **. . .** be; **~ the room** a szobába [â so-
baabâ]
introduce bemutatni [be-mootâtni]; **X ~d Y to Z**
X bemutatta Y-t Z-nek [X be-mootattâ Y-t Z-nek];
they were ~d to each other bemutatkoztak egymás-
nak [be-mootâtkostak edjmaashnâk]
introduction bemutat(koz)ás [be-mootât(koz)aash]; *(in
a book)* bevezetés [-vezetaish]; **letter of ~** ajánlólevél
[âyaanlaw-levail]

investigation vizsgálat [vizhgaalåt]

invitation meghívás [meg-heevaash], *(written)* meghívó [-heevaw]; **letter of** ~ meghívólevél [-heevawlevail]; ~ **to dinner** meghívás vacsorára [meg-heevaash vâchoraarâ]; **she sent us an** ~ küldött nekünk egy meghívót [edj meg-heevawt]

invite meghívni [-heevni]; **they** ~**d us to dinner** meghívtak (bennünket) vacsorára [meg-heevtâk (bennünket) vâchoraarâ]

invoice számla [saamla]

involve maga után von [mâgâ ootaan von]; **he got** ~**d in an accident** baleset érte [bâleshet air-te]

iodine jód [yawd]

Ireland Írország [eerorsaag]; **Republic of** ~ Ír Köztársaság [eer köstaarshâshaag]; **Northern** ~ Észak-Írország [aisâk-eerorsaag]

Irish ír [eer]

iron 1. *n (metal)* vas [vâsh]; *(instrument for ironing)* vasaló [vâshâlaw] **2.** *v* (ki)vasalni [-vâshâlni] **is** →**be**

island sziget [siget]; *(street island)* járdasziget [yaardâ-]

isle sziget [siget]

issuance (jegy)kiadás [(yedj)ki-âdaash]

issue 1. *n* kiadás [ki-âdaash] **2.** *v* kiadni [ki-âdni], kibocsátani [-bochaatâni]; kiállítani [-aaleetâni]; **passport** ~**d at...** útlevél kiállításának helye... [ootlevail kiaaleetaashaanâk hey-e]; **a tourist visa is** ~**d within 24 hours** a turistavízumot 24 órán belül kiadják [a toorishtâ-veezoomot hooson-naidj awraan belül ki-âdyaak]

issuing office jegyárusítóhely [yedj-aarooshetawhey]

it az [âz]; ~ **is here** itt van [vân]; ~ **is cold** hideg van

Italian olasz [olâs]; **(s)he speaks** ~ beszél/tud olaszul [besail/tood olâsool]

Italy Olaszország [olâs-orsaag]

item *(luggage)* darab [dârâb]; *(goods)* tétel [taitel], cikk [tsikk]; *(news)* hír [heer]; **the first ~ on the programme** a program első pontja [â prográm elshő pontyâ]

itinerary *(route)* útvonal [ootvonâl]; *(plan)* útiterv [ootiterv], úti-program, túraprogram [toorâ-]; *(account)* úti beszámoló [ooti besaamolaw]; *(guidebook)* útikönyv [ootikönjv]

its annak a . . . [ânnâk â]; **I do not like ~ shape** nem szeretem az alakját [nem seretem âz âlâkyaat]

J

jack kocsiemelő [kochi-emelő]

jacket zakó [zâkaw]

jam¹ dzsem

jam² *(stoppage)* (forgalmi) torlódás [(forgâlmi) tor lawdaash], dugó [doogaw]

January január [yânoo-aar]; **on ~ 7th/8th** január 7-én/ 8-án [yânoo-aar hetedikain/njoltsâdikaan]

jar üveg

jaw állkapocs [aalkâpoch]

jeans *(blue ~)* farmernadrág [-nâdraag]

jerrycan marmonkanna [mârmonkânnâ]

jersey pulóver [pullover], szvetter

jet *(in carburetter)* fúvóka [foovawkâ]

jet aircraft/plane sugárhajtású (repülő)gép [shoogaarhâytaashoo (repülő)gaip], jet

jewel ékszer [aikser], *(stone)* kő

jeweller('s) ékszerész [aikserais]

jewelry ékszer [aikser]

Jewish zsidó [zhidaw]

job munka [moonkâ], állás [aalaash]
join *(associate with)* csatlakozni [châtlâkozni]; **will you ~ us for dinner?** velünk jön/jössz ebédelni [velünk yön/yöss ebaidelni]?; **~ our party!** tarts(on) velünk [târch(on) velünk]!
joint *(of meat)* pecsenye [pechenje]
joke tréfa [traifâ]
journal lap [lâp], *(magazine)* folyóirat [foyaw-irât]
journalist újságíró [ooy-shaag-eeraw]
journey út [oot], utazás [ootâzaash]; **make a ~** utazást [ootâzaasht] tenni, utazni [ootâzni]; **a three days' ~** háromnapi út [haaromnâpi oot]; **he breaks his ~ at Paris** megszakítja az útját Párizsban [meg-sâkeetyâ âz ootyaat paarizhbân]
journey time menetidő
joy öröm
judge bíró [beeraw]
judg(e)ment ítélet [eetailet]
jug kancsó [kânchaw]
juice lé [lay]
July július [yoolyoosh]; **on ~ 7th/8th** július 7-én/8-án [yoolyoosh hetedikain/njoltsâdikaan]
jump ugrani [oogrâni]
jumper pulóver [pullover]
jumping competition díjugratás [deey-oogrâtaash]
junction csomópont [chomaw-pont], útcsatlakozás [oot-châtlâkozaash]; **T ~** T elágazás [tay elaagâzaash]
June június [yoonyoosh]; **on ~ 7th/8th** június 7-én/8-án [yoonyoosh hetedikain/njoltsâdikaan]
just *(exactly)* éppen [aippen], pont; *(only)* csak [châk]; **~ the same** ugyanaz [oodjânâz], *(all the same)* mindegy [-edj]; **this is ~ what I wanted** pont ezt akartam [âkârtâm]; **he has ~ left** éppen most ment el [aippen mosht ment el]; **~ a moment, please!** pillanat (türelmet kérek) [pillânât (türelmet kairek)]!;

he ~ missed the train épp lekéste a vonatot [aip
le-kaish-te â vonâtot]; **I am busy ~ now** most éppen
nem érek rá [mosht aippen nem airek raa]; **~ about
here** itt valahol [vâlâhol], körülbelül itt; **~ a little**
csak egy kicsit [châk edj kichit]

K

kale kelkáposzta [-kaapostâ]
kayak kajak [kâyâk]
keep tartani [târtâni]; **you may ~ this/it** ezt megtart-
hatja [est meg-târt-hâtyâ], ez az öné lehet [ez âz önai
le-het]; **I won't ~ you long** nem tartom fel sokáig
[nem târtom fel shokaayig]; **~ sby waiting** meg-
várakoztatni [-vaarâkostâtni] vkit; **we must ~ in
touch** kapcsolatban kell maradnunk [kâpcholâtbân
kell mârâdnoonk]; **~ in lane** a sávon belül maradni
[â shaavon belül mârâdni]; **~ off the grass** fűre lépni
tilos [fű-re laipni tilosh] !; **~ on** folytatni [foytâtni];
~ straight on ! menjen egyenesen előre/tovább
[mennjen edjeneshen előre/tovaab] !; **~ (to the) left**
balra hajts [bâlrâ hâych] !; **~ (to the) right** jobbra
hajts [yobbrâ hâych] !; **will this meat ~ till to-
morrow?** eláll ez a hús holnapig [elaal ez â hoosh
holnâpig]?
kept →**keep**
kerb (járda)szegély [(yaardâ-)segay]
kerosene, kerosine *(US)* petróleum [petraw-le- oom]
kettle *(tea)* teáskanna [teyaash-kânnâ]
key kulcs [koolch]
kick rúgni [roogni]
kidney vese [ve-she]

kill (meg)ölni; **was ~ed (in an accident)** baleset áldozata [bâleshet aaldozâtâ] lett, életét vesztette [ailetait vestette]

kilogram kilogramm, kiló [kilaw]

kilometre kilométer [-maiter]; **distance in ~s** kilométertávolság [-taavolshaag]

kind[1] *a* kedves [kedvesh]; **you are very ~** ön nagyon kedves [ön nâdjon kedvesh]; **it is very ~ of you** nagyon kedves öntől; **be so ~ as to** legyen olyan kedves [ledjen oyân kedvesh]

kind[2] *n*, fajta [fâytâ], féle [fai-le]; **what ~ of** miféle [mi-fai-le]; **a ~ of ...** valaميféle [vâlâmifai-le]

kindly: will you ~ ... legyen olyan szíves ... [ledjen oyân seevesh]

king király [kiraay]

kiss 1. *n* csók [chawk] **2.** *v* (meg)csókolni [chawkolni]

kit felszerelés [felserelaish]; *(tools etc.)* készlet [kaislet]

kit bag →**knapsack**

kitchen konyha [konjhâ]

kitchenette főzőfülke, teakonyha [teyâkonjhâ]

kitchen utensils konyhaeszközök [konjhâ-esközök]

kleenex *(face)* arctölrő [arts-törlö]; *(handkerchief)* papírzsebkendő [pâpeer-zhebkendő]

knapsack hátizsák [haati-zhaak]

knee térd [taird]

knew →**know**

knife kés [kaish]

knitwear kötöttáru [-aaroo], kötött holmi

knock *(at the door)* kopogni; **the engine is ~ing** kopog a [â] motor; **he was ~ed down by a lorry** elütötte egy teherautó [edj teher-outaw]

knocking *(of engine)* kopogás [kopogaash]

knot csomó [chomaw]; **tie a ~** csomót [chomawt] kötni

know *(have knowledge of)* tudni [toodni], ismerni [ishmerni]; *(be acquainted with sby)* ismerni [ish

merni]; **let sby ~** értesíteni [airtesheeteni] vkit;
I ~ the area ismerem ezt a területet [ishmerem est á
területet]; **do you ~ the road to . . .?** ismeri az utat
. . . felé [ishmeri áz ootat . . . felai]?; **I ~ how to do
it** tudom, hogy(an) kell csinálni [toodom, hodj(án)
kell chinaalni]; **do you ~ Mr. Hill?** ismeri Hill
urat [ishmeri Hill oorât]?; **I ~ him by sight** látásból
ismerem [laataashbawl ishmerem]
knowledge tudás [toodaash]; ismeret [ishmeret];
without my ~ tudtom nélkül [toodtom nailkül]
known ismert [ishmert]
kohlrabi kalarábé [kâlâraabai]
kph (= *kilometres per hour*) óránként . . . kilométer(es
sebességgel) [awraankaint . . . kilomaiter(esh she-
besh-shaiggel]

L

L *(= learner)* tanulóvezető, **T** [tânoolaw-vezető]
label címke [tseem-ke]
laboratory labor(atórium) [lâbor(âtawryoom)]
labour *(work)* munka [moonkâ]
lace csipke [chipke]
lack 1. *n* hiány [hiyaanj]; **for ~ of sth** vmi hiányá-
ban [hiyaanjaabân] **2.** *v* **be ~ing** hiányzik
[hiyaanjzik]
ladder létra [laitrâ]
ladderproof szembiztos [sembistosh]
laden weight terhelés [terhelaish], rakomány [râko-
maanj]
lady hölgy [höldj]; **ladies** *(as a notice)* hölgyek [höl-
djek]; **ladies and gentlemen!** hölgyeim és uraim
[höldjeyim aish oorâyim]!

lady's, ladies' női [nőyi]; **~ handbag** női táska [nőyi taashkâ], retikül; **~ hairdresser** női fodrász [nőyi fodraas]; **~ room** női mosdó [nőyi mozhdaw]
lake tó [taw]
Lake Balaton (a) Balaton [â bâlâton]
lamb bárány [baaraanj]
lamp lámpa [laampâ]
land 1. *n (country)* ország [orsaag] **2.** *v (from ship)* kiszállni [-saalni], partra szállni [pârtrâ saalni]; *(aircraft)* leszállni [le-saalni], landolni [lândolni], földet érni [airni]; **we ~ed at Liverpool** Liverpoolban szálltunk partra [-bân saaltoonk pârtrâ]
landing leszállás [lesaalaas]; **happy ~!** szerencsés utat [serenchaish ootât]!
landing card kiszállókártya [kisaalaw-kaartjâ]
landing-place hajóállomás [hâyaw-aalomaash]
landing-stage kikötő(hely) [-(hey)]
landlady háziasszony [haazi-âssonj], szállásadó [saalaash-âdow]
landscape táj(kép) [taay(kaip)]; panoráma [pânoraamâ]
lane sáv [shaav], nyom [njom]; **inside/nearside ~** *(GB)* külső nyom/sáv [külshő njom/shaav]; **outside/offside~** *(GB)* belső nyom/sáv [belshő njom/shaav]; **left~** *(US, Hungary)* bal/belső nyom/sáv [bâl/belshő njom/shaav]; **right ~** *(US, Hungary)* jobb/külső nyom/sáv [yobb/külshő njom/shaav]; **change ~s, move into another ~** sávot változtatni [shaavot vaaltostâtni]; **get in(to) ~** besorolni [beshorolni]
language nyelv [njelv]
lantern lámpa [laampâ]
lap *(sports)* futam [footâm]; kör
large nagy [nâdj]; **~st** legnagyobb [legnâdjobb]
last 1. *a* (leg)utolsó [-ootolshaw]; **~ night** tegnap este [tegnâp esh-te]; **~ week** múlt héten [moolt haiten]; **~ year** tavaly [tâvây]; **at ~** végre [vaig-re] **2.** *adv*

utoljára [ootolyaarå] 3. *v* tartani [tårtåni]; **how long will it ~?** meddig tart [tårt]?; **if the fine weather ~s (out)** ha szép marad az idő [hå saip måråd åz idő]

late 1. *adv* késő [kaishő]; későn [kaishőn]; **it is getting ~** későre jár [kaishő-re yaar]; **it is (very) late (nagyon)** késő van [(nådjon) kaishő vån]; **the train was ten minutes ~** a vonat tíz percet késett [å vonåt teez pertset kaishett]; **don't be ~** el ne késs(en) [kaissh(en)]!; **am I ~?** elkéstem [-kaishtem]?; **be ~ for sth** lekésni [-kaishni] vmiről 2. *a* **~ dinner** vacsora [våchorå]; **in the ~ afternoon** a késő délutáni órákban [å kaishő dailootaani awraakbån]

lately nemrég [-raig], újabban [ooyåbbån]

later később [kaishőbb]; **see you ~!** viszontlátásra [visont-laataashrå]; **not ~ then** nem később [kaishőbb] mint; **~ on** később [kaishőbb]

latest legutolsó [-ootolshaw], legújabb [-ooyåbb]

latter az utóbbi [åz ootawb-bi]

laugh nevetni; **~ at sby** kinevetni vkit

launderette, laundromat *(washing)* önkiszolgáló mosószalon [önkisolgaalaw moshaw-sålon]; *(cleaning)* gyorstisztító szalon [djorsh-tisteetaw sålon]

laundry *(place)* mosoda [moshodå], PATYOLAT [påtjolåt]; *(clothes)* szennyes [sennjesh]

lavatory mosdó [mozhdaw], vécé [vai-tsai]

law törvény [törvainj], jog [yog]

lawful jogos [yogosh]

lawn gyep [djep], fű

lawyer ügyvéd [üdjvaid], jogász [yogaas]

lay *(put)* tenni, helyezni [heyezni]; **~ the table** megteríteni [-tereeteni]; **~ down** letenni; → **lie**

lay-by leállóhely [le-aalaw-hey], pihenő(hely) [pihenő-(hey)], kitérő [kitairő]

lazy lusta [looshtå]

lb(s). (=*pounds*) font

lead vezetni; ~ **in** bevezetni; ~ **thorugh** keresztül-
vezetni [kerestül-]; **he ~s the way** elöl megy [medj];
this road ~s to ... ez az út ... felé visz [ez âz
oot ... felai vis]; **who is ~ing?** *(in the race)* ki vezet?

leader vezető

leaf (fa)levél [(fâ)levail]

leaflet prospektus [proshpektoosh]; *(descriptive)* le-
írás [le-eeraash]

leak 1. *n* szivárgás [sivaargaash]; **there is a ~ in
the** ... szivárog a ... [sivaarog â] **2.** *v* **is ~ing** szi-
várog [sivaarog], csepeg [chepeg]

lean[1] *(bend)* hajolni [hâyolni]; *(cause to rest)* neki-
támasztani [-taamâstâni]; ~ **back** hátradőlni
[haatrâ-]; **do not ~ out of the window !** kihajolni
veszélyes [kihâyolni vesay-esh] !

lean[2] *(meat)* sovány [shovaanj]

learn tanulni [tânoolni]; *(understand)* értesülni
[airteshülni]

learner *(driver)* tanulóvezető (T) [tânoolaw-]

leash póráz [pawraaz]

least legkisebb [-kish-shebb]; **at ~** legalább [-âlaabb]

leather bőr

leave *(allow to remain)* (ott)hagyni [-hâdjni]; *(forget
to take)* ottfelejteni [-feleyteni], elhagyni [-hâdjni];
(depart) (el)indulni [-indoolni], elutazni [-ootâz-
ni]; **she left her bags at the left-luggage office** a
ruhatárban hagyta a csomagjait [â roohâtaarbân
hâdjtâ â chomâgyâyit]; ~ **a message for me !**
hagyjon [hâddjon] nekem üzenetet!; ~ **the key
with the porter !** hagyja a kulcsot a portán [hâddjâ
â koolchot â portaan]!; **I have left my bag in the
dining-car** az étkezőkocsiban hagytam/felejtettem
a táskámat [âz aitkező-kochibân hâdjtâm/feleytet-
tem â taashkaamât]; **before leaving** ... (el)indulás
[-indoolaash] előtt ...; **when are you leaving?**
mikor utazik/indul [ootâzik/indool]?; **I ~ here** ...

innen elutazom/indulok ... [elootâzom/indoolok];
we are leaving tomorrow morning holnap reggel
indulunk [holnâp reggel indooloonk]; **I am leaving
for Paris Monday week** hétfőhöz egy hétre utazom
Párizsba [haitfőhöz edj hait-re ootâzom paarizhbâ];
what time does it ~? mikor indul [indool]?; **when
does the next train/plane/bus/boat ~ for ...?** mikor
indul a legközelebbi/következő vonat/gép/busz/
hajó ... felé [mikor indool a legközelebbi/következő
vonât/gaip/boos/hâyaw ... felai]?; **the train ~s
in five minutes' time** a vonat öt perc múlva indul
[â vonât öt perts moolvâ indool]; **train ~s for ...**
vonat indul ... felé [vonât indool ... felai]
lecture előadás [-âdaash]
led →lead
left¹ bal [bâl]; **~ hand** bal kéz [bâl kaiz]; **~ lane**
→left-hand lane; **turn (to the) ~** balra fordulni
[bâlrâ fordoolni], *(by car)* balra kanyarodni [kânjâ-
rodni]; **no ~ turn** balra bekanyarodni tilos [bâlrâ
bekânjârodni tilosh]!; **on the ~ of the road** az
úttest bal oldalán [âz oot-tesht bâl oldâlaan]; *(in
Hungary)* **overtake on the ~!** előzni csak balról
szabad [előzni châk bâlrawl sâbâd]! **to the ~** balra
[bâlrâ]
left² →leave
left-hand bal oldali [bâl oldâli]; **~ lane** *(in Britain)*
külső nyom/sáv [külshő njom/shaav], *(in Hungary,
US)* bal/belső nyom/sáv [bâl/belshő njom/shaav];
~ side bal oldal [bâl oldâl]
left-luggage locker poggyászmegőrző automata [pod-
djaas-megőrző outomâtâ]
left-luggage office csomagmegőrző [chomâg-], poggyász-
megőrző [poddjaas-], ruhatár [roohâtaar]
left-turn indicator bal oldali irányjelző [bâl oldâli
iraanj-yelző]
leg láb(szár) [laab(-saar)]

legal jogi [yogi], törvényes [törvainjesh]
leisure time szabad [sâbâd] idő
lemon citrom [tsitrom]
lemonade limonádé [limonaadai]
lemon juice citromlé [tsitromlai]
lemon squash limonádé [limonaadai]
lend kölcsönadni [kölchönâdni]; **can you ~ me 20
forints?** kölcsönadna nekem 20 forintot [kölchön-
ádnâ nekem hoos forintot]?
lending library kölcsönkönyvtár [kölchön-könjvtaar]
length (vminek a) hossza [(â) hossâ]; **5 feet in ~** öt
láb hosszú [öt laab hossoo]; **~ of time** időtartam
[időtârtâm]
lens lencse [len-che]
lent →lend
less kevesebb [keveshebb]; **~ than ...** kevesebb
mint ...; **~ than 6 months** 6 hónapnál rövidebb
ideig [hât hawnâpnaal rövidebb ideyig]; **far/much
~** sokkal kevésbé [shokkâl kevaishbay]; **~
expensive** kevésbé drága [kevaishbay draagâ],
olcsóbb [olchawbb]
lesson *(unit in a course)* lecke [lets-ke]; *(period)*
óra [awrâ]
let hagyni [hâdjni], engedni; **~'s go** gyerünk [dje-
rünk]; **~'s start** induljunk [indoolyoonk]!; **~ go**
ereszteni [-eresteni]; **~ fall** elejteni [-eyteni]; **~
(sby) in** beengedni [be-engedni] (vkit); **~out** ki-
engedni [ki-engedni]; **please ~ me know** kérem,
értesítsen [kairem, airtesheet-shen]; **to ~** kiadó
[ki-âdaw]
letter levél [levail]; *(character)* betű; **any ~s for me?**
van levelem [vân le-ve-lem] ?; **~ of credit** hitel-
levél [hitel-levail]; **~ of invitation** meghívólevél
[meg-heevaw-levail]
letter-box levélszekrény [levail-sekrainj], postaláda
[poshtâlaadâ]

letter telegram levéltávirat [levail-taavirât]
lettuce (fejes) saláta [(feyesh) shâlaatâ]
level szint [sint]; *(oil)* olajszint [olâysint]
level-crossing (szintbeni) vasúti átjáró [sintbeni vâshooti aat-yaaraw]
lever kar [kâr], emelő [e-me-lő], emeltyű [emeltjű]
levy kiszabni [kisâbni], kiróni [ki-rawni]
liability felelősség [felelősh-shaig]; → **Third Party Liability**
liable felelős [felelősh]; ~ **to duty** vámköteles [vaamkötelesh]; ~ **to taxation** adó alá esik [âdaw âlaa eshik]
librarian könyvtáros [könjv-taarosh]
library könyvtár [könjvtaar]
licence, license engedély [engeday], *(driving)* vezetői [vezetőyi] engedély, jogosítvány [yogosheetvaanj]
license plate *(US)* rendszámtábla [rendsaam-taablâ]
lid fedő
lie feküdni; **it** ~**s** ... *(= is situated)* fekszik [feksik]; **is lying in bed** ágyban fekszik [aadjbân feksik]; ~ **down** lefeküdni
life élet [ailet]
life-boat mentőcsónak [-chawnâk]
life insurance életbiztosítás [ailet-bistosheetaash]
life-jacket mentőzubbony [-zoobbonj]
lift 1. *v (up)* felemelni 2. *n (elevator)* lift; **give sby a** ~ elvinni vkit a kocsiján [â kochiyaan]
lifting-barrier karos sorompó [kârosh shorompaw]
light 1. *a (bright)* világos [vilaagosh]; *(not heavy)* könnyű [könnjű]; ~ **meal** könnyű étkezés [könnjű aitkezaish]; ~ **music** könnyű zene [könnjű ze-ne]; ~ **refreshments** → **refreshments** 2. *n (brightness)* fény [fainj], világosság [vilaagosh-shaag]; *(flame)* tűz; **lights** *(= lamps of a vehicle)* lámpák [laampaak], világítás [vilaageetaash]; *(public)* közvilágítás; **have** ~**s on** ki van világítva [ki vân vilaageetvâ];

10

put/turn the ~s on *(in a car)* bekapcsolni a világítást [bekâpcholni â vilaageetaasht]; *(in a room)* meggyújtani a villanyt [meg-djooytâni â villânjt]; **turn the ~s off** *(in a room)* eloltani a villanyt [eloltâni â villânjt]; **can you give me a ~, please?** kaphatnék [kâp-hâtnaik] tüzet? **3.** *v (set fire to)* meggyújtani (a tüzet) [meg-djooytâni (â tüzet)]; **~ the fire, please** gyújtsa meg kérem a tüzet [djooychâ meg kairem â tüzet]; **~ a cigarette** rágyújtani egy cigarettára [raa-djooytâni edj tsigârettaarâ]; **~ the lamp** meggyújtani a lámpát [meg-djooytâni â laampaat]; **~ up** *(a car)* bekapcsolni a világítást [bekâpcholni â vilaageetaasht], *(a room)* meggyújtani a villanyt [meg-djooytâni â villânjt], *(cigarettes)* rágyújtani [raa-djooytâni]
lighter öngyújtó [-djooytaw]
lighting közvilágítás [-vilaageetaash]
lightning villám [villaam]
lightweight könnyűsúly [könnjű-shooy]
light welterweight kisváltósúly [kish-vaaltaw-shooy]
like[1] *v (be fond of)* szeretni [seretni]; *(enjoy)* tetszeni [tet-seni]; **do you ~ fish?** szereti a halat [sereti a hâlât]?; **I (don't) ~ it very much** (nem) nagyon szeretem [nâdjon seretem]; **take whichever you ~** vegye azt, amelyik tetszik [ve-dje âst, âmeyik tet-sik]; **what do you~ most?** mi tetszik leginkább [tet-sik leginkaab]?; **how do you ~ it?** hogy tetszik [hodj tet-sik]?, *(food)* hogy ízlik [eezlik]?; **how do you ~ Budapest?** hogy tetszik B. [hodj tet-sik boodâpesht]?; **how do you ~ it here?** hogy érzi magát itt [hodj airzi mâgaat itt]?; **don't you ~ it?** nem tetszik [tet-sik]?, *(of food)* nem ízlik [eezlik]?; **how did you ~ the performance?** hogy tetszett az előadás [hodj tet-sett âz elő-âdaash]?; **if you ~** ha akarja [hâ âkâryâ]; **I should ~ to go there** szeretnék odamenni [seretnaik odâ-]; **I should ~ to**

know... szeretném tudni... [seretnaim toodni];
I shouldn't ~ to... nem szeretnék [seretnaik];
would you ~ to...? szeretne.... [seretne]?;
I would ~ a cup of tea szeretnék/kérek egy csésze
teát [seretnaik/kairek edj chai-se teyaat]
ike² *adv* mint; **what is it ~?** milyen [milyen]?; **what is**
he ~? hogy néz ki [hodj naiz ki]?
likely valószínű [vâlaw-seenű]; **he is (not) ~ to come**
today (nem) valószínű, hogy ma eljön [vâlaw-seenű,.
hodj mâ elyön]
lilac orgona [orgonâ]
limbs végtagok [vaig-tâgok]
limit határ [hâtaar]; *(restriction)* korlátozás [korlaa-
tozaash]; **there is no ~** nincs korlátozva/megszabva
[ninch korlaatozvâ/megsâbvâ]
line *(wire)* vezeték [vezetaik]; *(phone)* vonal [vonâl];.
(row) sor [shor]; *(railway)* (vasút)vonal [(vâshoot)-
vonâl], pálya [paayâ]; *(telephone)* **~ engaged/busy**
mással beszél [maash-shâl besail], foglalt [foglâlt];
wait for the steady ~ signal várjon a búgó jelre
[vaaryon â boogaw yel-re]
linen fehérnemű [fehair-ne-mű]
liner *(ship)* óceánjáró (hajó) [awtse-aan-yaaraw
(hâyaw)], *(airliner)* (nagy) utasgép [(nâdj) ootâsh-
gaip]
lip ajak [âyâk]
lipstick ajakrúzs [âyâk-roozh]
liqueur likőr
liquid 1. *a* folyél:ony [foyaikonj] **2.** *n* folyadék [foyâ-
daik]
liquor szeszes ital [sesesh itâl]
list névsor [naiv-shor], lista [lishtâ]
listen hallgatni [hâlgâtni]; **~ in (to)** rádiót [raadiyawt];
hallgatni; **~ to** (meg)hallgatni vkit/vmit
listener (rádió)hallgató [(raadiyaw-)hâlgâtaw]
lit →**light 3.**

10*

literature irodalom [irodålom]
litre liter
litter *(stretcher)* hordágy [hordaadj]; *(rubbish)* szemét [semait]
little kis [kish], kicsi [kichi]; *(not much)* kevés [kevaish], kis; a ~ **child** kisgyerek [-djerek]; **the** ~ **ones** a gyeıekek [â djerekek]; **we have** ~ **time** kevés időnk van [kevaish időnk vân]; **we have a** ~ **time** van egy kis [edj kish] időnk; a ~ **money** egy kis/kevés pénz [edj kish/kevaish painz]; **please wait a** ~ kérem várjon egy kicsit [kairem vaaryon edj kichit]; ~ **bit** kicsit [kichit]; **I feel a** ~ **better today** ma egy kissé jobban érzem magam [mâ edj kishshai yobban airzem mågâm]
live 1. *v (exist)* élni [ailni]; *(reside)* lakni [lâkni]; **where do you** ~? hol lakik [lâkik]?; **he** ~**s in London** Londonban lakik/él [-bân lâkik/ail] 2. *a* ~ **broadcast** élő/egyenes adás [ailő/edjenesh âdaash]
liver máj [maay]
living *n* megélhetés [meg-ail-hetaish]
living room nappali (szoba) [nåppåli sobå)]
load teher, rakomány [râkomaanj]
loading terhelés [ter-helaish]
oaf (egész) kenyér [(egais) kenjair], cipó [tsipaw]
loan kölcsön [kölchön]
lobby hall [hâll]
lobster homár [homaar]
local helyi [heyi]; ~ **agency** helyi képviselet [heyi kaipvishelet]; ~ **branch** vidéki szervezet [vidaiki servezet], kirendeltség [-rendelchaig]; ~ **bus service** helyi autóbuszjárat [heyi outawboos-yaarât]; ~ **office** vidéki iroda [vidaiki irodâ]; helyi kirendeltség [heyi kirendelchaig]; ~ **train** helyiérdekű vasút [heyi-airdekű vâshoot], HÉV [haiv]
be **located** fekszik [feksik]
lock 1. *v* bezárni [-zaarni], becsukni [-chookni]; ~ **up**

bezárni [-zaarni], lezárni **2.** *n* zár [zaar]; lakat [lâkât]

locker → **left-luggage locker**

lodge (turista)szállás [(toorishtâ-)saalaash]

lodger lakó [lâkaw]

lodging(s) szállás [saalaash], szálláshely [-hey], lakás [lâkaash] → **board 1.**

lonely magányos [mâgaanjosh]

long hosszú [hossoo]; **I shall not keep you ~** nem tartom fel sokáig [nem târtom fel shokaayig]; **I shall not be ~** nem fog soká tartani [nem fog shokaa târtâni], nem fogok soká maradni [mârâdni]; **(any) ~er** tovább [tovaab]; **I cannot wait any ~er** tovább nem várhatok [tovaab nem vaar-hâtok]; **this ticket is no ~er valid** ez a jegy már nem érvényes [ez a yedj maar nem airvainjesh]

long-distance *(bus etc.)* távolsági [taavol-shaagi]; **~ telephone call** távolsági telefonbeszélgetés [-besailgetaish]

long jump távolugrás [taavol-oograash]

long-playing record mikrolemez [meekro-]

look 1. *v* (meg)nézni [-naizni]; *(seem to be)* kinézni [-naizni] (vmilyennek), látszatni [laat-sâni]; **will you ~ after my luggage?** legyen szíves, vigyázzon a csomagomra [ledjen seevesh, vidjaazzon â chomâgomrâ]!; **~ after oneself** ellátni magát [ellaatni mâgaat]; **who will ~ after the children?** ki fog vigyázni a gyerekekre [ki fog vidjaazni â djerekek-re]?; **what are you ~ing at?** mit néz [naiz]?; **will you please ~ at the battery** *(of my car)* legyen szíves megnézni az akkumulátort [ledjen seevesh meg-naizni âz akkoomoolaatort]; **~ for** keresni [kereshni]; **I am ~ing for a small souvenir** valami kis emléktárgyat keresek [vâlâmi kish emlaik-taardjât kereshek]; **we are ~ing forward to seeing you again** alig várjuk, hogy újra láthassuk

[ålig vaaryook, hodj ooyrå laat-hâsh-shook]; ~ **in** benézni [-naizni] (vkhez); ~**s on to the garden** a kertre néz [å kert-re naiz]; ~ **out!** vigyázz(on) [vidjaazz(on)]!, vigyázni [vidjaazni]!; ~ **round (the town)** körülnézni (a városban) [körül-naizni (å vaaroshbân); **you must** ~ **me up** feltétlenül keressen fel [feltaitlenül keresh-shen fel]; **you** ~ **well** jól néz ki [yawl naiz ki], jó színben van [yaw seen-ben vân]; ~**s like sth** vmilyennek kinéz/látszik [kinaiz/laat-sik]; **it** ~**s like rain** esőre áll [eshő-re aal] **2.** *n* let me have a ~ at it hadd nézzem meg [håd naizzem meg]
looking-glass tükör
look-out őrködés [őrködaish]; **keep a** ~ **for** ... éberen figyelni [aiberen fidjelni] vmire
look-out tower kilátó [kilaataw]
loose laza [lâzâ]
loosen kibontani [-bontâni]; *(a rope)* meglazítani [-lâzeetâni]
lorry teherautó [-outaw]
lose elveszíteni [-veseeteni]; **I have lost my passport** elvesztettem az útlevelemet [elvestettem âz oot-levelemet]; **I have lost my way** eltévedtem [-taived-tem]; ~ **one's train** lekésni a vonatot [le-kaishni å vonâtot]; **we lost the game** elveszítettük a játékot/mérkőzést [elveseetettük å yaataikot/mairkőzaisht]
loss veszteség [vesteshaig]; *(property)* elveszett tárgy(ak) [elvesett taardj(åk)]
lost →**lose**
"lost and found" poggyászkereső szolgálat [poddjaas-kereshő solgaalât]; →**lose**
lost property talált tárgyak [tâlaalt taardjåk]
lost property office talált tárgyak osztálya [talaalt taardjâk ostaayâ]
a lot of sok [shok]
lotion *(hair)* hajszesz [hayses], *(face)* arcvíz [ârtsveez]

loud hangos [hángosh]
loudspeaker hangszóró [hâng-saw-raw]
lounge hall [hâll]
lounge suit utcai ruha [oot-sâyi roohâ]
love 1. n szeretet [seretet]; *(between sexes)* szerelem [serelem] **2.** v szeretni [seretni]
lovely szép [saip]; bájos [baayosh]
low alacsony [âlâchonj]; ~ **beam** tompított fény(szóró) [tompeetott fainj(sawraw)]; **at a ~ speed** kis sebességgel [kis shebesh-shaiggel], lassan [lâsh-shân]
lower *(relatively)* alacsonyabb [âlâchonjâbb]; *(situated below)* alsó [âlshaw]
low-priced olcsó [olchaw]
lubricant kenőanyag [-ânjâg]
lubricate kenni, zsírozni [zheerozni]
lubrication kenés [kenaish], zsírzás [zheerzaash]
luck szerencse [seren-che]; **bad ~** pech [pehh]
lucky szerencsés [serenchaish]
luggage poggyász [poddjaas], csomag [chomâg]; **personal ~** kézipoggyász [kaizi-]; **have my ~ brought to the station/airport, please** kérem, vitesse a csomagomat a(z) állomásra/repülőtérre [kairem, vitesh-she a chomâgomât â(z) aalomaashrâ/repülő-tairre]!
luggage insurance policy poggyászbiztosítás [poddjaas-bistosheetaash]
luggage-label poggyászcímke [poddjaas-tseem-ke]
luggage locker →**left-luggage locker**
luggage office poggyászfeladás [poddjaas-felâdaash]
luggage-rack csomagtartó [chomâgtârtaw], csomagháló [chomâg-haalaw]
luggage ticket poggyászjegy [poddjaas-yedj]
luggage trailer utánfutó [ootaanfootaw]
luggage-van poggyászkocsi [poddjaas-kochi]
lump sugar kockacukor [kotskâ-tsookor]
lunch 1. n ebéd [ebaid]; **eat/have~** ebédelni [ebaidelni]; **what shall we have for~?** *(at home)* mi lesz ebédre

[mi les ebaid-re]?, *(in a restaurant)* mit együnk
[mit edjünk] ebédre?; **what time is ~?** mikor van
ebéd [vån ebaid]? **2.** *v* ebédelni [ebaidelni]
lunch break ebédszünet [ebaid-sünet]
luncheon →lunch 1.
lunch stand falatozó [fålåtozaw], állóbüfé [aalaw-
büfai], gyorsbüfé [djorsh-]
lungs tüdő
luxury liner luxus hajó [looksoosh-håyaw]

M

machine gép [gaip]
mack(intosh) esőkabát [eshőkåbaat]
mad őrült
madam asszonyom [assonjom]!
made készült [kaisült]; **~ of wood** fából [faabawl]
készült; **~ in Hungary** magyar gyártmány/áru
[mådjår djaartmaanj/aaroo]; →make 1.
magazine (képes) folyóirat [(kaipesh) foyaw-iråt],
képeslap [kaipesh-låp]
maid szobalány [sobålaanj]
maiden name leánykori neve [leyaanj-kori nev-e]
mail 1. *n* posta [poshtå]; **any ~ for me?** van/nincs
postám [vån/ninch poshtaam]? **2.** *v* feladni [-ådni]
mailbox *(US)* levélszekrény [levail-sekrainj]
mailman *(US)* postás [poshtaash]
main fő; **~ highway/road** főútvonal [-ootvonål];
~ meal főétkezés [fő-aitkezaish]
mainly főleg
mains 1. *n* hálózat [haalawzåt] **2.** *a* hálózati [haalaw-
zåti]; *(water)* vízvezetéki [veezvezetaiki]

maintain karbantartani [kârbân-târtâni]
maintenance karbantartás [kârbântârtaash]
maize kukorica [kookoritsâ]
major road főútvonal [-ootvonâl]
make 1. *v* csinálni [chinaalni], készíteni [kaiseeteni];
(travel a certain distance) megtenni; **~ a journey**
utazást [ootâzaasht] tenni; **can you ~ the engine
start?** meg tudná indítani a motort [meg toodnaa
indeetâni â motort]?; **will you ~ up this prescrip-
tion,** please legyen szíves elkészíteni ezt a receptet
[ledjen seevesh elkaiseeteni est â retseptet]; **we
have made 80 miles** 80 mérföldet [njolts-vân mair-
földet] tettünk meg; **can we ~ the train?** elérjük a
vonatot [elairyük â vonâtot]?; **~ yourself at home**
érezze magát otthon [airezze mâgaat ott-hon];
~ friends with összebarátkozni [össe-bâraatkozni]
vkivel; **that ~s ... forints** az összesen [âz össeshen]
.... forint; **I can't ~ it out** nem tudok rajta eligazod-
ni [nem toodok râytâ eligâzodni], nem értem
[airtem]; **will you please ~ out the bill for me?**
legyen szíves kiállítani a számlámat [ledjen seevesh
ki-aaleetâni â saamlaamât]; **~ sure that ...** győ-
ződjék meg róla ,hogy .... [djőződyaik meg rawlâ,
hodj], meg kell győződni arról [djőződni arrawl],
hogy...; kérdezze meg... [kairdez-ze meg];
~ up one's mind elhatározni magát [el-hâtaarozni
mâgaat], dönteni; **will you ~ one of us?** tarts(on)
[târch(on)] velünk!
2. *n* gyártmány [djaartmaanj]; **~ of car** autótípus
[outaw-teepoosh]
malaria malária [mâlaariâ]
man *(living being)* ember; *(male person)* férfi [fairfi]
→**men, men's**
manage *(handle)* kezelni; *(control)* irányítani [iraa-
njeetâni], vezetni; **~ to do sth** sikerül [shikerül] vmi-
megtenni; **he ~d to stop the car** sikerült megállít

tania a kocsit [shikerült meg-aaleetániyâ a kochit];
can you ~ it? megy (a dolog) [medj (â dolog)]?
management *(managing)* ügyintézés [üdj-intaizaish];
(the body) vezetőség [vezetőshaig]
manager igazgató [igâzgâtaw], vezető
mandatory sign utasítást adó jelzőtábla [ootâsheetaasht
âdaw yelző-taablâ]
manicure manikűr [mânikűr]
manoeuvre manőverezni [mânőverezni]
many sok [shok]; **~ people** sok ember; **a good ~** (jó)
[yaw] sok
map térkép [tairkaip]
marathon maratoni fuás [mârâtoni footaash]
March március [maartsi-oosh]; **on ~ 7th/8th** március
7-én/8-án. [maartsi-oosh hetedikain/njoltsâdi-
kaan]
margarine margarin [mârghârin]
marginal strip vezetősáv [-shaav]
mark 1. *n* jel [yel] 2. *v* megjelölni [-yelölni], kijelölni
marker post kerékvető [keraik-vető]
market piac [piyâts], *(covered hall)* csarnok [chârnok]
marmalade narancsíz [nârânch-eez]
marriage házasság [haazâsh-shaag]
married *(of men)* nős [nősh]; *(of women)* férjezett
[fairyezett], férjes [fairyesh]; *(both)* házas; **she is
~** férjnél van [fairnail vân]; **~ couple** házaspár
[haazâsh-paar]
marry *(a girl)* feleségül [fe-le-shaigül] venni; **they
got married** házasságot [haazâsh-shaagot] kötöttek
mascara szempillafesték [sempillâ-feshtaik]
mashed potatoes burgonyapüré [boorgonjâ-pürai],
krumplipüré [kroompli-]
mass[1] *(large number)* tömeg
mass[2] *(in church)* mise [mi-she]
massage masszázs [mâssaazh], gyúrás [djooraash]
master mester [meshter]; *(teacher)* tanár [tânaar]

match *(sports)* mérkőzés [mairkőzaish]

match(es) gyufa [djoofâ]

material anyag [ânjâg]

matinée délutáni előadás [dailootaani elő-âdaash]

matter 1. *n (affair)* ügy [üdj], dolog; **what is the ~?** mi (a) baj [mi (â) bây]?; **what is the ~ with you?** mi a baja [mi â bâyâ]?; **what is the ~ with it?** mi baj van vele [mi bây vân vel-e]? 2. *v* **it does not ~** nem baj/számít [bây/saameet]

maximum maximális [mâximaalish]; **~ speed (limit)** megengedett legnagyobb sebesség [legnâdjobb shebesh-shaig]

may *(permission)* szabad [sâbâd]; *(possibility)* lehet-(séges) [le-het(shaigesh)]; **~ I...?** szabad... [sâbâd]?; **~ I come in?** bejöhetek [be-yöhetek]?; **~ I have some more?** kaphatnék még [kâp-hâtnaik maig]?; **he ~ come, or he ~ not** lehet, hogy jön, lehet, hogy nem [le-het, hodj yön, le-het, hodj nem]; **he ~ have missed the train** lehet, hogy lekéste a vonatot [le-het, hodj le-kaishte â vonâtot]

May május [maayoosh]; **on ~ 7th/8th** május 7-én/8-án [maayoosh hetedikain/njoltsâdikaan]

maybe talán [tâlaan]

May Day *(public holiday)* május elseje [maayoosh elshe-ye]

mayor polgármester [polgaarmeshter]

me engem; *(to me)* nekem; **he saw ~** látott [laatott] engem; **give ~ one** adj(on) nekem egyet [âdj(on) nekem eddjet]; **it's ~** én vagyok (az) [ain vâdjok (âz)]

meal étkezés [aitkezaish]; **main ~** főétkezés [fő-aitkezaish]; **where can I get a good ~?** hol tudok jól enni [hol toodok yawl enni]?; **all ~s (are) included** étkezéssel [aitkezaish-shel]

mealtime étkezési [aitkezaishi] idő

mean *(intend)* szándékozni [saandaikozni], akarni

[åkårni]; *(signify)* jelenteni [yelenteni]; **I ~ to go el** akarok [åkårok] menni; **what do you ~ (by that)?** mit akar ezzel mondani [mit åkår ezzel mondåni]?, hogy érti ezt [hodj airti est]?; **you know what I ~** (ugye) tudja, mire gondolok [(oodje) toodyå, mire gondolok]?; **what does this word ~?** mit jelent ez a szó [mit yelent ez å saw]?

meaning jelentés [yelentaish]

means (anyagi) eszközök [(ånjågi) esközök]; **by ~ of sth** vmi segítségével [shegeet-shaigaivel]; **by all ~** feltétlenül [feltaitlenül]; **by no ~** semmi esetre sem [shemmi eshet-re shem]

meant →**mean**

meantime, meanwhile közben, ezalatt [ezålått]

measure mérték [mairtaik]

measurement méret [mairet]; **take sby's ~s** mértéket [mairtaiket] venni vkről

meat hús [hoosh]

measles kanyaró [kånjåraw]

mechanic gépész [gaipais], szerelő [serelő], műszerész [műserais]

mechanical műszaki [műsaki]; gépi [gaipi]; **~ fault** műszaki hiba [hibå]; **~ help** műszaki segély(hely) [shegay(-hey)]

mechanical engineer gépészmérnök [gaipais-mairnök]

median strip középső elválasztó sáv [közaip-shő elvaalåstaw shaav]

medical orvosi [orvoshi]; **~ aid/help** orvosi segély [orvoshi shegay]; **~ examination** orvosi vizsgálat [orvoshi vizhgaalåt]; **~ expenses** orvosi költségek [orvoshi kölchaigek]; **~ post** (orvosi) segélyállomás [shegay-aalomaash]; **~ treatment** orvosi kezelés/ellátás [orvoshi kezelaish/ellaataash]; **~ studen** orvostanhallgató [orvoshtån-hålgåtaw]

medicinal bath gyógyfürdő [djawdj-fürdő]

medicinal spring gyógyforrás [djawdj-forraash]
medicine *(medicament)* gyógyszer [djawdj-ser], or-
vosság [orvosh-shaag]; *(science)* orvostudomány
[orvosh-toodomaanj]
medium (rare) *(US)* angolosan [ângoloshân,] véresen
sütött [vaireshen shütött]
medley relay vegyesváltó [vedjesh-vaaltaw]
meet találkozni [tâlaalkozni] (vkivel); **we shall ~
at … o'clock at …** … órakor találkozunk a …
[awrâkor talaalkozoonk`â]; **I met him in the street**
találkoztam vele az utcán [tâlaalkostâm vel-e âz
oottsaan]; **glad to have met you** örülök, hogy talál-
koztunk [hodj tâlaalkostoonk]; **~ sby at the station**
kimenni vkiért az állomásra [âz aalomaashrâ],
(receive) fogadni vkit az állomáson [fogâdni vkit
âz aalomaashon]; **the bus ~s all the trains** az autó-
busz minden vonathoz kimegy [âz outaw-boos
minden vonât-hoz kimedj]; **~s (all) expenses**
fedezi a költségeket [â kölchaigeket]; **~s the require-
ments** megfelel a követelményeknek [â követel-
mainjeknek]
meeting találkozás [tâlaalkozaash]; összejövetel [össe-
yövetel]; *(sports)* verseny [vershenj]
melon dinnye [din-nje]
member tag [tâg]; *(of club)* klubtag [kloob-]
membership card tagsági igazolvány [tâg-shaagi
igâzolvaanj]
memory *(power)* emlékezet [emlaikezet]; *(thing re-
membered)* emlék [emlaik]
men *(notice)* férfiak [fairfiâk]; →**man, men's**
mend megjavítani [-yâveetâni]; **it must be ~ed** meg
kell javítani [yâveetâni]
men's férfi [fairfi]; **~ events** férfi számok [fairfi
saamok]; **~ hairdresser** férfifodrász [fairfi-fodraas];
~ room férfi mosdó [fairfi mozhdaw], „FÉRFIAK"
[fairfiâk]

mention megemlíteni [-emleeteni]; **don't ~ it!** szóra
sem érdemes [sawrâ shem airdemesh]!
menu étlap [aitlâp]; **the ~ please!** kérem az étlapot
[kairem âz aitlâpot]!
merely csupán [choopaan]
merging becsatlakozás [be-châtlâkozaash]; **~ traffic**
fonódó forgalom [fonawdaw forgâlom]
merry vidám [vidaam]; **~ Christmas and a happy
New Year** kellemes karácsonyi ünnepeket és boldog
újévet (kívánok) [kellemesh kâraachonji ünnepeket
aish boldog ooy-aivet (keevaanok)]!
message üzenet; **can I leave a ~ with you for ...?**
hagyhatok egy üzenetet önnél ... számára [hâdj-
hâtok edj üzenetet ön-nail ... saamaarâ]?
met →meet
metal fém [faim]
meter *(electric, gas)* mérőóra [mairő-awrâ], *(taxi)*
taxióra [tâxi-awrâ]
metre *(= 39,37 inches)* méter;¡ **100 ~s** *(race)* 100
m-es síkfutás [saaz maiteresh sheekfootaash]
microphone mikrofon
midday 1. *n* dél [dail] 2. *a* déli [daili]; **~ meal** ebéd
[ebaid]
middle 1. *a* középső [közaipshő]; **~ lane** középső sáv
[shaav] 2. *n* közép [közaip]; **in the ~ of the room**
a szoba közepén [â sobâ közepain]
middleweight középsúly [közaip-shooy]; **light ~** *(box-
ing)* nagyváltósúly [nâdj-vaaltaw-shooy]
midnight éjfél [ayfail]
might →may
mild enyhe [enj-he]
mile mérföld [mairföld] (1,760 yds = 1,609.35 m) →
Appendix; **how many~s is it to ...?** hány mérföldre
van .. [haanj mairföld-re vân]?
mileage *(distance)* mérföldtávolság [mairföld-taavol-
shaag]; *(money)* kilométerpénz [kilomaiter-painz]

mileometer kilométerszámláló [kilomaiter-saamlaalaw]
milestone mérföldkő [mairföldkő], kilométerkő [kilo-
maiterkő]
milk tej [tey]
milk powder tejpor [teypor]
milk-shake turmix [toormix]
mill malom [mâlom]; *(coffee)* (kávé)daráló [(kaavai)-
dâraalaw]
millimetre milliméter [-maiter]
million millió [miliyaw]
minced meat vagdalt/darált hús [vâgdâlt/dâraalt
hoosh], fasírozott [fasheerozott]
mind 1. *n* értelem [airtelem]; **you must bear in ~
that** . . . gondolnia kell arra, hogy . . . [gondolniyâ
kell ârrâ, hodj], ne feledkezzék meg arról, hogy . . .
[ne feledkezzaik meg ar-rawl]; **he has changed his ~**
meggondolta magát [-gondoltâ mâgaat] 2. *v* ~
the step! vigyázat! lépcső! [vidjaazât, laipchő];
do you ~ if I shut the window? megengedi, hogy
betegyem az ablakot [megengedi, hodj betedjem
âz âblâkot]?; **do/would you ~ if I smoke?** meg-
engedi, hogy rágyújtsak [hodj raa-djooy-châk]?; **I
do not ~** nem bánom [baanom]; **never ~!** nem
számít [saameet]!, nem baj [bây]!
mine[1] *(coal etc.)* bánya [baanjâ]
mine[2] (az) enyém [(âz) enjaim]; **that is ~** ez/az az
enyém [ez/âz âz enjaim]; **a friend of ~** egy barátom
[edj bâraatom]
miner bányász [baanjaas]
mineral water ásványvíz [aashvaanj-veez]
miniature camera kisfilmes fényképezőgép [kishfilmesh
fainkaipező-gaip]
miniature film (35 mm-es) kisfilm [(hârmints-öt milli-
maiter-esh) kish-film], Leica film
mini-car kisautó [kish-outaw]
minimum legkisebb [leg-kish-shebb], minimális [mini-

maalish]; ~ **speed (limit)** megengedett legkisebb
sebesség [leg-kish-shebb shebesh-shaig]

minister *(political)* miniszter [minister]; *(in a foreign
country)* követ; *(church)* lelkész [lalkais]

ministry minisztérium [ministairyoom]

minor road mellékútvonal [mellaik-ootvonâl], alsóbb-
rendű út [alshawbb-rendű oot]

mins. = **minutes**

minute perc [perts]; **wait a ~!** várj(on) egy kicsit
[vaary(on) edj kichit]l egy pillanat türelmet [edj
pillânât türelmet!]; **in a ~** egy perc múlva [edj
perts moolvâ]; **in ten ~s** tíz perc múlva [teez perts
moolvâ]

mirror tükör

miscellaneous vegyes [vedjesh]

misfire *(of an engine)* nem gyújt [djooyt] (a motor)

Miss *(young lady)* kisasszony [kish-âssonj]; **Miss
Kovács** Kovács kisasszony

miss *(be too late for)* lekésni [le-kaishni] (vmit,
vmiről); *(feel the loss of)* hiányolni [hiyaanjolni]; **I
~ed the bus** lekéstem a buszt [le-kaishtem a boost],
lemaradtam a buszról [lemârâdtâm â boosrawl];
he ~ed the 9.00 train lekéste a kilencórás vonatot
[le-kaish-te a kilents-awraash vonâtot]; **sorry,
I ~ed you at the station** sajnálom, elkerültük egy-
mást az állomáson [shâynaalom, -kerültük edjmaasht
âz aalomaashon]; **I ~ed the sign-post** nem láttam
âz oot-yelző taablaat]; **we ~ed you terribly!** na-
gyon hiányoltu(n)k [nâdjon hiyaanjoltoo(n)k]!;
... **is ~ing** hiányzik [hiyaanjzik]

missed connection lekésett csatlakozás [le-kaishett
châtlâkozaash]

mistake 1. *n* hiba [hibâ]; **make a ~** hibát [hibaat]
elkövetni; **by ~** tévedésből [taivedaishből] **2.** *v* be
~n tévedni [taivedni]

Mister, Mr. ... úr [oor]; **Mr. Brown** Brown úr

mistletoe fagyöngy [fådjöndj]

Mistress, Mrs. (= *mistress*) ...né [nai] (affixed to
the husband's surname, or, in the case of full name,
to his Christian name); **Mrs. Kovács** Kovácsné
[kovaach-nai]; **Mrs. Péter Kovács** Kovács Péterné
[paiternai]

misunderstand félreérteni [fail-re-airteni]

mix (up) összekeverni [össe-]; **get ~ed up** belezavarod-
ni [bel-e-zâvârodni]

mixture keverék [kev-eraik]

moderate mérsékelt [mair-shaikelt]; **at a ~ price**
mérsékelt áron [aaron]

modern modern; **~ pentathlon** öttusa [öt-tooshá]

moment pillanat [pillânât]; **for the ~** pillanatnyilag
[pillânât-njilâg]

Monday hétfő [haitfő]; **on ~** hétfőn [haitfőn]

monetary unit pénzegység [painz-edj-shaig]

money pénz [painz]; **be out of ~** nincs pénze [ninch
pain-ze]

money exchange pénzváltás [painz-vaaltaash]

money order pénzesutalvány [painzesh-ootâlvaanj]

money transfer pénzátutalás [painz-aatootâlaash]

monkey majom [mâyom]

month hónap [hawnâp]; **(in) this ~** ebben a hónap-
ban [â hawnâpbân]

monthly 1. *a* havi [hâvi], havonkénti [hâvonkainti]
2. *adv* havonként [hâvonkaint] **3.** *n* havi folyóirat
[hâvi foyaw-irât]

monument *(ancient)* műemlék [-emlaik]

mood hangulat [hângoolât]

moon hold

more több; **may I give you some ~** adhatok még [âd-
hâtok maig]?; **will you have some ~ tea?** parancsol
még teát [pârânchol maig teyaat]?; **do you want
some ~ ...?** kér/parancsol még ... [kair/pârânchol
maig]?; **no ~, thank you** köszönöm nem kérek

11

többet [kösönöm, nem kairek többet]; **one** ~
még egyet [maig eddjet]; ~ **than** több mint; ~
cheaply olcsóbban [olchawb-bân]; **once** ~ még
egyszer [maig edj-ser]
moreover azonkívül [âzon-keevül], sőt [shőt]
morning reggel; *(before noon)* délelőtt [dail-előtt]; **in
the** ~ reggel, *(later)* délelőtt [dail-előtt]; **this** ~
ma [mâ] reggel, *(more generally)* ma délelőtt;
(on) Monday ~ hétfő [haitfő] reggel; ~ **free** szabad
délelőtt [sâbâd dail-előtt]
mosquito szúnyog [soonjog]
most legtöbb; ~ **comfortable** legkényelmesebb [-kainjel-
meshebb]; **at (the)** ~ legföljebb [-fölyebb]
mostly leginkább [-inkaab]
motel motel
moth moly [moy]
mother anya [ânjâ]; ~**'s name** anyja neve [ânnjâ
nev-e]
mother-in-law anyós [ânjawsh]
motor motor
motor bicycle, motorbike motorkerékpár [-keraikpaar]
motorboat motorcsónak [-chawnâk]
motor-bus autóbusz [outaw-boos]
motorcar gépkocsi [gaip-kochi], autó [outaw]
motor caravan lakóautó [lâkaw-outaw]
motor coach *(távolsági)* autóbusz [(taavol-shaagi)
outaw-boos]; ~ **tour** autóbusztúra [-toorâ]
motorcycle motorkerékpár [-keraikpaar]; ~ **with
sidecar** oldalkocsis [oldâl-kochish] motorkerékpár;
~ **without sidecar** szóló [sawlaw] motorkerékpár
motorcyclist motorkerékpáros [-keraikpaarosh], moto-
ros [motorosh]
motoring autózás [outawzaash]
motoring club autóklub [outaw-kloob]
motoring offence közlekedési szabálysértés [közle-
kedaishi sâbaay-shairtaish]

motorist autós [outawsh], autóvezető [outaw-]
motor-race autóverseny [outaw-vershenj]
motor repair shop autójavító (műhely) [outaw-yâvee-
taw (műhey)]
motor scooter robogó [robogaw]
motor tour autótúra [outaw-toorâ]
motor vehicle gépjármű [gaip-yaarmű], gépkocsi
[gaip-kochi]; **road reserved for ~s** autóút [outaw-
oot]
motorway autópálya [outaw-paayâ]; *(with no dividing
strip)* autóút [outaw-oot]; **the M7 ~** az M7-es
autóút [âz em-hetesh outaw-oot]
mountain hegy [hedj]; **~s** hegység [hedj-shaig]; **in
the ~s** a hegyekben [â hedjekben]
mountaineer hegymászó [hedjmaasaw], alpinista [âl-
pinishtâ]
mountaineering hegymászás [hedjmaasaash]
mounted tour lovastúra [lovâsh-toorâ]
mouse egér [egair]
moustache bajusz [bâyoos]
mouth száj [saay]
move *(change position)* mozogni; *(change flat)* (el)-
költözni; **do not ~ the vehicle** a járművet érintet-
lenül kell hagyni [â yaarmű vet airintetlenül kell
hâdjni]; **has ~d off** elindult [elindoolt]; **~ on** tovább-
haladni [tovaab-hâlâdni]; **~ to another hotel** má-
sik szállodába költözni/átmenni [maashik saalodaa-
bâ költözni/aatmenni]
movie film; **the movies** mozi
movie camera filmfelvevő(gép) [-felvevő(gaip)], mozi-
gép [-gaip]
mph *(miles per hour)* óránként ... mérföld(es sebes-
séggel) [awraankaint ... mairföld(esh shebesh-
shaiggel)]
Mr. →Mister
Mrs. →Mistress

11*

much sok [shok]; **how ~?** mennyi [mennji]?; **how ~ is this pen?** mennyibe kerül ez a toll [mennji-be kerül ez â toll]?; **thanks very ~** nagyon szépen köszönöm [nâdjon saipen kösönöm]; **~ bigger** sokkal nagyobb [shokkâl nâdjobb]; **too ~** túl sok [tool shok]

mud sár [shaar]

muddy sáros [shaarosh]

mudguard sárvédő [shaarvaidő], sárhányó [shaar-haanjaw]

multi-grade oil „Multi-super" olaj [moolti-sooper olây]

multi-lane street több (forgalmi) sávú út(test) [több (forgâlmi) shaavoo oot(tesht)]

multilevel junction többszintű csomópont [több-sintű chomaw-pont]

Municipal Tourist Board Budapesti Idegenforgalmi Igazgatóság [boodâpeshti idegenforgâlmi igâzgâtaw-shaag]

muscle izom

museum múzeum [moo-ze-oom]

mushroom gomba [gombâ]

music zene [ze-ne]; *(printed)* kotta [kottâ]

musical (comedy) musical, zenés játék [zenaish yaataik]

musical instrument hangszer [hângser]

music hall varieté(színház) [vâriyetai(seenhaaz)], (éjszakai) mulató [(aysâkâyi) moolâtaw]

musician zenész [zenais]

music shop hangszer- és zeneműbolt [hang-ser aish ze-ne-mű-bolt]

must kell; **I ~ go** mennem kell; **~ not** nem szabad [sâbâd]; **you ~ not do that** ezt nem szabad tennie [sâbâd tenni-ye]; **he ~ be there by now** már biztosan ott van [maar bistoshân ott vân]; **he ~ have missed the train** biztosan lekéste a vonatot [biztoshân le-kaishte â vonâtot]

mustard mustár [mooshtaar]; **some ~, please !** egy kis
mustárt kérek [edj kish mooshtaart kairek !]
mutton birkahús [birkâ-hoosh], ürühús
my (az én) ... m/ ... am/ ... em; **~ wife** a feleségem
[â feleshaigem]; **~ children** a gyerekeim [â djerekey-
im]; **~ family** a családom [â chalaadom]; **~ car** a(z
én) kocsim [â(z ain) kochim]
myself (én) magam [(ain) mâgâm]

N

nail *(finger)* köröm; *(metal)* szeg [seg]
nail-brush körömkefe [-ke-fe]
nail polish/varnish *(US)* körömlakk [-lâkk]; **~ remover**
körömlakklemosó [-lâkk-lemoshaw]
nail-scissors körömvágó olló [-vaagaw ollaw]
name név [naiv]; *(on form)* neve [nev-e]; **full ~** teljes
név [telyesh naiv]; **my ~ is ...** nevem ..., ...
vagyok [vâdjok]; **what ~, please?** szabad a nevét
[sâbâd â nevait]?; **his ~ is Brown** Brown-nak
hívják [-nâk heevyaak], a neve [â nev-e] Brown
namely ugyanis [oodjânish]
napkin *(for eating)* szalvéta [sâlvaitâ]; *(baby's)* pe-
lenka [pelenkâ]; *(feminine)* havikötő [hâvikötő],
(pad) tampon [tâmpon]
narrow 1. *a* szűk [sűk]; **~ road** útszűkület [oot-sükü-
let] **2.** *v* road **~s** = **~ road**
nation nemzet
national nemzeti, országos [orsaagosh]; *(state . . :)*
állami [aalâmi]; **N~ Bank** Nemzeti Bank [bânk];
N~ Health Service *(in Hungary :)* SZTK [es-tai-kaa];
~ mark *(on motorcar)* nemzetközi gépkocsijelzés
[gaip-kochi-yelzaish]; **~ monument** műemlék [-em-

laik]; **N~ Savings Bank** Országos Takarékpénztár {orsaagosh tåkâraik-painz-taar]; OTP [o-tai-pai]; **N~ Theatre** Nemzeti Színház [seenhaaz]; **~ tourist office** országos idegenforgalmi hivatal [orsaagosh idegenforgålmi hivâtål]

nationality nemzetiség [nemzetishaig]; *(citizenship)* állampolgárság [aalâmpolgaar-shaag]; **what is your ~?** mi az Ön állampolgársága [mi åz ön aalâmpolgaar-shaagâ]?; **~ plate = national mark**

native 1. *a* hazai [hâzâyi], belföldi **2.** *n* **a ~ of Hungary** magyarországi születésű [mâdjâr-orsaagi süetaishű], magyar állampolgár [mâdjâr aalâmpolgaar]

natural természetes [termaisetesh]

naturally természetesen [termaiseteshen]

nature természet [termaiset]

nature reservation természetvédelmi [termaiset-vaidelmi] terület

naughty rossz [ross]

nave hajó [hâyaw]

near 1. *adv* közel; **~ the river** a folyóhoz [â foyaw-hoz] közel; **~ by** a [å] közelben; **draw ~** közeledni **2.** *a* közeli; **the post office is quite ~** a posta elég közel van [â poshtâ elaig közel vân]

nearest (a) legközelebbi; **where is the ~ filling station?** hol van a legközelebbi benzinkút [-koot]?

nearly majdnem [mâydnem]

nearside lane →lane

neat elegáns [elegaansh]; *(tidy)* rendes [rendesh]

necessary szükséges [sük-shaigesh]; **it is ~** szükséges, kell

necessities szükségletek [sük-shaigletek], életszükségleti cikkek [ailet-sük-shaigleti tsikkek]

neck nyak [njåk]

necklace nyaklánc [njâklaants]

necktie nyakkendő [njâk-kendő]

née született... [sületett]

need 1. *v* szüksége van [sük-shai-ge vân] (vmire), kell (vmi); **does he ~ any help?** szüksége van segítségre [sük-shai-ge vân shegeet-shaig-re]?; **I ~ ...** szükségem van ... [sük-shaigem vân]; **I ~ a pair of shoes** szükségem van egy pár cipőre [sük-shaigem vân edj paar tsipő-re]; **the car ~s oil** olaj kell a kocsiba [olây kell â kochibâ]; **you ~n't go yet, ~ you?** ugye még nem kell mennie [oodje maig nem kell menni-ye]? **2.** *n* szükség [sük-shaig]; **there is no ~ to...** nem kell ... ni
needed szükséges [sük-shaigesh]
needle tű; **~s and thread** tű és cérna [aish tsairnâ]
negative negatív [negâteev]; *(answer)* tagadó [tâgâdaw]
neighbour szomszéd [somsayd]
neither se [sheh], sem [shem]; *(which of them do you want?)* **~ (of them)** egyiket sem [eddjiket shem]; **~ do I én sem** [ain shem]; **~ ... nor sem ...** sem
nephew unokaöcs [oonokâ-öch]
nervous ideges [id-egesh]
net¹ *(fishing etc.)* háló [haalaw]
net² *(weight etc.)* nettó [net-taw]
Netherlands Hollandia [hollândiâ]
neutral *(gear)* **is in ~** üresben/nullában van [üreshben/noollaabân vân]
never soha(sem) [sho-hâ(-shem)]
nevertheless mindamellett [mindâmellett]
new új [ooy]; **N~ Year('s Day)** újév [ooy-aiv]; **N~ Year's Eve** szilveszter [silvester]; **→merry**
news *(recent information)* újság [ooy-shaag]; *(radio, television)* hírek [heerek]; **what's the ~?** mi újság [mi ooy-shaag]?
newsagent újságárus [ooy-shaag-aaroosh]
newscast hírek [heerek]
news cinema híradó(mozi) [heerâdaw(mozi)]
newsdealer *(US)* **→newsagent**

newspaper újság [ooy-shaag]
newsreel híradó [heerâdaw]
newsstand újságbódé [ooy-shaag-bawdai], újságárus
[-aaroosh]
next *(in space)* legközelebbi; *(in order)* következő;
on Friday ~, ~ Friday jövő pénteken [yövő pain-
teken]; **~ to... ...** mellett; **~ door** következő
ajtó [âytaw], a szomszéd(ban) [a somsayd(bân)];
where is the ~ police station? hol van a [vân â]
legközelebbi rendőrség [rendőr-shaig]?; **when does
the ~ train/plane leave for ...?** mikor indul a követ-
kező vonat/gép ... felé [mikor indool â következő
vonât/gaip ... felai]?; **~ day** másnap [maashnâp];
~ month jövő hónapban [yövő hawnâpbân]; **~
time** legközelebb; **~ week** jövő héten [yövő haiten];
~ year jövő évben [yövő aivben], jövőre [yövő-
re]
nice *(person)* helyes [heyesh]; *(pleasant)* kellemes
[kellemesh], jó [yaw]; **how ~ to see you** örülök,
hogy látom [hodj laatom]; **~ weather** szép/jó
[saip/yaw] idő; **~ day today, isn't it?** szép idő van
ma [saip idő vân mâ]!
niece unokahug [oonokâ-hoog]
night éjszaka [aysâkâ], éjjel [ay-yel]; **for one ~** egy
éjszakára [edj aysâkaarâ]; **all ~** egész éjjel [egais
ay-yel]; **at/by ~** éjjel; **~ duty** éjszakai ügyelet
[aysâkâyi üdjelet], inspekció [in-shpek-tsiyaw];
~ life éjszakai élet [aysâkâyi ailet]; **~ train** éjszakai
vonat [aysâkâyi vonât]
nightclub éjszakai mulató(hely) [aysâkâyi moolâ-
taw(-hey)], bár [baar]
nightdress, nightgown hálóing [haalaw-ing]
night-letter levéltávirat [levail-taavirât]
nil null(a) [nool(lâ)]; **two to ~** kettő : null(a) [kettő
nool(lâ)]
nine kilenc [kilents]

nineteen tizenkilenc [tizen-kilents]; **1971** [ezer-kilents-
saaz-hetven-edj]
nineteenth tizenkilencedik [tizen-kilentsedik]
ninetieth kilencvenedik [kilentsvenedik]
ninety kilencven [kilentsven]
ninety-nine kilencvenkilenc [kilentsven-kilents]; **say**
~ sóhajtson [shawhâychon]!
ninth kilencedik [kilentsedik]
no 1. nem; **will you go? No, I won't** elmegy? Nem,
nem megyek el [elmedj? nem, nem medjek el];
~, **thanks** köszönöm, nem kérek [köszönöm, nem
kairek]; ~ **one** senki [shenki]; **I have ~ money**
nincs pénzem [ninch painzem]; **is ~ longer valid**
már nem érvényes [maar nem airvainjesh 2.
(various notices:) ~ **admittance**! belépni tilos
[belaipni tilosh]!; ~ **entry**! behajtani tilos [-hây-
tâni tilosh]!; ~ **left turn**! balra kanyarodni tilos
[bâlrâ kânjârodni tilosh]!; ~ **overtaking**! előzni
tilos [tilosh]!; →**no-overtaking sign**; ~ **parking**!
várakozni/parkolni tilos [vaarâkozni/pârkolni ti-
losh]!; ~ **pedestrians**! gyalogosoknak tilos [djá-
logoshoknâk tilosh]!; ~ **right turn**! jobbra ka-
nyarodni tilos [yobbrâ kânjârodni tilosh]!; ~
smoking! tilos a dohányzás [tilosh a dohaanjzaash]!;
~ **stopping**! megállni tilos [megaalni tilosh]!; ~
throroughfare!, *(US)* ~ **through way** minden jármű
behajtása mindkét irányból tilos [minden yaarmű
be-hâytaashâ mindkait iraanjbawl tilosh]!; ~ **U
turns** megfordulni tilos [megfordoolni ¡tilosh]!; ~
waiting! várakozni tilos [vaarâkozni tilosh]!
No. *(=number)* ... számú [saamoo]; **bus No. 6** a
hatos busz [a hâtosh boos]; **Passport No.** útlevél
száma [ootlevail saamâ]; **room No. 100** a százas
szoba [â saazâsh sobâ]
nobody senki [shenki]; ~ **else** senki más [maash]
noise zaj [zây]

noisy zajos [zàyosh], hangos [hàngosh]
non-alcoholic drinks alkoholmentes (üdítő) italok [ålko-hol-mentesh (üdeető) itàlok]
none egyik sem [eddjik shem]
non-iron shirt neva [ne-vå] ing
non-primary route mellékútvonal [mellaik-ootvonàl]
non-priority road alárendelt útvonal [alaarendelt ootvonàl]
nonsense képtelenség [kaiptelen-shaig]
non-smoker nem dohányos [dohaanjosh]
non-smoking compartment nemdohányzó (szakasz) [nemdohaanjzaw (såkås)]
non-stick frying pan „teflon" serpenyő [sherpenjő]
nonstop: ~ **flight** leszállás nélküli repülés [lesaalaash nailküli repülaish]; ~ **performance** folytatólagos előadás [foytåtawlågosh elő-àdaash]; ~ **train to ...** közvetlen vonat [vonåt] ... be, „a vonat ... ig nem áll meg" [å vonåt ... ig nem aal meg]
noodles metélt [metailt]
noon dél [dail]; **at ~** délben [dailben]
no-overtaking sign „előzni tilos" tábla [előzni tilosh taablå]; →**no 2.**
nor sem [shem]; ~ **you either** (de) te sem
normal normál(is) [normaal(ish)], szokásos [sokaashosh], rendes [rendesh]; *(temperature)* az évszaknak [åz aivsåknåk] megfelelő
north 1. *n* észak [aisåk]; **in the ~ of Hungary** Magyarország északi részén [mådjårorsaag aisåki raisain] **2.** *adv* északra [aisåkrà]; ~ **of Budapest** Budapesttől északra [B-től aisåkrà]
north-east 1. *n* északkelet [aisåk-] **2.** *a* északkeleti [aisåk-] **3.** *adv* északkelet felé [felai]
north-eastern északkeleti [aisåk-]
northern északi [aisåki]
northward(s) észak felé [aisåk felai]
north-west 1. *n* északnyugat [aisåk-njoogåt] **2.** *a*

északnyugati [aisák-njoogáti] **3.** *adv* **északnyugat** felé [felai]; ~ **of Budapest** Budapesttől északnyugatra [boodápesht-től aisák-njoogátrá]

north-western északnyugati [aisák-njoogáti]

Norway Norvégia [norvaigiá]

Norwegian norvég [norvaig]

nose orr

no-show charge meg nem jelenési díj [yelenaishi deey]

not nem; **I think ~** azt hiszem, hogy nem [ast hisem, hodj nem]; ~ **at all** *(in reply to "thanks")* nincs mit [ninch mit], szívesen [seeveshen]; ~ **yet** még [maig] nem

note *(short record)* jegyzet [yedjzet]; *(money)* bankjegy [bánk-yedj]

notebook jegyzetfüzet [yedjzet-], notesz [not-es]

notepaper levélpapír [levailpápeer]

nothing semmi [shemmi]; **for ~** ingyen [indjen]

notice 1. *n* értesítés [airtesheetaish], bejelentés [beyelentaish]; **give ~** bejelenteni [-yelenteni] (vmit), értesíteni [airtesheeteni] (vkit), *(warning to leave)* felmondani [-mondáni]; **give ~ of cancellation** lemondani [-mondáni] vmit **2.** *v* észrevenni [aisre-venni]; **I ~d that . . .** észrevettem, hogy . . . [ais-re-vettem, hodj]

notify értesíteni [airtesheeteni], közölni

nought nulla [noollá], zéró [zairaw]

noun főnév [főnaiv]

novel regény [regainj]

November november; **on ~ 7th/8th** november 7-én/8-án [hetedikain/njoltsádikaan]

now most [mosht]; **by ~** mostanára [moshtánaará]

nowhere sehol [shehol]

nuisance kellemetlen(ség) [kellemetlen(shaig)]

number szám [saam]; ~ **of rooms** szobák száma [sobaak saamá]; ~ **of passport** útlevél száma [ootlevail

saamâ]; **what is your ~?** mi a (telefon)száma [mi
â (telefon)saamâ]?; **which ~ goes to (the) ...?**
hányas busz (stb.) megy ... [haanjâsh boos etc.
medj]?; **room ~ 16** a tizenhatos szoba [â tizenhâtosh
sobâ]; **I am in ~ 16** a tizenhatosban vagyok [â
tizenhâtoshbân vâdjok] →**No.; a ~ of** *(some)*
néhány [naihaanj], *(many)* sok [shok]
number plate rendszámtábla [rend-saam-taablâ]
nurse ápoló [aapolaw], *(female)* ápolónő [aapolaw-nő]
nut dió [diyaw]
nylons *(stockings)* nylonharisnya [-hârishnjâ]

O

0 *(number)* nulla [noollâ]
oak tölgyfa [töldj-fâ]
oar evező·
oat zab [zâb]
oat-flakes zabpehely [zâb-pehey]
obey engedelmeskedni [engedelmeshkedni]
object tárgy [taardj]; *(aim)* cél [tsail]
obligatory kötelező
be obliged *to* kénytelen ... [kainjtelen]; **I was ~ to
walk** kénytelen voltam gyalog menni [kainjtelen
voltâm djâlog menni]; **I am much ~ to you** nagyon
hálás vagyok önnek [nâdjon haalaash vâdjok önnek]
obstacle akadály [âkâdaay]
obstructs the traffic akadályozza a forgalmat [âkâ-
daayozzâ â forgâlmât]
obtain kapni (vmit) [kâpni]; (be)szerezni (vmit) [ser-
ezni]; hozzájutni (vmihez) [hozzaa-yootni]; **can/may
be ~ed** kapható [kâp-hâtaw]; beszerezhető [-serez-
hető], ... szerezhető be

obtainable kapható [kâp-hâtaw]
obvious nyilvánvaló [njilvaan-vâlaw]
obviously nyilván [njilvaan]
occasion alkalom [âlkâlom]
occasionally néha [naihâ]
occupation foglalkozás [foglâlkozaash]
occupied (el)foglalt [-foglâlt]
occupy elfoglalni [-foglâlni]
occur előfordulni [-fordoolni]; *(happen)* (meg)történni [-törtainni]; **it ~red to me** eszembe jutott [esembe yootott]
ocean óceán [awtse-aan]
o'clock: it is 10 ~ tíz óra (van) [teez awrâ (vân)]; **at 9 ~** kilenc órakor [kilents awrâkor], kilenckor [kilentskor]
octane number oktánszám [oktaansaam]
October október [oktawber]; **on ~ 7th/8th** október 7-én/8-án [oktawber hetedikain/njoltsâdikaan]
odd *(number)* páratlan [paarâtlân]; *(one of a pair)* fél pár [fail paar]; *(strange)* furcsa [foorchâ]
of *(possession)* **the son ~ my friend** a barátom fia [â bâraatom fiyâ]; *(distance)* **a mile ~ . . .** egy mérföld(nyi)re . . . tól/. . . től [edj mairföld(nji)re]; *(result)* **made ~ wood** fából készült [faabawl kaisült]; *(time)* **the first ~ June** június elseje [yoonyoosh elshe-ye]; *(US)* **ten minutes ~ five** tíz perc múlva öt [teez perts moolvâ öt]; *(about)* . . . ról [rawl], . . . ről
off: el; a mile ~ egy mérföldnyire [edj mairföldnjire]; **they are ~** elindultak [-indooltâk]; **the water is ~** el van zárva a víz [el vân zaarvâ â veez]; **the gas is ~** el van zárva a gáz(csap) [el vân zaarvâ â gaaz(châp)]; **they are well ~** jómódban élnek [yawmawdbân ailnek]; **~ day, day ~** szabadnap [sâbâdnâp]; **~ season** holtszezon [-sezon]; holtidény [-idainj]

offence szabálysértés [sâbaay-shairtaish]
offend *(against)* szabálysértést [sâbaay-shairtaisht]
  követ el
offender szabálysértő [sâbaay-shairtő]
offer 1. *v* felajánlani [-âyaanlâni], kínálni [keenaalni]
  2. *n* ajánlat [âyaanlât]
office hivatal [hivâtâl], iroda [irodâ]; *(US) (doctor's)*
  rendelő
office-hours félfogadás [fail-fogâdaash], hivatalos idő/
  órák [hivâtâlosh idő/awraak]
officer tiszt [tist]; *(policeman)* rendőr
official 1. *a* hivatalos [hivâtâlosh]; **for ~ use only**
  a hatóság [â hâtaw-shaag] tölti ki **2.** *n* tisztviselő
  [tist-vishelő]
off-peak period elő- és utószezon [elő- aish ootaw-
  sezon]
off side *(football)* les(állás) [lesh(-aalaash)]
offside lane →lane
often gyakran [djâkrân]; **how ~?** hányszor? [haanjsor]
oil olaj [olây]; **to change ~** olajat cserélni [olâyât
  cherailni]; **change of ~** olajcsere [olây-cher-e];
  check the ~, please! nézze meg kérem az olajat és
  töltsön utána (ha kell) [naiz-ze meg kairem âz
  olâyât aish tölchön ootaanâ (hâ kell)]!; **some ~,
  please!** olajat kérek [olâyât kairek]!
oilcan olajozókanna [olâyozaw-kânnâ]
oil level olajszint [olây-sint]
oil pressure olajnyomás [olây-njomaash]
ointment kenőcs [kenőch]
O.K. *(US)* rendben (van) [vân]
okay *v* helybenhagyni [heyben-hâdjni]
old öreg; *(not recent)* régi [raigi]; **how ~ are you?**
  hány éves (ön) [haanj aivesh (ön)]?; **how old is
  she?** hány éves [haanj aivesh]?; **ten years ~** tízéves
  [teez-aivesh]
Olympic olimpiai [olimpi-âyi]; **~ champion/winner**

olimpiai bajnok [bâynok]; **the ~ Games** az olim-
pia(i játékok) [âz olimpiâ(yi yaataikok)]; ~ **record**
olimpiai csúcs [chooch]

omelette omlett

omit kihagyni [-hâdjni], elmulasztani [-moolâstâni]

on ... on, ... en, ... ön, ... n; ~ **the table** az asztalon
[âz âstâlon]; *(put it on ...)* az asztalra [âstâlrâ];
~ **my arrival** (meg)érkezésemkor [-airkezai-shemkor];
~ **time** pontosan [pontoshân], időben; **from Sep-
tember 29th,** ~ (érvényes) szeptember 29-től; **(sth)
is** ~ (vmi) be van kapcsolva [be vân kâpcholvâ];
the gas is ~ ki van nyitva a gáz(csap) [ki vân njitvâ
â gaaz(châp); **the light is** ~ ég a lámpa [aig â laam-
pâ]; **what is** ~ **today?** mit adnak ma [âdnâk mâ]?;
mi megy ma [medj mâ]?; **a lecture** ~ X előadás
[elő-âdaash] X-ről

once egyszer [edjser]; ~ **more** még egyszer [maig
edjser]; **at** ~ azonnal [âzonnâl]

oncoming traffic szembejövő forgalom [sembe-yövő
forgâlom]

one egy [edj]; ~ **and a half** másfél [maash-fail];
~ **fourth** (egy)negyed [(edj)nedjed]; ~ **third** egy-
harmad [edj-hârmâd]; ~ **and six** egy shilling hat
penny [edj shilling hât penny]; ~ **class only** csak
másodosztály [châk maashod-ostaay]; ~ **more**
még egyet [maig eddjet]; ~ **of them** egyikük [eddji-
kük]; ~ **by** ~ egyenként [eddjenkaint], egyesével
[eddjeshaivel]; ~ **another** egymást [edjmaash(t)];
which ~? melyik(et) [meyik(et)]?; **this** ~ ezt [est];
that ~ azt [âst]; **the green** ~ a [â] zöldet; **Here
are some guidebooks, which** ~ **do you want? I want
that** ~. Itt van néhány útikönyv. Melyiket kéri?
Azt kérem. [itt vân naihaanj ootikönjv; meyiket
kairi? âst kairem]

one-day return ticket egynapos kirándulójegy [edjnâ-
posh kiraandoolaw-yedj]

oneself maga [mâgâ]; *(objective)* magát [mâgaat]
one-way street egyirányú utca [edjiraanjoo oottsâ]
one-way ticket →single ticket
one-way traffic egyirányú forgalom/közlekedés [edj-iraanjoo forgâlom/közlekedaish]
onion hagyma [hâdjmâ]
only csak [châk], csupán [choopaan]
on-the-spot fine helyszíni bírság(olás) [heyseeni beershaag(olaash)]
onward journey kiutazás [-ootâzaash]
open 1. *a (not shut)* nyitva [njitvâ]; *(not covered)* fedetlen, nyitott [njitott]; **is ~** nyitva van/tart [njitvâ vân/târt]; **~ all the year round** egész évben nyitva [egais aivben njitvâ]; **~ 24 hours a day** éjjel-nappal nyitva [ay-yel-nâppâl njitvâ]; **~ 8a.m.— 4p.m.** nyitva(tartás) 08—16 óráig [njitvâ(târtaash) njolts-tawl tizenhât awraa-ig]; **the shop is not ~ yet** az üzlet még nincs nyitva [âz üzlet maig ninch njitvâ]; **in ~ country, on the ~ road** lakott területen kívül [lâkott területen keevül] **2.** *v* kinyitni [-njitni]; *(a meeting)* megnyitni [-njitni]; **~ it, please** nyissa ki kérem [njish-shâ ki kairem]; **what time do they ~?** mikor nyitnak [njitnâk]? →season
open-air szabadtéri [sâbâd-tairi]; **~ bath** strand [shtrând]; **~ cinema** kertmozi
open-date ticket le nem foglalt jegy [le nem foglâlt yedj]
opening ceremony megnyitó ünnepély [meg-njitaw ünnepay], ünnepélyes [ünnepayesh] megnyitó
opening hours nyitvatartás(i idő) [njitvâtârtaash(i idő)]
opera opera [operâ]
opera-house operaház [operâhaaz]
operate *(function)* működni, üzemelni; *(perform an operation on sby)* megoperálni [-operaalni] vkit; **buses ~ every 20 minutes** húsz percenként közleked-

nek az autóbuszok [hoos pertsenkaint közlekednek âz outawboosok]

operating theatre műtő

operation *(functioning)* működés [működaish]; *(surgical)* operáció [operaatsiyaw]

operator *(telephone)* telefonos; központ [köspont]

operetta operett

opinion vélemény [vailemainj]

opportunity alkalom [âlkâlom]; **opportunities for entertainment** szórakozási lehetőségek [sawrâkozaashi le-hetőshaigek]

opposing traffic szembejövő forgalom [sembeyövö forgâlom]

opposite 1. *adv* szemben [semben] **2.** *a (facing)* szembenlevő [sembenlevő], túlsó [toolshaw]; *(contrary)* ellentétes [ellentaitesh]

optician optikus [optíkoosh], látszerész [laat-serais], „OFOTÉRT" [ofotairt]

optional szabadon választható/választott [sâbâdon vaalâst-hâtaw/vaalâstott]

or vagy [vâdj]

orange narancs [nârânch]; *(coloured)* narancsszínű [-seenü]

orange drink, orangeade narancsszörp [nârânch-sörp]

orange juice narancslé [nârânchlay]

orchestra zenekar [zenekâr]

order *(arrangement)* rend; *(from a shop)* rendelés [rendelaish]; **is in ~** rendben van [vân]; **...is in good working ~** jól [yawl] működik; **...is out of ~** nem működik, nem jó [yaw]; **in ~ to...** (azért) hogy... [(âzairt) hodj]; **give an ~ for sth** megrendelni vmit

order-form megrendelőlap [-lâp]; *(library)* kérőlap [kairő-]

ordinary rendes [rendesh], szokásos [sokaashosh]; *(petrol)* normál [normaal] (benzin)

12

organ *(part of body)* szerv [serv]; *(music)* orgona [orgonâ]

organization szervezet [servezet]

organize (meg)szervezni [-servezni], rendezni

organizing committee rendezőbizottság [-bizott-shaag]

original eredeti

other más [maash]; másik [maashik]; **the ~ one** a [â] másik, *(objective)* a másikat [â maashikât]; **~ roads** egyéb utak [edjaib ootâk]

otherwise máskülönben [maash-]

ought *to* . . . kellene; **you ~ to have seen it** látnia kellett volna [laatniyâ kellett volnâ]

ounce uncia (=28,35 grammes) [oontsiâ] →*Appendix*

our (a mi) . . . nk [â mi]; **~ house** (a mi) házunk [(á mi) haazoonk]

ours (a) mienk [(â) miyenk], mieink [mi-ye-ink]

ourselves (mi) magunk [mâgoonk]; *(objective)* magunkat [mâgoonkât]

out *(direction)* ki, *(position)* kinn; **he is ~ just now** házon kívül van [haazon keevül vân]; **he is ~ of town** nincs a városban [ninch â vaaroshbân]; **the fire is ~** kialudt a tűz [ki-âloott â tűz]; **we're ~ of petrol** kifogyott a benzin(ünk) [kifodjott â benzin(ünk)]

outboard motor csónakmotor [chawnâk-motor]

outdoors kinn

outdoor swimming pool nyitott uszoda [njitott oosodâ]

outfit felszerelés [-serelaish]

outfitter('s) *(gentlemen's)* férfidivat-üzlet [fairfi-divât-]

outing kirándulás [-raandoolaash]

outlet *(electrical)* konnektor, (fali) csatlakozó [(fâli) châtlâkozaw]

outlying távoli [taavoli], félreeső [failre-eshő]

output teljesítmény [telyesheetmainj]

outside 1. *adv* kívül [keevül]; kinn **2.** *a* külső [külshő]; **~ lane** *(GB)* belső sáv [belshő shaav]; **~ left**,*(player)* balszélső [bâl-sailshő]; **~ right** jobbszélső [yobb-sailshő]

outskirts külváros [-vaarosh]

outward journey kiutazás [-ootâzaash], odautazás [odâ-ootâzaash]

oval ovális [ovaalish]

oven sütő [shütő], tűzhely [tűz-hey]

over felett; *(more than)* több mint...; *(finished)* vége [vai-ge]; **~ here** itt (nálunk) [naaloonk]; **~ there** ott, odaát [odâ-aat]; **~ 3 hours** 3 órán túl [haarom awraan tool]

overalls szerelőruha [serelő-roohâ]; kezeslábas [kezesh-laabâsh]

overcoat felöltő, felsőkabát [felshőkâbaat]

overdone túlsütött [tool-shütött]

overhaul 1. *n* nagyjavítás [nâdj-yâveetaash], generáljavítás [generaal-yâveetaash] **2.** *v* generálozni [generaalozni]

overhead: danger! works ~ vigyázat, a tetőn dolgoznak [vidjaazât, â tetőn dolgoznâk]!

overhead crossing felüljáró [felül-yaaraw]

overheat túlmelegedni [tool-]

overnight 1. *a* éjszakai · [aysâkâyi] **2.** *adv* éjszakára [aysâkaarâ]

overpass *(US)* felüljáró [-yaaraw]

overseas 1. *a* külföldi; **~ visitor** külföldi látogató [laatogâtaw] **2.** *adv* külföldön

overtake előzni; *(in Hungary:)* **~ on the left!** előzni csak balra szabad [előzni châk bâlrâ sâbâd]!; **trams should be ~n on the right** a villamosokat jobbról kell előzni [â villâmoshokât yobbrawl kell előzni]; **intention to ~** előzési szándék [előzaishi saandaik]; **vehicle already overtaking** már előzésben levő jármű [maar előzaishben levő yaarmű]

12*

overtaking előzés [előzaish]; ~ **prohibited, no** ~ előzni tilos [tilosh]

overtaking lane belső nyom/sáv [belshő njom/shaav]

overtime túlóra [tool-awrâ]

owe tartozni [târtozni]; **how much do I** ~? mennyivel tartozom [mennjivel târtozom]?

owing to vmi miatt [miyâtt]

own saját [shâyaat]

owner tulajdonos [toolâydonosh]

oyster osztriga [ostrigâ]

oz(s). (=*ounce(s)*) →*Appendix*

P

p = *(new)* **pence** penny

pack csomagolni [chomâgolni]; *(pack up)* becsomagolni; **have you** ~**ed (up) your things?** becsomagolt már [-chomâgolt maar]?

package csomag [chomâg]

packaged tour *(US)* társasutazás [taarshâsh-ootâzaash]

packed zsúfolva [zhoofolvâ]

packet csomag [chomâg]

packing csomagolás [chomâgolaash]

page[1] *(in a book)* oldal [oldâl]

page[2] *(in a hotel)* boy

paid fizetett; fizetve →**pay**

pail vödör

pain fájdalom [faaydâlom]

painkiller fájdalomcsillapító [faaydâlom-chillâpeetaw]

paint 1. *n* festék [feshtaik]; **wet** ~ **!** vigyázat mázolva [vidjaazât maazolvá]! **2.** *v* festeni [feshteni]

painter festő [feshtő]

painting festmény [feshtmainj]
a **pair of** egy pár [edj paar]; **a ~ of trousers** nadrág [nådraag]
pairs *(race boat)* kettes [kettesh]
pajamas pizsama [pizhåmå]
palace palota [pålotå]
pale *(face)* sápadt [shaapàtt]
palm tenyér [tenjaìr]
pan serpenyő [sherpenjő]
pancake palacsinta [pålåchintå]
panel doctor SZTK-orvos [estaikaa-orvosh], körzeti orvos
panties (női) nadrág [nådraag], bugyi [boodji]
pants nadrág [nådraag], pantalló [påntållaw]
pants-suit nadrágkosztüm [nådraag-kostüm]
panty hose harisnyanadrág [hårishnjå-nådraag]
paper *(sheet)* papír [påpeer]; *(documents)* okmány(ok) [okmaanj(ok)]; *(essay)* dolgozat [dolgozåt]; *(newspaper)* lap [låp]
paperback zsebkönyv [zhebkönjv]
paper tissue(s) *(handkerchief)* papírzsebkendő [påpeer-zhebkendő]
paprika paprika [påprikå]; **red ~** piros [pirosh] paprika; **green ~** zöldpaprika
paraffin petróleum [petraw-le-oom]
paraffin lamp petróleumlámpa [petraw-le-oom-laam-på]
paraffin stove *(cooking)* petróleumfőző [petraw-le-oom-], *(heating)* petróleumkályha [-kaay-hå]
parallel bars korlát [korlaat]
parcel csomag [chomåg]
parcel-post csomagposta [chomåg-poshtå]
pardon *n* bocsánat [bochaanåt]; **I beg your ~** *(excuse me)* bocsánat [bochaanåt]!; *(I did not hear)* tessék [tesh-shaik]?; *(indignantly)* de kérem [kairem]!

parents szülők [sülők]

park 1. *n* park [párk] **2.** *v* várakozni [vaaråkoznij, parkolni [pårkolni]; **where can I ~ my car?** hol parkolhatok [pårkolhåtok]?

parked vehicle parkoló/várakozó jármű [pårkolaw/ vaaråkozaw yaarmű]

parking várakozás [vaaråkozaash], parkolás [pårkolaash]; *(area)* várakozóhely [vaaråkozaw-hey], parkoló(hely) [pårkolaw]; **~ is forbidden, no ~** várakozni/parkolni tilos [vaaråkozni/pårkolni tilosh]

parking area parkoló(hely) [pårkolaw(-hey)]

parking charge parkolási díj [pårkolaashi deey]

parking difficulties parkolási nehézségek [pårkolaashi nehaiz-shaigek]

parking fee →**parking charge**

parking light(s) parkolólámpa [pårkolaw-laampå]

parking lot →**parking area**

parking meter parkolóóra [pårkolaw-awrå]

parking meter zone fizető parko'ó [pårkolaw]

parking offence tiltott (helyen való) parkolás [tiltott (heyen vålaw) pårkolaash]

parking place →**parking area**

parking restrictions parkolási korlátozások [pårkolaashi korlaatozaashok]

parking ticket bírságcédula tilos parkolásért [beershaag-tsaidoolå tilosh pårkolaashairt]

Parliament Parlament [pårlåment]

parlo(u)r társalgó [taar-shålgaw], szalon [sålon]

parlour game társasjáték [taar-shåsh-yaataik]

parsley petrezselyem [petre-zheyem]

part rész [rais]; **take ~ in** részt [raist] venni vmiben; **on my ~** részemről [raisemről]

partial részleges [raislegesh]; **~ board** fél penzió [fail penziyaw]

participant résztvevő [raist-vevő]

participate részt [raist] venni (vmiben)

particular 1. *a* speciális [shpetsi-aalish], különös
[különösh]; **in** ~ főleg **2.** *n* ~**s** részletek [raisletek];
(personal) (személyi) adatok [(semayi) âdâtok]
particularly különösen [különöshen], főleg
parting búcsú [boochoo]
partly részben [raisben]
partner társ [taarsh], partner [pârtner]
partridge fogoly [fogoy]
party *(gathering)* összejövetel [össeyövetel], vendégség
[vendaigshaig], társaság [taarshâshaag]; *(one person,
officially)* fél [fail]
pass *(pass by)* elmenni ... mellett, *(move along)*
elhaladni [-hâlâdni]; *(US overtake)* előzni; *(through)*
áthaladni [aat-hâlâdni]; *(exam)* átmenni [aatmenni];
he ~**ed by me** elment mellettem; **the time** ~**ed
pleasantly** kellemesen telt az idő [kellemeshen telt
âz idő]; ~ **the bread, please** kérem a kenyeret [kairem
â kenjeret]; ~ **round** körbeadni [körbe-âdni]; ~
through átmenni [aatmenni], átutazni ... n [aat-
ootâzni]
passage *(crossing)* átkelés [aatkelaish]; *(path)* átjáró
[aat-yaaraw]; *(in a book)* szakasz [sâkâs]
passenger utas [ootâsh]
passenger cabin utasfülke [ootâshfülke]
passenger list utasnévsor [ootâsh-naiv-shor]
passenger plane utasgép [ootâsh-gaip]
passenger train személyvonat [semayvonât]
passer-by járókelő [yaaraw-kelő]
no **passing!** *(US)* előzni tilos [tilosh]!
passport útlevél [ootlevail]; **get your** ~**s ready, please**
kérem, készítsék elő az útleveleket [kairem,
kaiseet-shaik elő âz ootleveleket]!; **your** ~ **is in
order** az ön útlevele rendben van [âz ön ootlev-el-e
rendben vân]
passport examination útlevélvizsgálat [ootlevail-vizh
gaalât]

passport photo útlevél(fény)kép [ootlevail(fainj)kaip]
past *(in space)* . . . mellett; *(in time)* . . . után [ootaan];
    walk ~ sby elmenni vki mellett; **half ~ seven** fél
    nyolc [fail njolts]; **a quarter ~ four** negyed [nedjed]
    öt; **two minutes ~ nine** kilenc óra két perc [kilents
    owrå kait perts]
pastime időtöltés [-töltaish], szórakozás [sawråkozaash]
pastry (cukrász)sütemény [tsookraas-shütemainj]
patch folt
path ösvény [öshvainj], út [oot]
patient beteg
patrol (car) *(service)* segélykocsi [shegaykochi], „sárga
    angyal" [shaargå åndjål]; *(police)* URH-kocsi [oo-
    er-haa-kochi]
patrol service (országúti) segélyszolgálat [(orsaagooti)
    shegay-solgaalåt]; *(the yellow car)* „sárga angyal"
    [shaargå åndjål]
pattern minta [mintå]
pause szünet [sünet]
pavement járda [yaardå]
pay fizetni, kifizetni; **do I ~ now?** most [mosht]
    fizetek?; **how much shall I have to ~?** mennyit
    [mennjit] fizetek?; **~ here** itt kell fizetni; **please
    ~ at the desk** a kasszánál tessék fizetni [kåssaanaal
    tesh-shaik fizetni]; **~ for sth** kifizetni vmit, fizetni
    vmiért; **he paid 20 forints for it** húsz [hoos] forintot
    fizetett érte [airte]; **~ down** lefizetni; **~ in** befizetni
payable fizetendő
paying guest fizető vendég [vendaig]
paying-guest service fizetővendég-szolgálat [-vendaig-
    solgaalåt]
payment fizetés [fizetaish]; **on ~ of** . . . . . . lefizetése
    ellenében [lefizetaish-e ellenaiben]
pay station *(US)* nyilvános távbeszélő-állomás [njil-
    vaanosh taavbesailő-aalomaash]
pay tone búgó jel [boogaw yel], „vonal" [vonål]

pea borsó [borshaw]
peace béke [bai-ke]
peach őszibarack [ősibârâtsk]
peak csúcs [chooch]; **traffic ~ →peak hours**
peak hours csúcsforgalom [chooch-forgâlom], csúcs-
   forgalmi idő/órák [chooch-forgâlmi idő/awraak]
pear körte
pearl gyöngy [djöndj]
peasant paraszt [pârâst]
peculiar sajátos [shâyaatosh]
peculiarity különlegesség [különlegesh-shaig], sajátos-
   ság [shâyaatosh-shaag]
pedal pedál [pedaal]
pedestrian gyalogos [djâlogosh]
pedestrian crossing gyalogátkelőhely [djâlog-aatkelő-
   hey]
pedicure pedikűr
peg cövek [tsövek]
pen toll
penalty büntetés [büntetaish], bírság [beer-shaag]
pence →penny
pencil ceruza [tseroozâ]
pencil battery ceruzaelem [tseroozâ-elem]
pen-friend levelezőtárs [lev-elező-taarsh]
peninsula félsziget [failsiget]
penknife bicska [bichkâ]
penny, pence penny
pension nyugdíj [njoogdeey]
pensioner nyugdíjas [njoogdeeyâsh]
people *(nation)* nép [naip]; *(persons)* emberek
People's Republic Népköztársaság [naipköz-taar-shâ-
   shaag]
People's Stadium Népstadion [naip-shtâdiyon]
pepper bors [borsh]; *(red)* (piros) paprika [(pirosh)
   pâprikâ]
peppermint menta(cukor) [mentâ(tsookor)]

per ... ként [... kaint]; ~ **cent** →percent; ~ **day** naponként [nâponkaint]; ~ **hour** óránként [awraankaint]; ~ **kg** kg-ként [kilogrâmonkaint]; ~ **night** éjszakánként [aysâkaankaint], egy éjszakára [edj aysâkaarâ];~ **person** személyenként [semayenkaint]; ~ **piece** darabonként [dârâbonkaint]; ~ **week** hetenként [hetenkaint]

percent százalék [saazâlaik]; **25** ~ **of the value** az érték 25 százaléka [âz airtaik hoosonöt saazâlaikâ]

percolator kávéfőző(gép) [kaavai-főző(gaip)]

perfect tökéletes [tökailetesh]

perfectly tökéletesen [tökailetesheh]

performance előadás [-âdaash]; *(motor)* teljesítmény [telyesheetmainj]

perfume parfüm [pârfüm]

perfumery *(ware)* illatszer [illât-ser]; *(shop)* illatszerbolt

perhaps talán [tâlaan]

period időszak [-sâk]; ~ **of stay** ott-tartózkodás időtartama [-târtawz-kodaash időtârtâmâ]

periodical folyóirat [foyaw-irât]

perishable romlandó [romlândaw]

perm dauer [dou-er]

permanent állandó [aalândaw]; ~ **address** állandó lakhely [aalândaw lak-hey]; ~ **wave** dauer [dou-er]

permission engedély [engeday]

permit 1. *v* megengedni; **is** ~**ted** megengedett, szabad [sâbâd] 2. *n* engedély [engeday]

person személy [semay], egyén [edjain]; **in** ~ személyesen [semayeshen]

personal személyi [semayi], személyes [semayesh]; ~ **articles, articles for** ~ **use** személyi használati tárgyak [semayi hâsnaalâti taardjâk]; ~ **documents** személyi okmányok [semayi okmaanjok]; **for** ~ **needs** személyi szükségletre [semayi sükshaigletre]; **for one's** ~ **use** személyi használatra [semayi hâs-

naalâtrâ]; ~ **property/effects** s?emélyi tulajdon [semayi toolâydon]; ~ **and baggage insurance** személyi és poggyászbiztosítás [semayi aish poddjaasbistosheetaash]

personally személyesen [sernayeshen]

persuade rábeszélni [raa-besailni]

pet háziállat [haazi-aalât], öleb

petrol benzin

petrol can marmonkanna [mârmonkânnâ]

petrol coupon benzinjegy [-yedj], benzinutalvány [-ootâlvaanj]

petroleum kőolaj [kő-olây], petróleum [petraw-le-oom]

petrol station benzinkút [-koot], töltőállomás [-aalomaash]

petrol station attendant (benzin)kutkezelő [-kootkezelő], benzinkutas [-kootâsh]

petrol tank benzintartály [-târtaay]

pharmacist gyógyszerész [djawdj-serais]

pharmacy gyógyszertár [djawdj-sertaar], patika [pâtikâ]

pheasant fácán [faatsaan]

phone 1. *n* telefon; **are you on the ~?** van önnek telefonja [vân önnek telefonyâ]?; **you are wanted on the ~** önt kérik a telefonhoz [önt kairik â telefonhoz] **2.** *v* telefonálni [telefonaalni]

photo →**photograph**

photo-finish célfotó [tsailfotaw]

photograph fénykép [fainjkaip]; **take a ~ of** lefényképezni [-fainjkaipezni] vmit/vkit; **no ~s to be taken** fényképezni tilos [fainjkaipezni tilosh]!; **have one's ~ taken** lefényképezteti magát [-fainjkaipezteti mâgaat]

photographer fényképész [fainj-kaipais]; *(shop for photographic articles)* OFOTÉRT [ofotairt]

photographic articles fotocikkek [-tcikkek]; *(the shop)* OFOTÉRT [ofotairt]

physician orvos [orvosh]
physicist fizikus [fizikoosh]
physics fizika [fizikå]
pianist zongoraművész [zongorå-művais]
piano zongora [zongorå]; **play the ~** zongorázni [zongoraazni]
pick *(take with the fingers)* szedni [sedni]; *(choose)* választani [vaalåståni]; **~ up** felszedni [-sedni], felvenni, érte [air-te] menni; **will you come and ~ me up at the hotel?** eljönne értem a szállodába? [elyönne airtem å saalodaabå]; **I'll ~ you up** érted megyek (kocsival) [airted medjek (kochivål)]; **~s up speed** gyorsul [djorshool]
pickled cucumber ecetes uborka [etsetesh ooborkå]
pickles savanyúság [shåvånjoo-shaag]
picnic (társas) kirándulás [(taarshåsh) kiraandoolaash]
picture kép [kaip]; *(film)* film
picture postcard képes levelezőlap [kaipesh lev-elezőlåp]
the **pictures, picture house** mozi
pie tészta [taistå]; *(meat pie)* húsos táska [hooshosh taashkå]
piece darab [dåråb]; **two shilling ~** kétshillinges [kaitshilling-esh]
pier móló [maw-law]
pig disznó [disnaw]
pigeon galamb [gålåmb]
pike *(fish)* csuka [chookå]
pile halom [hålom]
pill pirula [piroolå]
pillar oszlop [oslop]
pillar-box levélszekrény [levail-sekrainj]
pillion hátsóülés [haat-shaw-ülaish]
pillion passenger/rider pótutas [pawt-ootåsh]
pillow párna [paarnå]
pillow-case párnahuzat [paarnå-hoozåt]

pilot pilóta [pilawtâ]

pin tű

pine fenyőfa [fenjőfâ]

pineapple ananász [ânânaas]

pink 1. *n* szegfű [segfű] **2.** *a* rózsaszín(ű) [raw-zhâ-seen(ű)]

pint pint [peent], *(approx.)* félliter [fail-liter]

pipe *(tobacco)* pipa [pipâ]; *(tube)* cső [chő]

pistol pisztoly [pistoy]

piston dugattyú [doogâttjoo]

pit *(hole)* gödör, akna [âknâ]; *(theatre)* földszint(i hátsó sorok) [föld-sint(i haat-shaw shorok)]

pitch a tent sátrat [shaatrât] verni, felállítani a [-aalee-tâni â] sátrat

pity sajnálat [shâynaalât]; **it is a~ that** . . . kár, hogy . . [kaar, hodj]

place hely [hey]; *(town etc.)* helység [hey-shaig]; **~ of birth** születési hely [sületaishi hey]; **~ of destination** rendeltetési hely [rendeltetaishi hey], úticél [ooti-tsail]; **~s of interest** látnivalók [laatniválawk], nevezetességek [nevezetesh-shaigek]

placename helységnév [hey-shaig-naiv]

plain 1. *a (clear)* világos [vilaagosh]; *(frank)* őszinte [ősinte]; *(simple)* egyszerű [edjserű]; sima [shimâ] **2.** *n* alföld [âlföld]; **the Hungarian P~** az [âz] Alföld

plainly *(frankly)* nyíltan [njeeltân]

plan terv

plane (repülő)gép [-gaip]; **by ~** repülőgéppel [-gaippel], repülővel; **when does the next ~ leave for . . .?** mikor indul [indool] a [â] következő gép . . . felé [gaip . . . felai]?

plant *(vegetable)* növény [növainj]; *(industrial)* gyár [djaar], üzem

plaster *(adhesive)* (rag)tapasz [(râg)tâpâs]; *(gypsum)* gipsz [ghips]

plastic műanyag [mű-ânjâg]

plate 190

plate *(dish)* tányér [taanjair]; *(on signpost)* (kiegészítő) tábla [(kiyegaiseető) taablá]

platform peron, vágány [vaagaanj]; **at which ~ does the train for ... leave?** melyik vágányról indul a vonat ... felé [meyik vaagaanjrawl indool á vonát ... felai]?; **~ No. 3** harmadik vágány [hârmâdik vaagaanj]

platform ticket peronjegy [-yedj]

play 1. *n (recreation)* játék [yaataik]; *(drama)* (szín)darab [(seen)dârâb]; *(of steering wheel)* holtjáték [holt-yaataik] **2.** *v* játszani [yaattsâni]; **~ tennis** teniszezni [tenisezni]; **~ the piano** zongorázni [zongoraazni]; **~ at cards** kártyázni [kaartjaazni]

play-bill színlap [seenlâp]

player játékos [yaataikosh]

playground játszótér [yaatsaw-tair]

pleasant kellemes [kellemesh]

please kérem ... [kairem], legyen szíves ... [ledjen seevesh]; **~ come in** kérem jöjjön be [kairem yöyyön be]; **two coffees, ~** két kávét kérek [kait kaavait kairek]; **tickets, ~** a jegyeket kérem [â yedjeket kairem]!; **Will you have some more? Yes, ~.** Adhatok még? Igen, kérek szépen. [âd-hâtok maig? igen, kairek saipen]; **if you ~** ha volna olyan szíves [hâ volnâ oyân seevesh]; **are you ~d with ...?** meg van elégedve a ... val [meg vân elaigedve â ... vâl]?; **~d to meet/see you!** örvendek!; **I shall be very ~d to ...** nagyon [nâdjon] fogok örülni ..., (nagy) [nâdj] örömmel ...; **I shall be ~d to come** örömmel (el)jövök [-yövök]

pleasure öröm; **it was a great ~ to meet you** nagyon örülök, hogy megismerkedtünk [nâdjon örülök, hodj meg-ishmerkedtünk]; **it gives me much ~ to be here** nagyon örülök, hogy itt lehetek [nâdjon örülök, hodj itt le-het-ek]; **with ~** szívesen [seeveshen]!, örömmel!

pleasure boat sétahajó [shaitâ-hâyaw]
plenty *(enough)* elég [elaig]; *(much)* sok [shok];
  I have ~, thanks köszönöm, elég [kösönöm, elaig];
  you have ~ of time van bőven ideje [vân bőven
  id-ey-e]
pliers fogó [fogaw]
plot *(ground)* telek; *(story)* cselekmény [chelekmainj]
plough 1. *n* eke [ek-e] **2.** *v* szántani [saantâni]
plug 1. *n (electric)* dugó [doogaw]; *(sparking)* gyertya
  [djertjâ] **2.** *v* **~ in** bedugni [-doogni], bekapcsolni
  [-kâpcholni]
plum szilva [silvâ]
plumber vízvezetékszerelő [veezvezetaik-serelő]
plum-cake mazsolás tészta [mâzholaash taistâ]
plum-pudding mazsolás puding [mâzholaash pudding]
p.m. délután [dail-ootaan], du.; **at 3.00 p.m.** délután
  három órakor [dail-ootaan haarom awrâkor]; **at**
  7.00 p.m. este hét [esh-te hait] órakor; **at 11.00**
  p.m. éjjel tizenegy [ay-yel tizen-edj] órakor
pneumonia tüdőgyulladás [-djoollâdaash]
poached egg buggyantott tojás [booddjântott toyaash]
pocket zseb [zheb]
pocket-book (levél)tárca [levailtaartsâ]
pocket-knife zsebkés [zheb-kaish]
pocket-money költőpénz [-painz], zsebpénz [zheb-]
poem vers [versh]
point 1. *n (dot, item, score)* pont; *(sharp end)* hegye
  [hedj-e] (vminek); **~s** *(wall socket)* (fali) [fâli]
  konnektor; **~ of departure** kiindulási [ki-indoolaashi]
  pont; **~s of interest** →**places of interest**; **~ of view**
  szempont [sempont]; **the ~ is . . .** a lényeg az . . .
  [â lainjeg âz] **2.** *v* mutatni [mootâtni]; **~ out/to**
  megmutatni [-mootâtni], rámutatni [raa-]
poison méreg [maireg]
Poland Lengyelország [lendjel-orsaag]
pole pózna [pawznâ]

Pole lengyel [lendjel]
pole-vault rúdugrás [rood-oograash]
police rendőrség [rendőr-shaig]; **call the ~!** hívja a rendőrséget [heevyâ â rendőr-shaiget]!
police car →**police radio car**
police fine rendőrségi bírság(olás) [rendőrshaigi beershaag(olaash)]
policeman rendőr; **~ on point-duty** őrszemes [őrsemesh] rendőr
police-officer rendőr
police radio car URH-kocsi [oo-er-haa-kochi], „RENDŐRSÉG" [rendőr-shaig]
police registration rendőrségi bejelentkezés [rendőrshaigi beyelentkezaish]
police station rendőrség [rendőr-shaig], rendőrkapitányság [-kâpitaanj-shaag]
policy *(insurance ~)* (biztosítási) kötvény [(bistosheetaashi) kötvainj]
polish 1. *n (surface)* fény; *(substance)* fényesítő (paszta) [fainjesheető (pâstâ)], polírpaszta [poleer-] **2.** *v* kifényesíteni [kifainjesheeteni], polírozni [poleerozni]
Polish lengyel [lendjel]
polite udvarias [oodvâryâsh]
politics politika [politikâ]
pool uszoda [oosodâ]
the **pools** totó [totaw]
poor *(not rich)* szegény [segainj]; *(not good)* gyenge [djenge], rossz [ross]
popular népszerű [naipserű]
population lakosság [lâkosh-shaag]
pork disznóhús [disnaw-hoosh]
porridge zabkása [zâb-kaashâ]
port kikötő, hajóállomás [hâyaw-aalomaash]
portable hordozható [hordoz-hâtaw]; **~ gramophone** táskagramofon [taashkâ-grâmofon]; **~ radio** táska-

rádió [taashkâ-raadiyaw], tranzisztoros rádió [trân-zistorosh-], *(pocket-size)* zsebrádió [zheb-]; ~ **typewriter** táskaírógép [taashkâ-eeraw-gaip]

porter *(railway)* hordár [hordaar]; *(hotel)* portás [portaash]; *(sleeping-car)* hálókocsi-kalauz [haalaw-kochi-kâlâ-ooz]

porter's desk →reception desk

portion adag [âdâg]

portrait arckép [arts-kaip], portré [portray]

Portugal Portugália [portoogaaliâ]

Portuguese portugál [portoogaal]

position helyzet [heyzet]

possess van [vân] (vmije)

possibility lehetőség [lehetőshaig]

possible lehetséges [lehet-shaigesh]; **as soon as** ~ amint lehet

possibly talán [tâlaan]

post[1] 1. *n (post office)* posta [poshtâ]; **by** ~ postán [poshtaan]; **send by** ~ postán küldeni; **by return of** ~ postafordultával [poshtâ-fordooltaavâl] 2. *v* feladni [-âdni], *(put into a pillar-box)* bedobni

post[2] *(piece of wood)* cölöp [tsölöp]; *(employment)* állás [aalaash]

postage postaköltség [poshtâ-kölchaig]

postage rates postai díjszabás [poshtâyi deeysâbaash]

postage stamp bélyeg [bayeg]

postal postai [poshtâyi]; ~ **charges/rates** postai díjszabás [poshtâyi deeysâbaash]; ~ **order** postautalvány [poshtâ-ootalvaanj]

postcard levelezőlap [-lâp], levlap

poster plakát [plâkaat]

poste restante postán marad(ó) [poshtaan mârâdaw]

post-free bérmentve [bairment-ve]

postman postás [poshtaash]

post office posta [poshtâ]

post-office box postafiók [poshtâ-fiyawk]

13

postpaid bérmentve [bairment-ve]
postpone elhalasztani [-hâlâstâni]
pot fazék [fâzaik], edény [edainj]
potato burgonya [boorgonjâ], krumpli [kroompli]
poultry baromfi [bâromfi]
pound *(money, weight)* font
pour önteni; ~ **out** kiönteni; **it is ~ing with rain** ömlik/ zuhog (az eső) [ömlik/zoohog (âz eshő)]
powder por; *(face)* púder [pooder]
powdered milk tejpor [tey-]
powder-room női mosdó/vécé [nőyi mozhdaw/vai-tsai]
power *(strength)* erő; *(political)* hatalom [hâtâlom]; *(electric)* áram [aarâm]; *(mechanical)* energia [energhiyâ]
powerful erős [erősh]
power-plant erőmű
power points fali csatlakozó [fâli châtlâkozaw], konnektor
practical gyakorlati [djâkorlâti]; *(useful)* célszerű [tsail-serű], praktikus [prâktikoosh]
practically gyakorlatilag [djâkorlâtilâg]
practice gyakorlat [djâkorlât]; *(doctor's)* prakszis [prâxish]
practise gyakorolni [djâkorolni]
praise dicsérni [dichairni]
pram gyermekkocsi [djermek-kochi]
preach prédikálni [praidikaalni]
precaution elővigyázat [-vidjaazât]
precede megelőzni
precedence elsőbbség [elshőbb-shaig]
preceding megelőző
precious értékes [airtaikesh]; ~ **stone** drágakő [draagâkő]
precise pontos [pontosh]
precisely pontosan [pontoshân]
prefer szívesebben [seeveshebben] tenni, jobban sze-

retni [yobban seretni]; **which do you ~?** melyiket
szereti/szeretné (inkább) [meyiket sereti/seretnai
(inkaab)]?; **I ~ standing** inkább állok [inkaab
aalok]

preference előny [előnj], elsőbbség [elshőbb-shaig]

pregnant állapotos [aalâpotosh], terhes [ter-hesh]

preliminary előzetes [előzetesh]

premier miniszterelnök [minister-]

premium 1. n *(insurance)* biztosítási díj [bistosheetaa-
shi deey] **2.** a *(petrol, gasoline)* szuper(benzin)
[sooper]

preparation előkészület [-kaisület], készülődés [kaisü-
lődaish]

prepare *(make ready)* el(ő)készíteni [-kaiseeteni]; *(get
ready)* (fel)készülni [-kaisülni], előkészülni; **be ~d
(to)** kész [kais] (vmit) megtenni

prescribe *(medicine)* felírni [-eerni]

prescription recept [retsept]

preseason előidény [-idainj]

present 1. a *(now)* jelen(legi) [yelen-]; **those ~** a
jelenlevők [á yelenlevők]; **be ~** jelen [yelen] lenni
2. n *(present time)* jelen [yelen]; *(sth given)* ajándék
[âyaandaik]; **at ~** jelenleg [yelenleg]; **for the ~**
egyelőre [edjelő-re] **3.** v *(introduce)* bemutatni [-moo-
tâtni]; *(show)* bemutatni, felmutatni; *(give)* (át)-
adni [(aat)âdni]; **~ oneself** megjelenni [-yelenni],
jelentkezni [yelentkezni]

presentation *(showing)* bemutatás [-mootâtaash]

preserve 1. v megőrizni, megtartani [-tártâni] **2.** n
(area) védett [vaidett] terület; *(fruit)* befőtt,
(jam) dzsem [jam]

president elnök

press 1. v (meg)nyomni [-njomni], benyomni [be-];
(iron) (ki)vasalni [vâshálni]; **~ button A** (kérjük)
benyomni az A jelzésű gombot [(kairyük) be-njomni
âz â yelzaishű gombot]; **be ~ed for money** pénz-

13*

szűkében áll [painz-súkaiben aal] **2.** *n (newspapers)* sajtó [shâytaw]; *(printing)* nyomda [njomdâ]

pressure (levegő)nyomás [-njomaash]; **check the ~, please** kérem ellenőrizze a (levegő)nyomást [kairem ellenőriz-ze â (levegő)njomasht]

pressure-gauge nyomásmérő [njomaash-mairő]

presume feltételezni [-taitelezni]; **Mr. Brown, I ~?** Brown úr [oor]?

pretty *(attractive)* csino; [chinosh]; **~ well** elég jól [elaig yawl]

prevail uralkodni [oorâlkodni], dominálni [dominaalni]

prevent megakadályozni [-âkâdaayozni]

prevention megelőzés [megelőzaish]

previous (meg)előző

price ár [aar]; **~ 5 Ft** ára 5 forint [aarâ öt forint] **~ of room** szállásdíj [saalaash-deey]

price-list árjegyzék [aar-yedjzaik], árlap [aarlâp]

prick szúrás [sooraash]

priest pap [pâp]

primary első(dleges) [elshő(dlegesh)]; **~ route** főútvonal [-ootvonâl]

principal 1. *a* fő **2.** főnök

principle elv

print 1. *n (printed matter)* nyomtatvány [njomtât-vaanj]; *(type)* betű; *(from a negative)* (fénykép)má-solat [(fainjkaip)-maasholât]; **out of ~** kifogyott [kifodjott]; **one ~ from each picture, please** kérek egy másolatot mindegyik képről [kairek edj maasho-lâtot mindedjik kaipröl] **2.** *v (write in printed characters)* nyomtatott betűkkel írni [njomtâtott betűk-kel eerni]; *(make a copy)* másolatot készíteni [maasholâtot kaiseeteni]; **please ~ !** (kérjük) nyom-tatott betűkkel [(kairyük) njomtâtott betűk-kel]!

printed matter/paper nyomtatvány [njomtâtvaanj]

printer nyomdász [njomdaas]

priority elsőbbség [elshőbb-shaig]; **~ on the right**

(=*the rule*) jobbkézszabály [yobb-kaiz-sâbaay];
have ~, be given ~ elsőbbsége van [elshőbb-shaig-e
vân]; **give ~ to** ... elsőbbséget adni [elshőbb-shaiget
âdni] ... nak/nek

priority road főútvonal [-ootvonâl]

priority sign ,,elsőbbségadás kötelező'' tábla [,,elshőbb-
shaig-âdaash kötelező'' taablâ]

prison börtön

private magán [mâgaan], privát [privaat]; *(separate)*
külön; *(notice: do not enter)* ,,MAGÁNTERÜLET''
[mâgaan-]; *(on bus)* ,,KÜLÖNJÁRAT'' [-yarât];
with ~ bath (külön) fürdőszobával [fürdősobaavâl];
~ call magánbeszélgetés [mâgaan-besailgetaish];
~ car magánautó [mâgaan-outaw]; **for ~ use only**
csak személyi használatra [châk semayi hâsnaa-
lâtrâ]

prize díj [deey]

probable valószínű [vâlaw-seenű]

probably valószínűleg [vâlaw-seenűleg]

problem probléma [problaimâ]

procedure eljárás [elyaaraash]; **~ after an accident**
eljárás baleset esetén [elyaaraash bâl-eshet eshetain]

proceed *(on one's way)* tovább menni [tovaab-]; *(to
do sth)* hozzáfogni [hozzaa-]

process eljárás [elyaaraash]

produce *(show)* bemutatni [-mootâtni]; *(make)* gyár-
tani [djaartâni]

producer gyártásvezető [djaartaash-]

product• termék [termaik], gyártmány [djaartmaanj]

production termelés [termelaish]; gyártás [djaartaash];
(play etc.) rendezés [rendezaish], produkció [pro-
dooktsiyaw]

profession foglalkozás [foglâlkozaash], hivatás [heevâ-
taash], szakma [sâkmâ]

professional hivatásos [heevâtaashosh], profi

professor professzor [professor]

profit haszon [hâson]
program(me) program [prográm], műsor [műshor]
progress haladás [hâlâdaash], fejlődés [feylődaish]
prohibit megtiltani [-tiltâni]; *(is)* **prohibited** tilos
[tilosh]; **buses** ~**ed** autóbuszoknak behajtani tilos
[outaw-boosoknâk be-hâytâni tilosh]
prohibitive *(sign)* tilalmi (jelzőtábla) [tilâlmi (yelző-
taablâ)]
projector vetítőgép [veteetőgaip]
prolong meghosszabbítani [-hossâbbeetâni]; **where can
I have my visa** ~**ed?** hol hosszabbít(tat)hatom meg
a vízumomat [hol hossâbbeet(tât)hâtom meg â
veezoomomat]?
promise 1. *n* ígéret [eegairet] 2.*v* megígérni [-eegairni]
promote elősegíteni [-shegeeteni]
prompt azonnali [âzonnali], gyors [djorsh]
pronounce kiejteni [ki-eyteni]
proof bizonyíték [bizonjeetaik]
propane gas propángáz [propaangaaz]
proper megfelelő, helyes [heyesh]
properly helyesen [heyeshen], jól [yawl]
property *(sth owned)* tulajdon [toolâydon]; *(land etc.)*
ingatlan [ingâtlân]; *(quality)* tulajdonság [toolây-
donshaag]
proportion arány [âraanj]
proposal javaslat [yâvâshlât]
propose javasolni [yâvâsholni]; *(plan)* tervezni, szán-
dékozni [saandaikozni]; **I** ~ **the health of . . .**
igyunk . . . egészségére [idjoonk . . . egais-shaigai-re]
proposed tervezett, szándékolt [saan-daikolt]
proprietor tulajdonos [toolâydonosh]
prosperous sikeres [shikeresh]
protect védeni [vaideni]
Protestant protestáns [proteshtaansh]
prove bebizonyítani [-bizonjeetâni]
provide *(do what is necessary, for)* gondoskodni [gon-

doshkodni] (...ról/ről); *(supply)* nyújtani [njooy-
táni], biztosítani [bistosheetáni] (vmit);...**will be
~d** ...t biztosítunk [bistosheetoonk]; **be ~d with**
el van látva [el ván laatvá] ...val/vel; **~ sby
with food** ellátni vkit élelemmel [ellaatni ailelemmel];
~ meals kosztot adni [kostot ádni]
provided, providing (that) feltéve (hogy) [feltai-ve (hodj)]
provincial vidéki [vidaiki]
provision *(food)* (úti) élelem [(ooti) ailelem]
pub →**public house**
public nyilvános [njilvaanosh]; **~ building** középület
[-aipület];**~ convenience** nyilvános vécé [njilvaanosh
vaitsai]; **~ conveyance** közforgalmi szállítóeszköz
[közforgálmi saaleetaw-esköz]; **~ elementary school**
általános iskola [aaltálaanosh ishkolá]; **~ holiday**
munkaszüneti nap [moonkásüneti náp]; **~ house**
kocsma [kochmá], kisvendéglő [kish-vendaiglő];
~ library kölcsönkönyvtár [kölchönkönjvtaar]; **~**
lighting közvilágítás [-vilaageetaash]; **~ premises**
közterület; **~ relations** közönségszolgálat [közön-
shaig-solgaalát]; **~ road** közút [közoot]; **~ rooms**
közös helyiségek [közösh heyishaigek]; **~ school**
(GB) (magán) középiskola [(mágaan) közaip-ish-
kolá]; *(US)* (nyilvános) általános iskola [(njil-
vaanosh) aaltálaanosh ishkolá]; **~ telephone** nyil-
vános [njilvaanosh] telefon; **~ utilities** közművek;
~ vehicle közhasználati gépjármű [közhásnaaláti
gaip-yaarmű]
publication kiadvány [ki-ádvaanj]
publish *(book)* kiadni [ki-ádni]; *(make known)* közölni
publisher kiadó [ki-ádaw]
pudding puding [pooding]
pull (meg)húzni [-hoozni]; **~ down** lehúzni [-hoozni];
~ in befutni [-footni], beérkezni [-airkezni]; **~ into
a lay-by** lehajtani egy kitérőbe [le-háytáni edj
kitairő-be], leállni (az út szélén) [le-aalni (âz oot

sailain)]; ~ **out** *(extract)* kihúzni [-hoozni]; *(depart)* elindulni [-indoolni], kifutni [-footni]; *(when overtaking)* eléje vág (járműnek) [elay-e vaag (yaarműnek)]; ~ **up** (hirtelen) megállni [-aalni]

pullover pulóver

pulse pulzus [poolzoosh]

pump 1. *n (well, tank)* szivattyú [sivâttjoo], kút [koot]; *(for tyres)* pumpa [poompâ] **2.** *v* szivattyúzni [sivâttjoozni]; ~ **up** felpumpálni [-poompaalni]

punch puncs [poonch]

punctual pontos [pontosh]

punctually pontosan [pontoshân]

puncture gumidefekt [goomi-defekt]; **I have a** ~ kilyukadt a gumim [kiyookâtt â goomim], defektem van [vân]

punish (meg)büntetni

pupil tanítvány [tâneetvaanj]

purchase 1. *n* vétel [vaitel], vásárlás [vaashaarlaash] **2.** *v* venni, vásárolni [vaashaarolni], *(ticket)* (meg)-váltani [vaaltâni]

purchase-price vételár [vaitelaar]

purchase tax forgalmi adó [forgâlmi âdaw]

pure tiszta [tistâ]

purgative hashajtó [hâsh-hâytaw]

purpose szándék [saandaik]; **on** ~ szándékosan [saandaikoshân]

purse erszény [ersainj]

pursue folytatni [foytâtni]

pus genny [gennj]

push (meg)tolni, lökni; ~ **my car, please** kérem tolja meg a kocsimat [kairem tolyâ meg â kochimât]; ~ **bar to open** tolni

pushchair (gyermek-)sportkocsi [(djermek-)shport-ko-chi]

put tenni, helyezni [heyezni]; ~ **aside** félretenni [fail-re-tenni]; ~ **back** visszatenni [vissâ-tenni]; ~ **down**

(place) letenni; *(write)* leírni [le-eerni], felírni [fel-]; ~ **it down** tegye le [te-dje le]!; ~ **down my address** írja fel a címemet [eeryâ fel â tseememet]; ~ **in** betenni, *(fill in)* betölteni; ~ **off** *(postpone)* elhalasztani [-hâlâstâni]; ~ **on** feltenni, *(clothes)* felvenni; ~ **my luggage on the rack, please!** kérem tegye a bőröndömet a poggyásztartóba [kairem te-dje a bőröndömet â poddjaastârtawbâ]!; ~ **on the light** felgyújtani a villanyt [feldjooytâni â villânjt]; ~ **out** *(light)* eloltani [-oltâni], *(cigarette)* elnyomni [-njomni]; **please ~ me through to X** kérem kapcsolja X-et [kairem kâpcholyâ X-et]; ~ **up a tent** sátrat felállítani [shaatrât felaaleetâni]; ~ **sby up** szállást adni [saalaasht âdni] vkinek, elszállásolni [elsaalaasholni] vkit; ~ **sby up for the week-end** szállást adni vkinek a hét végére [saalaasht âdni â hait vaigai-re]; ~ **up at a hotel** szállodában száll meg [saalodaabân saal meg]
putting the shot súlylökés [shooy-lökaish]
puzzle 1. *n* rejtvény [reytvainj] **2. be ~d what to do** nem tudja, mit csináljon [nem toodyâ, mit chinaal-yon]
pyjamas pizsama [pizhâmâ]

Q

qualification képesítés [kaipesheetaish], végzettség [vaigzett-shaig]
qualify minősíteni [minősheeteni]; **qualified for the next (heat etc.)** továbbjutott [tovaab-yootott]; **qualified for the finals** bejutott a döntőbe [be-yootott â döntő-be]

qualifying heat előfutam [-footâm]
quality minőség [minőshaig]
quantity mennyiség [mennji-shaig]
quarrel veszekedés [vesekedaish], vita [vitâ]
quarter negyed(rész) [nedj-ed(rais)]; **a ~ of an hour**
negyedóra [nedj-ed-awrâ]; **a ~ past six** negyed
hét [nedj-ed hait]; **a~ to two** háromnegyed [haarom-
nedj-ed] kettő
quarter-final(s) negyeddöntő [nedj-ed-döntő]
quarters szállás [saalaash]
quay rakpart [râkpârt]
queen királynő [kiraaynő]
question kérdés [kairdaish]; **ask sby a~** vkitől kérdezni
[kairdezni] vmit
queue 1. *n* sor [shor] 2. *v~* **(up)** sorban állni [shorbân
aalni]; **~ this side** sorbanállás itt [shorbânaalaash
itt]
quick 1. *a* gyors [djorsh]; **let's have a ~ meal** gyorsan
együnk [djorshân edjünk] vmit 2. *adv* gyorsan
[djorshân]
quick-lunch bar gyorsbüfé [djorsh-büfai], bisztró
[bistro]
quickly gyorsan [djorshân]
quiet csendes [chendesh], nyugodt [njoogodt]
quilt paplan [pâplân]
quinine kinin
quintal métermázsa [maitermaazhâ]
quite *(entirely)* egészen [egaisen], teljesen [telyeshen];
(rather) meglehetősen [meglehetőshen], elég(gé)
[elaig(-gay)]; **~ right!** nagyon helyes [nâdjon
heyesh]!
quiz (program) vetélkedő [vetailkedő]
quote *(repeat words)* idézni [idaizni]; *(name price
etc.)* közölni, feltüntetni; *(refer to)* felhozni (vmit),
hivatkozni [hivâtkozni] (vmire); **the fares ~d** a
feltüntetett/közölt díjtételek [deey-taitelek]

R

rabbi rabbi [râbbi]
rabbit nyúl [njool]
R.A.C. = **Royal Automobile Club** Királyi Autóklub
race 1. *n* verseny [vershenj] **2.** *v* versenyezni [vershenjezni]
racecourse versenypálya [vershenj-paayâ]
racehorse versenyló [vershenj-law]
rack *(hat etc.)* fogas [fogâsh], *(luggage)* csomagtartó [chomâg-târtaw], poggyásztartó [poddjaas-]
racket (tenisz)ütő [(tennis)ütő]
rack-railway fogaskerekű (vasút) [fogâsh-kerekű (vâshoot)]
radar check radar ellenőrzés [râdâr-ellenőrzaish]
radial-ply tyre radiálgumi [râdyaal-goomi]
radiation danger sugárveszély [shoogaar-vesay]
radiator *(heating)* fűtőtest [fűtőtesht]; *(cooling)* hűtő
radio rádió [raadiyaw]; **on the ~** a rádióban [â raadiyawbân]
radioactive radioaktív [râdio-âkteev]
radio-set rádió(készülék) [raadiyaw(kaisülaik)]
radish retek
rail *(fence)* korlát [korlaat]; *(steel)* sín [sheen]; **by ~** vasúton [vâshooton]
rail-car motorkocsi [-kochi]
railing korlát [kórlaat]
railroad *(US)* = **railway**
railway vasút [vâshoot]
railway bridge vasúti híd [vâshooti heed]
railway carriage vasúti kocsi [vâshooti kochi]
railway guide (vasúti) [vâshooti] menetrend
railway station vasútállomás [vâshoot-aalomaash], pályaudvar [paayâ-oodvâr]
railway ticket menetjegy [menet-yedj]

rain 1. *n* eső [eshő]; **it looks like ~** esőre áll [eshő-re aal], esni fog [eshni fog] **2.** *v* **it is ~ing** esik (az eső) [eshik (âz eshő)]; **it is ~ing hard** ömlik/zuhog (az eső) [ömlik/zoohog (âz eshő)]
rainbow szivárvány [sivaarvaanj]
raincoat esőkabát [eshőkâbaat]
rainfall esőzés [eshőzaish]
rainy esős [eshősh]
raisin mazsola [mázholâ]
rally 1. *v* összegyűlni [össe-djűlni] **2.** *n* (nagy)gyűlés [nâdj-djűlaish]; *(car)* „rallye"
ran → run
at random találomra [tâlaalomrâ]
range 1. *n (row)* sor [shor]; *(area)* terület, tér [tair]; *(extent)* terjedelem [teryedelem], skála [shkaalâ]; *(cooking-stove)* tűzhely [-hey]; **~ of mountains** hegylánc [hedj-laants] **2.** *v (extend)* (ki)terjed [-teryed]
range-finder távmérő [taav-mairő]
rank rang [râng]
rap kopogás [kopogaash]
rapid gyors [djorsh]
rapid-fire pistol (ötalakos) gyorspisztoly [(ötâlâkosh) djorsh-pistoy]
rare ritka [ritkâ]; *(US)* **→underdone**
rarely ritkán [ritkaan]
rascal „betyár" [betjaar], „csibész" [chibais]
rash *(hasty)* elhamarkodott [-hâmârkodott]
rasp reszelő [reselő]
raspberry málna [maalnâ]
rate *(tariff)* díjtétel [deey-taitel] díjszabás [-sâbaash]; tarifa [tárifâ]; *(speed)* sebesség [shebesh-shaig]; **rates** díjszabás [deey-sâbaash], díjtételek [deey-taitelek], tarifa [tárifâ], *(prices)* árak [aarâk]; *(bungalow etc.)* szállásdíj [saalaash-deey]; **~ of exchange** (valuta-)beváltási árfolyam [(vâlootâ-)

bevaaltaashi aarfoyâm]; **at a~ of 40 mph** óránként(i)
40 mérföldes sebességgel [awraankaint(i) nedjven
mairföldesh shebesh-shaig-gel]; **at any~** mindeneset-
re [-eshet-re]

rather *(comparison)* inkább [inkaab]; *(somewhat)*
meglehetősen [megle-hetőshen], elég [elaig]; **you
should ~ go** jobb lenne ha, mennél [yobb len-ne
hâ mennail]; **it's ~ expensive** kicsit drága [kichit
draagâ]

ration adag [âdâg]

rattle zörögni

raw nyers [njersh]

ray sugár [shoogaar]

razor borotva [borotvâ]; *(elctric)* villanyborotva
[villânj-borotvâ]

razor-blade borotvapenge [borotvâ-pen-ghe]

razor cut borotvahajvágás [borotvâ-hâyvaagaash]

Rd. *(=road)* út [oot]

reach 1. *v* elérni [el-airni]; *(arrive)* megérkezni [meg-
airkezni]; **can be ~ed** megközelíthető [meg-közeleet-
hető] **2.** *n* **within easy ~** könnyen elérhető/megköze-
líthető [könnjen elair-hető/meg-közeleet-hető]

read (el)olvasni [-olvâshni]; **~ for an exam** vizsgára
készülni [vizhgaarâ kaisülni]

readily szívesen [seeveshen]

reading olvasás [olvâshaash]

reading-lamp olvasólámpa [olvâshaw-laampâ]

reading matter (úti) olvasmány [(ooti) olvâsmaanj],
olvasnivaló [olvâshni-vâlaw]

ready kész(en) [kais(en)]; **I'm ~** kész vagyok [kais
vâdjok]; **be ~ to go** *(or:* **for the trip)** útrakészen áll
[ootrâ-kaisen aal]; **get ~ for the journey** előkészülni/
felkészülni az útra [-kaisülni âz ootrâ]; **make sth
~ elkészíteni** [elkaiseeteni] vmit; **when is it ~?**
mikor lesz kész(en) [mikor les kais(en)]?, mikorra
készül el [mikorrâ kaisül el]?; **~ money/cash** kész-

pénz [kais-painz]; **pay (in)** ~ **money** készpénzben [kaispainzben] fizetni

ready-made clothes készruha [kais-roohâ]

real igazi [igâzi], valódi [vâlawdi]

realize *(be conscious of)* tisztában [tistaabân] lenni (vmivel)

really igazán [igâzaan], valóban [vâlawban]

reap aratni [ârâtni]

rear 1. *n* hátsó rész [haat-shaw rais], hátulja [haatool-yâ]; **at the** ~ hátul [haatool] **2.** *a* hátsó [haat-shaw]; ~ **light** hátsó lámpa [laampâ]; ~ **seat** hátsó ülés [ülaish]; ~ **window** hátsó ablak [âblâk]

rear-view mirror visszapillantó [vissâpillântaw] tükör

reason *(cause)* ok; *(mind)* értelem [airtelem]; **the** ~ **why** ... az oka ... [âz okâ]

reasonable ésszerű [ais-serű]; *(price)* elfogadható [elfogâd-hâtaw]

rebuild újjáépíteni [ooyyaa-aipeeteni]

receipt *(receiving)* átvétel [aatvaitel]; *(written statement)* nyugta [njooktâ], (átvételi) elismervény [(aatvaiteli) elishmervainj]; **on** ~ átvételkor [aatvaitelkor]

receive *(get)* (meg)kapni [-kâpni], átvenni [aatvenni]; *(welcome)* fogadni [fogâdni]; ~**d with thanks** köszönettel átvettem [kösönettel aatvettem]

receiver (telefon)kagyló [-kâdjlaw]; *(radio)* vevőkészülék [vevőkaisülaik]

recent új [ooy] (keletű), friss [frissh]

recently mostanában [moshtânaabân], újabban [ooyâbbân]

reception fogadás [fogâdaash], recepció [retsep-tsiyaw]

reception clerk →**receptionist**

reception desk (szálloda)porta [(saalodâ)portâ], recepció [retsep-tsiyaw]

receptionist fogadóportás [fogâdaw-portaash]

recipe recept [retsept]

recital szólóest [saw-law-esht]

reckon kiszámítani [-saameetâni], számolni [saamol-ni]

reclaim visszakövetelni [vissâkövetelni]; *(luggage)* kiváltani [kivaaltâni]

recognize felismerni [-ishmerni], megismerni

recommend ajánlani [âyaanlâni]; **can you ~ (me) a good hotel?** tud nekem egy jó szállodát ajánlani [tood nekem edj yaw saalodaat ayaanlâni]?

recommendation ajánlás [âyaanlaash], ajánlólevél [âyaanlaw-levail]

reconfirm megerősíteni [megerősheeteni], érvényesíteni [airvainjesheeteni]

record 1. *n (account)* feljegyzés [-yedjzaish], jegyzőkönyv [yedjző-könjv]; *(gramophone)* (hang)lemez [(hâng)-]; *(sports)* csúcs [chooch] 2. *v* feljegyezni [yedjezni]; *(on tape)* felvenni

recording felvétel [felvaitel]

record-player lemezjátszó [-yaatsaw]

record shop hanglemezbolt [hâng-]

recover *(get back)* visszakapni [vissâkâpni]; *(become well)* meggyógyulni [meg-djawdjoolni]; *(a vehicle after accident)* elszállítani [-saaleetâni]

recovery (fel)gyógyulás [-djawdjoolaash]; *(of a car)* elszállítás [-saaleetaash]

recovery truck autómentő [outaw-mentő]

recreation szórakozás [sawrâkozaash], kikapcsolódás [kikâpcholawdaash]

red piros [pirosh], vörös [vörösh]; **~ light** piros fény [pirosh fainj]; **~ wine** vörös [vörösh] bor

Red Cross Vöröskereszt [vörösh-kerest]

reduce csökkenteni [chökkenteni]; **~ speed** csökkenteni a sebességet [â shebesh-shaiget], lassítani [lâsh-sheetâni]; *(notice)* lassíts [lâsh-sheech]!

reduced kedvezményes [kedvezmainjesh], mérsékelt (árú) [mair-shaikelt (aaroo)]; **~ fares** kedvezményes

menetdíjak [kedvezmainjesh menet-deeyàk]; ~
prices leszállított árak [le-saaleetott aaràk]
reduction csökkentés [chökkentaish], kedvezmény
[kedvezmainj], *(of prices)* leszállítás [le-saalee-
taash]; ~ **for students** diákkedvezmény [diyaak-
kedvezmainj]
reel tekercs [tekerch], orsó [orshaw]
re-enter újra belépni [ooyrà be-laipni]
re-exchange visszaváltani [vissà-vaaltàni]
refer *(to)* hivatkozni [hivâtkozni] (...ra/...re);
vonatkozik [vonâtkozik] (...ra/...re); utalni
[ootâlni] (...ra/...re); **it does not** ~ **to you** ez
nem vonatkozik [vonâtkozik] önre
referee játékvezető [yaataikvezető]
reference *(referring)* utalás [ootâlaash], hivatkozás
[hivâtkozaash]; *(information)* tájékozódás [taayai-
kozawdaash]; *(recommendation)* referencia; **with** ~
to your letter hivatkozással levelére [hivâtkozaash-
shàl lev-el-aire]
referring to ...ra/...re vonatkozólag [vonâtkozaw-
làg]
refill 1. *n* (golyóstoll)betét [(goyawsh-toll)betaìt] 2.
v újra [ooyrâ] tölteni, utántölteni [ootaan-]
reflector fényszóró [fainj-saw-raw]
Reformed református [reformaatoosh]
refresh felüdíteni [felüdeeteni], felfrissíteni [-frish-
sheeteni]
refreshment car büfékocsi [büfai-kochi]
refreshment room büfé [büfai], bisztró [bistro]
light **refreshments** büféáru [büfai-aaroo], frissítők
[frish-sheetők]; *(as a notice)* büfé [büfai]; **have some**
~**s** eszik valamit [esik vàlàmit], eszik valami hide-
get
refrigerator hűtőszekrény [-sekrainj], frizsider [frizhi-
dair]
refuge járdasziget [yaardâ-sighet]

refund 1. *v* visszatéríteni [vissâ-taireeteni] **2.** *n* visszatérítés [vissâ-taireetaish]

refuse 1. *v* visszautasítani [vissâ-ootâsheetâni], megtagadni [-tâgâdni] **2.** *n* szemét [semait]

regard 1. *v* tekinteni; **as ~s** (or: **~ing**) **your letter** ami levelét illeti [âmi levelait il-let-i] **2.** *n* **with ~ to ...** tekintettel ...; **in this ~** ebben a vonatkozásban [â vonâtkozaashbân]; **kind ~s** szívélyes [seevayesh] üdvözlet; **give my ~s to ...** adja át [âdyâ aat] üdvözletemet ...nak/nek

régime rendszer [rend-ser]

region táj [taay], vidék [vidaik]

regional területi, helyi [heyi]

register *(record)* bejegyezni [-yedjezni]; *(letter)* ajánlva feladni [âyaanlvâ felâdni]; *(luggage)* feladni; **~ at a hotel** bejelentkezni *(or:* bejelenteni magát) egy szállodában [be-yelentkezni *(or:* beyelenteni magaat) edj saalodaabân]; **~ with the police** jelentkezni a rendőrségen [yelentkezni â rendőrshaigen]; **~ a letter** ajánlva ad [âyaanlvâ âd] fel levelet; **~ luggage** feladni poggyászt [felâdni poddjaast]; **'~ed through'** háztól-házig feladott [haaztawl haazig felâdott]

registered letter ajánlott levél [âyaanlott levail]

registration *(at a hotel etc.)* bejelentkezés [-yelentkezaish]

registration book *(of car)* forgalmi engedély [forgâlm engeday]

registration mark/number rendszám [rendsaam]

registration plate rendszámtábla [rendsamtaablâ]

registry office anyakönyvi hivatal [anjâkönjvi hivâtâl]

regret sajnálni [shâynaalni]

regular szabályos [sâbaayosh], rendes [rendesh], rendszeres [rendseresh]; *(petrol)* normál [normaal]

regularly szabályosan [sabaayoshân], rendszeresen [rendseieshen]

14

regulate *(traffic)* irányítani [iraanjeetâni], szabályozni [sabaayozni]

regulated parking fizetőparkoló [-pârkolaw]

regulation előírás [-eeraash], rendelkezés [rendelkezaish], szabály [sâbaay]

rehearsal próba [prawbâ]

reimburse megtéríteni [-taireeteni], visszafizetni [vissâfizetni]

reject visszautasítani [vissâ-ootâsheetâni], elvetni

relation *(connection)* kapcsolat [kâpcholât]; *(relative)* rokon

relationship rokonság(i fok) [rokonshaag(i fok)], kapcsolat [kâpcholât]

relative rokon; **stay with ~s** rokonoknál lakni/szállni [rokonoknaal lâkni/saalni]

relax kipihenni magát [ki-pi-henni mâgaat], kikapcsolódni [-kâpcholawdni]

relay (race) váltó(futás) [vaaltaw(footaash)]

relevant vonatkozó [vonâtkozaw]

reliable megbízható [meg-beez-hâtaw]

relic emlék [emlaik]

relief train mentesítő vonat [mentesheető vonât]

religion vallás [vâllaash]

religious vallásos [vâllaashosh]

rely *(on, upon)* bízni [beezni] (. . .ban/ben), számítani [saameetâni] (. . .ra/re); **you may ~ upon it** . . . számíthat rá . . . [saameet-hât raa]

remain maradni [mârâdni]

remaining fennmaradó [-mârâdaw], megmaradt [-mârâtt]

remark 1. *v* megjegyezni [-yedjezni] **2.** *n* megjegyzés [-yedjzaish]

remarkable említésre méltó [emleetaish-re mailtaw], nevezetes [nevezetesh]

remedy orvosság [orvosh-shaag]

remember emlékezni [emlaikezni]; **I cannot ~** nem

emlékszem [emlaiksem]; ~ **to change at** ... ne
felejtsen el átszállni ... [ne feleychen el aatsaalni];
~ **me to** ... adja át üdvözletemet ... [âdyâ aat
üdvözletemet]

remembrance emlék [emlaik]

remind emlékeztetni [emlaikestetni]; **that** ~s **me**
of ... erről jut eszembe, hogy ... [erről yoot esem-
be, hodj]

remit átutalni [aatootâlni], elküldeni; **kindly** ~ **by**
cheque szíveskedjék csekken befizetni [seeveshked-
yaik chekken befizetni]

remittance átutalás [aatootâlaash] elküldés [elkül-
daish]; *(the sum)* átutalt összeg [aatootâlt
össeg]

remote távoli [taavoli]

remove elmozdítani [-mozdeetâni], levenni, eltávolí-
tani [-taavoleetâni]

rendezvous (megbeszélt) találkozó [(megbesailt) tâlaal-
kozaw], randevú [rândevoo]

renew felújítani [-ooyeetâni]; *(replace)* (ki)cserélni
[-cherailni]

renovation tatarozás [tâtârozaash], átépítés [aataipee-
taish]

rent 1. *n* bérleti díj [bairleti deey], bér [bair]; *(for*
rooms) lakbér [lâkbair]; *(US)* **for** ~ kiadó [ki-
âdaw] 2. *v (take on rental, car etc.)* bérelni [bair-
elni], bérbe [bair-be] venni; *(a flat)* kivenni; *(let)*
bérbe adni [bair-be âdni], kiadni [ki-âdni]; **where**
can I ~ ...? hol bérelhetek [hol bairel-hetek]?;
~ **a car** *(to hire)* kocsit bérelni [kochit bairelni];
(to hire out) kocsit kölcsönözni [kochit kölchö-
nözni]; *(the agency renting cars)* autókölcsönző
[outaw-kölchönző], gépkocsikölcsönző [gaipkochi-],
„rent a car"

rental *(the sum)* bérleti díj [bairleti deey], kölcsönzési
díj [kölchönzaishi deey]; *(the car)* bérautó [bair-

14*

outaw], bérgépkocsi [-gaipkochi], „rent a car"
kocsi [kochi]
repair 1. *v* megjavítani [-yâveetâni]; **can you ~ this?**
meg tudja ezt javítani/csinálni [meg toodyâ est
yâveetani/chinaalni]?; **have sth ~ed** megjavíttatni
[-yâveet-tâtni] vmit 2. *n* javítás [yâveetaash]; **~s**
javítások [yâveetaashok], javítási munkák [yâvee-
taashi moonkaak]
repairer →**repair shop**
repair shop autójavító [outaw-yâveetaw], javítómű-
hely [yâveetaw-műhely], „AFIT" [âfit]
repay visszafizetni [vissâ-fizetni]
repeat megismételni [-ishmaitelni]
replace pótolni [pawtolni], kicserélni [ki-cherailni];
it must be ~d ki kell cserélni [cherailni]
reply 1. *v* válaszolni [vaalâsolni], felelni 2. *n* válasz
[vaalâs]
reply-coupon válaszkupon [vaalâs-koopon]
report 1. *n* jelentés [yelentaish]; *(school)* bizonyítvány
bizonjeetvaanj] 2. *v* (be)jelenteni [-yelenteni]; **you
must ~ the accident to the police** értesíteni kell a
rendőrséget a balesetről [airtesheeteni kell â rendőr-
shaiget â bâl-eshetről]; **~ it to the insurance com-
pany** be kell jelenteni a biztosítónak [be kell yelen-
teni â bistosheetawnâk]
reporter riporter
represent *(act for)* képviselni [kaipvishelni]; *(show)*
mutatni [mootâtni]
representative képviselő [kaipvishelő]
republic köztársaság [köstaar-shâshaag]; **people's ~**
népköztársaság [naip-]
reputed (jó) hírű [yaw heerű]
request 1. *n* kérés [kairaish], kívánság [keevaanshaag];
on~ kívánatra [keevaanâtrâ]; **at the~ of . . . . .** ké-
résére [kairai-shai-re]; **buses stop by ~** feltételes
megálló [feltaitelesh megaalaw] 2. *v* (meg)kérni

[-kairni]; ~ **sth from sby** kérni [kairni] vktől vmit; **you are** ~**ed to** ... kérjük ... [kairyük], szíveskedjen(ek) ... [seeveshkedyen(ek)]; **Mrs X** ~**s the pleasure of your company** ... Xné szívesen látja önt ... [-nai seeveshen laatyâ önt]

request stop feltételes megálló [feltaitelesh megaalaw]

require *(need)* szüksége van [sük-shaig-e vân] vmire; ... **is** ~**d** szükséges ... [sük-shaigesh], kell ...; ... **is not** ~**d** nem szükséges ... [sük-shaigesh]; **he is** ~**d to report** ... köteles jelenteni ... [kötelesh yelenteni]

rescue *v* megmenteni

research kutatás [kootâtaash]

research worker tudományos kutató/munkatárs [toodomaanjosh kootâtaw/moonkâtaarsh]

resemble hasonlítani [hashonleetâni] (vkire)

reservation *(hotel)* szobafoglalás [sobâfoglâlaash]; ~ **of seat(s)** *(plane etc.)* helyfoglalás [heyfoglâlaash]; *(train)* helyjegyváltás [hey-yedj-vaaltaash]; **make a** ~ *(in a hotel)* szobát foglalni [sobaat foglâlni], lefoglalni egy szobát [lefoglâlni edj sobaat]; *(on a train)* helyjegyet váltani [hey-yedjet vaaltâni]; *(on a plane)* lefoglalni egy helyet [lefoglâlni edj heyet]

reservation fee helyfoglalási díj [heyfoglâlaashi deey]

reserve 1. *v (room, seat)* lefoglalni [lefoglâlni], foglalni; *(set aside)* lefoglalni [-foglâlni], félretetetni [failretetetni]; ~ **a room** *(at a hotel)* szobát foglalni [sobaat foglâlni], lefoglalni egy szobát [lefoglâlni edj sobaat]; ~ **a seat** *(on a train)* helyjegyet váltani [hey-yedjet vaaltâni]; *(on a plane)* lefoglalni egy helyet [lefoglâlni edj heyet]; *(at a theatre)* félretetetni/lefoglalni egy jegyet [fail-re-tetetni/ lefoglâlni edj yedjet]; ... **is** ~**d** ... le van foglalva [vân foglâlvâ]; ... foglalt [foglâlt] **2.** *n (sth stored)*

tartalék [tártâlaik]; *(area)* természetvédelmi [ter-
maiset-vaidelmi] terület
reserved foglalt [foglâlt]; ~ **seat** *(at a theatre)* fenntar-
tott hely [fenntârtott hey]; ~ **seat ticket** *(on train)*
helyjegy [hey-yedj]
residence (állandó) lakhely [(aalândaw) lâk-hey]
resident helybeli (lakos) [heybeli (lâkosh)]
residential *(course)* bennlakásos [benn-lâkaashos]; ~
district/section lakónegyed [lâkaw-nedjed]
resist elenállni [ellen-aalni]
resolution határozat [hâtaarozât]
resort *(place)* üdülőhely [-hey], nyaralóhely [njârâ-
law-]; *(spa)* fürdőhely
respect vonatkozás [vonâtkozaash]; **in all ~s** minden
szempontból [sempontbawl]
respectively illetve [il-let-ve]
respond válaszolni [vaalâsolni], reagálni [re-âgaal-
ni]
responsibility felelősség [fel-elősh-shaig]
responsibility insurance felelősségbiztosítás [felelősh-
shaig-bistosheetaash]
responsible felelős [fel-elősh]
rest 1. *n (quiet)* pihenés [pihenaish] **2.** *v* pihenni
the **rest** a többi, *(plural)* a többiek [többi-ek]
restaurant étterem [ait-terem], vendéglő [vendaiglö]
restaurant car étkezőkocsi [aitkező-kochi]
restriction korlátozás [korlaatozaash], megszorítás
[-soreetaash]
rest room *(US)* mosdó [mozhdaw]
result *n* eredmény [eredmainj], következmény [követ-
kezmainj]
retire visszavonulni [vissâ-vonoolni]; *(on a pension)*
nyugdíjba [njoogdeeybâ] menni
return 1. *n (coming back)* visszatérés [vissâ-tairaish],
hazautazás [hâzâ-ootâzaash], visszautazás [vissâ-];
many happy ~s of the day! Isten éltesse(n) (sokáig)

[ishten ailtesh-she(n) (shokaayig)]!; **in ~ for . .
. . .** fejében [feyaiben] **2.** *v* visszautazni [vissâ-
ootâzni], hazautazni [hâzâ-ootâzni], visszatérni
[vissâ-tairni]

return fare(s) menettérti út/jegy(ek) ára [menet-tairti
oot/yedj(ek) aarâ]

return journey hazautazás [hâzâ-ootâzaash], visszauta-
zás [vissâ-]

return ticket menettérti jegy [menet-tairti yedj]

revaccination újraoltás [ooyrâ-oltaash]

reverse *(move backwards)* tolatni [tolátni]

reversing tolatás [tolâtaash]

review *(criticism)* ismertetés [ishmertetaish]

ᶾ visit újra felkeresni/meglátogatni [ooyrâ felkereshni/
meglaatogâtni]

reward jutalom [yootâlom]

rheumatism reuma [re-oomâ]

rib borda [bordâ]

rice rizs [rizh]

rich gazdag [gâzdâg]

get **rid** *of* megszabadulni [-sâbâdoolni] vmitől

ride 1. *v* lovagolni [lovâgolni]; **~ in a car** autózni
[outawzni], autón [outawn] menni **2.** *n (journey)*
utazás [ootâzaash]; **go for a~** autózni megy [outawz-
ni medj]

rider lovas [lovâsh]

ridiculous nevetséges [nevet-shaigesh]

riding lovaglás [lovâglaash]

riding-boots lovaglócsizma [lovâglaw-chizmâ]

riding-breeches lovaglónadrág [lovâglaw-nâdraag]

rifle puska [pooshkâ]

right¹ *(contrasted with 'left')* jobb (oldal) [yobb (oldâl]);
keep (to the) ~! jobbra hajts [yobbrâ hâych]!; **~
bend/curve** útkanyarulat jobbra [ootkânjâroolât
yobbrâ]; **~ lane →lane; on the ~ (side)** *(to)* jobbra
[yobbrâ], *(at)* jobb oldalon [yobb oldâlon]; **no ~**

turn! jobbra bekanyarodni tilos [yobbra bekánjárodni tilosh]!

right² *(correct)* helyes [heyesh]; *(suitable)* megfelelő; **he is ~** igaza van [igâzâ vân]; **all ~!** rendben van [vân]!, jó [yaw]!, helyes [heyesh]!; **that's ~!** úgy van [oodj vân]!, helyes [heyesh]!; **the ~ time** a pontos [â pontosh] idő; **is this the ~ train/bus for ...?** ez a vonat/busz megy ... felé? [ez â vonât/boos medj ... felai]?; **~ away** azonnal [âzonnâl]

right³ *(just claim)* jog [yog]; **~ to appeal** fellebbezési jog [fellebbezaishi yog]

right-hand jobb oldali [yobb oldâli]; **~ side** jobb oldal [yobb oldâl]

right-of-way (áthaladási) elsőbbség [(aat-hâlâdaashi) elshőbb-shaig]; **gives the ~** megadja az elsőbbséget [megâdyâ âz elshőbb-shaiget]; **has the ~ (over)** elsőbbsége van vkivel szemben [elshőbb-shai-ge vân ... vel semben]

rim szegély [segay], perem

ring *(circular band)* karika [kârikâ], gyűrű [djűrű]

ring¹ 1. *v* **~ the bell** csengetni [chengetni]; **the bell ~s** szól a csengő [sawl â chengő]; **~ sby up** *(on the telephone)* felhívni [fel-heevni] vkit (telefonon); **~ for the ambulance** hívja a [heevyâ â] mentőket 2. *n* **there was a ~ at the door** csengettek [chenget-tek]; **give me a ~ tomorrow** hívjon fel holnap [heevyon fel holnâp]!

rink korcsolyapálya [korchoyâ-paayâ]

rinse (ki)öblíteni [-öbleeteni]

ripe érett [airett]

rise 1. *v* *(stand up)* felkelni, felállni [-aalni]; *(go upwards)* (fel)emelkedni 2. *n* (fel)emelkedés [-emelkedaish]

risk kockázat [kotskaazât]; **at one's own ~** saját felelősségére [shâyaat fel-elősh-shaig-air-e]

river folyó [foyaw]; **the River Danube** a Duna [â doonâ]; **the River Tisza** a Tisza [â tisâ]

riverside folyópart(i) [foyaw-pârt(i)]

river trip sétahajózás [shaitâ-hâyawzaash]

road út [oot], közút [közoot]; *(roadway)* úttest [oottesht]; **main and subsidiary ~s** fő- és mellékútvonalak [fő- aish mellaik-ootvonâlâk]; **~ reserved for motor traffic** autóút [outaw-oot]; '**~ narrows**' útszűkület [ootsűkület]; **~ closed/blocked** út elzárva [oot elzaarvâ]

road accident közúti baleset [közooti bâl-eshet]

road-atlas autótérkép [outaw-tairkaip]

road bridge közúti híd [közooti heed]

road conditions útviszonyok [ootvisonjok]

road island terelősziget [-siget]

road map autótérkép [outaw-tairkaip]

road markings útburkolati jelek [ootboorkolâti yelek]

road number útszámozás [oot-saamozaash]

road (patrol) service országúti segélyszolgálat [orsaagooti shegay-solgaalât], *(the yellow car)* ,,sárga angyal'' [shaargâ ândjâl]

roadside *a* útmenti [ootmenti], országúti [orsaagooti]; **~ repair** országúti hibaelhárítás [hibâ-elhaareetaash]; **~ telephone** segélyhívó telefon(készülék) [shegay-heevaw telefon(kaisülaik)]

road sign (közúti) jelzőtábla [(közooti) yelző-taablâ]

roadway úttest [oot-tesht], útpálya [-paayâ]

road works (ahead) közúton folyó munkák [közooton foyaw moonkaak]

roast 1. *v* (meg)sütni [-shütni]; *(coffee)* pörkölni **2.** *n* sült (hús) [shült (hoosh)]

roast beef marhasült [mâr-hâ-shült]

roast chicken sült csirke [shült chir-ke]

roast meat sült hús [shült hoosh], pecsenye [pechenje]

roast pork sertéssült [shertaish-shült]

rob *(sth)* ellopni; *(sby)* kirabolni [-râbolni]; **I have been ~bed!** kiraboltak [kirâboltak]!

rock szikla [siklâ]; **on the ~s** *(of drinks)* ... jégkoc- kákkal [yaig-kotskaakkâl]

rod vessző [vesső], pálca [paaltsâ], rúd [rood]

rod and line horgászbot (és zsinór) [horgaasbot (aish zhinawr)]

rode →**ride 1.**

roe őz

role szerep [serep]

roll 1. *n (of paper etc.)* tekercs [tekerch]; *(baked)* zsemlye [zhem-ye]; *(list)* névsor [naiv-shor] **2.** *v (cause to roll)* gurítani [gooreetâni]; *(is rolling)* gurulni [gooroolni]

Roman római [rawmâyi]

romantic romantikus [romântikoosh]

roof tető, fedél [fedail]

roof-rack csomagtartó [chomâgtârtaw] (tetőn)

room szoba [sobâ]; *(space)* (férő)hely [(fairő)hey]; **I had a ~ reserved for** ... foglaltam egy szobát ... részére [foglâltâm edj sobaat ... raisaire]; →**book 2.; ~ No. 3** a hármas szoba [â haarmâsh sobâ]; **~ with private bath** szoba fürdőszobával [sobâ fürdősobaavâl]; **~ with three beds** háromágyas szoba [haaromaadjâsh sobâ]; **~s** *(=flat)* lakás [lâkaash]; **~s to let** szoba kiadó [sobâ ki-âdaw], kiadó szobák [sobaak]; **have you any ~s to let?** van kiadó szobája [vân ki-âdaw sobaayâ]?

room service szobaservice [sobâ-serviz]

root *n* gyökér [djökair]

rope kötél [kötail]

rose rózsa [raw-zhâ]

rotary *(US)* = **roundabout**

rough durva [doorvâ]; *(sea)* viharos [vihârosh]

roughly durván [doorvaan]

round 1. *a* kerek **2.** *adv, prep* körbe(n) körül; **~ the**

corner a sarkon túl [â shârkon tool] **3.** *n (athletics)* futam [footâm], *(boxing)* menet, *(football)* forduló [fordoolaw]

roundabout körforgalom [körforgâlom]

round-the-clock éjjel-nappal [ayyel-nâppâl]

round trip *(US) (to and from)* oda-vissza út/utazás [odâ-vissâ oot/ootâzaash], menettérti út [menet-tairti oot]; *(GB) (circular)* körutazás [körootâzaash]

round-trip ticket *(US)* menettérti jegy [menet-tairti yedj]

route útvonal [ootvonâl], útirány [ootiraanj]

row¹ *n (of people etc.)* sor [shor]

row² *v (a boat)* evezni

rowing evezés [evezaish]

rowing-boat (evezős)hajó [(evezősh)hâyaw], csónak [chawnâk]

royal királyi [kiraayi]

rub dörzsölni [dörzhölni]

rubber gumi [goomi]

rubber boot(s) gumicsizma [goomi-chizmâ]

rubbish szemét [semait]

rucksack hátizsák [haati-zhaak]

rudder kormány(lapát) [kormaanj(lâpaat)]

rude durva [doorvâ]

rug (úti)takaró [(ooti)tâkâraw]

ruins romok

rule *(regulation)* szabály [sâbaay], előírás [elő-eeraash]; *(government)* uralom [oorâlom]; **rules** szabályok [sâbaayok], szabályzat [sâbaayzât]; ~**(s) of the road** a Közúti Közlekedés Szabályai [â közooti közlekedaish sâbaayâ-i], KRESZ [kres]; **as a** ~ [rendszerint [rendserint], általában [aaltâlaabân]

rum rum [room]

Rumania Románia [romaaniâ]

Rumanian román [romaan]

rumour hír [heer]
rumpsteak ramsztek [râmstek]
run 1. *v* futni [footni], szaladni [sâlâdni]; *(of vehicle)* futni [footni], menni; *(of public conveyances)* közlekedni; *(manage)* vezetni; *(of water)* folyik [foyik]; **buses ~ every ten minutes** autóbuszok közlekednek tíz percenként [outaw-boosok közlekednek teez pertsenkaint]; **is not ~ning** *(e.g. bus)* nem közlekedik; **~ a car** kocsit tartani [kochit târtâni]; **~ down** leszaladni [lesâlâdni]; **the battery is ~ down** kimerült az akku [âz âkkoo]; **~ into** beleszaladni [bel-e-sâlâdni]; **~ out of sth** kifogy [kifodj] vmije; **~ over** elgázolni [-gaazolni]; **~ through** átfutni [aatfootni] **2.** *n* futás [footaash]
run-down *(battery)* kimerült (akku)
runner futó [footaw]
running 1. *n* futás [footaash] **2.** *a* **in ~ order** üzemképes állapotban [üzemkaipesh aalâpotbân]; **hot and cold ~ water** hideg és meleg folyóvíz [hideg aish meleg foyaw-veez]
running commentary/description helyszíni közvetítés [heyseeni közveteetaish]
running cost üzemköltség [-kölchaig]
runway kifutó(pálya) [kifootaw(paayâ)], felszállópálya [felsaalaw-]
rural vidéki [vidaiki]
rush rohanni [rohânni], sietni [shiyetni]
rush hours →peak hours
Russian orosz [oros]; **(s)he speaks ~** beszél/tud oroszul [besail/tood orosool]
rust rozsda [rozhdâ]
rustproof rozsdamentes [rozhdâmentesh]
rye rozs [rozh]
rye-bread rozskenyér [rozh-kenjair]

S

sabre kard [kârd]

sack zsák [zhaak]

sad szomorú [somoroo]

saddle nyereg [njereg]

safe biztonságos [bistonshaagosh], biztos [bistosh]; *(unhurt)* ép(en) [aip(en)]

safely épségben [aip-shaigben], szerencsésen [serenchaishen]

safety biztonság [bistonshaag], *(public)* közbiztonság [köz-]

safety belt biztonsági [bistonshaagi] öv

safety helmet bukósisak [bookaw-shishâk]

safety-match(es) gyufa [djoofâ]

safety-pin biztosítótű [bistosheetaw-tű]

safety-razor önborotva [-borotvâ], zsilett [zhilett]

said nevezett; →**say**

sail 1. *n* vitorla [vitorlâ] **2.** *v (in a sailing-boat)* vitorlázni [vitorlaazni]; *(travel in a ship)* hajón menni/utazni [hâyawn menni/ootâzni], hajózni [hâyawzni]; *(begin a voyage)* (el)indulni [-indoolni], kifutni [-footni]

sailing *(in a sailing-boat)* vitorlázás [vitorlaazaash]

sailing-boat vitorlás [vitorlaash]

sailor tengerész [tengerais], matróz [mâtrawz]

sake: for the ~ of ... kedvéért [kedvay-airt], ... miatt [miyâtt]

salad saláta [shâlaatâ]

salad dressing salátaöntet [shâlaatâ-]

salad-oil salátaolaj [shâlaatâ-olây]

salary fizetés [fizetaish]

sale eladás [elâdaash], árusítás [aaroosheetaash]; **for/on ~** eladó [elâdaw]; **~s** *(at reduced prices)*

(engedményes) vásár [(engedmainjesh) vaashaar];
kiárusítás [ki-aaroosheetaash]

sales clerk *(US)* →**shop assistant**

salesman elárusító [elaaroosheetaw]

sales tax forgalmi adó [forgâlmi âdaw]

saleswoman elárusító(nő) [elaaroosheetaw(nő)]

salmon lazac [lâzâts]

saloon *(room)* (dísz)terem [(dees)terem], szalon
[sâlon]; *(US)* kocsma [kochmâ]

saloon bar bár [baar]

saloon deck első osztályú fedélzet [elshő-ostaayoo
fedailzet]

salt só [shaw]; **may I have the ~, please?** kérem a sót
[kairem â shawt]

same ugyanaz [oodjânâz]; **in the ~ place** ugyanott
[oodjânott]; **at the ~ time** ugyanakkor [oodjânâk-
kor]; **in the ~ way** ugyanúgy [oodjânoodj]; **the ~
as ...** ugyanaz/ugyanúgy mint ... [oodjânâz/
oodjânoodj mint]; **it is all the ~** mindegy [mindedj];
the ~ to you! viszont (kívánom) [visont (keevaa-
nom)]!

sample minta [mintâ]

sand homok; **the ~s** (tenger)part [-pârt], strand
[shtrând]

sandal(s) szandál [sândaal]

sandwich szendvics [sendvich]

sandy homokos [homokosh]

sang →**sing**

sanitary egészségügyi [egais-shaig-üdji], tisztasági
[tistâshaagi]; **~ towel/napkin** havikötő [hâvikötő]

sank →**sink 1.**

sardine szardínia [sârdeeniâ]

sat →**sit**

satisfaction kielégítés [ki-elaigeetaish]; megelégedés
[megelaigedaish]

satisfactory kielégítő [ki-elaigeető]

satisfy kielégíteni [-elaigeeteni]; **be satisfied** meg van elégedve [ván elaiged-ve]
Saturday szombat [sombât]; **on ~** szombaton [sombâton]; **free ~** szabad [sâbâd] szombat
sauce mártás [maartaash]
saucepan (nyeles) serpenyő [(njelesh) sherpenjő]
saucer csészealj [chai-se-âyy]
sausage kolbász [kolbaas]
save 1. *v (from danger)* megmenteni; *(money)* megtakarítani [-tâkâreetâni], félretenni [fail-re-tenni] 2. *prep (except)* kivéve [kivai-ve]
savings bank takarékpénztár [tâkâraik-painztaar], OTP [o-tay-pay]
savings-deposit takarékbetét [tâkâraik-betait]
savoury (sós) utóétel [(shawsh) ootaw-aitel]
saw[1] 1. *n* fűrész [fűrais] 2. *v* fűrészelni [fűraiselni]
saw[2] →see
say mondani [mondâni]; **how do you ~ it in Hungarian?** hogy mondják ezt magyarul [hodj mondjaak est mâdjârool]?; **he said ...** azt mondta ... [âst montâ]; **(let us) ~ ...** mondjuk ... [mondjook]; **it is said that** azt mondják (,hogy) ... [ast mondjaak (hodj)]; **that is to ~** azaz [âzâz], vagyis [vâdjish]
scaffolding állványozás [aalvaanjozaash]
scald *(milk)* felforralni [-forrâlni]
scale[1] *(on ruler, thermometer etc.)* (fok)beosztás [-beostaash], skála [shkaalâ]; *(of a map)* méretarány [mairet-âraanj], lépték [laiptaik]; **map on ~ 1 : 2,500,000** a térkép méretaránya 1 : 2,500,000 [â tairkaip mairet-âraanjâ edj â kait-milli-aw ötsaaz-ezer-hez]
scale[2] *(of fish)* pikkely [pikkey]
pair of **scales** mérleg [mairleg]
scandal botrány [botraanj]
scar heg
scarce ritka [ritkâ]

scarcely alig [âlig]; **~ any...** szinte semmi...
[sin-te shemmi]

be **scared** megijedt [meg-iyett]

scarf sál [shaal]

scarlet fever skarlát [shkârlaat]

scene *(stage setting)* szin(hely) [seen(hey)]; *(division of play)* jelenet [yelenet], kép [kaip]; *(in real life)* jelenet [yelenet]; *(view)* látvány [laatvaanj], kép [kaip]; **the ~ is laid in London** a cselekmény Londonban játszódik [â chelekmainj londonbân yaatsawdik]

scenery díszlet [dceslet]

scent *(smell)* illat [illât]; *(liquid)* illatszer [illât-ser], parfüm [pârfüm]

schedule 1. *n* **~(s)** menetrend [menetrend]; **on ~** menetrendszerűen [menetrend-serű-en], pontosan [pontoshân], időre [idő-re] **2.** *v* tervezni, beütemezni [be-ütemezni]; **is ~d** (*=planned*) tervbe van véve [terv-be vân vai-ve], szerepel a programban [serepel â progrâmbân]; **the train is ~d to arrive** *t*... a vonat menetrend szerint ...kor érkezik [â vonât menetrend serint ...kor airkezik]; **as ~d** menetrend szerint [serint]

scheduled menetrendszerű [menetrend-serű]

scheme terv(ezet)

scholarship ösztöndíj [östöndeey]

school iskola [ishkolâ]; *(teaching)* tanítás [tâneetaash]

schoolboy diák [diyaak]

schoolgirl diáklány [diyaak-laanj]

schoolmaster tanár [tânaar]

schoolmistress tanárnő [tânaarnő]

school report bizonyítvány [bizonjeetvaanj]

school-teacher tanító [tâneetaw]

science tudomány [toodomaanj], *(physical)* természettudomány [termaiset-]

scientific tudományos [toodomaanjosh]

scissors olló [ollaw]

scooter *(motor)* robogó [robogaw]

score 1. *n (sports)* eredmény [eredmainj]; *(music)* partitúra [pârtitoorâ]; **what's the ~?** hogy áll a mérkőzés [hodj aal â mairkőzaish]? **2.** *v* **~ a goal** gólt rúgni [gawlt roogni]

scoreboard eredményjelző tábla [eredmainj-yelző taablâ]

Scotch skót [shkawt]; **the ~** a skótok [â shkawtok]

Scotch tape cellux [tselloox]

Scotland Skócia [shkawtsiâ]

Scots, Scottish →Scotch

Scotsman skót (férfi) [shkawt (fairfi)]

Scotswoman skót [shkawt] nő

scout *(boy scout)* cserkész [cherkais]

scrambled eggs rántotta [raantottâ]

scrap darab(ka) [dârâb(kâ)]

scrape kaparni [kâpârni]; **~ off** levakarni [lev-âkâr-ni]

scratch 1. *v* (meg)vakarni [-vâkârni], (meg)karcolni [-kârtsolni] **2.** *n* karcolás [kârtsolaash]

screen *(cinema)* (vetítő)vászon [(veteető)vaason], *(TV)* képernyő [kaip-ernjő]

screw 1. *n* csavar [châvâr] **2.** *v* csavarni [châvârni]; **~ off** lecsavarni; **~ on** rácsavarni [raa-]

screw-driver csavarhúzó [châvâr-hoozaw]

scull *(single)* egypárevezős [edjpaar-evezősh]; **double ~** kétpárevezős [kait-paar-evezősh]

sculptor szobrász [sobraas]

sea tenger; **travel by ~** hajóval/hajón utazni [hâyaw-vâl/hâyawn ootâzni]; **by the ~** a [â] tenger mellett

seafood tengeri hal, rák etc. [hâl, raak]

seal 1. *n (wax)* pecsét [pechait] **2.** *v* lepecsételni [-pechaitelni]; *(fasten)* lezárni [-zaarni]

seam szegély [segay]; varrás [vârraash]

seaport tengeri kikötő

15

search 1. *v* kutatni [kootâtni], keresni [kereshni]
2. *n* kutatás [kootâtaash], keresés [ker-eshaish],
nyomozás [njomozaash]
seashore tengerpart [-pârt]
seasick tengeribeteg
seasickness tengeribetegség [-beteg-shaig]
seaside tengerpart [pârt]; *(attributively)* tenger(part)i
[tenger(pârt)i]
seaside resort tenger(part)i üdülőhely/fürdő(hely)
[tenger(pârt)i üdülőhey/fürdő(hey)]
season *(spring etc.)* évszak [aivsâk]; *(special period)*
évad [aivâd], idény [idainj], szezon [sezon]; **bathing**
~ fürdőidény [-idainj]; **close** ~ tilalmi [tilâlmi] idő;
open ~ *(for hunting)* vadászidény [vâdaas-idainj]
seasonal időszaki [idősâki]; idényjellegű [idainj-yel-
legű]
seasoned fűszeres [fűseresh]
season-ticket bérletjegy [bairlet-yedj]
seat 1. *n* ülés [ülaish], ülőhely [ülőhey], hely [hey];
is there a ~ **vacant?** van egy üres hely [vân edj üresh
hey]?; **this** ~ **is taken** ez a(z ülő)hely foglalt [ez
â(z ülő)hey foglâlt]; **take a** ~ leülni [le-ülni]; **won't
you take a** ~? kérem, foglaljon helyet [kairem,
foglâlyon heyet]!; **take your** ~**s!** *(train etc.)* beszáll-
lás [bes-aalaash]!; **book/reserve a** ~ →**book 2.**, re-
serve 1.; all ~**s are booked** minden jegy [yedj]
elkelt **2.** *v* **please be** ~**ed!** kérem, foglaljanak
helyet [kairem, foglâlyânâk heyet]!
seat belt biztonsági [bistonshaagi] öv; **fasten your** ~**s,
please!** kérem, kapcsolják be a biztonsági öveket
[kairem, kâpchoyyaak be a bistonshaagi öveket]!
seat cover üléshuzat [ülaish-hoozât]
seat reservation helyfoglalás [heyfoglâlaash], helyjegy-
váltás [hey-yedj-vaaltaash]
second 1. *a* második [maashodik]; ~ **class** másodosztály
[maashodostaay]; ~ **floor** *(GB)* második [maasho-

dik] emelet, *(US)* első [elshő] emelet 2. *n (moment)* másodperc [maashod-perts]

secondary school középiskola [közaip-ishkolâ]

second-class másodosztályú [maashodostaayoo]; **travel** ~ másodikon utazni [maashodikon ootâzni]

second-hand használt [hâsnaalt], *(book)* antikvár [antikvaar]; ~ **bookshop** antikvárium [antikvaariyoom]

secret titok

secretaria(e) titkárság [titkaar-shaag]

secretary titkár [titkaar]

section *(part)* rész [rais], szakasz [sâkâs]; *(division of town etc.)* körzet, negyed [nedjed]; *(of office)* részleg [raisleg]

secure 1. *a* biztos [bistosh] **2.** *v* biztosítani [bistosheetâni], (meg)szerezni [-serezni]

security biztonság [bistonshaag]

sedative nyugtató(szer) [njooktâtaw(ser)]

see látni [laatni]; *(view)* megnézni [-naizni], megtekinteni; *(visit)* meglátogatni [-laatogâtni], felkeresni [-kereshni]; *(understand)* (meg)érteni [-airteni]; *(accompany)* elkísérni [-keeshairni]; ~ **you again/later** viszontlátásra [visont-laataashrâ]!; ~ **you on Tuesday** a keddi viszontlátásra [â keddi visont-laataashrâ]!, viszontlátásra kedden!; **glad to** ~ **you!** örvendek!; **how nice to** ~ **you** örülök, hogy látom [hodj laatom]!; **could I** ~ **the room?** megnézhetem a szobát [megnaiz-hetem â sobaat]?; **what is worth** ~**ing here?** mit érdemes itt megnézni [mit airdemesh itt meg-naizni]?; **visitors may** ~ **the ...** a látogatók megtekinthetik a ... [â laatogatawk megtekint-hetik â]; **can be seen** látható [laat-hâtaw]; **let me** ~ **your tongue** mutassa a nyelvét [mootâsh-shâ â njelvait]!; ~ **the doctor** orvoshoz [orvòsh-hoz] menni; **I** ~ **értem** [airtem]; ~ **sby home** hazakísérni [hâzâkeeshairni] vkit;

15*

~ **sby off** kikísérni vkit (az állomásra) [kikeeshairni (âz aalomaashrâ)]; **I'll ~ you off** kikísérem (az állomásra) [kikeeshairem (âz aalomaashrâ)]; ~ **(to it) that**... gondoskodjék róla, hogy... [gondoshkodyaik rawlâ, hodj], nézzen utána, hogy... [naizzen ootaana, hodj]

seed mag [mâg]

seek keresni [kereshni], kutatni [kootâtni]

seem látszik [laat-sik]; **it ~s that**... úgy látszik, hogy... [oodj laat-sik, hodj]

seize megfogni, megragadni [-râgâdni]

seldom ritkán [ritkaan]

select kiválasztani [-vaalâstâni]

selection kiválasztás [-vaalâstaash]

self maga [mâgâ]

self-drive car bérautó vezető nélkül [bair-outaw vezető nailkül]

self-service önkiszolgáló [önkisolgaalaw]; ~ **restaurant** önkiszolgáló étterem [ait-terem]; ~ **shop** önkiszolgáló bolt/üzlet

self-starter önindító [önindeetaw]

sell eladni [elâdni]; **sold by the litre** literre adják [liter-re âdyaak]; **is not to be sold** nem adható [âd-hâtaw] el, nem szabad eladni [nem sâbâd elâdni]

semaphore szemafor [semâfor]

semester félév [fail-aiv], szemeszter [sem-ester]

semifinal(s) középdöntő [közaip-döntő]

semi-motorway autóút [outaw-oot]

seminar szeminárium [seminaaryoom]

send (el)küldeni; ~ **away** elküldeni; ~ **back** visszaküldeni [vissâ-]; ~ **in** beküldeni; ~ **for the doctor** orvost hívni [orvosht heevni]; **please ~ it to**.... kérem, küldje ezt [kairem, küld-ye est] ...nek

sender feladó [felâdaw]

senior idősebb [időshebb]

sense érzék [airzaik], érzet [airzet]; *(feeling)* érzés [airzaish]; *(meaning)* értelem [airtelem]

sensible *(reasonable)* értelmes [airtelmesh], ésszerű [ais-serű]

sent →**send**

sentence mondat [mondât]; *(punishment)* ítélet [eetailet]

separate 1. *a* külön, különálló [-aalaw] **2.** *v* elválasztani [-vaalâstâni], elkülöníteni [-különeeteni]; *(go in different ways)* elválni [-vaalni]

separately külön

separation elválasztás [elvaalâstaash]

September szeptember [september]; **on ~ 7th/8th** szeptember 7-én/8-án [september hetedikain/njoltsâ-dikaan]

series sorozat [shorozât], széria [sairiâ]

serious komoly [komoy], súlyos [shooyosh]

seriously komolyan [komoyân]; **~ ill** súlyos [shooyosh] beteg

serve *(at table)* felszolgálni [-solgaalni], tálalni [taa-lâlni]; *(in shop)* kiszolgálni [-solgaalni]; **are you being ~d?** tetszett már rendelni [tet-sett maar ren-delni]?, tetszik már kapni [tet-sik maar kâpni]?; **dinner is ~d** (a vacsora) tálalva [taalâlvâ] !

service 1. *n (employment)* szolgálat [solgaalât]; *(in a hotel)* kiszolgálás [kisolgaalaash]; *(in a restaurant)* felszolgálás [felsolgaalaash]; *(set of plates etc.)* szerviz [serviz]; *(public transportation)* forgalom [forgâlom], közlekedés [közlekedaish]; *(car etc. maintenance)* szerviz [serviz]; *(worship)* istentiszte-let [ishten-tistelet]; *(tennis)* adogatás [adogâtaash]; **~ included** kiszolgálással együtt [kisolgaalash-shâl eddjütt]; **services** *(to supply public needs)* szolgálta-tások [solgaaltâtaashok]; **the car is in for a ~** szer-vizen van a kocsi [serviz-en vân â kochi] **2.** *v (pro-vide maintenance)* szervizel [serviz-el]; **have the**

car ~d szervizre vinni a kocsit [serviz-re vinni â kochit]

service area pihenő(hely), parkoló(hely) [pârkolaw-(-hey)] (szolgáltatásokkal) [solgaaltâtaashokkâl]

service station *(filling station with servicing)* benzinkútszerviz [benzinkoot-serviz], ÁFOR-szerviz [aafor-serviz]; *(with workshop facilities)* szervizállomás [serviz-aalomaash], (autó)szerviz [(outaw)serviz]

servicing szerviz [serviz]

serviette szalvéta [sâlvaitâ]

session ülés [ülaish]; *(university)* tanév [tânaiv]

set 1. *v (put)* tenni, helyezni [heyezni]; *(adjust)* beigazítani [-igâzeetâni], beállítani [-aaleetâni]; **~ aside** félretenni [fail-re-tenni]; **~ off/out** *(on a journey)* elindulni [-indoolni], útnak indulni [ootnâk indoolni] **2.** *a (fixed)* meghatározott [meg-hâtaarozott]; pontos [pontosh]; **~ meal** menü **3.** *n (of things)* készlet [kaislet]; *(TV or radio receiver)* készülék [kaisülaik]; *(tennis)* játszma [yaatsmâ]

settle *(settle down)* letelepedni [let-elep-edni]; *(fix)* kijelölni [kiyelölni], megszabni [meg-sâbni]; *(decide)* eldönteni; *(pay a bill)* kiegyenlíteni [ki-edjenleeteni], rendezni; **~ down** letelepedni [let-elep-edni]; **I want to ~ my bill** szeretném rendezni a számlámat [seretnaim rendezni â saamlaamât]; **~d** fizetve

seven hét [hait]

seventeen tizenhét [tizen-hait]

seventeenth tizenhetedik

seventh hetedik

seventieth hetvenedik

seventy hetven

several több, különféle [különfail-eh]; **~ times** többször [többsör]

severe *(stern)* szigorú [sigoroo], *(winter)* kemény [kemainj]

sew varrni [vârrni]

sewing-machine varrógép [vårraw-gaip]

sex nem, *(on application form)* neme [nem-e]

shade árnyék [aarnjaik]; *(US)* redőny [redőnj]

shadow árnyék [aarnjaik]

shady árnyékos [aarnjaikosh]

shaft tengely [tengey]

shake (meg)rázni [-raazni]; ~ **hands** kezet fogni; ~ **up** felrázni [-raazni]

shall: I ~ **go** el fogok menni, elmegyek [-medjek]; **I** ~ **arrive tomorrow** holnap érkezem [holnâp airkezem]; **I** ~ **write to you** majd írok önnek [mâyd eerok önnek]; **we** ~ **go** el fogunk [fogoonk] menni, elmegyünk [elmedjünk]; ~ **we be back in time?** időben visszaérünk [vissâ-airünk]?; **I shan't stay** nem fogok maradni [mârâdni], nem maradok [mârâdok]; ~ **I lock the door?** bezárjam az ajtót [bez-aaryâm âz âytawt]?; ~ **we start tomorrow?** holnap induljunk [holnâp indooyyoonk]?

shallow sekély [shekay]

shame szégyen [saidjen]

shampoo *n* (haj)mosás [(hây)moshaash]; sampon [shâmpon]; ~ **and set, please** mosást és berakást kérek [moshaasht aish berâkaasht kairek]

shank lábszár [laabsaar]

shape alak [âlâk], forma [formâ]

share 1. *n* rész [rais]; **have a** ~ **in** érdekelve van [airdekel-ve vân] . . .ben 2. *v* osztozni [ostozni]; ~ **the expenses** közösen vállalják a költségeket [közöshen vaalâlyaak â kölchaigeket]; ~ **a room with sby** egy szobában lakik [edj sobaabân lâkik] vkivel

sharp éles [ailesh]; **at four** ~ pont(ban) négykor [pont(bân) naidjkor]

sharpen megélesíteni [-ailesheeteni], *(pencil)* kihegyezni [-hedjezni]

shave 1. *n* borotválás [borotvaalaash] 2. *v* borotválkozni [borotvaalkozni]

shaver *(electric)* villanyborotva [villânj-borotvâ]
shaving-brush borotvapamacs [borotvâ-pâmâch]
shaving-cream borotvakrém [borotvâ-kraim]
shaving-stick borotvaszappan [borotvâ-sâppân]
shawl sál [shaal]
she ő
shed *(shelter)* fészer [faiser], szín [seen], pajta [pâytâ]
sheep juh [yooh]
sheepskin báránybőr [baaraanj-bőr]
sheet lepedő [lep-edő]; *(paper)* (papír)lap [(pâpeer)-lâp]
shelf polc [polts]
shell kagyló [kâdjlaw]
shelter *(protection)* menedék [menedaik], *(bus etc.)* váróhely [vaaraw-hey]
shift 1. v elmozditani [-mozdeetâni], átrakni [aatrâkni]; *(be shifted)* elmozdulni [-mozdoolni]; ~ **the gears** sebességet váltani [shebesh-shaiget vaaltâni], kapcsolni [kâpcholni] **2.** n *(work in turn)* műszak [műsâk]; **day** ~ nappali [nâppâli] műszak; **night** ~ éjszakai [aysâkâyi] műszak
shilling shilling
shinbone sípcsont [sheep-chont]
shine ragyogni [radjogni], fényleni [fainjleni]; **the sun is shining** süt a nap [shüt â nâp]
ship 1. n hajó [hâyaw]; **on board** ~ hajón [hâyawn], hajó fedélzetén [hâyaw fedailzetain]; **go by** ~ hajón/ hajóval menni [hâyawn/hâyaw-vâl menni] **2.** v (el)szállítani [-saaleetâni]
shipping company hajózási társaság [hâyaw-zaashi taar-shâshaag]
shipping-office hajóügynökség [hâyaw-üdjnökshaig]
shipyard hajógyár [hâyaw-djaar]
...shire ...megye [medj-e]
shirt ing
shiver dideregni

shock *n* lökés [lökaish], rázkódás [raaskawdaash],
ütődés [ütődaish]; *(electric)* áramütés [aaramütaish];
(emotional) megrázkódtatás [megraaskawd-tátaash],
ijedtség [iyett-shaig], sokk [shokk]

shock-absorber lengéscsillapító [lengaish-chillâpee-
taw]

shoe (fél)cipő [(fail)tsipő]; **puts on one's ~s** fel-
húzza a cipőjét [fel-hoozzâ â tsipőyait]

shoe-cream cipőkrém [tsipő-kraim], cipőpaszta [tsipő-
pâstâ]

shoelaces cipőfüző [tsipő-füző]

shoemaker cipész [tsipais]

shoestrings →**shoelaces**

shone →**shine**

shook →**shake**

shoot (le)lőni; **go ~ing** vadászni megy [vâdaasni medj];
~ a film filmet forgatni [forgâtni]

shooting *(sports)* lövészet [lövaiset]; *(hunting)* vadá-
szat [vâdaasât]; *(film)* forgatás [forgâtaash]

shooting-gallery céllövölde [tsail-lövöl-de]

shop 1. *n* bolt [bawlt], üzlet; **when are the ~s open?**
mikor tartanak nyitva az üzletek [mikor târtânâk
njitvâ âz üzletek]? **2.** *v* **go ~ping** bevásárolni megy
[bevaashaarolni medj]; **do one's ~ping** bevásárolni
[bevaashaarolni]

shop assistant elárusító [elaaroosheetaw]

shop hours nyitvatartás(i idő) [njitvâtârtaash(i idő)]

shopkeeper kereskedő [kereshkedő], *(owner)* üzlet-
tulajdonos [üzlet-toolâydonosh]

shopping bevásárlás [bevaashaarlaash]; →**shop 2.**

shopping area üzleti negyed [nedjed]

shopping bag bevásárló szatyor [bevaashaarlaw sâtjor]

shopping centre →**shopping area**

shop-window kirakat [kirâkât]

shore (tenger)part [-pârt]

short rövid; *(person)* alacsony [alachonj]; **~ circuit**

rövidzárlat [-zaarlât]; ~ **drink** rövid ital [itâl]; ~ **story** novella [novellâ]; **for a ~ time** rövid ideig/ időre [ideyig/idő-re]; ~ **wave** rövidhullám [-hoollaam]; **be~ of sth** vmiből kevés van [kevaish vân]

shortage hiány [hiyaanj]

shortcut (út)rövidítés [(oot)rövideetaish], átvágás [aatvaagaash]

shorten megrövidíteni [-rövideeteni]

shortly rövidesen [rövideshen], nemsokára [nemshokaarâ]

shot *(gun; football)* lövés [lövaish]

should: I ~ like to ... szeretnék ... [seretnaik]; **I ~ like a drink** szeretnék valamit inni [seretnaik vâlamit inni]; **I ~ be glad to ...** örülnék, ha ... [örülnék, hâ]; **you ~ write to him** írnia/írnod kellene neki [eerniâ/eernod kell-en-e neki]; **you ~ be more careful** óvatosabbnak kellene lennie/lenned [awvâtoshâbbnâk kell-en-e lenniye/lenn-ed]; **they ~ be here soon** hamarosan itt kell lenniük [hâmâroshân itt kell lenni-ük]; **they ~ be there by now** már ott kell(ene) lenniük [maar ott kell(en-e) lenni-ük]; **you ~ have seen it** látnia/látnod kellett volna [laatniâ/laatnod kellett volnâ]

shoulder *(part of body)* váll [vaal]; *(side of road)* (út)padka [(oot)pâtkâ]

shout 1. *n* kiáltás [ki-aaltaash] **2.** *v* kiáltani [ki-aaltâni]

shove lökni, tolni

shovel lapát [lâpaat]

show 1. *v* (meg)mutatni [-mootâtni]; **please ~ me my room** kérem, mutassa meg a szobámat [kairem, mootâsh-shâ meg â sobaamât]; ~ **sby in** bevezetni vkit; ~ **sby out** kikísérni [kikeeshairni] vkit; ~ **me round the house** mutassa meg nekem a házat [mootâsh-shâ meg nekem â haazât], vezessen körül a házban [vezesh-shen körül â haazbân] **2.** *n (exhibi-*

tion) kiállítás [ki-aaleetaash]; *(entertainment)* műsor [műshor]

shower *(rain)* zápor [zaapor]; *(bath)* zuhany [zoohânj]; **heavy ~** nagy zápor [nâdj zaapor]; *(room)* **with ~** zuhannyal [zoohân-njâl]

shower-bath zuhany(ozó) [zoohânj(ozaw)]

show-room mintaterem [mintâ-], bemutatóterem [bemootâtaw-]

shrink összemegy [össemedj]

shrub bokor

shrunk →**shrink**

shut becsukni [-chookni], bezárni [-zaarni]; **... is ~** *(door)* be van csukva [be vân chookvâ]; *(shop)* zárva van [zaarvâ vân]; **~ off** elzárni [-zaarni], kikapcsolni [-kâpcholni]

shutter *(window)* redőny [redőnj]; *(camera)* zár [zaar]

shy félénk [failaink]

sick beteg; **feel ~** hányingere van [haanj-inger-e vân], rosszul érzi magát [rossool airzi mâgaat]; **be ~** hányni [haanjni]

sick-allowance táppénz [taap-painz]

sickness betegség [beteg-shaig]

side oldal [oldâl]; **by my ~** mellém [mellaim], mellettem; **on this ~** ezen az oldalon [âz oldâlon]; **on each ~ of the Danube** a Duna (mind)két oldalán [â doonâ (mind)kait oldâlaan]; **on the other ~ of the street** az utca másik oldalán [âz oottsâ maashik oldâlaan]

sideboard tálalóasztal [taalâlaw-âstâl]

sidecar oldalkocsi [oldâl-kochi]

sideline oldalvonal [oldâl-vonâl]

sidewalk *(US)* járda [yaardâ], gyalogút [djâlogoot]

sigh sóhaj(tás) [shaw-hây(taash)]

sight *(seeing)* látás [laataash]; *(thing seen)* látvány [laatvaanj]; **be out of ~** nem látható [laat-hâtaw]; **sights** látnivalók [laatni-vâlawk], nevezetességek [nevezetesh-shaigek]; **see the ~s** megnézni/megte-

kinteni a látnivalókat [meg-naizni/megtekinteni â laatni-vâlawkât]
sightseeing városnézés [vaarosh-naizaish]
sightseeing bus városnéző autóbusz [vaaroshnaiző outaw-boos]
sightseeing tour/trip városnéző körséta [vaarosh-naiző kör-shaitâ]
sightseer városnéző [vaarosh-naiző], turista [toorish-tâ]
sign 1. *n* jel [yel]; *(traffic)* jelzőtábla [yelző-taablâ] **2.** *v* aláírni [âlaa-eerni]
signal 1. *n* jelzés [yelzaish], irányjelzés [iraanj-yelzaish]; **give ~(s)**, **give a ~** jelezni [yel-ezni], irányjelzést adni [iraanj-yelzaisht âdni] **2.** *v* jelezni [yelezni]
signalman jelzőőr [yelző-őr]
signature aláírás [âlaa-eeraash]
significant jelentős [yelentősh]
signpost (út)irányjelző tábla [(oot)iraanj-yelző taablâ]
silence csend [chend]
silencer hangtompító [hângtompeetaw]
silent csendes [chendesh]
silk selyem [sheyem]
silly buta [bootâ]
silver ezüst [ezüsht]
similar hasonló [hâshonlaw]
similarity hasonlóság [hâshonlawshaag]
simple egyszerű [edjserű]
simply egyszerűen [edjserű-en]
sin bűn
since 1. *prep* óta [awtâ]; **~ when?** mióta [mi-awtâ]?; **~ 10 o'clock** 10 óra óta [teez awrâ awtâ]; **~ last year** tavaly óta [tâvây awtâ] **2.** *adv* azóta; **how long is it ~?** mennyi ideje [mennji id-ey-e]?; **... has been ill ever ~** azóta is beteg [âzawtâ ish beteg] **3.** *(because)* mivel, miután [mi-ootaan]

sincere őszinte [ősinte]

sincerely *yours* őszinte tisztelettel [ősinte tistelettel], szívélyes üdvözlettel [seevayesh üdvözlettel]

sing énekelni [ainekelni]

singer énekes [ainekesh]

single 1. *a* egyes [eddjesh]; egyetlen [eddjetlen]; *(man)* nőtlen, *(woman)* hajadon [hâyâdon]; ~ **(bed)room** egyágyas szoba [edjaadjâsh sobâ]; ~ **bedroom with bathroom** egyágyas fürdőszobás [fürdő- -sobaash] szoba; ~ **fare** egy(szeri) út ára [edj(seri) oot aarâ], egyszeri utazás költsége [edjseri ootâzaash kölchai-ge]; ~ **journey** egyszeri út/utazás [edjseri oot/ootâzaash], csak oda utazás [châk odâ ootâ- zaash]; ~ **ticket** egyszeri utazásra szóló jegy [edj- seri ootâzaashrâ sawlaw yedj] 2. *n* →**single ticket;** ~ **or return, please?** csak oda (kéri) [châk odâ (kairi)]?; ~, **please!** csak oda (kérem) [châk odâ (kairem)]!; **one second-class** ~ **for Pécs** kérek egy másodikat Pécsre (csak oda) [kairek edj maashodi- kât paich-re (châk odâ)]

singular *(grammatically)* egyes (számú) [eddjesh (saa- moo)]

sink 1. *v* elsüllyedni [el-shüyyedni] 2. *n*, (konyhai) mosogató [(konjhâyi) moshogâtaw]

siphon bottle autoszifon [outosifon], szódásüveg [sawdaash-üveg]

sir *(in addressing)* uram [oorâm]!

sirloin vesepecsenye [vesh-e-pechenje]

sister nővér [nővair], testvér [teshtvair]

sister-in-law sógornő [shawgornő]

sit ülni; ~ **back** hátradőlni [haatrâ-dőlni], kényelembe tenni magát [kainjelembe tenni mâgaat]; ~ **down, please!** foglaljon helyet [foglâyyon heyet]!; ~ **for an exam** vizsgázni [vizhgaazni]; ~ **up** fennmaradni [fenn-mârâdni]

site telek; házhely [haaz-hey]

sitting ülés [ülaish]; **the first ~** az első turnus [âz elshö toornoosh]
sitting-room nappali [nåppåli]
is **situated** ... terül el, ... fekszik [feksik]
situation helyzet [heyzet]; *(employment)* állás [aalaash]
six hat [hât]
sixpence hat [hât] penny; *(coin)* hatpennys [-penny-sh]
sixpenny hatpennys [hât-penny-sh]
sixteen tizenhat [tizen-hât]
sixteenth tizenhatodik [tizen-hâtodik]
sixth hatodik [hâtodik]; **the ~ form** *(in Hungary)* a negyedik osztály [â nedjedik ostaay]
sixtieth hatvanadik [hâtvânâdik]
sixty hatvan [hâtvân]
size méret [mairet]; *(number)* szám [saam]; **what ~, please?** milyen méretben [miyen mairetben]?, *(shoes)* milyen számban [miyen saambân]?
skate 1. *n* korcsolya [korchoyâ] **2.** *v* korcsolyázni [korchoyaazni]
skating korcsolyázás [korchoyaazaash]
skating-rink korcsolyapálya [korchoyâ-paayâ]
sketch vázlat [vaazlât]
sketch-book vázlatkönyv [vaazlât-könjv]
ski 1. *n* sí [shee]; **(a pair of) ski(s)** siléc(ek) [shee-laits(ek)] **2.** *v* sízni [sheezni], sielni [shee-elni]
skid (meg)csúszni [choosni], farolni [fârolni]
skidding (meg)csúszás [-choosaash], farolás [fârolaash]
skid mark(s) féknyom [faik-njom]
skier síző [sheező]
skiing sízés [sheezaish]
skilful ügyes [üdjesh], gyakorlott [djâkorlott]
ski-lift sílift [shee-lift]
skill ügyesség [üdjesh-shaig], hozzáértés [hozzaa-airtaish]
skilled workman szakmunkás [sâkmoonkaash]
skin bőr

skirt szoknya [soknjâ], alj [âyy]
skull koponya [koponjâ]
sky ég [aig], égbolt [aigbolt]
skyscraper felhőkarcoló [felhő-kârtsolaw]
slack laza [lâzâ]
slacken *(make loose)* (meg)lazítani [(meg)lâzeetâni]; *(slower)* (le)lassítani [(le)lâsh-sheetâni]; *(become slower)* lelassulni [-lâsh-shoolni]
slacks pantalló [pântâllaw]
slanting ferde [fer-de], lejtős [leytősh]
sledge szán(kó) [saan(kaw)]
sleep 1. *n* alvás [âlvaash]; **go to ~** elaludni [elâloodni] **2.** *v* aludni [âloodni]; **he is ~ing** alszik [âlsik]; **did you ~ well?** jól aludt [yawl âloott]?
sleeper hálókocsi [haalaw-kochi]; **book a ~** hálókocsi-jegyet váltani [haalaw-kochi-yedjet vaaltâni]
sleeping alvás [âlvaash]
sleeping bag hálózsák [haalaw-zhaak]
sleeping-car hálókocsi [haalaw-kochi]
sleepy álmos [aalmosh]
sleet havas eső [hâvâsh eshő]
sleeve ujj [ooy]
slept →**sleep 2.**
slice 1. *n* szelet [selet] **2.** *v* szeletelni [seletelni]
slide 1. *v* csúszni [choosni] **2.** *n* *(sliding)* csúszás [choo-saash]; *(transparency)* dia [diyâ]
slide projector diavetítő [diyâ-veteető]
slight *(small)* (egy) kis [(edj) kish], csekély [chekay]
slim karcsú [kârchoo]
slip 1. *v* *(slide and fall)* elcsúszni [el-choosni]; **it ~ped out of my hand** kicsúszott a kezemből [kichoosott â kezemből]; **let ~** elengedni, elejteni [eleyteni]; **~ into/on** *(a dress)* be(le)bújni (ruhába) [be(le)booyni (roohaabâ)] **2.** *n* *(error)* hiba [hibâ]; *(of paper)* cédula [tsaidoolâ]; *(undergarment)* kombiné [kombinay]; *(men's, bathing-)* fecske [fech-ke]

slip-on papucscipő [pâpooch-tsipő]
slippery csúszós [choo-sawsh]; ~ **road** csúszós úttest [choo-sawsh oot-tesht]
slit rés [raish], nyílás [njeelaash]
slope lejtő [leytő], lejtős út [leytősh oot]
slot rés [raish]
slot-machine automata [outomâtâ]
slow 1. *a* lassú [lâsh-shoo]; ~ **train** személyvonat [semay-vonât]; ... **is ten minutes** ~ ... tíz percet késik [teez pertset kaishik]; **go** ~ lassan hajtani [lâsh-shân hâytâni]; ~**er** lassabban [lâsh-shâbbân] **2.** *adv* lassan [lâsh-shân]; ~ **!** lassíts [lâsh-sheech]! **3.** *v* ~ **down** lelassítani [le-lâsh-sheetâni]
slowly lassan [lâsh-shân]
sluice zsilip [zhilip]
slum nyomornegyed [njomor-nedjed]
slushy latyakos [lâtjâkosh]
small kis [kish], kicsi [kichi]; *(in quantity)* csekély [chekay], kevés [kevaish], kis [kish]; ~ **change** aprópénz [âpraw-painz]; ~ **quantity** kis mennyiség(ű) [kish mennjishaig(ű)]
smart elegáns [elegaansh]
smash összezúzni [össe-zoozni]; ~ **into** beleszaladni [bele-sâlâdni]; ~ **up** összetörni [össetörni] (vmit)
smear bekenni
smell 1. *n* szag [sâg] **2.** *v (feel the smell)* (meg)szagolni [-sâgolni], érzi a szagát [airzi â sâgaat]; *(give out smell)* ... szaga van [sâgâ vân], ... szagú [sâgoo]
smelly büdös [büdösh]
smile 1. *n* mosoly [moshoy] **2.** *v* mosolyogni [moshoyogni]
smith kovács [kovaach]
smog füstköd [füshtköd]
smoke 1. *n* füst [füsht] **2.** *v (chimney)* füstölni [füshtölni]; *(tobacco)* dohányozni [dohaanjozni]; **do you**

~? dohányzik [dohaanjzik]?, cigarettázik [tsigárettaazik]?

smoked füstölt [füshtölt]

smoking dohányzás [dohaanjzaash]; **no ~!, ~ is prohibited!** tilos a dohányzás [tilosh â dohaanjzaash]!

smoking-compartment dohányzó szakasz [dohaanjzaw sákâs]

smooth sima [shimâ]

smuggle csempészni [chempaisni]

snack gyors étkezés [djorsh aitkezaish]; **let's have a ~** együnk valamit [edjünk vâlâmit]

snack-bar/counter (gyors)büfé [(djorsh)büfai], falatozó [fâlâtozaw], bisztro [bistro]

snail csiga [chigâ]

snap-fastener patent(kapocs) [pâtent(kâpoch)]

snapshot (pillanat)felvétel [(pillânât)felvaitel], fénykép [fainj-kaip]; **take a ~** felvételt csinálni [felvaitelt chinaalni], lefényképezni [-fainj-kaipezni]

sneeze tüsszenteni [tüssenteni]

snore horkolni [horkolni]

snow 1. *n* hó [haw] **2. it's ~ing** havazik [hâvâzik], esik a hó [eshik â haw]

snow-drift hófúvás [haw-foovaash], hótorlasz [hawtorlâs]

snowdrop hóvirág [haw-viraag]

snowfall hóesés [haw-eshaish]

snow tyre hóköpeny [haw-köpenj], téli gumi [taili goomi]

snowy havas [hâvâsh]

so *(such)* olyan [oyân]; *(thus)* úgy [oodj], így [eedj]; *(very)* annyira [annjirâ], olyan [oyân]; *(so that)* úgyhogy [oodj-hodj]; **not ~ ... as** nem olyan [oyân] ... mint; **~ as to ... ...,** hogy [hodj]; úgyhogy [oodj-hodj]; **~ far** eddig, czideig [ez-ideyig]; **~ long!** viszlát [vislaat]!; **~ much** ennyi [ennji]; **~**

16

... **that** olyan ... hogy [oyan ... hodj]; ~ **that** ...
(intent) úgy, hogy ... [oodj, hodj], *(result)* úgyhogy
... [oodj-hodj]; ... **or** ~ körülbelül ...; ~ **am I**,
~ **did I** *etc*. én is [ain ish]

get **soaked** megázni [megaazni]
soaking wet csuromvíz [choorom-veez]
so-and-so X. Y. [iks ipsilon]
soap szappan [sâppân]
sober józan [yawzân]
soccer futball [footbâl]
social társadalmi [taarshâdalmi], szociális [sotsi-aalish]
  ~ **insurance/security** társadalombiztosítás [taarshâ-
  dâlom-bistosheetaash]; ~ **services** szociális intézmé-
  nyek [sotsi-aalish intaizmainjek]
socialism szocializmus [sotsiâlizmoosh]
socialist(ic) szocialista [sotsiâlishtâ]
society *(community)* társadalom [taarshâdalom];
  (company) társaság [taarshâshaag]
sock zokni
socket foglalat [foglâlât]
soda-water szódavíz [sawdâ-veez]
sodium bicarbonate szódabikarbóna [sawdâ-bikâr-
  -bawnâ]
sofa dívány [deevaanj]
soft lágy [laadj], puha [poohâ]; ~ **drink** alkoholmentes
  ital [âlkohol-mentesh itâl], üdítőital [üdeető-]
soft-boiled →**egg**
soil talaj [tâlây], föld
sold →**sell**
solder forrasztani [forrâstâni]
soldier katona [kâtonâ]
sole *(shoe)* talp [tâlp]
solely kizárólag [kizaarawlâg]
solid szilárd [silaard]
solo szóló [saw-law]
soloist szólista [sawlishtâ]

soluble oldható [old-hâtaw]
solution oldat [oldât]
solve megoldani [megoldâni]
some *(few)* néhány [naihaanj], *(little)* egy kevés [edj kevaish], egy kis [edj kish]; *(about)* körülbelül; ~ **people** néhány [naihaanj] ember; ~ **water** egy kis víz [edj kish veez], *(object)* egy kis vizet [vizet]; **would you like** ~ **tea?** kér(sz) egy kis teát [kair(s) edj kish teyaat]?; **give me** ~ **more** kérek még [kairek maig]; **have** ~ ! vegyen belőle [vedjen bel-ől-e]!; ~ **of them** némelyikük [naimeyikük], néhányan [naihaanjân] (közülük); ~ **day** egy napon [edj nâpon]; **for** ~ **time** egy kis ideig [edj kish ideyig]
somebody valaki [vâlâki]
somehow valahogy [vâlâhodj]
someone valaki [vâlâki]
something valami [vâlâmi], *(object)* valamit [vâlâmit]
sometimes néha [naihâ]
somewhat egy kissé [edj kish-shai]
somewhere valahol [vâlâhol]; ~ **else** máshol [maash-hol]
son fiú [fiyoo], *(sby's)* fia [fiyâ] (vkinek)
song ének [ainek], dal [dâl]
son-in-law vő, *(sby's)* veje [ve-ye]
soon hamar [hâmâr], nemsokára [nem-shokaarâ]; **as** ~ **as** mihelyt [miheyt]; ~ **after** ... nem sokkal ... után [nem shokkâl ... ootaan]
soot korom
sore throat torokfájás [torok-faayaash]; **I have a** ~ fáj a torkom [faay â torkom]
sorry: (I'm) ~ sajnálom [shâynaalom]!; ~, **but** ... sajnálom, de ..., sajnos ... [shâyncsh]; ~ **to say** sajnos [shâynosh]; **I am** ~ **to hear that** ... sajnálattal hallom, hogy ... [shâynaalâttâl hâllom, hodj]
sort fajta [fâytâ], féle [fail-e]; **what** ~ **of** ... ? miféle ... [mi-fail-e]?, milyen [miyen]?

16*

sought →**seek**
soul lélek [lailek]
sound 1. *n* hang [hâng] **2.** *v* ~ **one's horn** kürtjelzést
adni [kürt-yelzaisht âdni], dudálni [doodaalni]
soup leves [lev-esh]
soup-ladle merőkanál [merőkânaal]
sour savanyú [shâvânjoo]; ~ **cherry** meggy [meddj];
~ **cream** tejföl [teyföl]; ~ **milk** aludttej [âloot-tey];
go ~ megsavanyodik [-shâvânjodik]
source forrás [forraash]
south 1. *n* dél [dail]; **in the** ~ délen [dailen]; **to the** ~
of vmitől délre [dail-re]; **Budapest South** *(station)*
Déli pályaudvar [daili paayâ-oodvâr] **2.** *adv* délre
[dail-re], dél felé [dail felai]
South America Dél-Amerika [dail-âmerikâ]
south-east 1. *n* délkelet [dail-kelet] **2.** *adv* délkelet felé
[felai]; ~ **of** vmitől délkeletre [dail-kelet-re]
south-eastern délkeleti [dail-keleti]
southern déli [daili]
southward(s) dél felé [dail felai], délre [dail-re]
south-west 1. *n* délnyugat [dail-njoogât] **2.** *adv* dél-
nyugat felé [felai]; ~ **of** vmitől délnyugatra [dail-
njoogâtrâ]
south-western délnyugati [dail-njoogâti]
souvenir emlék(tárgy) [emlaik(taardj)], *(gift)* ajándék-
(tárgy) [âyaandaik(taardj)]; ~**s** ajándéktárgyak
[âyaandaik-taardjâk]
souvenir shop ajándékbolt [âyaandaik-bawlt]
the **Soviet Union** a Szovjetunió [â sovyet-oonyaw]
sow vetni
spa gyógyfürdő [djawdj-fürdő]
space *(distance)* tér [tair], távolság [taavolshaag];
(place) hely [hey]; ~ **between vehicles** követési
távolság [követaishi taavolshaag]
spade ásó [aashaw]
Spain Spanyolország [shpanjol-orsaag]

Spanish spanyol [spanjol]; **(s)he speaks** ~ beszél/tud spanyolul [besail/tood shpânjolool]

spanner villáskulcs [villaash-koolch], csavarkulcs [châvâr-koolch]

spare 1. a/n tartalék [târtâlaik]; pót- [pawt]; ~**s,** ~ **parts** (pót)alkatrészek [(pawt)âlkâtraisek], tartalékalkatrészek [târtâlaik-]; ~ **bed** pótágy [pawt-aadj]; ~ **(wheel)** pótkerék [pawt-keraik], tartalékgumi [târtâlaik-goomi]; ~ **money** spórolt pénz [shpawrolt-painz]; ~ **time** szabad [sâbâd] idő **2.** v (money) megtakarítani [megtâkâreetâni]

spark szikra [sikrâ]

spark(ing) plug (gyújtó)gyertya [(djooytaw)djertjâ]

sparklet (autosifon) patron [(outosifon) pâtron]

sparrow veréb [veraib]

speak beszélni [besailni]; **do you** ~ **English?** beszél (ön) angolul [besail (ön) ângolool]?; **this is . . .** ~**ing** itt . . . beszél [besail]; ~ **to sby** beszélni [besailni] vkivel; **can I** ~ **to . . . ?** beszélhetnék [besail-hetnaik] . . . vel/val?; **English (is) spoken** angolul beszélnek/ beszélünk [ângolool besailnek/besailünk]

special különleges [különlegesh], speciális [shpetsi-aalish]; ~ **coach** külön autóbusz [outaw-boos]

specialist szakember [sâkember]; (doctor) szakorvos [sâkorvosh]

speciality különlegesség [különlegesh-shaig], specialitás [shpetsi-âlitaash]

specific sajátos [shâyaatosh]; (definite) meghatározott [-hâtaarozott]

specify részletezni [raisletezni], kikötni

spectacles (glasses) szemüveg [semüveg]

speech beszéd [besaid]

speed 1. n sebesség [shebesh-shaig]; **at a** ~ **of 60 kilometres an hour** óránként 60 km-es sebességgel [awraankaint hâtvân kilomaiteresh shebesh-shaiggel]; **at full** ~ teljes sebességgel [telyesh shebesh-shaiggel]; **maximum** ~ megengedett legnagyobb sebesség [megengedett legnádjobb shebesh-shaig] **2.** *v* száguldani [saagooldáni]

speeding gyorshajtás [djorsh-háytaash]

speed-limit megengedett legnagyobb sebesség [megengedett legnádjobb shebesh-shaig], sebességkorlátozás [shebesh-shaig-korlaatozaash]

speedometer sebességmérő [shebesh-shaig-mairő]

speedy gyors [djorsh], rohamos [rohámosh]

spell helyesen (le)írni [heyeshen (le)eerni]; betűzni; ~ **it, please** betűzze, kérem [betűz-ze, kairem]!; **how do you ~ your name?** hogyan írja a nevét [hodján eeryâ â nevait]?

spelling helyesírás [heyesh-eeraash]

spelt →spell

spend *(money)* költeni, kiadni [ki-ádni]; *(time)* tölteni; **I have spent all my money** elköltöttem az öszszes pénzemet [elköltöttem âz össesh painzemet]

spent →spend

sphere *(field)* terület, *(of activities)* hatáskör [hâtaashkör], *(of interests)* érdeklődési [airdeklődaishi] kör

spice fűszer [fűser]

spider pók [pawk]

spill kiönteni [ki-önteni]

spinach spenót [shpenawt]

spindrier centrifuga [tsentri-foogâ]

spine (hát)gerinc [(haat)gerints]

spirits *(alcohol)* alkohol [âlkohol], szeszes ital(ok) [sesesh itâl(ok)]; **in high** ~ jókedvű [yaw-kedvű]

spirit-stove spirituszfőző [shpiritoos-főző]

in **spite** *of* . . . ellenére [ellenai-re]

splendid nagyszerű [nâdj-serű], ragyogó [râdjogaw]

splinter szilánk [silaank]

split 1. *v* (szét)hasít [(sait)hâsheet] **2.** *n* hasadás [hâshâdaash], rés [raish]

spoil elrontani [-rontâni] .

spoke[1] *(wheel)* küllő
spoke[2] →**speak**
spoken beszélt [bes-ailt]; →**speak**
sponge szivacs [sivách]
spool orsó [orshaw], tekercs [tekerch]
spoon kanál [kânaal]
spoonful kanálnyi [kânaalnji]
sport(s) sport [shport]; *(a single)* sportág [shportaag]
sporting event sportesemény [shport-eshemainj]
sports car sportkocsi [shport-kochi]
sports equipment sportfelszerelés [shport-felserelaish]
sports ground sportpálya [shport-paayâ]
sports hall sportcsarnok [shport-chârnok]
sportsman sportember [shportember], sportoló [shpor-tolaw]
sports shop sportbolt [shport-bawlt]
sportswear sportruha [shportroohâ], sportöltözet [-öl-tözet]
sportswoman női sportoló [nőyi shportolaw]
spot *(place)* hely [hey], vidék [vidaik]; *(stain)* folt; **on the ~** a helyszínen [â hey-seenen]
sprain 1. *v* kificamítani [fitsâmeetani]; **~ed his foot** kificamította a lábát [-fitsâmeetottâ â laabaat] **2.** *n* ficam [fitsâm]
sprained ankle bokaficam [bokâ-fitsâm]
sprang →**spring**[1] **1.**
spray 1. *n* permet; **spray 2.** *v* szórni [sawrni], perme-tezni
spread *v* szétterjeszteni [sait-teryesteni]; *(cloth)* terí-teni [tereeteni]
spring[1] **1.** *v (jump)* ugrani [oogrâni] **2.** *n (water)* forrás [forraash]; *(metal)* rugó [roogaw]; **~s** *(of a car)* rugó-zat [roogawzât]
spring[2] *(season)* tavasz [tâvâs]; **in (the) ~** tavasszal [tâvâssâl]
springboard diving műugrás [-oograash]

spring-mattress ágybetét [aadj-betait], epeda [ep-edâ]
sprint hajrá [hâyraa], vágta [vaagtâ]
sprung →spring[1] **1.**
spy kém [kaim]
squad-car URH-kocsi [oo-er-haa-kochi]
square 1. *a* négyszögletes [naidj-sögletesh] **2.** *n (figure)* négyszög [naidj-sög], négyzet [naidjzet]; *(in town)* tér [tair]
squash *(drink)* (gyümölcs)lé [(djümölch)lay]; szörp [sörp]; *(US, kind of gourd)* tök
squeeze kiprésel [-praishel], kicsavar [-châvâr]
squirrel mókus [mawkoosh]
stable *(horses)* istálló [ishtaalaw]
stack kazal [kâzâl]
stadium stadion [shtâdion]
staff *(personnel)* személyzet [semayzet]; *(school)* tanári kar [tânaari kâr]
stag szarvas [sârvâsh]
stage *(theatre)* színpad [seenpâd]; *(period)* szakasz [sâkâs]
stain folt
stainless steel rozsdamentes acél [rozhdâmentesh âtsail]
stair lépcső [laipchő]
staircase lépcsőház [laipchő-haaz]
stalls *(theatre)* földszint [föld-sint]
stamp 1. *n* bélyeg [bayeg] **2.** *v*, lebélyegezni [-bayegezni]; ~ **in** beütni [be-ütni], bebélyegezni [bebayegezni]
stand 1. *v* állni [aalni]; ~ **up** felállni [-aalni] **2.** *n* árusítóhely [aarooshetaw-hey]; bódé [bawday]; *(sports)* lelátó [le-laataw]
standard szabvány [sâbvaanj], standard; ~ **of living** életszínvonal [ailet-seenvonâl]
standby passenger üres helyre váró utas [üresh hey-re vaaraw ootâsh]
standing passenger álló utas [aalaw ootâsh]

star csillag [chillåg]

start 1. *n* rajt [råyt], indulás [indoolaash] **2.** *v* (el)indulni [-indoolni]

starter indítómotor [indeetaw-motor]

starting-point kiindulópont [ki-indoolaw-pont]

state 1. *n (condition)* állapot [aalåpot]; *(government)* állam [aalåm]; ~ **bank** állami bank [aalåmi bånk]; **S~ Department** *(US)* külügyminisztérium [külüdjministairyoom] **2.** *v* kijelenteni [-yelenteni], megállapítani [-aalapeetåni[, közölni; **please~ below** kérem [kairem] itt feltüntetni

statement állítás [aaleetaash], kijelentés [-yelentaish], nyilatkozat [njilåtkozåt]

statesman államférfi [aalåm-fairfi]

station *(railway)* állomás [aalomaash], *(larger)* pályaudvar [paayå-oodvår]; **how do I get to the ~?** hogyan juthatok el az állomásra [hodjån yoot-håtok el åz aalomaashrå]?; **from which ~ does the train leave** melyik pályaudvarról indul a vonat [meyik paayå-oodvårrawl indool å vonåt]?

stationer('s) papírkereskedés [påpeer-kereshkedaish], ÁPISZ [aapis]

station-master állomásfőnök [aalomaash-főnök]

station-wagon kombi

statue szobor [sobor]

stay 1. *v* maradni [mårådni], tartózkodni [tårtawzkodni], lakni [låkni]; **if you are ~ing more than 48 hours . . .** ha 48 órán túl tartózkodik . . . [hå nedjvennjolts awraan tool tårtawzkodik]; **how long do you wish to ~ in Hungary** meddig szándékozik Magyarországon maradni [meddig saandaikozik mådjårorsaagon maradni]?; **I shall ~ in Hungary two weeks** két hétig maradok Magyarországon [kait haitig mårådok mådjårorsaagon]; ~ **at a hotel** szállodában (meg)szállni/lakni [saalodaabån (meg)saalni/låkni]; **I am ~ing at Hotel Budapest** a Budapest

Szállodában lakom *(or:* szálltam meg) [â boodâ-pesht saalodaabân lâkom *(or:* saaltâm meg)]; **~s up** fennmarad [fenn-mârâd], nem fekszik le [nem feksik le] **2.** *n* tartózkodás [târtawzkodaash], ottlét [ott-lait], látogatás [laatogâtaash]; **valid for 30 days' ~** 30 napi tartózkodásra érvényes [hârmints nâpi târtawzkodaashrâ airvainjesh]; **during his ~** ott--tartózkodása/ottléte alatt [ott-târtawzkodaashâ/ott-lai-te âlâtt]

steak szelet [selet]; **→beefsteak**

steal (el)lopni

steam gőz

steamer gőzhajó [gőz-hâyaw], gőzös [gőzösh]

steel acél [âtsail]

steep meredek; **~ hill** veszélyes lejtő [vesayesh leytő]

steeple-chase akadályfutás [âkâdaay-footaash]

steer kormányozni [kormaanjozni]

steering kormányzás [kormaanjzaash]

steering-wheel kormány(kerék) [kormaanj(-keraik)]

step 1. *n* lépés [laipaish]; *(stair)* lépcső(fok) [laipchő-(fok)] **2.** *v* lépni [laipni]; **~ out** (jól) kilépni [(yawl) kilaipni]

sterling area fontövezet

stew 1. *v* párolni [paarolni] **2.** *n* pörkölt

stewardess légi utaskísérő [laigi ootâsh-keeshairő], stewardess

stewed *(meat)* párolt [paarolt]; **~ fruit** kompót [kompawt]

stick 1. *n* bot **2.** *v* *(glue)* (rá)ragasztani [(raa)râgâs-tâni]; *(be glued)* (rá)ragadni [(raa)râgâdni]; **stuck in the mud** megrekedt a sárbanı [-rekett â shaarbân]; **~ to** ragaszkodni [râgâskodni] vmihez

sticking-plaster ragtapasz [râktâpâs]

sticky ragadós [râgâdawsh]

stiff merev, feszes [fesesh]

still[1] *a (quiet)* csendes [chendesh]

still² *adv* még [maig] (mindig); *(nevertheless)* mégis [maigish]; **he is ~ here** még [maig] mindig itt van [vân]; **~ less** még kevésbé [maig kevaish-bay]

sting *v* megszúrni [meg-soorni], megcsípni [meg-cheep-ni]

it **stinks** bűzlik, büdös [büdösh]

stir (meg)keverni

stirrup kengyel [kendjel]

stitch 1. *n* öltés [öltaish] 2. *v* ölteni

stock raktár [râktaar], (áru)készlet [(aaroo)kaislet]; **be out of ~** kifogyott [kifodjott]

stock exchange értéktőzsde [airtaik-tőzh-de]

stockings harisnya [hârish-njâ]

stolen →steal

stomach gyomor [djomor]; **has upset one's~** elrontotta a gyomrát [elrontottâ â djomraat]

stomach-ache gyomorfájás [djomor-faayaash]

stone kő; *(seed)* mag [mâg]; *(unit of weight)* → *Appendix*

stood →stand 1.

stool *(seat)* szék [saik]; *(bowels)* széklet [saiklet]

stop 1. *v (halt)* megállni [megaalni], állni [aalni]; *(cause to halt)* megállítani [-aaleetâni]; *(cease)* abbahagyni [âbbâ-hâdjni]; *(hinder)* megakadályozni [-akâdaayozni]; *(fill)* betömni; **how long do we ~ here?** meddig állunk itt [meddig aaloonk itt]?; **you can ~** meg szabad állni [meg sâbâd aalni]; **~! and give way** állj! elsőbbségadás kötelező [aayy! elshőbb-shaig-âdaash kötelező]; **please ~ here!** itt álljon meg legyen szíves [itt aayyon meg ledjen seevesh]; **~ over** megszakítani az útját [meg-sâkee-tani âz ootyaat] 2. *n* megálló(hely) [megaalaw(hey)]; **ten minutes ~** tíz percig áll [teez pertsig aal]

stop-cock elzáró csap [elzaaraw châp]

stoplight féklámpa [faik-laampâ]

stop line stopvonal [shtopvonâl]

stopover útmegszakítás [oot-meksâkeetaash], rövid tartózkodás [târtawzkodaash]

stopping megállás [megaalaash]; **~ prohibited!** megállni tilos [megaalni tilosh]!

stopping distance *(overall ~)* féktávolság [faiktaavolshaag]

stop sign stoptábla [shtop-taablâ]

stopwatch stopperóra [shtopper-awrâ]

storage tárolás [taarolaash]; **~ charges** tárolási költség [taarolaashi kölchaig]

store *n (supply)* készlet [kaislet]; tartalék [târtâlaik]; *(department store)* áruház [aaroohaaz]; *(US, shop)* üzlet, bolt [bawlt]

storehouse raktár [râktaar]

storekeeper *(US)* kereskedő [keresh-kedő]

storey emelet [em-el-et]; **on the third ~** a harmadik emeleten [â hârmâdik emeleten]

storm vihar [vihâr]

stormy viharos [vihârosh]

story[1] *(account)* történet [törtainet]; elbeszélés [elbes-ailaish]

story[2] →**storey**

stout erős [erősh]; *(thick)* vastag [vâshtâg]

stove *(for heating)* kályha [kaay-hâ]; *(for cooking)* főző

straight 1. *a* egyenes [edjenesh] **2.** *adv* egyenesen [edjeneshen]; *(directly)* közvetlenül; *(immediately)* azonnal [âzonnâl]; *(frankly)* egyenesen [edjeneshen], nyíltan [njeeltân]; **go ~ ahead/on** menjen tovább egyenesen [mennjen tovaab edjeneshen]!; **~ away/off** azonnal [âzonnâl]

strange különös [különösh], furcsa [foorchâ]

stranger idegen; **no ~s** idegeneknek tilos a bemenet [idegeneknek tilosh â bem-enet]!

strap óraszíj [awrâ-seey]

straw szalma [sâlmâ]

strawberry eper
streak csík [cheek]
stream *(small river)* patak [pâtâk], (kis) folyó [(kish) foyaw]; *(current)* ár(amlás) [aar(âmlaash)]
street utca [oottsâ]
streetcar *(US)* villamos [villâmosh]
street-crossing gyalogátkelőhely [djâlog-aatkelő-hey]
street-door utcai ajtó [oottsâyi âytaw], kapu [kâpoo]
street-lamp utcai lámpa [oottsâyi laampâ]
street-lighting utcai világítás [oottsâyi vilaageetaash]
street number házszám [haaz-saam]
strength erő
strengthen megerősíteni [meg-erősheeteni]
stress 1. *n (force)* erő, nyomás [njomaash]; *(in speech)* hangsúly [hâng-shooy] **2.** *v* hangsúlyozni [hâng-shooyozni]
stretch 1. *v* kinyújtani [-njooytâni], kifeszíteni [-feseeteni]; ~ **oneself** nyújtozkodni [njooytawz-kodni] **2.** *n* (ki)nyújtás [-njooytaash], (ki)feszítés [-feseetaish]; *(of road)* szakasz [sâkâs]; **at a** ~ megszakítás nélkül [meg-sâkcetaash nailkül]
stretch nylon kreppnylon
stretch nylon pants lastexnadrág [lâstex-nâdraag]
strict szigorú [sigoroo]
strictly szigorúan [sigoroo-ân]; ~ **prohibited** szigorúan tilos [sigoroo-ân tilosh]
strike 1. *v* (meg)ütni; *(cease work)* sztrájkolni [,,strike''-olni] *(for vmiért)*; ~ **a light** tüzet/gyufát gyújtani [tüzet/djoofaat djooytâni]; ~ **a match** gyufát gyújtani; ~ **a tent** felszedni a sátrat [felsedni â shaatrât]; **what struck me was that** . . . nekem az [âz] tűnt fel, hogy . . . [hodj] **2.** *n* sztrájk [,,strike'']
striking meglepő, feltűnő
string zsineg [zhineg], spárga [shpaargâ]; *(violin)* húr [hoor]
strip *n* szalag [sâlâg], csík [cheek]

stripe vonal [vonål], csík [cheek], sáv [shaav]; ~s sávok [shaavok], vonalazás [vonålâzaash]

strip-lighting fénycső(világítás) [fainj-chő(-vilaageetaash]

striptease vetkőzőszám [vetkőző-saam], sztriptíz [„striptease"]

stroke ütés [ütaish]; *(swimming)* (kar)tempó [(kår)-tempaw]; *(motor)* löket; ütem; *(attack)* szélütés [sailütaish]

strong erős [erősh]

struck →strike 1.

structure szerkezet [serkezet], *(building)* épület [aipület]

struggle 1. *v* küzdeni 2. *n* küzdelem

stuck →stick 2.

stud inggomb

student (egyetemi/főiskolai) hallgató [(edjetemi/fő-ishkolâyi) hålgåtaw], diák [diyaak]

studio *(artist's)* műterem; *(radio)* stúdió [shtoodiyaw]; *(US) (small flat)* garzonlakás [gårzon-lâkaash]

study 1. *n* tanulás [tånoolaash]; *(piece)* tanulmány [tånoolmaanj]; *(room)* dolgozószoba [dolgozaw-sobâ]; **continues his studies** folytatja a tanulmányait [foytatyâ â tanoolmaanjâyit]; **he is on a ~ tour** tanulmányúton van [tanoolmaanj-ooton vân] 2. *v* tanulni [tanoolni]; *(examine)* tanulmányozni [tånoolmaanjozni]

stuff 1. *n (substance)* dolog; *(cloth)* anyag, szövet [sövet] 2. *v* (meg)tömni (meg)tölteni

stuffed töltött; ~ **cabbage** töltött káposzta [kaapostå]

stump (fa)tönk, törzs [törzh]

stupid buta [bootå]

sty *(eye)* árpa [aarpâ]

style stílus [shteeloosh], *(fashion)* divat [divât]

subject 1. *n (citizen)* állampolgár [aalâmpolgaar]; *(theme)* tárgy [taardj], téma [taimâ] 2. *a* ~ **to dues/**

fees díjköteles [deey-kötelesh]; ~ **to duty** vámköteles [vaamkötelesh]

submit benyújtani [-njooytâni]

subscribe *to* előfizetni vmire

subscription előfizetés [előfizetaish]; *(the fee)* tagdíj [tâgdeey]

subsequently később [kaishőbb], azt követően [âst követő-en]

substance anyag [ânjâg]

substantial lényeges [lainiegesh]; ~ **meal** kiadós/bőséges étkezés [ki-âdawsh/bőshaigesh aitkezaish]

substitute *(person)* helyettes [heyettesh]; *(thing)* pótlék [pawtlaik]

subtitle *(book)* alcím [âl-tseem]; *(cinema)* felirat [felirât]

suburb(s) külváros [külvaarosh]

suburban külvárosi [külvaaroshi]; ~ **railways** helyiérdekű vasút [heyi-airdekű vâshoot], HÉV [haiv]

subway aluljáró [âlool-yaaraw]; *(US, underground railway)* földalatti (vasút) [földâlâtti (vâshoot)], metró

succeed sikerülni [shikerülni]; **he ~ed in passing the exam** sikerült levizsgáznia [shikerült levizhgaazniâ]

succeeding következő [következő]

success siker [shiker]; ... **was a great ~** nagy sikere volt [nâdj shiker-e volt], igen jól sikerült [yawl shikerült]

successful sikeres [shikeresh], szerencsés [serenchaish]

successive egymást [edjmaasht] követő

such olyan [oyân], ilyen [iyen]; ~ **a** ... olyan ..., ilyen ... ; **did you ever see~ a thing?** látott már ilyet [laatott maar iyet]?; ~ **as** ... úgymint [oodjmint]; **in ~ a way that** oly módon, hogy ... [oy mawdon, hodj]

suck (ki)szívni [-seevni]; *(baby)* szopni [sopni]

suction szívás [seevaash]

sudden(ly) hirtelen
suet faggyú [fâddjoo]
suffer szenvedni [senvedni]; **is ~ing from a severe headache** nagyon fáj a feje [nâdjon faay â fey-e]
sufficient elég(séges) [elaig(shaigesh)]
sufficiently elég(gé) [elaig(gay)]
sugar cukor [tsookor]
suggest javasolni [yâvâsholni], ajánlani [âyaanlâni], felvetni; **I ~ that . . .** azt javaslom/ajánlom, hogy . . . [âst yâvâshlom/âyaanlom, hodj]
suggestion javaslat [yâvâshlât]
suit 1. *n (clothing)* öltöny [öltönj] 2. *v* alkalmas [âlkâlmâsh], megfelel; **what day will ~ you?** melyik nap alkalmas önnek [meyik nâp âlkâlmâsh önnek]?; **will Thursday ~?** csütörtök [chütörtök] megfelel?; **this will ~ me all right** ez nekem nagyon [nâdjon] megfelel, *(dress)* nagyon jól áll nekem [nâdjon yawl aal nekem]; **it doesn't ~ me** nem felel meg nekem, *(dress)* nem áll jól nekem [nem aal yawl nekem]
suitable alkalmas [âlkâlmâsh], megfelelő
suitcase kézitáska [kaizi-taashkâ], bőrönd, koffer
sum 1. *n* összeg [össeg] 2. *v* **~ up** összeadni [össeâdni]
summary összefoglalás [össe-foglâlaash]
summer nyár [njaar]; **in (the) ~** nyáron [njaaron]; **where do you spend the ~?** hol tölti a nyarat [â njârât]?; **the ~ holiday(s)** a nyári szünidő/vakáció [njaari sünidő/vâkaatsiyaw]; **~ resort** nyaralóhely [njârâlaw-hey]; **~ time** nyári időszámítás [njaari idősaameetaash]
summer-school nyári egyetem [njaari edjetem]
summit (hegy)csúcs [(hedj)chooch]
sump olajteknő [olâyteknő]; **drain the ~** leereszteni az olajat [le-eresteni âz olâyât]
sun nap [nâp]; **the ~ is shining** süt a nap [shüt â nâp]
sunbathe napozni [nâpozni]

sunburn lesülés [le-shülaish]; *(too much)* leégés [le-ai-gaish]

sunburnt lesült [le-shült], jó barnára sült [yaw bârnaa-râ shült]

Sunday vasárnap [vâshaarnâp]; **on ~** vasárnap

sunflower napraforgó [nâpråforgaw]

sung →**sing**

sun-glasses napszemüveg [nâpsemüveg]

sunlight napfény [nâpfainj]

sunny napos [nâposh], napsütéses [nâp-shütaishesh]

sun-oil napolaj [napolåy]

sunrise nap(fel)kelte [nâp(fel)kel-te]

sunset naplemente [nâplemen-te]

sunshine napfény [nâpfainj], napsütés [nâp-shütaish]

super *(petrol)* szuperbenzin [sooper-benzin]

superficial felületes [felületesh]

superfluous felesleges [fel-eshlegesh]

superhighway *(US)* autópálya [outaw-paayâ]

superior kiváló [kivaalaw], príma [preemâ]

supermarket ABC-áruház [aa-bay-tsay-aaroohaaz]

supervise ellenőrizni, felügyelni [-üdjelni]

supervision ellenőrzés [ellenőrzaish], felügyelet [fel-üdjelet]

supper vacsora [vâchorâ]; **have ~** (meg)vacsorázni [-vâchoraazni]

supplement *(extra charge)* kiegészítés [ki-egaiseetaish], kiegészítőjegy [ki-egaiseető-yedj], pótdíj [pawt-deey]; *(magazine)* melléklet [mellaiklet]

supplementary ticket kiegészítőjegy [ki-egaiseető-yedj]

supply 1. *v (provide)* ellátni *(with* vmivel) [el-laatni]; **~ a deficiency** hiányt pótolni [hi-aanjt pawtolni] **2.** *n* ellátás [el-laataash]; szolgáltatás [solgaaltå-taash]; *(stores)* készlet [kaislet]; **~ of spare parts** alkatrészellátás [ålkåtrais-el-laataash]; **in short ~** nehezen beszerezhető [nehezen beserez-hető]

17

support 1. v támogatni [taamogátni]; *(provide for)* eltartani [eltártáni] **2.**n támogatás [taamogátaash]
suppose feltételezni [fel-taitelezni], *(think)* gondolni, hinni; **(let us) ~ (that)** tegyük fel, hogy ... [tedjük fel, hodj]; **I ~ so** azt hiszem [ast hisem] (igen); **he is ~d to** ... az ő kötelessége/feladata ... [áz ő kötelesh-s'iai-ge/feládátá]; **I am not ~d to** ... nem vagyok köteles ... [nem vádjok kötelesh]
supposition feltevés [fel-tevaish]
supreme legfőbb
surcharge pótadó [pawt-ádaw], *(letter)* portó [portaw]
sure biztos [bistosh]; **I'm ~ (that) he will come** biztos vagyok benne, hogy eljön [bistosh vádjok ben-ne, hodj elyön]; **be ~ of sth** biztos [bistosh] vmi felől, biztos vmiben; **be ~ to write!** ne felejts(en) el írni [ne feleych(en) el eerni]!; **→make 1.**
surely biztosan [bistoshán], hogyne [hodj-ne]
surface felszín [felseen]; *(road)* (út)burkolat [(oot)-boorkolát]
surgeon sebész [shebais]
surgery sebészet [shebaiset]; *(consulting room)* (orvosi) rendelő [(orvoshi) rendelő]; **~ hours 4p.m. to 6p.m.** rendel: du. 4—6-ig [rendel dailootaan naidj-től hátig]
surname vezetéknév [vezetaik-naiv], *(on a form)* családi neve [chálaadi nev-e]
surpass meghaladni [meg-háládni], túltenni [tooltenni] vmin
surplus felesleg [fel-eshleg], többlet(-)
surprise 1. n meglepetés [meglepetaish] **2.** v meglepni; **be ~d at** csodálkozni/meglepődni [chodaalkozni/meglepődni] vmin
surprising meglepő
surrounding környező [környező]
surroundings környék [környjaik], vidék [vidaik]
survey 1. v áttekinteni [aat-tekinteni], *(examine)* meg-

vizsgálni [-vizhgaalni]; *(measure)* felmérni [-mairni]
2. *n* áttekintés [aat-tekintaish], szemle [sem-le]
survival túlélés [tool-ailaish]
survive életben maradni [ailetben mârâdni], túlélni [tool-ailni]
suspect *(sth)* gyanítani [djâneetâni]; *(sby)* gyanúsítani [djânoosheetâni]
suspend felfüggeszteni [-függesteni]; **his driving licence was ~ed** bevonták a vezetői engedélyét *(or:* jogosítványát) (bevontaak a vezetőyi engedayait *(or:* yogosheetvaanjaat)]
suspenders harisnyakötő [hârish-njâ-kötő]; *(US, braces)* nadrágtartó [nâdraag-târtaw]
suspension bridge függőhíd [függő-heed], lánchíd [laants-heed]
suspicion gyanú [djânoo]
suspicious gyanús [djânoosh]
swallow¹ *v* (le)nyelni [-njelni]
swallow² *n (bird)* fecske [fech-ke]
swam →**swim 1.**
swan hattyú [hât-tjoo]
sweat 1. *n* izzadság [izzâd-shaag] **2.** *v* izzadni [izzâdni]
sweater kötött mellény [mel-lainj], szvetter [svetter]
Sweden Svédország [shvaid-orsaag]
Swedish svéd [shvaid]; **speaks ~** beszél svédül [besail shvaidül]
sweep (ki)söpörni [-shöpörni]
sweet 1. *a* édes [aidesh]; **do you like it ~?** édesen szereti [aideshen sereti]? **2.** *n (course)* édesség [aidesh-shaig], édestészta [aidesh-taistâ]
sweets édesség [aidesh-shaig]
swell megdagadni [-dâgâdni]
swerve *(of a car)* megcsúszni [meg-choosni], farolni [fârolni]; *(change direction suddenly)* hirtelen irányt változtatni [hirtelen iraanjt vaaltostâtni]
swim 1. *v* úszni [oosni]; **can you ~?** tud úszni [tood

17*

oosni]? **2.** *n* úszás [oosaash]; **have a ~** úszik egyet [oosik eddjet], úszni megy [oosni medj]

swimmer úszó [oosaw]; **for ~s only mély víz!** csak úszóknak [may veez! châk oosawknâk]

swimming úszás [oosaash]

swimming-bath *(indoor)* (fedett) uszoda [(fedett) oosodâ]

swimming-pool *(outdoor)* (nyitott) uszoda [(njitott) oosodâ]

swim(ming-)suit fürdőruha [fürdő-roohâ]

swing 1. *v* lengeni **2.** *n (child's)* hinta [hintâ]

Swiss svájci [shvaaytsi]

switch *(electric)* **1.** *n* kapcsoló [kâpcholaw]; *(railway)* váltó [vaaltaw] **2.** *v* kapcsolni [kâpcholni]; **~ on** *(light)* felcsavarni (a villanyt) [fel-châvârni (â villânjt)], *(radio, etc.)* bekapcsolni [be-kâpcholni]; *(engine)* begyújtani [be-djooytâni]; **~ the light on!** csavarja fel a villanyt [châvâryâ fel â villânjt]!; **~ on the engine** begyújtani a motort [be-djooytâni â motort], bekapcsolni a gyújtást [be-kâpcholni a djooytaasht]; **~ off** *(light)* lecsavarni (a villanyt) [le-châvârni (â villânjt)], *(radio, etc.)* kikapcsolni [kikâpcholni]; **~ it off!** kapcsolja ki [kâpcholyâ ki]!

switch-lever kapcsolókar [kâpcholaw-kâr]

Switzerland Svájc [shvaayts]

swollen dagadt [dâgâtt], duzzadt [doozzâtt]; **~ ankles** bokaduzzadás [bokâdoozzâdaash]; **→swell**

sword kard [kârd]

swung →swing 1.

symbol jel [yel]

sympathize együtt érezni [edjütt airezni] (vkivel)

symphonic szimfonikus [simfonikoosh]

symphony szimfónia [simfawniâ]

synagogue zsinagóga [zhinâgawgâ]

syringe fecskendő [fechkendő]

system rendszer [rendser]

T

table asztal [åstål]; *(figures etc.)* táblázat [taablaazât]
table-cloth abrosz [åbros], terítő [ter-eető]
tablespoon leveseskanál [lev-eshesh-kânaal], evőkanál [evő-kânaal]
tablespoonful evőkanálnyi [evő-kânaalnji]
tablet tabletta [tâblettå]
table-tennis asztalitenisz [åståli-,,tennis'']
table-ware teríték [tereetaik]
tack rajzszeg [râyz-seg]
tackle *n (equipment)* felszerelés [felserelaish]
tag *(label)* címke [tseem-ke]
tail farok [fârok]; *(vehicle)* far [fâr]
tail-light(s) hátsó lámpa [haat-shaw laampâ], hátsó világítás [vilaageetaash]; *(brakes)* féklámpa [faiklaampâ]
tailor('s) szabó [sâbaw]
tail pipe kipufogócső [kipoofogaw-chő]
take 1. *(get, obtain)* venni, kapni [kâpni]; ~ **a ticket** jegyet váltani [yedjet vaaltâni]; **I'll ~ this pen** ezt a tollat kérem/veszem [est â tollât kairem/vesem]; **I shall ~ this room** kiveszem ezt a szobát [kivesem est â sobaat]; ~ **a seat** leülni [le-ülni]; **this seat is ~n** ez a hely foglalt [ez â hey foglâlt]; ~ **a meal** étkezni [aitkezni]; ~ **tea** teázni [teyaazni]; **will you ~ tea or coffee?** teát vagy kávét parancsol [teyaat vâdj kaavait pârânchol]?; ~ **a bus** (autó)buszra szállni [(outaw)boosrâ saalni]; ~ **a taxi** taxit fogadni [tâxit fogâdni]; ~ **a train** vonatra szállni/ülni [vonâtrâ saalni/ülni]; ... ~**s the 6.15 a.m. train** a 6.15-ös vonattal utazik/megy [a hât tizenötösh vonâttâl ootâzik/medj]; **which road shall we ~?** melyik utat válasszuk [meyik ootât vaalâssook]?; ~ **off** *(clothes)* levetni (ruhát) [lev-etni

(roohaat)]; ~s on passengers felvesz utasokat [felves ootåshokåt]; ~ out *(a licence etc.)* kiváltani [kivaaltåni]; ~ out an insurance policy biztosítást kötni [bistosheetaasht kötni] 2. *(carry)* vinni; ~ to... (el)vinni vhová; ~ me to the . . ., please vigyen kérem a(z) . . . [vidjen kairem å(z)]; I shall ~ it myself magam viszem [mågåm visem]; ~ home hazavinni [håzå-vinni]; please ~ me home legyen szíves hazavinni [ledjen seevesh håzå-vinni]; ~ back visszavinni [vissâ-vinni]; ~ out *(carry)* kivinni; ~ round körülvinni 3. *(various phrases)* how long will it ~? mennyi ideig tart [mennji ideyig tårt]?; it ~s an hour egy óráig tart [edj awraa-ig tårt], egy órába kerül [edj awraabå kerül]; it won't ~ long nem fog soká tartani [nem fog shokaa tårtåni]; how long does it ~ to . . .? mennyi idő alatt ... [mennji idő ålått]?; the journey ~s 7 hours hét óráig tartó út [hait awraayig tårtaw oot], az út 7 óráig tart [åz oot hait awraayig tårt]; ~ care ! vigyázat [vidjaazåt] !, óvatosan [aw-våtoshan] !; ~ down *(=record)* lejegyezni [le-yedjezni]; be ~n ill megbetegedni; ~ in *(a paper)* járatni (újságot) [yaaråtni (ooy-shaagot)]; ~ leave of elbúcsúzni [elboochoozni] vkitől; ~ off *(aeroplane)* felszállni [felsaalni]; ~ part in részt [raist] venni vmiben; ~ place megtörténni [-törtainni], sorra kerülni [shorrå kerülni]; ~ priority (over) elsőbbsége van (. . . szemben) [elsőbb-shai-ge vån (. . . semben)], elsőbbséget élvezni (. . . szemben) [elshőbb-shaiget ailvezni (. . . semben)]; ~s size 42 shoes 42-es cipőt visel [nedjven-kettesh tsipőt vishel], 42-es lába van [laabå vån]; ~ sby's temperature megmérni vkinek a lázát [meg-mairni å laazaat]; it ~s up too much room túl sok helyet foglal el [tool shok heyet foglál el]; ~ up position *(take the proper lane)* elhelyezkedni (a megfelelő sávban) [el-heyeskedni (å meg-

felelő shaavban)], besorolni [be-shorolni]; ~ **a walk**
sétálni (egyet) [shaitaalni (eddjet)]

taken →**take**

take-off felszállás [felsaalaash]

talk 1. *v* beszélgetni [besailgetni]; ~ **about sth** beszélni
[bes-ailni] vmiről; ~ **to sby** vkivel beszélni; ~ **it
over with sby** megbeszélni [meg-bes-ailni] vkivel
2. *n* beszéd [bes-aid], beszélgetés [bes-ail-getaish]

tall magas [mågåsh]

tame szelíd [seleed]

tank (benzin)tartály [(benzin)tårtaay]

tanned lesült [le-shült], barna [bårnå]

tap (víz)csap [(veez)chåp]; **on** ~ csapolt [chåpolt]

tape 1. *n* (magnó)szalag [(måg-naw)sålåg] 2. *v* →**tape-
record**

tape-measure centiméter(szalag) [tsenti-maiter(sålåg)]

tape-record (magnóra) felvenni [(måg-nawrå) fel-
venni]

tape-recorder magnetofon [måg-netofon], magnó
[måg-naw]

tap-room söntés [shöntaish]

tar kátrány [kaatraanj]

tariff díjszabás [deey-såbaash], tarifa [tårifå]; *(price-
list)* árak [aaråk], árlista [aarlishtå]

tart gyömölcslepény [djümölch-lep-ainj]; torta [tor-
tå]

task feladat [felådåt]

taste 1. *n (flavour)* íz [eez]; *(good or bad)* ízlés [eezlaish]
2. *v* megkóstolni [-kawshtolni]; ~**s of/like** ... vmi-
lyen íze van [eez-e vån]

taught →**teach**

tavern kocsma [kochmå], csárda [chaardå]

tax adó [ådaw]

tax exemption adómentesség [ådaw-mentesh-shaig]

tax-free adómentes(en) [ådaw-mentesh(en)]; *(shop)*
vámmentes [vaam-mentesh]

taxi(-cab) taxi [tâxi]; **call a ~, please!** kérem, hívjon egy taxit [kairem, heevyon edj tâxit]! → **take 1.**

taxi-driver taxisofőr [tâxi-shofőr]

taxi fare taxiköltség [tâxi-kölchaig]

taximeter taxaméter [tâxâmaiter]

taxi-rank, taxi stand taxiállomás [tâxi-aalomaash]

tea tea [teyâ]; **take/have ~** teázni [teyaazni]

tea-cake (meleg) teasütemény [(meleg) teyâ-shütemainj]

teach tanítani [tâneetâni]

teacher *(elementary school)* tanító [tâneetaw], *(secondary school)* tanár [tânaar]

teacup teáscsésze [teyaash-chai-se]

tea-kettle teáskanna [teyaash-kânnâ]

team csapat [châpât]

tea-party uzsonna [oozhonnâ], tea(délután) [teyâ-(dail-ootaan)]

tea-pot teáskanna [teyaash-kânnâ]

tear¹ *n (eye)* könny [könnj]

tear² *v* elszakítani [-sâkeetâni], eltépni [-taipni]; **~ along** száguldani [saagooldâni]

tearoom teázó [teyaazaw]

tease bosszantani [bossântâni], ugratni [oográtni]

tea-service/set teáskészlet [teyaash-kaislet]

teaspoon kávéskanál [kaavaish-kânaal]

teaspoonful kávéskanálnyi [kaavaish-kânaalnji]

tea-things teáskészlet [teyaash-kaislet]

tea-time uzsonnaidő [oozhonnâ-idő]

technical műszaki [műsâki], technikai [tehhnikâyi]; **~ failure** műszaki hiba [műsâki hibâ]; **~ school** technikum [tehhnikoom], szakközépiskola [sâkközaip-ishkolâ]

technician technikus [tehhnikoosh]; műszerész [műserais]

techr¹que technika [tehhnikâ], eljárás [elyaaraash]

tedious unalmas [oonâlmâsh]

teen-ager tizenéves [tizen-aivesh], teen-ager

telecast 1. *v* televízión közvetíteni/adni [televeeziyawn közveteeteni/âdni] **2.** *n* tévéadás [taivai-âdaash], tévéközvetítés [-közveteetaish]

telegram távirat [taavirât]; **send a ~** táviratot küldeni [taavirâtot küldeni], táviratozni [taavirâtozni]

telegraph 1. *n* távirat [taaveerât] **2.** *v* táviratozni [taaveerâtozni]

telephone 1. *n* telefon, távbeszélő [taavbesailő]; **you are wanted on the ~** a telefonhoz kérik [â telefonhoz kairik] **2.** *v* telefonálni [telefonaalni]; **can I ~ from here?** telefonálhatok innen [telefonaalhâtok innen]?

telephone booth telefonfülke

telephone call telefonhívás [telefon-heevaash], telefonbeszélgetés [-besailgetaish]

telephone counter telefonérme [telefon-air-meh]

telephone directory telefonkönyv [telefon-könjv], távbeszélőnévsor [taavbesailő-naiv-shor]

telephone exchange telefonközpont [telefon-köspont]

telephone number telefonszám [telefon-saam]

telescope távcső [tav-chő]

televiewer tévénéző [taivai-naiző]

televise televízión közvetíteni [televeeziyawn közveteeteni]

television televízió [televeeziyaw]; **watch (a programme) on the ~** megnézni (egy műsort) a televízióban [megnaizni (edj műshort) â televeeziyaw-bân], televízión nézni [televeeziyawn naizni] (egy műsort)

television set televízió(készülék) [televeeziyaw(kaisülaik)], tévékészülék [taivai-kaisülaik]

telex 1. *n* telex **2.** *v* telexezni

telex number telex-szám [-saam]

tell *(relate)* (el)mondani [-mondâni]; *(give information, order)* megmondani; **please ~ me ...** kérem, mondja meg... [kairem, mondjâ meg]; **can you ~ me..?** meg tudja mondani... [toodyâ mondâni]?; **excuse me, sir, can you ~ me the way to...** bocsánat, uram, meg tudná mondani, merre van a ... [bochaanât, oorâm, meg toodnaa mondâni, merr-e vân â]; **~ him to wait** mondja meg neki, hogy várjon [mondjâ meg neki, hodj vaaryon]; **I was told** azt mondták [âst montaak] nekem

temperature hőmérséklet [hő-mair-shaiklet]; **have/run a ~ láza** van [laazâ vân]; **take sby's ~** megmérni vkinek a lázát [meg-mairni â laazaat]

temporary ideiglenes [ideyglenesh]

ten tíz [teez]

tenant bérlő [bairlő], lakó [lâkaw]

tendency irány [iraanj]

tenderloin bélszín [bailseen]

tenement house bérház [bair-haaz]

ten-forint note tízforintos [teez-forintosh]

tennis tenisz [tennis]

tennis court teniszpálya [tennis-paayâ]

tennis racket teniszütő [tennis-ütő]

tent sátor [shaator]; **pitch a ~** sátrat verni/felállítani [shaatrât verni/felaaleetâni]; **may I pitch a ~ here?** szabad itt sátrat felállítani [sâbâd itt shaatrât felaaleetâni]?

tenth tizedik

tent-peg sátorcövek [shaator-tsövek]

term *(schools)* félév [fail-aiv]; *(conditions)* feltétel(ek) [feltaitel(ek)]; *(expression)* szakkifejezés [sâk-ki-feyezaish]

terminal végállomás [vaig-aalomaash]; *(centre in town)* városi iroda [vaaroshi irodâ]

terminus végállomás [vaigaalomaash], pályaudvar [paayâ-oodvâr]

terrible borzasztó [borzâstaw]

territory terület

test 1. *n (trial)* próba [prawbâ]; *(examination)* vizsga [vizhgâ] **2.** *v* kipróbálni [ki-prawbaalni]

text szöveg [söveg]

textbook tankönyv [tânkönjv]

textile szövet [sövet], textil [teksteel]

than mint

thank 1. *v* (meg)köszönni [-kösönni]; ~ **you (very much)!** köszönöm (szépen) [kösönöm (saipen)]!; ~ **you for your visit** köszönöm a látogatást [kösönöm â laatogâtaasht]; **no** ~ **you** köszönöm, nem kérek [kösönöm, nem kairek] **2.** *n* **thanks!** köszönöm [kösönöm]!

thankful hálás [haalaash]

that¹ *pron* az [âz], *(this)* ez; *(which)* ami [âmi], *(who)* aki [âki],*(whom)* akit [âkit]; ~ **is (to say)** azaz [âzâz]

that² *conj* hogy [hodj]

the *(before a consonant)* a [â], *(before a vowel)* az [âz]

theatre, *(US)* **theater** színház [seen-haaz]; *(US also)* filmszínház [-seenhaaz], mozi

theft lopás [lopaash]

their az ő ... (j)uk/ ... (j)ük [âz ő ... (y)ook/ ...(y)ük]; ~ **house** a házuk [â haazook]; ~ **car** a(z ő) kochi-yook]

theirs az övék [âz övaik]

them őket, azokat [âzokât]

theme tárgy [taardj], téma [taimâ]

themselves maguk(at) [mâgook(ât)]

then akkor [âkkor]; **by** ~ akkorra [âkkorrâ]

theory elmélet [elmailet]

therapy gyógymód [djawdj-mawd], terápia [teraapiâ]

there *(in that place)* ott; *(to that place)* oda [odâ];~ **and back** oda és vissza [odâ aish vissâ]; ~ **is** ... van ... [vân]; ~ **are** ... vannak ... [vânnâk]; ~**'s a book on the table** van egy könyv az asztalon [vân edj

könjv âz âstâlon]; ~ won't be time enough nem lesz
elég idő [nem les elaig idő]
therefore azért [âzairt], ezért [ezairt]
thermal bath termálfürdő [termaal-]
thermal spring meleg forrás [forraash], hévíz [haiveez
thermometer hőmérő [hőmairő]
thermos flask termosz [termos]
these ezek, (object) ezeket → this
they ők
thick vastag [vâshtâg]; (dense) sűrű [shűrű]; ~ soup
krémleves [kraim-lev-esh]
thief tolvaj [tolvây]
thigh comb [tsomb]
thin vékony [vaikonj]; (not fat) sovány [shovaanj];
(liquid) híg [heeg]
thing dolog; ~s (=belongings) holmi; how are ~s
with you? mi van [vân] veled?
think gondolni, (cogitate) gondolkozni; do you ~ it
will rain? gondolja, hogy esni fog [gondolyâ, hodj
eshni fog]?; I ~ so azt hiszem, igen [ast hisem, igen];
I don't ~ so nem hiszem [nem hisem]; I ~ he'll come
azt hiszem, eljön [ast hisem, elyön]; ~ about/of
sth vmire gondolni; ~ about it! gondolkodjék rajta
[gondolkodyaik râytâ]!, gondolja meg [gondolyâ
meg]!; I can't ~ of it (=remember) nem jut eszembe
[nem yoot esem-be]; I must ~ it over gondolkodnom
kell rajta [râytâ]
third 1. s harmadik [hârmâdik]; ~ class harmadik
osztály [hârmâdik ostaay]; on the ~ floor a harma-
dik emeleten [â hârmâdik emeleten], (US) a
második [maashodik] emeleten 2. n a ~ egyharmad
[edj-hârmâd]
Third Party Liability (TPL) (gépjármű-)felelősség-
biztosítás [(gaipyaarmű-)felelősh-shaig-bistoshee-
taash], kötelező (gépjármű)biztosítás
thirst szomjúság [somyoo-shaag]

thirsty szomjas [somyâsh]; **I am ~** szomjas vagyok [vâdjok]

thirteen tizenhárom [tizen-haarom]

thirteenth tizenharmadik [tizen-hârmâdik]

thirtieth harmincadik [hârmintsâdik]

thirty harminc [hârmints]

this ez; **these** ezek; **what's ~?** mi ez?;**what are these?** mik ezek?; **~ book** ez a könyv [ez â könjv], *(object)* ezt a könyvet [est â könjvet]; **these books** ezek a könyvek, *(object)* ezeket a könyveket; **~ is Mr. Smith** bemutatom S. urat [be-mootâtom S. oorât]; **~ is Peter speaking** itt Péter beszél [itt P. besail]; **~ is where you get off** itt kell leszállni [itt kell lesaalni]; **~ is to certify...** ezennel igazolom, hogy... [ezennel igâzolom, hodj]; **~ morning** ma reggel [mâ reggel], *(later)* ma délelőtt [dail-előtt]; **~ evening** ma este [mâ esh-te]; **~ day week** mához egy hétre [maahoz edj haitre-]; **~ month** folyó hó [foyaw haw]; **~ much** ennyi [ennji], *(object)* ennyit [ennjit]

thorough alapos [âlâposh]

thoroughfare főközlekedési útvonal [fő-közlekedaishi ootvonâl], főútvonal [fő-ootvonâl]; **'no ~'** minden jármű forgalma miedkét irányban tilos [minden yaarmű forgâlmâ mindkait iraanjbân tilosh]

thoroughly alaposan [âlâposhân]

though (ha)bár [(hâ)baar]; **as ~** mintha [mint-hâ]

thought gondolat [gondolât]; →**think**

thousand ezer

thousandth ezredik

thread fonal [fonâl], cérna [tsairnâ]; *(screw)* csavarmenet [châvâr-menet]

threaten fenyegetni [fenjegetni]

three három [haarom]; **~ times** háromszor [haaromszor]

three-lane road háromnyomú út [haarom-njomoo oot]

threepence három [haarom] penny
three-quarter háromnegyed [haarom-nedjed]
threshold küszöb [küsöb]
threw →**throw** 1.
thriller krimi
thrilling izgalmas [izgâlmâsh]
throat torok; **a sore ~** torokfájás [torok-faayaash];
have a sore ~ fáj a torka [faay â torkâ]
through át [aat], keresztül [kerestül]; **...~ to
Vienna** ...közvetlenül Bécsig [baichig]; **you're ~**
(go ahead!) tessék beszélni [tesh-shaik besailni]!;
(US) (finished) vége a beszélgetésnek [vai-ge
â besailgetaishnek]; *(US)* **are you ~?** (=*finished*)
készen van [kaisen vân]?,*(telephone)* lebeszéltek
[lebesailtek]?; *(US)* **from Friday ~ Tuesday** péntek-
től keddig bezárólag [paintektől keddig bezaarawlâg]
through carriage/coach közvetlen kocsi [kochi]
through fare teljes menetdíj (útmegszakítás nélkül)
[telyesh menet-deey (ootmeksâkeetaash nailkül)]
throughout egészen [egaisen], mindenütt; **~ the
year** egész éven át [egais aiven aat], egész évben
[egais aivben]; **~ the country** országszerte [ország-
ser-te]
through passenger átutazó [aatootâzaw]
through road átmenő út [aatmenő oot]
through route főútvonal [fő-ootvonâl]; *(plan)* úti-
program [ooti-progrâm], útiterv
through ticket közvetlen vasúti jegy [vâshooti yedj]
through traffic átmenő forgalom [aatmenő forgâlom]
through train közvetlen vonat [vonât], közvetlen vasúti
összeköttetés [vâshooti össe-köttetaish]; **is there a
~ to ...?** van közvetlen vonat [vân közvetlen vonât]
...ba/be?
throughway gyorsforgalmi út [djorsh-forgâlmi oot]
no **through way** *(US)* = *no* **thoroughfare**
throw 1. *v* dobni, hajítani [hâyeetâni]; **~ away/off**

eldobni; ~ **in** bedobni; ~ **out** kidobni **2.** *n* dobás [dobaash]

throwing: ~ **the discus** diszkoszvetés [diskos-vetaish]; ~ **the hammer** kalapácsvetés [kâlâpaach-vetaish]; ~ **the javelin** gerelyhajítás [gerey-hâyeetaash]

thumb hüvelykujj [hüveyk-ooy]

thunder 1. *n* mennydörgés [mennj-dörgaish] **2.** *v* dörög

Thursday csütörtök [chütörtök]; **on** ~ csütörtökön [chütörtökön]

thus így [eedj], ilyenformán [iyenformaan]

ticket jegy [yedj]; **two** ~**s to . . ., please !** két jegyet kérek [kait yedjet kairek] . . . ba/ . . . be; ~**s, please !** kérem a (menet)jegyeket [kairem â (menet)-yedjeket] !; **get a** ~ (= *be fined*) megbírságolják [-beer-shaagolyaak]

ticket agent jegypénztáros [yedj-painstaarosh]

ticket collector jegyszedő [yedj-sedő], kalauz [kâlâ-ooz]

ticket-inspector (jegy)ellenőr [(yedj)ellenőr], jegyvizsgáló [yedj-vizhgaalaw], kalauz [kâlâ-ooz]

ticket-office menetjegyiroda [menet-yedj-irodâ], jegypénztár [yedj-painstaar]

ticket reservation helyfoglalás [hey-foglâlaash]; helyjegyváltás [hey-yedj-vaaltaash]

tide: *(high)* dagály [dâgaay]; *(low)* apály [âpaay]

tidy 1. *a* rendes [rendesh] **2.** *v* ~ **up the room** rendet csinálni a szobában [rendet chinaalni â sobaabân]

tie 1. *v* (meg)kötni; ~ **a knot** csomót [chomawt] kötni; ~ **up a parcel** csomagot átkötni [chomâgot aatkötni] **2.** *n (neck)* nyakkendő [njâk-kendő]; *(equal score)* (el)döntetlen; **ended in a** ~ döntetlenül végződött [vaigzödött]

tight 1. *a* szoros [sorosh], feszes [fesesh] **2.** *adv* **hold sth** ~ erősen/szorosan [erőshen/soroshân] fogni vmit]

tighten megszorítani [-soreetâni], *(rope, bolt)* meghúzni [-hoozni]; **~ up** *(loose nuts and bolts)* meghúzni (meglazult csavarokat) [meg-hoozni (meglâzoolt châvârokât)]

tights (balett)trikó [(bâlett-)trikaw]; *(panty hose)* harisnyanadrág [hârish-njâ-nâdraag]

tile csempe [chem-pe]

till 1. *prep* . . .ig; **~ ten o'clock** tíz óráig [teez awraayig]; **~ morning** reggelig; **~ now** mostanáig [moshtânaaig]; **~ then** eddig [âddig]; **~ tomorrow** holnapig [holnâpig]; **valid ~ July 16th** érvényes júl. 16-ig [airvainjesh yoolyoosh tizenhâtodikaayig] **2.** *conj* amíg [âmeeg], ameddig [âmeddig]; **let's wait ~ the rain stops** várjunk amíg eláll az eső [vaaryoonk âmeeg elaal âz eshő]

timber fa [fâ]; épületfa [aipületfâ]

time idő; **what is the ~?, what ~ is it?** hány óra [haanj awrâ]?, mennyi az idő [mennji âz idő]?; **what ~ . . .?** mikor . . .?; **what ~ do trains leave for . . .?** mikor mennek vonatok . . . felé [mikor mennek vonâtok . . . felai]?; **at what ~?** hány órakor [haanj awrâkor]?; **at any ~** bármikor [baarmikor]; **by the ~ . . .** mire . . . [mi-re]; **in (good) ~** jókor [yawkor], időben; **we were in ~ for the train** időben elértük a vonatot [időben elairtük â vonâtot]; **on ~** pontos(an) [pontosh(ân)]; **the train came in on ~** a vonat pontosan érkezett [â vonât pontoshân airkezett]; **it's ~ for me to go** ideje, hogy (el)induljak [id-ey-e, hodj (el)indoolyâk]; **for the ~ being** egyelőre [edjelő-re]; **all the ~** egész idő alatt [egais idő âlâtt]; **this ~** ez alkalommal [ez âlkâlommâl]; **~ is up** az idő lejárt [âz idő le-yaart]; **it takes ~** idő kell hozzá [idő kell hozzaa], időt vesz igénybe [időt ves igainjbe]; **have a good ~!** jó mulatást [yaw moolâtaasht]!; **we've had a good ~** jól éreztük magunkat [yawl airestük mâgoonkât]

times: four ~ négyszer [naidj-ser]; **six** ~ hatszor [hát-sor]

timetable menetrend; **have you a** ~? van egy menetrendje [vån edj menetrend-ye]?

tin konzerv

tinned fish halkonzerv [hål-]

tinned meat húskonzerv [hoosh-]

tin-opener konzervnyitó [konzerv-njitaw]

tiny pici [pitsi]

tip¹ 1. n *(pointed end)* hegy [hedj], csúcs [chooch] **2.** v ~ **up** felborulni [felboroolni]

tip² 1. n *(gratuity)* borravaló [borrâ-vâlaw]; ~ **included** borravalóval együtt [borrâ-vâlaw-vâl eddjütt] **2.** v borravalót adni [borrâ-vâlawt âdni] (vkinek)

tire →tyre

tired fáradt [faarâtt]; **I am** ~ fáradt vagyok [vâdjok]; **get** ~ elfáradni [elfaarâdni], kifáradni [ki-]

tiring fárasztó [faarâstaw]

tissue *(cleansing)* papírzsebkendő [pâpeer-zhepkendő]; arctörlő [ârts-törlő]; *(toilet)* vécépapír [vaitsay-pâpeer]

title cím [tseem]; *(champion)* bajnoki [bâynoki] cím

T junction T elágazás [tay-elaagâzaash]

to 1. *(direction)* ... ba [bâ], ... be, ... ra [râ], ... re, ... hoz; **go** ~ **London** Londonba megy [L-bâ medj]; ~ **the airport** a repülőtérre [â repülő-tairre]; ~ **me** hozzám [hozzaam] **2.** *(indirect object)* ... nak, ... nek [nâk, nek]; **give it** ~ **him** adja oda neki [addjâ odâ neki]; **write** ~ **Mr. X** írjon X úrnak [eeryon X oornâk] **3.** *(up to)* ... ig; **from Saturday** ~ **Monday** szombattól hétfőig [sombâttawl haitfő-ig]; **10 a.m.** ~ **6p.m.** de. 10-től du. 6-ig; **ten (minutes)** ~ **one** tíz perc múlva egy [teez perts moolvâ edj] **4.** *(infinitive)* ... ni; ~ **go** menni

18

toast *(bread)* pirítós [pireetawsh]; *(proposal to drink)* pohárköszöntő [po-naar-köszöntő]
tobacco dohány [do-haanj]
tobacconist('s) dohánybolt [do-haanj-bolt], trafik [tráfik]
today ma [mà]; a week ~ mához egy hétre [maahoz edj hait-re]; ~'s paper a mai újság [å mâyi ooyshaag]
toe lábujj [laab-ooy]
toe-in kerékösszetartás [keraik-össetârtaash]
together együtt [eddjütt]
toilet *(lavatory)* vécé [vai-tsay], mosdó [mozhdaw]
toilet-paper vécépapír [vai-tsay-pâpeer], toalettpapír [toålett-]
toilet-soap pipereszappan [pip-er-e sâppân]
toilet water kölnivíz [-veez]
Tokay tokaji [tokâyi] bor
told →tell
toll útvám [ootvaam]
toll call—távolsági/interurbán beszélgetés [taavol-shaagi/interoorbaan besailgetaish]
toll road, tollway vámköteles autóút/autópálya [vaam-kötelesh outaw-oot/outaw-paayâ], vámút [vaamoot]
tomato paradicsom [pârâdichom]
tomato juice paradicsomlé [pârâdichom-lay]
tomato soup paradicsomleves [pârâdichom-lev-esh]
tomb sír [sheer]
tomorrow holnap [holnâp]; ~ week holnaphoz egy hétre [holnâp-hoz edj hait-re]
ton tonna [tonnâ]
tongue nyelv [njelv]
tonight ma este [mâ esh-te], *(late)* ma éjjel [ay-yel]
tonsil mandula [mândoolâ]
tonsillitis mandulagyulladás [mândoolâ-djoollâdaash]
too *(also)* is [ish], szintén [sintain]; *(excess)* túl [tool], nagyon [nâdjon]; this is ~ big for me ez túl nagy nekem [ez tool nâdj nekem]

took →**take**
tool szerszám [sersaam], eszköz [esköz]
tool-box, tool-kit szerszámláda [sersaam-laadâ]
toot dudálni [doodaalni]
tooth fog; **have a ~ (taken) out** kihúzatja egy fogát
 [ki-hoozâtyâ edj fogaat]
toothache fogfájás [fog-faayaash]; **I have got ~** fáj
 a fogam [faay â fogâm]
toothbrush fogkefe [fog-kef-e]
toothpaste fogkrém [fog-kraim]
toothpick fogpiszkáló [fog-piskaalaw]
top tető, csúcs [chooch]; **~ of the hill** hegytető [hedj-
 tető]; **on ~** legfelül, tetején [teteyain]; *(bus)*
 (fenn) az [âz] emeleten
top-coat felsőkabát [felshő-kâbaat], felöltő
topic téma [taimâ]
top speed legnagyobb sebesség [leg-nâdjobb shebesh-
 shaig]
torch *(electric)* zseblámpa [zheb-laampâ]
tore →**tear²**
total 1. *a* teljes [telyesh], összes [össesh]; **~ weight**
 összsúly [öss-shooy] **2.** *n* végösszeg [vaig-össeg]
touch 1. *v* (meg)érinteni [-airinteni], hozzányúlni
 [hozzaa-njoolni]; **do not ~ the exhibits** a kiállított
 tárgyakhoz nyúlni tilos [â kiaaleetott taardjâk-hoz
 njoolni tilosh]!; **~ down** *(of aircraft)* leszállni
 [lesaalni]; **where do we ~ down on our way?** hol
 szállunk le útközben [hol saaloonk le oot-közben]?
 2. *n* érintés [airintaish]; *(football)* partvonal [pârt-
 vonâl]; **be in ~ with sby** kapcsolatban van [kâp-
 cholâtban vân] vkivel; **get in ~ with sby** érintkezésbe
 lépni [airintkezaishbe laipni] vkivel
touch-line partvonal [pârtvonâl]
tough *(person)* edzett; *(thing)* kemény [kemainj]
tour 1. *n* utazás [ootâzaash], út [oot]; *(conducted)*
 társasutazás [taarshâsh-ootâzaash]; *(circular trip)*

18*

körutazás [körootâzaash]; *(motor tour)* autótúra
[outaw-toorâ]; *(walk)* túra [toorâ]; *(by a theatrical
company)* turné [toornay]; **a ~ of Europe** európai
út [e-oorawpâyi oot]; **make a ~** utazni [ootâzni],
körutazást [kör-ootâzaasht] tenni; **make a ~ of
a country** beutazni egy országot [-ootâzni edj
orsaagot] **2.** *v* utazni [ootâzni]; **they are ~ing
Europe** beutazzák Európát [be-ootâzzaak e-ooraw-
paat], körutazást tesznek Európában [köroota-
zaasht tesnek e-oorawpaabân]
tour guide csoportvezető [choport-], túravezető
[toorâ-]
touring utazás [ootâzaash], *(by car)* autótúra [outaw-
toorâ]
touring season turistaidény [toorishtâ-idainj], főidény
[fő-]
tourism *(tourist trade)* idegenforgalom [idegen-forgâ-
lom], turizmus [toorizmoosh]; *(travelling)* utazás
[ootâzaash]
tourist turista [toorishtâ]; utazó [ootâzaw], utas
[ootâsh]
tourist agency/bureau idegenforgalmi hivatal/iroda
[idegenforgâlmi hivâtâl/irodâ]
tourist centre idegenforgalmi központ [idegenforgâlmi
köspont]
tourist cheque turistacsekk [toorishtâ-chekk]
tourist class turistaosztály [toorishtâ-ostaay]
tourist fare turistajegy ára [toorishtâ-yedj aarâ]
tourist home turistaszállás [toorishtâ-saalaash]
tourist hostel turistaszálló [toorishtâ-saalaw], turista-
ház [-haaz]
tourist hut menedékház [menedaik-haaz]
tourist information centre idegenforgalmi tájékoztató
szolgálat [idegenforgâlmi taayaikostâtaw solgaalât]
→**tourist office**
tourist lodge turistaház [toorishtâ-haaz]

tourist office idegenforgalmi hivatal [idegenforgâlmi hivâtâl]

tourist rate (of exchange) turistaárfolyam [toorishtâ-aarfoyâm]

tourist service *(bus etc.)* turistajárat [toorishtâ-yaarât]

tourist ticket turistajegy [toorishtâ-yedj], kedvezményes körutazási jegy [kedvezmainjesh körootâzaashi yedj]

tourist trade idegenforgalom [-forgâlom]

tourist visa turistavízum [toorishtâ-veezoom]

tour leader →**tour guide**

tour member résztvevő (társasutazásban) [raist-vevő (taarshâshootâzaashbân)]

tournament torna [tornâ], verseny [vershenj], viadal [viâdâl]

tour program(me) útiprogram [ooti-progrâm], útiterv [ooti-]

tow vontatni [vontâtni]; ~ **away** elvontatni [elvontâtni], elszállítani [-saaleetâni]

toward(s) felé [felay]

tow car →**tow truck**

towel törülköző

tower torony [toronj]

towing vontatás [vontâtaash]; ~ **charges** vontatási költség [vontâtaashi kölchaig]

town város [vaarosh]

town centre városközpont [vaarosh-köspont], centrum [tsentroom]

town hall tanácsháza [tânaach-haazâ]

town office/terminal városi iroda [vaaroshi irodâ]

townspeople városiak [vaaroshiâk]

towrope vontatókötél [vontâtaw-kötail]

tow truck *(US)* autómentő [outaw-mentő]

toy játék [yaataik]

toy-shop játékbolt [yaataik-bawlt]

trace 1. *n* nyom [njom] 2. *v* kinyomozni [ki-njomozni

track *(trace)* nyom [njom]; *(course)* pálya [paayâ], útvonal [ootvonâl]; *(rails)* vágány [vaagaanj], pálya [paayà]; **keep ~ of sby** nyomon [njomon] követni vkit [njomon]

track and field events futó-, ugró és dobószámok [footaw, oograw aish dobaw-saamok], atlétika [âtlaitikâ]

tracksuit melegítő [melegeető]

traction vontatás [vontâtaash]

tractor traktor [trâktor], vontató [vontâtaw]

trade 1. *n* kereskedelem [kereshkedelem], ipar [ipâr]; *(occupation)* szakma [sâkmâ] 2. *v* kereskedni [kereshkedni]; **~ (in) sth for sth** vmit vmire becserélni/kicserélni [-cherailni]

trademark védjegy [vaid-yedj]

trade name márkanév [maarkâ-naiv]

tradesman kereskedő [kereshkedő]

trade(s)-union szakszervezet [sâkservezet]

tradition hagyomány [hâdjomaanj]

traditional hagyományos [hâdjomaanjosh]

traffic forgalom [forgâlom]; *(transport)* közlekedés [közlekedaish]; **there was a lot of ~, ~ was heavy** nagy volt a forgalom [nâdj volt â forgâlom]

trafficator irányjelző [iraanj-yelző], villogó [villogaw]

traffic block forgalmi akadály [forgâlmi âkâdaay]

traffic circle *(US)* körforgalom [körforgâlom]

traffic control forgalomirányítás [forgâlom-iraanjeetaash]

traffic island terelősziget [-siget]; *(for pedestrians)* járdasziget [yaardâ-siget]

traffic jam forgalmi torlódás/dugó [forgâlmi torlawdaash/doogaw]

traffic lane forgalmi sáv [forgâlmi shaav], nyom [njom]

traffic lights fényjelző készülék [fainj-yelző kaisülaik], (forgalmi) jelzőlámpa [(forgâlmi) yelzőlaampâ], „villanyrendőr" [villânj-rendőr]

traffic offence közlekedési szabálysértés [közlekedaishi sâbaay-shairtaish]
traffic pillar terelőoszlop [-oslop]
traffic regulations közlekedési szabályok [közlekedaishi sâbaayok]; *(the Highway Code)* KRESZ [kres]
traffic sign (közúti) jelzőtábla [(közooti) yelző-taablâ]
traffic signals forgalomirányító (fény)jelzések [forgâlom-iraanjeetaw (fainj-)yelzaishek], jelzőlámpa [yelzőlaampâ]
traffic warden forgalomirányító [forgâlom-iraanjeetaw]
tragedy tragédia [tragaidiâ]
tragic tragikus [trâgikoosh]
trail nyom [njom], csík [cheek]
trailer utánfutó [ootaanfootaw]; *(US, caravan)* lakókocsi [lâkaw-kochi]; *(film)* előzetes [előzetesh]
trailer camp/court/park *(US)* = **caravan site**
train 1. *n* vonat [vonât]; **by ~** vonattal [vonâttâl], vonaton [vonâton]; **is this the right ~ for . . .?** ez a vonat megy . . . [ez â vonât medj]?; **when does the ~ arrive from . . .?** mikor érkezik a vonat . . .ból/ . . .ből [mikor airkezik â vonât . . .bawl/ből?; **the ~ is in** benn van (már) a vonat [benn vân (maar) â vonât]; **takes the 6.15 a.m. ~** a 6.15-ös vonattal megy/utazik [â hât tizenötösh vonâttâl medj/ootâzik]; **the ~ for Glasgow** a glasgowi vonat [â glasgow-i vonât]; **to change ~s** átszállni [aat-saalni] 2. *v* oktatni [oktâtni], (ki)képezni [-kaipezni], nevelni [nev-elni]
training oktatás [oktâtaash]; *(sports)* edzés [edzaish]; **be in ~** jó formában van [yaw formaabân vân]
tram villamos [villâmosh]; **which ~ goes to . . .?** hányas villamos megy . . . felé [haanjâsh villâmosh medj . . .felay]?
tramline villamosvonal [villâmosh-vonâl]

tram refuge járdasziget [yaardá-siget]
tramstop villamosmegálló [villámosh-megaalaw]
tramway villamos(vágány) [villámosh(vaagaanj)]
transfer 1. *v (move)* áthelyezni [aat-hey-ezni]; *(currency)* átutalni [aatootálni]; *(change trains etc.)* átszállni [aat-saalni] **2.** *n (from station to hotel)* szállítás [saaleetaash]; *(to another train etc.)* átszállás [aat-saalaash]; *(ticket to change from one bus etc. to another)* átszálló(jegy) [aat-saalaw(-yedj)]; *(of currency)* átutalás [aatootálaash]
not **transferable** másra át nem ruházható [maashrá aat nem roohaaz-hátaw]
transfer point átszállóállomás [aat-saalaw-aalomaash], átszállóhely [-hey]
transform átalakítani [aatálákeetáni]
transformer transzformátor [tránsformaator], trafó [tráfaw]
transfusion *(of blood)* vérátömlesztés [vair-aatömlestaish]
transistor radio tranzisztoros rádió [tránzistorosh raadiyaw], zsebrádió [zheb-]
transit 1. *n* átutazás [aat-ootâzaash], tranzit [tránzit]; *(of goods)* (áru)szállítás [(aaroo)saaleetaash]; **be in ~** átutazóban ván [aat-ootazawbán ván]; **(person) in ~** átutazó vendég/utas [aatootâzaw vendaig/ootásh] **2.** *v* átutazni [aatootâzni]
transit passenger átutazó utas [aatootâzaw ootásh]
transit visa átutazóvízum [aat-ootôzaw-veezoom], tranzitvízum [tránzit-]; **double ~** átutazóvízum kétszeri belépésre [kait-seri belaipaish-re]
translate (le)fordítani [-fordeetáni]; **~ it into English** fordítsa le angolra [fordeet-shá le ángolrá]!
translation fordítás [fordeetaash]
translator fordító [fordeetaw]
transmission *(radio, T.V.)* adás [âdaash]; *(motor car)* sebességváltó [shebesh-shaig-vaaltaw]

transmit *(by radio)* (le)adni [-ádni], sugározni [shoo-gaarozni]

transparency dia [diyâ]

transport 1. *n* szállítás [saaleetaash], fuvarozás [foovârozaash]; *(traffic)* közlekedés [közlekedaish] **2.** *v* szállítani [saaleetâni], fuvarozni [foovârozni]

transportation →transport 1.

transport charges szállítási költségek [saaleetaashi kölchaigek]

Transylvania Erdély [erday]

trash szemét [semait]

travel 1. *v* utazni [ootâzni]; ~ **by air** repülőgéppel/ repülőgépen utazni [-gaippel/-gaipen ootâzni], repülni; ~ **by car** autóval/autón menni/utazni [outawvâl/outawn menni/ootâzni], kocsival [kochivâl] menni; ~ **by train** vonattal/vonaton utazni/menni [vonâttâl/vonâton ootâzni]; ~ **through** átutazni [aat-ootâzni]; ~ **light** kevés poggyásszal utazni [kevaish poddjaassâl ootâzni] **2.** *n* utazás [ootâzaash]

travel agency/agent utazási iroda [ootâzaashi irodâ]; *(for tickets)* menetjegyiroda [menet-yedj-irodâ] *(in Hungary:* MÁV, IBUSZ, MALÉV)

travel arrangements úti előkészületek [ooti előkaisületek]

travel bureau →travel agency

travel documents úti/utazási okmányok [ooti/ootâzaashi okmaanjok]

travel expenses útiköltség [ooti-kölchaig]

travel information felvilágosítás utazási ügyekben [felvilaagosheetaash ootâzaashi üdjekben]

travel(l)er utas [ootâsh], utazó [ootâzaw]

travel(l)er's aid segélyhely [shegay-hey]

travel(l)er's cheque/check utazási csekk [ootâzaashi chekk]

travel(l)ing utazás [ootâzaash]

travel(l)ing date utazás időpontja [ootâzaash időpont-yâ]
travel(l)ing expenses útiköltség [ooti-kölchaig]
travel(l)ing rug úti takaró [ooti tâkâraw], pléd [playd]
travel office utazási iroda [ootâzaashi irodâ]
travelog(ue) úti beszámoló [ooti besaamolaw]
tray tálca [taaltsâ]
tread 1. *v* taposni [tâposhni]; ~ **on** rálépni [raa-laipni]
   2. *n (part of stair)* lépcsőfok [laipchőfok]; *(part of tyre)* futófelület [footaw-felület]
tread wear gumikopás [goomi-kopaash]
treasure kincs [kinch]
treasurer pénztáros [painstaarosh]
treat *(discuss)* tárgyalni [taardjâlni]; *(give medical care)* kezelni; *(act towards)* bánni [baanni] (vkivel); *(entertain)* megvendégelni [-vendaigelni]
treatment *(behaviour toward)* bánásmód [baanaash-mawd]; *(medical)* kezelés [kezelaish], kúra [koorâ]
tree fa [fâ]
tremendous roppant nagy [roppânt nâdj]
no **trespassing !** az átjárás tilos [âz aat-yaaraash tilosh]!
trial *(testing)* próba [prawbâ]; *(in a law court)* tárgyalás [taardjâlaash]
triangle háromszög [haaromsög]
triangular háromszögű [haaromsögű]
trick csel [chel], fogás [fogaash]
trifle csekélység [chekay-shaig]; *(sweet dish)* máglya-rakás [maagyâ-râkaash]
trim(ming) *(hair)* igazítás [igâzeetaash]
trip *(outing)* kirándulás [kiraandoolaash]; *(journey)* utazás [ootâzaash], út [oot]; *(walk)* túra [toorâ];
   go for a ~ kirándulást [kiraandoolaasht] tenni, utazni [ootâzni], túrázni [tooraazni]; **a week-end** ~ hétvégi kirándulás [hait-vaigi kiraandoolaash]; **a** ~ **abroad** külföldi utazás/út [ootâzaash/oot]
triptique →„Carnet de Passages en Douane"

trolley *(car) (US)* villamos(kocsi) [vĭllâmosh(-kochi)]
trolleybus troli(busz) [-boos]
troop csapat [châpât]
trouble 1. *n* baj [bây]; **what's the ~?** mi a baj [mi â bây]?; **takes the ~ to...** veszi a fáradságot, hogy... [vesi â faarâd-shaagot, hodj] **2.** *v* zavarni [zâvârni]; **may I ~ you for...?** szabad kérnem a... [sâbâd kairnem â...]
trousers nadrág [nâdraag]
trouser-suit nadrágkosztüm [nâdraag-kostüm]
trout pisztráng [pistraang]
truck *(US, lorry)* teherautó [teher-outaw]
true igaz(i) [igâz(i)], valódi [vâlawdi]; **is it ~?** igaz [igâz]?; **come ~** megvalósulni [-vâlaw-shoolni]
truly őszintén [ősintain]; **yours ~** őszinte tisztelettel [ősin-te tistelettel]
trunk *(luggage)* bőrönd; *(US, boot)* csomagtartó [chomâg-târtaw], csomagtér [chomâg-tair]; *(bathing drawers)* fürdőnadrág [-nâdraag]
trunk-call távolsági beszélgetés [taavol-shaagi besail-getaish]
trunk-lid csomagtartófedél [chomâg-târtaw-fedail]
trunk-road főhálózati út [fő-haalawzâti oot], főútvonal [fő-ootvonâl]
trust 1. *n* bizalom [bizâlom]; *(custody)* megőrzés [megőrzaish], letét [le-tait]; **on ~** letétben [le-taitben] **2.** *v* megbízni [megbeezni] (vkiben); **~ sby with sth** rábízni [raa-beezni] vmit vkire; **I ~...** remélem... [remailem]
truth igazság [igâsshaag]
try 1. *v* (meg)próbálni [-prawbaalni], kipróbálni [ki-]; **~ on** felpróbálni [-prawbaalni]; **may I ~ it on?** felpróbálhatom [-prawbaalhâtom]?; **~ out** kipróbálni [-prawbaalni] **2.** *n* **have a ~!** próbálja [prawbaalyâ] meg!
tub kád [kaad]

tube cső [chő]; *(containing paste)* tubus [tooboosh];
(inner tube) tömlő; *(underground)* földalatti [föld-
álátti], metró [metraw]
tubeless tyre tömlő nélküli gumi(abroncs) [tömlő-
nailküli goomi(-ábronch)]
tube-station földalatti-állomás [föld-álátti-aalomaash],
metróállomás [metraw-]
Tuesday kedd; on ~ kedden
tugboat vontatóhajó [vontátaw-hâyaw]
tuition oktatás [oktâtaash], tanítás [tâneetaash]
~ **fees** tandíj [tândeey]
tulip tulipán [toolipaan]
tuna tonhal [ton-hâl]
tune 1. *n* dallam [dállâm] 2. *v* hangolni [hângolni]
~ **in** *(wireless set)* beállítani [be-aaleetáni]; ~ up
felhangolni [-hângolni]
tunnel alagút [âlâgoot]
turf lóverseny(pálya) [law-vershenj-(paayâ)], turf
[toorf]
turkey pulyka [pooykâ]
Turkey Törökország [török-orsaag]
Turkish török; ~ **bath** gőzfürdő; ~ **towel** frottírtörül-
köző [froteer-]
turn 1. *v (change direction)* (meg)fordulni [-fordoolni],
kanyarodni [kânjârodni]; ~ **about** megfordulni
[-fordoolni]; ~ **back** *(on the road)* megfordulni
[-fordoolni]; ~ **down** *(fold down)* lehajtani [le-
hâytáni]; ~ **sby down** *(refuse)* elutasítani [el-ootâ-
sheetáni] vkit; ~ **left** balra kanyarodni [bâlrâ kânjâ-
rodni]; ~ **to the left !** forduljon balra [fordoolyon
bâlrâ] !; ~ **off** *(gas, water)* elzárni [el-zaarni],
(light) lecsavarni [le-châvârni], eloltani [-oltáni],
(radio) kikapcsolni [-kâpcholni]; **please** ~ **the gas
off !** kérem zárja el a gázt [kairem zaaryâ el â
gaast] !; ~ **off the tap** elzárni a csapot [el-zaarni â
châpot]; **this is where the road** ~**s off** itt kanyarodik

el az út [itt kânjârodik el âz oot]; ~ **on** *(gas, water)* kinyitni [ki-njitni], *(light)* felcsavarni [-châvârni], *(radio)* bekapcsolni [-kâpcholni]; ~ **on the tap** kinyitni a csapot [ki-njitni a châpot]; **please ~ the wireless on** kérem kapcsolja be a rádiót [kairem kápcholyâ be a raadiyawt]; **please ~ the gas on** kérem nyissa ki *(or:* gyújtsa meg) a gázt [kairem njish-shâ ki *(or:* djooychâ meg) â gaast]; ~ **out** *(lights)* eloltani [-oltâni]; *(expel)* kidobni; ...~ed **out well** jól sikerült/végződött [yawl shikerült/vaigző-dött]; ~ **over** *(of a car)* felborulni [-boroolni]; ~ **right** jobbra kanyarodni [yobbrâ kânjârodni]; ~ **to the right** ! forduljon jobbra [fordoolyon yobbrâ] !; ~ **round** megfordulni [-fordoolni]; ~ **to sby** vkihez fordulni [fordoolni]; ~ **up** *(appear)* megjelenni [-yelenni]; **he hasn't ~ed up yet** még nem jelentke-zett [maig nem yelentkezett] 2. *n (change of direction)* kanyarodás [kânjârodaash]; **in ~** felváltva [felvaaltvâ]; **it is your ~** (most) [mosht] ön követ-kezik

turning left balra kanyarodás [bâlrâ kânjâro-daash]

turning right jobbra kanyarodás [yobbrâ kânjâro-daash]

turnip fehér répa [fehair raipâ]

turnover forgalom [forgâlom]

turnpike (road) vámköteles autópálya [vaam-kötelesh outaw-paayâ]

turpentine terpentin

turtle teknősbéka [teknősh-baikâ]

T.V., TV tv, tévé [tai-vai]; →**television**

TV-play tévéjáték [tai-vai-yaataik]

tweed skót gyapjúszövet [shkawt djâpyoo-sövet]

tweezers csipesz [chip-es]

twelfth tizenkettedik

twelve tizenkettő, tizenkét ... [tizen-kait]

twentieth huszadik [hoosádik]

twenty húsz [hoos]

twenty-four huszonnégy [hooson-naidj]; **open ~ hours a day** éjjel-nappal nyitva [ay-yel-nâppâl njitvâ]

twice kétszer [kait-ser]; **~ as much** kétszer annyi(t) [kait-ser ânnji(t)]

twig ág [aag]

twins ikrek

twist (össze)sodorni [(össe)shodorni]

twisted ankle bokaficam [bokáfitsâm]

two kettő, két . . . [kait]; **in ~s** kettesével [ketteshaivel]; **cut in ~** kettévágni [ket-tai vaagni]

two-berth kétfekhelyes [kait-fek-heyesh]

two-lane motorway *(with no dividing strip)* autóút [outaw-oot]

two-lane road kétnyomú út [kaitnjomoo oot]

twopence két [kait] penny

twopenny kétpennys (érme) [kait-penny-sh (air-meh)]

two-piece kétrészes [kait-raisesh]

two-stroke mixture keverék [kev-eraik]

two-thirds kétharmad [kait-hârmâd]

two-way kétirányú [kait-iraanjoo]; **~ traffic** kétirányú forgalom [forgâlom], *(as a warning)* ,,Vigyázat! Szembejövő forgalom" [vidjaazât sembe-yövő forgâlom]; *(US)* **~ ticket** menettérti jegy [menet-tairti yedj]

type 1. *n* fajta [fâytâ], típus [teepoosh]; *(letter)* betű-(típus) [betű(teepoosh)]; **~ of car** autótípus [outaw-teepoosh] **2.** *v* (le)gépelni [-gaipelni]

typed gépelt [gaipelt]

typewriter írógép [eeraw-gaip]

typical jellegzetes [yellegzetesh], tipikus [tipɪkoosh]

typist gépíró(nő) [gaipeeraw(nö)]

tyre gumiabroncs [goomi-âbronch], (autó)gumi [(outaw)goomi], köpeny [köpenj]

tyre pressure levegőnyomás [levegő-njomaash**]**, gumiabroncsnyomás [goomi-âbronch-njomaash]
tyre pressure gauge (levegő)nyomásmérő [-njomaash--mairő]

U

U 1. (=*universal, cinema picture*) korhatár nélkül [korhâtaar nailkül] **2.** (=*underground*) földalatti [föld-âlâtti] (M=metró)
ugly ronda [rondâ]
ulcer fekély [fekay]
ultimate végső [vaig-shő]
ultimately végülis [vaigülish]
ultra-short wave ultrarövid hullám [ooltrâ-rövid hoollaam], URH [oo-er-haa]
umbrella esernyő [eshernjő]
umpire játékvezető [yaataik-], versenybíró [vershenjbeeraw]
unable képtelen [kaiptelen], nem képes [kaipesh]; **be ~ to**... nem tud/képes... [nem tood/kaipesh]
unaccompanied őrizet/kísérő nélküli [őrizet/keeshairő nailküli]
be **unaccustomed** *to* nem szokta meg hogy... [nem soktâ meg hodj]
unaided segítség nélkül(i) [shegeet-shaig nailkül(i)]
unaltered változatlan [vaaltozâtlân]
unattended vehicle őrizetlenül hagyott jármű [hâdjott yaarmű]
unavailable rendelkezésre nem álló [rendelkezaish-re nem aalaw]; (*not valid*) nem érvényes [airvainjesh]; (*unobtainable*) nem kapható [kâp-hâtaw]
unbelievable hihetetlen

unbroken (white) line záróvonal [zaaraw-vonâl]

uncertain bizonytalan [bizonjtâlân], kétes [kaitesh]

unchanged változatlan [vaaltozâtlân]

uncle nagybácsi [nâdj-baachi]; **my ~ a** nagybátyám [â nâdj-baatjaam]; **at my ~'s a** nagybátyáméknál [â nâdj-baatjaamaik-naal]; **~ John** János bácsi [yaanosh baachi]

uncomfortable kényelmetlen [kainjelmetlen]

uncommon szokatlan [sokâtlân]

unconscious eszméletlen [esmailetlen]

under *(at, in)* ... alatt [âlâtt], alatta [âlâttâ]; *(to)* alá [âlaa]; **~ repair** javítás alatt [yâveetaash âlâtt]; **be ~ age** kiskorú [kish-koroo]; **sby ~ 16 years of age** 16 éven aluli [tizenhât aiven alooli]; **be ~ way** úton van [ooton vân]

underclothes alsónemű [âlshaw-], fehérnemű [fehair-]

underdone angolos(an) [ângolosh(ân)], véres(en) [vairesh(en)]

underexposed alexponált [âl-exponaalt]

undergo *(test)* alávetni magát [âlaavetni mâgaat] (vminek)

undergraduate egyetemi hallgató [edjetemi hâlgâtaw]

underground *(railway)* földalatti (vasút) [földâlâtti (vâshoot)], metró [metraw]; **travel by ~** metrón/ földalattin utazni [metrawn/földâlâttin ootâzni]

underground railway station földalatti állomás [földâlâtti aalomaash], metróállomás [metraw-]

underline aláhúzni [âlaa-hoozni]

underneath *(at)* ... alatt [âlâtt]; *(to)* ... alá [âlaa]

underpass aluljáró [âlool-yaaraw]

undershirt trikó [trikaw]

understand (meg)érteni [-airteni]; *(learn)* értesülni [airteshülni]; **he ~s English** ért angolul [airt ângolool]; **do you ~ me?** ért [airt] engem?; **I don't ~ you** nem értem [airtem] önt; **I ~ that** ... úgy értesültem/tudom, hogy . . . [oodj airteshültem/toodom, hodj]

undertake vállalni [vaalálni] (vmit), vállalkozni [vaalâlkozni] (vmire)

underwear →**underclothes**

undeveloped *(film)* előhívatlan [-heevâtlân]

undies női fehérnemű [nőyi fehairnemű]

undivided highway egypályás (autó)út [edj-paayaash (outaw)oot]

undo kibontani [-bontâni]; **has come ~ne** kibomlott, *(shoelace)* kifűződött

undress levetkőzni

uneasy nyugtalan [njooktâlân]

unemployed munkanélküli [moonka-nailküli]

uneven egyenetlen [edjenetlen], göröngyös [görön-djösh], hepehupás [he-pe-hoopaash]; "**~ road**" „bukkanó" [bookkânaw]

unfair nem tisztességes [tistesh-shaigesh], nem fair

be **unfamiliar** *with* nem ismer [ishmer] (vmit)

unfinished befejezetlen [befeyezetlen]

unfortunate szerencsétlen [serenchaitlen], sajnálatos [shâynaalâtosh]

unfortunately sajnos [shâynosh]

unfriendly barátságtalan [bâraat-shaagtâlân]

unfurnished bútorozatlan [bootorozâtlân]

unguarded *(careless)* óvatlan [aw-vâtlân]; *(level crossing)* sorompó nélküli [shorompaw nailküli]

unguent kenőcs [kenőch]

uniform 1. *a* egyforma [edjformâ] **2.** *n* egyenruha [edjenroohâ]

unilateral parking on alternate days váltakozó várakozás [vaaltâkozaw vaarâkozaash]

union egyesülés [edjeshülaish], unió [oonyaw]

unique páratlan [paarâtlân]

unit egység [edj-shaig]; **~ of measurement** mértékegység [mairtaik-edj-shaig]

19

the **United Kingdom** az Egyesült Királyság [âz edjeshült kiraayshaag]
the **United States** *(of America)* az (Amerikai) Egyesült Államok [âz (âmerikâyi) edjeshült aalâmok], USA [ooshâ]
unit price egységár [edj-shaig-aar]
universal egyetemes [edjetemesh]
university egyetem [edjetem]
university student egyetemi hallgató [edjetemi hâlgâtaw]
unknown ismeretlen [ishmeretlen]
unlawful törvényellenes [törvoinj-ellenesh]
unless ha(csak) [hâ(châk)] nem, kivéve ha ... [kivai-ve hâ]; ~ **it rains** ha(csak) nem esik [hâ(châk) nem eshik]
be **unlighted** nincs kivilágítva [ninch kivilaageetvâ]
unlike eltérő [eltairő]
unlikely nem valószínű [vâlaw-seenű]
unlimited korlátlan [korlaatlân]
unload kirak(od)ni [kirâk(od)ni], lerak(od)ni [lerâk(od)ni]
unmarried *(man)* nőtlen, *(woman)* hajadon [hâyâdon]
unnecessary szükségtelen [sük-shaigtelen], fölösleges [fölöshlegesh]
unoccupied el/le nem foglalt [foglâlt]
unofficial nem hivatalos [hivâtâlosh]
unpack kicsomagolni [-chomâgolni]
unpaid ki nem fizetett; *(holiday)* fizetés nélküli [fizetaish nailküli]
unpunctual pontatlan [pontâtlân]
unregistered baggage kézipoggyász [kaizi-poddjaas]
unsatisfactory nem kielégítő [-elaigeető]
unscrew kicsavarni [-châvârni], lecsavarni [le-]
until →till
untransferable át nem ruházható [aat nem roohaas-hâtaw]

unused *(ticket etc.)* fel nem használt [hâsnaalt]
unusual szokatlan [sokâtlân]
be **unwell** nem jól érzi magát [nem yawl airzi mâgaat]
up 1. *adv/prep* fenn, fent; *(direction)* fel; **is ~** fenn van
   [vân]; **I was ~ late last night** tegnap este sokáig
   fenn voltam [tegnâp esh-te shokaayig fenn voltâm];
   what's ~? mi van [vân]?; **~ to . . . . . . ig; ~ to**
   (a weight of) 20 kg húsz kilogrammig [hoos kilo-
   grâmmig]; **~ to now** mindeddig, a mai napig [â
   mâyi nâpig]; **it's ~ to him** tőle [tő-le] függ **2.** *a*
   the ~ train a főváros felé menő vonat [â fővaarosh
   felai menő vonât]; **the ~ line** a fővárosba vezető
   vágány [â fővaaroshbâ vezető vaagaanj], *(GB)*
   a londoni vágány
uphill 1. *a* felfelé haladó [felfelai hâlâdaw], emelkedő
   2. *adv* (lejtőn) felfelé [(leytőn) felfelai], hegynek
   [hedjnek] fel
upon →**on**
upper felső [felshő]
upset 1. felborítani [-boreetâni]; **~ one's stomach**
   felkavarja a gyomrát [felkâvâryâ â djomraat]; **be ~**
   about sth vmi nagyon izgatja [nâdjon izgâtya] **2.** *a*
   has an ~ stomach rossz a gyomra [ross â djom-râ]
upstairs *(on a higher floor)* fenn (az [âz] emeleten);
   (towards) fel (az emeletre)
up-to-date mai [mâyi], modern, korszerű [korserű]
uptown *(to)* kifelé [-felai], a lakónegyedek felé [â
   lâkaw-nedjedek felai]; *(at)* kint, a lakónegyedekben
   [â lâkaw-nedjedekben]
upwards felfelé [felfelai]
urge sürgetni [shürgetni]
urgent sürgős [shürgősh]
us minket, bennünket; **to ~** nekünk; **three of ~** mi
   hárman [haarmân]
use 1. *v* használni [hâsnaalni], felhasználni; **is ~d**
   for sth vmire használják [hasnaalyaak]; *(sby)* **s**

~d to sth hozzászokott [hozzaa-sokott] vmihez;
get ~d to sth hozzászokni [hozzaa-sokni] vmihez
2. *n* használat [hâsnaalat]; be of~ hasznos [hâsnosh];
make ~ of felhasználni [-hâsnaalni] vmit
used használt [hâsnaalt]
useful ha. znos [hâsnosh]
useless hasznavehetetlen [hâsnâ-vehetetlen]
user használó [hâsnaalaw]
usher jegyszedő [yedj-sedő]
usual szokásos [sokaashosh]; **as ~** mint rendesen
[rendeshen]
usually rendszerint [rend-serint]
utensil eszköz [esköz]; ~s eszközök [esközök]
public utilities közművek

V

vacancy *(job)* betöltendő állás [aalaash], munkaalka -
lom [moonkâ-âlkâlom]; *(room)* kiadó szoba [ki-
âdaw sobâ]; **no ~** nincs [ninch] kiadó szoba
vacant üres [üresh], szabad [sâbâd]
vacation szünidő [sünidő], vakáció [vâkaatsiyaw]
vacationist nyaraló [njârâlaw]
vaccinate beoltani [-oltáni]; **was ~d** (himlő)oltást
kapott [-oltaasht kâpott]
vaccination (himlő)oltás [-oltaash]; ~ **certificate** oltási
bizonyítvány [oltaashi bizonjeetvaanj]
vacuum 1. *n* légüres tér [laigüresh tair], vákuum
[vaakoo-oom] 2. *v* kiporszívózni [-porseevawzni]
vacuum brake légfék [laig-faik]
vacuum cleaner porszívó [porseevaw]
vacuum flask termosz [termos]
vacuum jug termoszkancsó [termos-kânchaw]
vague bizonytalan [bizonjtâlân], homályos [homaayosh]

in **vain** hiába [hiyaabâ]
valid érvényes [airvainjesh]; **how long is it ~ for?**
meddig érvényes [airvainjesh]?; **~ for two years**
két évig érvényes [kait aivig airvainjesh]; **~ for**
a single journey egyszeri utazásra érvényes [edjseri
ootâzaashrâ airvainjesh]; **~ until July 16th** érvényes
júli. 16-ig [airvainjesh yoolyoosh tizenhâtodikaa-ig]
validity érvényesség [airvainj-esh-shaig], érvénytar-
tam [-târtam]; **expiration of ~** érvényesség lejárta
[leyaartâ]
valley völgy [völdj]
valuable értékes [airtaikesh]
valuables értéktárgyak [airtaik-taardjâk]
value 1. *n* érték [airtaik]; **of no ~** értéktelen [airtaik-
telen] **2.** *v* értékelni [airtaikelni]
valve *(engine)* szelep [selep]; *(tube)* (elektron)cső
[-chő]
valve clearance szelephézag [selep-haizâg]
van fedett/csukott teherautó [chookott teher-outaw],
(delivery) árukihordó kocsi [aaroo-kihordaw kochi]
vanilla vanília [vâneeliyâ]
vapour pára [paarâ], gőz
varied változatos [vaaltozâtosh], sokféle [shokfai-le]
variety változatosság [vaaltozâtosh-shaag]; *(special*
kind) változat [vaaltozât]
variety show revü, varieté [vâriyetai]
various különböző, különféle [-fai-le]
varnish lakk [lâkk], politúr [politoor]
vary váltakozni [vaaltâkozni], különbözni; **~ from ...**
eltér [eltair] vmtől
varying változó [vaaltozaw], különböző
vase váza [vaazâ]
vaseline vazelin [vâzelin]
vast óriási [awryaashi], hatalmas [hâtâlmâsh]
vaudeville *(US)* →**variety show**
vault boltozat [boltozât]

vaulted boltíves [bolteevesh]

veal borjú(hús) [boryoo(hoosh)]

veal goulash borjúpaprikás [boryoo-pâprikaash]

vegetable zöldség(féle) [zölchaig(fail-e)]; ~s zöldség(félék) [-failaik]

vegetable dish főzelék [főzelaik]

vegetable soup zöldségleves [zölchaig-levesh]

vegetarian vegetáriánus [veghetaariyaanoosh]

vehicle (gép)jármű [(gaip)yaarmű]; ~ **of transport** közlekedési eszköz [közlekedaishi esköz]; **all** ~**s prohibited** minden jármű forgalma mindkét irányból tilos [minden yaarmű forgâlmâ mindkait iraanjbawl tilosh]

vehicle documents gépkocsiokmányok [gaipkochi-okmaanjok]

vehicle owner gépkocsitulajdonos [gaipkochi-toolâydonosh]

vehicular traffic közúti forgalom/közlekedés [közooti forgâlom/közlekedaish], gépjárműforgalom [gaipyaarmű-forgâlom]

vein véna [vainâ]

velvet bársony [baarshonj]

vending machine (utcai) automata [(ootsâyi) outomâtâ]

Venetian blind roletta [rolettâ]

venison szarvashús [sârvâsh-hoosh], őzhús [őz-hoosh]

ventilator ventillátor [ventillaator]; *(aperture)* szellőzőnyílás [-njeelaash]

venture *v* megkísérelni [-keeshairelni]

verb ige [i-ge]

verify igazolni [igâzolni]

vermicelli metélt [metailt]

vermouth vermut [vermoot]

verse vers [versh]

version változat [vaaltozât]

vertic lfüggőleges [függőlegesh]

very nagyon [nâdjon]; ~ **good** nagyon jó [yaw]; igen-is [-ish]!; ~ **much** nagyon sok [shok]; **thank you** ~ **much** nagyon szépen köszönöm [nâdjon sai-pen köszönöm]; ~ **well**! kitűnő!; rendben van [vân]!; **in this** ~ **place** pontosan [pontoshân] itt
vessel edény [edainj]; *(boat)* hajó [hâyaw]
vest trikó [trikaw], mellény [mellainj]
vestibule előszoba [-sobâ]; *(US)* peron
vet állatorvos [aalâtorvosh]
via ... n át [aat], ... n keresztül [kerestül]; ~ **Dover** Doveren át [-en aat]
vicinity szomszédság [somsayd-shaag]
victuals élelmiszerek [ailelmi-serek]
view 1. *n (outlook)* kilátás [kilaataash]; *(opinion)* nézet [naizet]; **be on** ~ látható [laat-hâtaw] 2. *v* (meg)nézni [-naizni]
viewer (tévé)néző [(taivai)naiző]
view-finder kereső [kereshő]
villa villa [villâ]
village falu [faloo]
vine szőlő(tő) [sőlő(tő)]
vinegar ecet [etset]
vineyard szőlő [sőlő]
vintage szüret [süret]
vintage wine márkás [maarkaash] bor, fajbor [fây-]
violate megsérteni [-shairteni]
violent heves [hev-esh]
violet ibolya [iboyâ]; *(colour)* sötétlila [shötait-lilâ]
violin hegedű
viral vírusos [veerooshosh]
visa 1. *n* vízum [veezoom]; **apply for a** ~ vízumot kérni [veezoomot kairni]; **get a** ~ vízumot kapni [kâpni] 2. *v* vízumot beütni (útlevélbe) [veezoomot be-ütni (ootlevail-be)]
visa application vízumigénylés [veezoom-igainj-laish]
visibility látási viszonyok [laataashi visonjok]

visible látható [laat-hâtaw]
visit 1. *n* látogatás [laatogâtaash]; ~ **to relations**
rokonlátogatás [-laatogâtaash]; **go on a ~, make**
a ~ meglátogatni [meglaatogâtni] wkit; **be on a ~**
látogatóban van [laatogâtawbân vân] **2.** *v* (meg)lá-
togatni [-laatogâtni]; **is ~ing** *(US)* látogatóban
van [laatogâtawbân vân]; *(chatting)* beszélget [be-
sailget]
visiting-card névjegy [naiv-yedj]
visiting team vendégcsapat [vendaig-châpât]
visitor látogató [laatogâtaw], vendég [vendaig]; ~**'s**
passport látogatóútlevél [laatogâtaw-ootlevail]; ~**s'**
tax üdülőhelyi díj [üdülő-heyi deey]; ~**'s visa**
látogatóvízum [laatogâtaw veezoom]
vital életbevágó [ailetbe-vaagaw]
voice hang [hâng]
volleyball röplabda [röplâbdâ]
volt volt
voltage feszültség [fesülchaig]
voltage regulator feszültségszabályozó [fesülchaig-sâ-
baayozaw]
volume *(book)* kötet
vomit (ki)hányni [-haanjni]
voucher utalvány [ootâlvaanj], voucher
voyage tengeri utazás [ootâzaash], (hajó)út [(hâyaw)-
oot]; **how long does the ~ take?** meddig tart az
út [târt âz oot]?

W

wade átgázolni [aat-gaazolni]
wages munkabér [moonkâ-bair]
wag(g)on *(pulled by horses)* szekér [sekair]; *(railway)*
teherkocsi [-kochi]

waist derék [deraik]
waistcoat mellény [mellainj]
waist-line derékbőség [deraik-bőshaig]
wait várni [vaarni]; **I ~ed two hours for her** két órát
  vártam rá [kait awraat vaartâm raa]; **please ~ !**
  kérem várjon [kairem vaaryon]!; **how long do I
  have to ~?** meddig kell várnom [vaarnom]?; **keep
  sby ~ing** megvárakoztatni [-vaarâkostâtni] vkit
waiter pincér [pintsair]; **~, please** pincér, kérem
  [kairem]
waiting várakozás [vaarâkozaash]
waiting-list várólista [vaaraw-lishtâ]
waiting-room váróterem [vaaraw-]
waitress pincérnő [pintsair-nő], felszolgálónő [fel-
  solgaalaw-]
wake (up) *(cause to wake)* felébreszteni [-aibresteni],
  felkelteni; *(become awake)* felébredni [-aibredni];
  will you please ~ me at 7 kérem ébresszen/keltsen
  fel hétkor [kairem aibressen/kelchen fel haitkor];
  what time do you usually ~ (up)? mikor szokott
  (fel)ébredni [sokott (fel)aibredni]?
walk 1. *v* járni [yaarni], menni; *(go on foot)* gyalog
  [djâlog] menni; *(for pleasure)* sétálni [shaitaalni];
  "~"! át lehet haladni [aat lehet hâlâdni]!; **"don't
  ~"!** állj [aayy]! **2.** *n (for pleasure)* séta [shaitâ];
  (going on foot) gyaloglás [djâloglaash]; **take a ~**
  sétálni megy [shaitaalni medj]; **two minutes' ~**
  gyalog 2 percre [djâlog kait perts-re]; **50,000 metres
  ~** 50 km-es gyaloglás [ötven kilaw-maiteresh djâlog-
  laash]
at a **walking pace** lépésben [laipaishben]
walking path turistaút [toorishtâ-oot]
walking-tour túra [toorâ], (turista)kirándulás [(too-
  rishtâ)kiraandoolaash]
wall fal [fâl]
wallet tárca [taartsâ]

wall-socket fali csatlakozó [fâli châtlâkozaw], konnektor

walnut dió [diyaw]

wander vándorolni [vaandorolni]

want 1. *v (wish)* akarni [âkârni], kívánni [keevaanni], óhajtani [aw-hâytani]; *(need)* szüksége van [sük-shai-ge vân] (vmire); *(be missing)* hiányzik [hiyaanjzik]; **what do you ~?** mit óhajt/kíván [mit aw-hâyt/keevaan]?; **what do you ~ to do?** mit akar/szeretne csinálni [mit âkâr/seretne chinaalni]?; **I ~ to go** el akarok [âkârok] menni, menni akarok; **what do you ~ to buy?** mit akar/szeretne [mit âkâr/seretne] venni?; **I ~ to buy a . . .** szeretnék/akarok venni egy . . . [seretnaik/âkârok venni edj]; **I want (some) . . .** kérek . . . [kairek]; **do you ~ anything else?** parancsol még valamit [pârânchol maig vâlâmit]?; **I ~ some more bread** kérek még (egy kis) kenyeret [kairek maig (edj kish) kenjeret]; **you are ~ed on the phone** önt kérik a telefonhoz [önt kairik â telefonhoz]; **she ~s me to go with her** azt akarja, hogy vele menjek [ast âkâryâ, hodj ve-le mennjek]; **~ed . . .** *(advertisement)* felveszünk . . . [felvesünk] **2.** *n* hiány [hiyaanj]; **is in ~ of sth** vmire nagy szüksége van [nâdj sük-shai-ge vân] *be* **wanting** hiányzik [hiyaanjzik], nincs meg [ninch meg]

war háború [haaboroo]

ward *(hospital)* kórterem [kawr-terem], osztály [ostaay]

warden gondnok

wardrobe (ruhás)szekrény [(roohaash-)sekrainj]

ware áru [aaroo]

warehouse raktár [râktaar]

warm 1. *a* meleg; **I am ~** melegem van [vân]; **get ~** *(of weather)* felmelegedni; **put on sth ~!** vegyen fel vmi meleget [vedjen fel vâlâmi meleget]! **2.** *v* **~ up** felmelegíteni [-melegeeteni]

warn figyelmeztetni [fidjelmestetni]; óva [aw-vâ] inteni

warning figyelmeztetés [fidjelmestetaish]; jelzés [yelzaish]; **must give ~ of your intention to overtake** jeleznie kell előzési szándékát [yelezni-ye kell előzaishi saandaikaat]

warning sign veszélyt jelző tábla [vesayt yelző taablâ]

warning triangle elakadásjelző (háromszög/prizma) [elâkâdaash-yelző (haaromsög/prizmâ)], figyelmeztető háromszög [fidjelmestető haaromsög]

warranty jótállás [yawtaalaash]

was →**be**

wash 1. *v (sth)* (meg)mosni [-moshni]; *(oneself)* mosakodni [moshâkodni], megmosdani [-mozh-dâni]; **~ down the car** lemosni a kocsit [lemoshni â kochit]; **please ~ my hair!** kérem mossa meg a hajamat [kairem mosh-shâ meg â hâyâmât]; **can I have my shirts ~ed?** kimosathatom az ingeimet [kimoshât-hátom âz ingeyimet]?; **~ up** elmosogatni [elmoshogâtni] **2.**n mosás[moshaash];*(oneself)* mosakodás [moshâkodaash]; **have a ~** (meg)mosakodni [-moshâkodni]; **will you give the car a ~** legyen szíves lemosni a kocsit [ledjen seevesh lemoshni â kochit]

wash-and-wear csavarás nélkül száradó [châvâraash nailkül saarâdaw]

washbasin *(bowl)* mosdótál [mozhdaw-taal]; *(fixture)* mosdókagyló [-kâdjlaw]

wash-down lemosás [-moshaash], felsőmosás [felshő-], kocsimosás [kochi-]

washer *(machine)* mosógép [moshaw-gaip]; *(ring)* alátétgyűrű [alaatait-djűrű]

washing *(clothes)* mosás [moshaash]

washing-machine mosógép [moshaw-gaip]

washroom mosdó(helyiség) [mozhdaw-(heyishaig)]

waste *n (act of wasting)* pazarlás [pâzârlaash];

(waste material etc.) veszteség [vesteshaig]; ~ of
time időpocsékolás [-pochaikolaash] 2. *v (money)*
(el)pazarolni [-pâzârolni]
waste bin szemétvödör [semait-]
waste-oil fáradtolaj [faarâdt-olây]
waste-paper-basket papírkosár [pâpeer-koshaar]
watch 1. *v (observe)* figyelni [fidjelni]; *(guard)* vigyázni
[vidjaazni]; *(be a spectator)* (meg)nézni [-naizni];
~ **the TV** nézni a tévét [naizni â tai-vait], tévézni
[taivaizni] 2. *n (timepiece)* óra [awrâ]
watchmaker('s) órás [awraash]
water víz [veez]; **with hot and cold** ~ hideg és [aish]
meleg folyóvízzel [foyaw-veezzeel]; **by** ~ vízi úton
[veezi ooton], vízen [veezen]
water-bottle kulacs [koolâch]
water-can, water carrier vizeskanna [vizesh-kânnâ]
water-closet (angol) vécé [(ângol) vaitsai]
watercolour akvarell [âkvârell]
water-fall vízesés [veez-eshaish]
water-heater *(electric)* villanybojler [villânj-boyler]
(gas) gázbojler [gaaz-]
water-ice gyümölcsfagylalt [djümölch-fadjlâlt]
watering-can öntözőkanna [-kânnâ]
watering-place fürdőhely [-hey]; *(spa)* gyógyfürdő
[djawdj-]
water-jug vizeskancsó [vizesh-kânchaw]
water-melon görögdinnye [-dinnje]
water-pipe vízvezetéki cső [veezvezetaiki chő]
water-polo vízilabda [veezi-lâbdâ]
waterproof 1. *a* vízhatlan [veez-hâtlân] 2. *n* esőkabát
[eshőkâbaat], esőköpeny [-köpenj]
water-ski *v* vízisízni [veezi-sheezni]
water-skiing vízisízés [veezi-sheezaish]
water sports vízisportok [veezi-shportok]
water-tap vízcsap [veez-châp]
watt watt [vâtt]

wave 1. *n* hullám [hoollaam] **2.** *v (one's hands)* integetni

wave-length hullámhossz [hoollaam-hoss]

way út [oot]; *(method)* mód [mawd]; **be under ~** úton van [ooton vân]; *(matter)* folyamatban [foyâmâtbân] van; **ask someone the ~!** kérdezze meg, merre kell menni [kairdez-ze meg, mer-re kell menni]!; **please tell me the ~ to ...** legyen szíves megmondani, merre menjek ... felé [ledjen seevesh megmondani, mer-re mennjek ... felai]; **which is the best ~ to ...?** melyik a legjobb út ... felé [meyik â legyobb oot ... felai]?; **this ~,** please erre tessék [er-re tesh-shaik]; **that ~** arra [âr-râ]; **can you find your ~ home?** hazatalál [hâzâtâlaal]?; **I have lost my ~** eltévedtem [eltaivedtem]; **give ~ to** *(traffic)* elsőbbséget adni [elshőbb-shaiget âdni]; **A gives ~ to B** A elsőbbséget ad B-nek [A elshőbb-shaiget âd B-nek]; **give ~ to traffic coming from the right** elsőbbséget kell adni a jobbkéz felől érkező forgalomnak [elshőbb-shaiget kell âdni â yobb-kaiz felöl airkező forgâlomnâk], *(the rule:)* jobbkézszabály [yobb-kaiz-sâbaay]; **by ~ of Dover** Doveren át [D-en aat]; **by the ~!** apropó [âpropaw]!

way in bemenet, bejárat [-yaarât]

way out kijárat [-yaarât]

W.C. vécé [vai-tsai]

we mi

weak gyenge [djen-ge]

weakness gyengeség [djen-ge-shaig]

wealth gazdagság [gâzdâg-shaag]

wealthy gazdag [gâzdâg]

weapon fegyver [fedjver]

wear 1. *v (have on)* hordani [hordâni], viselni [vishelni]; *(make worn)* elhordani [-hordâni], (le)koptatni [-koptâtni]; *(become worn)* (el)kopik; **what shall I ~?** mit vegyek [vedjek] fel?; **~s well** tartós [târtawsh], strapabíró [shtrâpá-beeraw] 2. *n (clothing)* viselet [vishelet]; *(damage)* kopás [kopaash]

weather idő(járás) [-yaaraash]; **fine** ~ jó/szép [yaw/saip] idő; **bad** ~ rossz [ross] idő; **what is the ~ like?** milyen az [miyen âz] idő?; ~ **permitting** ha az időjárás [hâ âz időyaaraash] engedi

weather-bureau meteorológiai intézet [met-e-orolawgiyâ-i intaizet]

weather conditions időjárási viszonyok [időyaaraashi visonjok]

weather forecast/report időjárásjelentés [-yaaraash-yelentaish]

wedding(-day) esküvő [eshküvő]

wedding-ring jegygyűrű [yedj-djűrű]

Wednesday szerda [serdâ]; **on** ~ szerdán [serdaan]

week hét [hait]; **I shall stay in Hungary a** ~ egy hétig maradok Magyarországon [edj haitig mârâdok mâdjârorsaagon]; **this** ~ ezen a héten [â haiten]; **last** ~ múlt héten [moolt haiten]; **next** ~ jövő héten [yövő haiten]; **Monday** ~ hétfőhöz egy hétre [haitfőhöz edj hait-re]

weekday hétköznap [haitköznâp], munkanap [moonkânâp]

week-end hétvége [hait-vai-ge], víkend [veekend]; **a** ~ **trip** hétvégi kirándulás [hait-vaigi kiraandoolaash]

weekly 1. *a* heti 2. *n* hetilap [-lâp]

weigh megmérni [-mairni]; *(have weight)* (vmennyit) nyom [njom], súlya van [shooyâ vân]; **how much does it** ~? mi a súlya [mi â shooyâ]?; **it** ~**s 10lbs.** súlya 10 font [shooyâ teez font]

weight súly [shooy]; **what's your** ~? hány kiló [haanj kilaw]?; **my** ~ **is 80kg** 80 kiló vagyok [njoltsvân kilaw vâdjok]; **put on** ~ (meg)hízni [-heezni]

weight-lifting súlyemelés [shooy-emelaish]

weight limit úlykorlátozás [shooy-korlaatozaash]

welcome 1. *a* you are (always) ~ ! (mindig) szívesen látjuk [(mindig) seeveshen laatyook]!; **(you are)** ~! *(greeting)* Isten hozta [ishten hostâ]!; *(US, not at all)* szívesen [seeveshen]!; you are ~ to it! tessék [tesh-shaik]!, rendelkezésére áll [rendelke-zaishai-re aal]! **2.** *n* fogadtatás [fogâdtâtaash]; they gave us a warm ~ meleg fogadtatásban részesítettek (bennünket) [meleg fogâdtâtaashbân raise-sheetettek (bennünket)] **3.** *v* fogadni [fogâdni], üdvözölni; I was warmly ~d meleg fogadtatásban részesültem [meleg fogadtâtaashbân raiseshültem]; ~ sby to one's home vendégül látni vkit otthonában [vendaigül laatni ott-honaabân]

well jól [yawl]; he is/feels ~ jól van [yawl vân], jól érzi magát [airzi mâgaat]; very ~! helyes [he-yesh]!, rendben van [vân]!; ~ enough elég jól [elaig yawl]; very ~, thank you, and how are you? köszönöm, jól, és ön [kösönöm, yawl, aish ön]?; not very ~ nem nagyon jól [nem nâdjon yawl]; he speaks English ~ jól beszél angolul [yawl besail ângolool]; you'd do ~ to ... jól tenné ha ... [yawl tennai hâ]; he is ~ off jómódban él [yaw-mawdbân ail]; ~ done! bravó [brâvaw]!, pompás [pompaash]!; as ~ as valamint [vâlâmint], és [aish]; ...as ~ is [ish]; ~, let me see nos, nézzük csak [nosh, naiz-zük châk]

well-equipped jól felszerelt [yawl felserelt]
well-known jól ismert [yawl ishmert]
well-lit kellően/jól világított [kellő-en/yawl vilaagee-tott]
well-to-do jómódú [yaw-mawdoo], gazdag [gâzdâg]
Welsh walesi [velsi]
Welsh rarebit sajtos pirítós [shâytosh pireetawsh]
welterweight váltósúly [vaaltaw-shooy]
went →go
were →be

west 1. *n* nyugat [njoogât]; **Budapest W~** *(station)*
Nyugati (pályaudvar) [njoogâti (paayâ-oodvâr] **2.**
adv nyugatra [njoogâtrâ]
western nyugati [njoogâti]
Western Europe Nyugat-Európa [njoogât-e-oo-rawpâ]
westward(s) nyugat felé [njoogât felai]
wet nedves [nedvesh]; **get ~** megázni [-aazni]; **be ~
through** csuromvizes [choorom-vizesh]
wet paint! frissen mázolva [frish-shen maazolvâ]!
what mi?, *(object)* mit?; *(relative)* ami [âmi], *(object)*
amit [âmit]; **~ happened?** mi történt [törtaint]?;
~ is this? mi ez?; **~ is he?** mi a foglalkozása [mi â
foglâlkozaashâ]?; **~ is it/he like?** milyen [miyen]?;
~'s the weather like? milyen az idő [miyen âz
idő]?; **~'s on today!** mit adnak ma [âdnâk mâ]?,
mi megy ma [medj mâ]?; **~ about...?** nem volna
kedve... [volnâ ked-ve]?; mi a véleménye...
[â vailemainje]?; **~ about having dinner together?**
ne ebédeljünk együtt [ne ebaidelyünk eddjütt]?,
nem volna kedve együtt ebédelni [nem volnâ ked-ve
eddjütt ebaidelni]?; **~... for?** miért...[miyairt]?
whatever akármi [âkaarmi], bármi [baarmi]; *(object)*
akármit, bármit, amit csak [âmit châk]
wheat búza [boozâ]
wheel kerék [keraik]; *(steering)* kormány(kerék)
[kormaanj(-keraik)]
wheel-chain hólánc [haw-laants]
when *(interrogative)* mikor?, *(relative)* amikor [âmi-
kor]; **till ~?** meddig?; **since ~?** mióta [mi-awtâ]?
whenever akármikor [âkaar-], amikor csak [âmikor
châk]
where *(interrogative) (in what place)* hol?; *(to what
place)* hová [hovaa]?; *(relative)* ahol [â-hol]; *(to)*
ahová [â-hovaa]; **~ is...?** hol van... [vân]?;
~ is the next/nearest...? hol van a legközelebbi...?;
~ is the post office? hol a posta [â poshtâ]?; **~ is**

there a . . .?, ~ can I find a . . .? hol (van) egy . . .
[hol (vån) edj]?, hol találok egy . . . [hol tålaalok
edj]?; ~ is a camping site? hol találok egy kem-
pinget [hol tålaalok edj kempinget]?; ~ is there
a chemist hol van egy patika [hol van edj påtikå]?;
~ are we now? hol vagyunk most [vådjoonk mosht]?;
this is ~ I live itt lakom [låkom]; ~ . . . from?
honnan [honnån]?; ~ do you come from? honnan
jött [honnån yött]?, hová való [hovaa vålaw]?;
~ are you going? hová megy [hovaa medj]?
whereabouts merre(felé) [mer-re(-fel-ai)]?
whereas míg [meeg]
wherever akárhol [åkaar-hol], bárhol [baar-hol], ahol
csak [åhol chåk]
whether vajon [våyon]; ~ . . . or akár . . . akár
[åkaar]
which melyik [meyik]?, *(objective)* melyiket [meyi-
ket]?; *(relative)* amelyik [åmeyik], *(objective)*
amelyiket; ~ is it? melyik az [meyik åz]?; ~ one?
melyik(et) [meyik(et)]?; ~ way? merre [mer-re]?;
~ bus? hányas busz [haanjåsh boos]?
whichever akármelyik(et) [åkaarmeyik(et)], amelyi-
k(et) csak [åmeyik(et) chåk]
while 1. *conj* míg [meeg], mialatt [mi-ålått] 2. *n* for a
little ~ rövid időre/ideig [ideyig]; in a little ~
rövidesen [rövideshen]; a good ~ jó ideig/ideje
[yaw ideyig/id-ey-e]
whipped cream tejszínhab [teyseen-håb]
whirl örvény [örvainj]
whisky whisky
whisper súgni [shoogni]
whistle 1. *v* fütyülni [fütjülni] 2. *n* fütyülés [fütjü-
laish]
white fehér [fehair]; ~ bread fehérkenyér [fehair-
kenjair]; ~ coffee tejeskávé [teyesh-kaavai];
continuous ~ line *(not to be crossed in Hungary)*

záróvonal [zaaraw-vonâl]; ~ **wine** fehér [fehair]
bor

Whitsunday pünkösdvasárnap [pünközhd-vâshaarnâp]

Whitsuntide pünkösd [pünközhd]

who ki?, *(plural)* kik?; *(relative)* aki [âki], *(plural)*
akik; ~ **is it?** ki az [âz]?; ~ **are you waiting for?**
kir*?* vár [ki-re vaar]?

whoever akárki [âkaarki], aki csak [âki châk]

whole egész [egais], teljes [telyesh]; **on the** ~ egészé-
ben véve [egaisaiben vai-ve]

whom? kit?; *(relative)* akit [âkit]; **to** ~ kinek?,
(relative) akinek [âkinek]

whose kié [kiyai]?, **kinek a . . .** [â]; *(relative)* akié
[âkiyai], **akinek a . . .** [âkinek â]; *(of which)*
amelynek a . . . [âmeynek â]; ~ **house is that?**
kié ez a ház [kiyai ez â haaz]?, kinek a háza ez
[kinek â haazâ ez]?

why miért [miyairt]?

wicket *(cricket)* kapu [kâpoo]

wide széles [sailesh]

.**wide-screen film** szélesvásznú [sailesh-vaasnoo] film

widow(er) özvegy [özvedj]

width szélesség [sailesh-shaig]; *(clothes)* bőség [bő-
shaig]; **of double** ~ duplaszéles [dooplâ-sailesh];
10 feet in ~ tíz láb széles [teez laab sailesh]

wife feleség [fel-esh-aig]; **my** ~ a feleségem [â fel-esh-
aigem]; **Mr. Smith and his** ~ S. úr és felesége [S.
oor aish fel-eshai-ge]

wig paróka [pârawkâ]

wild vad [vâd]; ~ **animal** vadállat [vâdaalât]

will: he ~ **come next week** jövő héten jön (el) [yövő
haiten yön (el)], jövő héten el fog jönni [yönni];
~ **you help me?** segít(ene) [shegeet(en-e)] nekem?;
you ~ **go, won't you?** ugye elmegy [oodje elmedj]?;
what ~ **you have, sir?** mit parancsol, uram [mit
pârânchol, oorâm]?; ~ **you have some more tea?**

parancsol még teát [pârânchol maig teyaat]?; ~
you... *(request)* legyen/lenne szíves... [ledjen/
len-ne seevesh]; ~ **you give me**... adna [âdnâ]
nekem..., kaphatnék [káp-hâtnaik] → **would**
willing hajlandó [hâylândaw]
win nyerni [njerni], győzni [djőzni]
wind[1] *n* szél [sail]
wind[a] up *(clock)* felhúzni [fel-hoozni]
window ablak [âblâk]; **may I open the ~?** kinyitha-
tom az ablakot [kinjit-hâtom âz âblâket]?
window seat ablakülés [âblâk-ülaish]
windscreen szélvédő(üveg) [sailvaidő-]
windscreen wiper ablaktörlő [âblâk-]
windshield *(US)* = windscreen
wind speed szélsebesség [sail-shebesh-shaig]
windy szeles [selesh]
wine bor
wine cellar borpince [bor-pin-tse]
wine-glass borospohár [borosh-pohaar]
wine-growing bortermelés [bortermelaish]
wine-list borlap [borlâp]; **the ~, please!** kérem a
borlapot [kairem â borlâpot]!
wine-producing area bortermő vidék [vidaik]
wine shop borkimérés [borkimairaish]
wing szárny [saarnj]; *(football)* szélső [sailshő]
wing-game szárnyas vad [saarnjâsh vâd]
winner nyertes [njertesh], győztes [djőstesh]
winter tél [tail]; **in ~** télen [tailen]
winter overcoat télikabát [taili-kâbaat]
winter sports téli sportok [taili shportok]
wipe (meg)törölni
wire 1. *n* huzal [hoozâl], drót [drawt]; *(telegram)*
távirat [taavirât]; **by ~** távirati úton [taaviráti
ooton]; **I want to send a ~** táviratot szeretnék fel-
adni [taavirâtot seretnaik felâdni] **2.** *v (telegraph)*
táviratozni [taavirâtozni]

20*

wireless (set) rádió(készülék) [raadiyaw(kaisülaik)]
wise okos [okosh], bölcs [bölch]
wish 1. *v* akarni [åkârni], kívánni [keevaanni], szándékozni [saandaikozni]; **how long do you ~ to stay in Hungary?** meddig szándékozik Magyarországon maradni [med-dig saandaikozik mådjår-orsaagon mârâdni]?; **I ~ I could go** bárcsak elmehetnék [baarchák elmehetnaik]!; **I ~ I had been there** bárcsak ott lehettem volna [baarchák ott le-hettem volnâ]!; **~ sby a pleasant journey** jó utat kívánni [yaw ootât keevaanni] vkinek **2.** *n* kívánság [keevaan-shaag]
with ...(v)al ...(v)el; **~ father** apával [åpaavâl]; **~ me** velem; **~ us** velünk, *(at our place)* nálunk [naaloonk]; **I live ~ my parents** szüleimnél lakom [süleyimnail lâkom]; **~ this** ezzel, *(after)* ezután [ezootaan]
withdraw visszavonni [vissâ-vonni]; *(money)* felvenni, kivenni; **his driving licence was ~n** bevonták a vezetői engedélyét *(or:* jogosítványát) [bevontaak å vezetőyi engedayait *(or:* yogosheetvaanjaat)]
within belül, bent; **~ 24 hours** 24 órán [hooson-naidj awraan] belül; **~ 10 metres** 10 méteren [teez maiteren] belül; **~ easy reach** könnyen megközelíthető [könnjen meg-közeleet-hető]; **be ~ sight** látható [laat-hâtaw]
without nélkül [nailkül]
witness tanú [tânoo]
wives →wife
woke →wake
wolf farkas [fârkâsh]
woman nő, asszony [åssonj]; *(notice)* women nők; **a ~ driver** női [nőyi] vezető
woman's, women's női [nőyi]; **~ clothing** női ruházat/ruha [nőyi roohaazât/roohâ]; **~ events** női számok [nőyi saamok]

won →**win**

wonder 1. *n* csoda [chodâ]; **no ~ that ...** nem csoda, hogy ... **2.** *v* csodálkozni [chodaalkozni] *(at* vmin); **I ~ who he is** vajon [vâyon] ki ő?; **I was just ~ing where he was** éppen azon tünődtem, hol lehet [aip-pen âzon tünődtem, hol le-het]?;**I just ~ed** csak úgy kérdem [châk oodj kairdem], csak kíváncsi voltam [châk keevaanchi voltâm]; **I ~ !** kétlem [kaitlem] !, nem hiszem [hisem] !

won't →**will**

wood fa [fâ]; *(woods)* erdő

wooden fa- [fâ]; **~ chalet/cottage** faház [fâ-haaz]

woodland erdőség [erdőshaig]

wool gyapjú [djâpyoo]; **all ~** tiszta [tistâ] gyapjú

woollen gyapjú [djâpyoo]

woollen scarf gyapjúsál [djâpyoo-shaal]

word szó [saw]; *(message)* üzenet; **in other ~s** más szóval [maash saw-vâl]; **send ~ to sby** üzenni vki-nek

wore →**wear 1.**

work 1. *v* dolgozni; *(operate)* működni; **where do you ~?** hol dolgozik?; **how does it ~?** hogyan [ho-djân] működik?; **... is not ~ing** nem működik **2.** *n* munka [moonkâ]; **he is at ~ now** jelenleg [yelenleg] dolgozik; **go to ~** munkába [moonkaabâ] menni; **→ overhead**

workday, working day munkanap [moonkânâp]

worker munkás [moonkaash]

working hours munkaidő [moonkâ-idő]

working lunch(eon) munkaebéd [moonkâ-ebaid]

in **working order** üzemképes állapotban (van) [üzem-kaipesh aalâpotbân (vân)]

workman munkás [moonkaash]

work of art műalkotás [mű-âlkotaash]

work permit munkavállalási engedély [moonkâ-vaa-lâlaash i engeday]

workshop műhely [műhey]

world világ [vilaag]; **from all over the** ~ a világ min-
den tájáról [â vilaag minden taayaarawl]

world exhibition világkiállítás [vilaag-ki-aaleetaash]

world-famous világhírű [vilaag-heerű]

world record világcsúcs [vilaag-chooch]

worm kukac [kookâts]

worn kopott; →**wear 1.**

worried nyugtalan [njooktâlân]

worry aggódni [âg-gawdni], nyugtalankodni [njook-
tâlânkodni]; **don't** ~ **!** ne nyugtalankodjék [njooktâ-
lânkodyaik] **!**, nem kell aggódni/nyugtalankodni
[âg-gawdni/njooktâlânkodni]

worse 1. *a* rosszabb [rossâbb] **2.** *adv* rosszabbul [ros-
sâbbool]

worship istentisztelet [ishten-tistelet]

worst legrosszabb [legrossâbb]

worth 1. *n* érték [airtaik] **2.** *a* **what is it** ~**?** mennyit
ér [mennjit air]**?**; **it was** ~ **it** megérte [meg-airte];
what is ~ **seeing here?** mit érdemes itt megnézni
[mit airdemesh itt megnaizni]**?**; **it is well** ~ **reading**
érdemes elolvasni [airdemesh elolvâshni]

worthwhile érdemes [airdemesh]; **was the excursion**
~**?** érdemes volt elmenni a kirándulásra [airdemesh
volt elmenni â kiraandoolaashrâ]**?**; **it isn't** ~ **going**
nem érdemes [airdemesh] elmenni

would: I said I ~ **do it** mondtam, hogy meg fogom csi-
nálni *(or:* megcsinálom) [montâm, hodj meg fogom
chinaalni *(or:* meg-chinaalom)]; ~ **you like to . . .?**
szeretne . . . [seretne . . .]**?**; ~ **you like to come?**
szeretne (el)jönni [seretne (el)yönni]**?**; **I wish you**
~ **come** bárcsak eljönne [baarchâk elyön-ne] **!**;
~ **you mind opening the window?** legyen/lenne szíves
kinyitni az ablakot [ledjen/len-ne seevesh kinjitni
âz âblâkot]; →**like¹**

wound¹ seb [sheb]

wound² →wind *up*
wounded sebesült [shebeshült]
wrap 1. *v* ~ **(up)** becsomagolni [be-chomâgolni];
please ~ it up! legyen szíves [ledjen seevesh] becso-
magolni! **2.** *n* takaró [tâkâraw]
wrapper *(paper)* csomagolópapír [chomâgolaw-pâ-
peer]; *(dressing-gown)* pongyola [pondjolâ]
wrapping(-paper) csomagolópapír [chomâgolaw-pâ-
peer]
wreck *(vehicle)* roncs [ronch]
wrecker, wrecking car *(US)* autómentő [outaw-
mentő]
wrench csavarkulcs [châvâr-koolch], franciakulcs
[frântsiyâ-]
wrestle birkózni [birkawzni]
wrestling birkózás [birkawzaash]
wring kicsavarni [-châvârni], facsarni [fâchârni]
wrist csukló [chooklaw]
wristwatch karóra [kâr-awrâ]
write írni [eerni]; ~ **a letter** levelet írni; ~ **down** leírni
[le-eerni]
writer író [eeraw]
writing írás [eeraash]
writing-pad blokk
writing-paper írópapír [eeraw-pâpeer], levélpapír
[levail-]
written →write
wrong rossz [ross], téves [taivesh], helytelen [heyte-
len]; **he is** ~ nincs igaza [ninch igâzâ]; **this is the**
~ **book** ez nem az a könyv [ez nem âz â könjv];
he got into the ~ **train** rossz vonatra szállt [ross
vonâtrâ saalt]; **what's** ~ **with him?** mi a baja [mi
â bâyâ]?, mi történt vele [mi törtaint vel-e]?;
what's ~ **with the engine?** mi baj van a motorral
[mi bây vân â motorrâl]?; **sth is** ~ **with the ...**
valami baj van a... [vâlâmi bây vân â], rossz

a ... [ross â], elromlott a ...; **there is something
~ with the engine** valami baj van a motorral [válâmi
bây vân â motorrâl]; **there's nothing ~ with the
engine** a gépnek/motornak semmi baja sincs [â
gaipnek/motornâk shemmi bâyâ shinch]
wrote →write
wrung →wring

X

Xmas karácsony [kâraachonj]
X-ray 1. *n* röntgen **2.** *v* megröntgenezni
X-ray photograph/picture röntgenfelvétel [-felvaitel]

Y

yacht jacht [yâhht], versenyvitorlás [vershenj-vitor-
laash]
yachting vitorlázás [vitorlaazaash]
yard yard (=0,91 metre)
yawn ásítani [aasheetâni]
yds =yards
year év [aiv]; **all (the) ~ round** egész éven át [egais
aiven aat], egész évben [aivben]; **last ~** tavaly
[tâvây]; **be 10 ~s old** tíz éves [teez aivesh]
yearly 1. *adv* évenként [aivenkaint] **2.** *a* évenkénti
-year-old -éves [-aivesh]; **20-~** húszéves [hoos-aivesh]
yellow sárga [shaargâ]
yellow headlight sárga fényszóró [shaargâ fainj-
saw-raw]

yes igen; **~, please** *(when sth offered)* (igen,) kérek [kairek]

yesterday tegnap [tegnâp]; **the day before ~** tegnap-előtt [tegnâp-]

yet *(in question)* már [maar]; *(in negation)* még [maig]; **has Tom arrived ~?** megérkezett már Tom [meg-airkezett maar T.]?; **no, not ~** még [maig] nem; **as ~** eddig még [maig]

yield (to) elsőbbséget adni [elshőbb-shaiget âdni] (. . .nek); *(danger sign)* elsőbbségadás kötelező [elshőbb-shaig-âdaash kötelező]!

Y junction Y-elágazás [ipsilon-elaagâzaash]

yog(ho)urt joghurt [yog-hoort]

you 1. *(subject)* ön, *(familiar)* te, *(plural)* önök, *(fam.)* ti **2.** *(object)* önt, *(fam.)* téged [taig-ed], *(plural)* önöket, *(fam.)* titeket [tit-ek-et]; **to ~** önnek, *(pl.)* önöknek, *(fam.)* neked [nek-ed], *(pl.)* nektek

young fiatal [fiyâtâl]

your (az ön) . . .a/e, . . .ja/je, *(more fam.)* (a te) . . .d/ed/ad; **~ son** az ön fia [âz ön fiyâ], *(fam.)* a (te) fiad [â (te) fiyâd]; **~ family** az ön családja [âz ön châlaadyâ], *(fam.)* a családod [â chalaa-dod]; **~ car** az ön kocsija [âz ön kochiyâ], *(fam.)* a (te) kocsid [â (te) kochid]

yours öné [önay], magáé [mâgaa-ay]; **is that ~?** ez az öné [ez âz önay]?

yourself (saját)maga [(shayaat)mâgâ], *(fam.)* magad [mâgâd]

youth ifjúság [ifyooshaag]

youth fares ifjúsági kedvezmény [ifyooshaagi kedvez-mainj]

youth hostel ifjúsági szálló [ifyooshaagi saalaw]; turistaház [toorishtâhaaz]

Yugoslav jugoszláv [yoogoslaav]

Yugoslavia jugoszlávia [yoogoslaaviâ]

Z

zebra crossing zebra [zeb-râ]
zero zéró [zairaw], nulla [noollâ]
zip code number postakörleti szám [poshtâ-körleti saam]
zip fastener villámzár [villaamzaar], zipzár [zipzaar]
zone övezet, zóna [zawnâ]
zoo(logical gardens) állatkert [aalât-kert]
zoom lens gumiobjektív [goomi-obyekteev]

APPENDIX · FÜGGELÉK

NUMERALS

Cardinal numbers:

1 **one** [van]
2 **two** [tú]
3 **three** [szrí]
4 **four** [fór]
5 **five** [fájv]
6 **six** [sziksz]
7 **seven** [szevn]
8 **eight** [éjt]
9 **nine** [nájn]
10 **ten** [ten]
11 **eleven** [ilevn]
12 **twelve** [tvelv]
13 **thirteen** [szörtín]
14 **fourteen** [fórtín]
15 **fifteen** [fiftín]
16 **sixteen** [szíksztín]
17 **seventeen** [szevntín]
18 **eighteen** [éjtín]
19 **nineteen** [nájntín]
20 **twenty** [tventi]
21 **twenty-one** [tventi-van]
22 **twenty-two** [tventi-tú]
23 **twenty-three** [tventi-szrí]
24 **twenty-four** [tventi-fór]
25 **twenty-five** [tventi-fájv]
26 **twenty-six** [tventi-sziksz]
27 **twenty-seven** [tventi-szevn]
28 **twenty-eight** [tventi-éjt]
29 **twenty-nine** [tventi-nájn]
30 **thirty** [szörti]
31 **thirty-one** [szörti-van]
40 **forty** [fórti]

SZÁMNEVEK

Tőszámnevek:

1 **egy** [edj]
2 **kettő** [kettő]
3 **három** [haarom]
4 **négy** [naidj]
5 **öt** [öt]
6 **hat** [hât]
7 **hét** [hait]
8 **nyolc** [njolts]
9 **kilenc** [kilents]
10 **tíz** [teez]
11 **tizenegy** [tizenedj]
12 **tizenkettő** [tizenkettő]
13 **tizenhárom** [tizen-haarom]
14 **tizennégy** [tizen-naidj]
15 **tizenöt** [tizenöt]
16 **tizenhat** [tizen-hât]
17 **tizenhét** [tizen-hait]
18 **tizennyolc** [tizen-njolts]
19 **tizenkilenc** [tizen-kilents]
20 **húsz** [hoos]
21 **huszonegy** [hooson-edj]
22 **huszonkettő** [hooson-kettő]
23 **huszonhárom** [hooson-haarom]
24 **huszonnégy** [hooson-naidj]
25 **huszonöt** [hoosonöt]
26 **huszonhat** [hooson-hât]
27 **huszonhét** [hooson-hait]
28 **huszonnyolc** [hooson-njolts]
29 **huszonkilenc** [hooson-kilents]
30 **harminc** [hârmints]
31 **harmincegy** [hârmints-edj]
40 **negyven** [nedjven]

```
   41 forty-one [fórti-van]
   50 fifty [fifti]
   51 fifty-one [fifti-van]
   60 sixty [szikszti]
   61 sixty-one [szikszti-van]
   70 seventy [szevnti]
   71 seventy-one [szevnti-van]
   80 eighty [éjti]
   81 eighty-one [éjti-van]
   90 ninety [nájnti]
   91 ninety-one [nájnti-van]
  100 a/one hundred [e/van hândrəd]
  101 hundred and one [hândrəd ənd van]
  200 two hundred [tú hândrəd]
  201 two hundred and one [tú hândrəd ənd van]
  300 three hundred [szrí hândrəd]
  301 three hundred and one [szrí hândrəd ənd van]
  400 four hundred [fór hândrəd]
  401 four hundred and one [fór hândrəd ənd van]
  500 five hundred [fájv hândrəd]
  501 five hundred and one [fájv hândrəd ənd van]
  600 six hundred [sziksz hândrəd]
  601 six hundred and one [sziksz hândrəd ənd van]
  700 seven hundred [sevn hândrəd]
  701 seven hundred and one [sevn hândrəd ənd van]
  800 eight hundred [éjt hândrəd]
  801 eight hundred and one [éjt hândrəd ənd van]
  900 nine hundred [nájn hândrəd]
  901 nine hundred and one [nájn hândrəd ənd van]
 1000 a/one thousand [e/van tauzənd]
 1001 one thousand and one [van tauzənd ənd van]
 5000 five thousand [fájv tauzənd]
10000 ten thousand [ten tauzənd]
```

41	negyvenegy	[nedjven-edj]
50	ötven	[ötven]
51	ötvenegy	[ötven-edj]
60	hatvan	[hâtvân]
61	hatvanegy	[hâtvân-edj]
70	hetven	[hetven]
71	hetvenegy	[hetven-edj]
80	nyolcvan	[njoltsvân]
81	nyolcvanegy	[njoltsvân-edj]
90	kilencven	[kilentsven]
91	kilencvenegy	[kilentsven-edj]
100	száz	[saaz]
101	százegy	[saaz-edj]
200	kétszáz	[kait-saaz]
201	kétszázegy	[kait-saaz-edj]
300	háromszáz	[haarom-saaz]
301	háromszázegy	[haarom-saaz-edj]
400	négyszáz	[naidj-saaz]
401	négyszázegy	[naidj-saaz-edj]
500	ötszáz	[öt-saaz]
501	ötszázegy	[ötsaaz-edj]
600	hatszáz	[hât-saaz]
601	hatszázegy	[hâtsaaz-edj]
700	hétszáz	[hait-saaz]
701	hétszázegy	[hait-saaz-edj]
800	nyolcszáz	[njolts-saaz]
801	nyolcszázegy	[njolts-saaz-edj]
900	kilencszáz	[kilents-saaz]
901	kilencszázegy	[kilents-saaz-edj]
1000	ezer	[ezer]
1001	ezeregy	[ezer-edj]
5000	ötezer	[ötezer]
10000	tízezer	[teezezer]

Ordinal numbers:
1st first [förszt]
2nd second [szekənd]
3rd third [szörd]
4th fourth [fórsz]
5th fifth [fifsz]
6th sixth [szikszt]
7th seventh [szevnsz]
8th eighth [éjtsz]
9th ninth [nájnsz]
10th tenth [tensz]
11th eleventh [ilevnsz]
12th twelfth [tvelfsz]
13th thirteenth [szörtínsz]
14th fourteenth [fórtínsz]
15th fifteenth [fiftínsz]
16th sixteenth [sziksztínsz]
17th seventeenth [szevntínsz]
18th eighteenth [éjtínsz]
19th nineteenth [nájntínsz]
20th twentieth [tventiisz]
21st twenty-first [tventi-förszt]
22nd twenty-second [tventi-szekənd]
23rd twenty-third [tventi-szörd]
24th twenty-fourth [tventi-fórsz]
25th twenty-fifth [tventi-fifsz]
26th twenty-sixth [tventi-szikszt]
27th twenty-seventh [tventi-szevnsz]
28th twenty-eighth [tventi-éjtsz]
29th twenty-ninth [tventi-nájnsz]
30th thirtieth [szörtiisz]
31st thirty-first [szörti-förszt]
40th fortieth [fórtiisz]
50th fiftieth [fiftiisz]
60th sixtieth [sziksztiisz]
70th seventieth [szevntiisz]

Sorszámnevek:

1. **első** [elshő]
2. **második** [maashodik]
3. **harmadik** [hârmâdik]
4. **negyedik** [nedjedik]
5. **ötödik** [ötödik]
6. **hatodik** [hâtodik]
7. **hetedik** [hetedik]
8. **nyolcadik** [njoltsâdik]
9. **kilencedik** [kilentsedik]
10. **tizedik** [tizedik]
11. **tizenegyedik** [tizen-edjedik]
12. **tizenkettedik** [tizen-kettedik]
13. **tizenharmadik** [tizen-hârmâdik]
14. **tizennegyedik** [tizen-nedjedik]
15. **tizenötödik** [tizen-ötödik]
16. **tizenhatodik** [tizen-hâtodik]
17. **tizenhetedik** [tizen-hetedik]
18. **tizennyolcadik** [tizen-njoltsâdik]
19. **tizenkilencedik** [tizen-kilentsedik]
20. **huszadik** [hoosâdik]
21. **huszonegyedik** [hooson-edjedik]
22. **huszonkettedik** [hooson-kettedik]
23. **huszonharmadik** [hooson-hârmâdik]
24. **huszonnegyedik** [hooson-nedjedik]
25. **huszonötödik** [hooson-ötödik]
26. **huszonhatodik** [hooson-hâtodik]
27. **huszonhetedik** [hooson-hetedik]
28. **huszonnyolcadik** [hooson-njoltsâdik]
29. **huszonkilencedik** [hooson-kilentsedik]
30. **harmincadik** [hârmintsâdik]
31. **harmincegyedik** [hârmints-edjedik]
40. **negyvenedik** [nedjvenedik]
50. **ötvenedik** [ötvenedik]
60. **hatvanadik** [hâtvânâdik]
70. **hetvenedik** [hetvenedik]

```
   80th  eightieth  [éjtiisz]
   90th  ninetieth  [nájntiisz]
  100th  hundredth  [hândrədsz]
  101st  hundred and first  [hândrəd ənd förszt]
  200th  two hundredth  [tú hândrədsz]
  500th  five hundredth  [fâjv hândrədsz]
 1000th  (one) thousandth  [(van) tauzəndsz]
```

Dates:

16th October, 1972 [də sziksztínsz ov októbər
   nájntín-szevnti-tú]
October 16th, 1972 [októbər də sziksztínsz . . .]

on lst October [on də förszt ov októbər]

on 15th November [on də fiftínsz ov nóve...bər]

from lst to 15th October from də förszt tu də
   fiftínsz ov októbər]

from April 20th to May 5th [from də tventiisz
   of éprəl tu də fifsz ov méj]

80. **nyolcvanadik** [njoltsvânâdik]
   90. **kilencvenedik** [kilentsvenedik]
  100. **századik** [saazâdik]
  101. **százegyedik** [saaz-edjedik]
  200. **kétszázadik** [kait-saazâdik]
  500. **ötszázadik** [öt-saazâdik]
 1000. **ezredik** [ezredik]

Keltezés:

1972. október 16.   [ezer-kilents-saaz-hetven-kettő
        oktawber tizen-hâtodikâ]

október 1-én   [oktawber elsheyain]

november 15-én [november tizen-ötödikain]

október 1-jétől 15-éig   [oktawber elsheyaitől
        tizen-ötödikayig]

április 20-ától május 5-éig [aaprilish hoosâdikaatawl
        maayoosh ötödikayig]

LINEAR MEASURES

in. = inch(es)
ft. = foot, feet
yd. = yard(s)

1 in.			=	2,54 cm
1 ft.	=	12 in.	=	30,48 cm
1 yd.	=	3 ft.	=	0,914 m
1 mile	=	1760 yd.	=	1,609 km

Conversion

yards to metres
yd.-ról m-re

$$\frac{y \text{ yd.} \cdot 11}{12} = x \text{ m}$$

miles to km
mérföldről km-re

$$\frac{y \text{ miles}}{5} \cdot 8 = x \text{ km}$$

WEIGHTS

oz. = ounce(s)
lb. = pound(s)
st. = stone(s)
cwt. = hundredweight

1 oz.			=	28,35 g
1 lb.	=	16 oz.	=	45,36 dkg
1 st.	=	14 lb.	=	6,35 kg
1 cwt *(GB)*	=	112 lb.	=	50,80 kg
(US)	=	100 lb.	=	45,36 kg

7 st. ~ 44,5 kg
10 st. ~ 63,5 kg
12 st. ~ 76 kg
14 st. ~ 89 kg
15 st. ~ 95 kg

HOSSZMÉRTÉKEK

cm = centimetre(s)
dm = decimetre(s)
m = metre(s)
km = kilometre(s)

1 cm = 0,039 in.
1 dm = 10cm = 3,937 in.
1 m = 100cm = 1,093 yd.
1 km = 1000m = 0,621 mile

Átszámítás

m-ről yd.-ra $\dfrac{x\ m.\ 12}{11} = y$ yd.
metres to yards

km-ről mérföldre $\dfrac{x\ km}{8} . 5 = y$ mile
km to miles

SÚLYOK

g = gram(s)
dkg = decagram(s)
kg = kilogram(s)
q = quintal

1 dkg = 10 g = 0,353 oz.
1 kg = 10 dkg = 2,205 lb.
1 q = 100kg = 1,968 cwt

5 kg ~ 10,75 lb.
10 kg ~ 21,5 lb.
20 kg ~ 44 lb.
50 kg ~ 108,5 lb.
100 kg ~ 220 lb.

LIQUID MEASURES

pt = pint(s)
qt = quart(s)
gal. = gallon(s)

1 pt		= 0,568 l
1 qt	= 2 pt	= 1,136 l
1 gal.	= 4 qt	= 4,546 l

5 gal. ~ 22,7 l
6 gal. ~ 27,3 l
7 gal. ~ 32 l
9 gal. ~ 41 l
10 gal. ~ 45,5 l

ŰRMÉRTÉKEK

dl = decilitre(s)
l = litre(s)

1 dl   = 0,176 pt
1   l = 10 dl = 1,760 pt

10 l ~ 2,2 gal.
20 l ~ 4,4 gal.
30 l ~ 6,6 gal.
40 l ~ 8,8 gal.
50 l ~ 11   gal.

TEMPERATURE			HŐMÉRSÉKLET		
F = Fahrenheit			C = Celsius (centigrade)		
212	°F = 100	°C	59 °F =	15	°C
104	°F = 40	°C	50 °F =	10	°C
101	°F = 38,3	°C	41 °F =	5	°C
100	°F = 37,8	°C	32 °F =	0	°C
98,4	°F = 37	°C	28 °F =	−2	°C
97	°F = 36,1	°C	23 °F =	−5	°C
86	°F = 30	°C	18 °F =	−8	°C
80	°F = 26,7	°C	12 °F =	−11	°C
77	°F = 25	°C	5 °F =	−15	°C
68	°F = 20	°C	0 °F =	−18	°C

Conversion — Átszámítás

$$+x \ °F = \frac{(x - 32)5}{9} \ °C$$

$$-x \ °F = \frac{(x + 32)5}{9} \ °C$$

$$x \ °C = \frac{9x}{5} + 32 \ °F$$

MONEY   PÉNZ

United Kingdom
Egyesült Királyság

$\frac{1}{2}$p a halfpenny	fél penny, félpennys
1p a penny, one p	egy penny, egypennys
2p twopence, two p	két penny, kétpennys
5p five pence, five p	öt penny, ötpennys
10p ten pence, ten p	tíz penny, tízpennys
20p twenty pence, twenty p	húsz penny, húszpennys
50p fifty pence, fifty p	ötven penny, ötvenpennys
£1 a **pound** (= 100 pence)	egy font, egyfontos

United States of America
Amerikai Egyesült Államok

1¢ a cent = a penny	egy cent, egycentes
5¢ five cents = a nickel	öt cent, ötcentes
10¢ ten cents = a dime	tíz cent, tízcentes
25¢ twenty-five cents = a quarter	huszonöt cent, huszonötcentes
50¢ fifty cents, a half-dollar, half a buck	fél dollár, féldolláros
$1 a **dollar** (= 100 cents), a buck	egy dollár, egydolláros

Hungary
Magyarország

10 f ten fillér	tíz fillér, tízfilléres
20 f twenty fillér	húsz fillér, húszfilléres
50 f fifty fillér	ötven fillér, ötvenfilléres
1 Ft one **forint** (= 100 fillér)	egy forint, egyforintos
2 Ft two forints	két forint, kétforintos
5 Ft five forints	öt forint, ötforintos
10 Ft ten forints	tíz forint, tízforintos
20 Ft twenty forints	húsz forint, húszforintos

INTERNATIONAL CAR REGISTRATIONS — COUNTRIES

NEMZETKÖZI GÉPKOCSIJELZÉSEK — ORSZÁGOK

A   **Austria**   **Ausztria**
      Austrian   osztrák

AL   **Albania**   **Albánia**
      Albanian   albán

AUS Australia   **Ausztrália**
      Australian   ausztrál(iai)

B   **Belgium**   **Belgium**
      Belgian   belga

BG   **Bulgaria**   **Bulgária**
      Bulgarian   bolgár

BR   **Brazil**   **Brazília**
      Brazilian   brazil, brazíliai

C   **Cuba**   **Kuba**
      Cuban   kubai

CDN Canada   **Kanada**
      Canadian   kanadai

CGO Zaïre   **Zaire**
      Zaïrese   zaire-i

CH   **Switzerland**   **Svájc**
      Swiss   svájci

ČS   **Czechoslovakia**   **Csehszlovákia**
      Czech, Czechoslo-   csehszlovák(iai)
      vak

CY   **Cyprus**   **Ciprus**
      Cyprian, Cypriot   ciprusi

D	Federal Republic of Germany	Német Szövetségi Köztársaság
	German	(nyugat)német
DDR	German Democratic Republic	Német Demokratikus Köztársaság
	East German	NDK-beli, keletnémet
DK	Denmark	Dánia
	Danish	dán(iai)
DZ	Algeria	Algéria
	Algerian	algériai
E	Spain	Spanyolország
	Spanish	spanyol
ET	Arab Republic of Egypt	Egyiptomi Arab Köztársaság
	Egyptian	egyiptomi
F	France	Franciaország
	French	francia
GB	Great Britain, United Kingdom (of Great Britain and Northern Ireland)	Anglia, Nagy-Britannia (és Észak-Írország Egyesült Királysága)
	British	angol, brit
GR	Greece	Görögország
	Greek	görög
H	Hungary	Magyarország
	Hungarian	magyar
I	Italy	Olaszország
	Italian	olasz
IL	Israel	Izrael
	Israeli	izraeli

IND	**India** Indian	**India** indiai	
IR	**Iran** Iranian	**Irán** iráni	
IRL	**Republic of Ireland** Irish	**Írország** ír	
IRQ	**Iraq** Iraqi	**Irak** iraki	
IS	**Iceland** Icelandic	**Izland** izlandi	
J	**Japan** Japanese	**Japán** japán	
L	**Luxembourg**	**Luxemburg** luxemburgi	
MA	**Morocco** Moroccan	**Marokkó** marokkói	
MC	**Monaco** Monegasque	**Monaco** monacói	
MEX	**Mexico** Mexican	**Mexikó** mexikói	
N	**Norway** Norwegian	**Norvégia** norvég	
NL	**Netherlands, Holland** Dutch	**Hollandia** holland	
P	**Portugal** Portuguese	**Portugália** portugál	
PL	**Poland** Polish	**Lengyelország** lengyel	

R	**Rumania, Romania**	**Románia**
	Rumanian, Romanian	román(iai)
RA	**Argentina**	**Argentína**
	Argentinian	argentin
RCB	**Republic of the Congo**	**Kongó (Kongói Köztársaság)**
	Congolese	kongói
RCH	**Chile**	**Chile**
	Chilean	chilei
RI	**Indonesia**	**Indonézia**
	Indonesian	indonéz
RL	**Lebanon**	**Libanon**
	Lebanese	libanoni
S	**Sweden**	**Svédország**
	Swedish	svéd
SF	**Finland**	**Finnország**
	Finnish	finn
SU	**Soviet Union, Union of Soviet Socialist Republics**	**Szovjetunió**
	Soviet	szovjet
SYR	**Syria**	**Szíria**
	Syrian	szír(iai)
TN	**Tunisia**	**Tunézia**
	Tunisian	tunéziai
TR	**Turkey**	**Törökország**
	Turkish	török

USA	United States of America	Amerikai Egyesült Államok
	American	amerikai
YU	Yugoslavia	Jugoszlávia
	Yugoslav	jugoszláv

MÁSODIK RÉSZ

MAGYAR—ANGOL

PART TWO

HUNGARIAN — ENGLISH

ELŐSZÓ

A mindkét irányú utazási forgalom örvendetes állandó növekedése, valamint az idegenforgalom és üdülés egyre újabb változatainak elterjedése megköveteli, hogy ezzel a nyelvi érintkezés segédeszközei is állandó lépést tartsanak. Gondolunk itt például mind a magyar, mind a külföldi autós turisták számának rohamos emelkedésére, a campingmozgalomra, az egyéni és csoportos utazások, az egyesületi, szakszervezeti stb. üdültetés szervezeti formáinak bővülésére, de természetesen a hagyományos utazási forgalom (vasút, hajó, autóbusz-társasutazások), a szervezett vendéglátás, rokonlátogatások számának növekedésére és ezzel kapcsolatban a vonatkozó szolgáltató iparok állandó fejlődésére és a légijáratok fokozódó igénybevételére is.

A könnyű kezelhetőség által megszabott keretekben igyekeztünk a használónak minden olyan helyzetben nyelvi segítséget nyújtani, amely utazás és külföldi tartózkodás során elő szokott adódni (jegyváltás, menetrendi tudakozódás, étkezés, szálláskeresés, vásárlás, tankolás, városnézés, természetjárás, szórakozás, sport és kulturális rendezvények, hivatalos szervekkel való érintkezés stb.). Nem feledkeztünk meg a közúti balesetek, megbetegedések és egyéb kellemetlen, de sürgős közölnivalókat igénylő szituációkról sem.

Azzal a céllal, hogy minél nagyobb szóanyagot minél tömörebben, és mégis hamar megtalálhatóan közöljünk, a Kiadó egységes rendszerben egy olyan új szótártípust bocsát útjára, amely a lehetőséghez képest egyesíti az általános és szakszótárak, meg az idegen nyelvű társalgási könyvek, nyelvi kalauzok előnyeit. Reméljük, hogy egy-egy ilyen könyvecske mind a magyar, mind az idegen ajkú használónak hasznos kísérője lesz!

A HASZNÁLÓ FIGYELMÉBE

Ez a szótár azoknak kíván segítséget nyújtani, akik angol nyelvterületen csekély angol nyelvtudással meg akarják értetni magukat és tolmács nélkül is el akarnak igazodni a számukra idegen világban. Címének és rendeltetésének megfelelően, tartalmazza a szótár a mindennapi élet legszükségesebb általános, valamint az utazás és turistaforgalom speciális szókincsét olyan válogatásban és feldolgozásban, hogy segítségével egyszerű mondatok, kérdések is könnyen összeállíthatók. Ezeknek a kérdéseknek és mondatoknak egy része „előre gyártva" meg is található a szótárban azok számára, akik egyelőre nem is akarnak megtanulni angolul. Azok viszont, akik már rendelkeznek nyelvismeretekkel, meg fogják tudni sokszorozni gyakorlati tudásukat a kész kérdések és mondatok felhasználásával. Minden angol szónak és kifejezésnek, sőt a teljes mondatoknak is, [szögletes zárójelben] megadtuk a kiejtését, mert ismeretes, hogy az angol szavak írása és kiejtése között igen nagy a különbség. A több szótagú szavak hangsúlyát is jelöltük, mégpedig vastag betűvel, például az „over" [óvər] szóban az ó hangsúlyos, a dőlt (kurzív) r-betű viszont arra figyelmeztet, hogy ne ropogtassuk meg az r-et, hanem „nyeljük el". A kiejtést a magyar ábécé betűivel adtuk meg, s csupán két külön jelet használtunk. Egyik az â, a magyar „á"-hoz hasonló, röviden ejtett tompa hang; a másik az ə, „ö"-betűre emlékeztető, mindig hangsúlytalan hang, amelyet, — amennyire lehet, — szintén „el kell nyelni".

Az *(US)* rövidítés azt jelzi, hogy az utána álló szó vagy kifejezés főként az Egyesült Államokban használatos.

Helykímélés céljából használtuk a ferde vonalat /, ami „vagy" helyett áll. A fekvő nyíl → a „lásd még", vagy a „lásd ott" szerepét tölti be.

A NAGYBETŰS CÍMSZAVAK (feliratok, közlekedési jelzőtáblák szöveges része stb.) természetszerűleg inkább a Magyarországon járó angol nyelvű használók számára fontosak. A tő- és sorszámnevek valamint a legfontosabb mértékegységek a *Függelékben* találhatók.

FOR THE ENGLISH SPEAKING USER

The English speaking user of this dictionary will find a selection of words and phrases the tourist is bound to come across when visiting Hungary. There are few who might wish to learn the rudiments of the Hungarian language, but all visitors will be able to make use of the Hungarian-English part of this dictionary by looking up notices, sign-boards, inscriptions, directions, the texts of registration or other forms etc., most of which will be found capitalized so as to catch the eye. Hungary being a small country, foreigners are not expected to talk Hungarian, but quite a number of Hungarians will readily try to use their English to help the visitor. Should you fail to be able to make yourself understood, do not hesitate to point to the sign-board, notice, poster, or item on the menu card, but not before you make sure it really means what you think it does by consulting the dictionary!

In this part of the dictionary, the same as in its counterpart, ~ stands for the entry word or words; / joins the interchangeable words in a phrase; → means see under. Parentheses indicate possible omissions. Thus, the entry **komp(hajó)** ferry(boat) means that both **komp** and **komphajó** are equivalent with "ferry" and "ferryboat", respectively.

The pronunciation of Hungarian words and phrases has been given (where necessary) in the English-Hungarian part of this dictionary in a form that will enable the user to *s a y* what is required.

RÖVIDÍTÉSEK ÉS JELEK
ABBREVIATIONS AND SIGNS

GB	brit szóhasználat	British usage
sby	somebody	valaki
sth	something	valami
swhere	somewhere	valahol
vhol	valahol	somewhere
vhova	valahova	somewhere
vki	valaki	somebody
vmi	valami	something
US	amerikai szóhasználat	American usage

~   a címszót pótolja (akár egy akár több szóból áll)
represents the entry word or words

/   egymással felcserélhető szavakat kapcsol össze
joins the interchangeable words in a phrase

→   lásd ott
see under

( )   tartalmazza:

a) a dőlt betűs magyarázatokat
explanations to the various meanings
(in italics)

b) a magyar ill. angol szövegből elhagyható
elemeket
possible omissions in Hungarian words
or phrases and/or their English transla-
tions

[ ]   tartalmazza az angol szavak és szókapcsola-
tok kiejtését
contain the pronunciation of English
words and phrases

A, Á

a, az the [də, di]
ÁB = Állami Biztosító
abba into that [intu det]
abbahagyni to stop [sztop]; **hagyd abba!** stop it [sztop it]!
abban in that [in det]
abból from that [from det]
ABC-áruház supermarket [szjúpər-márkit]
ablak window [windó]
ablaktörlő windscreen wiper [vinckrín vájpər]; *(US)* windshield wiper [vindsíld vájpər]
ablakülés window seat [windó szít]
ábra figure [figər]
abroncs tire, *(US)* tyre [tájər]
abroncsnyomás tire/tyre pressure [tájər presər], air pressure [eer-]
abrosz table-cloth [tébl-klosz]
acél steel [sztíl]
ad is giving [iz giving]; ~**hatok még?** some more [szám mór]?; ~**jon kérem . . .** please, give me . . . [plíz, giv mí]; ~**ott nekem egy . . .** he gave me a . . . [hi gév mí e . . .]; *(mozi, színház)* **mit ~nak?** what is on? [voc on]? →**adni**
adag *(étel)* portion [pórsn]
adás *(rádió, tv)* broadcast(ing) [bródkászt(ing)]
adatai, adatok data [détə], particulars [pətikjulərz]
addig till [til], until [ántil]
addigra by that time [báj det tájm]

adni to give [giv] →**ad**
adó tax [teksz]
adó(állomás) *(rádió, tv)* broadcasting station [bród-kászting sztésn]
adómentes tax-free [teksz-frí]
adósság debt [det]
AFIT *(State Company for Car Repairs and Servicing)*
ÁFOR *(Network of State-owned filling stations)*
ÁFOR-szerviz service station [szörvisz sztésn]
Afrika Africa [efrikə]
afrikai African [efrikən]
ág branch [bráncs]
agárverseny greyhound racing [gréjhaund részing]
agglegény bachelor [becselər]
aggódni to worry [tu vâri]; **aggódik** he is worried [hi iz vârid]; **ne aggódj!** don't worry [dónt vâri]!
agy brain [brén]
ágy bed [bed], *(hajón, hálókocsiban)* berth [börsz]; **~ban maradt** she stayed in bed [sí sztéjd in bed]
ágyazni to make the bed [mék də bed]
ágynemű bedclothes [bedklódz]
agyrázkódás concussion (of the brain) [konkâsn ov də brén]
ahogy as [ez]
ahol where [veer]
ajakrúzs lipstick [lipsztik]
ajándék gift [gift], present [preznt]
AJÁNDÉKBOLT Gift Shop [gift sop], Souvenirs [szúvənírz]
ajándékozni to give (as a present) [tu giv (ez ə preznt)]
ajándéktárgy souvenir [szúvənír]
ajánlani to recommend [tu rekəmend]; *(árut)* to offer [tu ofər]; **ajánlom hogy...** I suggest that... [áj szâdzseszt det...], I advise you to... [áj edvájz ju tu]; **ajánlására** at the recommendation of... [eddə rekomendésn ov]

ajánlólevél letter of recommendation [letar ov rekomen-
désn], letter of introduction [letar ov intradáksn]
ajánlott (levél) registered (letter) [redzsisztard letar]
ajánlott útvonal recommended route [rekomendid
rút]
ajánlva registered [redzsisztard]; ~ **ad fel** to post/mail
registered [tu pószt/mél redzsisztard]
ajtó door [dór]
ajtókilincs door-handle [dór-hendl]
ajtószám door number [dór nâmbar]
ajtózár door lock [dór lok]
akácfa acacia [akésa]
akadály obstacle [obsztakl]
akadályfutás steeplechase [sztíplcsész]
akadályozni to hinder [tu hindar]; **akadályozza a for-
galmat** obstructs the traffic [obsztrâkc da trefik]
akadályoztatás esetén if prevented [if priventid]
akadémia academy [akedami] *(főiskola)* (university)
college [kolidzs]
akar *(tenni vmit)* wants to do sth [vanc tu dú sâmszig];
én ~ok . . . I want (to) [áj vant (tu)] . . .; **~(sz)
úszni?** do you want to swim [du ju vant tu szvim]?;
el ~ok menni I want to go (away) [áj vant ta gó
(avéj)]; **mit ~t?** what did he want [vat did hi
vant]?; **mit ~ ezzel mondani?** what do you mean
by that [vat du ju mín báj det]?; **ahogy ~ja** as
you wish [ez ju vis]
akárcsak just like [dzsâszt lájk]
akárhol wherever [veerevar]; *(bárhol)* anywhere
[enivee**r**]
akárki whoever [huevar]; *(bárki)* anybody [enibodi]
akármelyik whichever [vicsevar]; *(bármelyik)* any
[eni]; **~ nap(on)** any day [eni déj]
akármennyi(re) however much [hau-evar mâcs]
akármi *(bármi)* whatever [vatevar]; anything [eni-
szing]

akármikor any time [eni tájm]
akármilyen whatever [vatevər]
akármit whatever [vatevər], *(bármit)* anything [eniszing]
akasztó hanger [hengər]
aki who [hú]
akihez to whom [tu hum]
akinek for/to whom [for/tu hum]
akiről about/of whom [əbaut/of hum]
akit who(m) [hú(m)]; ~ **illet** to whom it may concern [tu hum it méj kənszörn]
akivel with whom [vid hum]
akkor then [den]; ~ **amikor** ... when ... [ven]: ~ **ha** if
akkorára *(idő)* by that time [báj det tájm]
akkorra by then [báj den]
akku(mulátor) accumulator [əkjúmjulétər], *(US)* storage battery [sztóridzs betəri]; **az ~ kimerült** the battery is run down [də betəri iz rán daun]
aktatáska brief-case [bríf-kész]
aktív active [ektiv]
aktuális timely [tájmli]
alá under [ândər]; ~**ja** under it [ândər it]; **az ülés** ~ under the seat [ândər də szít]
alábbi (the) following [(də) folóing]
alacsony *(ember)* short [sort]; *(tárgy)* low [ló]
alagsor basement [bészmənt]
alagút tunnel [tâ-nl]
aláhúzni to underline [tu ândəlájn]
aláírás signature [szignicsər]
aláírni to sign [tu szájn]
alak figure [figər]
alap basis [bészisz]
alapár basic price [bészik prájsz]
alapfizetés basic wage [bészik védzs]
alapították was founded [voz faundid (in)]

alapmenetdíj basic fare [bészik feer]

alárendelt útvonal non-priority road [non-prájoriti ród]

alatt *(hely)* under [ândər]; *(idő)* (with)in [(vid)in]; **távollétem ~** in my absence [in máj ebszənsz]; **az ülés ~** under the seat [ândər də szít]

albérleti szoba furnished room [förnist rum]

áldozat *(balesetben)* victim [viktim]

alexponált underexposed [ândərikszpózd]

alföld plain [plén]

alig scarcely [szkeerszli], hardly [hárdli]

alkalmas suitable [szjútəbl]; **melyik nap ~ Önnek?** what day will suit you [vot déj vil szjút jú]?

alkalmatlan inconvenient [inkonvínjənt]

alkalmával on the occasion of [on di əkézsn ov]

alkalmazni *(személyt)* to employ [tu imploj]; *(vmit)* tu apply [əpláj]

alkalmazott employee [emploji]

alkalmi vétel bargain [bárgin]

alkalom occasion [əkézsn], *(lehetőség)* opportunity [opətyúniti]

alkatrész spare part [szpeer párt]

alkohol alcohol [elkəhol]

alkoholmentes italok non-alcoholic drinks [non-elkəholik drinksz], soft [szoft] drinks

alkoholpróba *(autósoknak)* breath test [bresz teszt]

alkoholszonda breathalyser [breszəlájzər]

alkoholvizsgálat sobriety test [səbrájeti teszt]

alkudni to bargain [tu bárgin]

áll[1] chin [csin]

áll[2]**: ~ (valamiből)** consists of [kənsziszc ov]; **a földön ~** it stands on the floor [it sztendz on də flór]; **ez jól ~ (önnek)** that suits (you) well [det szjúc (ju) vel]

állam state [sztét]

államférfi statesman [sztécmən]

Állami Biztosító State Insurance Company
állampolgár subject [szâbdzsekt], *(US)* citizen [sziti-izn]
állampolgárság nationality [nesənelitil, *(US)* citizenship [szitiznsip]
állandó permanent [pörmənənt]; ~ **lakcím** permanent address [pörmənənt ədresz]; ~ **lakhely** domicile [domiszájl]
állapot condition [kəndisn]
állás *(foglalkozás)* job [dzsob], post [pószt]; *(helyzet)* position [pəzisn]
álláspont standpoint [sztendpojnt]
állat animal [enimɘl]
állatkert Zoological gardens [zóɘlodzsikɘl gárdnz], zoo [zú]
állatorvos vet(erinary) [vet(ɘrinɘri)]
állítani *(helyezni)* to place [tu plész]; *(szóval)* to assert [tu ɘszört], *(US)* to claim [tu klém]
állítható adjustable [ɘdzsâsztɘbl]
ÁLLJ (elsőbbségadás kötelező)! stop (at intersection) [sztop (et intɘrszeksn)]
állni to stand [sztend]; →**áll²**
állóbüfé lunch stand [láncs sztend], refreshment counter [rifresmɘnt kauntɘr]
álló jármű stationary vehicle [sztésnɘri víɘkl]
állomás station [sztésn]; **az ~on** at the station [et dɘ sztésn]; **~on maradó** to be called for [tu bí kóld for]
állomásfőnök station-master [sztésn-másztɘr]
állott stale [sztél]
alma apple [epl]
almás pite apple pie [epl páj]
almás rétes apple strudel [epl strúdl]
álmatlanság insomnia [inszomniɘ]
álmos sleepy [szlípi]
álom dream [drím]

az **Alpok** the Alps [di elpsz]

alsó lower [lóər]; ~ **ágy** lower berth [lóər bőrsz]

alsóbbrendű út minor road [májnər ród]

alsónadrág (under)pants [(ândər) penc]

alsónemű underwear [ândərveer]

alszik is sleeping [iz szlíping] →**aludni**

általában (véve) as a rule [ez ə rúl], generally [dzsen-ərəli]

általános general [dzsenərəl]; ~ **iskola** (public) elementary school [(pâblik) elimentəri szkúl]; ~ **tájé-koztató** general information [dzsenərəl infərmésn]

altató(szer) sleeping-pill [szlíping-pil]

aludni to sleep [tu szlíp]; ~ **megy** to go to go to bed [tu gó tu bed]; **jól aludt?** did you sleep well [did ju szlíp vel]?; **nem tudok** ~ I cannot sleep [áj kánt szlíp]

aludttej sour milk [szauər milk]

alul below [biló]; ~**ról** from below [from biló]

aluljáró underpass [ândərpász], subway [szâbvéj]

alvás sleep [szlíp]

alváz *(autóé)* chassis [seszi]

a.m. = *annyi mint* i.e., that is (to say) [det iz (tu széj)]

amatőr amateur [emətőr]

amely which [vics], that [det]

Amerika America [əmerikə]

amerikai American [əmerikən]; **az ~ak** the Americans [di əmerikənz]

az **Amerikai Egyesült Államok** the United States of America (U.S.A.) [də junájtid sztéc ov əmerikə]

ami which [vics], that [det]; ~ **engem illet** as far as I am concerned [ez fár ez ájm kənszörnd]

amikor when [ven]

amint *(idő)* as soon as [ez szún ez]

ananász pineapple [pájnepl]

andráskereszt St. Andrew's cross [szént endrúsz krosz]

anélkül without [vidaut]

23*

Anglia England [íngländ], Great-Britain [grét-britn]
angol 1. English [ínglis], British [brítis] **2.** *(férfi)* Englishman [ínglismən], *(nő)* Englishwoman [ínglisvumən]; **az ~ok** the English [di ínglis] **3.** *(nyelv)* English [ínglis]
angolos(an) *(húsról)* underdone [ándərdân], *(US)* (medium) rare [(mígyəm) reer]
angolszalonna (lean) bacon [(lín) békn]
angolul in English [in ínglis]; **beszél ~?** do you speak English [du ju szpík ínglis]?; **ez hogy van ~?** how do you say that in English [hau du ju széj det in ínglis]?
annak (aki) to him (who) [tu him (hu)]; **~ az embernek** to that man [tu det men]; **~ akit illet** to whom it may concern [tu hum it méj kənszörn]
antenna aerial [eeriəl]
antibiotikum antibiotics [entibájotiksz]
antik antique [entík]
ANTIKVÁRIUM Second-hand Book-Shop [szekndhend buk-sop]
anya mother [mâdər]
anyag material [mətíriəl]; substance [szâbsztənsz]
anyagi okok miatt for financial reasons [for fájnensl riznz]
anyakönyvi hivatal registry (office) [redzsisztri (ofisz)]
anyanyelv mother tongue [mâdər tong]
anyja neve mother's name [mâdərz ném]
annyi so much/many [szó mâcs/meni]
annyira so [szó]
anyós mother-in-law [mâdərin-ló]
apa father [fádər]
apály ebb [eb], low tide [ló tájd]
apátság abbey [ebi]
ÁPISZ stationery [sztésnəri]
ápolni *(beteget)* to nurse [tu nörsz]
ápolónő nurse [nörsz]

após father-in-law [fádərin-ló]
ápr., április Ápr., April [éprəl]; **~ban** in April
apró tiny [tájni]
apróhirdetés classified ad(vertisement) [klesszifájd ed(vörtiszmənt)]
aprópénz (small) change [(szmól) cséndzs]
apróság trifle [trájfl]
ár price [prájsz]; **~a 5 Ft** price 5 [fájv] forint
áram *(villamos)* current [kârənt]
arany gold [góld]
aranyér piles [pájlz], haemorrhoids [heməroidz]
aranyérem gold medal [góld medl]
aranygyűrű gold [góld] ring
aránylag comparatively [kəmpərətivli]
aranylánc gold chain [góld csén]
aranyóra gold watch [góld vacs]
aratás harvest [hárvəszt]
árboc mast [mászt]
arc face [fész]
arcképes igazolvány identification [ájdentifikésn], I.D. [áj-dí]
arckrém face-cream [fész-krím]
áremelés rise in prices [rájz in prájsziz]
árengedmény allowance [əlauənsz]
árfolyam *(valutáé)* rate of exchange [rét ov ikszcséndzs]
árjegyzék, árlap price-list [prájsz-liszt]
árleszállítás price reduction [prájsz ridâksn]
árnyék shade [séd], *(vmié)* shadow [sedó]
árok ditch [dics]
árpa barley [bárli]
arra! *(irány)* that way [det véj]!; *(rá)* on that/it [on det/it]
ártani to harm [tu hárm]; **árt nekem** *(étel)* it disagrees with me [it diszəgríz vid mí]
ártatlan innocent [inəsznt]
áru goods [gudz]

áruátvétel receipt of goods [riszít ov gudz]

árucikk article [ártikl]

áruforgalom trade [tréd]

áruház department store [dipártmənt sztór], stores [sztórz]

ÁRUKIADÁS goods here [gudz hír]

árukiadó packing-counter [peking-kauntər]

áruminta sample [számpl]

árus *(utcai)* vendor [vendər]

árusítani to sell [tu szel]

árusítóhely stand [sztend]

áruszállítás transport of goods [trenszpórt ov gudz]

áruszámla invoice [invojsz]

árváltozás change in prices [cséndzs in prájsziz]

árverés (sale by) auction [szél báj óksn]

árvíz (high) flood [(háj) flád]

ásatás excavation [ekszkəvésn]

ásni to dig [tu dig]

ásó spade [szpéd]

ásvány mineral [minərəl]

ásványvíz mineral water [minərəl vótər]

aszfalt asphalt [eszfelt]

asszisztens(nő) assistant [əszisztənt]

asszony woman [vumən]; *(több)* women [vimin]; ~om Madam [medəm]

asztal table [té-bl]; **a mi ~unkhoz** to our table [tu auər té-bl]

asztalfoglalás table reservation [té-bl rezəvésn]

asztali bor light wine [lájt vájn]

asztalitenisz table-tennis [té-bl-tenisz]

asztaltárs table companion [té-bl kəmpenjən]

asztalterítő table-cloth [té-bl-klosz]

asztma asthma [eszmə]

át across [əkrosz]; *(útirány)* via [vájə]

átadni *(vmit)* to hand over [tu hend óvər]; **adja át**

üdvözletemet give my regards to [giv máj rigárdz tu]; — **átadom** I will [áj vil]

átalakítani to alter [óltər]

átalányár flat rate [flet rét]

átcserélni to exchange [ikszcséndzs]; **cserélje át egy kisebbre!** exchange it for a smaller one [ikszcséndzs it for e szmólər van]

átépítették it was rebuilt [it voz ríbilt]

áthajtani to drive through [tu drájv szrú]; **hajtson a városon át** drive through the city [drájv szrú də sziti]

ÁTHAJTANI TILOS closed to all vehicles [klózd tu ól viəklz], no thoroughfare [nó szorəfeer]

áthaladás crossing [kroszing]

áthaladási elsőbbség right-of-way [rájt-əv-véj], priority [prájoriti]

áthaladni to cross [tu krosz]; **áthaladt az úton** he crossed the road [hi kroszt də ród]

áthelyezve transferred [trenszfőrd]

áthúzni *(írást)* to cross out [tu krosz aut]; **áthúzta az ágyat** she changed the bed [si cséndzsd də bed]

átjárás *(út)* passage [peszidzs]; **az~ tilos!** no thoroughfare! [no szorəfeer]

átjáró passageway [peszidzsvéj]

átjönni *(vhonnan)* to come over [tu kâm óvər]; **jöjjön át délután!** come and see me in the afternoon [kâm end szí mí in di áftərnún]!

átkapcsolni to switch over [tu szvics óvər]

átkelés *(tengeren)* passage [peszidzs], *(úttesten)* crossing [kroszing]

átkelőhely crossing-place [kroszing-plész], *(US)* crosswalk [kroszvók]

átköltöz(köd)ni to move (over to) [tu múv (óvər tu)]

átlag(os) average [evridzs]

Atlanti Óceán the Atlantic (Ocean) [di ətlentík (ósn)]

atléta athlete [etlít]

atlétaing vest [veszt], *(US)* undershirt [ândəsört]

atlétika athletics [etletiksz]; track and field events [trek ənd fíld ivenc]

átmenetileg temporarily [tempərərili]

átmenni *(vhova)* to go over to [gó óvər tu] . . .; *(vmin)* to go through [gó szrú]; *(úton)* to cross (the road) [tu krosz də ród]; **átmegy az ő asztalukhoz?** will you sit/go over tu their table [vil ju szit/gó óvər tu deer tébl]? **menjünk át!** let us go over (there) [lec gó óvər (deer)]!; **átment a piroson** he went/drove through the red light [hi vent/dróv szrú də red lájt]

átmenő forgalom through traffic [szrú trefik]; *(kereskedelemben)* transit trade [trenzit tréd]; *(kiegészítő tábla)* (closed to all vehicles) except for access [(klózd tu ól viəklz ikszept for ekszəsz]

átmenő út through road/street [szrú ród/sztrít]

átmérő diameter [dájemítər]

át nem ruházható not transferable [not trenszförəbl], untransferable [ântrenszförəbl]

átnézni *(vmit)* to go through [tu gó szrú]; *(vhova)* to look in [tu luk in]

átnyújtani to hand over [tu hend óvər]

átöltöz(köd)ni to change (clothes) [tu cséndzs klódz]; **átöltöz(köd)ik** . . . is changing (clothes) [iz cséndzsing (klódz)]

átrepülni to fly over [tu fláj óvər]; **átrepülte az óceánt** he flew over the Ocean [hí flú óvər di ósn]

átruházás transfer [trenszför]

átszállni to change (trains) [tu cséndzs (trénz)]; to transfer [tu trenszför]; **hol kell ~ . . . felé?** where do I change for . . . [veer dú áj cséndzs fór]?; **át kell szállnom?** do I have to change [du áj hev tu cséndzs]?

átszállóhely change-stop [cséndzs-sztop]; *(vasúti stb.)*

transfer point [trenszför pojnt], interchange station [intarcséndzs sztésn]

átszámítás conversion [kənvőrsn]

átszámítási árfolyam exchange rate [ikszcséndzs rét]

átszervezés reorganization [ríorgənájzésn]

áttanulmányozni *(vmit)* to study [sztâdi]; áttanulmányoztam a műsort I studied the program(me) [áj sztâdid də prógrəm]

attól from [from]

átutalás remittance [rimitənsz], transfer [trenszför]

átutalni *(pénzt)* to remit [tu rimit], to transfer [tu trenszför]; kérem ~ please remit [plíz rimit]

átutazás transit [trenzit]

átutazni to pass through [tu pász szrú]

átutazó *(utas)* through passenger [szrú peszíndzsər]

átutazóban on the way through [on də véj szrú]; én csak ~ vagyok itt I am only in transit here [ájm ónli in trenzit híə]

átutazó vizum transit visa [trenzit vízə]

átvágni to cut through [tu kât szrú]

átváltani *(pénzt)* to exchange [tu ikszcséndzs]

átvenni to take over [tu ték óvər]; köszönettel átvettem received with thanks [riszívd vid szenksz]

átvétel receipt [riszít]

átvételi elismervény receipt [riszít]

átvezetni *(vmin)* to lead through [tu líd szrú]; *(vhova)* to lead to [tu líd tu]

átvinni to carry over [tu keri óvər]; az út átvisz a folyón the road leads over the river [də ród lídz óvər də rivər]; átvitt kocsival... he took me by car... [hi tuk mí báj kár]

átvizsgálás examination [igzeminésn]

átvizsgálni to examine [tu igzemin]; *(árut, számlát)* to check [tu csek]

aug., augusztus Aug., August [ógəszt]; ~ 20-án (on the) 20th (of) August [(on də) tventiisz ov ógəszt]

Ausztrália Australia [osztrélje]
ausztráliai Australian [osztréljer]
Ausztria Austria [osztrie]
autó (motor-)car [(móter-)kár, (US) auto(mobile) [óte(mebíl)]; ~**t bérelni** to rent a car [tu rent e kár]; ~**val** by car [báj kár]
autóalkatrészek spare parts [szpeer párc]
autóbaba car maskot [kár meszkot]
autóbaleset car/road accident [kár/ród ekszident], car crash [kár kres]
autóbusz bus [bâsz], (távolsági) motor coach [móter kócs]; **autóbusszal** by bus [báj bâsz]
autóbuszcsatlakozás bus connection [bâsz keneksn]
autóbuszjárat bus line/service [bâsz lájn/szőrvisz]
autóbuszjegy bus ticket [bâsz tikit]
autóbuszkirándulás bus/coach excursion/trip [bâsz/kócs ikszkörsn/trip]
autóbusz-különjárat special coach service [szpesl kócs szörvisz]
AUTÓBUSZMEGÁLLÓ bus stop [bâsz sztop]
autóbusz-menetrend bus timetable [bâsz tájmtébl]
autóbusz-pályaudvar bus terminal [bâsz törminel]
autócsárda drive-in restaurant [drájv-in resteran]
autóemelő jack [dzsek]
autóforgalom motor traffic [móter trefik]
autógejzer gas water-heater [gesz vóter-híter]
autógumi car tyre/tire [kár tájer]
autójavító (műhely) car repair shop [kár ripeer sop]
AUTOKER (State Trading Company for Automobiles and spare parts)
autókirándulás car excursion [kár ikszkörsn]; (távolsági) motor tour [móter túr]
autóklub auto(mobile) club [óte(mebíl) klâb], motoring club [mótering klâb]; (Nagy-Britanniában:) A.A. = Automobile Association; R.A.C. = Royal Automobile

Association; (Amerikában): A.A.A. = *American Automobile Association*
autóklub-tag auto(mobile) club member [óta(məbil) klâb membər], *(angolé)* AA member [éjéj membər]
autókomp car-ferry [kár-feri]
autókölcsönzés car-hire [kár-hájər]
autókölcsönző rent-a-car service [rent-ə-kár szörvisz], car rental/hire [kár rentl/hájər]
automata 1. automatic [ótəmetik]; ~ **sebváltó** automatic gear-change [ótəmetik gír-csénzsd], *(US)* automatic shift [sift] **2.** *(pénzbedobós)* slot-machine [szlót-məsín]; vending machine [vending məsín]; ~ **poggyászmegőrző** lugagge locker [lâgidzs lokər]
automatikus automatic [ótəmetik]
autómentő *(kocsi)* towcar [tókár], breakdown lorry [brékdaun ləri], *(US)* wrecker [rekər]
autómentő szolgálat breakdown service [brékdaun szörvisz]
autómosó car-wash [kár-vos]
autópálya motorway [mótərvéj]; *(US)* superhighway [szúpərhájvéj], freeway [frívéj]; *(vámköteles)* toll road [tól ród], turnpike (road) [tőrnpájk (ród)]; **az M7-es** ~ the M7 motorway
autórádió car radio [kár rédió]
autós motorist [mótəriszt]; ~ **hitelegyezmény** motorist credit agreement [mótəriszt kredit əgrímənt]; ~ **mozi** drive-in movie [drájv-in múvi]; ~ **turista** motorist [mótərist]
autósampon car champoo [kár sempú]
autóspihenő service area [szörvisz eeriə]
autósport motoring [mótoring]
autóstop hitch-hiking [hics-hájking]; ~**pal utazni** to hitch-hike [tu hics-hájk]
autószállító vonat car-sleeper train [kár-szlípər trén]
autószemüveg goggles [goglz]
autószerelő car/motor mechanic [kár/mótər mikenik]

autószerviz service station [szőrvisz sztésn], car service [kár szőrvisz]

autoszifon siphon bottle [szájfən botl]

autótérkép road-atlas/map [ród etləsz/mep]

autótípus type of car [tájp ov kár]

autótulajdonos car owner [kár ónər]

autótúra motoring [mótəring], motor tour [mótər túr]

autóút road reserved for motor traffic [ród rizőrvd for mótər trefik], (two-lane) motorway [(tú-lén) mótərvéj]; (US) highway [hájvéj]

autóverseny car/motor-race [kár/mótər-rész]

autózás motoring [mótəring]; jó ~t! happy motoring [hepi mótəring]!

autózni megy go for a drive [gó for ə drájv], (US) go for a ride [gó for ə rájd]

avval = azzal

az 1. (névelő) = a, az; 2. it [it], (mutatva) that (one) [det (van)]; ez ~! that's it [decc it]; ez nem ~! that's not the right one! [decc not də rájt van]

azalatt meanwhile [mínvájl]

azaz that is (to say) [det iz (tu széj)]

azelőtt formerly [fórmərli]

azért therefore [deerfór]; ~ hogy in order to [in órdər tu]; ~ mert because [bikoz]

aznap the same day [də szérn déj]

azok those [dóz]

azon on that [on det]

azonban however [hau-evər]

azonkívül besides [biszájdz]

azonnal at once [et vansz]

azonnali immediate [imígyət]

AZONNAL JÖVÖK back soon [bek szún]

azonos identical [ájdentikl]

azóta since then [szinsz den]

azt! that one [det van]!

aztán then [den]
azután afterwards [áftərvördz]
Ázsia Asia [éjsə]
ázsiai Asian [éjsən]

B

bab bean [bín]
baba doll [dol]; *(gyerek)* baby [bébi]
bábszínház puppet show [pâpit-só]
bácsi uncle [ânkl]
baj trouble [trâbl]; **nem ~!** it does not matter [it dâznt metər]!; **mi a ~?** what's the trouble/matter [voc də trâbl/metər]?; **valami ~ van vele** there is something wrong with it [deer iz szâmszing rong vid it]
bajnok champion [csempjən]
bajnoki cím title [tájtl]
bajnokság championship [csempjənsip]
bájos charming [csárming]
bajusz moustache [məsztás]
bal left; **a ~ oldalon** on the left(-hand side) [on də left(hend szájd)]
Balaton Lake Balaton [lék ...]
baleset accident [ekszidənt]; **~ érte** he got involved in an accident [hí got involvd in en ekszidənt]; **~et (be)jelent** report an accident [ripórt en —]
balesetbiztosítás accident insurance [ekszidənt insúrənsz]
baleseti járőr patrol car [pətról kár]
baleseti osztály casualty department [kezsjuəlti dipártmənt]

baleseti töréskár collision insurance [kəlízsn insúrənsz]

baloldalt on the left(-hand side) [on də left(hend szájd)]

balra to/on the left [tu/on də left]; ~ **kanyarodni tilos** no left turn [nó left törn]

balról from the left [from də left]; ~ **előzz!** overtake/ pass on the left [óverték/pász on də left]!

balta ax [eksz]

banik *(vmivel)* handle sth [hendl számszing]

bank bank [benk]

bankjegy banknote [benknót], *(US)* bank-bill [benk-bil]

bankszámla bank account [benk əkaunt]

ne bántsa! leave it alone [lív it əlón]!

bánya mine [májn]

bányász miner [májnər]

bár¹ *(noha)* though [dó]

bár² *(mulató)* nightclub [nájtklâb]

barack *(sárga)* apricot [éprikot]; *(őszi)* peach [pícs]

barackpálinka apricot brandy [éprikot brendi]

barakk barrack(ʒ) [berək(sz)]

bárány lamb [lem]

barát friend [frend]; **egy ~om** a friend of mine [e frend ov májn]; **a ~omnak** for my friend [for máj frend]; **az ön ~ja** your friend [jór frend]; **(a) ~aink** our friends [auer frendz]

baráti friendly [frendli]

barátnő *(nőnek)* friend [frend]; *(férfinek)* girl-friend [görl-frend]

barátság friendship [frendsip]; ~**ot kötni** to make friends [tu mék frendz]

barátságos friendly [frendli]

barátságtalan unfriendly [ânfrendli]

bárhol anywhere [eniveer]; *(akárhol)* wherever [veer-evər]

bárki anybody [enibádi] *(akárki)* anyone [enivan]

barlang cave [kév]
bármely(ik) any [eni]; *(akármelyik)* whichever [vicsevər]; ~ **nap(on)** any day [eni déj]
bármennyi however much [hauevər mâcs]; however many [hauevər meni]
bármennyire however much [hauever mâcs]
bármerre wherever [veerevər]
bármi whatever [vatevər]; *(akármi)* anything [eniszing]
bármikor whenever [venever]; *(akármikor)* any time [eni tájm]
bármilyen whatever [vatevər]
bármit anything [eniszing] *(akármit)* whatever [vatevər]
barna brown [braun]
barokk Baroque [bərok]
barométer barometer [bəromitər]
bársony velvet [velvit]
bátor brave [brév]
bátyám my (elder) brother [máj (eldər brâdər]
BÁV → **Bizományi Áruház**
be in(to) [in(tu)]
beadni to hand in [tu hend in]; **beadtam az útlevelemet** I handed in my passport [áj hendid in máj pászport]
beállítani to adjust [tu ədzsâszt]; *(rádiót)* to tune in [tu tyún in]; **állítsa be az óráját** set your watch [szet jor vacs]
beállítás adjusment [ədzsâsztmənt]; setting [szeting]
bebizonyítani to prove [tu prúv]
Bécs Vienna [vienə]; ~**be** to Vienna [tu vienə]
becsapni *(vkit)* to cheat [tu csít]; *(ajtót)* to slam [szlem]
becsatlakozás merging [mördzsing]
becsempészni to smuggle in [tu szmâgl in]
becserélni to exchange [tu ikszcséndzs]
becsinált (leves) fricassee [frikəszí]

becsípni to get tipsy [tu get tipszi]

bécsi szelet Wienerschnitzel [vínər-snicl]

becsomagolni to pack up [tu pek âp]; *(papirba)* to wrap up [tu rep âp]; **becsomagolt?** have you done the packing [hev ju dân də peking]?

becsukni to close [tu klóz], to shut]tu sât]; **csukja be az ajtót!** shut the door [sât də dór]!

becsületes(en) honest(ly) [oniszt(li)]

becsülni *(vmire)* to estimate [tu esztimét]

bedobni to throw in [tu szró in]; **kérem dobja be a levelet** post the letter, please [pószt də letər plíz]

beengedni to let in [tu let in], to admit [tu ədmit]

beépített built-in [bilt-in]; ~ **szekrény** closet [klozit]; ~ **terület** built-up area [bilt-âp eeriə]

befejezés end(ing) [end(ing)]

befejezni to end [tu end], to finish [tu finis]; **befejezték?** *(interurbánt)* have you finished [hev ju finist], *(US)* are you through [ár ju szrú]?; **fejezd be a levelet** finish the letter [finis də letər]

beférni to go intu [tu gó intu]; **minden (holmi) befért?** was there room enough for all your things [voz deer rúm inâf for ól jor szingz]?

befizetési lap money order [mâni órdər]

befizetni to pay in [tu péj in]; **szíveskedjék csekken ~** kindly remit by cheque [kájndli rimit báj csek]

befogadóképesség *(térbeli)* capacity [kəpesziti]

befolyik *(pénz)* comes in [kâmz in]; ~ **a Dunába** flows into the Danube [flóz intu də denyúb]

befordulni *(utcába)* to turn into (a street) [tu törn intu (e sztrít)]

befűteni *(kályhában, tűzhelyben)* to make a fire [tu mék ə fájər]; **be van fűtve** it is heated [it iz hítid]

begombolni to button (up) [tu bâtn âp]

begyógyulni to heal (up) [tu híl (âp)]

behajtani *(kocsival)* to drive in [tu drájv in]

BEHAJTANI TILOS no entry for all vehicles [nó entri for ól viəklz]

behozatal importation [importésn]; *(áru)* imports [ìmpórc]

behozatali engedély import licence [ìmport lájszənsz]

behozni *(vmit)* to bring in [tu bring in]; *(árut)* to import [tu impórt]; **hozza be!** bring it in!

beindítani *(motort)* to start [tu sztárt]

beindulni to start [tu sztárt]

beírni to write in [tu rájt in]

beismerni to admit [tu ədmit]

BEJÁRAT entrance [entrənsz], way in [véj in]; *(kapu)* gate [gét]; door(way) [dór(véj)]

bejárónő char(woman) [csár-vumən], *(US)* cleaning woman [klíning vumən]

bejelenteni *(vendéget)* to announce [tu ənaunsz]; *(rendőrségen)* to register [tu redzsisztər]

bejelentőlap *(rendőrségi)* registration form [redzsisztrésn form]; *(szállodában)* registry slip [redzsisztri szlip]

bejönni to come in [tu kám in], to enter [tu entər]; **bejöhetek?** may I come in [méj áj kám in]?; **jöjjön be!** come in [kám in]!

bejutni to get in [tu get in]; **bejutott a döntőbe** he qualified for the finals [hi kvolifájd for də fájnlz]

béka frog

bekanyarodni *(utcába)* to turn into (a street) [tu törn into ə sztrit]; **kanyarodjon be!** turn in [törn in]!

bekapcsolni *(ruhát)* to fasten [tu fászn]; *(áramot)* to switch on [tu szvics on]; *(rádiót)* to turn on [tu törn on]; **bekapcsolta(d)?** have you switched it on [hev ju szvicst it on]?; **be van kapcsolva** it is on [ic on]

béke peace [písz]

bekenni *(krémmel)* to put (some) creme (on it) [tu put (szám) krím (on it)]

24

beköltözik moves in [múvz in]; **beköltözött** he (has) moved in [hi (hez) múvd in]

bekötni *(sebet)* to bandage [tu bendidzs]

bekötőút access road [ekszesz ród], *(US)* feeder road [fídər ród]

beküldeni to send in [tu szend in]; *(pénzt)* to remit [tu rimit]

bel- internal [intőrnl]

bele into [intu]

belebújni *(ruhába)* slip into/on (a dress) [tu szlip intu/on e dresz]

beleegyezés consent [kənszent], approval [əprúvəl]

beleértve inclusive of [inklúzív ov]

beleesett has fallen into ... [hez fólən intu]

belefér? does it go into it? [dàz it gó intu it]?

bélelt lined [lájnd]

belépés entry [entri], entrance [entrənsz]; **a ~ díjtalan** admission free [ədmisn frí]; **~kor** on entry [on entri]

belépni to enter [tu entər]

belépődíj entrance fee [entrənsz fí]

belépőjegy (admission) ticket [(ədmisn) tikit]

beleszaladni *(vmibe)* to crash/smash into [tu kres/szmes intu]

beleszámítva including [inklúding], inclusive (of sth) [inklúziv (ov szâmszing]

beletenni to put into [tu put intu]; **beletettem a táskába** I put it intu the bag [áj put it intu də beg]

belföldi inland [inlənd]; **~ forgalom** inland traffic [inlənd trefik]

BELFÖLDI LEVELEK inland letters [inlənd letərz]

BELFÖLDI MENETJEGYEK inland tickets [inlənd tikic]

belga Belgian [beldzsn]

Belgium Belgium [beldzsəm]

belgiumi Belgian [beldzsn]

belgyógyász internist [intörniszt]
bélhurut diarrhoea [dájeriə]
belőle from it
belső inside [inszájd], inner [inər]; ~ **sáv/nyom** *(GB)*
    outside lane [**a**utszájd lén]; *(többi országban)*
    inside lane [ínszájd lén]
belsőleg *(orvosságon)* for internal use [for intörnəl
    júsz]
bélszín tenderloin [tendərlojn]
belügyek home affairs [hóm əfeerz]
Belügyminisztérium Ministry of the Interior [minisztri
    ov di intíriər]
belül inside [inszájd]; *(vmin belül)* within [vidin];
    24 órán ~ within 24 hours [vidin 24 auərz]
belváros city [sziti], *(US)* downtown [dauntaun]
bélyeg stamp [sztemp]
bélyeggyűjtő stamp collector [sztemp kəlektər]
bélyegilleték stamp-duty [sztemp-gyúti]
bélyegző *(hivatali)* stamp [sztemp]
bemenet →BEJÁRAT
bemenni to go in [tu gó in], to enter [tu entər]; **beme-
gyek** I am going in [ájm góing in]; **bementek** they
    went in [déj vent in]
bemondó announcer [ənaunszər]
bemosás colour rinse [kâlər rinsz]
bemutatni to present [tu prizent]; *(vkit)* to introduce
    (sby to sby) [tu intrəgyúsz szâmbədi tu szâmbədi]
    bemutatom ... urat this is Mr. .... [disz iz misztər
    ...], *(US)* meet Mr. ... [mít misztər]
bemutató show [só]; first night [förszt nájt]
bemutatóterem show-room [só-rúm]
béna lame [lém]
benevezés entry [entri]
benevezni to enter [tu entər]; **benevezett a versenyre**
he entered for the competition [hi entərd for də
kompitisn]

    24*

benn inside [inszájd]; **ott ~** in there [in deer]; **~ van a vonat?** is the train in [iz də trén in]?
benne in it [in it]
bennszülött native [nétiv]
bent in(side) [in)szájd)]; **~ről** from within [from vidin]
benzin petrol [petrəl], *(US)* gas(oline) [gesz(əlín)]
benzinfajták grades of petrol [grédz ov petrəl]
benzinkanna petrol can [petrəl ken]
BENZINKÚT → BENZINTÖLTŐ ÁLLOMÁS
benzinkút-kezelő filling station attendant [filingsztésn ətendənt]
benzinszivattyú fuel pump [fjuəl pâmp]
benzintartály petrol tank [petrəl tenk], *(US)* gas tank [gesz tenk]
BENZINTÖLTŐ ÁLLOMÁS filling/petrol station [filing/petrəl sztésn], *(US)* gas station [gesz sztésn]
benzinutalvány petrol coupon [petrəl kúpən]
benyomás impression [impresn]; **jó ~t kelt** makes a good impression [méksz ə gud impresn]
benyomni to press in [tu presz in]; **nyomja be a gombot!** press the button [presz də bâtn]!
benyújtani to hand in [tu hend in]
beoltani to inoculate [tu inokjulét]; *(himlő ellen)* to vaccinate [tu vekszinét]
bepiszkolódik is getting dirty [iz geting dőrti]
bepúderezni to powder [tu paudər]
bér *(munkásé)* wage(s) [védzs(iz)], pay [péj]; *(bérleményé)* rent [rent]
berakni to put in [tu put in]; *(árut kocsiba)* to load (goods) [tu lód (gudz)]
bérautó, bérgépkocsi rental car [rentl kár]
bérautó vezetővel chauffeur-driven hired car [sófərdrivn hájərd kár]
bérbe adni *(házat)* to let [tu let]; *(szobát)* to rent (to); *(autót)* to hire out [tu hájər aut]
bérelni *(lakást)* to rent; *(autót)* to hire [tu hájər];

hol bérelhetek ...? where can I rent [veer ken áj rent] ... ?
bérelt gépkocsi rental car [rentl kár]
bérelt repülőgép chartered aeroplane [csártərd eerəplén]
berendezés *(lakásban)* furniture [förnicsər]; *(üzemben)* equipment [ikvipmənt]
bérház tenement house [teniment hausz], block of flats [blok ov flec], *(US)* apartment house [əpártment hausz]
bérleti díj rental [rentl]
bérletjegy season ticket [szízn tikit]
bérlő *(lakásé)* tenant [tenənt]
bérmentve post-free [pószt-frí]
berúgott he got drunk [hi got dránk]
besorolás (sávba) getting in lane [geting in lén]
besorolni (a sávba) to get into lane [tu get intu lén]
beszállás getting in/on/intu [geting in/on/intu] (a train/plane/ship) [bórding (e trén/plén/sip)]; ~ ! all aboard [ól əbórd] !
beszállni *(vonatba)* to get on (the train) [tu get on (də trén)]; *(autóba)* to get into (a car) [tu get intu (e kár)]; *(hajóba)* to embark/board (a ship) [tu imbárk/bórd (e sip)]; *(repgépbe)* to board (an aeroplane); [tu bórd (en eerəplén)]; **tessék ~ !** take your seats [ték jor szíc] !
beszállókártya boarding card [bórding kárd]
beszámítani to include [tu inklúd]
beszámolni to give account (of) [tu giv əkaunt (ov)]
beszámoló account [əkaunt]
beszéd speech [szpícs]; **~et mondott** he made a speech [hi méd e szpícs]
beszedni *(pénzt)* to collect [tu kəlekt]
beszélgetés conversation [konvərszésn], chat [cset]; **~t folytatott** he had talks with [hi hed tóksz wid]
beszélgetni *(vkivel)* to talk (with sby) [tu tók (vid számbədi)]

beszélni *(vkivel)* to speak (to sby) [tu szpík (tu szâmbədi)]; **beszél vmiről** to speak about sth [tu szpík əbaut szâmszing]; **beszél ön angolul?** do you speak English [du ju szpík inglis]?; **beszélhetnék vele?** can I speak to him [ken áj szpík tu him]?; **tessék ~ !** *(telefonon)* you are through [ju ár szrú]!; **ki beszél?** *(telefonban)* who is speaking? [hu iz szpíking]?; **az beszél!** *(telefonban)* speaking [szpíking]!

beszerezni to get [tu get], to obtain [tu əbtén]

betakarni to cover up [tu kâvər âp]

betartani *(szabályt)* to keep [tu kíp]

beteg 1. ill [il], sick [szik]; **~ vagyok** I am ill [ájm il] **2.** *(orvosé)* patient [pésənt]

betegség illness [ilnisz], disease [dizíz]

betegszállító kocsi ambulance car [embjulənsz kár]

betegszoba sick-room [szik-rúm]

betét *(pénz)* deposit [dipozit]; *(golyóstoll)* refill [rífil]

betétlap inset (leaf) [inszet (líf)]; **elvették a ~omat** they endorsed my licence [déj indorszt máj lájszənsz]

betiltani to ban [tu ben]

betonpálya (concrete) runway [(konkrít) rânvéj]

betorkolló út access road [ekszesz ród], *(US)* feeder road [fídər ród]

betömni *(fogat)* to stop [tu sztop]

betörni *(ablakot)* to break in [tu brék in]; *(betörő)* to break into (a house) [tu brék intu (e hausz)]

betű letter [letər]

betűzni *(betűket)* to spell [tu szpel]; **kérem betűzze!** please spell it [plíz szpel it]!

beutalni *(kórházba)* to send (to a hospital) [tu szend (tu e hoszpitl)]

beutazás entry [entri]

beutazási engedély entry permit [entri pőrmit]

beutazik *(országba)* to enter (a country) [tu entər (e kântri)]; *(területet)* to tour [tu túr]

beutazó vizum entry visa [entri vízə]

beütöttem a fejemet I bumped/hit my head [áj bâmpt/
hit máj hed]

bevallani to confess [tu kənfesz]

beváltani *(pénzt)* to exchange [tu ikszcséndzs]; *(csek-
ket)* to cash [tu kes]; *(ígéretet)* to keep [tu kíp];
beváltható can be cashed [ken bí kest]

beváltási árfolyam rate of exchange [rét ov ikszcséndzs]

bevásárló szatyor shopping bag [soping beg]

bevásárolni to. do some shopping [tu dú szâm soping];
~ **megy** to go shopping [tu gó soping]

bevenni *(ruhából)* to take in (a dress) [tu ték in (e
dresz)]; *(orvosságot)* to take (medicine) [tu ték
(medszin)]; **vegyen be belőle kettőt** take two [ték
tú]

bevétel income [incəm]

bevezetni *(helyiségbe)* to show in [tu só in]; *(társaság-
ba)* to introduce [tu intrəgyúsz]

bevezető introduction [intrədâksn]

bevinni to take (in)to [tu ték (in)tu]; **bevinne, kérem
a városba?** could you, please, take me to the city
[kud ju, plíz, ték mí tu də sziti]?

bevonni to draw in [tu dró in]; **bevonták a jogosít-
ványát** his driving licence was withrawn [hiz drájving
lájszənsz voz vidrón]

bevontatni to tow in [tu tó in]

bezárni *(ajtót)* to close [tu klóz]; *(kulccsal)* to lock
up [tu lok âp]

bezárólag inclusive (of) [inklúsziv (ov)]; **április 20-tól
május 5-ig** ~ from April 20th to May 5th inclusive
[from éprəl də tventiisz tu méj də fifsz inklúsziv]

bezárva closed [klózd]

BHÉV = *Budapesti Helyiérdekű Vasút (Suburban
Railways of Budapest)*

biblia the Bible [də bájbl]

bicikli bicycle [bájszikl], bike [bájk]

biciklipumpa bicycle pump [bájszikl pâmp]
biciklizni to ride a bicycle [tu rájd e bájszikl]
bicska pocket/pen-knife [pokit/pen-nájf]
bifsztek beefsteak [bíf-szték]
bika bull [bul]
bikavér *(bor)* bull's blood [bulz blâd]
bikini bikini
biliárd billiards [biljədz]
billentyű key [kí]
biluxozás flashing of lights [flesing ov lájc]
biluxozni to flash the headlights [tu fles də hedlájc]
bimbó bud [bâd]
bír *(vmit elviselni)* to bear (sth) [tu beer számszing];
　　nem bírom megcsinálni I am unable to do it [ájm
　　ânébl tu dú it]; **nem ~ja a gyomrom** it disagrees
　　with me [it diszəgríz vid mí]
birka sheep [síp]
birkahús mutton [mâtn]
birkózás wrestling [reszling]
bíró judge [dzsâdzs]; *(sportban)* referee [refərí],
　　umpire [âmpájər]
bíróság (law)-court [(ló-)kórt]
bírság fine [fájn]; **~ot kiszabni** to impose a fine [tu
　　impóz e fájn]
... birtokosa the owner of ... [di ónər ov ...]
BISZTRÓ bistro [bisztró], snack-bar [sznek-bár]
BIV = *Budapesti Ipari Vásár* Budapest Industrial
　　Fair [bjúdəpeszt indâsztriəl feer]
bízni to trust (in) [tu trâszt (in)]; **bízom benne hogy ...**
　　I trust that [áj trâszt det] ...
BIZOMÁNYI ÁRUHÁZ *(second-hand store)*
bizony certainly [szörtnli]
bizonyítás, bizonyíték proof [prúf]
bizonyítvány certificate [szətifikit]; *(iskolai)* school
　　report [szkúl ripórt], *(US)* report card [ripórt
　　kárd]

bizonnyal surely [súrli]

bizonyos certain [szörtn]

bizonytalan(ul) uncertain(ly) [ânszörtn(li)]

bizottság committee [kəmíti]

biztonság(i) safety [széfti]; ~ öv seat/safety belt [szít/széfti belt]; ~ zár safety-lock [széfti-lok]

biztos(an) sure(ly) [súrli], certain(ly) [szörtnli]

biztosítani *(vmi ellen)* to insure (against sth) [tu insúr (əgenszt szâmszing)]; *(vkit vmiről)* to assure (sby) [tu əsúr (szâmbədi)]; *(szerezni)* to secure [tu szikjúr]; *(gondoskodni vmiről)* to provide [tu prəvájd]; **szállást biztosítunk** accommodation will be provided [əkomədésn vil bí prəvájdid]

biztosítás insurance [insúrənsz]; **milyen ~a van?** how are you covered [hau ár ju kâvərd]; **~t kötni** to take out an insurance policy [tu ték aut en insúrənsz poliszi]

biztosítási: ~ **bélyeg** insurance vignette [insúrənsz vinyet]; ~ **díj** insurance premium [—prímjəm]; ~ **(igazoló)lap** insurance certificate/card [—szərtifikít/kárd]; ~ **kötvény** insurance policy/premium [—poliszi/prímjəm]

biztosíték *(pénz)* security [szikjúriti]; *(villany)* fuse [fjúz]

biztosító(társaság) insurance company [insúrənsz kâmpəni] → **Állami Biztosító**

a **biztosított (fél)** the insured (party) [di insúrd (párti)]

biztosítótű safety-pin [széfti-pin]

blanketta blank [blenk], (printed) form [(príntid) fórm]

blokk bill [bil]

blúz blouse [blauz]

BNV = *Budapesti Nemzetközi Vásár* Budapest International Fair [bjúdəpeszt intərnesənl feer]

bocsánat! sorry [szori]!; **~ot kérek...** excuse me for ... [ikszkjúz mí for ...]; ~ **a késésért** sorry to be late [szori tu bí lét]; ~, **uram, meg tudná mondani, merre van ...?** excuse me, sir, can you tell me the way to ... [ikszkjúz mí, ször, ken ju tel mí də véj tu ...]?

bódé *(utcai)* stall [sztól], stand [sztend]

bogár beetle [bítl], *(US)* bug [bág]

bogrács stew-pot [sztyú-pot]

bográcsgulyás goulash [gúlás]

bója buoy [boj]

bók compliment [komplimənt]

boka ankle [enkl]

bokafix anklet [enklit]

bokor bush [bus]

boldog happy [hepi]; ~ **új évet (kívánok)!** Happy New Year [hepi nyú jír]!

boldogság happiness [hepinisz]

bolgár Bulgarian [bálgeeriən]

bolond *(őrült)* mad [med]

bolt shop [sop], *(US)* store [sztór]

bolti ár retail price [rítél prájsz]

boltos shopkeeper [sopkípər]

bon *(áruról)* voucher [vaucsər]

bonyodalmak complications [komplikésnz]

bor wine [vájn]

borbély barber [bárbər]

borda rib [rib]; *(sertés)* chop [csop]; *(ürü, borjú)* cutlet [kâtlit]

boríték envelope [envilóp]

borjúhús veal [víl]

borjúpecsenye, borjúsült roast veal [rószt víl]

borjupörkölt veal stew with paprika [víl sztyú vid pâprikə]

borjúszelet cutlet of veal [kâtlit ov víl]

BORKÓSTOLÓ *(hely)* wine shop/bar [vájn sop/bár]; *(kóstolás)* wine tasting [vájn tészting]

borogatás compress [kompresz]

borosüveg wine bottle [vájn botl]
borotva-hajvágás razor trim [rézər trim]
borotvakészülék razor [rézər]
borotvakrém shaving-cream [séving-krím]
borotválás shave [sév]
borotválatlan unshaven [ânsévn]
borotválkozik he is shaving [hi iz séving]
borotválni to shave [to sév]
borotvált clean-shaven [klín-sévn]
borotvapamacs shaving-brush [séving-brâs]
borotvapenge razor-blade [rézər-bléd]
borotvaszappan shaving-stick [séving-sztik]
BOROZÓ wine bar [vájn bár]
borpárlat brandy [brendi]
borpince wine cellar [vájn szelər]
borravaló tip [tip]; **~val együtt** tip included [tip inklúdid]
bors pepper [pepər]
borsó peas [píz]
BOR, SÖR public house [pâblik hausz]
bortermelés wine-growing [vájn-gróing]
borús idő cloudy weather [klaudi vedər]
borzalmas horrible [horəbl]
borzasztó terrible [teribl]
bosszant engem it annoys me [it ənojz mí]
bot stick [sztik]
bozót thicket [szikit]
bő *(ruha)* loose [lúsz]; *(túlságosan)* (too) wide [(tú) vájd]
bőgő double-bass [dâbl-bész]
bögre mug [mág]
böjt fast [fászt]
bölcs wise [vájz]
bölcsességfog wisdom-tooth [vízdəm-túsz]
bőr *(élő)* skin [szkin]; *(anyag)* leather [ledər]; **~ig ázott** was soaked to the skin [voz szókt tu də szkin]

bőrkabát leather coat [ledər kót]; *(rövid)* leather jacket [ledər dzsekit]
bőrönd suitcase [szjútkész]; *(nagy)* trunk [trânk]
börtön prison [prizn]
bőséges(en) abundant(ly) [əbândənt(li)]
bővebben in more detail [in mór ditél]
bővebbet further details [fördər ditélz]
Bp. = *Budapest* Budapest [bjúdəpeszt]
bridzsezik is playing bridge [iz pléjing bridzs]; **szokott bridzsezni?** do you play bridge [du ju pléj bridzs?]
briós brioche [bríós]
brit British [britis]
bronz bronze [bronz]
búcsú farewell [feervel], good-bye [gud-báj]; **~t inteni** to wave good-bye [tu vév gud-báj]
búcsúest farewell party [feervel párti], going-away party [góing-əvéj párti]
búcsúzás farewell [feervel]
búcsúztatni to say good-bye to ... [tu széj gud-báj tu ...]
Budapesti Idegenforgalmi Igazgatóság Budapest Tourist Board [Bjudəpeszt túriszt bord]
BUÉK, B.u.é.k. → **boldog új évet (kívánok)**
búgó jel/hang *(telefon)* steady line signal [sztedi lájn szignl]; *(US)* dial tone [dájəl tón]
bugyi panties [pentiz]
bukás fall [fól]
bukkanó "uneven road" [ânívn ród]
bukósisak crash-helmet [kres-helmit]
Bulgária Bulgaria [bâlgeeriə]
bunda fur-coat [för-kót]
bungalow chalet [selé], bungalow [bângəló]
burgonya potatoes [pətétóz]; **sült ~** fried potatoes [frájd pətétóz]
burgonyapüré mashed potatoes [mest pətétóz]
burgonyasaláta potato salad [pətétó szeləd]

busz bus [bàsz] → **autóbusz**
buszmegálló bus stop [bàsz sztop]
butángáz butane gas [bjútén gesz]
bútor furniture [förnicsər]
bútorozatlan unfurnished [ânförnist]
bútorozott furnished [förnist]
búvár diver [dájvər]
búza wheat [vít]
büdös it smells [it szmelz]
BÜFÉ *(hely)* Snack Bar [sznek bár]; *(színházban, pályaudvaron)* light refreshments [lájt rifresmənc], refreshment-room [rifresment-rúm]
büfékocsi *(vonaton)* refreshment car [rifresment kár], *(külföldön: Minibar)*
büntetés punishment [pânismənt]; *(jogilag)* penalty [penəlti]
büntetni to punish [tu pânis]
bűntett crime [krájm]
bűnügyi criminal [kriminl]
büszke proud [praud]
bűvész conjurer [kândzsərər]
bűz stench [sztencs]

C

C = *Celsius* C, centigrade [szentigréd]
camping camping site [kemping szájt] → **kemping is**
campingszövetség camping association [kemping əszósziésn]
camping-terület camping area [kemping eeriə]
carnet carnet [kárné]
Casco **(biztosítás)** *(fully)* comprehensive insurance [(fúli) komprihensziv insúrənsz], comprehensive motor policy [komprihensziv mótər poliszi]

cédula note [nót], slip (of paper) [szlip (ov pépər]

cég firm [fő̈rm]

cégtábla signboard [szájnbórd]

cékla beet-root (salad) [bít-rút (szeləd)]

cél aim [éjm], object [obdzsikt]; **az utazás ~ja** purpose of journey [pő̈rpəsz ov dzső̈rni]; **~hoz érni** to reach the destination [tu rícs də desztinésn]; **azzal a ~lal, hogy** ... with the aim of [vid di ém ov] ...

célállomás destination (station) [desztinésn (sztésn], designation station [dezignésn sztésn]

célfotó photo-finish [fótó-finis]

célfuvar except for access [ikszept for ekszesz]

céllövölde shooting-gallery [súting-geləri]

cellux Scotch tape [szkocs tép]

Celsius(-fok) centigrade (degree) [szentigréd (digrí)] → függelék

célszerű(en) expedient(ly) [ikszpídjənt(li)]

céltábla target [tárgit]

célvízum (entry) visa [(entri) vízə]

célzás hint [hint]; (lövéshez) aiming [éjming]

cent cent [szent]

centiméter centimetre [szentimítər]

centiméter (szalag) tape-measure [tép-mezsər]

centrifuga spin-drier [szpin-drájər]

cérna thread [szred]

ceruza pencil [penszl]

ceruzaelem pencil battery [penszl betəri]

cigányzene gypsy music [dzsipszi mjúzik]

cigaretta cigarette [szigəret]

cigarettázni to smoke (a cigarette) [tu szmók [e szigəret]

cikk article [ártikl]

cím title [tájtl]; (hely) address [ədresz]; **adja meg a ~ét!** give me your address [giv mí jor ədresz]; **Brown úr ~én** care of Mr. Brown, c/o Mr. Brown [keer ov misztər braun]

cimke label [lébl], tag [teg]
címzett *(levélé)* addressee [edreszí]
cipelni to carry [tu keri]
cipész shoemaker [súmékər]
cipőbolt shoe shop [sú sop]
cipőfűző shoelace [súlész]
cipőhúzó shoe-horn [sú-hórn]
cipő(k) shoes [súz]
cipőkrém shoe-polish [sú-polis]
cipzár zip fastener [zip fásznər]
cirkusz circus [szörkəsz]
citrom lemon [lemən]
citromszörp lemon squash [lemən szkvos]
cm = *centiméter* cm, centimetre [szentimítər]
cola cola [kólə]
comb thigh [táj]; *(húsétel)* leg [leg]
COOPTOURIST *(travel agency of the Hungarian co-operatives)*
cölöp pole [pól]
cukor sugar [sugər]
cukorbajos diabetic [dájəbetik]
cukorka sweets [szvíc], *(US)* candy [kendi]
CUKRÁSZDA confectionery [kənfeksnəri]
cukrászsütemény cakes [kéksz]

Cs

Cs. = *csütörtök* Thursday [szörzdi]
csajka canteen [kentín]
csak only [ónli]; but [bât]
csakugyan? really [ríəli]?
család family [femili]; ~**nál** with a family [vid e femili]; a kedves ~**ja** your family [jor femili]
családi állapot(a) marital status [mərájtl sztétəsz]

családi név/neve surname [sőrném]
családkedvezmény family fares/rate [femili feerz/rét]
családos with (a) family [vid (e) femili]
családtag member of a family [member of e femili]; family member [femili membər]
csalánkiütés nettlerash [netlres]
csalás fraud [fród], swindle [szvindl]
csalni to cheat [tu csít]
csalódás disappointment [diszəpojntmənt]
csap tap [tep]; **zárja el a ~ot** turn off the tap [törn óf də tep];
csapágy bearing [beering]
csapágypersely bush [bus]
csapat *(sport)* team [tím]
csapatverseny team competition [tím kompitisn]
csapóasztal folding table [fólding tébl]
csapolt sör draught beer [dráft bír]
csapszeg bolt [bólt]
csárda wayside inn [véjszájd in], tavern [tevərn]
csárdás czardas
csarnok hall [hól]; *(piac)* market [márkit]
császárhús lean bacon [lín békən]
csat clasp [klászp]
csata battle [betl]
csatár forward [fórvərd]
csatlakozás connection [kəneksn]
csatlakozási pont access point [ekszesz pojnt]
csatlakozó járatok connecting flights [kənekting fláјc]
csatolva enclosed [inklózd]
csatorna channel [csenl]; *(utcán)* gutter [gâtər]
csavar screw [szkrú]
csavarhúzó screw-driver [szrú-drájvər]
csavarkulcs (key-)wrench [(kí)-rencs], spanner [szpenər]
csavarmenet thread [szred]
csavarni to turn (tu tőrn]

csecsemő baby [bébi]
cseh Czech [csek]
csehszlovák Czechoslovak [csekószlóvek]
Csehszlovákia Czechoslovakia [csekószlóvékjə]
csekély(ség) trifle [trájfl]
csekk cheque, *(US)* check [csek]; ~**en átutal** to transfer by cheque [tu trensfőr báj csek]; ~**et beváltani** to cash a cheque [tu kes e csek]
CSEKKBEFIZETÉS *(postán)* postal and money orders [pósztəl end mâni órdərz]
csekkfüzet cheque/check-book [csek-buk]
csekkszámla bank account [benk əkaunt]
cselekedet act [ekt], action [eksn]
cselekmény plot
cselló 'cello [cseló]
CSEMEGE delicatessen (shop) [delikəteszn (sop)}; *(fogás)* dessert [dizőrt]
csemege bor dessert wine [dizőrt vájn]
csempe tile [tájl]
csempész smuggler [szmâglər]
csempészáru contraband (goods) [kontrəbend (gudz)}
csend! silence [szájlənsz]!
csendes(en) quiet(ly) [kvájət(li)]
CSENDET KÉRÜNK! silence (please) [szájlənsz (plíz)]!
csengetni to ring the bell (tu ring də bel); **csengettek!** there was a ring at the door [deer voz e ring et də dór]
csengő bell
csepeg is dripping [iz dríping], is leaking [iz líking}
csepp, csöpp drop
cseppkőbarlang stalactite cave [sztelektájt kév]
cserbenhagyás failing to stop after road accident [félinɡ tu sztop áftər ród ekszidənt]
cserbenhagyásos gázolás hit-and-run accident [hít-end-rân ekszidənt]

25

csere exchange [ikszcséndzs]
cserélni to exchange [tu ikszcséndzs]; to change [tu
  cséndzs]
cserép tile [tájl]
cserepalack cartridge [kártridzs]
cserépkályha tile stove [tájl sztóv]
cseresznye cherry [cseri]
csésze cup [kâp]
csészealj saucer [szószər]
csík stripe [sztrájp]
csíkos striped [sztrájpt]
csillag star [sztár]
csillaghajó osztály star class [sztár klász]
csillagvizsgáló observatory [əbzőrvətri]
csillapító (szer) (szer) sedative [szedətiv]
csinálni (készít) to make [tu mék], to prepare [tu
  pripeer]; mit csinál(sz)? what are you doing [vat
  ár ju dúing]?; mit csináljak? what shall I do [vat sel
  áj dú]?
csináltatni (vmit) to have (sth) made [tu hev szâmszing
  méd]; csináltatott egy öltönyt he had a suit made
  [hi hed e szjút méd]
csinos pretty [priti]
csíp (paprika) is hot [iz hot]; (élősdi) bites
  [bájc]
csipesz tweezers [tvízərz]
csipke lace [lész]
csípő hip
csípős hot
csípőszorító girdle [gőrdl]
csirke chicken [csíkin]
csizma (high) boots [(háj) bútsz]
csoda miracle [mirəkl]; nem ~ ha ... no wonder if ...
  [no vândər if ...]
csodálatos wonderful [vândərful]
csodálkozni (vmin) to wonder (at sth) [tu vândər et

szâmszing]; **csodálkozom ezen** I am amazed at that [ájm əmézd et det]

csodálni to admire [tu edmájər]

csók kiss [kisz]

csokoládé chocolate [csokəlit]

csókolni to kiss [tu kisz]

csókolódzni to kiss (each other) [tu kisz ícs âdər]

csókoltatom . . . give my love to . . . [giv máj lâv tu . . .]

csokor *(virág)* bunch [bâncs]

csomag parcel [párszl]; *(úti)* luggage [lâgidzs]; **egy ~ cigarette** a pack of cigarettes [e pek ov szigərec]; **még egy~om van!** I have another piece (of luggage), too [áj hev ənâdər písz (ov lâgidzs), tú]

CSOMAGFELADÁS *(postán)* parcels and packets [párszlsz end pekic]; *(vasúti)* luggage office [lâgidzs ofisz]

csomagmegőrző left-luggage office [left-lâgidzs ofisz]; *(US)* baggage room [begidzs rum]

csomagolás packing [peking]; *(burkolat)* packaging [pekidzsing]

csomagolni to pack (up) [tu pek (âp)]

CSOMAGOLÓ goods here [gudz hiər]

csomagolópapír packing/brown paper [peking/braun pépər]

csomagposta parcel-post [párszl-pószt]

csomagtartó *(autóban)* boot [bút]; *(US)* trank [trânk]; *(tetőn)* roof-rack [rúf-rek]; *(vasúti)* luggage rack [lâgidzs rek]

csomó *(vmin)* knot [not]; **egy ~** *(sok)* a lot of [e lot ov]

csomópont junction [dzsânksn]; *(különszintű)* interchange [intərcséndzs]

csónak boat [bót]

csónakázás boating [bóting]

csónakház boathouse [bóthausz]

csónakkikötő landing-stage [lending-sztédzs]

csónakmotor outboard motor [autbórd mótər]

25*

csont bone [bón]
csontfaragás bone carving [bón kárving]
csonttörés fracture [frekcsər]
csoport group [grúp]
csoportos group [grúp]; ~ **turistavízum** group tourist visa [grúp turist vízə]; ~ **utazás** group/party travel [grúp/párti trevl]; ~ **útlevél** collective/group passport [kəlektiv/grúp pászpórt]
csoportvezető *(társasutazásé)* tour director/manager [túr direktər/menidzsər]
cső tube [tyúb]
csökkenni to decrease [tu dikrísz]
csökkenteni to reduce [tu rigyúsz]
csönd →csend
csöpög →csepeg
csöpp drop
csőtészta macaroni [mekəróni]
csúcs *(hegytetőpont)* peak [pík]; *(sport)* record [rekórd]; ~ot **felállítani** to set up a record [tu szet âp e rekórd]
csúcsforgalmi idő peak hours [pík auərz]
csúcsforgalom peak traffic [pík trefik]
csúcsíves Gothic [gotik]
csuka *(hal)* pike [pájk]
csukló wrist [riszt]
csuklom I have the hiccups [ájv də híkâpsz]
csuklya hood [hud]
csúnya ugly [âgli]
csupán only [ónli]
csuromvíz soaking wet [szóking vet]
csúszásgátló (gumiabroncs) nonskid (tyre) [nonszkid (tájər)]
csúszik *(út)* ...is slippery [... iz szlipəri]
csúszós slippery [szlipəri]
csütörtök Thursday [szőrzdi]; ~ön on Thursday [ɔn szőrzdi]

D

D = *dél* S, south [szausz]

dacára in spite of [in szpájt ov]; ~ **hogy** although [óldó]

dagály flood [flåd]; high tide [háj tájd]

daganat *(külső)* swelling [szveling]; *(belső)* tumour [tyumər]

dal song [szong]

daljáték musical (play) [mjúzikəl (pléj)]

dallam tune [tyún], melody [melodi]

dalszöveg lyric [lírik]

dán Danish [dénis], *(ember)* Dane [dén]

Dánia Denmark [denmárk]

dara semolina [szeməlínə]

darab piece [písz], *(színdarab)* play [pléj]; ~**ja, ~on-ként** a piece [e písz]

darálni to grind [tu grájnd]

darázs wasp [voszp]

datolya date [dét]

dátum date [dét]

dauer perm(anent wave) [pörm(ənənt vév)]

db. = *darab* pc. piece [písz]

de. = *délelőtt* (in the) morning [(in də) mórning], a.m. [éj-em]

de but [båt]

dec., december Dec., December [diszembər]; ~**ben** in December [in diszembər]

deci decilitre, *(US)* deciliter [deszilítər]

defekt defect [difekt], breakdown [brékdaun]; *(gumié)* puncture [pånkcsər]; ~**et kaptam** I had a puncture [áj hed e pånkcsər]

dehogy! by no means [báj nó mínz]!

deka decagramme [dekəgrem]

dél *(napszak)* noon [nún]; *(égtáj)* south [szausz]; ~**ben**

at noon [et nún]; **~en** in the south [in də szausz]

Dél-Amerika South-America [szausz-əmerikə]

dél-amerikai South-American [szausz-əmerikən]

delegáció delegation [deligésn]

délelőtt (in the) morning [(in də) mórning]; **ma ~** this morning [disz mórning]; **~ 10-kor** at 10 (o'clock) in the mørning [etten (ə'klok) in də mórning]

Dél-Európa Southern-Europe [szâdərn-júrəp]

délibáb mirage [mirázs]

déligyümölcs tropical fruits [trópikəl frúc]

Déli pályaudvar Budapest South (Railway Station) (Directions: *Balaton, Graz, Zagreb)*

délkelet south-east [szausz-íszt]

délnyugat south-west [szausz-veszt]

délután (in the) afternoon [(in di) áftərnún]; **ma ~** this afternoon [disz áftərnún]

délutáni előadás matineé [metiné]

demokrácia democracy [diməkrəszi]

demokratikus demokratic [deməkretik]

dér frost [froszt]

derékfájás backache [bekék]

derékszögben at right angles [et rájt englsz]

derelye *(étel)* jam pockets [dzsem pokicc]

derült *(ég)* clear [klír]

deszka board [bórd]

desszert dessert [dizört]

detektív detective [ditektiv]

detektívregény detektive story [ditektiv sztóri]

devíza foreign exchange [forin ikszcséndzs]

devizaárfolyam (rate of) exchange [(rét ov) ikszcséndzs]

devizaengedély exchange permit [ikszcséndzs pörmit]

devizakorlátozás currency restrictions [kârənszi risztriksnz]

devizarendelkezések foreign exchange regulations [forin ikszcséndzs regjulésnz]

dia slide [szlájd]
diafilm filmstrip [filmsztrip]
diagnózis diagnosis [dájəgnószisz]
diák school-boy [szkúl-boj]; *(lány)* school-girl [szkúl-görl]
diákcsere student exchange [sztyúdənt ikszcséndzs]
diakeret slide-frame [szlájd-frém]
diákkedvezmény student rate [sztyúdənt rét]
diákszálló (students') hostel [(sztyúdənc) hosztl]
diavetítő slide projector [szlájd prodzsektər]
dicséret praise [préz]
dicsőség glory [glóri]
Diesel-motor [dízəl-mótər]
Diesel-mozdony Diesel-engine [dízəl-endzsin]
diéta diet [dájət]; **diétát tart** is on a diét [iz on e dájət]
differenciál(mű) differential (gear) [difərensl (gíər)]
díj fee [fí]; *(elnyerhető)* prize [prájz]
díjazás *(fizetés)* payment [péjmənt] *(sp)* award(ing) [əvórd(ing)]
díjkedvezmény fare reduction [feer ridâksn]
díjkiosztás prize giving [prájz giving]
díjköteles subject to dues/fees [szâbdzsikt tu gyúsz/fíz]
díjlovaglás dressage test [dreszidzs teszt]
díjmentes(en) free [frí]
díjnyertes prize-winning [prájz-vining]
díjszabás tariff [terif]
díjtalan(ul) free of charge [frí ov csárdzs]
díjtételek fares [feerz]
díjugratás jumping competition [dzsâmping kompitisn]
dinamó dynamo [dájnəmó]
dinnye melon [melən]
dió nut [nât]
diótörő nutcracker [nâtkrekər]
diploma diploma [diplómə], degree [digree]
diplomata diplomat [dipləmet]

dísz ornament [órnəment]
díszelőadás gala performance [gálə perfórmənsz]
díszemelvény grandstand [grenctend]
díszíteni to decorate [tu dekorét]
diszkoszvetés throwing the discus [szróing də diszkász]
díszműáru fancy goods [fenszi gudz]
disznó pig, *(hús)* pork [pórk]
disznósült roast pork [rószt pórk]
disznótoros *(vacsora)* home-made mixed sausages [hóme-méd mikszt szoszidzsisz]
díszszemle dress parade [dresz pəréd]
disztárcsa (ornamental) hub cap/cover [((órnəmentl) hâb kep/kâvər]
disztárgy fancy article [fenszi ártikl]
díszvacsora banquet [benkvit]
dívány couch [kaucs], divan [diven]
divat fashion [fesn]
divatáru *(férfi)* men's wear [menz veer], *(női)* ladies' wear [lédiz veer]
divatbemutató fashion show [fesn só], dress-show [dresz-só]
divatlap fashion paper [fesn pépər]
divatos fashionable [fesnəbl]
DIVSZ = *Demokratikus Ifjúsági Világszövetség (World Federation of Democratic Youth, W.F.D.Y.)*
DK = *délkelet* SE, south-east [szausz-íszt]
dkg = *deka(gramm)* decagram [dekəgrem]
dl = *deci(liter)* decilitre, *(US)* deciliter [deszilitər]
DNy = *délnyugat* SW, south-west [szausz-veszt]
dob drum [drâm]
dobni to throw [tu szró]; ~**jon be egy érmét!** insert a coin [inszört e kojn]!
dobogó platform [pletform]
dobos drummer [drâmər]
dobostorta layer cake [léjər kék]
doboz box [boksz]

dohány tobacco [təbekó]
DOHÁNYBOLT, DOHÁNYÜZLET tobacconist's (shop) [təbekəniszc (sop)]
dohányozni to smoke [tu szmók]; **dohányzik?** do you smoke? [du ju szmók]?
DOHÁNYOZNI TILOS! no smoking [nó szmóking]!
DOHÁNYZÓ *(szakasz)* smoker [szmókər], smoking compartment [szmóking kəmpártment]; *(szoba)* lounge [laundzs]; **nem ~** non-smoker [non-szmókər]
dokk dock [dok]
doktor doctor [dåktər]
dolgozik is working [iz vörking]; **gyárban ~** he works in a factory [hi vörksz in e fektəri]
dolgozni to work [tu vörk]; **hol dolgozik?** where do you work [veer du jú vörk]?
dollár dollar [dolər]
dolog *(munka)* work [vörk]; *(ügy)* business [biznisz]; *(tárgy)* thing [szing]; **dolgom van** I am busy [áj em bizi]; **sok a dolga** he is (very) busy [hi iz (veri) bizi]
dóm cathedral [kəszidrəl]
domb hill [hil]
dombormű relief [rilif]
dönteni to decide [tu diszájd]
döntés decision [diszizsn]
döntetlen *(sp)* draw [dró]; **~re végződött** it ended in a draw [it endid in e dró]
döntő *(sport)* final(s) [fájnəl(z)]
dörzstörülköző Turkish towel [törkis tauəl]
dr., Dr. = *doktor* D., doctor [daktər]
dr. = *darab* pcs., piece [písz]
drága expensive [ikszpensiv]; *(személy)* dear [dír]
drágakő precious stone [presəsz sztón]
drapp beige [bézs]
drb. = *darab* pc., piece [písz]
drogéria chemist's shop [kemiszc sop]
drót wire [vájər]

drótkötélpálya cable-railway [kébl-rélvéj]
drukkolni to root (for) [tu rút (for)]
du. = *délután* afternoon [áftərnoon], p.m. [pí-em]
dudálni to sound the horn [tu szaund də hórn]
dugattyú piston [pisztən]
dugattyúgyűrű piston-ring [pisztən-ring]
dugó *(parafa)* cork [kórk]; *(villany)* plug [plág]
dugóhúzó corkscrew [kórk-szkrú]
Duna Danube [denyúb]
Dunakanyar the Danube bend [də denyúb bend]
Dunántúl Transdanubia [trenszdənyúbiə]
a **Dunaparton** on the Danube embankment [on də denyúb əmbenkment]
dunyha eiderdown [ájdərdaun]
dupla double [dâbl]; *(kávé)* espresso coffee [eszpreszó cofi]
duplaágy double bed [dâbl bed]
dúr major [médzsər]
durrdefekt burst tyre [börszt tájər], blow-out [blóaut]
durva rough [râf]; *(anyag)* coarse [kórsz]; *(viselkedés)* rude [rúd]
düh rage [rédzs]
dühös furious [fjúriəsz]
dzsem jam [dzsem]
dzsessz jazz [dzsez]

E, É

e, ez this [disz]; **e héten** this week [disz vík]
É = *észak* N., North [norsz]
ebbe! in(to) this (one) [in(tu) disz (van)]!
ebben in this (one) [in disz (van)]
ebből! out of this (one) [aut ov disz (van)]!

ebéd lunch [láncs]
ebédelni to dine [tu dájn], to have dinner/lunch [tu hev dinər/láncs]; **ebédelt már?** have you had lunch [hev ju hed láncs]?
ebédlő dining-room [dájning-rúm]
ebédszünet lunch break [láncs brék]
ébren van is up [iz áp]
ébreszteni to waken [tu vékn]; **ébresszen 7-kor!** wake me at 7 [vék mí et szevn]!
ébresztőóra alarm-clock [əlárm-klok]
ecet vinegar [vinigər]
ecetes uborka pickled cucumber [pikld kjúkâmbər]
ecset brush [brás]
eddig *(idő)* so far [szó fár]; *(hely)* to this place [tu disz plész]
edény(ek) dish(es) [dis(iz)]
édes sweet [szvít]; *(személyről)* dear [dír]
édesség sweets [szvic]
ÉDESSÉGBOLT sweet shop [szvit sop], *(US)* candy store [kendi sztór]
édesvízi fresh-water [fres-vótər]
edzés *(sport)* training [tréning]
edző coach [kócs]
edzőtábor training camp [tréning kemp]
ég¹ sky [szkáj]
ég² is burning [iz börning]; ~**ett a villany** the light was on [də lájt voz on] →**égni**
egér mouse [mausz]; **egerek** mice [májsz]
égési seb burn [börn]
egész whole [hól]; *(mind)* all [ól]; ~ **idő alatt** all the time [ól də tájm]; ~ **nap** all day (long) [ól déj (long)]; ~ **hideg van** it is rather chilly [ic rádər cslli]
egészen quite [kvájt]
egésznapos full-day [ful-déj]
egészségére! your health [jor helsz]!, here is to you [hírz tu jú]!

egészséges healthy [helszi]

egészségi állapot state of health [sztét ov helsz]

egészségtelen unhealthy [ânhelszi]

egészségügyi bizonylat certificate of health [szətifikit ov helsz]

éghajlat climate [klájmit]

égni to burn [tu börn] →ég²

égő 1. *(villanykörte)* (electric) bulb [(ilektrik) bâlb] **2.** *(lángoló)* burning [börning]

egres gooseberry [gúzbəri]

egy 1. one [van]; **~kor** *(13ʰ, 1ʰ)* at one o'clock [et van əklok]; **~re** by one o'clock [báj van əklok] **2.** *(névelő)* a, an [e, en]

egyágyas szoba single bedroom [szingl bedrúm]

egyáltalán at all [et ól]; **~ nem** not at all [not et ól]

egyben *(egyúttal)* at the same time [et də szém tájm]

egyéb other [âdər]

egyebek között among others [əmâng âdərz]

egyébként otherwise [âdəvájz]

egyedül alone [əlón]

egyelőre for the time being [for də tájm biing]

egyén individual [indivigyuəl]; person [pörszn]

egyenes straight [sztrét]; **~en előre!** straight ahead [sztrét əhed] !; **~en tovább !** straight on [sztrét on]!

egyenetlen uneven [ânívn]

egyéni(leg) individual(ly) [indivigyuəl(i)]

egyenként one by one [van báj van]

egyenlő equal (to) [ikvəl (tu)]

egyenruha uniform [júniform]

egyensúly balance [belənsz]

egyes, egypárevezős scull [szkâl]

egyesek some [szâm]

egyes számú szoba room number 1 [rum nâmbər van]

egyesülés union [junjən]

egyesület society [szəszájəti], *(sport)* club [klâb]

egyesült united [júnájtid]; **az Egyesült Államok** the United States [di júnájtid sztéc]; **az Egyesült Királyság** the United Kingdom [di júnájtid kingdəm]

egyetem university [júnivőrsziti]

egyetemes universal [junivőrszəl]

egyetemi hallgató university student [júnivőrsziti sztyúdənt]

egyetemi tanár university professor [júnivőrsziti prəfesər]

egyetlen only [ónli]

egyforma the same [də szém]; uniform [júniform]

egyharmad one third [van szőrd]

egyház (the) Church [(də) csőrcs]

egyhetes one week's [van víksz]

egyidejűleg simultaneously [sziməlténjəszli]

egyikük one of them [van ov dem]

egyirányú forgalom/közlekedés one-way traffic [van-véj trefik]

egyirányú utca one-way street [van-véj sztrít]

egy ízben once [vansz], on one occasion [on van əkézsn]

egymással with one another [vid van ənâdər]

egymást one another [van ənâdər]

egymás után one after the other [van áftər di âdər]

egynapos kirándulás day excursion [déj ikszkőrsn]

egynapos kirándulójegy one-day return ticket [van-déj ritőrn tíkit]

egynegyed one fourth [van forsz]

egypályás út undivided road/highway [ándivájdid ród/hájvéj]

egyre inkább more and more [mór ənd mór]

egység unit [júnit]

egységár unit price [júnit prájsz]

egységes uniform [júníform]; ~ **kocsiosztály** one class only [van klász ónli]

egyszer once [vansz]

egyszeri átutazás single transit [szingl trenszit]
egyszeri utazás single journey [szingl dzsőrni]
egyszeri utazásra szóló jegy single ticket [szingl tikit], *(US)* one-way ticket [van-véj tikit]
egyszerre *(hirtelen)* all at once [ól et vansz]
egyszerű simple [szimpl]
egyszerűen simply [szimpli]
egyszínű plain (coloured) [plén kâlərd)]
egyszobás one-room [van-rúm]
egyúttal at the same time [et də szém tájm]
együtt together (with) [təgedər (vid)]
együttes collective [kəlektiv]; *(művészeti)* ensemble [ánszámbl]
együttműködés collaboration [kəlebərésn], co-operation [kóopərésn]
együttvéve all together [ól təgedər]
éhen halok! I am starving [ájmسztárving]!
éhes hungry [hângri]
ehetetlen uneatable [ânítəbl]
éhgyomorra on ar empty stomach [on en emti sztâmək]
ehhez to this [tu disz]
éhség hunger [hângər]
éjfél midnight [midnájt]; **~kor** at midnight [et midnájt]
éjjel at night [et nájt]; **egész ~** all right [ól nájt]
éjjeli mulató night club [nájt kláb]
éjjeli szállás accommodation for the night [əkomədésn for də nájt]
éjjeli ügyelet night duty [nájt gyúti]
éjjel-nappal day and night [déj ənd nájt], *(nyitva)* round the clock [raund də klok]
éjjelre for the night [for də nájt]
éjszaka night [nájt]; **egy éjszakára** for one night [for van nájt]; **jó éjszakát** good night [gud nájt]! →**éjjel**
éjszakai: ~ díjszabás night rate [nájt rét]; **~ élet** night life [nájt lájf]; **~ lokál** night club [nájt kláb]; **~ vonat** night train [nájt trén]

ék wedge [vedzs]

ÉK = *északkelet* NÉ, north-east [norsz-íszt]

ekcéma eczema [ekszímə]

eke plough, *(US)* plow [plau]

ekkor then [den]

ékszer jewel [dzsúəl]

ékszerész jeweller [dzsúələr]

ékszíj V-belt [ví-belt], fan-belt [fen-belt]

el away [əvéj]

él[1] lives [livz]; **külföldön** ~ he lives abroad [hi livz əbród] →élni

él[2] →éle

eladás sale [szél]; ~ra for sale [for szél]

eladási ár selling price [szeling prájsz]

eladni to sell [tu szel]; eladta he sold it [hi szóld it]

eladó 1. *(áru)* on sale [on szél] 2. *(férfi, nő)* shop-assistant [sop-əszisztənt]

elágazás *(vasúti)* junction [dzsánksn], *(úté, folyóé)* parting [párting]

elájult has fainted [hez féntid]

elakadás *(autó)* breakdown [brékdaun]

elakadásjelző háromszög warning triangle [vórning trájengl]

elakadni *(autó)* to break down [tu brék daun]; elakadt has broken down [hez brókn daun]

eláll *(abbamarad)* stops [sztopsz]; ~t az eső it stopped raining [it sztopt réning]; *(étel)* will keep [vil kíp]; ~ja az utat is blocking the way [iz bloking də véj]

elállítani to stop [to sztop]

elállni to stop →eláll

elalszik: elaludt *(személy)* he fell asleep [hi fel əszlíp]; *(lámpa, tűz)* went out →elaludni

elaludni to go to sleep [tu gó tu szlíp], to fall asleep [tu fól eszlíp]

elárusító →eladó 2.

elbeszélés story [sztóri]

elbeszélgetni to have a chat [tu hev ə cset]

elbúcsúzni to say good-bye [tu séj gud-báj]; **búcsúzzon el tőle** say good-bye to her [széj gud-báj tu hör]

elbűvölő charming [csárming]

elcserélni to exchange [tu ikszcséndzs]

elcsúsztam (és elestem) I have slipped (and fallen) [áj hev szlipt (end fólən)]

eldobható *(papírpelenka stb.)* disposable(s) [diszpóz-əbl(z)]

eldobni to throw away [tu szró əvéj]

eldönteni to decide [tu diszájd]

elé in front of [in front ov]; **a ház~** in front of the house [in front ov də haus]; **kimenni vki ~ az állomásra** to meet sby at the station [tu mít sâmbədi et də sztésn]

éle *(késé)* edge [edzs]; *(nadrágé)* crease [krísz]

elég enough [inâf]; **~ jól** fairly well [feerli vel]; **köszönöm ~ !** thanks, that will do [szenksz, det vil dú]!

elegáns elegant [eligənt], smart [szmárt]

elégedett content [kəntent]

elegendő enough [inâf]

az **eleje** the beginning [də bigining]

eléje in front of . . . [in front ov]

elejteni *(tárgyat)* to drop [tu drop], *(vadat)* to kill [tu kil]; *(tervet)* to give up [tu giv âp]; **elejtettem** I dropped it [áj dropt it]

elektromérnök electrical engineer [ilektrikəl endzsinír]

elektromosság electricity [ilektríszíti]

élelem food [fúd]; **~mel ellátni** to provide with food [tu prəvájd vid fúd]

élelmiszer foodstuffs [fúd-sztâfsz], victuals [vitlz]

élelmiszer-áruház food store(s) [fúd sztór(z)]

élelmiszeripar food industry [fúd indəsztri]

elem battery [betəri]

elém in front of me [in front ov mí]

elengedhetetlen indispensable [indiszpenszəbl]

elengedni to let go/slip [tu let gó/szlip]; **engedjen el!**
let me go [let mí gó]

élénk lively [lájvli]

elérni *(átv is)* to reach [tu rics]; **elérjük a vonatot?**
can we make/catch the train [ken vi mék/kecs də
trén]?

éles sharp [sárp]; *(fény)* strong [sztrong]

elesni to fall (down) [tu fól (daun)]; **elestem** I have
had a fall [ájv hed ə fól]

élet life [lájf]; **~be lépett** came into force [kém intu
fórsz]; **~ben maradt** he survived [hí szəvájvd]

életbevágó vital [vájtl]

életbiztosítás life insurance [lájf insúrənsz]

életkor age (of life) [édzs (ov lájf)]

életszínvonal living standards [living sztendərdz]

ÉLETVESZÉLY! danger [déndzsər]!

eleven alive [əlájv]

elfáradni to get tired [tu get tájərd]; **~tam** I am tired
[ájm tájərd]

elfelejteni to forget [tu forget]; **~ettem** I forgot [áj
forgot]

elférünk there is place for all of us [deerz plész for ól
ov ász]

elfogadni to accept [tu əkszept]; **fogadja el emlékül**
keep it as a souvenir [kíp it ez ə szúvənír]

elfoglalni to occupy [tu okjupáj]; **el van foglalva**
(ember) is busy [iz bizi]; *(ülőhely)* is occupied/taken
[iz okjupájd/tékn]; **túl sok helyet foglal el** it takes up
too much room [it téksz áp tú mács rúm]

elfoglalt *(ember)* busy [bizi]

elfogyasztott consumed [kənszjúmd]

elfogyott *(áru)* is sold out [iz szóld aut]; *(étel, pénz)*
there is no more [deerz nó mór]

elforgatni to turn [tu törn]

elgázolni *(járművel)* to run over [tu rán óver], to hit;

26

elgázolta egy autó he was hit by a car [hi voz hit báj ə kár]

elhagyni to abandon [tu əbendən]; **elhagyta a férje** her husband left her [hör házbənd left hör]; **elhagytam az ernyőmet** I (have) lost my umbrella [áj(v) loszt máj âmbrelə]

elhajtani to drive off/away [tu drájv óf/əvéj]

elhaladni to go by [tu gó báj], to pass [tu pász]

elhalasztani to postpone [tu posztpón], to defer [difőr]; **halasszuk el!** let us put it off [lec put it óf]!; **az előadást ~ották** the performance was cancelled [də pərfórmənsz voz kenszld]

elhallgatni to stop speaking [tu sztop szpíking]; *(eltitkol)* to conceal [tu kənszíl]

elhasználni to use up [tu júz áp]

elhatározás decision [diszízsn]; **megváltoztatta az ~át** he changed his mind [hi csénzsd hiz májnd]

elhatározni to decide [tu diszájd]; **elhatározta magát hogy** he made up his mind to [hi méd áp hiz májnd tu]

elhelyezés *(szállás)* accommodation [əkomədésn]

elhelyezni *(vhova)* to place [tu plész]; *(elszállásolni)* to accommodate [tu əkomədét], to put (sby) up [tu put (szâmbədi) áp]

elhinni to believe [tu bilív]; **nehéz ~ hogy...** it is difficult to believe that [ic difikəlt tu bilív det]... →**elhisz**

elhisz *(vmit)* believes (sth) [bilívz szâmszing]; **elhittem neki** I believed him [áj bilívd him]; **nem hiszem el** I do not believe it [áj dónt bilív it]; **higgyje el...** believe me [bilív mi]... →**elhinni**

elhozni *(magával)* to bring along [tu bring əlong]; *(vhonnan)* to fetch [tu fecs]; **hozza el őt is!** bring her along too [bring hör əlong tú]!; **elhoztam!** I (have) brought it [áj (hev) brót it]

elígérkeztem már I am already engaged [ájm ólredi ingédzsd]

elindítani to start [tu sztárt]

elindulni *(vhova)* to start (to) [tu sztárt (tu)], to leave (for) [tu lív (for)]; **elindult már?** has he left [hez hi left]?; **induljunk el!** let us start/go [lec sztárt/ gó]

elintézni to arrange [tu əréndzs], to settle [tu szetl]; **intézze el, kérem** will you please arrange ... [vil ju plíz əréndzs ...]; **el van intézve** it is settled [ic szetld], it is all right [ic ól rájt]

elismerni to admit [tu ədmit]

elismervény receipt [riszít], voucher [vaucsər]

elismételni to repeat [tu ripít]

elítélni to condemn [tu kəndem]

eljárás *(hivatalos)* procedure [prəszídzsər]

eljárási díjak legal fees [lígal fíz]

eljegyzés engagement [ingédzsment]

éljen! hurrah [hurá]!

éljenezni to cheer [tu csír]

eljönni *(vhonnan)* to leave [tu lív]; **eljön holnap?** are you coming tomorrow [ár ju kâming təmoró]?; **eljött a könyvért** he has come for the book [hi hez kâm for də buk]

eljutni *(vhova)* to arrive (at) [tu ərájv (et)], to get (to) [tu get (tu)]; **hogy jutok el ... ?** how can I get to ... [hau ken áj get tu]

elkanyarodik *(út)* turns off [törnz óf]

elkapni to catch [tu kecs]

elkelt sold out [szóld aut]

elképzelés idea [ájdiə]

elképzelni to imagine [tu imedzsin]

elkérni to ask for [tu ászk for]

elkerülő út bypass [bájpász]

elkerültük egymást we missed each other [vi miszt ícs âdər]

elkésni to be late [tu bí lét]; **ne késsen el!** do not be late [dónt bí lét]!

26*

elkészíteni *(munkát)* to do [tu dú], *(ételt)* to prepare/ make [tu pripeer/mék]

elkészült is ready [iz redi]; ~ **a csomagolással?** have you done the packing [hev ju dán də peking]?; ~**?** have you finished [hev ju finist]?

elkezdeni to begin [tu bigin]; **elkezdett esni** it started raining [it sztártid réning]; **kezdje el!** begin (please) [bigin (plíz)]!

elkezdődik begins [biginz], starts [sztárc]; **elkezdődött már?** has it begun [hez it bigán]?

elkísérni to accompany [tu əkámpəni]

elkob(o)zás confiscation [kɔnfiszkésn]

elkölteni *(pénzt)* to spend [tu szpend]

elküldeni to send [tu szend]; **elküldtem a levelet** I (have) posted the letter [áj(v) pósztid də letər]

ellátás *(étkezés)* board [bórd]; **teljes** ~ full board [fúl bórd]

ellátni *(vmivel)* to supply (with) [tu szəpláj (vid)], to provide (with) [tu provájd (vid)]

ellen against [əgenszt]

ellenében *(fejében)* against [əgenszt]

ellenére in spite of [in szpájt ov]

ellenérték countervalue [kauntər-veljú]

ellenezni to oppose [tu opóz]; **ellenzem** I am against it [ájm əgenszt it]

ellenkező esetben otherwise [ádərvájz]

ellenkezőleg on the contrary [on də kontrəri]

ellenőr *(vasúti)* ticket-inspector [tikit-inszpektər]

ellenőrizni to check [tu csek], to supervise [tu szjúpərvájz]; **ellenőrizze kérem . . .** please check . . . [plíz csek]

ellenőrzés check [csek], examination [igzeminésn], supervision [szjúpərvízsn]

ellenőrző lámpa pilot lamp [pájlət lemp]

ellenőrző szelvény counterfoil [kauntərfoil]

ellenség enemy [enimi]

ellenszolgáltatás fejében for a consideration [for ə kənszidərésn]

ellenszolgáltatás nélkül without compensation [vidaut kompənszésn], free (of charge) [frí (ov csárdzs)]

ellopni to steal [tu sztíl]; **ellopták** was stolen [voz sztóln]

elmarad *(nem lesz)* does not take place [dáznt ték plész]; **~t** *(előadás)* has been cancelled [hez bín kenszəld]

elmegy: elmenni *(vhonnan)* to go away [tu gó əvéj], to leave [tu lív]; *(vhova)* to go to . . . [tu gó tu] . . . ; to leave for [tu lív for]; **elmegyek** I am leaving [ájm líving]; **elment** he has left [hi hez left]; **elment az üzletbe** he went to the shop [hi vent tu də sop]; **menjünk el sétálni !** let us go for a walk [lec gó forə vók]; **! ~ek érte !** I shall fetch her [ájl fecs hör] !

élmény experience [ikszpíriənsz]

elmesélni to tell [tu tel]; **meséld el mi történt !** tell me what happened [tel mí vat hepnd] !

elmondani to tell [tu tel]; **elmondta (nekem)** he told me [hi tóld mí]

elmulasztani *(megtenni)* to fail (to do sth) [tu fél (tu dú szâmszing]; **sajnálom, hogy elmulasztottam** I am sorry to have missed it [ájm szori tu hev miszt it]

elmúlik it will pass [it vil pász]

elmúlni to pass [tu pász]

elmúlt past [pászt]; **az ~ héten** last week [lászt vík]

elnézés *(tévedés)* mistake [miszték]; **~t !** excuse me [ikszkjúz mí] !; sorry [szori] !; **~t kérek a zavarásért** excuse me for disturbing you [ikszkjúz mí for disztörbing jú]

élni to live [tu liv] →**él**

elnök president [prezident], *(konferencián)* chairman [cseermen]

elnyerni to obtain [tu əbtén]

eloltani *(villanyt)* to switch off [tu svics óf]; *(tüzet)* to put out [tu put aut]]; **oltsa el a lámpát** switch off the light, please [svics óf də lájt, plíz]!

elolvasni to read [tu ríd]; **elolvastam** I (have) read it [áj (hev) red it]

elosztó distributor [disztribjutər]

elosztófej distributor cap [disztribjutər kep]

élő living [living]; ~ **adás** live transmission [lájv trenzmisn]

előadás (színházi) performance [pərfórmənsz]; (egyetemen) lecture [lekcsər]

előadni (színdarabot) to perform [tu pərfórm]; (egyetemen) to lecture [tu lekcsər]

előadó (hivatalban) executive (manager) [igzekjutiv (menidzsər)]; (egyetemen) lecturer [lekcsərər]

előadóművész performer [pərfórmər]; artist [ártiszt]

előállítás production [prədáksn]

előbb (első sorban) first [förszt]

előbbi former [fórmər]

előcsarnok hall [hól], foyer [fojé]

előétel appetizer [epitájzər]

előfizetni (vmire) to subscribe (to) [szəbszkrájb (tu)]

előfizető subscriber [szəbszkrájbər]

előfordul (vmi) it happens (that) [it hepnsz (det)]; **az ilyesmi** ~ such things happen [szács szingsz hepn]

előfutam qualifying heat [kvolifájing hit]

előhívatni to get it developed [tu get it diveləpt]

előhívni (fényképet) to develop [tu diveləp]

előidény preseason [priszízn]

előírások regulations [regjulésnz]

előírt prescribed [priszkrájbd]; (kötelező) compulsory [kəmpálsəri]

előjegyezni to book (in advance) [tu buk (in ədvánsz)]

előjegyzés booking [buking]; ~**be venni** to book (in advance) [tu buk (in ədvánsz)]

előkészíteni to prepare [tu pripeer]

előkészületek arrangements [əréndzsmenc]

elöl in front
előleg advance [ədvánsz], deposit [dipozit]
előny advantage [ədvántidzs]
előnyös advantageous [edvəntédzsəsz]
előre *(térben)* forward [fórvərd]; *(időben)* in advance
  [in edvánsz]; **~ is köszönöm** thank you in advance
  [szenk jú in edvánsz]; **~ fizetett** he paid in advance
  [hi péjd in edvánsz]
előrejelzés forecast [fórkászt]
előreláthatólag presumably [prizjúməbli]
előremenni to go ahead [tu gó ehed], to lead the way [tu
  líd də véj]; **előre fog menni** he will go first [hil gó
  förszt]
előre nem látott unforeseen [ânfórszín]
előreváltott prebooked [pri-bukt]
előszezon preseason [priszízn]
előszoba hall [hól]
először *(első ízben)* for the first time [for də förszt tájm];
  ~ is first of all [förszt ov ól]
előtt *(idő)* before [bifór]; *(tér)* in front of [ov]
előtte before him/her/it [bifór him/hər/it]; **~m** before
  me [bifór mí]
elővétel *(jegyé)* advance booking [edvánsz buking];
  ~ben megváltani to book (in advance) [tu buk (in
  edvánsz)]
elővételi pénztár advance booking office [edvánsz buk-
  ing ofisz]
elővigyázatosan with care [vid keer]
előzékeny polite [pəlájt]
előzés overtaking [óvərtéking], *(US)* passing [pászing];
  ~ben levő jármű vehicle already overtaking [viəkl
  ólredi óvərtéking]
előzési szándék intention to overtake [intensn tu
  óvərték]
előzetes *(film)* trailer [trélər]
előzetesen in advance [in edvánsz]

előzni to overtake [tu óvərték], *(US)* to pass [tu pász]; ~ **tilos !** no overtaking/passing [nó óvərtéking/pászing] !; **balról** ~ to overtake on the left [tu óvərték on də left]; **ő előzött** he overtook/passed me [hi óvərtuk/pászt mí]

előző previous [prívjəsz]

elpusztult perished [perist]

elragadó charming [csárming]

elrendezni to arrange [tu eréndzs]

elrepülni *(gép, utas, idő)* to fly (away) [tu fláj (evéj)]

elromlott is out of order [iz aut ov ordər]; **a kocsi** ~ the car broke down [də kár brók daun]

elrontani to spoil [tu szpojl]

elseje the first [də förszt]; **május** ~ the 1st of May [də förszt ov méj]

első first [förszt]; ~ **emelet** first floor [förszt flór], *(US)* second floor [szeknd flór]; ~ **ízben** for the first time [for də förszt tájm]; ~ **kerék** front wheel [front víl]; ~ **osztály(ú)** first class [förszt klász]; ~ **ülés** front seat [front szít]

elsőbbség priority [prájoriti], right of way [rájt ov véj]; ~**et adni** to give way [tu giv véj], *(US)* to yield (right of way) [tu jíld (rájt ov véj)]

elsőbbségadás kötelező ! give way [giv véj] !, *(US)* yield (right of way) [jíld (rájt ov véj)] !

elsőkerék-meghajtás front-wheel drive [front-víl drájv]

elsőrendű first-class [förszt-klász]

elsősegély(-hely) first-aid (station) [förszt-éd (sztésn)]

elszakadt is torn [iz torn]; **elszakadtunk egymástól** we were separated [vi vőr szepərétid]

elszakítani to tear [to teer]

elszaladni to run away [tu rán evéj]

elszállásolás accommodation [ekomədésn]

elszállásolni to put (sby) up [tu put (szâmbədi) áp]

elszállítani to transport [tu trenszpórt]

elszámolás accounts [ekaunc]

eltalálni *(vhova)* to find the way to [tu fájnd də véj tu]; *(célt)* hit (the mark) [hit (də márk)]
eltartani *(vkit)* to support [tu szəpórt]
eltávolítani to remove [tu rimúv]
eltávozni to depart [tu dipárt]
eltenni to put away [tu put əvéj]
eltér deviates [díviétz] →**eltérni**
elterelő út bypass [bájpász]
eltérés difference [difrənsz]
eltéríteni *(gépet)* to highjack [tu hájdzsek]
elterjed is spreading [iz szpreding]
eltérni *(iránytól)* to deviate [tu díviét]
eltesz *(vmit)* puts away sth [puc əvéj sâmszing]; **eltetted?** have you put it away [hev ju put it əvéj]? →**eltenni**
eltévedni to get lost [tu get loszt]; **eltévedtem** I have lost my way [ájv loszt máj véj]
eltölteni *(időt)* to spend (time) [tu szpend (tájm)]
eltörni *(vmit)* to break [tu brék]; **eltörött** is broken [iz brókn]
eltűnni to disappear [tu diszəpír]; **eltűnt** has disappeared [hez diszəpírd]
elutasítani *(vkit)* to turn down/away [tu törn daun/ əvéj]; *(kérést)* to refuse [tu rifjúz]
elutasító válasz refusal [rifjúzəl]
elutazás departure [dipárcsər]
elutazni to leave [tu lív]; **elutazik** is leaving [iz líving]; **holnap elutazom** I am leaving tomorrow [ájm líving təmoró]; **elutazott Londonba** he left for London [hi left for lândn]
elütni to hit [tu hit]; to knock down [tu nok daun]; **elütötték** he was hit [hi voz hit]
elvágni to cut [tu kât]; **elvágtam az ujjam** I cut my finger [áj kât máj fingər]
elvakítani to blind [tu blájnd], to dazzle [tu dezl]
elválasztani to separate [tu szepərét]

elválasztó sáv dividing strip [divájding sztrip], central reserve [szentrəl rizörv]

elvállalni to take on [tu ték on]

elválni to part [tu párt]; *(házastársak)* to divorce [tu divórsz]

elvált *(férfi, nő)* divorced [divórszt]

elvámolni to clear (goods) [tu klír (gudz)]; **van vmi ~ valója?** have you anything to declare [hev ju eniszing tu dikleer]?

elvámolva duty paid [gyúti péjd]

elvégezni *(befejezni)* to finish [tu finis]; *(megtenni)* to perform [tu pərfórm], to do [tu dú]

elvenni *(vmit)* to take [tu ték]; *(feleségül)* to marry [tu meri]; **sok időt vesz el** it takes much time [it téksz mács tájm]

elvesz(í)teni to lose [tu lúz]; **elveszítettem a kabátomat** I (have) lost my coat [áj(v) loszt máj kót]

elveszni to get lost [tu get loszt]; **elveszett** is lost [iz loszt]

élvezet pleasure [plezsər]

elvezetni to lead [tu líd]

élvezni to enjoy [tu indzsoj]

elvinni *(elszállítani)* to transport [tu trenszpórt]; *(vkit magával)* to take along [tu ték elong]; **elvinne kérem?** *(autós)* would you give me a lift [vud ju giv mí e lift]?; **elvitték!** it was taken (away) [it voz tékn (əvéj)]!

elvontatni to tow (away) [tu tó (əvéj)]

elvtárs comrade [kâmrid]

elzárni *(gázt)* to turn off [tu törn óf]; *(rádiót)* to switch off [tu svics óf]; *(értéket)* to lock up [tu lok âp]; **az út elzárva** road closed [ród klózd]

elzárócsap stopcock [sztopkok]

em. = *emelet* floor [flór]

ember man [men]; **~ek** people [pípl]

emelet floor [flór]; **az~en** upstairs [âpszteerz]; **harma-**

dik ~ third floor [szörd flór], *(US)* fourth floor [forsz flór]

emeletes autóbusz double-decker (bus) [dâbl-dekər (bâsz)]

emelkedik *(ár)* is rising [iz rájzing]

emelkedő slope [szlóp]

emelni to lift [tu lift]; *(árat)* to raise [tu réz]; *(kártyát)* to cut [tu kât]

emelő jack [dzsek]

emelvény platform [pletfórm]

émelyeg is feeling sick [iz fíling szik]

emésztési zavar(ok) indigestion [indidzseszcsn]

emiatt this is why [disz iz váj]

emlék memory [meməri]; *(tárgy)* souvenir [szúvənir]; **~ek** *(építészeti, muzeális)* monuments [monyumənc], relics [reliksz]; **~be** as a souvenir [ez e szúvənír]

emlékbélyeg memorial stamp [memóriəl sztemp]

emlékezni to remember [tú rimembər]; **(nem) emlékszem** I (cannot) remember [áj (kánt) rimembər]

emlékeztetni to remind [tu rimájnd]

emlékmű monument [monyumənt]

emléktábla memorial tablet [memóriəl teblit]

emléktárgy souvenir [szúvənír]

emlékül as a souvenir [ez e szúvənír]

említeni to mention [tu mensn]

említésre méltó worth mentioning [vörsz mensning]

én I [áj]; **~ is!** me too [mí tú]!; **~ magam** I myself [áj májszelf]; **az ~ (könyve)m** my (book) [máj (buk)]

énbennem, éntőlem, stb. = bennem, tőlem, stb.

ének *(dal)* song [szong]

énekelni to sing [tu szing]; **szépen énekelt** she sang beautifully [si szeng bjútəfuli]

énekes(nő) singer [szingər]

énekkar chorus [kórəsz]; choir [kvájər]

engedély permission [pərmisn]

engedélyezni to permit [tu pərmit]; **(nem) engedélyez-ték** was (not) granted [voz (not) grántid]

engedmény concession [kənszesn]; allowance [elauənsz]

engedni to allow [elau], to permit [tu pərmit]; *(hagyni)* to let; **engedje meg kérem ...** please allow me to [plíz elau mí tu] ...

engem me [mí]

enni to eat [tu ít] →**eszik**

ennivaló food [fúd]; **valami ~(t)** something to eat [szâmszing tu ít]

ÉNy = *északnyugat* north-west [norsz-veszt]

enyém mine [májn]; **az ~!** it's mine [ic májn]!; it belongs to me [it bilongz tu mí]!

enyhe mild [májld]

ennyi(t) that/so much [det/szó mâcs]

ép *(egész)* whole [hól]; *(egészséges)* healthy [helszi]

epe bile [bájl]

eper strawberry [sztróbəri]

építeni to build [tu bild]; **építette** was built (by) [voz bilt (báj)]

építés alatt under construction [ândər kənsztrâksn]

építész architect [árkitekt]

éppen just [dzsászt]

épület building [bilding]

épült ... built (in ...) [bilt (in ...)]

ér[1] blood-vessel [blâd-veszl]

ér[2] 1. **vhová érni** to get (to) [tu get (tu)]; **mikor ~ünk Budapestre?** when do we get/arrive to B. [ven dú vi get/erájv tu B.]? 2. *(vmeddig)* reaches (up to) [rícsiz (âp tu)]; **térdig ~ a víz** the water is knee-deep [da vótər iz ní-díp] 3. *(vmit)* is worth (sth) [iz wörsz (szâmszing)]

érdek interest [intriszt]; **saját ~ében** in your own interest [in jor ón intriszt]

(nem) **érdekel** I am (not) interested [ájm (not) in-trisztid]; *(szeretném tudni)* I should like to know

...[áj sud lájk tu nó] ...; **érdekli a sport?** are you interested in sports [ár ju intrisztid in szporc]?

az **érdekeltek** the interested (parties) [di intrisztid (pártíz)]

érdekes interesting [intriszting]

érdeklődési kör field of interest [fíld ov intriszt]

érdeklődés(sel) (with) interest [(vid) intriszt]

érdeklődik *(érdekli)* is interested (in ...) [iz intrisztid (in)]; *(tudakozódik)* is inquiring (about) [iz inkvájəring (ebaut)]; **érdeklődni szeretnék** I should like to inquire (about) [áj sud lájk tu inkvájər (ebaut)]

az **érdeklődők** those interested [dóz intrisztid]

Erdély Transylvania [trenszilvénjə]

érdemes worth(-while) [vörsz(-vájl)]; ~ **megnézni** (it is well) worth seeing [(it iz vel) wörsz szíing]

erdő *(nagy)* forest [foriszt], *(kisebb)* wood [vud]

eredeti original [ərldzsinl], *(mű)* genuine [dzsenyuin]

eredetileg originally [ərldzsinəli]

eredmény result [rizâlt]; **mi az ~?** *(sport)* what is the score [vac də szkór]?

eredményjelző tábla score-board [szkór-bord]

ereje →**erő**

érem medal [medl] →**érme**

éretlen *(gyümölcs)* unripe [ânrájp]

érett ripe [rájp]

érezni to feel [tu fíl]; **úgy érzem, hogy ...** I feel that [áj fíl det] ...; **hogy érzi magát?** how are you [hau ár ju]?; **jobban érzi magát?** are you feeling better [ár ju fíling betər]?

érinteni to touch [tu tâcs]

érintetlen(ül) intact [intekt]

érintkezés contact [kontekt]; ~**be lép vkivel** to get in touch with sby [tu get in tâcs vid szâmbədi]

érk. = *érkezés* arr., arrival [erájvəl]

erkély balcony [belkəni]; *(szính)* **első emeleti ~** dress

circle [dresz cörkl], *(US)* balcony [belkəni]; **harmadik emeleti ~** gallery [geləri]
érkezés arrival [erájvəl]; **~emkor** on my arrival [on máj erájvəl]
érkezési oldal arrival platform [erájvəl pletfórm], arrivals [erájvəlz]
érkezési sorrendben in order of arrival [in ordər ov erájvəl]
érkezési vágány arrival platform [erájvəl pletfórm]
érkezni to arrive (at, in) [tu erájv (et, in)]; **a második vágányra érkezik** comes in on platform two [kâmz in on pletfórm tú]; **mikor érkezik?** *(vonat stb.)* when does it arrive [ven dâz it erájv]?; **most érkeztem** I have just arrived [ájv dzsâszt erájvd]; **levele érkezett** there is a letter for you [deerz e letər for ju]
(az) **érkezők** (the) arrivals [(di) erájvəlz]
ÉRKEZŐ VONATOK incoming trains [inkâming trénz], arrivals [erájvəlz]
érme coin [kojn]; *(tantusz)* counter [kauntər]; **csak új érmével működik** new coins only [nyú kojnz ónli]
ÉRMEBEDOBÁS insert coin [inszört kojn]
érni →**ér²**
ernyő umbrella [âmbrelə]
erő strength [sztrengsz]
erőfeszítés effort [efərt]
erőleves beef-tea/soup [bíf-tí/szúp]
erőmű power plant [pauər plánt]
erős strong [sztrong], firm [förm]; *(fűszer)* hot; **~ebb mint...** stronger than [sztrongər den]...
erőszak(kal) (by) force [(báj) fórsz]
erre *(vmire rá)* on this [on disz]; **~ tessék!** this way, please [disz véj, plíz]
erről *(a dologról)* about this [ebaut disz]; **~ hallottam (már)** I have (already) heard about it [ájv (ólredi)

hörd ebaut it]; ~ **jut eszembe, hogy ... .** that reminds
me of [det rimájndz mí ov] . . .

erszény purse [pőrsz]

ért understands [ândərsztendz]; ~ **angolul** he under-
stands English [hi ândərsztendz inglis]; **nem ~em !**
(I) beg your pardon [(áj) beg jor párdn]?; *(érthe-
tetlen)* I cannot understand it [áj kánt ândərstend
it] !; ~ **engem?** can you follow me [ken ju foló mí]?;
~**em !** all right [ól rájt] !

érte for it/him   [for it/him]; ~ **jön** will call for her [vil
kól for hör]; ~ **küldhet** you can send for it [ju ken
szend for it]

érték value [veljú]

értékbehozatali tanúsítvány Import Value Certificate
[impórt veljú szertifikit]

ÉRTÉKCIKKEK, ÉRTÉKCIKKÁRUSÍTÁS *(postán)*
stamps, money orders, postal orders etc. [sztempsz,
mâni órdərz, pósztl órdərz, end szó on]

értékes valuable [veljuəbl]

értekezlet conference [konfərənsz]

ÉRTÉKMEGŐRZŐ safe deposit [széf dipozit]

értéktárgyak valuables [veljuəblz]

értéktelen worthless [vörszlisz]

értéktőzsde stock exchange [sztok ikszcséndzs]

értelem, értelme *(beszédé, szóé)* meaning [míning];
értelmében according (to) [ekórding (tu)]

értelmetlen it has no sense [it hez nó szenz]

értelmiség intelligentsia [intelidzsensziə]

érteni to understand [tu ândərsztend] →**ért**

értesíteni to inform [tu infórm]; *(hivatalosan)* to
notify [tu nótifáj]; **értesítsen kérem !** please, let me
know [plíz, let mí nó] !; ~ **kell a rendőrséget a
balesetről** you must report the accident to the police
[ju mászt ripórt di ekszidənt tu də pəlísz]

értesítés *(hivatalos)* notice [nótisz]; ~ **nélkül** without
(previous) notice [vidaut (prívjəsz) nótisz]

értesülés information [infərmésn]

értünk for us [for âsz]; **~ jön** will fetch us [vil fecs âsz]; will pick us up [vil pik âsz âp]

érvénybe lép become effective [bikâm ifektiv]

érvényben van is valid [iz velid]

érvényes valid [velid]; *(vmire)* apply to sth [epláj tu szâmszing]; **egyszeri utazásra ~** valid for a single journey [velid for e szingl dzsőrni]; **nem ~** not valid [not velid]; **~ júli 16-ig** valid till July 16th [velid til dzsulái də sziksztínsz]; **~ útlevél** valid passport [velid pászport]

érvényesíteni *(jegyet)* to (re)confirm [tu (rí)kənfőrm]

érvényesség validity [vəliditi]

érvénytelen invalid [invelid]

érverés pulse [pâlz]

érzékeny sensitive [szenszitiv]

érzés feeling [fíling]

érzéstelenítő anaesthetic [enisztetik]

és and [end]

esedékes (is) due [(iz) gyú]

esemény event [ivent]

esernyő umbrella [âmbrelə]

eset case [kész]; **az ~ben ha ...** in case [in kész] ...; **ellenkező ~ben** otherwise [âdəvájz]; **a legjobb ~ben** at best [et beszt]

esetleg perhaps [pəhepsz]

esik *(az eső)* it is raining [it iz réning]; **vasárnapra esett** it fell on a Sunday [it fel on e szândi]

esküvő wedding [veding]

esni to fall [tu fól]; →**esik**

eső rain [rén]; **esik az ~** it is raining [it iz réning]

esőkabát, esőköpeny raincoat [rénkót]

este evening [ívning]; **szép ~ (van)** a nice evening [e nájsz ívning]; **~ 6-kor** at 6 o'clock in the evening [et sziksz ə'klok in di ívning]; **előző ~** the night before [də nájt bifór]; **késő** ~ late at night [lét et nájt]

estély evening party [ívning párti]

estélyi ruha evening dress [ívning dresz]

esti lap evening paper [ívning népər]

esti program evening entertainment [ívning entətén-ment]

észak (the) North [(də) nórsz]

Észak-Amerika North America [nórsz əmerikə]

északi north [nórsz], northern [nórdərn]; ~ **szél** northern wind [nórdərn vind]

Észak-Írország Northern Ireland [nórdərn ájəlend]

északkelet north-east [nórsz-íszt]

északnyugat north-west [nórsz-veszt]

eszembe jutott hogy... it occurred to me that [it əkőrd tu mí det]...; **nem jut eszembe** I cannot think of it [áj kánt szink ov it]

eszik is eating [iz íting]; **ön mit** ~? what will you have [vat vil ju hev]?; **egyék még!** have some more [hev szám mór]! →**enni**

eszméletlen(ül) unconscious(ly) [ânkonsəsz(li)]

ESZPRESSZÓ espresso [eszpreszo], coffee-bar [kofibár]

észrevenni to notice [tu nótisz]; **nem vettem észre** I did not notice [áj did not nótisz]

észrevétel remark [rimárk]

étel *(ennivaló)* food [fúd]

ételkülönlegesség food speciality [fúd szpesieliti]

etetni to feed [tu fíd]

étkezde *(üzemi)* canteen [kentín], *(US)* caféteria [kefitíria]; eating-place [íting plészl], cook-shop [kuk-sop]

étkezés meal [míl]; ~ **előtt** before meals [bifór mílz]; ~ **után** after meals [áftər mílz]; ~**sel** with full board [vid fúl bórd], all meals included [ól mílz inklúdid]

27

étkezési idő meal-time [míl-tájm]
étkezőkocsi dining car [dájning kár], diner [dájnər]
étlap menu [menyú], bill of fare [bil ov feer]; ~ szerint à la carte [á lá kárt]
ÉTTEREM restaurant [restərón]; dining-room [dájning-rúm]
étvágy appetite [epitájt]
Európa Europe [júrəp]
európai European [júrəpíən]
év year [jiər]; ~ek óta for many years [for meni jiərz]; ~ekkel ezelőtt years ago [jiərz egó]; egész ~en át all (the) year round [ól (də) jiər raund]
évad season [szízn]
evangélikus Evangelical [ívendzselikəl]
évente, évenként yearly [jiərli], every year [evri jiər]
éves ... year(s) old [jiər(z) óld]; hány ~? how old is she/he [hau óld iz si/hi]?; 20 ~ vagyok I am 20 years old [ájm tventi jiərz óld]
evezés rowing [róing]
evező oar [ór]
évforduló anniversary [enivőrszəri]
évi yearly [jiərli]
evőeszköz cutlery [kâtləri]
evőkanál (table-)spoon [(tébl-)szpún]
evőkanálnyi tablespoonful [téblszpúnful]
évszak season [szízn]
evvel = ezzel
EXPRESS = Ifjúsági és Diák Utazási Iroda (Youth and Students Travel Bureau)
expressz levél express letter [ikszpresz letər], (US) special delivery [szpesl dilivəri]
expressz (vonat) express (train) [ikszpresz (trén)]
extra (benzin) extra [eksztrə]
ez this [disz]; mi ~? what is this [vac disz]?; ~ az! that is it [decc it]!; ~ alatt a szék alatt under this chair [ândər disz cseer]

ezalatt meanwhile [mínvájl]
ezek these [díz]; **~et a könyveket** these books [díz buksz]
ezelőtt ago [egó]; **két évvel ~** two years ago [tú jiərz egó] →**azelőtt**
ezenkívül besides [biszájdz]
ezer (a/one) thousand [(e/van) tauzənd]
ezért therefore [deerfór]; **~ a holmiért** for these things [for díz szingz]
ezredes colonel [kőrnl]
ezt this [disz]; **~ a könyvet** this book [disz buk]
ezüst silver [szilvər]
ezzel with this [vid disz]

F

f = *fillér* filler
fa *(élő)* tree [trí]; *(anyag, tüzelő)* wood [vud]
faág branch [bráncs]
fából out of wood [aut ov vud]
fácán pheasant [feznt]
fagy frost [froszt]
fagyálló folyadék anti-freeze mixture [enti-fríz miksz-csər], coolant [kúlənt]
FAGYLALT ice-cream [ájsz-krím]
fagylaltozó *(helyiség)* ice-bar [ájsz-bár]
fagypont freezing-point [frízing-pojnt]
faház chalet [selé], wooden cottage [vudn kotidzs]
fáj is aching [iz éking]; **~ a fejem** I have a headache [ájv e hedék]; **~ a torkom** I have a sore throat [ájv e szór szrót]
fajbor vintage wine [vintidzs vájn]
fájdalom pain [pén]
27*

fájdalomcsillapító pain-killer [pén-kilər]; *(fejfájás ellen)* sth against headache [szàmszing egenszt hedék]; *(fogfájás ellen)* sth against toothache [túszék]

fájni to ache [tu ék], to hurt [tu hört]; →**fáj**

fajta kind [kájnd], sort [szórt]

fal wall [vól]

falat bite [bájt]

FALATOZÓ snack-bar [sznek-bár]

falevél leaf [líf]

falfestmény wall-painting [vól-pénting]

fali csatlakozó electrical outlet [ilektrikəl autlit]; power point [pauər pojnt], wall-socket [vól-szokit]

falu village [vilidzs]; ~**n** in the country [in də kântri]

fánk doughnut [dónât]

fáradjon/fáradjanak ide! kindly step this way [kájndli sztep disz véj]!

fáradozásai(t) the trouble (you have taken) [də trâbl (ju hev tékn)]

fáradság trouble [trâbl]

fáradt tired [tájərd]

fáradtolaj waste-oil [vészt-ojl]

fáradtság tiredness [tájərdnisz]

faragott carved [kárvd]

fárasztó tiring [tájring]

farmernadrág (blue) jeans [(blú) dzsínsz]

farmotoros rear-engined [rír-endzsind]

farolás skidding [szkiding]

farsang carnival (time) [kárnivəl (tájm)]

fartő rump (of beef) [râmp (ov bíf)]

fasírozott mince(d meat) [minsz(t mít)], *(US)* Hamburg steak [hembörg szték], hamburger [hembörgər]

fasor alley [eli]

fatányéros mixed grill [mikszt gril]

fazék pot

fázni be/feel cold [bí/fíl kóld]; **fázik** is cold [iz kóld]

febr. február February [februəri]

fecske *(madár)* swallow [szvoló]; *(fürdőnadrág)* slip [szlip]

fecskendő syringe [szírindzs]

fedél lid

fedélzet *(hajóé)* deck [dek]; **a ~en** on board (ship) [on bórd (sip)]

fedett uszoda indoor swimming-pool [indór szwimming-púl]

fedezi a költségeket meets the expenses [mícc di ikszpensziz]

fegyver weapon [vepən]

fegyverviselési engedély gun-licence [gân-lájszənsz]

fehér white [vájt]

fehérbor white wine [vájt vájn]

fehérkenyér white bread [vájt bred]

fehérnemű linen [linin]; *(testi)* underwear [ândərveer]

fej head [hed]; **~enként** a/pər head [e/ pör hed]

fejes saláta lettuce [letisz]

fejezet chapter [cseptər]

fejfájás headache [hedék]

fejlemény development [divelədment]

fejlett developed [diveləpt]

fejlődés development [diveləpment]

fejlődni to develop [tu diveləp]

fejsze = **balta**

fejtámasz headrest [hedreszt]

fék brake [brék]

fekbér storage [sztóridzs]

fékbetét brake lining [brék lájning]

fekete black [blek]; *(kávé)* black coffee [blek cofi]

fékezni to put on the brake(s) [tu put on the brék(sz)]

fékfolyadék brake fluid [brék flúid]

fekhely couch [kaucs], *(hajón, hálókocsin)* berth [börsz]

féklámpa stop/brake light [sztop/brék lájt]

féknyom skid marks [szkid márksz]

fékpedál brake pedal [brék pedl]

fékpofák brake shoes [brék súz]

fekszik is lying [iz lájing]; **influenzával** ~ is down with the flu [iz daun vid də flú]; **Budapesttől keletre** ~ lies east of B. [lájz iszt ov B.] →**feküdni**

féktávolság (overall) stopping distance [(óvəról) sztoping disztənsz]

fektetni *(vmt)* to put down [tu put daun]; *(ágyba)* to put to bed [tu put tu bed]

fékút braking distance [bréking disztənsz]

feküdni to lie [tu láj]; **feküdtem** I was lying [áj voz lájing]

fekvés *(vidéké)* situation [szityuésn]

fekvő lying [lájing]

fekvőhely →**fekhely**

fekvőkocsi couchette [kusett]

fekvőszék deck-chair [dek-cseer]

fel up [âp]

fél¹ (1/2) half [háf]; ~ **óra** half an hour [háf en auər]; ~ **óra mú'va** in half an hour [in háf en auər]; ~ **egykor** at half past twelve [et háf pászt tvelv]

fél² *(ügyfél)* party [párti]

fél³ is afraid [iz efréd]; **attól**~**ek, hogy ...** I am afraid that [ájm efréd det] .. →**félni**

feladat task [tászk]

feladni *(levelet)* to post/mail (a letter) [tu pószt/mél (e letər)]; *(poggyászt)* to register/check (luggage) [tu redzsisztər/csek (lâgidzs)]

feladó *(levélé)* sender [szendər]; *(borítékon)* From:

feladott *(poggyász)* registered [redzsisztərd], checked [csekt]

feladóvevény registration form [redzsisztrésn form]

felajánlani to offer [tu ofər]

felakasztani to hang up [tu heng âp]

felállítani *(sátrat)* erect [tu irekt]

felállni to get/stand up [tu get/sztend âp]

felár extra charge [eksztrə-csárdzs]

féláru half-price [háf-prájsz]; **~jegy** half-fare ticket [háf-feer tikit]

félbeszakítani to interrupt [tu intərápt]

felbontani *(levelet, csomagot)* to open [tu ópn]

felborult has overturned [hez óvərtörnd]

félcipő shoes [súz]

féldrágakő semi-precious stone [szemi-presəsz sztón]

felé towards [təwórdz]; **ez az út ... felé?** is this the (right) way to [iz disz də (rájt) véj tu ...]?; **mikor indul a következő vonat ... felé?** when does the next train leave for ... [ven dáz də nekszt trén lív for ...]?

féle *(fajta)* kind [kájnd], sort [szórt]

felébredni to wake [tu vék]; **felébredt** he is up [hí iz áp]; he woke [hí vók]

felébreszteni to wake [tu vék]

felekezet denomination [dinəminésn]

félelem fear (of sth) [fiər (ov számszing)]

felelet answer [ánszər], reply [riplái]

felelni to answer [tu ánszər]; **nem felel** no reply [nó riplái]

felelős responsible [risponszəbl]

felelősség responsibility [riszponszəbiliti]; **saját ~ére** at one's own risk [et vanz ón riszk]

felelősségbiztosítás *(gépjármű)* Third Party Liability [szörd párti lájəbiliti], TPL [tí-pí-el], compulsory liability insurance [kəmpálszəri lájəbiliti insúrənsz]

felelőtlen irresponsible [iriszponszəbl]

félemelet mezzanine [mezənín]

felemelni to lift [tu lift]; *(földről)* to pick up [tu pik áp]

feleség wife [vájf]; **~ével** with his wife [vid hiz vájf]; **~ül venni** to marry [tu meri]

felesleges *(nem kell)* unnecessary [ânnesziszəri]; *(több)* superfluous [szjúpörfluəsz]

felett above [ebâv], over [óvər]

felfedezés discovery [diszkâvəri]

felfedezni to discover [tu diszkâvər]

felfelé up [âp]; *(folyón)* upstream [âpsztrím]

FÉLFOGADÁS office/business hours [ofisz/biznisz auərz]

felforr comes to the boil [kâmz tu də bojl]

felforralni to boil [tu bojl]; *(tejet)* to scald [tu szkóld]

felfújható inflatable [inflétəbl]

felfújni to inflate [tu inflét]

felfújt pudding [puding]

felgyújtani to set on fire [tu szet on fájər]; *(villanyt)* to switch/put on [tu szvics/put on]; **gyújtsa fel a lámpát** put on the light [put on də lájt]

felhasználni to use up [tu júz âp], to make use of [tu mék júz ov]; **fel nem használt** unused [ânjúszd]

felhatalmazás authorization [ószərájzésn]

felhívni *(telefonon)* to ring sby up [tu ring szâmbədi âp]; **felhívjuk a figyelmét** we call your attention (to) [vi kól jor etensn (tu)]

félhold half-moon [hálf-mún]

felhozni to bring up [tu bring âp]

felhő cloud [klaud]

felhőkarcoló skyscraper [szkájszkrépər]

felhős cloudy [klaudi]

felhőszakadás cloud-burst [klaud-börszt]

felhúzni *(cipőt stb.)* to put on [tu put on]; *(órát)* to wind (up) [tu vájnd (âp)]

félidő *(sport)* half-time [háf-tájm]

félig half [háf]

felirat inscription [inszkripsən]; *(utcán)* notice [nótisz]

felírni to write down [tu rájt daun]

felismerni to recognize [tu rekəgnájz]

feljárat, feljáró way up [vej âp]; *(autónak)* drive-(-way) [drájv(-véj)]

feljebb higher [hájər]

féljegy *(vasúti)* half-fare [háf-feer]

feljegyezni to note (down) [tu nót (daun)]

feljelenteni to report (to the police) [tu ripórt (tu də pəlísz)]

feljönni to come up [tu kâm âp]

felkelni *(ágyból, helyéről)* to get up [tu get âp]; *(nap, hold)* to rise [tu rájz]; **mikor akar ~?** when do you want to get up [ven du ju vont tu get âp]?

felkelteni *(álmából)* to wake (up) [tu vék (âp)]; **keltsen fel 7 órakor** please wake me up at 7 o'clock [plíz vék mí âp et szevn ə'klok]

felkeresni *(vkit)* to call on sby [tu kól on szâmbədi]; **feltétlen keressen fel!** you must look me up [ju mâszt luk mí âp]!

felkérni *(vmire)* to ask [tu ászk], to request [tu rikveszt]; *(táncra)* ask sby for a dance [ászk szâmbədi for e dánsz]; **felkérjük, hogy . . .** you are requested to [ju ár rikvesztid tu] . . .

félkiló half a kilo(gram) [háf e kilə(grem)]

felkínálni to offer [tu ofər]

felküldeni to send up [tu szend âp]; **küldjék fel, kérem, a szobámba** please, send it up to my room [plíz, szend it âp tu máj rúm]

fellebbezni to appeal [tu epíl]

fellépés appearance [epírənsz]

felmászni to climb (up) [tu klájm (âp)]

felmegy is going up [iz góing âp]; **~ek Londonba** I am going up to London [ájm góing âp tu Lândn]; **felment** he went up [hi vent âp] →**felmenni**

felmelegíteni *(ételt)* to warm up [tu vórm âp]

felmenni to go up [tu gó âp] →**felmegy**

felmondani to give notice [tu giv nótisz]

felmosni *(padlót stb.)* to wipe up [tu vájp âp]

felmutatni *(okmányt)* to produce [tu progyúsz]

félnehézsúly light heavy-weight [lájt hevivéjt]

félni to be afraid [tu bí əfréd] →**fél³**
felnőtt adult [edált], grown-up [grón-âp]
felolvasás lecture [lekcsər]
félóra half-hour [háf auər] →**fél¹**
felosztani to divide [tu divájd]
felől *(irány)* from
felöltő overcoat [óvərkót]
felöltöz(köd)ni to dress [tu dresz]
fél penzió half board [háf bórd]
felpróbálni to try on [tu tráj on]; **felpróbálhatom?** may I try it on [méj áj tráj it on]?
felrázandó to be shaken [tu bí sékn]
felrázni to shake (up) [tu sék (âp)]
félreállni to stand aside [tu sztend eszájd]
félreérteni to misunderstand [tu miszândərsztend]
félreértés misunderstanding [miszândərsztending]; **egy ~ folytán** due to a misunderstanding [gyú tu e miszândərsztending]
félretenni *(jegyet)* to reserve [tu rizőrv]
félrevezetni *(átv)* to mislead [tu miszlíd]
félrevezető misleading [miszlíding]
felrobbanni to blow up [tu bló âp]; **felrobbant** it exploded [it ikszplódid]
felsorolni to list [tu liszt]
felső upper [âpər]; **a ~ ágy** the upper berth [di âpər börsz]; **~ kar** upper arm [âpər árm]; **a ~ rész(én)** (on) the upper part [(on) di âpər párt]
felsőkabát overcoat [óvərkót]
felszállás 1. *(járműre)* →**beszállás 2.** *(repgépé)* take-off [ték-óf]
felszállni 1. *(köd)* to lift [tu lift]; *(repgép)* to take off [tu ték óf] **2.** *(járműre)* →**beszállni**
felszállópálya *(repgépé)* runway [rânvéj]
felszámítani to charge [tu csárdzs]
felszerelés outfit [autfit], equipment [ikvipment]; *(horgász stb.)* tackle [tekl]

91 **felvágni**

felszerelni *(vmvel)* to provide (with) [tu prəvájd (vid)]; *(gépet)* to install [tu insztól]
félsziget peninsula [pininszjulə]
felszín surface [szőrfisz]
felszolgálás service [szőrvisz]
felszolgálni to serve up [tu szörv âp]
felszolgálónő waitress [vétrisz]
felszólítás call [kól]
feltankolni to fill up [tu fil âp], *(US)* gas up [gesz âp]
féltékeny jealous [dzseləsz]
feltenni *(vmre)* to put on [tu put on]; *(feltételezni)* to suppose [tu szəpóz]; *(kérdést)* to put (a question) [tu put (e kvesz-csən)]; **tegyük fel** let us suppose (that) [let âsz szəpóz (det)]
feltétel condition [kəndisn]
feltételes megálló(hely) request stop [rikveszt sztop]
feltételezni to suppose [tu szəpóz]
feltétlen(ül) by all means [báj ól mínz]
feltéttel *(hús)* with a slice of meat [vid e szlájsz ov mit]
feltéve (hogy) provided that [prəvájdid det]
feltüntetni *(vmit)* to indicate [tu indikét]; **kérem ~...** please state below [plíz sztét biló]
felújítani to renew [tu rinyú]
félúton half-way [háf-véj]
felügyelet nélkül(i) unattended [ânətendid]
felül *(vmin rajta)* on top; *(vmi fölött)* over [óvər]; **ezen ~** in addition [in edisn], besides [biszájdz]
felület surface [szőrfisz]
felüljáró overpass [óvərpász], overhead crossing [óvərhed kroszing]; flyover [flájóvər]
felülről from above [from ebâv]
felülvizsgálni to revise [tu rivájz], to check [tu csek]
felvágni to cut up [tu kât âp], *(szeletekre)* to slice [tu szlájsz]

felvágott *(hideg)* cold meat [kóld mít]

felváltani *(pénzt)* to change (money) [tu cséndzs (mâni)]; **fel tudná váltani ...?** could you give me change for [kud ju giv mí cséndzs for] ...?

felváltva by turns [báj törnz]

felvenni to pick/lift up [tu pik/lift âp]; *(pénzt bankban)* to draw (money at a bank) [tu dró (mâni et e benk)]; *(ruhát)* to put on (clothes) [tu put on (klódz)]; *(lemezre, magnóra)* to record [tu rikórd]; **melyik ruhát vegyem fel?** which dress shall I wear [vics dresz sel áj veer]?

felvétel *(fénykép)* photo(graph) [fóte(gráf)]; *(lemez, magnó)* recording [rikórding]; *(személyé vhova)* admission [edmisən]

felvilágosítás information [infərmésən]; *(tudakozóhely)* inquiry office [inkvájəri ofisz]; **~ utazási ügyekben** travel information [trevl infərmésən]

felvinni carry up [keri âp], take up [ték âp]; **vigye fel a szobámba, kérem!** please take it up to my room [plíz ték it âp tu máj rúm]!

felvonás act [ekt]

felvonó lift, *(US)* elevator [elivétər]

felvonulás demonstration [demənsztrésn]

fém metal [metl]

fenék, feneke bottom [bɔtəm]

fenn up [âp]; **már ~ van?** is he up yet [iz hi âp jet]?; **~ (az emeleten)** upstairs [âpszteerz]

fennakadás hitch [hics]

fennáll exists [igzîszc]

fennmaradni to stay up [tu sztéj âp]

fennmaradó remaining [riméning]; **a ~ összeg** the balance [də belənsz]

fenntartani to maintain [tu méntén]; *(helyet)* to reserve [tu rizőrv]

fenntartott, fenntartva reserved [rizőrvd]; **~ hely** reserved seat [rizőrvd szít]

fent →fenn
fény light [lájt]
fénycső strip-lighting [sztrip-lájting]
fenyegető(en) threatening(ly) [szretning(li)]
fényjelzés light signal [lájt szignl]
fényjelző készülék traffic lights [trefik lájc]
fénykép photo [fótó]; *(amatőr)* snapshot [sznepsot]; csináltam ~eket I took pictures (of) [áj tuk pikcsərz (ov)]
fényképész photographer [fətógrəfər]
fényképezni to take photo(graph)s [tu ték [fótə(gráf)sz]
FÉNYKÉPEZNI TILOS no photographs to be taken [nó fótəgráfsz tu bí tékn]
fényképezőgép camera [kemərə]
fényképmásolat print
fénymérő light/exposure meter [lájt/ikszpózsər mítər]
fenyő(fa) pine(-tree) [pájn(-trí)]
fényreklám sky-sign [szkáj-szájn]
fénysorompó flashing lights [flesing lájc]
fényszóró headlight [hedlájt], headlamp [hedlemp]
fényszóróbeállítás lighting adjustment [lájting edzsásztmənt]
fényűző luxurious [lâgzjúriəsz]
fényvisszaverő reflecting [riflekting]
fér *(vmbe)* goes into [góz intu] →befér
férfi man [men]; ~ számok men's events [menz ivenc]
férfi- men's [menz]
FÉRFIAK gentlemen [dzsentlmen], men
férfidivatáru men's wear [menz veer]
férfidivatáru-üzlet men's shop [menz sop]
FÉRFI FODRÁSZ men's hairdresser [menz heerdreszər]
férfiruha gentlemen's wear [dzsentlmenz veer]
férj husband [hâzbənd]; a ~em my husband [máj hâzbənd]; ~hez menni to marry [tu meri

férjes, férjezett married (woman) [merid (vumən)]
férőhely room [rúm]; *(szállás)* accommodation [əkomədésn]; **ötven ~** accommodation for fifty people [əkomədésn for fifti pípl]
fertőtleníteni to disinfect [tu diszinfekt]
fertőzés infection [infeksn]
fertőző infectious [infeksəsz]
festék paint [pént]
festeni to paint [tu pént]; *(hajat, kelmét)* to dye [tu dáj]
festmény painting [pénting]
festő painter [péntər]
fésű comb [kóm]
fésülködni to do/comb one's hair [tu dú/kóm vanz heer]
fesztáv span [szpen]
fesztivál festival [festivəl]
feszültség voltage [vóltidzs]
feszültségszabályozó voltage regulator [voltidzs regjulétər]
fia *(vkinek)* son [szán]
fiatal young [jáng]
fiatalember young man [jáng men]
fiatalok young people [jáng pipl]
ficam *(boka, csukló)* sprain [szprén]; dislocation [diszləkésn]
figyel →figyelni
figyelem attention [etensn], interest [intriszt]; **~ !** attention [etensn]!; **~be venni** to take into consideration [tu ték intu kənsidərésn]
figyelmes attentive [etentiv]
figyelmeztetés warning [vórning]
figyelmeztető háromszög warning triangle [vórning trájengl]
figyelni *(vmit, vkit)* to watch [tu vacs]; *(vmire)* to pay attention (to) [tu péj etensn (tu)]

filctoll felt-tip pen
film film
filmcsillag film star [film sztár]
filmfelvevő cinecamera [színikemərə]
filmhíradó newsreel [nyúzríl]
FILMSZÍNHÁZ cinema [színimə], *(US)* movie [múvi]
filmtekercs roll-film [ról-film]
finn Finn(ish) [fin(is)]
Finnország Finland [finlend]
finom *(étel)* delicious [dilisəsz]
fiók *(bútoré)* drawer [drór]
fiókiroda branch office [bráncs ofisz]
fiú boy [boj], *(fia)* son [szán]
fivér brother [brâdər]
fizetendő payable [péjəbl]
fizetés pay [péj]; ~ **nélküli** unpaid [ânpéjd]; ~ **nélküli szabadság** leave without pay [lív vidaut péj]
fizetni to pay [tu péj]; **fizetek !** the bill please [də bil plíz]
fizetőeszköz means of payment [mínz ov péjmənt]
fizetőparkoló controlled parking [kəntróld párking], *(US)* regulated parking ¦[regjulétid —]; parking-meter zone [párking-mítər zón]
fizetőpincér headwaiter [hedvétər]
fizetővendég paying-guest [péjing-geszt]
FIZETŐVENDÉG-SZOLGÁLAT paying-guest service [péjing-geszt szőrvisz]
fizetve paid [péd]
flekken barbecue [bárbikjú]
fodrász hairdresser [heerdreszər]; *(üzlet)* hairdresser's (shop) [heerdreszərz (sop)]
FODRÁSZ(SZALON) hairdressing saloon [heerdreszing səlún]
fog[1] *(szájban)* tooth [túsz]; ~**ak** teeth [tísz]; **fáj a** ~**a** has toothache [hez túszék]; ~**at húzat** has a tooth out [hez e túsz aut]

fog² *(jövő idő)* will [vil]; **oda ~ok menni** I shall go there [ájl gó deer]

fog³ →fogni

fogadás reception [riszepsn]

fogadni to receive [tu riszív]; *(elfogadni)* to accept [tu ekszept]; **fogad 3—5-ig** Consulting Hours 3—5 p.m. [kənszálting auəz from szrí tu fájv pí-em]

fogadó *(vendéglő)* inn [in]

fogadóóra consulting hours [kənszálting auəz]

fogadtatás reception [riszepsn]; **meleg ~ban részesítettek** they gave us a warm welcome [déj gév áz e vórm velkəm]

fogantyú handle [henl]

fogas¹ rack [rek]

fogas² *(hal)* pikeperch [pájk pörcs]

fogás *(étel)* dish [dis], course [kórsz]

fogaskerekű vasút cog-wheel railway [kog-víl rélvéj], rack-railway [rek—]

fogfájás toothache [túszék]

foghúzás extraction of a tooth [iksztreksən ov e túsz]

fogkefe tooth-brush [túsz-brás]

fogkrém tooth-paste [túsz-pészt]

foglal →foglalni

foglalat socket [szokit]

foglalkozás profession [prəfesn], occupation [okjupésn]; **mi a ~a?** what is he [vac hí]?

foglalkozik *(vmivel)* is engaged in [iz ingédzsd in]

foglalni to reserve [tu rizörv]; to book [tu buk]; **foglaltam szobát** I have booked a room [ájv bukt e rúm]; **foglaljon helyet!** sit down, please [szit daun, plíz]!

foglaló deposit [dipozit]

FOGLALT *(asztalon)* reserved [rizörvd]; *(ajtón)* engaged [ingédzsd]; **ez a hely ~** this seat is taken [disz szít iz tékn]; **a vonal ~** number engaged [nâmbər ingédzsd], *(US)* line busy [lájn bizi]

fogni to hold [tu hóld]; *(vmit megfogni)* to catch [tu kecs]
fogó pliers [plájərz]
fogoly *(madár)* partridge [pártridzs]
fogorvos dentist [dentiszt]
fogpiszkáló toothpick [túszpik]
fogsor *(hamis)* denture [dencsər]
fogva *(időben)* from, since [szinsz]; **mától** ~ from now on [from nau on]
fogy *(ember)* is losing weight [iz lúzing véjt]; *(áru)* is selling fast [iz szeling fászt]
fogyasztani *(ételt)* to consume [tu kənszjúm]
fogyasztási cikkek consumer(s)' goods [kənszjúmər(z) gudz]
fogyni *(csökkenni)* to decrease [tu díkrísz] →**fogy**
fogyókúra slimming cure [szlíming kjúr]
fok *(beosztásban)* degree [digrí]; *(lépcsőé)* step [sztep]
fokhagyma garlic [gárlik]
fokozódni to increase [tu inkrísz], to grow [tu gró]
folt *(pecsét)* stain [sztén]
folttisztító(szer) stain remover [sztén rimúvər]
folyadék fluid [fluid]
...folyamán in the course of ... [in də kórsz ov ...]
folyamat process [prószesz]; **~ban van** be in progress [bí in prógresz]
folyamatos(an) continuous(ly) [kəntinyuəsz(li)]
folyékony liquid [likvid]
folyékonyan fluently [flúəntli]
folyik is flowing [iz flóing]
folyó river [rivər]; **a ~ban** in the river [in də rivər]
folyó hó current/this month [kârənt/disz mânsz]
folyóirat periodical [píriodikəl]
folyópart river-bank [rivər-benk]
folyosó corridor [koridór]
folyószámla current account [kârənt əkaunt], *(US)* bank account [benk əkaunt]

28

folyóvíz *(csapról)* running water [râning vótər]
...**folytán** due to... [gyú tu...]
folytatás continuation [kəntinyuésn]; **~a következik** to be continued [tu bí kəntinyúd]
folytatni to continue [tu kəntinyú], **to carry on** [tu keri on]; **folytassa (csak)** go on (please) [gó on (plíz)]; **folytatta útját** he continued his journey [hi kəntinyúd hiz dzsőrni]
fonal yarn [járn]
fonódó forgalom merging traffic [mőrdzsing trefik]
font pound [paund]
fontos important [impórtənt]; **a legfontosabb az hogy** the main thing is that [də mén szing iz det]
fordítani to turn [tu tőrn]; *(nyelvileg)* to translate (into) [tu trenszlét (intu)]
fordulni to turn [tu törn]; **önhöz fordulok tanácsért** I turn to you for advice [áj törn tu ju for ədvájsz]; **forduljon balra!** turn to the left [törn tu də left]!
forduló *(futball)* round [raund]
forgalmas busy [bizi]
forgalmi: ~ **adó** purchase tax [pőrcsəz teksz]; ~ **akadály/dugó** traffic block/jam [trefik blok/dzsem]; ~ **engedély** car licence [kár lájszənsz]; registration book [redzsisztrésn buk], *(US)* automobile registration [ótəmóbil redzsisztrésn]; ~ **iroda** station office [sztésn ofisz]; ~ **jelzőlámpa** traffic-lights [trefiklájc]; ~ **sáv/nyom** traffic lane [trefik lén]
forgalom *(utcai)* traffic [trefik]; *(üzleti)* turnover [törnóvər]
forgalomirányítás traffic control [trefik kəntról]
forgalomkorlátozás traffic restriction [trefik risztriksn]
forgatni to turn [tu törn]; *(filmet)* to shoot [tu sút]
forgóajtó revolving door [rivolving dór]
forint forint; ...~**ért** for ... forints [for ... forinc]
forintutalvány forint order [−ordər]
forma form

formaságok formalities [fórmelitiz]
forogni to revolve [tu rivolv]
forr is boiling [iz bojling]
forrás *(víz)* spring [szpring]
forrásvíz spring-water [szpring-vótər]
forrasztani to solder [tu szóldər]
forrasztópáka soldering iron [szóldəring ájən]
forrni to boil [tu bojl] →**forr**
forró hot
fotocikkek photographic supplies [fótəgrefik szəplájz]
fő¹ *(tűzön)* is boiling [iz bojling]
fő² *(fontos)* main [méjn], chief [csíf], important [impórtənt]; **a ~** the main (thing) [də méjn (szing)]
főbejárat main entrance [méjn entrənsz]
főelőadó executive [igzekjutiv]
fő- és mellékútvonalak main and subsidiary roads [méjn ənd szəbszídjəri ródz]
főforgalmi út →**főútvonal**
főhálózati út trunk road [trânk ród]
főidény high season [háj szízən]
főiskola (university) college [(junivőrsziti) kolidzs]
főiskolai hallgató student [sztyúdənt]
föl ... →**fel ...**
föld earth [örsz]; **~et érni** to land [tu lend]; **a ~ön** on the ground [on də graund], on the floor [on də flór]
földalatti underground (railway) [ândərgraund (rélvéj)]; *(londoni)* tube [tyúb]; *(US)* subway [szâbvéj]
földalatti-állomás underground station [ândərgraund sztésn], tube station [tyúb—]
Földközi-tenger the Mediterranean (Sea) [də meditərényən (szí)]
földművelés agriculture [egrikâlcsər]
földműves-szövetkezet farmers' cooperative [fárm-ərz kóopərətiv]
földrengés earthquake [örszkvék]

földrész continent [kontinənt]

földszint ground floor [graund flór]; *(színházban, elöl)* stalls [sztólz]; *(hátrább)* pit

földszintes one-storied [vân-sztórid]

földút dirt/earth road [dört/örsz ród]

fölé over [óvər], above [ebâv]

főleg chiefly [csífli], mainly [méjnli]

főnök principal [prinszəpəl], boss [bosz]

főorvos head physician [hed fizisn]

főpincér headwaiter [hedvéjtər]

főpróba dress rehearsal [dresz rihőrszl]

főszezon high season [háj szízn]

a **főtéren** on the main square [on də méjn szkveer]

főtitkár general secretary [dzsenərəl szekrətri]

főtt boiled [bojld]; ~ **tojás** boiled egg [bojld eg]

főutca High/Main Street [háj/méjn sztrít]

főútvonal *(országos nemzetközi)* main/principal road [méjn/prinszəpəl ród], *(US)* main highway [méjn hájvéj]; *(városban, elsőbbséggel)* priority road [prájoriti ród], major road [médzsər ród]

főváros capital [kepitl]

főzelék vegetable (dish) [vedzstəbl (dis)]

főzési lehetőség cooking facilities [kuking fəszilitiz]

főzni *(ételt)* to cook [tu kuk]; *(kávét, teát)* to make [tu mék]

főző *(gáz)* (gas-)cooker, (gas-)stove [(gesz-)kukər, (gesz-)sztóv]; **kétlapos** ~ two-burner cooker/stove [tú-börnər kukər/sztóv]

főzőhely cooking facility [kuking fəsziliti]

frakk dress coat [dresz kót]

francia French [frencs]

franciák the French [də frencs]

franciakulcs monkey-wrench [mânki-rencs]

Franciaország France [fránsz]

franciául: beszél ~? do you speak French [du ju szpík frencs]?

friss fresh [fres]
FRISSEN MÁZOLVA wet paint [vet pént]
frissitők light refreshment(s) [lájt rifresmənt(sz)]
frizura hair-do [heer-dú]
frizsider refrigerator [rifridzsərétər], fridge [fridzs]
frottirtörülköző Turkish towel [tőrkis tauəl]
fröccs wine-and-soda [vájn-ənd-szódə]
fsz. = *földszint* ground-floor [graund-flór]
Ft. = *forint* forint
fújni to blow [tu bló]; **fúj a szél** there is a (strong)
   wind [deerz e (sztrong) vind]
furcsa strange [sztréndzs]
fúró drill
fut is running [iz râning]
futam heat [hít]; round [raund], lap [lep]
futball football [futból], soccer [szokər]
futballpálya football field/ground [futból fíld/graund]
futni to run [tu rân] →**fut**
futófelület tread [tred]
futószámok *(sport)* track events [trek ivenc]
futószerkezet under-carriage [ândər-keridzs]
futó-, ugró- és dobó számok track and field events
   [trek end fíld ivenc]
fuvar freight [fréjt]
fuvardíj fare [feer]
fuvarlevél waybill [véjbil]
fuvarozás transportation [trenszpərtésn]
fúvóka nozzle [nozl], jet [dzset]
fű grass [grász]
füge fig
függ *(vmitől)* it depends on [it dipendz on]
függelék *(könyvhöz)* supplement [szâplimənt]
független independent [indipendənt]
függni to hang [tu heng]; **attól függ hogy . . .** it depends
   on [it dipendz on] . . .
függőleges vertical [vörtikl]

függöny curtain [körtn]
függővasút suspension railway [szəszpensən rélvéj], *(US)* tramway [tremvéj]
fül ear [íər]
fülbevaló ear-ring [íərring]
fülhallgató ear-phone [íər-fón]
fülke *(vasúti)* compartment [kəmpártment]; *(hajón)* cabin [kebin]; *(telefon)* box [boksz], booth [búsz]
fürdés bathing [bézing]
fürdési lehetőség bathing facilities [bézing fəszilitiz]
fürdik *(kádban)* is taking/having a bath [iz téking/heving e bász]; *(szabadban)* is bathing [iz bézing]
fürdő bath [bász]
fürdőhely watering-place [vótəring-plész], spa [szpá]
fürdőidény bathing season [bézing szízn]
fürdőkád bath (tub) [bász (tâb)]
fürdőköpeny bathing wrap [bézing rep], *(US)* bath-robe [bász-rób]
fürdőnadrág swim trunks [szvim trânksz]
fürdőruha bathing-suit [bézing-szjút], swim-suit [szvim-szjút]
fürdősapka swimming-cap [szvíming-kep]
fürdőszoba bathroom [bászrum]; **fürdőszobával** with private bath [vid prâjvit bász]
FŰRE LÉPNI TILOS keep off the grass [kíp óf də grász]
fűrész saw [szó]
fürödni *(kádban)* to take/have a bath [tu ték/hev e bász]; *(szabadban)* to bathe [tu béz] →**fürdik**
fürt *(szőlő)* bunch (of grapes) [bâncs (ov grépsz)]
füst smoke [szmók]
füstköd smog [szmog]
füstölt *(hús)* smoked [szmókt]
füstszűrős filter-tipped [filtər-tipt]
fűszer spice [szpájsz]

FŰSZER, CSEMEGE grocer's (shop) [grószərz (sop)], delicatessen [delikəteszn]

fűszeres 1. *(étel)* spicy [szpájszi] **2.** *(kereskedő)* grocer [grószər]

fűszerüzlet grocer's (shop) [grószərz (sop)]

fűteni to heat [tu hít]

fűtés heating [híting]

fűtetlen unheated [ânhítid]

fűtőtest radiator [rédiétər]

fütyülni to whistle [tu viszl]

füzet exercise-book [ekszəszájz-buk]; *(nyomtatvány)* booklet [buklit]

füzetjegy book of tickets [buk ov tikic]

fűz(fa) willow [viló]

fűző *(női)* girdle [gördl]; *(cipőbe)* lace(s) [lész(isz)]

G

g = gramm gram [greml]

gabona corn [korn]

galamb pigeon [pidzsin]

gallér collar [kolər]

galuska noodles [núdlz]

garancia guarantee [gerənti]

garantálni to guarantee [tu gerənti]

GARÁZS garage [gerázs]

garazsírozni to garage [tu gerázs]

garázsmester garage foreman [gerázs fórmən]

garbóing garbo shirt [gárbó sört]

gát dam [dem]; *(akadály)* obstacle [obsztəkl]

gátfutás hurdles [hördlz]

gáz gas [gesz]; **~t ad** to step on the gas [tu sztep on də gesz]

gázbojler gas water-heater/boiler [gesz vótər-hitər/ bojlər]

gázcserepalack gas cartridge [gesz kártridzs]

gazda, gazdálkodó farmer [fármər]

gazdag rich [rics]; *(vmiben)* abundant [əbândənt]

gazdaság farm [fárm]

gazember rascal [rászkəl]

gázfőző gas stove/cooker [gesz sztóv/kukər], *(főzőlap)* gas ring [gesz ring]

gázkályha gas-stove [gesz-sztóv]

gázlámpa gaslight [geszlájt]

gázló ford [fórd]

gázolaj Diesel oil [dízəl ojl]

gázolás street accident [sztrít ekszident]

gázolt és továbbhajtott hit and run [hit end rân]

gázóra gas meter [gesz mítər]

gázöngyújtó gas/butane lighter [gesz/bjutén lájtər]

gázpalack gas container/cylinder [gesz kənténər/szilindər]

gázpedál accelerator (pedal) [ekszelərétər (pedl)]

gége throat [szrót]

generáljavítás (general) overhaul [(dzsenərəl) óvərhól]

generálozni to overhaul [tu óvərhól]

generátor generator [dzsenərétər], dynamo [dájnəmó]

gennyes purulent [pjúrulənt]

gép machine [məsín]

gépelni to type [tu tájp]

gépeltérítés hijacking [hájdzseking]

gépesített mechanized [mekənájzd]

gépész engineer [endzsinír]

gépészmérnök mechanical engineer [mikenikəl endzsinír]

gépíró(nő) typist [tájpiszt]

gépjármű (motor) vehicle [(motər) víəkl]

gépjármű-biztosítás car insurance [kár insúrənsz]

gépjárműforgalom vehicular traffic [vihikjulər trefik]

gépjárművezető driver [drájvər]
gépjárművezetői igazolvány driving license [drájving lájszənsz]
gépjárművezetői vizsga driving test [drájving teszt]
gépkocsi motorcar [motər-kár], *(US)* automobile [ótəmóbil]
gépkocsi-kölcsönzés car-hire [kár-hájər], *(US)* car rental [kár rentl]
gépkocsikölcsönző rent-a-car service [rent-e-kár szörvisz], car rental [kár rentl]
gépkocsiokmányok vehicle documents [viəkl dokjumenc]; *(US)* registration papers [redzsisztrésn pépərz]
gépkocsitulajdonos vehicle owner [viəkl ónər]
gépkocsi-vámigazolvány *(nemzetközi)* "Carnet de Passage en Douane"
gépkocsivezető driver [drájvər]
géprablás hijacking [hájdzseking]
gerelyvetés throwing the javelin [szróing də dzsevlin]
gerenda beam [bím]
gerinc *(emberi)* spine [szpájn]; *(hegyé)* ridge [ridzs]
gesztenye chestnut [csesztnât]
gesztenyepüré chestnut purée [csesztnât pjuré]
géz gauze [góz]
gitár guitar [gitár]
gól goal [gól]; **~t rúg** score a goal [szkór e gól]
golf golf
golfozni to play golf [tu pléj golf]
golfpálya golf-course/links [golf-kórsz/linksz]
golfütő golf club [golf kláb]
gólya stork [sztórk]
golyóscsapágy ball-bearing [ból-beering]
golyóstoll ball(-point) pen [ból(-pojnt) pen]
golyóstoll-betét refill [rífil]
gomb button [bâtn]
gomba *(ehető)* mushroom [mâsrum]

gombaleves mushroom soup [mâsrum szúp]
gombóc dumpling [dâmpling]
gombostű pin
gond worry [vâri]
gondatlanság negligence [neglidzsənsz]
gondnok caretaker [keertékər], warden [vórdn]
gondol → gondolni
gondolat idea [ájdiə], thought [szót]
gondolkozni to think [tu szink]; **gondolkozom rajta**
  I will think about it [ájl szink ebaut it]
gondolni *(vkire, vmire)* to think of (sby, sth) [tu
  szink ov (szâmbədi, szâmszing)]; *(vmit)* to think
  (sth) [tu szink (szâmszing)]; **mire gondol?** what are
  you thinking of [vot ár ju szinking ov]?; **azt
  gondoltam** I thought (that) [áj szót (det)]
gondos(an) careful(ly) [keerful(i)]
gondoskodni (. . . *ról, -ről*) to provide (for) [tu prəvájd
  (for)]; **majd gondoskodom róla, hogy . . .** I shall
  see to it that [ájl szí tu it det] . . .
gondozni to look after [tu luk áftər]; to attend to [tu
  etend tu]
goromba rude [rúd]
gót(ikus) Gothic [gotik]
gödör pit [pit], hole [hól]
gödrös bumpy [bâmpi]
gömbölyű round [raund]
görcs *(testi)* spasm [szpezm]; *(izomé)* cramp [kremp]
görög Greek [grík]
görögdinnye water-melon [vótər-melən]
Görögország Greece [grísz]
gőzfürdő steam bath [sztím bász]
gőzhajó steamer [sztímər]
gőzös steamer [sztímər]
gr=*gramm* gram(me) [grem]
gramofonlemez (gramophone) record [(greməfón) re-
  kórd]

gratuláció congratulation [kəngretyulésn]
gratulálok! congratulations [kəngretyulésnz]!
grill night-club [nájt-klâb]; *(vendéglő)* grill(room) [-rum]
grill-csirke broiled chicken [brojld csikən]
gulyás goulash
gulyásleves goulash soup [szúp]
gumiabroncs (pneumatic) tyre [(nyúmetik) tájər]; *(US)* tire [tájər]
gumicsizma rubber boots [râbər búc]
gumidefekt blow-out [bló-aut], puncture [pânkcsər];
~**et kaptam** I have got a flat tire [ájv got e flet tájər]
gumikopás tread wear [tred veer]
gumimatrac air bed [eer bed]
guminyomás air pressure [eer presər]
gumiobjektív zoom lens [zúm lenz]
gumiszalag elastic band [ilesztik bend]
gumitalp rubber sole [râbər szól]
gurulni to roll [tu ról]
gurulóülés sliding seat [szlájding szít]
gusztustalan disgusting [diszgâsztiŋg]
gutaütés stroke [sztrók]

Gy

gyakori frequent [fríkvənt]
gyakorlat practice [prektisz]
gyakorlatilag practically [prektikəli]
gyakorlott experienced [ikszpíriənszt]
gyakorolni to practise [tu prektisz]
gyakran often [ofn]

gyalog on foot [on fut]; ~ **menni** to walk [tu vók]
gyalogátkelőhely pedestrian crossing [pidesztriən kroszing]
gyalogolni to go on foot [tu gó on fut], to walk [tu vók]
gyalogos pedestrian [pidesztriən]
gyalogtúra walking tour [vóking túr]
gyalogút foot-path [fut-pász]
gyanús suspicious [szəszpisəsz]
gyapjú wool [vúl]
gyapot cotton [kotn]
gyár factory [fektəri], plant [plánt]
gyári munkás factory worker [fektəri vörkər]
gyártani to manufacture [tu menyufekcsər]
gyártás production [prədâksn]
gyártásvezető producer [prəgyúszər]
gyártmány product [prədâkt]; make [mék]
gyász mourning [mórning]
gyékény(szőnyeg) mat [met]
gyémánt diamond [dájəmənd]
gyenge weak [vík]
gyengül fail [féjl]
gyeplabda hockey [hoki]
gyere !, gyertek ! come (along) [kâm (elong)] !; ~ **ide !** come here [kâm hír] ! →**jönni**
gyermek child [csájld]; ~**ek** children [csildrən]; ~**einek száma** number of children [nâmber ov csildrən]
gyermekágy *(fekhely)* cot [kot]
gyermekjátszótér children's playground [csildrənz pléjgraund]
gyermekjegy children's ticket [csildrənz tikit]
gyermek-menetdíj children's fare [csildrənz feer]
gyertya candle [kendl]; *(autóban)* (sparking-)plug [(szpárking-)plág]
gyerünk ! let's go [lec gó] !
gyík lizard [lizəd]
gyilkosság murder [mördər]

gyógyforrás spa [szpá], medicinal spring [medíszinl szpring]

gyógyfürdő medicinal bath [medíszinl bász]; *(hely)* watering-place [vótəring-plész], spa [szpá]

gyógyhely health resort [helsz rizórt]

gyógyítani to cure [tu kjúr]

gyógykezelésre for medical treatment [for medikəl trítmənt]

gyógymód therapy [terəpi]

gyógyszer medicine [medszin]; **~t szed** take medicine [ték medszin]

gyógyszertár chemist's (shop) [kemiszc (sop)], pharmacy [fárməszi], *(US)* drugstore [drâgsztór]

gyógyulás recovery [rikâvəri]

gyógyvíz medicinal water [medíszinl vótər]

gyomor stomach [stâmək]

gyomorégés heartburn [hártbörn]

gyomorfájás stomach-ache [sztâmək-ék]

gyomorfekély ulcer of the stomach [âlszər ov də sztâmək]

gyomorrontás indigestion [indidzseszcsən]

gyors quick [kvik]; *(vonat)* fast (train) [fászt (trén)]

gyorsan quickly [kvikli], fast [fászt]

gyorsáru express goods [ikszpresz gudz]

gyorsaság speed [szpíd]

gyorsbüfé quick-lunch bar [kvik-láncs bár]

gyorsforgalmi út →autópálya

gyorshajtás speeding [szpíding]

gyorsítani to accelerate [tu ekszelərét], to speed up [tu szpíd âp]

gyorsító sáv acceleration lane [ekszelərésn lén]

gyorsjárat express bus service [ikszpresz bâsz szörvisz]

GYORSKISZOLGÁLÓ BOLT Quick Service Shop [kvik szörvisz sop]

gyorslift express lift/elevator [ikszpresz lift/elivétər]

gyorspisztoly *(ötalakos)* rapid-fire pistol [repid-fájər pisztl]

gyorsul *(jármű)* is picking up speed [iz píking áp szpíd]

gyorsulás acceleration [ekszelərésn]

gyorsúszás free-style swimming [frí-sztájl szvimming]

gyorsvonat fast train [fászt trén]

gyökér root [rút]

gyöngy pearl [pörl]

gyönyörű lovely [lâvli]

győzelem victory [víktəri]

győzni to win [tu vin]; **győzött!** he won [hi von]!

győztes *(sportban)* winner [vinər]

gyufa match(es) [mecs(iz)]; **gyufát gyújtani** to strike a light/match [tu sztrájk e lájt/mecs]

gyufaskatulya match-box [mecs-boksz]

gyújtani *(tüzet)* to light (a fire) [tu lájt (ə fájər)]; **cigarettára ~** to light a cigarette [to lájt ə szigəret]; **nem gyújt** *(a motor)* it does not fire [it dáznt fâjər], it misfires [it miszfájərz]; **gyújtson villanyt!** put/switch on the light [put/szvics on də lájt]!

gyújtás *(motorban)* ignition [ignisn]

gyújtásbeállítás ignition/spark adjustment [ignisn/szpárk edzsâsztment]

gyújtáselosztó (ignition) distributor [(ignisn) disztribjutər]

gyújtáskapcsoló ignition switch [ignisn szvics]

gyújtáskulcs ignition key [ignisn kí]

gyújtógyertya spark(ing)-plug [szpárk(ing)-plâg]

gyulladás inflammation [infləmésn]

gyűjtemény collection [kəleksn]

gyűjteni to collect [tu kəlekt]

gyülekezőhely meeting place [míting plész]

gyűlés meeting [míting]

gyümölcs fruit [frút]

gyümölcsbolt fruiterer's (shop) [frútərərz (sop)]

gyümölcsíz jam [dzsem]

gyümölcslé juice [dzsúsz]

gyümölcsös(kert) orchard [*ór*csəd]
gyűrhetetlen crease-resistant [krísz-rizisztənt]
gyűr(őd)ött creased [kríszt]
gyűrű ring
gyűszű thimble [szimbl]

H

H. = *hétfő* Monday [mândi]
ha if
hab *(szappan)* lather [lâdər]; *(tejszín)* whipped-cream [vipt-krím]
háború war [vór]
habzóbor sparkling wine [sp*ár*kling vájn]
hacsak lehet if possible [if poszəbl]
hacsak nem unless [ânlesz]
hadd lássam! let me see [let mí szí]
hadnagy lieutenant [leftenənt, *(US)* lútenənt]
hágó mountain pass [m*au*ntin pász]
hagyma onion [ânyən]
hagymás rostélyos roast beef with fried onions [rószt bíf vid frájd ânyənz]
hagyni to let [tu let], to allow [tu el*au*]; **hagyja (itt/ott)!** leave it there [lív it d*ee*r]!; **hagytak itt nekem egy levelet?** was a letter left for me [voz e letər left for mí]?
hagyomány(os) tradition(al) [trədísn(əl)]
haj hair [h*ee*r]; **~at mosni** to wash one's hair [tu vos vanz h*ee*r]
hajadon *(űrlapon)* single [szingl]
hajcsat hair-clip [h*ee*r-klip]
hajcsavaró hair curler [h*ee*r körlər]
hajfestés (hair) dyeing [(h*ee*r) dájing]

hajkefe hairbrush [heer brâs]

hajlakk hair-spray [heer-szpréj]

hajlandó willing [víling]

hajlítani to bend

hajmosás shampoo(ing) [sempú(ing)]; **egy ~t kérek!** a shampoo, please [e sempú, plíz]

hajnalban at daybreak [et déjbrék]

hajó ship [sip], boat [bót]; *(óceánjáró)* liner [lájnər]; *(templomi)* nave [név]; **~n** on board ship [on bórd sip]; **~ra szállt** he boarded the ship [hi bórdid də sip]

hajóállomás landing-place [lending-plész]

hajógyár shipyard [sípjárd]

hajóhíd gangway [gengvéj]

hajójárat line [lájn]

hajókirándulás boat-trip [bót-trip]

hajós sailor [szélər]

hajószemélyzet ship's-company [sipz-kâmpəni]

hajótörést szenved is shipwrecked [iz siprekt]

hajóút voyage [vojidzs]

hajózható navigable [nevigəbl]

hajsza *(üldözés)* pursuit [pərszjút]

hajszárító hair-drier [heer-drájər]

hajszesz hair lotion [heer lósn]

hajszínezés colour rinse [kálər rinsz]

hajtani *(járművet)* to drive [tu drájv]

hajtómű driving gear [drájving gir]

hajtószíj driving-belt [drájving-belt]

hajtűkanyar hairpin bend [heerpin bend]

hajvágás hair-cut [heer-kât]

hal fish [fis]

hála gratitude [gretityúd], thanks [szenksz]

haladás progress [prógresz]

haladéktalanul without delay [vidaut diléj]

haladni *(jármű)* to proceed [tu prəszíd]; *(idő)* to pass [tu pász]

halál death [desz]
halálos fatal [fétl]; ~ **áldozatok (száma)** fatalities [fetelitiz]
hálás grateful [grétful], thankful [szenkful]; ~**án köszönöm** thank you very much [szenk ju veri mács]; **nagyon ~ vagyok önnek** I am much obliged to you [áj em mács əblájdzsd tu jú]
Halászbástya Fishermen's Bastion [fisərmenz besztjən]
halászlé fish soup [fis-szúp]
halasztást szenved suffer delay [szâfər dilé]
hálátlan ungrateful [ângrétful]
halk(an) soft(ly) [szoft(li)]
halkonzerv tinned/canned fish [tind/kend fis]
hall *(lakásban)* hall(way) [hól(véj)]; *(szállóban)* lounge [laundzs]
hallani *(hangot)* to hear [tu hír]; **nem halottam (róla)** I have not heard about it [áj hevnt hőrd ebaut it]
hallatszik ... can be heard [ken bí hőrd]
hallgat *(nem szól)* is silent [iz szájlənt]; ~**ni** *(vmit)* to listen (to) [tu liszən]
hallgató *(tanuló)* student [sztyúdənt]; *(telefoné)* receiver [riszívər]
hallgatóság audience [ódjənsz]
halló! hullo [həló], *(US)* hello [heló]
hallókészülék hearing-aid [híring-éjd]
háló 1. net 2. →**hálószoba**
hálóing *(női)* night-dress/gown [nájt-dresz/gaun]
hálókocsi sleeping-car [szlíping-kár], sleeper [szlípər]
hálókocsijegy sleeping-car ticket [szlíping-kár tikit]
hálószoba bedroom [bedrúm]
hálótárs room-mate [rúm-mét]
halott dead [ded]; **a ~** the deceised [də diszíszt]
halotti bizonyítvány death certificate [desz szərtifikit]
hálózat network [netvörk]; *(villamos)* mains [méjnz]
hálózati csatlakozás mains supply [méjnz szəpláj]
hálózati feszültség mains voltage [méjnz vóltidzs]

29

hálózsák sleeping bag [szlíping beg]
halvány pale [pél]
hamar soon [szún]
hamis false [fólsz]; *(pénz)* counterfeit (coin) [kauntərfit (kojn)]
hámlani to peel [tu píl]
hamutartó ash-tray [es-tréj]
hang *(emberé)* voice [vojsz]; *(nesz)* sound [szaund]
hangfelvétel recording [rikórding]
hangjáték radio-play [rédió-pléj]
hangjelzés use of horn [júsz ov horn]; ~**t adni** to use the horn [tu júz də horn]; ~ **tilos** use of horn prohibited [júsz ov horn prəhibitid]
hanglemez (gramophone) record [(greməfón) rekórd], disc [diszk]
HANGLEMEZBOLT record shop [rekórd sop]
hangolni to tune [tu tyún]
hangos loud [laud]; *(lármás)* noisy [nojzi]
hangosbemondó loud-speaker [laud-szpíkər]
hangszalag (magnetic) tape [(megnetik) tép]
hangszer (musical) instrument [(mjúzikəl) insztrumənt]
hangszóró loud-speaker [laud-szpíkər]
hangtompító silencer [szájlənszər]
hangulat *(jó, rossz)* humour [hjúmər], mood [múd]
hangverseny concert [konszərt]
hangversenyterem concert hall [konszərt hól]
hangya ant [ent]
hány? *(mennyi)* how many [hau meni]?; ~ **éves?** how old are you [hau old ár jú]?; ~ **óra?** what is the time [vac də tájm]?; ~ **órakor?** → **hánykor**
hányadik? which [vics]?
hányas? what number [vat nâmbər]; *(cipő, kalap)* what size [vat szájz]?; ~ **busz?** which bus [vics bâsz]?
hányinger nausea [nósziə]; ~**e van** feels sick [fílz szik]

hánykor? what time [vat tájm]?
hányni to be sick [tu bí szik]; to vomit [tu vomit]
hányszor? how many times [hau meni tájmz]?
haragudni to be angry [tu bí engri]; **haragszik** is angry [iz engri]
harang (church) bell [(csörcs) bel]
harapni to bite [tu bájt]
harapófogó pincers [pinszərz], nippers [nipərz]
HARAPÓS KUTYA beware of the dog [biveer ov də dog]
harisnya stockings [sztokingz], nylons [nájlənz]
harisnyanadrág tights [tájc], penty hose [penti-hóz]
harisnyatartó belt [belt], girdle [gőrdl]
harmadik third [szörd]
harmadosztályú third-class [szörd-klász]
hárman the three of us [də szrí ov áz]
hármasugrás hop, step/skip and jump [hop, sztep/skip end dzsámp]
harmatsúly *(boxing)* bantamweight [bentəmvéjt]
harminc thirty [szörti]
harmincadik thirtieth [szörtiisz]
három three [szrí]
hárommágyas szoba room with 3 beds [rúm víd 3 bedz]
háromnegyed three-quarters [szrí-kvórtərz]; **~ tízkor** at a quarter to ten [et e kvótər tu ten]
háromnyomú, háromsávú three-lane [szrí-lén]
háromszáz three hundred [szrí hándrəd]
háromszor three-times [szrí-tájmz]
háromszögű triangular [trájengjulər]
has belly [beli]
hashajtó laxative [lekszətiv]
hasmenés diarrhoea [dájəriə]
hasonlítani to resemble [tu rizembl]
hasonló is similar (to) [iz szimilər (tu)]
használ →**használni**
használat use [júsz]

29*

HASZNÁLAT ELŐTT FELRÁZANDÓ to be shaken before taken [tu bi sékn bifór tékn]

használati tárgy article for personal use [ártikl for pörsznl júsz]

használati utasítás direction(s) for use [direksən(z) for júsz]

használni *(vmit)* to use (sth) [tu júz (szâmszing)]; *(vkinek)* to help; **használt az orvosság?** did the pill help [did də pil help]?

használó user [júzər]

használt used [júzd], second-hand [szekənd-hend]

HASZNÁLT POHÁR used glasses [júzd glásziz]

hasznos useful [júszful]

hat six [sziksz]

hát¹ *(vkié, vmié)* back [bek]; ~**tal a menetiránynak** back to the engine [bek tu di endzsin]

hát² well [vel]; ~ **akkor** well then [den]

hatalmas huge [hjúdzs], vast [vászt]

hatály force [fórsz]; ~**ba lépni** to come into force [tu kám intu fórsz]

határ *(országé)* frontier [frântjər], border [bórdər]; **a ~on** at the border [et də bórdər]

határállomás border/frontier station [bórdər/frântjər sztésn]

határátkelőhely frontier/border crossing point [frântjər/bórdər kroszing pojnt]

határátlépés entry [entri]

határátlépési engedély frontier pass [frântjər pász]

határidő term [törm], deadline [dedlájn]

határozat decision [diszízsn]

határozni to decide [tu diszájd]

határozottan definitely [definitli]

határőrség frontier-guards [frântjər-gárdz]

határövezet, határsáv frontier zone [frântjər zón]

hatás effect [ifekt], influence [influənsz]

hátasló saddle-horse [szedl-hórsz]

hátgerinc spine [szpájn]

hátizsák knapsack [nepszek]

hatni *(gyógyszer)* to act [tu ekt]

hatodik sixth [szikszt]

hatos *(szám)* number six [nâmbər sziksz]; ~ **szoba** room number six [rúm nâmbər sziksz]

hatóság (public) authority [(pâblik) ószoriti]; ~ **tölti ki** *(űrlapon)* for official use only [for əfisl júsz ónli]

hatóságilag officially [əfisəli]

hátradőlni to lean back [tu lín bek]

hátra(felé) back(wards) [bek(vərdz)]

hátralevő remaining [riméning]

hátramenet(i fokozat) reverse gear [rivörsz giər]

hátranézni to look back [tu luk bek]

hátrány disadvantage [diszədvántidzs]

hátrapillantani to glance behind [tu glánsz bihájnd]

hátsó back [bek], rear [rír], tail [tél]; ~ **ablak** rear window [rír vindó]; ~ **lámpa** rear/tail light/lamp [rír/tél lájt/lemp]; ~ **tengely** rear/back-axle [rír/bek-ekszl]; ~ **ülés** back seat [bek szít]; ~ **világítás** rear/tail light(s) [rír/tél lájt(sz)]

hatszáz six hundred [sziksz hândrəd]

hátszél tail-wind [tél-vind]

hátszín rump (steak) [râmp (szték)]

háttér background [bekgraund]

hátul at the back [et də bek]

hátulról from behind [from bihájnd]

hátúszás back stroke [bek sztrók]

hatvan sixty [szikszti]

hatvanadik sixtieth [sziksztiisz]

havas snowy [sznói]; **a ~ok** the alps [di elpsz]

havaseső sleet [szlít]

havazik it is snowing [ic sznóing]

havi monthly [mânszli]

havibaj period [píriəd]

havikötő sanitary towel/napkin [szenitəri tauəl/nepkin]
ház house [hausz]; **~ak** houses [hauziz]; **~on kívül
van** is out [iz aut]
haza 1. *(ország)* native land [nétiv lend] 2. *(irány)*
home [hóm]
hazafelé on the way home [on də véj hóm]
hazakísérni to see (sby) home [tu szí (szâmbədi) hóm]
hazamenni to go home [tu gó hóm]; **haza kell mennem**
I have (got) to go home [áj hev (got) tu gó hóm];
menjünk haza! let us go home [lec gó hóm]!;
hazament he went home [hi vent hóm]
hazárd játék gambling [gembling]
házas married [merid]
házaspár (married) couple [(merid) kâpl]
házasság marriage [meridzs]; **~ot kötni** to marry
[tu meri]
hazatalál? can you find your way home [ken ju fájnd
jor véj hóm]?
hazautazás return journey [ritörn dzsörni]
hazavinni to take home [tu ték hóm]; **hazavihetem?**
may I take you home [méj áj ték ju hóm]?
házbér rent
házfelügyelő porter [pórtər], janitor [dzsenitər]
házhely (building) site [(bilding) szájt]
házi állat domestic animal [domesztik eniməl]
háziasszony *(lakásadónő)* landlady [lendlédi]; *(vendég-
ségben)* hostess [hósztisz]
házigazda *(lakásadó)* landlord [lendlórd]; *(vendégség-
ben)* host [hószt]
házirend rules of the house [rúlz ov də hausz]
háziúr → házigazda
házszám street-number [sztrít-nâmbər]
háztartás household [hauszhóld]
háztartásbeli family member [femili membər]
háztartási alkalmazott (domestic) help [(domesztik)
help]

HÁZTARTÁSI BOLT *(detergents, cosmetics, paints, bathroom and kitchen fittings etc.)*

háztól házig (feladott) registered through [redzsisztərd szrú]

háztömb block (of houses) [blok (ov hauziz)]

hazudni to tell a lie [tu tel e láj]

hegedű violin [vájolín]

hegy mountain [mauntin]; *(ceruzáé, tűé)* point [pojnt]; **~nek fel** uphill [âphil]; **~nek le** downhill [daunhil]

hegycsúcs peak [pík]

hegyes vidék mountainous area [mauntinəsz eeriə]

hegylánc mountain range [mauntin réndzs]

hegymászás mountaineering [mauntiníring]

hegyoldal hill-side [hil-szájd]

hegység mountain range [mauntin réndzs]

hegyvidék hilly country [hili kântri]

héj skin [szkin]; *(tojásé, dióé)* shell [sel]

helikopter helicopter [helikoptər]

hely place [plész]; *(ülő)* seat [szít]; *(férő)* room [rum]; **szép ~** a nice place [e nájsz plész]; **~et foglalni** *(leülni)* to take a seat [tu ték e szít]; *(!efoglalni)* to reserve a seat [tu rizörv e szít]

helybeli local [lókəl]

helybeli lakos resident [rezidənt]

helybiztosítás →helyfoglalás

helyelőjegyzés booking (seats) [buking (szíc)]

helyes *(helyénvaló)* right [rájt]; *(csinos)* nice [nájsz]; **~!** (all) right [(ól) rájt]

. . .helyett instead of . . . [insztəd ov]; **~em** for me [for mí], instead of me [insztəd ov mi]

helyettes deputy [depjuti], substitude [szâbsztityút]

helyfoglalás (seat) reservation [(szít) rezərvésn]

helyfoglalási díj reservation fee [rezərvésn fí]; *(kempingben)* camping fee [kemping fí]

helyfoglalási iroda ticketing office [tikiting ofisz]

helyi local [!ókəl]; ~ **beszélgetés** local call [− kól]; ~ **forgalom** local traffic [− trefik]; ~ **kirendeltség** local office [− ofisz]

helyiérdekű vasút suburban railways [szəbörbən rélvéjz]

helyiség room [rúm], premises [premisziz]

helyjegy reserved seat (ticket) [rizörvd szít (tikit)]; ~**et váltani** *(vonaton)* to reserve a seat [tu rizörv e szít]

helylemondás cancellation [kenszelésn]

helyreállítani to reconstruct [tu ríkənsztrâkt]

helység village [vilidzs]

helységnév placename [plészném]

a **helyszínen** on the spot [on də szpot]

helyszíni bírság(olás) on-the-spot fine [on-də-szpot fájn]; *(a rendőr cédulája)* ticket [tikit]

helyszíni közvetítés running commentary [râning komentəri]

helytelen(ül) wrong(ly) [rong(li)]

helyzet *(társadalmi)* position [pəzisən]; *(dolgoké)* situation [szityuésn]

helyzetlámpa side lamp [szájd lemp]

henger cylinder [szilindər]

hengerűrtartalom cylinder capacity [szilindər kəpesziti]

hentes butcher [bucsər]

hét 1. week [vík]; **két** ~ **a fortnight** [e fórtnájt]; **egy** ~ **múlva** in a week('s time) [in e vík(sz tájm)]; **jövő** ~**en** next week [nekszt vík]; **múlt** ~**en** last week [lászt vík]; **egy** ~**re** for a week [for e vík]; **ma egy hete** a week ago [e vík egó]; **mához egy** ~**re** a week from to-day [e vík from tu-déj]; **héttőhöz egy** ~**re** Monday week [mándi vík] **2.** *(szám)* seven [szevn]; ~ **órakor** at seven (o'clock) [et szevn (ə'klok)]

hetedik seventh [szevnsz]

hetenként per week [pör vík]

hetes *(szám)* (number) seven [(nâmbər) szevn]

hétfő Monday [mándi]

hetilap weekly [víkli]
hétköznap weekday [víkdéj]
hétvége week-end [vík-end]
hétvégi kirándulás week-end excursion [víkend iksz-kőrsn]
hetven seventy [szevnti]
HÉV = *helyiérdekű vasút*
heveder strap [sztrep]; *(gépé)* belt
heves violent [vájələnt]; *(vita)* heated [hítid]
hévíz thermal spring [törməl szpring]
hiába in vain [in vén]
hiány *(árué)* shortage [sórtidzs]; **vmi hiányában** for lack of sth [for lek ov számszing]
hiányozni to be absent [tu bí ebszənt]; *(nem található)* to be missing [tu bí miszing]; **hiányoznak** are missing [ár miszing]
hiba mistake [miszték]; *(műszaki)* breakdown [brék-daun] ; **hibát követ el** make a mistake [mék e miszték]
hibás faulty [fólti]; *(vétkes)* guilty [gilti]; *(téves)* wrong [rong]
híd bridge [bridzs]
hideg cold [kóld]; ~ **van** it is cold [it iz kóld]; **~ebb** colder [kóldər]; **~en indítani** to start from cold [tu sztárt from kóld]
hidegdauer cold perm [kóld pörm]
hideghullám cold wave [kóld vév]
hidegrázás (the) shivers [(də) sivərz]
hidegtál cold plate [kóld plét]
híg thin [szin]
higgye el nekem... believe me... [bilív mí...]
hihetetlen unbelievable [ânbilívəbl]
himlő smallpox [szmólpoksz]
himlőoltás vaccination [vekszinésn]
himzés embroidery [imbrojdəri]
hinni to believe [tu bilív] →**hisz**

hinta swing [szving]
hintőpor talc [telk]
híradó newsreel [nyúzríl]
HÍRADÓMOZI news theatre [nyúz szietər]
hirdetés advertisement [ədvőrtiszmənt], ad [ed]
hirdetőoszlop advertising pillar [edvərtájzing pilər]
hirdetőtábla message board [meszidzs bórd]
hír(ek) news [nyúz]
híres famous [féməsz]
hírlap newspaper [nyúszpépər]
hirtelen sudden(ly) [szådnli]
hírügynökség news-agency [nyúz-édzsənszi]
hisz: azt hittem (hogy) ... I thought (that) [áj szót (det)] ...; **azt ~em!** I think (so) [áj szink (szó)];
→**hinni**
hit belief [bilíf]; *(vallás)* religion [rilidzsən]
hitel credit [kredit]
hiteles másolat certified copy [szörtifájd kopi]
hiteljegy, hitelkártya credit card [kredit kárd]
hitellevél letter of credit [letər ov kredit] (röv L/C)
hivatal *(hely)* office [ofisz]
hivatalnok official [əfisəl]
hivatalos official [əfisl]; **nem ~** unofficial [ânəfisl];
~ devizaátváltási árfolyam official rate of exchange [əfisl rét ov ikszcséndzs]; **~ órák** office/business hours [ofisz/biznisz auərz]; **~ ünnep** public holiday [påblik holədi
hivatás profession [prəfesn]
hivatásos professional [prəfesnl]
hivatkozás reference [refrənsz]; **~sal** ... with reference to .... [vid refrənsz tu ...]
hivatni to send for [tu szend for]
hívni to call [tu kól]; **hogy hívják (önt)?** what is your name [vac jor ném]?
hívószám calling number [kóling nâmbər]
hízni to put on weight [tu put on véjt]

hó 1. snow [sznó]; **esik a ~** it is snowing [ic sznóing]
2. = hónap

hóakadály snow-drift [sznó-drift]

hócsizma snow-boots [sznó-búc]

hóeke snow-plough [sznó-plau]

hófúvás snow-storm [sznó-sztórm], snow-drift [sznó-drift]

hogy 1. *(hogyan)* how [hau]; **~ adja?** how much [hau mâcs]?; **~ jutok el ... hoz?** how can I get to ... [hau ken áj get tu...]?; **~ mondják ezt angolul?** how do you say this in English [hau du ju széj disz in inglis]?; **~ tetszik?** how do you like it [hau du ju lájk it]?; **~ történt?** how did it happen [hau did it hepn]?; **~ van?** how are you [hau ár jú]? **2.** that [det]; **azt mondta, ~ ...** he said that... [hi szed det...]

hogyne! of course [ov korsz]!; certainly [szörtnli]!

hoki hockey [hoki]

hóköpeny snow/winter tyre/tire [sznó/vintər tájər]

hol where [veer]?; **~ fáj?** where does it hurt [veer dâz it hört]?; **~ kell átszállnom?** where must I change [veer mâszt áj cséndzs]?; **~ kell kiszállni?** where do I have to get out [veer dú áj hev tu get aut]?; **~ lakik?** where do you live [veer du ju liv]?; **~ vagyunk most?** where are we now [veer ár ví nau]?; **~ van a tudakozó?** where is the Inquiry Office [veer iz dí inkvájəri ofisz]?

hólánc snow-chain [sznó-csén]

hold moon [mún]

holland Dutch [dâcs]

Hollandia Netherland [nedəlend]

holmi *(vkié)* things [szingsz]

holnap tomorrow [tumoró]; **~ reggel** tomorrow morning [tumoró mórning]; **~ra** by tomorrow [báj tumoró]

holnapután the day after tomorrow [də déj áftər tumoró]

holtjáték (free) play [(frí) pléj]
holtverseny tie [táj], dead heat [ded hít]
homlok forehead [forid]
homlokzat front [frânt]
homok sand [szend]
hónap month [mânsz]; **jövő ~** next month [nekszt mânsz]; **múlt ~** last month [lászt mânsz]
honfitárs compatriot [kəmpetriət]
honnan? from where [from veer]?; **~ jön?** where do you come from [veer du ju kâm from]?
honorárium fee [fí]
honvágy homesickness [hómsziknisz]
hordágy stretcher [sztrecsər]
hordani *(ruhát)* to wear [tu veer]
hordár (station) porter [(szténs) pórtər]
hordó barrel [berəl]
hordozható portable [pórtəbl]
horgászbot fishing rod [físing rod]
horgászfelszerelés fishing gear [físing gír]
horgászni to angle [tu engl]
horgászzsinór fishing line [físing lájn]
horgony anchor [enkər]
horkolni to snore [tu sznór]
horog hook [huk]
hossz length [lengsz]
hosszú long [long]
hotel hotel [hótel]
hotelszámla hotel bill [hótel bil]
hotel-voucher hotel-voucher [hótel-vaucsər]
hova? where [veer]?; **which way** [vics véj]?; **~ megy?** where are you going [veer ár jú góing]?; **~ való?** where do you come from [veer do jú kâm from]?
hóvihar snow-storm [sznó-sztórm]
hóvirág snow-odrop [sznódrop]
hozatni to order [tu órdər], to have (sth)' ent [tu hev (szâmszing) szent]

hozni to bring [tu bring]; **hoztam** I (have) brought [áj (hev) brót]; **hozzon egy...** bring me a... please [bring mi e... plíz]

hozzá to him/her [tu him/hör]; **~d, ~tok** to you [tu jú]; **~juk** to them [tu dem]; **~m** to me [tu mí]; **~nk** to us [tu ász]

hozzájárulás *(anyagilag)* contribution [kontribjúsn]; *(beleegyezés)* assent [eszent]

hozzászokni to get accustomed (to sth) [tu get ekásztəmd (tu számszing)]; **hozzá vagyok szokva** I am used to it [áj em júzd tu it]

hozzátartozó relative [relətiv]

hozzávetőleg approximately [eprokszimitli]

hőforrás thermal spring [törməl szpring]

hölgy lady [lédi]

Hölgyeim és uraim! Ladies and Gentlemen [lédíz end dzsentlmən]

hőmérő thermometer [törmomitər]

hőmérséklet temperature [tempricsər]

hőpalack thermos (flask) [törmosz (flászk)]

hőpárna electric pad [ilektrik ped]

hős hero [híró]

hőség heat [hít]

hősugárzó radiant heater [rédiənt hítər]

húg younger sister [jángər szlsztər]

a **hulla** the body [də bodi]

hullám wave [vév]

hullámfürdő surf-bath [szörf-bász]

hullámhossz wave-length [vév-lengsz]

hullámsáv wave band [vévbend]

hullani to fall [tu fól]; **hullik** is falling [iz fóling]

humor humour [hjúmər]

húr string [sztring]

hurka sausage [szoszidzs]

hurut catarrh [kətár]

hús *(élő)* flesh [fles]; *(ennivaló)* meat [mít]

HÚSÁRU, HÚSBOLT butcher's (shop) [bucsərz (sop)]
húsételek meat dishes [mít dísiz]
húskonzerv tinned meat [tind mít]
húsleves meat soup [mít szúp]
húsvét Easter [ísztər]
húsz twenty [tventi]
huszadik twentieth [tventiisz]; **a~ század** the twentieth century [tventiisz szencsəri]
huszonegy twenty-one [tventi-vân]
huszonöt twenty-five [tventi-fájv]
huszonötödik twenty-fifth [tventi-fífsz]
huzat draught [dráft]
húzni to pull [tu pul]; **cipőt ~** to put one's shoes on [tu put vânz súz on]
hű faithful [fészful]
hűlés a cold [e kóld]
hűs cool [kúl]
HŰSÍTŐ ITALOK soft drinks [szoft drinksz]
hűtlen unfaithful [ânfészful]
hűtő *(autóé)* radiator [rédiétər]
hűtődoboz ice box [ájsz boksz]
hűtőembléma radiator mascot [rédiétər meszkət]
hűtőfolyadék coolant [kúlənt]
hűtőszekrény refrigerator [rifrídzsərétər]
hűtőtartály radiator tank [rédiétər tenk]
hűtővíz →hűtőfolyadék
hüvelyk *(kézen)* thumb [szâm]; *(mérték)* inch [incs]
hüvelyk(ujj) thumb [szâm]
hűvös cool [kúl]

I, Í

ibolya violet [vájəlit]
IBUSZ Hungarian Travel Agency [hângeeriən trevl édzsənszi]

id., *idősb.* sen., senior [színjər]
idáig *(időben)* up to now [âp tu nau]
ide here [hiər]
ideg nerve [nőrv]
idegcsillapító sedative [szedətiv]
idegen *(külföldi)* foreign [forin]; *(ember)* foreigner [forinər]
IDEGENEKNEK TILOS A BEMENET no strangers [nó sztréndzsərz]
idegenforgalmi hivatal/iroda tourist office/agency [túriszt ofisz/édzsənszi]
IDEGENFORGALMI KÖZPONT tourist centre [túriszt szentər]
IDEGENFORGALMI TÁJÉKOZTATÓ SZOLGÁLAT Tourist Information Centre [túriszt infəmésn szentər]
idegenforgalom tourism [túrizm], tourist trade [túriszt tréd]
idegenvezető guide [gájd]
ideges(en) nervous(ly) [nőrvəsz(li)]
ideiglenes temporary [tempərəri]; ~ **lakhely** temporary accommodation [tempərəri əkomədésn]
ideiglenesen temporarily [tempərərili]
idejében in time [in tájm]
(az) **idén** this year [disz jiər]
idény season [szízn]
idényjellegű seasonal [szíznl]
idényszálló summer hotel [szâmər hótel]
ide-oda here and there [hiər end deer]
idő 1. time [tájm]; **mennyi az** ~? what is the time [vac də tájm]?; ~**ben** in time [in tájm]; **mennyi** ~**re?** for how long [for hau long]?; ~**t nyerni** to save time [tu szév tájm] **2.** →idő(járás); **szép** ~ **van** it is a fine day today, isn't it [ic e fájn déj tudéj, iznt it]?
idő(járás) weather [vedər]; **ha az** ~ **megengedi** weather permitting [vedər pərmíting]

időjárási viszonyok weather conditions [vedər kondisnz]

időjárásjelentés weather forecast/report [vedər fórkászt/ripórt]

időközben meanwhile [mínvájl]

időnként from time to time [from tájm tu tájm]

időpocsékolás waste of time [vészt ov tájm]

időpont time [tájm]

idős old [óld]; **milyen ~?** how old is he [hau óld iz hí]?

idősebb *(mint)* older (than) [óldər (den)]; **az ~ testvér** the elder brother [di eldər brâdər]

időszaki seasonal [szízənl]

időszerű timely [tájmli]

időtartam length of time [lengsz ov tájm]

időtöltés pastime [pásztájm]

időváltozás change in the weather [cséndzs in də vedər]

i. e. = *időszámításunk előtt* B.C., before our erā [bifór auər írə]

ifjabb *(mint)* younger (than) [jângər (den)]

ifjúsági kedvezmény youth fares [júsz feerz]

ifjúsági szálló youth hostel [júsz hosztl]

-ig till [til], until [ântil]; **20 kg-ig** up to 20 kg [âp tu 20 kiləgremz]

igaz true [trú]; **~?** is it true [iz it trú]?; **~a van** he is right [hí iz rájt]; **nincs ~a** he is wrong [hí iz rong]

igazán? really [riəli]?

igazgató director [direktər]; *(középiskoláé)* headmaster [hedmásztər]

igazgatóság management [menidzsment]

igazgató testület governing body [gâvərning bodi]

igazi true [trú]

igazítás *(haj)* trimming [triming]

igazolás certificate [szərtifikit]; *(átvételi)* receipt [riszít]

igazolja magát ! prove your identity [prúv jor ájdentiti]

igazolni *(állítást)* to verify [tu verifáj]; *(levél stb.*

vételét) to acknowledge [tu eknolidzs]; **alulírott ezennel igazolom** this is to certify (that) [disz iz tu szŏrtifáj (det)]

igazoltatás identity check [ájdentiti csek]

igazolvány certificate [szərtifikit], *(személyi)* identity card [ájdentiti kárd]

igazság truth [trúsz]; *(igazságosság)* justice [dzsâsztisz]

igen yes [jesz]; *(nagyon)* very [veri]

igény *(vmire)* claim (to) [kiém (tu)]; **~be venni** tu make use of [tu mék júz ov]; *(időt)* to take up (time) [tu ték âp (tájm)]

ígéret promise [promisz]

ígérni to promise [tu promisz]

így so [szó]

igyon, igyék ! →**inni**

ijedtség fright [frájt]; **az ~től** with fright [vid frájt]

ikrek twins [tvinz]

illat (sweet) smell [(szvít) szmel]

illatos sweet-smelling [szvít-szmeling]

illatszer scent [szent]

ILLATSZERBOLT perfumery [pəfjúməri]

illeték duty [gyúti]

illetékes competent [kompitənt]

illetékmentes duty-free [gyúti-frí]

illetőleg *(vagyis)* or rather [or rádər]

illik *(vmihez)* goes well with . . . [góz vel vid . . .]

ilyen such [szâcs]; **~ kicsi** so small [szó szmól]

ilyesmi something like that [szâmszing lájk det]

ima prayer [preər]

import(ált) imported [impórtid]

incidens incident [inszidənt]

ind. = indulás dep., departure [dipárcsər]

index *(autón)* direction indicator [direksn indikétər]

indítani to start [tu sztárt]

indítógomb starter(-button) [sztártər(-bâtn)]

30

indítókar starting lever [sztárting lívər]

indítókulcs ignition key [ignisn kí]

indítómotor (self-)starter [(szelf-)sztártər]

indítvány proposition [propəzisn]

indulás *(gépé)* start [sztárt]; *(repgépé)* take-off [ték-of]; *(hajóé)* sailing [széling]; *(vonaté)* departure [dipárcsər]; ~ **napja** departure day [dipárcsər déj]

indulási ... of departure [... ov dipárcsər]; ~ **állomás** station of departure [sztésn ov—]; ~ **idő** time of departure [tájm ov—]; ~ **oldal** departure platform [—pletfórm]; ~ **repülőtér** airport of departure [eerpórt ov—]

indulni to start [tu sztárt], to depart [tu dipárt]; *(repgép)* to take off [tu ték of]; *(hajó)* to sail [tu szél]; *(vonat)* to depart [tu dipárt]; **az 5-ik vágányról indul** leaves from platform 5 [lívz from pletfórm fájv]; **induljunk!** let us start [lec sztárt]!

induló starting [sztárting]; **Bécsbe ~ vonatok...** trains to Vienna [trénz tu vienə]...; **Bécsből ~ vonatok...** trains from Vienna [trénz from vienə]...

INDULÓ VONATOK departures [dipárcsərz]

influenza influenza [infuenzə], flu [flú]

INFORMÁCIÓ inquiry office [inkvájəri ofisz]

információ information [infəmésn]; ~**t kérek** I should like to know... [áj sud lájk tu nó]...; could you tell me please [kud ju tel mi plíz] ...

ing shirt [sőrt]

ingajárat shuttle-service [sátl-szörvisz]

inggomb shirt-buttons [sőrt-bâtnz]

ingyen free of charge [frí ov csárdzs]

injekció injection [indzseksn]

inkább rather [rádər]

innen from here [from hiər]

inni to drink [tu drink]; **igyék még!** have/drink some more [hev/drink szám mór]; **igyunk az egészségére!** I propose the health of [áj prəpóz də helsz ov] ... !; **már ittam !** I have had/drunk some [ájv hed/ dránk szám] →**iszik**

inspekció *(éjszakai)* all night service [ól nájt szö́rvisz]

integetni to wave (good-by) [tu vév (gud-báj)]

inteni *(kézzel)* to beckon [tu bekən]; *(fejjel)* to nod [tu nod]; *(vkit vmitől)* to warn (against) [tu vórn (egenszt)]

interjú interview [intərvjú]

interurbán beszélgetés trunk call [trânk kól], *(US)* long-distance call [long-dísztənsz kól]

intézet institute [insztityút]

intézkedés arrangement(s) [eréndzsment(sz)]; **megteszem a szükséges ~eket** I shall take the necessary steps [áj sel ték də nesziszəri sztepsz]; **további ~ig** until further notice [ântil fő́rdər nótisz]

intézkedni to see about (sth) [tu szí ebaut (szâmszing)]; to make arrangements (for) [tu mék eréndzsmenc (for)]

intézmény establishment [iszteblismənt]

intézni *(ügyet)* to handle [tu hendl]; **ki intézi?** who is in charge [hú iz in csárdzs]?

inzulin insulin [inszjulin]

íny gum [gâm]

ínyencfalat delicacy [delikəszi]

ipar industry [indəsztri]

iparcikk industrial product [indâsztriəl pródâkt]

ipari industrial [indâsztriəl]; **~ tanuló** apprentice [eprentisz]; **~ vásár** industrial fair [indâsztriəl feer]

iparművészet arts and crafts [árc end kráfc]

iparos *(kis)* tradesman [trédzmen], craftsman [kráfcmen]

ír¹ Irish [ájris], Irishman [ájrismen]

ír² he is writing [hí iz rájting]; **levelet ~** he is writing a letter [hi iz rájting e letər]; **~tam neki** I have written to him [ájv ritn tu him] →**írni**

irány direction [direksn]; **jó ~ba megyek ..-hoz?** is this the right way to ... [iz disz də rájt véj tu ...]?; **~t változtatni** to change direction [tu cséndzs direksn]

irányárak average costs [evəridzs koszc]

irányítani direct (to) [direkt (tu)]

irányítás leadership [lídərsip], guidance [gájdənsz]

irányítótorony control tower [kəntról tauər]

irányjelzés signal [szignl]; **~t adni** to give a signal [tu giv e szignl]

irányjelző direction indicator [direksn indikétər]; *(villógó)* blinker [blinkər]; **~ tábla** direction sign [direksn szájn], sign-post/board [szájn-pószt/bord]

iránytű compass [kâmpəsz]

irányváltoztatás changing direction [cséndzsing direksn]

írás writing [rájting]

irat document [dokjument]; **az ~aim** my papers [máj pépərz]

irattárca pocket-book [pokit buk]

irattáska briefcase [brífkész]

Ír Köztársaság Republic of Ireland [ripâblik ov ájəlend]

írni to write [tu rájt] →**ír²**

író writer [rájtər]

íróasztal desk [deszk]

iroda office [ofisz]

irodalom literature [litricsər]

írógép typewriter [tájprájtər]

Írország Ireland [ájəlend]

írott written [ritn]

is also [ólszó]; *(mondat végén)* too [tú]

iskola school [szkúl]

iskolaév school-year [szkúl-jiər]

iskolai végzettség schooling [szkúling], education [egyukésn]

ismeret knowledge [nolidzs]
ismeretlen unknown [ánnón]
ismeretség acquaintance [ekvéntənsz]
ismerkedési est get-together [get-təgedər]; get-
acquainted (dinner) party [get-ekvéntid (dinər)
párti]
ismerkedik make acquaintances [mék ekvéntənsziz]
ismerni to know [tu nó]; **nem ~ vmit** does not know
sth [dáznt nó sámszing], is not familiar with sth
[iz not femiljər vid]; **~i az utat?** do you know the
way [du ju nó də véj]?; **már ~jük egymást!** we
have met before [vív met bifór]
ismerős acquaintance [ekvéntənsz]
ismert well-known [vel-nón]
ismertető prospectus [prəszpektəsz]
ismételni to repeat [tu ripít]
istálló stable [sztébl]
Isten God; **~ éltessen!** many happy returns (of the
day) [meni hepi ritőrnz (ov də déj)]!; **~ hozta!**
welcome [velkəm]!; **~ vele!** good-bye [gud-báj]!
istentisztelet (church) service [(csőrcs) szörvisz]
iszapfürdő mud-bath [mád-bász]
iszik is drinking [iz drinking]; **mit ~?** what is yours
[voc jorz]? →**inni**
ital drink
ITALBOLT Public House (Wine Shop) [pâblik hausz
(vájn sop], *(US)* Saloon [szəlún]
Itt here [hiər]; **~ Kovács** *(telefonon)* (this is) Kovács
speaking [(disz iz) Kovács szpíking]; **~ kell leszállni**
this is where you get off [disz iz veer ju get óf];
~ maradt [voz left hiər]; **~ nyílik** open here [ópn
hiər]; **~ van** here he/it is [hiər hi/it iz]
ittas(an) drunk [dránk]
itthon at home [et hóm]; **~ van** is at home [iz et hóm];
nincs ~ is not at home [iznt et hóm], is out [iz
aut]

itt-ott here and there [hiər end deer]
ívó pub [pâb]
ivókúra drinking cure [drinking kjúr]
ivóparadicsom tomato juice [təmátó dzsúsz]
ivóvíz drinking-water [drinking-vótər]
íz taste [tészt]; *(lekvár)* jam [dzsem]
izgalmas exciting [ikszájting], thrilling [szriling]
izgalom excitement [ikszájtment]
izgatni to excite [tu ikszájt]; **ne izgassa magát!** don't worry [dónt vâri]!
izgatott excited [ikszájtid]
ízleni →ízlik
ízlés taste [tészt]
ízléstelen in bad taste [in bed tészt]
ízletes tasty [tészti]
ízlik? do you like it [du ju lájk it]?; **nem ízlik** I do not like it [áj dónt lájk it]
izom muscle [mászl]
izomláz stiffness [sztifnisz]
ízület joint [dzsojnt]
ízületi gyulladás arthritis [ártrájtisz]
izzadni to sweat [tu szvet]
izzadság sweat [szvet]

J

jacht yacht [jot]
jan. január January [dzsenyuəri]
jár *(ember, óra)* goes [góz]; *(motor)* works [vörksz]; *(vhova)* goes (to) [góz (tu)]; *(vknek)* is due to [iz gyú tu]; **hova ~ iskolába?** where does he go to school [veer dâz hi gó tu szkúl]?; **~t már itt?** have you been here before [hev ju bín hiər bifór]?; **~**

autóbusz Pécsre? is there a bus to P. [iz deer e bâsz tu P.]?; **az órám nem ~** my watch has stopped [máj vocs hez sztopt]; **mennyi ~ ezért?** how much do you charge for this [hau mâcs du ju csárdzs for disz]?

járás *(közigazgatási)* district [disztrikt]

járat *(hajó, busz)* line [lájn], service [szörvisz]; *(repgépé)* flight [flájt]

járatni *(újságot)* to take in (a paper) [tu ték in (e pépər)]; *(motort)* to run [tu rân]

járatszám flight number [flájt nâmbər]

járda pavement [pévment], *(US)* sidewalk [szájdvók]

járdaszegély kerb, *(US)* curb [körb]

járdasziget (safety) island [(széfti) ájlənd], refuge [refjúdzs]

jármű vehicle [viəkl]; **minden ~ forgalma mindkét irányból tilos** closed to all vehicles [klózd tu ól viəklz], no thoroughfare [nó szârəfeer]

járni to go [tu gó], *(működni)* to run [tu rân]; to work [tu wörk]; *(vknek)* is due to [iz gyú tu] →**jár**

járókelő passer-by [pászər-báj]

járvány epidemic [epidemik]

járványkórház isolation hospital [ájszəlésn hoszpitl]

játék play [pléj], game [gém]; *(játékszer)* toy [toj]

játékbolt toy-shop [toj-sop]

játékfilm feature film [fícsər film]

játékidő *(filmé)* running time [râning tájm]

játékkártya playing-cards [pléjing-kárdz]

játékkaszinó gambling house [gembling hausz]

játékterem games room [gémz rúm]

játékvezető referee [refəri]

játszani to play [tu pléj]; **ki játszik?** who is playing [hú iz pléjing]?

játszma game [gém]

játszótér play-ground [pléj-graund]

játszóutca play-street [pléj-sztrít]

javaslat proposal [prəpózl], suggestion [szədzsescsn]

javasolni to propose [tu prəpóz], to suggest [tu szədzsest]; **azt javaslom, hogy** I suggest... [áj szədzsest]

javítani to repair [tu ripeer], *(US)* to fix (up) [tu fix (up)]

javítás(i munkák) repairs [ripeerz]

javítóműhely repair shop [ripeer sop]

javuln ito get better [tu get betər]

jég ice [ájsz]; **~be hűtött** iced [ájszt]

jégeső hail [hél]

jeges út icy road [ájszi ród]

jéghegy iceberg [ájszbörg]

jégkocka ice cube [ájsz kjúb]; **jégkockákkal** on the rocks [on də roksz]

jégkorong ice hockey [ájsz hoki]

jégpálya skating rink [szkéting rink]

jégrevű ice show [ájsz só]

jégteleníteni to de-ice [tu dí-ájsz]

jégtelenítő defroster [difrosztər]

jégvitorlázás ice sailing [ájsz széling]

jegy ticket [tikit]; **~et váltani** to book a ticket [tu buk e tikit]; **kérem a ~eket!** *(járművön)* fares/tickets please! [feerz/tikic plíz]

JEGYÁRUSÍTÁS tickets [tikic]

jegyautomata ticket machine [tikit məsín]

jegyelővétel advance booking [edvánsz buking]

jegy- és poggyászkezelés *(reptéren)* check-in [csek-in]

jegyezni to note [tu nót]

jegyfüzet book of tickets [buk ov tikic]

jeggyűrű wedding-ring [veding-ring]

jegyiroda booking office/agency [buking ofisz/édzsənszi]

jegykiadó hely issuing office [iszjúing ofisz]

JEGYPÉNZTÁR booking office [buking ofisz], *(US)* ticket-office [tikit-ofisz]; *(színházban)* box-office [boksz-ofisz]

jegyszedő *(színházi)* usher [âsər]; *(vasúti)* ticket collector [tîkit kəlektər]

jegyszelvény sectional coupon [szeksənl kúpən]

jegyváltás *(vasút)* booking tickets [buking tîkic]; *(színház)* booking seats [buking szíc]

jegyzék list [liszt]

jegyzőkönyv *(rendőri)* police record [pəlisz rekórd]; *(ülésről)* minutes [mínic]

jel sign [szájn]; ~**t ad** give a signal [giv e szignl]

jelen present [preznt]; ~ **van** is present [iz preznt]

jelenet scene [szín]

jelenleg at present [et preznt]

jelenlegi present [preznt]; ~ **állása** post held at present [pószt held et preznt]; ~ **címe** present address [preznt edresz]

jelenteni *(vkinek)* to report (to sby) [tu ripórt (tu szâmbədi)]; *(vmi vmit)* to mean [tu mín]; ~ **a balesetet** to report the accident [tu ripórt di ekszidənt]

jelentés report [ripórt]; *(szóé)* meaning [míning]

jelentkezés *(vmire)* application (for) [eplikésn (for)], *(vhol)* registering (for) [redzsisztəring (for)]

jelentkezési határidő *(reptéren)* check-in time [csek-in tájm]

jelentkezési lap application form [eplikésn form]

jelentkezni to report [tu ripórt]; *(reptéren, szállodában stb.)* to check in [tu csek in]

jelentőség importance [impórtənsz]

jelezni to give signals [tu giv szignlz]; **jelezzen a megálló előtt ha leszállni kíván** at request stop please ring bell [et rikveszt sztop plíz ring bel]

jelleg character [keriktər]

jellegzetes characteristic [keriktərisztik]

jellemző vonás peculiarity [pikjúlieriti]

jelmagyarázat abbreviations and symbols [ebrívjésnz end szimbəlz], *(térképen)* legend [ledzsənd]

jelmez costume [kosztyúm]

jelmezbál fancy-dress ball [fenszi-dresz ból]

jelölt candidate (for) [kendidit (for)]

jelvény badge [bedzs]

jelzés *(vasúti)* signal [szignl]

jelzőlámpa *(forgalmi)* traffic light(s) [trefik lájt(sz)]

jelzőőr signalman [szignlmen]

jelzőtábla sign-board [szájn-bórd], *(közúti)* road sign [ród szájn]

jet jet(-plane) [dzset(-plén)]

jet-járat jet service [dzset szörvisz]

jó good [gud]; ~ **autózást!** happy motoring [hepi mótoring]!; ~ **reggelt!** good morning [gud mórning]!; ~ **estét!** good evening [gud ívning]!; ~ **mulatást!** have a good time [hev e gud tájm]!; ~ **napot!** good afternoon [gud áftərnún]; **nem ~ nekem** does not fit me [dáznt fit mi]; **a ~ vonat** the right train [də rájt trén]

jobb *(irány)* right [rájt]; ~ **kéz** right hand [rájt hend]; ~ **oldalon** on/to the right(-hand side) [on/tu də rájt(-hend szájd)]; ~ **felé** to/towards the right [tu/təvórdz də rájt]; ~ **felől** from the right [from də rájt]

jobb(an) better [betər]; ~ **van** is feeling better [iz fíling betər]

jobbkézszabály priority on the right [prájoriti on də rájt]; *(US)* yield to traffic from the right [jíld tu trefik from də rájt]

jobbra (to the) right [(tu də) rájt]; ~ **hajts!** keep (to the) right [kíp (tu də) rájt]!; ~ **kanyarodni** to turn right [tu törn rájt]; ~ **kanyarodni tilos!** no right turns [nó rájt törnz]!

jobbszélső outside right [autszájd rájt]

jód iodine [ájədín]

jog law [ló]; right [rájt]; **minden ~ fenntartva** all rights reserved [ól rájc rizőrvd]

jogász jurist [dzsuəriszt]; *(diák)* law student [ló sztyúdənt]

joghurt yog(ho)urt [jogőrt]

jogos rightful [rájtful]; lawful [lóful]

jogosítvány licence [lájszənsz]

jogtalan unlawful [ânlóful]

jóízű tasty [tészti]

jókívánságok good wishes [gud visiz]

jól well [vel]; ~ **érzem magam** I feel fine [áj fíl fájn]; ~ **éreztük magunkat** *(szórakoztunk)* we had a good time [ví hed e gud tájm], we had (a lot of) fun [vi hed (e lot ov) fân]; **nincs** ~ he is not well [hi iz not vel]

jómódú well-to-do [vel-tu-du]

jótállás guarantee [gerəntí]; warranty [vorənti]

józan sober [szóbər]

jönni to come [tu kâm]; *(érkezni)* to arrive [tu erájv]; **gyere!** come (on) [kâm (on)]!; **jövök!** (I am) coming! [(ájm) kâming]!

jövedelem income [inkəm]

jövedelemadó income tax [inkəm teksz]

jövő future [fjúcsər]; ~ **évben** next year [nekszt jiər]; ~ **vasárnap** next Sunday [nekszt szândi], Sunday next [szândi nekszt]

jövőre next year [nekszt jiər]

jugoszláv Yugoslav, Jugoslav [júgószláv]

Jugoszlávia Yugoslavia, Jugoslavia [júgószlávjə]

juh sheep [síp]

júl. július Jul., July [dzsuláj]

jún. június Jun., June [dzsún]

jutalom reward [rivórd]

jutányos áron at a reasonable price [et e ríznəbl prájsz]

jutni *(vhová)* to get (to) [tu get (tu)]; *(vmhez)* to get (sth) [tu get (szâmszing)]; to obtain (sth) [tu ebtén —]; **hogy jutok oda?** how do I get there [hau dú áj get deer]? →**eljutni**

K

K = *kelet* E, east [íszt]
K. = *kedd* Tuesday [tyúzdi]
kabaré cabaret [kebəré]
kabát coat [kót]
kábelezni to cable [tu kébl]
kabin cabin [kebin]
kábítószer drug [drág]
kacsa duck [dák]
kacsasült roast duck [rószt dák]
kád (bath-)tub [(bász-)tâb]
kajak kayak [kâjàk]; ~ **egyes** one-seater kayak [van-szíter kâjàk]
kajak-kenu canoeing [kenúing]
kakaó cocoa [kókó]
kakas cock [kok]
kalács milk bread [bred]
kaland adventure [edvencsər]; *(szerelmi)* love affair [lâv efeer]
kalap hat [het]
kalapács hammer [heməɾ]
kalapácsvetés throwing thé hammer [szróing də heməɾ]
kalapos milliner [milinəɾ]
kalauz *(vonaton)* guard [gárd]; *(buszon)* conductor [kəndâktəɾ]; *(könyv)* guide [gájd]
kalkulálni to calculate [tu kelkjulét]
kalória calorie [keləɾi]
kályha stove [sztóv]
kamarazene chamber music [csémbəɾ mjúzik]
kamat interest [intrəszt]; ~**ot fizetni** to pay interest [tu péj intrəszt]
kamion camion [kemiən]
Kanada Canada [kenədə]

kanadai Canadian [kənédjən]

kanál spoon [szpún]

kancsó *(italnak)* pitcher [picsər], jug [dzsåg]

kandalló fire-place [fájər-plész]

kánikula heat [hít], dog days [déjz]

kanna can [ken]

kanyar bend, *(US)* turn [törn], curve [körv]

kanyargós út winding road [vájnding ród]

kanyaró measles [mízlsz]

kanyarodás turning [törning]

kanyarodik is turning [iz törning]; **kanyarodni** to turn [tu törn]; **kanyarodjon balra** turn to the left [törn tu də left]; **balra kanyarodni tilos** no left turn [nó left törn]

kanyarogni to wind [tu vájnd]

kap: ~**tam** I have got/received [ájv got /riszívd]; ~**ott** (has) got [(hez) got], (has) received [riszívd]; ~**hat-nék ...?** could I get ... [kud áj get]?; **hol ~hatok ...?** where can I get ... [veer ken áj get]?; ~**hatok még?** may I have some more [méj áj hev szám mór]?; →**kapni**

kapaszkodni tessék! hold on [hóld on]!

kapcsolat connection [kəneksn], relation [rilésn]; **ezzel ~ban** in connection with that [in kəneksn vid det]

kapcsolni to connect [tu kənekt]; **kapcsolja kérem ...** put me through to ... [put mí szrú tu]; **második sebességre kapcsolt** he went into second gear [hi vent intu szeknd giər]

kapcsoló switch [szvics]

kapcsolókar *(sebváltó)* gear lever [giər lívər]

kapcsolótábla instrument panel [insztrumənt penl], dashboard [desbórd]

kapitalista capitalist [kepitəliszt]

kapitány captain [keptin]

kapni to get [tu get]; to receive [tu riszív]; ~ **itt ...?**

can I get here . . . [ken áj get hiər]?; **nem ~** is not to
be had [iz not tu bí hed]; **tetszik már ~?** are you
being served [ár ju bíing szörvd]? **→kap**

kápolna chapel [csepl]

káposzta cabbage [kebidzs]

kappan capon [képən]

kapu *(kerté)* gate [gét]; *(házé)* (entrance-)door
[(entrənsz-)dór]; *(futballban)* goal [gól]

kapus *(futballban)* goalkeeper [gólkípər]

kar arm [árm]; *(működtető)* lever [lívər]; *(testület)*
staff [sztáf]; *(enek)* choir [kvájər]

kár *(anyagi)* damage [demidzs]; **de ~ !** what a pity
[vat e piti]!

karácsony Christmas [kriszməsz], Xmas [kriszməsz]

karácsonyfa Christmas-tree [kriszməsz-trí]

karácsonyi üdvözlet Christmas greeting(s) [kriszməsz
gríting(z)]

karaj (pork) chop [(pórk) csop]

karalábé kohlrabi [kólrábi], turnip cabbage [törnip
kebidzs]

karambol collision [kəlizsn], (traffic) accident [(trefik)
ekszidənt]

karambolozni to collide [tu kəlaid]

karbantartás maintenance [méntənənsz]

kárbecslés assessment of damage [əszeszmənı ov
demidzs]

karburátor carburettor [kárbjuretər]

karcsú slim [szlim]

kard sabre [szébər]

kardántengely Cardan/propeller shaft [kárdən/prəpelər
sáft]

kardigán cardigan [kárdigən]

kárfelvételi jegyzőkönyv accident-report form [ekszi-
dənt-ripórt form]

karfiol cauliflower [koliflauər]

kárigény claim for damages [klém for demidzsiz]

karika ring
karjelzés arm signals [árm szignlz]
karkötő bracelet [brészlit]
karmester conductor [kəndâktər]
karnet carnet [kárné]
karnevál carnival [kárnivəl]
karóra wrist-watch [riszt-vacs]
karos sorompó lifting-barrier [lifting-beriər]
karosszék armchair [ármcseer]
karosszéria (car) body [(kár) bodi]
KAROSSZÉRIAJAVÍTÁS bodywork [bodivörk]
Kárpátok the Carpathians [də kárpétjənsz]
kárpótlás compensation [kompenszésn]
kárpótlásul by way of compensation [báj véj ov kompenszésn]
kárrendezés settlement (of damages) [szetlment (ov demidzsiz)]
karrier career [kərír]
kartárs(nő) colleague [kolíg]
karter crank-case [krenk-kész]
kártérítés compensation [kompenszésn], damages [demidzsiz]; ~t fizetett he paid damages [hi péjd demidzsiz]; ~t kapni to recover damages from [tu rikâvər demidzsiz]
kártérítési igény claim for damages [klém for demidzsiz]
kártya card [kárd]
kártyázni to play (at) cards [tu pléj (et) kárdz]; tud ~? can you play cards? [ken ju pléj kárdz]?
karzat gallery [geləri]
kastély castle [kászl]
kaszinó club [klâb]
kaszinótojás mayonnaise egg [méjənéz eg]
kassza *(üzleti)* pay-desk [péj-deszk], cash-register [kes-redzsisztər]; a kasszánál tessék fizetni please pay at the desk [plíz péj et də deszk]
katalógus catalogue [ketəlog]

katasztrófa disaster [dizásztər]
katedrális cathedral [kəszídrəl]
kategória category [ketigəri]
katolikus Catholic [ketolik]
katona soldier [szóldzsər]
kávé coffee [kofi]; ~**t főzni** to make coffee [tu mék kofi]; **egy** ~**t kérek !** a (black-)coffee please [e (blek-) kofi plíz]
kávéfőző (gép) percolator [pörkəlétər]
KÁVÉHÁZ café [kefé]
kávéskanál tea-spoon [tí-szpún]
kaviár caviar [keviár]
kazal stack [sztek]
kazetta *(magnóhoz)* cassette [kəszet]
kazettás magnó cassette recorder [kəszet rikórd-ər]
kazetta(töltés) (film) cartridge [(film) kártridzs]
kb. = *körülbelül* approx., approximately [eprokszimitli]
kecske goat [gót]
kedd Tuesday [tyúzdi]; ~**en** on Tuesday [on tyúzdi]; ~**re** by Tuesday [báj tyúzdi]
kedv *(hangulat)* mood [múd]; **nincs** ~**e sétálni?** how about a walk [hau ebaut e vólk]?; **nincs** ~**em sétálni** I do not feel like walking [áj dónt fíl lájk vóking]
kedvenc favourite [févərit]
kedves dear [dír]; **legyen olyan** ~ **és . . .** be so kind as to [bí szó kájnd ez tu] . . . ; ~ **Braun úr !** dear Mr. Braun [dír misztər braun]
kedvezmény reduction [rídâksn]; *(engedmény)* discount [diszkaunt]
kedvezményes *(ár)* reduced (price) [rigyúszt (prájsz)]; ~ **díjszabás** special tariff [szpesl terif]; ~ **menetdíjak** reduced fares [rigyúszt feerz]; ~ **menettérti jegy** economy class return [ikonəmi klász ritörn]; ~ **repülőút** *(menetrendszerű járaton)* econ my flight

[ikonəmi flájt]; *(bérelt gépen)* chartered flight [csártərd flájt]

kedvező favourable [févərəbl], advantageous [edvəntédzsəsz]; ~ **feltételek mellett** on easy terms [on ízi törmz]

kedvezőtlen unfavourable [ânfévərəbl]

kefe brush [brâs]

kék blue [blú]

keksz biscuit [biszkit], *(US)* cracker [krekər]

kelbimbó Brussels sprouts [brâszlszprauc]

kelet 1. *(égtáj)* the East [di íszt]; ~**en** in the east [in di íszt] **2.** *(keltezés)* date [dét]

keletbélyegző date stamp [dét sztemp]

keleti eastern [ísztərn]

Keleti (pályaudvar) Budapest East (Railway Station) [íszt (rélvéj sztésn)]

kelkáposzta savoy [szəvoj], kale [kél]

kell *(tenni)* must (do sth) [mâszt (dú szâmszing)]; have to (do sth) [hev tu (dú szâmszing)]; **neki nem ~ eljönni** he need not come [hi nídnt kâm]; **el ~ mennünk** we must go [vi mâszt gó]; **el ~ett mennünk** we had to leave [vi hed tu lív]; ~ **ez önnek?** do you need that [du ju níd det]?

kellemes agreeable [egriəbl]; ~ **karácsonyi ünnepeket!** merry Christmas [meri kriszməsz]; ~ **utat/utazást!** have a good trip [hev e gud trip]!

kellemetlen disagreeable [diszegriəbl]

kellemetlenség(ek) unpleasantness [ânplezntnisz]

kellene should [sud]; ought to (do sth) [ót tu (du szâmszing)]; **le ~ feküdnie** you should lie down [ju sud láj daun]; **már ott ~ lenniük** they should be there by now [déj sud bí deer báj nau]

kelteni to wake [tu vék]

keltezve dated [détid]

kelt mint fent date as above [dét ez ebâv]

kelvirág cauliflower [koliflauər]

31

kém spy [szpáj]

kemény hard [hárd]; ~ **tojás** hard-boiled egg [hárd-bojld eg]

kémény chimney [csimni]

kemping camp(ing) site [kemp(ing) szájt], *(US)* camping area [kemping eeriə]

kempingágy camp bed [kemp bed]

kempingasztal camping table [kemping tébl]

kempingcikkek camping articles [kemping ártiklz]

kempingezni to camp [tu kemp]

kempingező camper [kempər]

kempingfelszerelés camping equipment [kemping ikvipment]

kempingfőző camping stove [kemping sztóv]

kempinggondnok camping warden [kemping vórdn]

kempinglámpa camp light [kemp lájt]

kempingszék camping chair [kemping cseer]

kemping-szolgáltatások camping facilities [kemping fəszilitíz]

kempingtűzhely camping stove [kemping sztóv]

kendő scarf [szkárf], shawl [sól]

kenés lubrication [lubrikésn]

kengyel stirrup [sztirrəp]

kenni to smear [tu szmiər], *(zsírozni)* to grease [tu grísz]

kenőanyag grease [grísz], lubricant [lúbrikənt]

kenőcs ointment [ojntment]; *(géprészeké)* lubricant [lúbrikənt]

kenőmájas liver paste [livər pészt]

kenőolaj lubricating oil [lúbrikéting ojl]

kenőzsír →**kenőanyag**

kenu canoe [kənú]

kényelmes comfortable [kâmfətəbl]

kényelmetlen uncomfortable [ânkâmfətəbl]

kenyér bread [bred], *(egész)* loaf [lóf]

kenyérkereső bread-winner [bred-vinər]

kényes *(ember)* fastidious [fesztídiəsz]

kényszerhelyzet emergency [imördzsənszi]

kényszeríteni to force [tu fórsz]

kényszerleszállás forced landing [fórszt lending]

kénytelen vagyok I am compelled to [ájm kəmpeld tu]

KEOKH = *Külföldieket Ellenőrző Országos Központi Hivatal (Aliens Registration Office)*

kép picture [pikcsər]

képcsarnok picture gallery [pikcsər geləri]

képernyő (TV-)screen [(tíví-)szkrín]

képes *(vmire)* is capable (of doing sth) [iz képəbl (ov dúing számszing)]; **nem ~** is unable to [iz ânébl tu]

képesítés qualification [kvolifikésn]

képeslap magazine [megəzín]

képes levelezőlap picture postcard [pikcsər pósztkárd]

képesség faculty [fekəlti], ability [ebiliti]

képest as compared with [ez kəmpeerd vid]

képfelvétel telerecording [telirikórding]

képtár art/picture gallery [árt/pikcsər geləri]

képtelen vagyok . . . I am unable to [áj em ânébl tu] . . .

képviselet *(kereskedelemben)* agency [édzsənszi]

képviselni to represent [tu reprizent]

képviselő *(parlamenti)* member of parliament [membər ov párləment], M.P. [em-pí]

képzelet imagination [imedzsinésn]

képzelni to imagine [tu imedzsin]

képzettség education [egyukésn]

képzőművészet fine arts [fájn árc]

kér: **~ vkit vmire** asks sby to do sth [ászksz számbədi tu dú számszing]; **~ek** I should like to have . . . [áj sud lájk tu hev], give me, please . . . [giv mi plíz]; **egy kávét ~ek!** a coffee, please [e kofi plíz]!; **~ik a telefonhoz** you are wanted on the phone [ju ár vantid on də fón]; **~jük, (hogy) . . .** you are requested to [ju ár rikvesztid tu] . . . ; **~te hogy menjek vele** he asked me to go with him [hi ászkt mí tu gó vid

31*

him]; ~em! *(köszönömre adott válasz)* not at all
[not et ól]!; *(US)* you are welcome [ju ár velkâm];
~em jöjjön be come in, please [kâm in plíz]; mit ~
ezért? how much do you charge for this [hau mâcs
du ju csárdzs for disz]?; ~tem, hogy I asked (him,
her) to ... [áj ászkt (him, hör) tu; →kérni

kerámia pottery [potəri]

KERAVILL *(Shop for bicycles, radios and electrical
appliances)*

kérdés question [kveszcsn]

kérdéses in question [in kveszcsn]

kérdezni to ask [tu ászk]; **azt kérdezte, hogy** ... he
asked if/whether [hi ászkt if/vedər] ...

kérdőív questionary [kveszcsənəri]

kerek round [raund]

kerék wheel [víl]; **első ~** front wheel [frənt víl]; **hátsó
~** rear wheel [riər víl]

kerékagy hub [hâb]

kerékcsavar wrench [rencs]

kerékdőlés (wheel) camber [(víl) kembər]

kerékfelfüggesztés wheel suspension [víl szászpensn]

kerékösszetartás toe-in [tó-in]

kerékpár bicycle [bájszikl]

kerékpáros cyclist [szájkliszt]

kerékpározás cycling [szájkling]

kerékpárpumpa bicycle pump [bájszikl pâmp]

kerékpárút cycle path [szájkl pász]

keréktárcsa wheel disc [víl diszk]

kerékvető marker post [márkər pószt]

kérelem application [eplikésn]

kérelmező applicant [eplikənt]

kérés request [rikveszt]; **~ére** at the request of [et də
rikveszt ov]

kereset income [inkəm]

keresett wanted [vantid]; *(cikk)* much in demand
[mâcs in dimánd]

kereskedelem trade [tréd]; commerce [komörsz]
kereskedelmi commercial [kəmőrsl]; ~ **kamara** chamber
of commerce [csémbər ov komörsz]; ~ **kapcsolatok**
trade relations [tréd rilésnz]; ~ **képviselet** trade
representation [tréd reprizentésn]
kereskedő shop-keeper [sop-kípər]
kereslet demand [dimánd]
keresni *(vmit)* to look for sth [tu luk for szâmszing];
(pénzt) to earn [tu örn]
kereszt cross [krosz]
keresztanya godmother [godmàdər]
keresztapa godfather [godfádər]
keresztben crosswise [kroszvájz]
keresztény Christian [krisztjən]
kereszteződés cross roads [krosz ródz]
keresztnév first/Christian name [förszt/krisztjən ném]
keresztút cross-road [krosz-ród]
keresztül through ... [szru]; *(útirány)* via ... [vájə]
keresztülmenni = **átmenni**
keret frame [frém]
keringő waltz [vólsz]
kerítés fence [fensz]
kérni *(vmit)* to ask (for) [tu ászk (for)], to request
[tu rikveszt]; *(követelni)* to demand [tu dimánd]
→**kér**
kert garden [gárdn]
kertész gardener [gárdnər]
kerthelyiség tee-garden [tí-gárdn], beer-garden [bír-
gárdn]
KERTMOZI open-air cinema [ópn-eer szinimə]
kertváros garden city [gárdn sziti]
kerül *(vmibe)* costs (sth) [koszc szâmszing]; **mibe ~?**
how much is it [hau mâcs iz it]? →**kerülni**
kerület district [disztrikt]
kerületi rendőrkapitányság district police station
[disztrikt pəlísz sztésn]

kerülni *(vhova)* to get (somewhere) [tu get (szâmveer)]; *(vmibe)* to cost [tu koszt], to come to [tu kâm tu]; *(elkerülni)* to avoid [tu evojd]; →**kerül**

kerülő *(út)* detour [dítúr]

kérvény application [epliké́sn]; ~**t beadni** to hand in an application [tu hend in en —]

kés knife [nájf]

késedelem delay [diléj]

keserű bitter [bitər]

késése van is late [iz lét]; **mennyi késése volt a vonatnak** how many minutes was the train late [hau meni minic voz də trén lét]

késik is late [iz lét]; *(óra)* is slow [iz szló]; **mennyit ~?** *(jármű)* how much are we overdue [hau mâcs ár vi óvergyú]?; **az órám 5 percet ~** my watch is 5 minutes slow [my vacs iz 5 minic szló]; **25 perce késik** *(jármű)* it is 25 minutes late [ic 25 minic lét]

keskeny narrow [neró]

keskenyfilm cine-film [szini-film]

késni to be late [tu bí lét] →**késik**

késő: ~ **van** it is late [it iz lét]; ~**re jár** it is getting late [ic geting lét]

később later (on) [létər (on)]

későn late [lét]

kész *(befejezett)* ready [redi]; ~ **van?** *(dolog)* is it ready [iz it redi]?; *(személy)* are you ready [ár ju redi]?; ~ **örömmel** with pleasure [vid plezsər]

készen vett ready-made [redi-méd]

készíteni to make [tu mék]

készítmény product [prodâkt]

készlet *(áru)* store [sztór]; *(összetartozó dolgok)* set [szet]

készpénz ready cash [redi kes]; ~**ben** in cash [in kes]; ~ **ár** cash price [kes prájsz]

KÉSZPÉNZKÜLDEMÉNYEK (FELVÉTELE) postal and money orders [pósztəl end mâni órdəz]

készruha ready-made clothes [redi-méd klódz]

kesztyű gloves [glávz]

kesztyűtartó glove compartement [gláv kəmpárt-ment]

készülék apparatus [eperétəsz]

készülni *(vmire)* is preparing (for) [iz pripeering (for)]; *(vhova)* be about to go [bí ebaut tu gó]; *(vmiből)* **készült** is made of (sth) [iz méd ov (számszing)]

két two [tú]

kétágyas szoba double (bed)room [dâbl (bed) rúm]

kétezer two thousand [tú tauzənd]

kétfekhelyes two-berth [tú-börsz]

kétharmad two-thirds [tú-szördz]

kétirányú two-way [tú-véj]; ~ **forgalom** two-way traffic [— trefik]; ~ **út** two-way road [— ród]

kétlem! I wonder [áj vândər]!

kétnyom(sáv)ú út(test) two-lane road [tú-lén ród]

kétpályás út dual carriage way [gyúəl keridzs véj]

kétrészes two-piece [tú-písz]

kétsávos two-lane [tú-lén]

kétség doubt [daut]

kétségtelenül no doubt [nó daut]

kétsoros öltöny double-breasted suit [dâbl-bresztid szjút]

kétszáz two hundred [tú hândrid]

kétszemélyes for two (persons) [for tú (pörsznz)]

kétszer twice [tvájsz]; ~ **annyi** twice as much [tvájsz ez mâcs]

kétszersült biscuit [biszkit]

kettté in two [in tú]

mi **ketten** the two of us [də tú ov âsz]

kettes *(szám)* (number) two [(nâmbər) tú]

kettesével in twos [in túz]

kettő two [tú]; **mind a** ~ both [bósz]

kettőnknek for the two of us [for də tú ov âsz]

kettős double [dâbl]; ~ **csavarkulcs/villáskulcs** double-ended spanner [dâbl-endid spenər]; ~ **útkanyarulat** double bend/curve [dâbl bend/körv]

kétüléses autó two-seater [tú-szítər]

keverék *(üzemanyag)* fuel mixture [fjúəl mikszcsər]

keverni *(össze)* to mix [tu mix]; *(főzéskor)* to stir [tu sztör]

kevés little [litl] *(utána egyes szám)*; few [fjú] *(utána többes szám)*; ~ **a pénzem** I have little money [áj hev litl mâni]; **van egy** ~ **pénzem** I have a little money [áj hev e litl mâni]; **csak keveset!** only a little [ónli e litl]!; **kevesen vannak** there are only a few [deer ár ónli e fjú]

kevesebb less [lesz] *(utána egyes szám)*; fewer [fjúər] *(utána tbsz)*

kéz hand [hend]; **kezet fogni** to shake hands (with) [tu sék hendz (vid)]

kézbesíteni to deliver [tu dilivər]

kezdeni to start [tu sztárt], to begin [tu bigin]; **mihez kezdjünk?** what now [vat nau]?; **azzal kezdte, hogy...** he began by [hi bigen báj]...

kezdet beginning [bigíning]

kezdő beginner [biginər]

kezdőbetű initial [inisl]

kezdődni to begin [tu bigin], to start [tu sztárt]; **mikor kezdődik?** when does it begin [ven dâz it bigín]

kezdve as from [ez from]...; **1-től** ~ as from the 1st [ez from də förszt]

kezelés *(betegé)* treatment [trítment]; *(tárgyé)* handling [hendling]

kezelési költség handling charge/fee [hendling csárdzs/fí]

kezelni *(beteget)* to treat [tu trít]; *(jegyet)* to check [tu csek]; *(gépet, ügyet)* to handle [tu hendl]

kézelőgomb cuff-links [kâf-linksz]

kezeslábas overall [óvəról]

kézifék hand-brake [hend-brék]
kézifékkar hand-brake lever [hend-brék lívər]
kézimunka *(női)* needlework [nídlvörk]
kézipoggyász personal luggage [pörsznl lágidzs]; *(repgépen)* carry-on baggage [keri-on begidzs]
kézitáska *(női)* handbag [hendbeg]
kézi tűzoltófecskendő fire extinguisher [fájər iksztingvisər]
kézzel festett hand-painted [hend-péntid]
kg = *kilógramm* kilogram(me) [kiləgrem]
ki¹? who [hú]?; ~ **az?** who is it [hú iz it]?
ki²! out [aut]
kiabálni to shout [tu saut]; **ne kiabáljon!** do not shout [dont saut]!
kiadás *(könyvé)* edition [idísn]; *(költség)* expense(s) [ikszpensz(iz)]; ~ **kelte** (date of) issuance [(dét ov) issúənsz]
kiadni *(jegyet, útlevelet)* to issue [tu issú]; *(szobát)* to let [tu let]; *(pénzt)* to spend [tu szpend]; *(sajtóterméket)* to publish [tu páblis]
kiadó *(könyvé)* publisher [páblisər]
KIADÓ SZOBA room to let [rúm tu let], *(US)* for rent [for rent]
kiállítani *(okmányt)* to make out [tu mék aut], to issue [tu issú]
kiállítás exhibition [ekszibisn], show [só]
kiállított tárgyak exhibits [igzíbic]
kiáltás cry [kráj]
kiárusítani to sell out [tu szel aut]
kiárusítás sale(s) [szél(z)]
kibérelni *(autót)* to hire [tu hájər]; *(lakást)* to rent [tu rent]
kibontani to undo [tu ándú]; *(csomagot)* to open [tu ópn]
kicsavarni *(ruhát)* to wring [tu ring]; *(csavart)* to unscrew [tu ánszkrú]

kicserélni to exchange [tu ikszcséndzs]; *(újjal)* to replace [tu riplész]

kicsi little [litl], small [szmól]; **egy ~t** a little [e litl]; **~t drága** rather expensive [rádər ikszpensziv]

kicsoda? who(ever) [húevər]?

kicsomagolni to unpack [tu ânpek]

kiderül *(az idő)* is clearing up [iz klíring âp]; **~t, hogy** ... it turned out that [it törnd aut det] ..

kidobni to throw out [tu szró aut]

kié? whose ... is this [húz iz disz]?, who does it belong to [hú dâz it bilong tu]?

kiég to burn out [tu börn aut]; **~ett a biztosíték** the fuse went [de fjúz vent]

kiegészíteni to supplement [tu sâplimənt]

kiegészítő supplementary [szâplimentəri]; **~ jegy** supplementary ticket [— tikit]; supplement [szâplimənt]; **~ nyíl** green arrow (filter signal) [grín eró (filtər-szignl)]; **~ tábla** plate (on traffic signs) [plét (on trefik szájnz)]

kiegyenlíteni *(számlát)* to settle (the bill) [tu szetl (də bil)]

klejtés pronunciation [prənânsziésn]

kielégíteni to satisfy [tu setiszfáj]

kielégítő satisfactory [szetiszfektəri]; **ki nem elégítő** unsatisfactory [ânszetiszfektəri]

kiesett ... has fallen/dropped out [hez fólen/dropt aut]

kifáradni to get tired [tu get tájərd]; **kifáradtam** I am tired [ájm tájərd]

kifejezés expression [ikszpresn]

kifejezni to express [tu ikszpresz]

kifesteni to paint [tu pént]

kificamodott is sprained/dislocated [iz szprénd/ diszləkétid]

kifizetni to pay off/out [tu péj óf/aut]; *(adósságot)* to settle [tu szetl]; **ki szeretném fizetni a számlámat** I want to settle the bill [áj vant tu szetl də bil];

kérem fizesse ki a taxit! please settle the fare [plíz szetl də feer]!; **ki nem fizetett** unpaid [ânpéjd]

kifli crescent [kresznt]

kifogás *(mentség)* excuse [ikszkjúz]

kifogásolni to object to [tu əbdzsekt tu]

kifogyott *(áru)* it is not to be had [it iz not tu bí hed], *(könyv)* it is out of print [it iz aut ov print]

kifőzde cook-shop [kuk-sop]

kifutópálya *(reptéren)* runway [rânvéj]

kihagyni to omit [tu omit], to leave out [tu lív aut]

KIHAJOLNI VESZÉLYES do not lean out of the window [du not lín aut ov də vindó]

kihallgatás questioning [kveszcsəning]; *(fogadás)* audience [ódjənsz]

kihasználni to utilize [tu jútilájz]

kihez? to whom [tu húm]?

kihirdetni to annouce [tu enaunsz]

kihozni to bring out [tu bring aut]

kihúzatni *(fogat)* to have a tooth (drawn) out [tu hev e túsz (drón) aut]

kihúzni to pull out [tu pul aut]; *(törölni)* to cross out [tu krosz aut]

kiindulási pont point of departure [pojnt ov dipárcsər]

KIJÁRAT exit [ekszit], way out [véj aut]

kijavítani to correct [tu kərekt], *(gépet)* to repair [tu ripeer]

kijelenteni to declare [tu dikleer]; **kijelentette, hogy ...** he declared that [hi dikleerd det] ...

kijelentés statement [sztétmənt]

kijelentkezési lap deregistration form [díredzsisztrésn fórm]

kijelentkezik *(és távozik)* is checking out (and leaving) [iz cseking aut (end líving)]

kijelölni *(időt)* to fix [tu fiksz]

kijelölt appointed [epojntid]; ~ **gyalogátkelőhely** pedestrian crossing [pidesztriən kroszing]; ~ **határ-**

átkelőhely appointed frontier crossing point [e-pojntid frântjər krosszing pojnt]

kijönni to come out [tu kâm aut]; **jól kijönnek egymással** they get on well with each other [déj get on vel vid ics âdər]

kikapcsolni *(ruhaneműt)* unfasten [ânfászn]; *(áramot)* to switch off [tu svics óf]; *(rádiót)* to turn off [tu törn óf]; *(gépet,* to stop [tu sztop]; **kapcsolja ki!** switch it off [szvics it óf]!

kikapcsolódás relaxation [rílekszésn]

kikérdezni to interrogate [tu interəgét]

kikerülni *(kitérni)* to go round [tu gó raund]

kikísérni *(vkit)* to show sby out [tu só szâmbədi aut]; *(állomásra, reptérre)* to see sby off [tu szí szâmbədi óf]

kiköltözni to move out [tu múv aut]

kikötni *(feltételként)* to stipulate [tu sztipjulét]; *(hajó)* to land [tu lend]; **kiköt ez a hajó ... -ben?** does this ship call at [dâz disz sip kól et] ... ?

kikötő port [pórt]

kikötőhely landing-place [lending-plész]

kikötőhíd landing-stage [lending-sztédzs]

kiküldeni to send out [tu szend aut]

kilátás view [vjú]; *(átv)* prospect [proszpekt]

kilátó(torony) look-out (tower) [luk-aut (tauər)]

kilenc nine [nájn]; **~kor** at nine [et nájn]

kilencedik ninth [nájnsz]

kilences *(szám)* (number) nine [(nâmbər) nájn]

kilencven ninety [nájnti]

kilépés exit [ekszit]

kilincs (door-)handle [(dór-)hendl]

kiló kilogram(me) [kiləgrem]

kilométer kilometre [kiləmítər]

kilométerkő kilometre mark [kiləmítər márk]

kilométeróra mileage recorder [májlidzs rikórdər]

kilométerpénz mileage [májlidzs]

kilométertávolság *(térképen)* distance in kilometres [disztənsz in kiləmítərz]

kilyukadt *(gumi)* punctured [pånkcsərd]

kilyukasztani *(jegyet)* to punch [tu påncs]

kimenni to go out [tu gó aut]; *(vkiért állomásra/reptérre)* to meet sby (at the station/airport) [tu mít szåmbədi (et də sztésn/eerpórt)]; **kimegy a meccsre?** are you going to the match [ár ju góing tu də mecs]?; **menjünk ki együtt!** let us go (out) together [lec gó (aut) təgedər]!

kimenteni to rescue [tu reszkjú]; **kimentette magát** has excused himself [hez ikszkjúzd himszelf]

kimerült exhausted [igzósztid]

kimosatni to have sth laundered [tu hev szåmszing lóndərd]; **szeretném ~** I should like to have it laundered [ájd lájk tu hev it lóndərd]

kimosni to wash [tu vos]

kínálat és kereslet supply and demand [szəpláj end dimánd]

kínálni to offer [tu ofər]

kinek? (to) whom [(tu) húm]?

kinél? with whom [vid húm]?

kinevetni to laugh at [tu láf et]

kinézni *(vhol)* to look out (at) [tu luk aut (et)]; **jól néz ki!** you look fine [ju luk fájn]!

kinin quinine [kvinín]

kinn, kint outside [autszájd]

kinyílni to open [tu ópən]

kinyitni to open [tu ópən]; **kinyithatom az ablakot?** may I open the window [méj áj ópən də vindó]?

kinyomja a kuplungot declutch [diklåcs]

kioltani to put out [tu put aut]

kiosztani to distribute [tu disztribjút]; *(díjat)* to award (a prize) [tu əvórd (e prájz)]

kiönteni to pour out [tu pór aut]; **kiöntöttem** *(véletlenül)* I have spilt it [ájv szpilt it]

kipiheni magát has a good rest [hez e gud reszt]
kiporszívózni to vacuum [tu vekjuəm]
kipróbálni to try (out) [tu tráj (aut)]
kipufogó(cső) exhaust(-pipe) [igzószt(-pájp)], *(US)* tail-pipe [téjl-pájp]
kipufogógáz exhaust gas [igzószt gesz]
kiraboltak! I have been robbed [ájv bín robd]!
kirakat shop-window [sop-víndó]
kirakni to put out [tu put aut]
kirakodni to unload [tu ânlód]
király king
királynő queen [kvín]
királyság kingdom [kíngdəm]
kirándulás excursion [ikszkőrsn], outing [**auting**]
kirándulni to make an excursion [tu mék ən ikszkőrsn]
kirándulóhajó pleasure-boat [plezsər-bót]
kirándulóhely picnic area [piknik eeriə]
kirándulójegy excursion ticket [ikszkőrsn tikit]
kire? for who(m) [for hú(m)]?; ~ **vár?** who are you waiting for [hú ár ju véjting for]?
kirendeltség agency [édzənszi], branch-office [bráncsofisz]
kiróni to levy [tu levi]
kis *(kevés)* little [litl]; *(apró)* small [szmól]
kisasszony miss [misz]
kisautó minicar [mínikár]
kisbaba baby [bébi]
kisebb smaller [szmólər]
kisegíteni to help out [tu help aut]
kíséret escort [eszkórt]; *(zene)* accompaniment [ekâmpəniment]
kísérlet attempt [etempt], experiment [ikszperiment]
kísérni to accompany [tu ekâmpəni]
kísérő companion [kəmpenyən]; escort [eszkórt]; *(zene)* accompanist [ekâmpəniszt]; ~ **nélküli**

állatok! beware of animals [biveer ov enimelz]!;
~ **nélküli poggyász** unaccompanied luggage [ânekâmpenid lâgidzs]
kisfilm miniature film [minjecser film]
kisfilmes fényképezőgép miniature camera [minjecser kemere]
kisfiú little boy [litl boj]
kisiklott *(vonat)* was derailed [voz diréld]
kisiparos craftsman [kráfcmen]
kiskabát jacket [dzsekit]
kiskocsma pub [pâb], inn [in]
kiskorú minor [májner]
kislány little girl [litl görl]
kissé a little (bit) [e litl (bit)]
kisváltósúly light welterweight [lájt veltervéjt]
kisváros small/provincial town [szmól/previnsl taun]
kisvasút narrow-gauge railway [néró-gédzs rélvéj]
kiszabni *(bírságot)* to impose (a fine) [tu impóz (e fájn)]
kiszállás! all change [ól cséndzs]!
kiszállni *(járműből)* to get off/out [tu get of/aut], alight [elájt]; **hol kell ~?** where do I get out [veer du áj get aut]?
kiszállókártya landing card [lending kárd]
kiszámítani to calculate [tu kelkjulét]
kiszolgálás service [szörvisz]; ~**sal** with service [vid szörvisz], service included [szörvisz inklúdid]
kiszolgálni to serve [tu szörv]
kit? who(m) [hú(m)]?
kitakarítani to do/clean (the room) [tu dú/klín (de rúm)]
kitenni *(vhova)* to put out [tu put aut]; *(összegszerűen)* to come to [tu kâm tu]; **mennyit tesz ki az egész?** how much is it altogether [hau mâcs iz it óltegeder]?
kitérni to make way [tu mék véj], *(helyet adva)* to let pass [tu let pász]

kitérő(hely) lay-by [léj-báj]
kitölteni *(űrlapot)* to fill in/up (a form) [tu fil in/áp (e form)]; to complete [tu kəmplít]
kitört *(háború, betegség, vihar)* ... broke out [brók aut]; **~em a lábamat** I broke my leg [áj brók máj leg]
kitűnő excellent [ekszələnt]
kitüntetés honour [onər]
kiutazás outward journey [autvəd dzsőrni], exit [ekszit]
kiutazási engedély exit visa [ekszit vízə]
kiüríteni to clear [tu klír]
kiütés rash [res]
kivágás *(ruhán)* neckline [neklájn]
kiválasztani to choose [tu csúz], to select [tu szilekt]
kiváló excellent [ekszələnt]; **~ tisztelettel** *(levélben)* yours truly [jorz trúli]
kiváltani *(poggyászt)* to reclaim/collect (luggage) [tu riklém/kəlekt (lâgidzs)]; *(jogosítványt)* to take out (a licence) [tu ték aut (e lájszənsz)]
kívánatra on request [on rikveszt]
kíváncsi curious [kjúriəsz]
kivándorló emigrant [emigrənt]
kívánni to wish [tu vis]; **kíván valamit?** anything I can do for you [eniszing áj ken dú for jú], anything you need [eniszing ju níd]?
kívánság wish [vis]
kivasalni to iron [tu ájən]; **vasalja ki kérem!** please, iron it [plíz, ájən it]!
kivel beszélek? who is speaking [hú iz szpíking]?
kivenni to take out [tu ték aut]; *(lakást)* to take [tu ték]; **kiveszem** I shall take it out [ájl ték it aut]; **ki tudja venni ezt a foltot?** can you remove this stain [ken ju rimúv disz sztén]?
kivétel exception [ikszepsn]
kivéve except (for) [ikszept (for)]; **~ ha** unless [ânlesz]

kivezetni to lead out [tu líd aut]

kivezető út exit (road) [ekszit (ród)]

kivihető feasible [fízəbl]; *(áru)* exportable [ekszpórtəbl]

kivilágítani to illuminate [tu iljúminét]; **ki nem világított** unlighted [ânlájtid]

kivinni to take out [tu ték aut]; **vigye ki kérem!** please, take it out [plíz, ték it aut]!

kivitel export [ekszpórt]

kiviteli engedély export permit/licence [ekszport pörmit/ lájszənsz]

kivizsgálás examination [igzeminésn]

kívül outside [autszájd]; *(azonfelül)* besides [biszájdz]

kívülről *(könyv nélkül)* by heart [báj hárt]

kizárólag exclusively [ikszklúszivli]

KKI = *Kulturális Kapcsolatok Intézete (Institute for Cultural Relations)*

klíma climate [klájmət]

klinika clinic [klinik]

klub club [klâb]

klubhelyiség clubroom [klâbrum]

klubtag club member [klâb membər]

km = *kilométer* kilometre [kiləmítər]

koccintani to clink (glasses) [tu klink (glásziz)]

kocka cube [kjúb]

kockacukor lump/cube sugar [lâmp/kjúb sugər]

kockás chequered [csekərd]

kockázat risk [riszk]

kockázatos risky [riszki]

kocsi *(autó)* car [kár], *(US)* automobile [ótəməbíl], auto [ótə]; *(vasúti)* carriage [keridzs]; **~t bérelt** he rented a car [hi rentid e kár]; **~val** by car [báj kár] →**autó**

kocsiemelő (car) jack [(kár) dzsek]

kocsifeljáró drive [drájv]

kocsimosás car-wash [kár-vas]

kocsiosztály class [klász]

32

kocsiszekrény (car) body [(kár) bodi], chassis [seszı]
kocsitakaró car rug [kár rág]
kocsma inn [in], pub(lic house) [pâb(lik hausz)]
kocsonya jelly [dzseli]
koffer trunk [trânk]
koktél coctail [koktél]
Kóla (coca-)cola [(kókǝ-)kólǝ]
kolbász sausage [szoszics]
kolléga(nő) colleague [kolíg]
kollégium *(diákotthon)* students' hostel [sztyúdǝnc hosztǝl]; *(főiskola)* college [kolidzs]
kollektív collective [kǝlektiv]
kolostor cloister [klojsztǝr]
kombi estate car [isztét kár], station-waggon [sztésn-vegǝn]
kombinált combined [kǝmbájnd]
kombiné slip [szlip]
kommunista communist [komjuniszt]
komoly serious [szíriasz]; **~an?** really [rıeli]?
komp(hajó) ferry (boat) [feri(bót)]
kompót stewed fruit [sztyúd frút]
koncert concert [konszǝrt]; *(zenemű)* concerto [kǝncsörtó]
konferencia conference [konfǝrǝnsz]
kongresszus congress [kongresz]
konnektor *(dugója)* plug [plág]; *(nyílás)* wall-socket [vól-szokit]
KONSUMTOURIST *(shops selling goods for convertible currency)*
kontinens continent [kontinǝnt]
konvertibilis valuta convertible currency [kǝnvörtǝbl kârǝnszi]
konzerv tinned/canned food [tind/kend-fúd]
konzervnyitó tin-opener [tin-ópnǝr]
konzul consul [konszǝl]
konzulátus consulate [konszjulit]

konzuli útlevél consular passport [konszjulər pászport]
konyak cognac [konyek], brandy [brendi]
konyakosmeggy brandied cherries [brendid cseriz]
konyha kitchen [kicsn]
kopasz bald [bóld]
kopogás *(motorban)* knocking [noking]
kopogni to knock (at) [tu nok (et)]; **kopogtam az ajtón**
I knocked at the door [áj nokt et də dór]
koponya skull [szkâl]
kopott worn [vórn]
kor(a) age [édzs]
korábbi former [fórmər]
korabeli contemporary [kəntempərəri]
kora hajnalban/reggel early in the morning [őrli in də
mórning]
korai early [őrli]
korán early [őrli]
korcsolya skates [szkéc]
korcsolyapálya skating-rink [szkéting-rink]
korhatár age limit [édzs limit]; ~ **nélkül(i)** *(film)*
U (film) [jú (film)]
kórház hospital [hoszpitl]; ~**ba szállítani** to take to
hospital [tu ték tu hoszpitl]
kórházi ápolás hospital treatment [hoszpitl trítment]
korlát railing [réjling]
korlátlan unlimited [ânlimitid]
korlátozás(ok) restriction(s) [risztriksn(z)]
korlátozott limited [limitid]
kormány *(kerék)* steering-wheel [sztíring-víl], *(kerék-
páron)* handle-bar [hendl-bár]; *(államé)* govern-
ment [gâvnment]
kormánykerék steering-wheel [sztiring-víl]
kormánylapát rudder [râdər]
kormánymű steering gear [sztíring giər]
kormányos cox(wain) [koksz(vén)]; ~ **nélküli** cox-
(wain)less [koksz(vén)lisz]

32*

kormányrúd steering column [sztíring kâləm]
kormányzás steering [sztíring]
korona crown [kraun]
korsó jug [dzsâg]
korszak period [píriəd]
korszerű *(mai)* modern [modərn]
kórterem ward [vórd]
korty gulp [gâlp]
kórus choir [kvájər]
kosár basket [bászkit]
kosárlabda basketball [bászkitból]
koszorú wreath [rísz]
koszt board [bórd]; **~tal** with (full) board [vid (fúl) bórd]; **milyen a ~?** how is the food [hauz də fúd]?
kosztüm costume [kosztyúm]
kotta music [mjúzik]
KOZMETIKA(I SZALON) beauty parlour [bjúti párlər]
kozmetikai szerek cosmetics [kozmetiksz]
kő stone [sztón]
köd fog
ködlámpa foglight [foglájt]
ködös foggy [fogi]
köhög has a cough [hez e káf]
kölcsön loan [lón]
kölcsönadni to lend [tu lend]; **kölcsönadtam** I (have) lent it [áj(v) lent it]
kölcsönkérni to borrow [tu boró]; **kölcsönkérhetem az ernyődjét?** may I borrow your umbrella [méj áj boró jor âmbrelə]?
kölcsönkönyvtár (lending) library [(lending) lájbrəri]
kölcsönös(en) mutual(ly) [mjúcsuəl(i)]
kölcsönzési díj rental [rentl]
kölnivíz eau-de-Cologne [ódəkəlón]
költeni to spend [tu szpend]
költő poet [póit]

költőpénz pocket-money [pokit-mâni]
költöz(köd)ni to move (house) [tu múv (hausz)]
költség expense [ikszpensz]
költséges expensive [ikszpensziv]
köntös dressing-gown [dresszing-gaun]
könny tear [teer]
könnyen easily [ízili]
könnyű *(szellemi dologról)* easy [ízi]; *(súlyra)* light
   [lájt]; ~ **zene** light music [lájt mjúzik]
könnyűbúvár skin-diver [szkin-dájvər]
könnyűsúly lightweight [lájtvéjt]
könyv book [buk]
KÖNYVESBOLT, KÖNYVKERESKEDÉS bookshop
   [buksop]
könyvtár library [lájbrəri]
KŐOMLÁS falling stones [fóling sztónz]
köpeny cloak [klók]
kör circle [szőrkl]
körbeadni to pass round [tu pász raund]
körbe(n) round [raund]
köret garnishing [gárnising]
körforgalom roundabout [raundəbaut], *(US)* rotary
   [rótəri]
körhinta merry-go-round [meri-gó-raund]
környék surroundings [szəraundingz]; **az egész ~en**
   in the whole neighbourhood [in də hól néjbərhud];
   a város~én in the neighbourhood of the city [in də
   néjbərhud ov də sziti]
környező surrounding [szəraunding]
köröm (finger-)nail [(fingər-)nél]
körömkefe nail-brush [nél-brâs]
körömlakk nail-varnish [nél-várnis]
köröm(lakk)lemosó varnish remover [várnis rimúvər]
körömreszelő nail-file [nél-fájl]
körömvágó olló nail-scissors [nél-sizərz]
körséta sight-seeing tour [szájt-sziing túr

körte *(gyümölcs)* pear [peer]; *(égő)* bulb [bâlb]

körtér circus [szörkəsz]

körút *(utca)* boulevard [búlvár], ring road [ring ród]

körutazás circular tour/trip [szörkjulər túr/trip], *(US)* round trip [raund trip]

körül round [raund]; **a ház~** round the house [raund də hausz]; **2 óra ~** at about 2 o'clock [et ebaut tú ə'klok]

körülbelül approximately [eprokszimetli], about [ebaut]

körülmenni to go/walk around [tu gó/vók eraund]; **körülmentem a városban** I walked around in the city [áj vókt eraund in də sziti]

körülmény circumstance [szörkəmsztənsz]

körülnézni to have a look round [tu hev e luk raund]

körülvezetni *(vkit)* to show sby round [tu só szâmbədi raund]

körzeti hívószám *(telefon)* area code [eeriə kód]

körzeti orvos district doctor [disztrikt doktər]

köszön →**köszönni**

köszönet thanks [szenksz]; **~tel átvettem** received with thanks [riszívd vid szenksz]

köszönni *(üdvözölni)* to greet [tu grít]; *(megköszönni)* to thank (sby for sth) [tu szenk (szâmbədi for szâmszing)]

köszönöm thanks [szenksz], thank you [szenk jú]; **~ szépen** thank you very much [szenk ju veri mâcs]

köt → **kötni**

kötél rope [róp]

köteles is obliged to [iz əblájdzsd tu]; **~ jelenteni a balesetet** shall report the accident [sel riport di ekszidənt]

kötelesség duty [gyúti]

kötelezettség obligation [obligésn]

kötelezi magát hogy... undertakes to [ândərtéksz tu] ...

kötelező compulsory [kəmpâlszəri]; ~ **fogyasztás** compulsory consumption [kempâlszəri kənszâmpsən]; ~ **gépjárműbiztosítás** →**felelősségbiztosítás;** ~ **haladási irány** ahead only [ehed ónli]

kötélpálya ropeway [rópvéj]

kötény apron [éprən]

kötés *(kézimunka)* knitting [niting]; *(seben)* bandage [bendidzs]; *(könyvé)* binding [bájnding]

kötet volume [voljum]

kötni to bind [tu bájnd]; to tie [tu táj]; *(kézimunka)* to knit [tu nit]

kötöttáru knitwear [nítveer]

kötött ruha knitted dress [nítid dresz]

kötőtű knitting needle [niting nídl]

kötözni *(sebet)* to dress (a wound) [tu dresz (e vúnd)]

kötszer bandage [bendidzs]

kötvény *(biztosítási)* (insurance) policy [(insúrənsz) poliszi]

kövér fat [fet]

követ[1] minister [minisztər], envoy [envoj]

követ[2] is following [iz folóing] →**követni**

követelés claim [klém], demand [dimánd]

követelmény requirement [rikvájəment]

követelni to demand [tu dimánd]

követési távolság safety gap [széfti gep]

következik is next [iz nekszt]; follows [folóz]; **én következem** it is my turn [ic máj törn]

következmény consequence [konszikvənsz]

következő (the) following [(də) folóing], (the) next [(də) nekszt]; **a ~ alkalommal** next time [nekszt tájm]

...következtében due to [gyú tu]...

következtetés conclusion [kənklúzsən]

következtetni to conclude [tu kənklúd]

követni to follow [tu foló] →**követ**[2]

követség legation [ligésn]

kövezet pavement [pévmənt]

köz *(utca)* alley [eli]

közbejött *vmi* something happened [szâmszing hepnd]

közben *(idő)* meanwhile [mínvájl]

közbenső intermediate [intərmídjət]; ~ **állomás** intermediate station [intərmídjət sztésn]; ~ **leszállóhelyek** intermediate point [intərmídjət pojnc]

közbiztonság (public) safety [(pâblik) széfti]

közé in between [in bitvín]

közeg *(hatósági)* authority [ószoriti]

közel near [niər]

közelebbi tájékoztatás(ért) (for) fullər information [(for) fulər infərmésn]

közeledni to approach [tu eprócs], to draw closer [tu dró klószər]; **közeledik az utazás napja** the day of departure is drawing close [də déj ov dipárcsər iz dróving klósz]

közép middle [midl]

középcsatár center forward [szentər fórvəd]

középdöntő semi-final(s) [szemi-fájnəl(z)]

középen, a ... közepén in the middle (of) [in də midi (ov)] ...

közepes middling [mídling]

Közép-Európa Central Europe [szentrəl júrəp]

középhőmérséklet avarage temperature [evridzs tempricsər]

középiskola secondary school [szekəndri szkúl]

középkori medi(a)eval [mediívəl]

középkorú middle-aged [midl-édzsd]

középpont centre [szentər]

középső central [szentrəl]; ~ **elválasztó sáv** central reserve [szentrəl rizőrv], *(US)* median (strip) [mídjən (sztip)]; ~ **nyom/sáv** middle/overtaking lane [midl/óvərtéking lén]

középsúly middleweight [midl-véjt]

középület public building [pâblik bílding]

KÖZÉRT (FŰSZER—CSEMEGE) *(food store, grocery)*
közgazdaság economy [ikonəmi]
közgazdász economist [ikonəmiszt]
közgyűlés general assembly [dzsenərəl ɔszembli]
közhasználati cikk consumers' goods [kənszjúmərz gudz]
közigazgatás administration [edminisztrésn]
közismert well-known [vel-nón]
közjegyző public notary [pâblik nótəri]
közkedvelt popular [popjulər]
közlekedés traffic [trefik]; *(vhova járművel)* transportation [trenszpórtésn]; ~: **vonaton vagy autóbusszal** transportation by train or by bus ... [—báj trén or báj bâsz]
közlekedési traffic [trefik]; ~ **baleset** road/traffic accident [ród/trefik ekszidənt]; ~ **eszköz** vehicle of transport [viəkl ov trenszpórt]; ~ **szabályok** traffic regulations [trefik regjulésnz], rules of the road [rúlz ov də ród]; ~ **szabálysértés** infringement of traffic regulations [infrindzsment ov trefik regjulésnz], traffic/motoring offence [trefik/mótəring əfensz]
közlekedni *(vonat, busz)* to run [tu rân], to operate [tu opərét]; **autóbuszok tíz percenként közlekednek** buses run every ten minutes [bâsziz rân evri ten minic]; **közlekedik autóbusz Pécsre?** is there a coach/bus to P. [iz deer e kócs/bâsz tu P.]?; **nem közlekedik** is not running [iz not râning]
közlemény statement [sztétment], *(táblán)* notice [nótisz]
közoktatás public education [pâblik egyukésn]
közölni *(vkivel)* to tell (sby) [tu tel (szâmbədi)], to inform (sby) [tu infórm]; *(nyomtatásban)* to publish [tu pâblis]; **közölték, hogy** it was announced that [it voz enaunszt det]; *(velem)* I was told that [áj voz tóld det]

közönség audience [ódjənsz]
közönségszolgálat public relations [pâblik rilésnz]
közös common [komən]; ~ étkezés table d'hôte [tábl dót]; ~ helyiségek public rooms [pâblik rúmz]
közösen (in) common [(in) komən]
közösség community [kəmjúniti]
között *(kettő között)* between [bitvín], *(több között)* among [əmâng]
központ centre, *(US)* center [szentər]; *(hivatal)* head-office [hedofisz]
központi central [szentrəl]; ~ fűtés central heating [— híting]
közreműködni *(vkivel)* to collaborate (with sby) [tu kələbərét (vid szâmbədi)]; *(vmiben)* to take part (in sth) [tu ték párt (in szâmszing)]
közrend public order [[pâblik órdər]
község village [vilidzs]
közszükségleti cikk(ek) consumers' goods [kənszjúmərz gudz]
köztársaság republic [ripâblik]
közút public road [pâblik ród], *(US)* highway [hájvéj]; ~on folyó munkák road works ahead [ród vörksz ehed]
közúti road [ród]; ~ baleset road accident [ród ekszidənt]; ~ forgalom public/road traffic [pâblik/ ród trefik]; ~ híd road bridge [ród bridzs]; ~ jelző-tábla traffic/road sign [trefik/ród szájn]; ~ világítás street lighting [sztrít lájting]
...**közül** from among [from emâng] ...
közvetett indirect [indirekt]
közvetíteni to transmit [tu trenzmit]; to broadcast [tu bródkászt]
közvetítés transmission [trenzmisn], broadcast [bród-kászt]; *(helyszíni)* live broadcast [lájv bródkászt]
közvetlen direct [direkt]; ~ járat direct service [direkt szörvisz]; ~ kocsi through carriage [szrú keridzs];

~ **vonat** through train [szrú trén]; ~ **veszély esetén** in an emergency [in en imördzsənszi]
közvilágítás public lighting [páblik lájting]
krém cream [krím]
kreppnylon stretch nylon [sztrecs nájlən]
KRESZ Highway Code [hájvéj kód]
krikett criket [krikit]
krimi thriller [szrilər]
kristályvíz mineral water [minərəl vótər]
kritizál to criticize [tu kritiszájz]
krumpli potato(es) [pətétó(z)]
krumplipüré mashed potatoes [mest pətétóz]
kucsma fur-cap [för-kep]
kuglipálya bowling alley [bóling eli]
kuka rubbish-waggon [rábis vegən]
kukac worm [vörm]
kukorica *(tengeri)* maize [méz]
kulacs flask [flászk]
kulcs key [kí]; ~**ra zárni** to lock [tu lok]
kultúra civilisation [szivilájzésn], *(egyéni)* culture [kâlcsər]
kulturális cultural [kâlcsərəl]; ~ **egyezmény** cultural agreement [kâlcsərəl egrímənt]
kúp cone [kón]; *(gyógyszer)* suppository [szəpozitəri]
kupa cup [kâp]
kupak cap [kep]
kupamérkőzés cup-match [kâp-mecs]
kuplung clutch [klâcs]
kuplungozni to clutch [tu klâcs]
kúra cure [kjúr], treatment [trítmənt]
kút well [vel]
kutatás *(keresés)* search [szörcs]; *(tudományos)* research [riszörcs]
kutatni to investigate [tu invesztigét]; *(vmi után)* to search (for) [tu szörcs (for)]
kutya dog

küldemény consignment [kənszájnmənt]; *(pénz)* remittance [rimitənsz]

küldeni to send [tu szend]; *(pénzt)* to remit [tu rimlt]; **az igazgatóhoz küldtek** I was referred to the manager [áj voz rifőrd tu də menidzsər]

küldött delegate [deligit]

küldöttség delegation [deligésn]

külföld foreign countries [forin kântriz]; **~ön, ~re** abroad [ebród]

külföldi 1. foreign [forin]; **~ látogató** foreign visitor [forin vizitər]; **~ utazás** trip abroad [trip ebród]; **~ valuta** foreign currency [forin kârənszi] **2.** *(ember)* foreigner [forinər]

Külföldieket Ellenőrző Országos Központi Hivatal KEOKH *(Aliens Registration Office)*

külképviselet foreign representation [forin reprizentésn]

külkereskedelem foreign trade [forin tréd]

küllő spoke [szpók]

külön separate [szeprit]; *(különleges)* special [szpesl]; **~ autóbusz** private coach [prájvit kócs]; **~ levélben** under separate cover [ândər szeprit kâvər]; **~ repülőgép** *(kedvezményes)* chartered aeroplane [csârtərd eerəplén]

különben is besides [biszájdz]

különbözet (the) difference [(də) difrənsz]

különbözni *(vmitől)* to differ (from) [tu difər (from)]; **is different (from)** [iz difrənt (from)]

különböző different [difrənt]

különbség difference [difrənsz]

KÜLÖNJÁRAT private [prájvit]

külön-külön separately [szepritli]

különleges special [szpesl]

különlegesség speciality [szpesieliti]

különös strange [sztréndzs]; **~ ismertetőjel** special peculiarity [szpesl pikjúlierit]

különösen in particular [in pətikjulər]

különvonat special train [szpesl trén]
külső 1. external [iksztőrnəl]; **~ sáv/nyom** *(GB)*
inside lane [inszájd lén]; *(többi ország)* outside lane
[autszájd lén] **2.** *(emberé)* appearance [epiərənsz]
külügy(ek) foreign affairs [forin efeerz]
külügyminisztérium *(GB)* Foreign Office [forin ofisz],
(US) State Department [sztét dipártment]
külváros suburb [szâbőrb]
kürt horn
kürtjelzést adni to sound the horn [tu szaund də horn]
küszöb threshold [szresóld]
küzdeni to struggle [tu sztrâgl], to fight [tu fájt]

L

l = *liter* litre [litər]
láb *(lábfej)* foot [fut]; *(szár)* leg
lábadozó convalescent [kənvəlesznt]
lábápolás pedicure [pedikjúr]
lábas pan [pen]
labda ball [ból]
labdarúgás football [futból], soccer [szokər]
lábfék foot-brake [fut-brék]
lábszár leg
lábtörés fracture of leg [frekcsər ov leg]
lábtörlő door-mat [dór-met]
lábujj toe [tó]
láda case [kész]
lágy soft [szoft]; **~ tojás** soft boiled egg [szoft bojld eg]
lakás flat [flet]; *(US)* apartment [əpártment];
~ és ellátás board and lodging [bórd end lodzsing]
lakat padlock [pedlok]
lakatos locksmith [lokszmisz]

lakcím address [edresz]
lakhely residence [rezidənsz]
lakni *(állandóan)* to live [tu lív]; *(megszáll)* to stay [tu sztéj]; **hol lakik?** where do you live [veer du ju liv]?; **itt lakom** this is where I live [disz iz veer áj liv]
lakó tenant [tenənt], lodger [lodzsər]
lakóautó motor caravan [mótər kerəven]
lakodalom wedding [veding]
lakókocsi caravan [kerəven], *(US)* trailer [trélər]
lakókocsitábor caravan site [kerəven szájt], *(US)* trailer camp/court/park [trélər kemp/kórt/párk]
lakókocsizás caravanning [kerəvening]
lakokocsizni to caravan [tu kerəvən]
lakókocsizó caravanner [kerəvenər]
lakónegyed residential district [rezidensl disztrikt]
lakos inhabitant [inhebitənt]
lakosság population [popjulésn]
lakosztály apartement [epártment]
lakótelep housing estate [hauzing isztét]
lakott terület built-up area [bilt-áp eeriə]; **~en kívül** in open country [in ópən kântri]
lámpa lamp [lemp], *(járműé)* light(s) [lájt(c)]
lámpaoszlop lamp-post [lemp-pószt]
lánc chain [csén]
lánchíd chain bridge [csén-bridzs]
láng flame [flém]
lángos fried dough [frájd dó]
langyos lukewarm [lúkvórm]
lány girl [görl]; *(vki lánya)* daughter [dótər]
lap *(könyvé)* page [pédzs]; *(hírlap)* newspaper [nyúszpépər]
lapát shovel [sâvl]
lapos flat [flet]
lárma noise [nojz]
lassabban more slowly [mór szlóli]

LASSAN! dead slow [ded szló]; slowly [szlóli]
lassítani to slow down [tu szló daun]; **lassíts!** reduce
speed (now) [rigyúsz szpíd (nau)]!
lassú slow [szló]
lastexnadrág stretch nylon pants/slacks [sztrecs nájlən
pene szleksz]
lát →**látni**
látási viszonyok visibility [vizəbiliti]
látcső field-glasses [fíld-glásziz], *(színházi)* opera-
glasses [opərə —]
látható visible [vizəbl]; *(megtekinthető)* on show [on
só]
látni to see [tu szí]; **látta már a . . . ?** have you seen the
[hev ju szín də] . . . ?; **tegnap láttam** I saw it yester-
day [áj szó it jesztərdé]; **láthatnám?** can I see it
[ken áj szí it]?; **látja?** can you see it [ken ju szí it]?;
látta? have you seen it [hev ju szín it]?; **ki látta?** who
saw it [hú szó it]?
látnivalók places of interest [plésziz ov intriszt];
sights [szájc]
látogatás visit [vizit]
látogatási idő visiting hours [víziting auərz]
látogatni to visit [tu vizit]
látogató visitor [vízitər]
látogatóútlevél visitor's passport [visitərz pászpórt]
látogatóvízum visitor's visa [vizitərz vízə]
látótávolság sight distance [szájt disztənsz]
látszani *(vmilyennek)* to seem [tu szím], to look [tu
luk] →**látszik**
látszat appearance [epírənsz]
LÁTSZERÉSZ optician [optisən]
látszik *(látható)* is visible [iz vizəbl]; *(vmilyennek)*
seems [szímz], looks [luksz] ; **betegnek ~** he looks ill
[hi luksz il]; **úgy ~ (hogy)** it seems (that) [it szímz
(det)]
láttamozás endorsement [indórszment]

látványos 176

látványos spectacular [szpektekjulər]
látvány(osság) sight [szájt]
latyakos *(idő)* slushy [szlási]
láz fever [fívər]; ~**a van** has temperature [hez tempricsər]; ~**at mérni** to take the temperature [tu ték də tempricsər]
laza loose [lúsz]
lazac salmon [szemən]
lázas → **láza van**
le down [daun]
lé *(gyümölcsé)* juice [dzsúsz]
leadni to hand down [tu hend daun]; **adja le a kulcsot a portán** deposit the key at the reception desk [dipozit də kí et də riszepsn]; **mikor kell ~ a szobát?** what is the check-out time [vac də csek-aut tájm]?
leágazás exit road [ekszit ród]
leállítani to stop [tu sztop]
leállni to stop [tu sztop]; *(forgalom, gép)* to come to a standstill [tu kâm tu e sztenctil]; **leállt** (has) stopped [(hez) sztopt]
leállóhely, leállósáv lay-by [léj-báj]
leány → **lány**
leánykori név maiden name [médn ném]
lebélyegezni to stamp [tu sztemp]; *(postabélyeget)* to cancel [tu kenszəl]
lebetűzni to spell [tu szpel]; **betűzze le, kérem!** please, spell it [plíz, szpel it]!
lecsavarni to unscrew [tu ânszkrú]
leégni *(ház, tűz)* to burn down [tu börn daun]; **leégett a napon** he has a (bad) sunburn [hi hez e (bed) szânbörn]
leejteni to drop [tu drop]; **leejtettem** I have dropped it [ájv dropt it]
leemelni to lift [tu lift]; **emelje le a kagylót!** lift the receiver [lift de riszívər]!
leendő future [fjúcsər]

leengedni *(olajat)* to drain off [tu drén (óf)]
leesni to fall down [tu fól daun]; **leesett** it has falleń down [it hez fólən daun]
lefékezni to put on the brakes [tu put on də bréksz]
lefektetni to put to sleep [tu put tu szlíp]
lefeküdni to lie down [tu láj daun]; **lefeküdt (aludni)** he went to bed [hi vent tu bed]
lefelé down [daun]
lefényképezni to take a photo (of) [tu ték e fótó (ov)]; **lefényképeztette magát** he had his photograph taken [hi hed hiz fótəgráf tékn]
lefizetés: ... ~e ellenében on payment of [on péjment ov] ...
lefizetni to deposit [tu dipozit], to pay dowń [tu péj daun]
lefoglalni *(előre)* to reserve [tu rizőrv], to book [tu buk]
lefordítani to translate [tu trenszlét]
legalább at (the) least [et (də) líszt]
légcsavar air-screw [eer-szkrú]
légcsőhurut bronchitis [bronkájtisz]
legépelni to type [tu tájp]
légfék air-brake [eer-brék]
legfeljebb at (the very) most [et (də veri) mószt]
léghűtés air-cooling [eer-kúling]
légi air [eer]; ~ **forgalom** air transport/traffic [eer trenspórt/trefik]; ~ **járat** airline [eerlájn]; ~ **úton** by air [báj eer]
légiforgalmi társaság airline (company) [eerlájn (kâmpəni)]
légikikötő airport [eer-pórt]
légikisasszony stewardess [sztúədisz], air-hostess [eer-hósztisz]
LÉGI KÜLDEMÉNYEK air-mail [eer-mél]
leginkább mostly [mósztli]
légiposta air-mail [eer-mél]

33

legjobb best [beszt]
legkésőbb at the latest [et də létəszt]
legkisebb smallest [szmóliszt]; ~ **sebesség** minimum speed [mínimәm szpíd]
légkondícionálás air-conditioning [eer-kәndísәning]
legközelebb *(időben)* next (time) [nekszt (tájm)]
a **legközelebbi** the nearest/next [də níәriszt/nekszt]
legnagyobb biggest [bigiszt], largest [lárdzsiszt]; greatest [grétiszt]; ~ **sebesség** maximum speed (limit) [mekszimәm szpíd (limit)]
légnyomás air pressure [eer presәr]
legrosszabb worst [wörszt]
légsúly *(bírkózás)* bantamweight [bentәmvéjt]; *(bokszolás)* flyweight [flájvéjt]
légszűrő(betét) air filter [eer filtәr]
legtöbben most (people) [mószt (pípl)]
legtöbbször mostly (mósztli)
legújabb latest [létәszt]
légy fly [fláj]
legyen be; ~ **a szállóban** be at the hotel ... [bí et də hótel]; ~ **olyan szíves** will you be so kind (as to) [vil ju bí szó kájnd (ez tu)]; → **lenni**
legyőzni to beat [tu bít]
lehajtani to turn down [tu törn daun]
lehelet breath [bresz]
lehet maybe [méjbi]; **mihelyt** ~ as soon as possible [ez szún ez poszәbl]; ~ **(hogy)** it is possible (that) [ic poszәbl (det)]; ~ **itt enni?** can we eat here [ken vi ít híәr]?
lehetetlen impossible [imposzәbl]
lehetőleg as far as possible [ez fár ez poszәbl]
lehetőség possibility [poszәbiliti]; *(sportolási, főzési stb.)* *(sports, cooking)* facilities [fәszilitiz]
lehúzni to pull down [tu pul daun]; *(ruhát, cipőt)* to take off [tu ték óf]
lehűlni to get cooler [tu get kúlәr]

leírni to write down [tu rájt daun]; *(részletesen)* to describe [tu diszkrájb]

lejárat way down [véj daun]; *(haáridőé)* expiration [ekszpájrésn], *(jegyé)* expiry [ikszpájəri]

lejárni *(vhova)* go down to [gó daun tu]; **lejárt** *(óra)* has run down [hez rân daun]; *(jegy, vízum)* has expired [hez ikszpájərd]

lejönni to come down [tu kâm daun]; **még nem jött le** he is not down yet [hi iznt daun jet]

lejtő slope [szlóp]; gradient [grédjent]; **„veszélyes ~"** dangerous hill [déndzsərəz hil]

lejtőn felfelé up-hill [âp-hil]

lejtő(s út) gradient [grédjənt]

lekésni *(vmit)* to miss (sth) [tu misz (szâmszing)]; **lekéstem a vonatot** I missed the train [áj miszt də trén]

lekvár jam [dzsem]

lelassítani to slow down [tu szló daun]

lelátó grandstand [grendsztend]

lélegzet breath [bresz]

lélegzik is breathing [iz brízing]

lelet finding(s) [fájnding(z)]

lelkesedés enthusiasm [intjúziəzm]

lelkész minister [minisztər]

leltár inventory [inventri]

leltározni to take stock [tu ték sztok]

lemaradni *(csoporttól)* to fall behind [tu fól bihájnd]; *(járműről)* to miss [tu misz]

lemenni to go down [tu gó daun]; **lement a nap** the sun went down [də szân vent daun]

lemerült *(akku)* went flat [vent flet]

lemez plate [plét]; *(hanglemez)* record [rekórd]

lemezjátszó record-player [rekórd pléjər]

lemondani *(vmi tisztségről)* to resign [tu rizájn]; *(meghívást, előadást)* to cancel [tu kánszl]; *(vmiről)* to give up [tu giv âp]

33*

lengéscsillapító shock absorber [sok ebszórbər]
lengyel Polish [pólis]; *(ember)* Pole [pól]
Lengyelország Poland [pólənd]
lenn below [biló]; beneath [binísz]; **ott ~** down below [daun biló]
lenne →volna
lenni to be [tu bí]; *(vmivé)* to become [tu bikâm]; → **lesz, lett, van, volt, volna**
lényeg essence [esznsz]; **a ~** az the point is [də pojnt iz]
lényeges essential [iszensl]
lényegtelen unimportant [ânimpórtənt]
lenyelni to swallow [tu szvoló]
leoltani *(lámpát)* to put out (the light) [tu put aut (də lájt)]
lép →lépni
lépcső *(fok)* step [sztep]; *(sor)* stairs [szteerz]; **fel-menni a ~n** to go up the stairs [tu gó áp də szteerz]
lépcsőház staircase [szteerkész]
lepedő sheet [sít]
lépés step [sztep]; **~ben !** dead slow [ded szló]!; **megtettem a szükséges ~eket** I took the necessary steps (to) [áj tuk də nesziszəri sztepsz (tu)]
lepke butterfly [bâtərfláj]
lepkesúly *(sport)* flyweight [flájvét]
lépni to step [tu sztep]
lépték scale [szkél]
leragasztani *(levelet stb.)* to seal [tu szíl]
lerajzolni to draw [tu dró]; **le tudná rajzolni merre menjek?** could you make a sketch for me to show which way to go [kud ju mék e szkecs for mí tu só vics véj tu gó]?
lerakni to put/set down [tu put/szet daun]
lerakodni to unload [tu ânlód]
lesülés sunburn [szânbörn]
lesülni *(ember)* to get sunburnt [tu get szânbörnt]
lesz will be [vil bí]; **hol ~ Ön?** where will you be [veer

vil ju bí]?; **ott ~ünk** we will be there [vi víl bí dee*r*];
ha ~ időm if I have time [if áj hev tájm]; **ez jó ~ l**
that will be all right [detl bí ól rájt]

leszakadt a gomb the button has come off [də bâtn hez
kâm óf]

leszállás *(járműről)* getting off [geting óf], alighting
[elájting]; *(repgépé)* landing [lending]

leszállási engedély landing permit [lending pőrmit]

leszállítani *(árakat)* to reduce [tu rigyúsz]; *(árut)*
to deliver (goods) [tu diliv*ə*r (gudz)]

leszállított áron at reduced prices [et rigyúszt prájsziz]

leszállni *(járműről)* to get off [tu get óf]; *(repgép)* to
land [tu lend]; *(repgép)* **hol szállunk le útközben?**
where do we touch down [vee*r* dú vi tâcs daun]?

leszállópálya *(repgépé)* landing strip [lending sztrip],
runway [rânvéj]

leszedni *(virágot)* to pick [tu pik]

letartóztatni to arrest [tu ereszt]

letelepedni to settle down [tu szetl daun]

letelni to come to an end [tu kâm tu en end]; **az idő
letelt** time is up [tájm iz âp]!

letenni to put down [tu put daun]

letérni *(az útról)* turn off [törn óf]

létesítmény establishment [iszteblishment]

letesz →**letenni**

letét deposit [dipozit]; **~be helyezni** to deposit [tu
dipozit]

létezni to exist [tu igziszt]

létfenntartási költségek living expenses [living iksz-
pensziz]

letörölni *(tárgyat)* to wipe [tu vájp]

letörött broke down [brók daun]

létra ladder [led*ə*r]

létrejönni *(megtörténni)* to take place [tu ték plész];
megállapodás jött létre an agreement has been
reached [en egrím*ə*nt hez bín rícst]

lett *(vmilyen)*: beteg ~ he fell ill [hi fel il]; piszkos ~ it got soiled/dirty [it got szojld/dőrti] →**lesz, lenni**
leülni to sit down [tu szit daun]; **üljön le kérem!** will you sit down please [vil ju szit daun plíz]!
levágni cut off [kât óf]
levált it came off [it kém óf]
levegő air [eer]
levegőnyomás air-pressure [eer-presər]; **kérem ellenőrizze a ~t** check the pressure please [csek də presər plíz]
levegőnyomásmérő tyre pressure gauge [tájər presər gédzs]
levegős airy [eeri]
levegőváltozás change of air [cséndzs ov eer]
levél letter [letər]; **~ben** by letter [báj letər]; **levelére válaszolva** in reply to your letter [in ripláj tu jor letər]; **levelet kell írnom** I must write a letter [áj mászt rájt e letər]; ... **leveleivel** c/o ..., care of ... [keer ov] ...
LEVELEK letters [letərz]
levelezés correspondence [koriszpondənsz]
levelezőlap postcard [pósztkárd]
levelezőtárs pen-friend [pen-frend]
LEVÉLFELVÉTEL letters [letərz]
levélpapír note-paper [nót-pépər]
levélszekrény pillar-box [pilər-boksz], *(US)* mailbox [mélboksz]
levéltárca wallet [volit], pocket-book [pokit-buk]
levéltávirat letter telegram [letər teligrem]
levélváltás exchange of letters [ikszcséndzs ov letərz]
levenni to take down [tu ték daun]; *(ruhát)* to take off [tu ték óf]; *(lefényképezni)* to take a snapshot (of) [tu ték e sznepsot (ov)]; **vegye le a kabátját** take off your coat [ték óf jor kót]; **vegye le a fényt!** dip/dim the beam [dip/dim də bím]!
leves soup [szúp], *(húsból, csontból)* broth [brosz]

leveshús boiled beef [bojld bíf]
levetkőzni to undress [tu ándresz]; **vetkőzzék le!** take off your clothes [ték óf jor klódz]
levetni *(ruhadarabot)* to take off [tu ték óf]
levonások deductions [didáksnz]
levonni to subtract [tu szabtrekt]
lezárni *(kulccsal)* to lock [tu lok]; *(útvonalat)* to close [tu klóz]
LEZÁRVA closed [klózd]
lezuhant (has) crashed [(hez) krest]
liba goose [gúsz]; *(több)* geese [gísz]
libaaprólék goose-giblets [gúsz-dzsiblic]
libamáj goose-liver [gúsz-livər]
libamájpástétom goose-liver paste [gúsz-livər pészt]
libasült roast goose [rószt gúsz]
libegő chair lift [cseer lift]
lift lift, *(US)* elevator [elivétər]
A **LIFT NEM MŰKÖDIK** the lift is out of order [də lift iz aut ov órdər]
likőr liqueur [likjúr]
limonádé lemonade [lemənéd]
lista list [liszt]
liszt flour [flauər]
liter litre, *(US)* liter [litər]
ló horse [hórsz]
lóerő horse-power [hórsz-pauər]
lóg *(fogason stb.)* hangs [hengz]
lóhere *(növény)* clover [klóvər]; *(útkereszteződés)* cloverleaf (crossing) [klóvərlíf (krószing)]
lomb foliage [foliidzs]
lopás theft [szeft]
lopni to steal [tu sztíl]
lótenyésztés horse-breeding [hórsz-bríding]
LOTTÓ lottery [lotəri]
lovaglás riding [rájding]; *(versenyszám)* equestrian events [ikvesztriən ivenc]

lovaglócsizma riding-boots [rájding-búc]
lovaglónadrág riding-breeches [rájding-brícsiz]
lovagolni to ride (a horse) [tu rájd (e hórsz)]
lovas rider [rájdər]
lovasbemutató horse-show [horsz-só]
lovastúra mounted tour [mauntid túr]
lóverseny hourse-race [hórsz-rész]
lóversenypálya turf [törf]
lőfegyver gun [gán]
löket stroke [sztrók]
lökettérfogat piston displacement [pisztən diszplész-
ment]
lökhajtásos repülőgép jet(-plane) [dzset(-plén)]
lökhárító fender [fendər], *(US)* bumper [bâmpər]
lökni to push [tu pus]
lőni to shoot [tu sút]
lövészet shooting [súting]
lusta lazy [lézi]
luxuskabin stateroom [sztétrúm]

Ly

lyuk hole [hól]
lyukasztani *(jegyet)* to punch [tu pâncs]

M

M. = **MEGÁLLÓHELY** (tram/bus/etc.) stop [sztop]
M = *Metro* underground (station) [ândərgraund
(sztésn)], Metro
m = *méter* m, metre [mitər]
ma today [tədéj]; ~ **délután** this afternoon [disz
áftərnún]

MACKÓ *(chain of snack-bars)*
macska cat [ket]
macskaszem(ek) cats-eyes [kec-ájz]
madár bird |bőrd]
mag seed [szíd]; *(csontos)* stone [sztón], kernel [körnl]; *(almáé, narancsé)* pip
maga *(ön)* you [jú]; **~m** (I) myself [(áj) májszelf]; **ő ~** *(férfi)* he himself [hí himszelf], *(nő)* she herself [sí hörszelf]; **a ~ kocsija** your car [jor kár]; **ez a magáé** that is yours [dec jorz], that belongs to you [det bilongz tu jú]; **magába foglal** includes [inklúdz]; **magában** *(egyedül)* all by himself/herself [ól báj himszelf/hörszelf]; **magához** to you [tu jú]; **magához tért** has come to [hez kám tu]; **magának hoztam** I brought that for you [áj brót det for jú]; **van magának...?** have you (got) [hev jú (got)] ...?; **magától** from you [from jú]; **magával** with you [vid jú]; **magával vinni** to carry (along) [tu keri (elong)]
magán- private [prájvit]
magánbeszélgetés *(telefon)* private call [prájvit kól]
magánélet private life [prájvit lájf]
magánlakás private (rooms) [prájvit (rúmz)]
MAGÁNTERÜLET private [prájvit]
magánügy private affair [prájvit efeer]
magas *(tárgy)* high [háj]; *(ember)* tall [tól]; **~ rangú** high-ranking [háj-renking]; **~ vérnyomás** high blood-pressure [háj blâd-pressör]
magasabb higher [hájər]; *(ember)* taller [tólər]
magasan high (up) [háj (âp)]
magasföldszint mezzanine [mezənín]
magaslati levegő mountain air [mauntin eer]
magasság height [hájt], altitude [eltityúd]
magasugrás high-jump [háj-dzsâmp]
magatartás behaviour [bihévjər]
magnetofon, magnó tape-recorder [tép-rikordər]

magnetofonszalag, magnószalag magnetic tape [megnetik tép]

maguk you [jú]; **a ~ kocsija** your car [jor kár]; **a ~é** yours [jorz], belongs to you [bilongz tu jú]; **~hoz** to you [tu jú]; **~nak** to/for you [tu/for jú]; **~nak adta** he gave it to you [hi gév it·tu jú]; **~nak van...** you have (got) [júv (got)] .. .; **~tól** from you [from jú]; **~kal** with you [vid jú]; **ők ~** they themselves [déj demszelvz]

magyar Hungarian [hângeeriən]; **a ~ nyelv** the Hungarian language [də hângeeriən lengvidzs]; **a M~ Népköztársaság** the Hungarian People's Republic [də hângeeriən píplz ripâblik]; **M~ Autóklub** Hungarian Automobile Club [hângeeriən ótəməbil kláb]; **M~ Camping és Caravanning Club** Hungarian Camping and Caravanning Club [hângeeriən kemping end kerəvening kláb]

magyarázat explanation [ekszplənésn]

magyarázni to explain [tu ikszplén]

Magyarok Világszövetsége World Federation of Hungarians [vörld fedərésn ov hângeeriənz]

Magyarország Hungary [hângəri]

magyaros Hungarian [hângeeriən]

magyarul (in) Hungarian [(in) hângeeriən]

MAHART = *Magyar Hajózási Részvénytársaság (Hungarian Shipping Company)*

mai *(korszerű)* up-to-date [âptədét], modern [modərn]

máj liver [livər]

máj. május May [méj]

májashurka white pudding [vájt puding]

majd *(egyszer)* some time [szám tájm]; **~ írok** I will write you [ájl rájt ju]

majdnem almost [ólmószt]

májgombóc liver dumplings [livər dâmplingz]

májgombócleves soup with livər dumplings [szúp vid livər dâmplingz]

majom monkey [mânki]
majonéz mayonnaise [méjənéz]; French dressing [frencs dreszing]
májpástétom liver paste [livər pészt]
május May [méj]; ~ **elseje** 1st May, the first of May [də förszt ov méj], *(mint ünnep)* May Day [méj déj]
mák poppy (seed) [popi (szíd)]
makadámút macadam [məkedəm]
makaróni macaroni [mekəróni]
malac pig
MALÉV = *Magyar Légiforgalmi Vállalat (Hungarian Airlines)*
málna raspberry [rázbəri]
málnaszörp raspberry-juice [rázbəri dzsúsz]
malom mill [mil]
mama mother [mâdər]
manapság nowadays [nauədéjz]
mandula almond [ámənd]; *(szerv)* tonsil [tonszl]
mandulagyulladás tonsillitis [tonszilájtisz]
mandzsetta cuff [kâf]
manikür manicure [menikjúr]
már already [ólredi]; ~ **nem** no more [nó mór]; **megjött** ~? has he arrived [hez hi erájvd]?; ~ **megjött** he has (arrived) [hi hez (erájvd)]; ~ **rég a** long time ago [e long tájm egó]
mára *(mai napra)* for today [for tədéj]
a **maradék** the rest [də reszt]; *(étel)* left-over [left-óvər]
maradni to remain [tu rimén]; *(vhol)* to stay [tu sztéj]; **ott maradt** he remained/stayed there [hi riménd/sztéjd deer]; **ott maradt az ernyőm** I left my umbrella there [áj left máj âmbrelə deer]; **két hétig maradok** I shall stay for two weeks [áj sztéj for tú víksz]
maratoni futás marathon [meretən]

márc., március March [márcs]; **~ban** in March [in márcs]

margarin margarine [márdzsərín]

Margitsziget Margaret Island [márgərit ájlənd]

marhafartő rumpsteak [râmpszték]

marhahús beef [bíf]

marhanyelv ox tongue [oksz tong]

marhapörkölt beef stew with paprika [bíf sztyú vid —]

marhasült roast beef [rószt bíf]

márka *(védjegy)* trade mark [tréd márk]; *(gyártmány)* brand [brend]; *(pénz)* mark [márk]

marmonkanna jerry/petrol can [dzseri/petrəl ken]

mártás sauce [szósz]

márvány marble [márbl]

más someone else [szâmvan elsz]; **az ~ !** that is something else [dec szâmszing elsz] !; **~sal beszél** *(telefon)* line engaged/busy [lájn ingédzsd/bízi]

másfél one and a half [vanəndə háf]; **~ óra** an hour and a half [en auər ənd e háf]

máshol elsewhere [elszveer]

máshova elsewhere [elszveer]

másik another [enâdər]; **a ~ oldal** the other side [di âdər szájd]

másképpen in another way [in enâdər véj]

máskor another time [enâdər tájm]

másnap next day [nekszt déj]; **~ reggel** next morning [nekszt mórning]

második second [szekənd]; **~ osztály** second class [szekənd klász]

másodpéldány duplicate (copy) [gyúplikit (kopi)]

másodperc second [szekənd]

másodszor for the second time [for də szekənd tájm]

másolat copy [kopi]

másolni to copy [tu kopi]

másvalaki somebody else [szâmbədi elsz]

másvalami(t) something else [számszing elsz]

maszek *(craftsmen or tradesmen in the private sector)*

mászni to climb [tu klájm]

masszázs massage [meszázs]

matiné morning performance [mórning pərfórmənsz]

matrac mattress [metrisz]

MÁV = *Magyar Államvasutak* (Hungarian State Railways)

maximális maximum [mekszimǝm]

mazsola raisin [réjzn]

mazsolás sütemény plum-cake [plâm-kék]

meccs match [mecs]

meddig? *(térben)* how far [hau fár]; *(időben)* how long [hau long]?; ~ **állunk itt?** how long do we stop here [hau long dú ví sztop hiǝr]?

medence basin [bészɴ]

medve bear [beer]

még *(állító mondatban)* still [sztil]; *(tagadó mondatban)* yet [jet]; ~ **egyszer** once more [vansz mór]; ~ **egyet** one more [van mór]; **itt van ~?** is he still here [iz hi sztil hiǝr]?; ~ **nem jött meg** he has not come yet [hi heznt kâm jet]; **kérek ~!** may I have some more [méj áj hev szám mór]?; ~ **valamit, uram?** anything else, sir [eniszing elsz, szőr]?

megadni to give [tu giv], to grant [tu gránt]; *(pénzt)* to repay [tu ripéj]; **adja meg a címét** give me your address [giv mi jor edresz]

megágyazni to make the bed [tu mék dǝ bed]

megáll: ~ **a vonat...ban?** does the train stop in/at [dâz dǝ trén sztop in/et] ...? →**megállni**

megalapítani to establish [tu iszteblis]

megállapodás agreement [egríment]; ~**t kötni** to conclude an agreement [tu kǝnklúd en —]

megállapodni *(vmben)* to agree (in sth) [tu egrí (in számszing); **megállapodtak abban, hogy...** they agreed to [déj egríd tu] ...

megállás stopping [sztoping]

megállítani to stop [tu sztop]

megállni to stop [tu sztop]; **megállt a ház előtt** he pulled up in front of the house [hí puld âp in front ov də hauz]

MEGÁLLNI TILOS no stopping [nó sztopping], stopping prohibited [sztoping prəhibitid]

MEGÁLLÓHELY stop [sztop]

megbeszélés talk [tólk]; ~**t folytatni** to conduct/have talks (with) [tu kəndâkt/hev tóksz (vid)]

megbeszélni to talk over [tu tók óvər]; **beszélje meg a feleségével** talk it over with your wife [tók it óvər vid jor vájf]; **meg volt beszélve** it was arranged [it voz eréndzsd]

megbetegedni to fall ill [tu fól il]; **megbetegedett** he was taken ill [hi voz tékn il]

megbírságolni to fine [tu fájn]

megbízás *(kisebb)* errand [erənd]; ...~**ából** on behalf of [on biháf ov] ...

megbízható reliable [rilájəbl]

megbízni *(vkiben)* to trust sby [tu trâszt szâmbədi]

megbüntetni to punish [tu pânis]

megcsinálni to do [tu dú]; to make [tu mék]; *(elkészíteni)* to get ready [tu get redi]; *(megjavítani)* to repair [tu ripeer]; **megcsinálta?** *(jó)* is it all right [iz it ól rájt]?

megcsókolni to kiss [tu kisz]

megcsúszni *(jármű)* to skid [tu szkid]; **megcsúszott és elesett** he slipped and fell (down) [hi szlipt end fel (daun)]

megdöbbentő shocking [soking]

megdönteni *(rekordot)* to break (record) [tu brék (rekord)]

megebédelni to have lunch/dinner [tu hev láncs/dinər]; **megebédeltek?** have you had dinner [hev ju hed dinər]?

megegyezés agreement [egríment]; ~**re jutni** to reach an agreement [tu rícs en egríment]

megegyezni to agree [tu egrí]

megelégedni to be satisfied [tu bi szetiszfájd]; **meg van elégedve?** are you satisfied/happy [ár ju szetiszfájd/hepi]?

megélhetés living [living]

megélhetési költségek cost of living [koszt ov living]

megelőzni *(járművet)* to overtake [tu óvarték], *(US)* to pass [tu pász]; *(bajt)* prevent [privent]

megelőző preceding [priszíding]

megengedett legnagyobb sebesség maximum speed limit [mekszimam szpíd limit]

megengedett terhelés permissible load [parmiszabl lód]

megengedni to allow [tu alau]; **tessék** ~, **hogy...** please permit me to [pliz parmit mi tu]...

megenni *(vmit)* to eat (sth) [tu ít (szâmszing)]

megéri *(értékben)* it is worth (the money) [iz vörsz (da mâni)]; **megérte!** it was worth it [it voz wörsz it]!

megérkezni to arrive [tu erájv]; **megérkezett már a vonat?** has the train arrived [hez da trén erájvd]?; **megérkeztünk!** here we are [hiar vi ár]!

megerősíteni *(hírt)* to confirm [tu kanförm]

megérteni to understand [tu ândarsztend]

megérteti magát makes himself/herself understood [méksz himszelf/hörszelf ândarsztud]

megfagyni to freeze [to fríz]

megfázás →**meghűlés**

megfázni to catch (a) cold [tu kecs (e) kóld]

megfejtés answer [ánszar], solution [szalúsn]

megfelel it will do [itl dú], that is all right [dec ól rájt]; **megfelel?** will that be all right [vil det bí ól rájt]?

megfelelő suitable [szjútabl]

megfelezni to halve [tu háv]

megfésül(köd)ni to comb [tu kóm]

megfigyelni to observe [tu əbzőrv]

megfizetni to pay (for sth) [tu péj (for szâmszing)]

megfogni to take [tu ték], *(elkapni)* to catch [tu kecs]

megfogódzni to hold on (to) [tu hóld on (tu)]

megfordítani to turn [tu törn]

megfordulni to turn (back) [tu törn (bek)]; ~ **tilos!** no U turns [nó jú törnz]!

megfürödni to have/take a bath [tu hev/ték e bász]; *(szabadban)* to bathe [tu béz]

meggondoltam magam I changed my mind [áj cséndzsd máj májnd]

meggyógyulni to recover [tu rikâvər]

meggyőződni *(vmiről)* to make sure [tu mék súr]; **győződjék meg róla, (hogy)** ... make sure that ... [mék súr det ...]

meggyújtani *(cigarettát, tüzet)* to light [tu lájt]; *(villanyt)* to switch on [tu swics on]

meghaladni to exceed [tu ikszíd]; **nem haladhatja meg** ... must not exceed [mászt not ikszíd] ...

meghallani to hear (sth) [tu hiər (szâmszing)]; **meghallottam** ... I heard [áj hőrd] ...

meghallgatni to listen to [tu liszn tu]

meghalni to die [tu dáj]; **meghalt** she died [sí dájd]

meghámozni to peel [tu píl]

meghatalmazás authorization [ószərájzésn]

meghatalmazni to authorize [tu ószərájz]

meghatározni to determine [tu ditörmin]; *(időpontot)* to fix [tu fiksz]

megható moving [múving]

meghibásodás failure [féljər], breakdown [brékdaun]

meghibásodott *(szerkezet)* is out of order [iz aut ov órdər], *(jármű)* broke down [brók daun]

meghívás invitation [invitésn]

meghívásos telefonbeszélgetés person to person call [pörszn tu pörszn kól]

meghívni to invite [tu invájt]; **meghívtak vacsorára** I was invited for dinner [áj voz invájtid for dinər]

meghívó invitation (card) [invitésn (kárd)]

meghívólevél letter of invitation [letər ov invitésn]

meghízni to put on weight [tu put on véjt]

meghosszabbítani *(tartózkódást)* to prolong [tu prəlong]

meghosszabbítás *(útlevélé stb.)* extension [iksztensn], prolongation [prólongésn]

meghosszabbíttatni *(vízumot)* to have (visa) prolonged [tu hev (vízə) prəlongd]

meghúzni *(csavart)* to tighten [tu tájtn]

meghűlés (common) cold [(kəmən) kóld]

meghűlni to catch (a) cold [tu kecs (e) kóld]; **meghűltem** I have a (bad) cold [áj hev e (bed) kóld]

megigazítani to adjust [tu edzsászt]

megígérni to promise [promisz]; **ígérje meg !** promise !

megijedni to get frightened [tu get frájtnd]

megindulni *(jármű)* to start [tu sztárt]

megint *(ismét)* again [əgen]

meginterjúvolni to interview [intərjú]

megírni to write [tu rájt]; **megírta(d) a levelet?** have you written the letter [hev ju ritn də letər]?; **ahogy levelemben megírtam** as I said in my letter [ez áj szed in máj letər]

mégis yet [jet]; **azért ~ still** [sztil] . . .

megismerkedni to get acquainted (with) [tu get əkvéntid (vid)]; **Budapesten ismerkedtünk meg** we met in Budapest [ví met in Bjúdəpeszt]

megismerni *(felismerni)* to recognize [tu rekəgnájz]

megismételni to repeat [tu ripít]

megjavítani to repair [tu ripeer]

megjavíttatni have (sth) repaired [hev (szâmszing) ripeerd]

34

megjegyezni *(vmit)* to remember [tu rimembər]; **meg szeretném jegyezni, hogy ...** I should like to mention that [áj sud lájk tu mensn det] ...

megjegyzés remark [rimárk]

megjelenés appearance [epiərənsz]; *(reptéren)* check-in [csek-in]

megjelenési idő *(reptéren)* check-in time [csek-in tájm]

megjelenni to appear [tu epiər]

megjelölni to indicate [tu indikét]; *(vm jellel)* to mark [tu márk]

megjönni to arrive [tu ərájv]; **megjött!** *(ember)* has arrived [hez ərájvd]!; *(jármű)* is in [iz in]

megkapni to get [tu get]; to receive [tu riszív]; *(betegséget)* to catch [tu kecs]; **megkaphatnám?** may I have it [méj áj hev it]?; **megkapta a levelemet?** have you received my letter [hev ju riszívd máj letər]?

megkérdezni to ask [tu ászk]; **kérdezd meg, hol van az állomás** ask (him) where the station is [ászk (him) veer də sztésn iz]

megkeresni to find [fájnd]; *(pénzt)* to earn [tu őrn]; **megkerestem a szótárban** I looked it up in the dictionary [áj lukt it áp in də diksənri]

megkérni *(vkit vmire)* to ask (sby) [tu ászk szâmbədi]; **megkértem (őt), hogy segítsen** I asked him to help (me) [áj ászkt him tu help (mí)]

megkezdeni, megkezdődni to begin [tu bigin]; **megkezdődött már?** has it begun [hez it bigân]?; **az előadás megkezdődött** the performance is on [də pərfórmənsz iz on]

megkínálni to offer [tu ofər]; **megkínálhatom ...** may I offer you a [méj áj ofər jú e] ...

megköszönni to thank (for sth) [tu szenk (for szâmszing)]; **köszönje meg a nevemben** give him my best thanks [giv him máj beszt szenksz]

megkötni to tie (up) [tu táj (âp)]

megközelíteni to approach [tu eprócs]

megközelíthető *(hely)* can be reached (by) [ken bí rícst (báj)]; **könnyen ~** within easy reach [vidin ízi rícs]

megkülönböztetni to distinguish [tu disztingvis]; **nem lehet őket ~ egymástól** you cannot tell one from the other [ju kánt tel van from di âdər]

meglátni *(vmit)* to see [tu szi]; *(észrevenni)* to notice [tu nótisz]; **majd meglátjuk, hogy...** we shall see (whether) [víl szí (vedər)] ...

meglátogatni to pay a visit (to) [tu péj e vizit (tu)]; **meglátogattam a barátomat** I went to see my friend [áj vent tu szí máj frend]; **látogasson meg ha Magyarországon jár!** look me up if you come to Hungary [luk mí âp if ju kâm tu hângəri]!

meglazulni *(csavar)* to get loose [tu get lúsz]

meglazult *(csavar)* got loose [got lúsz]

meglehetősen rather [rádər]

meglepetés surprise [szəprájz]

meglevő existing [igzíszting]

megmagyarázni to explain [tu ikszplén]

megmenteni to save [tu szév]

megmérni to measure [tu mezsər]

megmondani to say [tu széj], to tell [tu tel]; **megmondtam neki** I told him [áj tóld him]; **mondja meg kérem...** tell me please [tel mí plíz] ...; **megmondta neki hogy hívjon fel?** did you tell him to ring me up [did ju tel him tu ring mí âp]?

megmosakodni to wash [tu vos]

megmosni to wash [tu vos]; **megmossa a kocsiját** give his car a wash(down) [givz hiz kár e vos(daun)]

megmutatni to show [tu só]; **mutassa meg, kérem...** show me, please [só mí plíz] ...

meg nem jelenés failure to appear [féljər tu epiər]

meg nem jelenési díj "no-show" charge [nó-só csárdzs]

34*

megnézni *(vmit)* to (have a) look at [tu (hev e) luk et]; *(színdarabot, filmet)* to see [tu szí]; **megnezhetem?** may I have a look [méj áj hev e luk]?; **meg szeretném nézni a vásárt** I want to see the fair [áj vant tu szí də feer]

megnősülni to marry [tu meri]

megnyerni to win [tu vin]; **megnyerte a versenyt** he won the race [hi von də rész]

megnyitás opening [ópəning]

megnyitó ünnepély opening ceremony [ópəning szeriməni]

megnyomni to press [tu pressz], to push [tu pus]; **nyomja meg a gombot** press button (here) [pressz bátn (hiər)]

megoldani to solve [tu szolv]

megoldás solution [szəlúsn]

megölelte he put his arms round her [hi put hiz ármz raund hör]

megölni to kill [tu kil]

megőrzésre for safekeeping [for széfkíping]

megpihenni to take a rest [tu ték e reszt]

megpróbálni to try [tu tráj]; **megpróbálom!** I shall try it [áj tráj it]!

megragadni to seize [tu szíz]; **megragadom az alkalmat** I want to take the opportunity to [áj vont tu ték di opərtyúniti tu]

megrándult a bokám I sprained my ankle [áj szprénd máj enkl]

megreggelizni to have breakfast [tu hev brekfəszt]

megrendelni to order [tu órdər]

megrendelőlap order form [órdər form]

megröntgenezni to X-ray [tu eksz-réj]

megsebesült was injured [voz indzsərd]; *(kicsit)* was hurt [voz hört]

megsérteni to injure [indzsər]; *(szóval)* to insult [tu inszált]; *(szabályt)* to violate [tu vájəlét]

megsérült was wounded/hurt [voz vúndid/hört]; *(dolog)* was damaged [voz demidzsd]

megsózni to salt [tu szólt]

megszakítani to break (off) [tu brék (óf)]; **megszakította útját** he broke his journey [hi brók hiz dzsőrni]; **Bécsben 2 napra megszakítottam utamat** in Vienna I stopped over for 2 days [in vienə áj sztopt óvər for tú déjz]

megszakítás break [brék]

megszállni *(vhol)* to put up (at) [tu put âp (et)]; *(egy éjszakára)* to stop over [tu sztop óvər]

megszámolni to count [tu kaunt]

megszerezni to get [tu get], to obtain [tu əbtén]

megszervezni to organize [tu órgənájz]

megszoktam I am used to it [ájm júzd tu it]; **nem szokta meg hogy...** he is unaccustomed to [hi iz ânəkâsztəmd tu]...

megszólítani to speak to [tu szpík tu]

megszüntetni to stop [tu sztop]; to discontinue [tu diszkəntinjú]

megtakarított pénz savings [szévingz]

megtalálni to find [tu fájnd]; **megtaláltam** I (have) found it [áj(v) faund it]

megtanítani to teach [tu tícs]

megtanulni to learn [tu lörn]

megtárgyalni *(vmt)* to discuss [tu diszkâsz]

megtartani *(ígéretet)* to keep [tu kíp]; **megtarthatom?** may I keep it [méj áj kíp it]?

megtekinteni *(kiállítást)* to visit [tu vizit]; *(látnivaló-kat)* to see (the sights) [tu szí (də szájc)]

megtelt *(busz)* full up [ful âp]

megtenni *(vmit)* to do (sth) [tu dú (szâmszing)]; **megtenné?** would you do it [vud ju dú it]?

megtéríteni to refund [tu rífând]; to reimburse [tu ríimbörsz]

megtiltani to prohibit [tu prəhibit], to forbid [tu fəbid];

meg van tiltva is prohibited/forbidden [iz prəhib-itid/fəbidn]

megtiszteltetés honour [onər]

megtolni to push [tu pus]; **kérem tolja meg a kocsi-mat** push my car, please [pus máj kár plíz] !

megtölteni to fill (up) [tu fil (áp)]

megtudni to learn [tu lörn]; **megtudtam, hogy ...** I found out that [áj faund aut det] ...

megunni to get tired of [tu get tájərd ov]

megünnepelni to celebrate [tu szelibrét]

megütni to hit [tu hit]; **megütötte magát?** have you hurt yourself [hev ju hört jorszelf]?

megváltani *(jegyet)* to book (a ticket) [tu buk (e tikit)]; **megváltotta már a jegyét?** have you booked/bought your ticket [hev ju bukt/bót jor tikit]?

megváltozni to change [tu cséndzs]; **a program meg-változott** the program(me) has changed [de próg-rem hez cséndzsd]

megváltoztatni to change [tu cséndzs]

megvámolni to impose duty on [tu impóz gyúti on]

megvan ! here it is [hiər it iz] !; I have got it [ájv got it] !; ~ **mindene?** have you got all your things [hev ju got ól jor szingz]?

megvárni *(vkit)* to wait (for sby) [tu véjt (for szâm-bədi)]

megvarrni to sew [tu szó], to make [tu mék]

megvásárolni to buy [tu báj]; **megvásárolta amit akart?** did you buy (all) the things you wanted [did ju báj (ól) də szingz ju vantid]?

megvédeni *(vmitől)* to protect (from) [tu prətekt (from)]

megvenni to buy [tu báj]; **megveszi?** are you going to buy it [ár ju góing tu báj it]?; **megvettem** I (have) bought it [áj(v) bót it]

megverni to beat [tu bít]; *(sportban)* to defeat [tu difít]

megvilágításmérő exposure meter [ikszpózsər mítər]

megvitatni to discuss [tu diszkâsz]

megvizsgálni to examine [tu igzemin]

megzavarni to disturb [tu disztőrb]

megy goes [góz], is going [iz góing]; **~ek már!** (I am) coming [(ájm) kâming]!; **mentem** I went [áj vent]; **menjünk!** let us go [lec gó]!; **mennem kell** I must go [áj mászt gó]; **hova ~?** where are you going [veer ár ju góing]?; **Budapestre ~ek** I am going to Budapest [ájm góing tu bjúdəpeszt], I am leaving for Budapest [ájm líving for—]; **vidékre ~** goes to the country [góz tu də kântri]; **autón ~** goes by car [góz báj kár]; **villamoson ~** takes a tram [téksz e trem]; **gyalog ~** goes on foot [góz on fut]; walks [vóksz]; **mi ~ ma?** *(moziban, színházban)* what is on today [vac on tədéj]? →**menni**

megye county [kaunti]

meggy morello [məreló]

méh *(állat)* bee [bí]

mekkora? *(milyen nagy)* how large [hau lárdzs]?, how big [hau big]?

meleg warm [vórm]; **~ebb** warmer [vórmər]; **~em van** I am warm [ájm vórm]

MELEG ITALOK warm beverages [vorm bevəridzsiz]

melegíteni to warm [tu vórm]

melegítő track-suit [trek-szjút]

melegszik *(motor)* is overheating [iz óvərhíting]

mell breast [breszt]

mellé beside [biszájd]

mellékállomás *(telefon)* extension [iksztensn]

mellékelni to enclose [tu inklóz]

mellékelt enclosed [inklózd]

melléképület outhouse [authausz]

melléklet *(újsághoz)* supplement [szâpliment]; *(levélhez)* enclosure [inklózsər]

mellékút side road [szájd ród]

mellékútvonal minor road [májnər ród]; secondary road [szekəndəri ród]

mellény waistcoat [vészkót], *(US)* vest [veszt]

mellett next to [nekszt tu]; **a ház ~** next to the house [nekszt tu də hausz]; **egymás ~** side by side [szájd báj szájd]

mellette next to him/her [nekszt tu him/hör]; **~m** beside me [biszájd mí]

mellkas chest [cseszt]

mellső front [frânt]; **~ irányjelző** front blinkers [front blinkərz]

melltartó bra [brá]

melltű brooch [brócs]

mellúszás breast stroke [breszt sztrók]

melódia melody [melədi], tune [tyún]

méltányolni to appreciate [tu əprísiét]

mély deep [díp]

mélyhűtött deep frozen [díp frózn]

melyik which (one) [vics (van)]; **~ az?** which is it [vics iz it]?; **~ a kettő közül?** which of the two [vics ov də tú]?; **~et?** which one [vics van]?; **~ a legrövidebb út ... felé?** which is the shortest way to [vics iz də sortiszt véj tu]...?; **~ tetszik jobban?** which do you prefer [vics du ju prifőr]?; **~ vágányra érkezik a vonat ...ről?** which platform from [vics pletfőrm from]...?; **~ vágányról indul a vonat ... felé?** which platform for [vics pletfőrm for]...?

MÉLY VIZ! CSAK ÚSZÓKNAK *(deep water, for swimmers only)*

menedékház (tourist) hostel [(túriszt) hosztəl], rest house [reszt hausz]

ménes stud-farm [sztâd-fárm]

menet *(csapaté)* march [márcs]; *(sport)* round [raund]

menetdíj fare [feer]

menetdíj visszatérítés refund (of unused tickets) [rífánd (ov ânjúzd tíkic)]

menetidő running time [râning tájm], *(repgépé)* flying time [flájing tájm]

menetirányban facing the engine [fészing di endzsin]

MENETJEGYEK tickets [tíkic]

menetjegyiroda ticket bureau [tikit bjúró], tourist agency [túriszt édzsənszi]

menetrend time-table [tájm-tébl], *(US)* schedule [szkedzsúl]; *(vasúti)* railway guide [rélvéj gájd]; **~ szerint** as scheduled [ez segyúld/szkedzsúld]

menetrendszerű: ~ járat regular service [regjuler szőrvisz]; **~ hajójáratok** regular sailings [—szélingz]

menetrendszerűen közlekedik operates on schedule [opəréc on segyúl/szkedzsúl]

menettérti jegy return ticket [ritőrn tikit], *(US)* round-trip ticket [raund-trip tikit], two-way ticket [tú-véj tíkit]

menni to go [tu gó]; **~ kell !** we must go [ví mászt gó] !; **~ akar** he wants to go [hi vanc tu gó] **→megy**

mentén along [elong]; **az út ~** along the road [elong də ród]

mentes *(vmitől)* free from [frí from]

mentesítő vonat relief train [rilif trén]

mentőautó ambulance(-car) [embjulənsz(-kár)]

mentőcsónak lifeboat [lájfbót]

mentődoboz → mentőláda

MENTŐK ambulance [embjulənsz]

mentőláda first-aid box/kit [főrszt-éd boksz/kit]

mentőöv life-belt [lájf-belt]

mentőszolgálat ambulance service [embjulənsz szőrvisz]

menü menu [menyú], bill of fare [bil ov feer]; **~t eszem** I shall have the fixed lunch [ájl hev də fikszt láncs]

meny daughter-in-law [dótərinló]

menyasszony fiancée [fiánszé], *(esküvő napján)* bride [brájd]

mennydörgés thunder [szândər]

mennyezet ceiling [szíling]

mennyi *(megszámolható, többes számú dolognál)* how many [hau meni]?; *(meg nem számolható egyes számú dolognál)* how much [hau mâcs]?; ~ **az idő?** what is the time [vac də tájm]?; ~**be kerül?** how much is it [hau mâcs iz it]?; ~**ért?** for how much [for hau mâcs]?; ~**re** *(milyen messze)* how far [hau fár]?; *(milyen mértékben)* how [hau]; ~**re van (ide)** Bécs how far is Vienna? [hau fár iz Vienə]?; ~**t kér?** how much (do you charge) [hau mâcs (du ju csárdzs)]?; ~**t parancsol?** how much do you want [hau mâcs du ju vant]?; ~**vel tartozom?** how much do I owe you [hau mâcs dú áj ó jú]?

mennyiség quantity [kvantiti]

meredek steep [sztíp]

méreg poison [pojzn]

méret dimension [dimensn]; *(ruhadarabé)* size [szájz]

méretarány scale [szkél]; **a térkép** ~**a 1 : 2,500,000** map on scale 1 : 2,500,000 [mep on szkél ...]

mérföld mile [májl]

mérföldkő milestone [májlsztón]

mérges poisonous [pojznəz]; *(dühös)* angry [engri]

mérgezés poisoning [pojzning]

mérkőzés *(sport)* match [mecs]

mérleg scales [szkélz]

mérni to measure [tu mezsər]; *(súlyt)* to weigh [tu véj]

mérnök engineer [endzsiniər]

merőleges perpendicular [pərpendikjulər]

mérőpálca *(olajszinthez)* dipstick [dipsztik]

merre *(hol)* where [veer]; *(hová)* which way [vics véj]?; ~ **van a poggyászfeladás?** where is the luggage office [veer iz də lâgidzs ofisz]?

mérsékelt áron at a moderate price [et e modərit prájsz]

mert because [bikoz]

mérték measure(ment) [mezsər(ment)]; **~et venni** to take the measurements [tu ték də mezsərmenc]; **~ után** made to measure [méd tu mezsər]

mértékegység unit of measurement [junit ov mezsərment]

merülőforraló immersion heater [imőrsn hítər]

mese tale [tél]

mesélni to tell [tu tel]; **mesélj az utadról** tell me about your trip [tel mí ebaut jor trip]

mester master [másztər]

mestermű masterpiece [másztərpísz]

mesterség trade [tréd], profession [prəfesn]

mesterséges artificial [ártifisl]

mészáros, mészárszék butcher's (shop) [bucsərz (sop)]

messze far off/away [fár óf/evéj]

messzelátó long-sighted [long-szájtid]

messzire far away [fár evéj]

metélt noodles [núdlz]

meteorológiai intézet weather-bureau [vedər-bjuró]

meteorológiai jelentés weather forecast [vedər fórkászt]

méter metre, *(US)* meter [mítər]

MÉTERÁRU drapery [drépəri]

METRO underground [ándərgraund], Metro

metróállomás, M underground station [ándərgraund sztésn]

méz honey [hâni]

mézeshetek honeymoon [hânimún]

mézeskalács gingerbread [dzsindzsəbred]

mező field [fíld]

mezőgazdaság agriculture [egrikálcsər]

meztelen naked [nékid]

mi[1] we [ví]; **~ magunk** we ourselves [ví auərszelvz]; **a ~ könyvünk** our book [auər buk]

miª *(kérdő névmás)* what [vat]?; ~ **az?** what is it/that [vac it/det]?; ~ **ez angolul?** what is that in English [vac det in inglis]?; ~ **baja van?** what is the matter with you [vac də metər vid jú]?; ~ **a panasza?** what is your complaint [vac jor kəmplént]?; ~ **történt?** what happened [vat hepənd]?; ~ **újság?** what is the news? [vac də nyúz]?

mialatt while [vájl]

miatt because of [bikoz ov]

mibe kerül? how much is it [hau mâcs iz it]?

miben lehetek szolgálatára? what can I do for you [vat ken áj dú for jú]?

miből van? what is it made of [vac it méd ov]?

mielőbb as soon as possible [ez szún ez poszəbl]

mielőbbi szíves válaszát várva looking forward to hear from you soon [luking fórvəd tu hiər from jú szún]

mielőtt before [bifór]

mienk ours [auərz], belongs to us [bilongz tu ász]; **az autó a** ~ the car is ours [də kár iz auərz]

miért? why [váj]?

miért ne? why not [váj not]?

miféle ... what sort of (a) [vat szórt ov (e)] ...

mihelyt as soon as [ez szún ez]

mikor when [ven]?; ~ **érkezett az országba?** *(űrlapon)* date of arrival in country [dét ov erájvəl in kântri]; ~ **érkezünk** ...-**be?** what time do we get to ... [vat tájm du ví get tu ...]?; ~ **indul a vonat?** when does the train leave [ven dâz də trén lív]?; ~ **kell a repülőtéren lenni?** when do I have to check in at the airport [ven du áj hev tu csek in et di eerpórt]?

miközben while [vájl]

mikrobarázdás hanglemez →**mikrolemez**

mikrobusz microbus [májkrobász]

mikrofon mikrophone [májkrəfón]

mikrolemez long-playing record, LP-record, [long-pléjing rekórd]
milliméter millimetre, *(US)* millimeter [milimítər]
millió million [miljən]
milliomos millionaire [miljeneer]
milyen...? what is ... like [vac ... lájk]?; ~ **az időd?** what is the weather like [vac də vedər lájk]?; ~ **széles?** how wide [hau vájd]?; ~ **nap van ma?** what day is today [vat déj iz tədéj]?
mind all [ól] *(utána többes szám)*; every [evri], each [ícs] *(utánuk egyes szám)*
mindannyian all of us/you/them [ól ov ász/jú/dem]
mindeddig so far [szó fár]
mindegy it is all the same [ic ól də szém]
mindegyik each [ícs], every [evri]
minden all [ól] *(utána többes szám);* every [evri] *(utána egyes szám);* **ez ~?** is that all [iz det ól]?; ~ **bizonnyal** certainly [szörtnli]; ~ **további** each additional [ícs edísnl]
mindenáron at any price [et eni prájsz]
mindenesetre in any case [in eni kész]
mindenhol everywhere [evriveer]
MINDEN JEGY ELKELT sold out [szóld aut]
mindenki everybody [evribodi] *(utána egyes szám);* all [ól] *(utána többes szám)*
mindennap every day [evri déj]
mindenütt everywhere [evriveer]
mindig always [ólvəz]
mindjárt just a moment [dzsászt e mómənt]!
mindkét both [bósz]; ~ **irányban** both ways [bósz véjz]
mindketten both of us/them [bósz ov ász/dem]
mindnyájan all of us/you/them [ól ov ász/ju/dem]
mindössze altogether [óltəgedər]
minek? why [váj]?
minél előbb, annál jobb the sooner, the better [də szúnər, də betər]

minigolf minigolf
minimum minimum [miniməm]
miniszoknya miniskirt [miniszkört]
miniszter minister [minisztər]
miniszterelnök Prime Minister [prájm minisztər]
minisztérium ministry [minisztri]
minket us [âsz]
minőség quality [kvoliti]
mint *(melléknévvel)* as [ez]; *(főnévvel)* like [lájk];
    olyan ~ az apja he is like his father [hi iz lájk hiz
    fádər]; **olyan magas ~ az apja** he is as tall as his
    father [hi iz ez tól ez hiz fádər]
minta sample [szâmpl]
mintha as if [ez if]; **nem ~** not that [not det]
minthogy as [ez], since [szinsz]
mínusz minus [májnəsz]
mióta? since when [szinsz ven]?; **~ van Magyarorszá-
    gon?** how long have you been in Hungary [hau
    long hev ju bín in hângəri]?
mióta ever since [evər szinsz]
MIRELITE *(deep-frozen food)*
miről beszél? what is he talking about [vac hi tóking
    ebaut]?
mise mass [mesz]
mit? what [vat]?; **~ adnak** *(moziban, színházban)?*
    what is on [vac on]?; **~ mond?** what does he say
    [vat dâz hí széj]?; **~ parancsol?** what will you
    have [vat vil ju hev]?
mivel as [ez], since [szinsz]
MM = KETTŐS MEGÁLLÓ double stop (attention!
    the second bus/tram does not stop again)
mm = *milliméter* millimetre, *(US)* millimeter [mili-
    mítər]
mocsár marsh [mársr]
mód way [véj]; **van rá ~?** is it possible [iz it posəbl]?
modell model [modl]

modern modern [modən]
mogyoró hazel-nut [hézl-nât]
móló pier [piər]
mondani to say [tu széj]; *(közölni)* to tell [tu tel]; **hogy mondják angolul?** how do you say it in English [hau du ju széj it in inglis]?; **azt mondta, hogy eljön** he said he would come [hi szed hi vud kâm]
mondat sentence [szentənsz]
mosakodni to have a wash [tu hev e vos]
mosás és berakás *(haj)* shampoo and set [sempú end szet]
mosdik is having a wash [iz heving e vos]
mosdó *(helyiség)* lavatory [levətəri]; *(US)* rest room [reszt rúm]
mosdókagyló (wash-)basin [(vos-)bészn]
mosdószappan toilet soap [tojlit szóp]
mosni to wash [tu vos]; **kocsit ~** to give the car a wash(-down) [tu giv də kár e vos(-daun)]
mosoda laundry [lóndri]
mosogatni to wash up [tu vos âp]
mosogató sink [szink]
mosógép washing machine [vosing məsín], washer [vosər]
mosoly smile [szmájl]
mosolyogni to smile [tu szmájl]
mosószer detergent [ditőrdzsənt]
most now [nau]; **~ nem** not now [not nau]
mostanában lately [létli]
motel motel
motor motor [mótər], engine [endzsin]
motorcsónak motor-boat [mótər-bót]
motorházfedél bonnet [bonit], *(US)* hood [hud]
motorhiba engine trouble [endzsin trâbl], breakdown [brékdaun]
motorhűtés cooling [kúling]
motorkerékpár motorcycle [mótəszájkl]

motorkocsi rail-car [rél-kár]
motorolaj motor oil [mótər ojl]
motorszerelő motor mechanic [mótər mikenik]
motorvonat motor-train [mótər-trén]
motozni to search [tu szörcs]
mozdony engine [endzsin]
mozdonyvezető engine-driver [endzsin-drájvər]
mózeskosár bassinet(te) [beszinet]
mozgás movement [múvment]
mozgásképtelen *(kocsi)* immobilized [imóbilájzd]
mozgó moving [múving]
mozgóbüfé *(vonaton)* minibar [minibár]
mozgólépcső escalator [eszkəlétər]
MOZI cinema [szinimə], *(US)* movie [múvi]; ~**ba** to the cinema/pictures [tu də szinima/pikcsərz]
mozifilm cinefilm [színifilm]
mozogni to move [tu múv]
mögé behind [bihájnd]; **a ház** ~ behind the house [bihájnd də hausz]
mögött behind [bihájnd]
mp = *másodperc* second [szekənd]
MTA = *Magyar Tudományos Akadémia* Hungarian Academy of Sciences [hângeeriən ekedəmi ov szájənsziz]
MTI = *Magyar Távirati Iroda* Hungarian Telegraphic Agency [hângeeriən teligrefik édzsənszi]
jó **mulatást** *(kívánok)*! →**mulatni**
mulatni to enjoy oneself [tu indzsoj vânszelf]; **mulass jól**! have a good time [hev e gud tájm]!
mulatóhely night-club [nájt-kláb]
mulatságos amusing [emjúzing]
múlik *(idő)* passes [pásziz]
múlt past [pászt]; ~ **héten** last/past week [lászt/pászt vík]
multi-super olaj multi-grade oil [mâlti-gréd ojl]
múltkor the other day [di âdər déj]

múlva: 3 nap ~ *(mostantól)* in three days [in szrí déjz]; *(a múltban)* three days later [szri déjz létər]; **1 óra ~** in an hour [in en auər]; **öt perc ~ öt** five minutes to five [fájv minic tu fájv]

munka work [vörk]; *(elfoglaltság)* job [dzsob]; *(feladat)* task [tászk]

munkabér wages [védzsiz]

munkaebéd working lunch(eon) [vörking lâncs(ən)]

munkahely place of work [plész ov vörk]

munkaidő working hours [vörking auərz]

munkálatok works [vörksz]

munkanap working day [vörking déj]

munkanélküli unemployed [ânimplojd]

munkás worker [vörkər]

munkaszüneti nap public holiday [pâblik holidéj]

munkatárs collegue [kolíg], co-worker [ko-vörkər]

munkavállalási engedély work permit [vörk pörmit]

musical musical (comedy) [mjúzikl (komidi)]

mustár mustard [mâsztəd]

muszáj must [mâszt]; have got to [hev got tu]

mutatni to show [tu só]; **mutassa meg kérem** please show me [plíz só mí]

mutató hand [hend]

múzeum museum [mjuziəm]

muzsika music [mjúzik]

mű work [vörk]; *(zenei)* composition [kompəzísn]

műanyag plastic [plesztik]

műanyagzacskó plastic bag [plesztik beg]

műbőr leatherette [ledəret]

műcsarnok art-gallery [árt-geləri]

MŰEMLÉK historic building [hisztorik bilding]; monument [monyumənt]; art relic [árt relik]

műfog false tooth [fólsz túsz]

műfogsor denture [dencsər]

műhely workshop [vörksop]

35

műjégpálya artificial skating rink [ártifisl szkéting rink]

műkorcsolyázás figure skating [figǝr szkéting]

működés *(emberé)* activity [ektiviti]; *(gépé)* working [vörking], operation [opǝrésn]

működni *(gép, szerv)* to work [tu vörk]; to operate [tu opǝrét]; **jól működik** is in good working order [iz in gud vörking órdǝr]; **nem működik** is out of order [iz aut ov órdǝr]; **hogy működik?** how does it work [hau dâz it vörk]?

műselyem rayon [réjon]

műsor program(me) [prógrem]; show [só]; ~**on** now playing [nau pléjing]

műszak shift [sift]

műszaki technical [teknikl]; ~ **egyetem** technical university [teknikl junivörsziti]; ~ **hiba** technical failure [teknikl féljǝr]; *(autó)* breakdown [brékdaun]; ~ **segélyszolgálat** breakdown service [brékdaun szörvisz]

MŰSZAKI SEGÉLYHELY mechanical help [mikenikl help]; *(US)* aidpoint [édpojnt]

műszer instrument [insztrumǝnt]

műszerész mechanic [mikenik]

műszerfal, műszertábla dashboard [desbórd], *(US)* instrument board [insztrumǝnt bórd]

műterem studio [sztyúdió]

műtét operation [opǝrésn]

műtő operating theatre [opǝréting sziǝtǝr]

műugrás springboard diving [szpringbórd dájving]

műút highway [hájvéj]

műveletlen uneducated [ânegyukétid]

művelt educated [egyukétid]

művész artist [ártiszt]

művészet fine art [fájn árt]

művészlemez classical record [kleszikl rekórd]

művezető foreman [fórmen]

N

nadrág (pair of) trousers [(peer ov) trauzərz]; *(női hosszú)* slacks [szleksz]

nadrágkosztüm pants/trouser-suit [penc/trauzər-szjút]

nadrágtartó braces [brésziz]

nagy large [lárdzs], big [big]; ~ **ember** *(kiváló)* a great man [e grét men]; ~**fontosságú** of great importance [ov grét impórtənsz]

nagyanya grandmother [grendmâdər]

nagyapa grandfather [grendfádər]

nagybácsi uncle [ânkl]

nagybetű capital (letter) [kepitl (letər)]

Nagy-Britannia Great-Britain [grét-britn]

NAGYFESZÜLTSÉG high voltage [háj vóltidzs]

nagyítás enlargement [inlárdzsment]

nagyító magnifying glass [megnifájing glász]

nagyjavítás (general) overhaul [(dzsenərəl) óvərhól]

nagykorú major [médzsər]

nagykövet ambassador [embeszədər]

nagykövetség embassy [embəszi]

nagyközönség the general public [də dzsenərəl pâblik]

nagynéni aunt [ánt]

nagyobb larger [lárdzsər], bigger [bigər]

nagyon *(melléknév mellett)* very [veri]; *(ige mellett)* very much [veri mâcs]; ~ **örülök** I am very pleased/ glad [ájm veri plízd/gled]; ~ **sok** *(megszámolható, többes számú)* great many [grét meni]; *(meg nem számolható, egyes számú)* very much [veri mâcs]; ~ **szívesen** with (great) pleasure [vid (grét) plezsər]; ~ **kedves öntől** it is very kind of you [ic veri kájnd ov jú]

nagypéntek Good-Friday [gud-frájdi]

nagyszálló Grand Hotel [grend hótel]

nagyszerű⌐ splendid [szplendid] !

35*

nagyszombat Holy Saturday [hóli szetərdi]
nagyszülők grandparents [grendpeerenc]
nagyvad big game [big gém]
nagyváltósúly *(boxing)* light middleweight [lájt midlvéjt]
nála *(vele)* with/on him/her [vid/on him/hör]; *(otthon)* at his/her place/home [et hiz/hör plész/hóm]; **én idősebb vagyok ~** I am older than he/she [ájm óldər den hí/sí]; **~d, ~tok** *(veled, veletek)* with/on you [vid/on jú]; *(otthon)* at your place/home [et jor plész/hóm]; **~m** *(velem)* with/on me [vid/on mí]; *(otthon)* at my place/home [et máj plész/hóm]; **~am magasabb** she is taller than I (am) [sí iz tólər den áj (em)];**nincs ~m pénz** I have not got money on me [áj hevnt got máni on mí]
náluk *(velük)* with/on them [vid/on dem]; *(otthon)* at their place/home [et deer plész/hóm]
nálunk *(velünk)* with/on us [vid/on ász]; *(otthon)*at our place [et auər plész]; **~ voltak** they visited us [déj vízitid ász], they were at our place [déj vőr et auər plész]
nap *(égitest)* 1. sun [szán]; **a ~ felkel** the sun rises [də szán rájziz]; **süt a ~** the sun is shining [də szán iz sájning] 2. *(24 óra)* day [déj]; **milyen ~ van ma?** what day is today [vat déj iz tədéj]?; **egész ~** all day [ól déj]; 3 **~ig** for three days [for szrí déjz]
nap(fel)kelte sunrise [szánrájz]
napfénytöltés day-light cartridge [déjlájt kártridzs]
napi dəily [déjli]
napidíj allowance [elauənsz]
napilap daily paper [déjli pépər]
napló diary [dájəri]
napolaj suntan oil [szánten ojl]
naponként daily [déjli], per day [pör déj]
napos *(napsütötte)* sunny [száni]

napozni to take a sunbath [tu ték e szânbász]
nappal by day [báj déj]; **3 ~ előbb** 3 days earlier
[szrí déjz őrliər]
nappa l si tin· room [sziting rúm]
napsütés sunshine [szânsájn]
napszemüveg sun-glasses [szân-glásziz]
napszúrás sunstroke [szânsztrók]
naptár calendar [kelindər]
narancs orange [orindzs]
narancsíz marmalade [márməléd]
narancslé orange juice [orindzs dzsúsz]
narancsszörp orange drink [orindzs drink]
nászút honeymoon [hânimún]
nátha common cold [kamən kóld]
náthás vagyok I have (got) a cold [ájv (got) e kóld]
NDK = *Német Demokratikus Köztársaság* (the) Ger-
man Democratic Republic, GDR [(di) dzsőrmən
deməkretik ripâblik]
ne not; **~ menjen még!** do not go yet [dont gó jet]
nedves wet [vet]
negatív negative [negətiv]
néger negro [nígró]
négy four [fór]
negyed quarter [kvótər]; **~ tizenegykor** at a quarter
past ten [et e kvótər pászt ten]
negyeddöntő quarter finals [kvótər fájnəlz]
negyedév quarter (of year) [kvótər (ov jiər)]
negyedik fourth [fórsz]
negyedóra quarter of an hour [kvótər ov en auər]
négyes *(szám)* (number) four [(nâmbər) fór]
négyszáz four hundred [fór hândrəd]
négyszer four times [fór tájmz]
négyüléses *(autó)* four-seater (car) [fór-szítər (kár)]
negyven forty [fórti]
negyvennyolc forty-eight [fórti-éjt]
négyzet square [szkveer]

négyzetméter square metre [szkveer mítər]

néha sometimes [szâmtájmz]

néhány some [szám]; a few [e fjú]

nehéz *(súlyos)* heavy [hevi]; difficult [difikəlt], hard [hárd]

nehezebb more difficult [mór difikəlt]

nehézség difficulty [difikəlti]

nehézsúly heavy weight [hevi véjt]

neked for/to you [for/tu jú]; ~ **van** you have [ju hev]; van ~ **egy** ...? have you (got) a [hev ju (got) e] ...?

nekem for/to me [for/tu mí]; ~ **adta** he gave it to me [hi gév it tu mí]; ~ **van** I have [áj hev]; I have got [ájv got]

neki for/to him [for/tu him], for/to her [for/tu hör]; ~ **hoztam** I brought it for her [áj brót it for hör]; ~ **van** he has [hi hez]; he has got [híz got]

nekik for/to them [for/tu dem]; **megmondtam** ~ ... I told them [áj tóld dem]...; ~ **van** they have [déj hev]; they have got [déjv got]

nekimenni *(ütközve)* to run into [tu rán intu]; **nekiment** *(ütközve)* ran into [ren intu]

nektek for/to you [for/tu jú]; ~ **adom** I shall give it to you [ájl giv it tu jú]; van ~ ...? have you (got) ... [hev ju (got) ...]?

nekünk for/to us [for/tu âsz]; ~ **hoztad?** have you brought that for us [hev ju brót det for âsz]?; ~ **van** we have [ví hev]; we have got [vív got]

nélkül without [vidaut]

nem no [nó]; *(igével)* not [not]; ~ **fogok elmenni** I shall not go [áj sánt gó]; ...~ **meghaladó** not exceeding [not ikszíding]; ...; ~ **működik** out of order [aut ov órdər]; ~ **nagyon** not very much [not veri mâcs]; ~ **szabad** must not [mâszt not], is not to [iz not tu]; ~**et mondani** to say no [tu széj nó]

NEM BEJÁRAT no entrance [nó entrənsz]

nemcsak not only [not ónli]

NEM DOHÁNYZÓ (szakasz) non-smoker [nonszmókər]

nem(e) *(férfi, nő)* sex [szeksz]

nemesfém precious metal [presəsz metl]

német German [dzsőrmən]

Német Demokratikus Köztársaság (the) German Democratic Republic [(də) dzsőrmən deməkretik ripâblik]

Németország Germany [dzsőrməni]

Német Szövetségi Köztársaság (the) German Federal Republic [(də) dzsőrmən fedərəl ripâblik]

németül in German [in dzsőrmən]; **tud/beszél~** he speaks German [hi szpíksz —]

nem kívánatos undesirable [ândizájərəbl]

NEM MŰKÖDIK out of order [aut ov órdər]

nemrég lately [létli]

nemsokára soon [szún]

nemzet nation [nésn]

nemzeti national [nesnl]; **~ bank** National Bank [nesnl benk];**~ betűjelzés** nationality plate [nesəneliti plét]; **~ színház** National Theatre [nesnl szíətər]

nemzetiség nationality [nesəneliti]

nemzetközi international [intərnesnl]; **~ biztosítás** international insurance card [— insúrənsz kárd]; **~ díjkedvezmény** international fare reduction [—feer ridâksən];**~ gépjárművezetői igazolvány** international driving permit [— drájving pőrmit]; **~ gépkocsijelzés** national mark [nesnl márk]; **N~ Kikötő** International Port [intərnesnl pórt];**~ (repülő)járat** international flight [— flájt]; **~ oltási bizonyítvány** international certificate of vaccination [— szərtifikit ov vekszinésn]

NEMZETKÖZI JEGY- ÉS HELYJEGYPÉNZTÁR *(International booking-office and seat reservations)*

nemzetközösség commonwealth [komənvelsz]

nép people [pípl]

népdal folk song [fók szong]

népi folk [fók]; **~együttes** folk ensemble [fók ánszámbl]; **~ zene** folk music [fók mjúzik]; **~ zenekar** gipsy band [dzsipszi bend]

népköztársaság people's republic [píplz ripâblik]

népművészet folk art [fók árt]

NÉPMŰVÉSZETI BOLT Folk Art Shop [fók árt sop]

népstadion people's stadium [píplz sztédiəm]

népszerű popular [popjulər]

népviselet national costume [nesnl kosztyúm]

neszeszer dressing-case [dreszing-kész]

név name [ném]; **szabad a nevét?** your name, please [jor ném plíz]?; **a nevem . . .** my name is [máj ném iz] . . .; **nevében** on behalf of [on bihâf ov]

neves famous [féməsz]

nevetés laughter [láftər]

nevetni to laugh [tu láf]

nevetséges ridiculous [ridikjuləsz]

nevezetes notable [nótəbl]

nevezetességek sights [szájc]

névjegy visiting card [víziting kárd]

névnap name-day [ném-déj]

névsor list of names [liszt ov némz]

névtábla name plate [ném plét]

nézet view [vjú]; **~em szerint** in my opinion [in máj əpinyən]

nézni to look at [tu luk et]; *(előadást)* to watch [tu vocs]; *(tv-adást)* to watch/view [tu vocs/vjú]

néző spectator [szpektétər]; *(tévé)* viewer [vjúər]

nézőközönség audience [ódjənsz]

nincs there is not [deer iznt]; **~ idő** there is no time [deer iz nó tájm]; **~ igaza** he is wrong [hi iz rong]; **~ pénzem** I have no money [áj hev nó mâni]

normálbenzin regular [regjulər]

normális normal [nórməl]
norvég Norwegian [nórvídzsən]
Norvégia Norway [nórvéj]
nos well [vel]
notesz note-book [nót-buk]
novella short story [sórt sztóri]
nov., november nov., November [novembər]; ~**ben** in
  November [in novembər]
nő woman [vumən], *(több)* women [vimin]
női woman's [vumənz], women's [viminz]; ~ **számok**
  women's events [viminz ivenc]; ~ **vezető** woman
  driver [vomen drájvər]; ~ **véce/W.C.** ladies' room
  [lédiz rum]
NŐI FODRÁSZ Ladies' Hairdresser [lédiz heerdreszər]
NŐK ladies, [lédiz] *(US)* women [vimin]
nőni to grow [tu gró], to increase [tu inkríz]
nős married [merid]
nősülni to get married [tu get merid]
nőtlen single [szingl], unmarried [ânmerid]
növekedik is gröwing [iz gróing]
növény plant [plánt]
nővér sister [szisztər]
NSZK = *Német Szövetségi Köztársaság* (the) German
  Federal Republic, GFR [(də) dzsőrmən fedərəl
  ripáblik]
nulla zero [zíró]; *(számban kiolvasva:* ou [ó])
nylon nylon [nájlən]
nylonharisnya nylons [nájlənz]
nyloning nylon shirt [nájlən sőrt]

NY

Ny = *nyugat* w, west [vest]
nyak neck [nek]
nyakbőség collar size [kolər szájz]

nyakkendő (neck-)tie [(nek-)táj]

nyaklánc necklace [neklisz]

nyár summer [szâmər]; **~on** in summer [in szâmər]

nyaralás (summer) holiday(s) [(szâmər) holədi(z)]

nyaralni to summer [tu szâmər]

nyaraló (ember) holidaymaker [holədi-mékər]; vacationist [vəkésniszt]; (épület) villa [vilə]

nyaralóház bungalow [bângəló], cottage [kotidzs]

nyaralóhely summer resort [szâmər rizórt]

nyári summer [szâmər]; **~ egyetem** summer-school [— szkúl]; **~ időszámítás** summer time [— tájm]; **~ ruha** summer clothes/dress [— klódz/dresz]; **~ szünet/ vakáció** summer holidays [—holədiz];**~ vásár** summer sales [— szélz]

nyél handle [hendl]

nyelni to swallow [tu szvoló]

nyelv (szerv) tongue [tâng]; (beszélt) language [lengvidzs]

nyelvtudás knowledge of a language [nolidzs ov e lengvidzs]

nyereg saddle [szedl]

nyeremény prize [prájz]

nyereség profit [profit]

nyerni to gain [tu géjn], to win [tu vin]

nyers (főtlen) raw [ró]

nyersanyag raw material [ró metíriəl]

nyertes winner [vinər]

nyíl arrow [eró]

nyílás opening [ópning]

nyílik (ajtó) opens [ópənz]; (virág) is blooming [iz blúming]

nyilvános public [pâblik]; **~ távbeszélő állomás** public callbox/telephone [pâblik kólboksz/telifón]

nyirkos moist [mojszt]

nyírni (hajat) to cut [tu kât]

nyitható (tető) convertible [kənvőrtəbl]

nyitni to open [tu ópn]

nyitva open [opn]; **egész évben** ~ open all the year round [ópn ól də jiər raund]

nyitvatartási idő office/banking hours [ofisz/benking auəz], opening hours [ópəning auəz]

nyolc eight [éjt]; ~ **órakor** at eight (o'clock) [et éjt (ə'klok)]

nyolcadik eighth [éjc]

nyolcas *(szám)* (number) eight [(nâmbər) éjt]

nyolcvan eighty [éjti]

nyom 1. *(forgalmi)* lane [lén]; **bal** ~ left(-hand) lane [left(-hend) lén]; **belső** ~ *(GB)* outside lane [autszájd lén], *(US)* left lane; **külső**~ *(GB)* inside lane [inszájd lén], *(US)* right lane [rájt lén] **2.** *(súlyra)* weighs [véjz]; *(cipő)* pinches [pincsiz]

nyomás pressure [presər]

nyomásmérő pressure-gauge [presər gédzs]

nyomozás investigation [invesztigésn]

nyomozó detective [ditektiv]

nyomtatott betűkkel *(kézírással)* in block-letters [in blok-letərz]

nyomtatvány printed matter [prɪntid metər]

nyugágy deck-chair [dek-cseer]

nyugalmas quiet [kvájət]

nyugat the West [də veszt]; ~**on** in the west [in də veszt]

Nyugat-Berlin West Berlin [veszt bərlín]

Nyugat-Európa Western Europe [vesztərn júrəp]

nyugati western [vesztərn]

Nyugati pályaudvar Budapest West (Railway Station) [bjúdəpeszt veszt (rélvéj sztésn)]

nyugdíj pension [pensən]

nyugdíjas pensioner [pensənər]

nyugodt calm [kám]

nyugta receipt [riszit]; ~ **ellenében** against a receipt [egenszt e riszít

nyugtalan anxious [enksəsz], worried [vârid]
nyugtató sedative [szedətiv]
nyúl rabbit [rebit]
nyúlni *(vmi után)* to reach (for) [tu rícs (for)]

O, Ó

óceán ocean [ósən]
óceánjáró ocean liner [ósən lájnər]
oda there [deer]; ~ **és vissza** there and back [deer end bek]
odaadni to give [tu giv]; *(ajándékba)* to give (as a present) [tu giv (ez e preznt)]
odaát over there [óvər deer]
odaérünk (idejében)? can we get there (in time) [ken ví get deer (in tájm)]?
odafelé on the way there/out [on de véj deer/aut]
odahaza at home [et hóm]
odamegy (hozzá) goes (up) to (him/her) [góz (âp) tu (him/hőr)] →**odamenni**
odamenet on the way there [on də véj deer]
odamenni to go there [tu gó deer] →**odamegy**
odanézz! look [luk]!
odautazás outward journey [autvəd dzsőrni]
odavezetni to lead there [tu líd deer]
odavinni to take there [tu ték deer]
oda-vissza there and back [deer ənd bek]
OFOTÉRT *(Shop for optical and photographic articles)*
óhaj wish [vis]
óhajtani to wish [vis]; **mit óhajt?** what can I do for you [vot ken áj dú for jú]?
ok cause [kóz], reason [rízn]; **ő az ~a** it is his fault [ic hiz fólt]
okirat document [dokjument]

oklevél *(tanulmányi)* diploma [diplómə]
okmány document [dokjument]
okos *(értelmes)* clever [klevər]
okozni to cause [tu kóz]
okt. = *október* Oct., October [októbər]
oktánszám octane (number) [oktén (nâmbər)]
oktatás education [egyukésn], tuition [tyuisn]
október October [október]; ~ben in October [in októbər]; ~ 26-án on the 26th of October [on də tventisziksz ov októbər]
okvetlenül by all means [báj ól mínz]
olaj oil [ojl]
olajcsere oil change [ojl cséndzs]
olajfestmény oil-painting [ojl-pénting]
olajmérő pálca dipstick [dipsztik]
olajnyomás oil pressure [ojl presər]
olajozókanna oilcan [ojlken]
olajszint oil level [ojl levl]
olajszivárgás oil-leak(s) [ojl-lík(sz)]
olajszűrő (oil) filter [(ojl) filtər]
olajteknő oil pan [ojl pen], sump [szâmp]
olasz Italian [iteljən]; ~ok Italians [iteljənz]
Olaszország Italy [itali]
olcsó cheap [csíp]; ~bb cheaper [csípər]
olcsóbban more cheaply [mór csípli]
eldal side [szájd]; *(könyvé)* page [pédzs]; **a bal ~on** on the left (side) [on də left (szájd)]; **a másik ~ra** to the other side [tu di âdər szájd]
oldalkocsi side-car [szájd-kár]
oldalkocsis motorkerékpár motorcycle with sidecar [mótəszájkl vid szájdkár]
oldalmotor outboard engine [autbórd endzsin]
oldalszél cross-wind(s) [krószvind(sz)]
oldalzsák haversack [hevərszek]
eldat solution [szəlúsn]
olimpiai Olympic [ólimpik]; ~ **bajnok** Olympic cham⁻

pion [— csempjən]; ~ **csúcs** Olympic record [— rekórd]; ~ **játékok** Olympic Games [— gémz]

olló (a pair of) scissors [(e peer ov) szizərz]

ólmos eső sleet [szlít]

oltár altar [óltər]

oltás *(orv)* vaccination [vekszinésn]; inoculation [inokjulésn]

oltási bizonyítvány certificate of vaccination/inoculation [szərtifikit ov vekszinésn/inokjulésn]

olvad melts [melc]; *(hó, jég)* is thawing [iz szóing]

olvasni to read [tu ríd]; *(pénzt)* to count [tu kaunt]

olvasnivaló reading matter [ríding metər]

olvasólámpa reading-lamp [ríding-lemp]

olyan such [szács]; ~ **mint** just like [dzsászt lájk]; ~ **jó** so good [szó gud]

onnan from there [from deer]

opera opera [opərə]

operáció operation [opərésn]

opera(ház) the Opera-house [di opərə-hausz]

operett operetta [opəretə]

óra *(asztali, torony)* clock [klok]; *(zseb, kar)* watch [vacs]; *(60 perc)* hour [auər]; *(iskolai)* lesson [leszn]; **hány~kor?** when [ven]?; what time [vat tájm] . . .?; **hány ~ van?** what is the time [vac də tájm]?, what time is it [vat tájm iz it]?; **8~kor** at 8 o'clock [et éjtə'klok]; **5 óráig** *(ötig)* till 5 o'clock [til fájv ə'klok]; *(5 órán át)* for 5 hours [for fájv auəz]

órabér hourly wage(s) [auerli védzs(iz)]

ÓRA, ÉKSZER watches and jewellery [vacsiz end dzsúəlri]

óramutató hand [hend]

óránként per hour [pər auər]; *(minden órában)* every hour [evri auər]

óránkénti sebesség speed per hour [szpíd pər auər]

órás(mester) watchmaker [vacs-méker]

orgona organ [órgən]; *(növény)* lilac [lájlək]

óriási immense [imensz]
orosz Russian [râsn]
oroszlán lion [lájən]
oroszul Russian [in râsn]; beszél ~ he speaks Russian [hi szpiksz râsn]
orr *(emberé)* nose [nóz]; *(cipőé)* toe [tó]
orrvérzés nose-bleeding [nóz-blíding]
orsó reel [ríl]
ország country [kântri]
országgyűlés parliament [pârləmənt]
országgyűlési képviselő member of parliament [membər ov pârləmənt]
országhatár frontier of a country [frântjər ov e kântri]
Országház Houses of Parliament [hauziz ov pârləmənt]
országjelző betű national mark [nesənl márk], nationality plate [nesəneliti plét]
országos national [nesənl]
Országos Takarékpénztár National Savings Bank[nesənl szévingz benk]
országszerte all over the country [ól óvər də kântri]
országút highway [hájvéj], main road [méjn ród]
országúti: ~ fény (main) driving beam [(méjn) drájving bím], *(US)* high beam [háj bím]; ~ segély-szolgálat road patrol service [ród pətról szörvisz]
orvos doctor [doktər]; ~hoz menni to see a/the doctor [tu szí e/də doktər]; hívjon ~t! call a doctor [kól e doktər]!
orvosi medical [medikl]; ~ bizonyítvány health/doctor's certificate [helsz/doktərz szərtifikit]; ~ kezelés medical treatment [medikl trítment]; ~ költségek medical expenses [medikl ikszpensziz]; ~ rendelő consulting room [kənszâlting rúm], surgery [szördzsəri]; ~ vizsgálat medical examination [medikl igzəminésn]
orvosság medicine [medszin]; ~ot szedni to take medicine [tu ték medszin]

ostoba stupid [sztyúpid]

oszlop column [koləm]

osztály *(társadalmi, iskolai, vasúti)* class [klász]; *(kórházban)* ward [vórd]

osztályon felüli Deluxe [dəluksz]

osztottpályás úttest dual carriageway [gyuəl keridzsvéj], *(US)* divided highway [divájdid hájvéj]

osztrák Austrian [ósztriən]

óta *(időpont megjelölésénél)* since [szinsz]; *(időtartammegjelölésnél)* for [for]; **elseje ~** since the 1st [szinsz də förszt]; **napok ~** for days [for déjz]

OTP →Országos Takarékpénztár

ott there [deer]; **~ ahol** where [veer]; **~ maradt** she stayed/remained there [sí sztéjd/riménd deer]

otthagyni to leave [tu lív]; **otthagytam a kabátomat a kocsiban** I left my coat in the car [áj left máj kót in də kár]

otthon 1. home [hóm] *(határozó)* **2.** at home [et hóm]; **nincs ~** is not at home [iz not et hóm]

ottlét stay (there) [sztéj (deer)]; **~e alatt** during his stay [gyúring hiz sztéj]

ott-tartózkodás időtartama period of stay [píriəd ov sztéj]

ovális ovel [óvəl]

óvatos cautious [kósəsz]

óvni to warn [tu vórn]

óvszer contraceptive [kontrəszeptiv]

Ö, Ő

ő *(férfi)* he [hí], *(nő)* she [si]; **~ maga** he himself [hí himszelf], she herself [sí hörszelf]; **az ~ könyve** his/her book [hiz/hör buk]; **az ~ kocsijuk** their car [deer kár]

öböl *(nagy)* gulf [gâlf], *(közepes)* bay [béj]
öccse (younger) brother [(jângər) brâdər]
ők they [déj]; **~ maguk** they themselves [déj dem-
szelvz]; **magyarok ~?** are they Hungarians [âr
déj hângeeriənz]?
őket them [dem]
ököl fist [fiszt]
ökölvívás boxing [bokszing]
ökörfarkleves oxtail soup [oksztél szúp]
az **ölében** in her lap [in hör lep]
ölelni to embrace [tu imbrész]; **szeretettel ölel** *(levél
végén)* with love [vid lâv]
öltöny suit [szjút]
öltöz(köd)ni to dress [tu dresz]; **éppen öltözik** she
is dressing
ÖLTÖZŐ dressing-room [dreszing-rúm]; *(strandon)*
cabins [kebinz]
ön you [jú]; **az ~ jegye** your ticket [jor tikit]; **ez az
~é?** is that yours [iz det jorz]?; **megkérem~t, hogy ..**
I should like to ask you [áj sud lájk tu ászk jú] . . .
önálló independent [independənt]
önéletrajz curriculum vitae [kərikjuləm vájtí]
öngyújtó lighter [lájtər]
önindító self-starter [szelf-sztártər]
ÖNKISZOLGÁLÓ BOLT self-service shop [szelf-szörv-
isz sop]
ÖNKISZOLGÁLÓ ÉTTEREM self-service restaurant
[szelf-szörvisz resztərón]
önműködő automatic [ótəmetik]
ÖNMŰKÖDŐ AJTÓ automatic door [ótəmetik dór]
önök you [jú]; **az ~ autója** your car [jor kár]; **ez az
~é?** is this yours [iz disz jorz]?, does it belong to
you [dâz it bilong tu jú]?; **~et** you; **~nek** to you
önsúly net weight [net vét]
önt *(magát)* you [jú]
önteni to pour [tu pór]

36

őr guard [gárd]

öreg old [óld]

őrizetlen(ül hagyott) unattended [ânətendid]

őrizni to watch [tu vacs]

örök eternal [itőrnl]

öröklakás freehold flat [fríhóld flet]

örökölni to inherit [tu inherit]

örökös *(személy)* heir [eer]

örökség inheritance [inheritənsz]

örökvaku flashlight [fleslájt]

öröm joy [dzsoj]; **~mel** gladly [gledli], with pleasure [vid plezsər]

őrszemes rendőr policeman on point-duty [pəlíszmen on pojnt-gyúti]

őrszoba police station [pəlísz sztésn]

örülni to be glad [tu bi gled]; **örülök, hogy találkoztunk** glad to have met you [gled tu hev met jú]; **örülök, hogy látom** nice to see you [nájsz tu szí jú]

őrült mad [med]

örvendek! pleased to meet you [plízd tu mít jú], glad to see you [gled tu szí jú]!

örvény eddy [edi]

ősi ancient [énsənt]

ösvény path [pász]

ősz 1. *(évszak)* autumn [ótəm], *(US)* fall [fól] **2.** *(szín)* grey(-haired) [gréj(-heerd)]

őszibarack peach [pícs]

őszinte frank [frenk]; **~ híve** *(levélben)* yours sincerely [jorz szinsziərli]

össze together [tegedər]

összeadni to add up [tu ed âp]

összeállítani *(listát)* to draw up [tu dró âp]

összebarátkozni to make friends with [tu mék frendz vid]

összecsomagolni to pack up [tu pek âp]

összecsukható szék folding chair [fólding cseer]

összefüggés connection [kəneksn]; **~ben van** is connected with [iz kənektid vid] ...

összeg sum [szám], amount [əmaunt]

összegyűjteni to collect [tu kəlekt]

összegyűlni *(tömeg)* to assemble [tu eszembl]

összegyűrődött is crushed [iz krâst]

összehajtani to fold up [tu fóld âp]

összehasonlítani to compare [tu kəmpeer]; **hasonlítsa össze !** compare [kəmpeer] !

összehasonlítás comparison [kəmperiszn]

összehívni to call together [tu kól təgedər]

összejövetel meeting [míting]; party [párti]

összekever to mix up [tu miksz âp]

összekötni to tie up [tu táj âp]

összeköttetés connection [kəneksn]; *(közlekedés)* communications [kəmjúnikésnz], *(vasúti)* train-service [trén-szörvisz]; **~be lépni** to get into touch with [tu get intu tâcs vid]

összerakni to put together [tu put təgedər]

összes all (the) [ól (də)] *(és többes szám);* **az ~ pénz** all the money [ól də mâni]

összesen all [ól], altogether [óltəgedər]; **az összesen ... forint** that makes ... forints [det méksz ...]

összetétel composition [kompəzisn]

összetéveszteni to mistake (for) [tu miszték (for)]

összetörni to break [tu brék]; **a kocsi összetörött** the car was smashed (up) [də kár voz szmest (âp)]

összeütközés *(járműé)* collision [kəlizsn], crash [kres]

összeütközött *(jármű)* collided (with) [kəlájdid (vid)]

összevesztek they quarrelled [déj kvorəld]

összsúly total weight [tótl véjt]; *(gépkocsié)* laden weight [lédn véjt]

ösztöndíj scholarship [szkoləsip]

öt five [fájv]; **~kor** at five [et fájv]

őt him [him]; *(nőt)* her [hör]

ötéves five years old [fájv jiərz óld]; **~ fiú** a five-

year-old boy [e fájv-jiər-óld boj], a boy of five
[e boj ov fájv]
ötlet idea [ájdiə]
ötnapos munkahét five day week [fájv-déj vík]
ötödik fifth [fifsz]
ötös *(szám)* (number) five [(nâmbər) fájv]; **az ~ busz**
bus number five [bâsz nâmbər fájv]
öttusa modern pentathlon [módərn pentetlən]
ötven fifty [fifti]
ötvenforintos fifty-forint note [fifti-forint nót]
ötvös goldsmith [góldszmisz]
öv girdle [gördl], belt
az övé (férfi) his [hiz], *(nő)* hers [hörz]
övék theirs [deerz], belongs to them [bilongz tu dem]
övezet zone [zón]
őz deer [diər]
őzgerinc saddle of venison [szedl ov venzn]
özv. = *özvegy (asszony)* widow [vidó]; *(férfi)* widower
[vidóər]

P

P. = *péntek* Friday [frájdi]
p = *perc* minute [minit]
páciens patient [pésənt]
pad bench [bencs]
padka shoulder [sóldər]
padló floor [flór]
páholy box [boksz]
pajta barn [bárn]
pakolni to pack [tu pek]
palack bottle [botl]; *(gáz)* (gas) cylinder [(gesz)
szilindər]; *(csere)* cartridge [kártridzs]

palackgáz bottled gas [botld gesz]
palacsinta (French) pancake [(frencs) penkék]
pálinka brandy [brendi]
palota palace [pelisz]
pálya *(sport)* ground(s) [graundz]; *(futó)* track [trek];
(vasúti) track [trek]; *(életpálya)* career [kəriər]
pályafutás career [kəriər]
PÁLYAUDVAR railway station [rélvéj sztésn], *(US)*
railroad station [rélród sztésn]
pamut cotton [kotn]
panasz complaint [kəmplént]; **mi a ~a?** what is your
complaint [voc jor kəmplént]?
pánik panic [penik]
panoráma panorama [penərámə]
pantalló slacks [szleksz]
panzió →penzió
pap priest [príszt]
papa dad [ded], pop
papír paper [pépər]
PAPÍR, ÍRÓSZER stationery [sztésnəri]
PAPÍRKERESKEDÉS stationer's (shop) [sztésnərz
(sop)]
papírpelenka disposables [diszpózəblz]
papírszalvéta paper napkin [pépər nepkin]
papírzsebkendő paper tissue [pépər tiszjú], kleenex
[klíneksz]
paplan quilt (blanket) [kvilt (blenkit)]
paprika red pepper [red pepər], paprika
paprikás csirke paprika chicken [csikin]
papucs slippers [szlipərz]
pár 1. *(kettő)* pair [peer]; *(házas)* couple [kápl] **2.**
(néhány) a few [e fjú]; **~ nap múlva** in a few days
(time) [in e fjú déjz (tájm)]
paradicsom tomato [təmátó]
paradicsomlé tomato juice [təmátó dzsúsz]
paradicsomleves tomato soup [təmátó szúp]

parancsnok commander [kəmándər]
parancsolni to order [tu órdər]; **parancsoljon!** *(kínálva)*
help yourself [help jorszelf]!; **mit parancsol, uram?**
what will you have, sir [vat vil ju hev, ször]?;
parancsol még valamit? anything else [eniszing elsz]?
paraszt peasant [peznt]
páratlan *(nem páros)* odd(-numbered) [od(-nâmbərd)],
(ritka) unique [júník]
párbajtőr epee [épé]
pardon! sorry [szori]!
parfé parfait [párfé]
parfüm perfume [pəfjúm]
park *(kert)* park [párk]
parkolási parking [párking]; ~ **díj** parking charge/fee
[— csárdzs/fí]
PARKOLNI TILOS No Parking [nó párking]
PARKOLÓHELY parking area/place [párking eeriə/
plész]
parkolólámpa parking lights [párking lájc]
parkolóóra parking meter [párking mítər]
parlament Parliament [párləmənt]
párna *(ágyban)* pillow [piló]; *(ülésre)* cushion [kusn]
párnahuzat pillow-slip [piló-szlip]
paróka wig [vig]
párolt káposzta steamed cabbage [sztímd kebidzs]
páros 1. even-numbered [ívn-nâmbərd] 2. *(sport)* double
[dábl]
párosával in pairs [in peerz]
part shore [sór], *(folyóé)* bank [benk]; **a ~on** on the
shore [on də sór]; **~ra szállni** to land [tu lend]
párt party [párti]
pártjelző linesman [lájnzmən]
partmenti *(folyónál)* riverside [rivərszájd]
partner partner [pártnər], companion [kəmpenyən]
pástétom paste [pészt]
patak brook [bruk]

patent(kapocs) snap-fastener [sznep-fászn*ə*r]
PATIKA →GYÓGYSZERTÁR
patron *(autoszifonba)* sparklet [szpárklit]
PATYOLAT *(laundry and cleaner's)*
pavilon pavilion [p*ə*viljən]
pázsit lawn [lón]
pech bad luck [bed lák]
pecsenye roast [rószt]
pecsét *(bélyegző)* stamp [sztemp]; *(folt)* stain [sztén]
pedál pedal [pedl]
pedikür pedicure [pedikju*ə*r]
pehelysúly featherweight [fed*ə*rvéjt]
pék baker [bék*ə*r]
PÉKSÜTEMÉNY *(baker's ware made of non-sweet dough in various forms, like rolls, crescents, buns)*
péküzlet baker's shop [bék*ə*rz sop]
példa example [igzámpl]
példány *(könyvé, újságé)* copy [kopi]
például for instance/example [for insztənsz/igzámpl]
pelenka diaper [dájəpər], nappy [nepi]
penge blade [bléd]
péntek Friday [frájdi]; **~re** by Friday [báj frájdi]; **~en** on Friday
pénz money [máni]; *(mint fizetési eszköz)* currency [kârənszi]; **nincs ~em** I have no money [ájv nó máni]; **~ért** for money [for máni]
pénzátutalás money transfer [máni trenszfər]
PÉNZBEDOBÁS (insert) coins [(inszört) kojnz]
pénzbírság fine [fájn]
pénzdarab coin [kojn]
pénzesutalvány money order [máni órdər]
penzió *(Angliában)* boarding-house [bórding hausz]; *(a kontinensen)* pension [panszión]; *(koszt)* board [bórd]; **fél ~** half board [háf bórd]
pénznem currency [kârənszi]
pénzösszeg amount [emaunt], sum [szâm]

PÉNZTÁR *(üzletben)* pay-desk [péj-deszk], cash-desk [kes-deszk]; *(bankban)* counter [kauntər]; *(vasúti)* booking-office [buking-ofisz]; *(színházi)* box-office [boksz-ofisz]
pénztárablak counter [kauntər]
pénztárca wallet [volit], pocket-book [pokit-buk]
pénztárgép cash register [kes redzsisztər]
pénztáros cashier [kesiər]
pénzügyi financial [fájnensl]
pénzügyőr customs officer [kâsztəmz ofiszər]
PÉNZVÁLTÁS exchange of currency [ikszcséndzs ov kârənszi]; *(hely)* exchange office [ikszcséndzs ofisz]
per (legal) action [(lígl) eksn]
perc minute [minit]; **öt ~ múlva** in five minutes [in fájv minic]
percenként per minute [pər minit]
perem edge [edzs], rim
peremváros suburb [szâbörb]
peron platform [pletfórm]
peronjegy platform ticket [pletfórm tikit]
persze of course [ov korsz]
petróleum *(lámpába)* paraffin [perəfin], *(US)* kerosene [keroszín]
petróleumfőző paraffin stove [perəfin sztóv], *(US)* kerosene stove [keroszín —]
petróleumkályha paraffin stove [perəfin sztóv]
petróleumlámpa paraffin lamp [perəfin lemp]
pezsgő champagne [sempén]
piac market [márkit]
pihenés rest [reszt], relaxation [rílekszésn]
pihenni to rest [tu reszt]
pihenőhely resting place [reszting plész]
pillanat moment [mómənt], second [szekənd]; **csak egy ~ !** just a moment [dzsâszt e mómənt]
pillanatfelvétel snapshot [sznepsot]
pillanatnyilag for the moment [for də mómənt]

pillangóúszás butterfly stroke [bâtərfláj sztrók]
pillantás glance [glánsz]
pillér column [koləm]
pilóta pilot [pájlət]
pilótafülke cockpit [kokpit]
pince cellar [szelər]
pincér waiter [véjtər]; ~**nő** waitress [véjtrisz]
pingpong = asztalitenisz
pipa pipe [pájp]
piperecikk cosmetic article [kozmetik ártikl]
pipereszappan toilet soap [tojlit szóp]
piritós toast [tószt]
piros red [red]; ~ **fény** red light [red lájt]
pirula pill [pil]
piskóta (tészta) sponge-cake [szpândzs-kék]
piszkos dirty [dőrti]
pisztoly pistol [pisztl]
pisztráng trout [traut]
pite pie [páj], tart [tárt]
pizsama pyjamas, *(US)* pajamas [pədzsáməz]
pl. = *például* e.g. for example [for igzámpl]
plafon ceiling [sziling]
plakát bill [bil], poster [pósztər]
pléd (travelling-)rug [(trevling-)rág]
plédszíj rug strap [rág sztrep]
plusz költség extra charge [eksztrə csárázs]
poggyász luggage [lâgidzs], *(US)* baggage [begidzs]
poggyászautomata luggage locker [lâgidzs lokər]
poggyászbiztosítás baggage insurance [begidzs insúrənsz]
POGGYÁSZFELADÁS registered luggage [redzsisztərd lâgidzs]; *(hivatal)* luggage office [lâgidzs ofisz]
POGGYÁSZKIADÁS luggage/baggage delivery office [lâgidzs/begidzs dilivəri ofisz]
poggyászkocsi luggage van [lâgidzs ven], *(US)* baggage car [begidzs kár]

poggyászmegőrző left-luggage office [left-lâgidzs ofisz], *(US)* checkroom [csekrúm]; ~ **automata** left-luggage locker [left-lâgidzs lokər]

poggyásztartó (luggage) rack [(lâgidzs) rek]

poggyásztúlsúly excess baggage [ikszesz begidzs];~ **díj** excess baggage rate [ikszesz begidzs rét]

poggyászvevény luggage/baggage ticket [lâgidzs/begidzs tíkit]

poggyászvizsgálat examination of luggage [igzeminésn ov lâgidzs]

pohár glass [glász]; *(vizes)* tumbler [tâmblər]; **poharak** glasses [glásziz]; **egy ~ vizet kérek !** a glass of water, please [e glász ov vótər, plíz]!

pohárköszöntő toast [tószt]

pók spider [szpájdər]

pokróc blanket [blenkit], rug [râg]

polc shelf [self]; ~**ok** shelves [selvz]

polgári civil [szivl]

polgármester mayor [meer]

polírpaszta, polírvíz car polish [kár polis]

politika politics [politiksz]; *(vkié, vmié)* policy [poliszi]

politikai rendszer political system [pəlitikl szisztem]

politizálni to talk politics [tu tók politiksz]

poloska (bed)bug [(bed)bâg]

pompás splendid [szplendid]

pongyola dressing-gown [dreszing-gaun]

pont point [pojnt]; *(írásjel)* full stop [ful sztop]

pontos punctual [pânktyuəl]; ~ **idő** right time [rájt tájm]

pontosan exactly [igzektli]; *(időben)* on time [on tájm]

pontozott vonal dotted line [dotid lájn]

ponty carp [kárp]

ponyva canvas [kenvəsz]

por dust [dâszt]; *(porított anyag)* powder [paudər]

porcelán china [csájnə]

porlasztó *(motoré)* carburettor [kárbjuretər]

poroltó fire extinguisher [fájər iksztíngvisər]
poros dusty [dâszti]
porszívó vacuum cleaner [vekjuəm klínər]
portás *(szállodai)* reception clerk [riszepsn klárk], *(US)* porter [pórtər]
portó postage [pósztidzs]; *(büntető)* surcharge [szörcsárdzs]
portómentes post-free [pószt-frí]
portré portrait [pórtrit]
portugál Portuguese [pórtyugíz]
Portugália Portugal [pórtyugəl]
POSTA *(hivatal)* post office [pószt ofisz]; *(intézmény)* post [pószt]; *(levelek)* mail [mél]; **van postám?** any mail for me [eni mél for mi]?
postabélyeg postage stamp [pósztidzs sztemp]
postabélyegző postmark [pósztmárk]
postafiók post office box [pószt ofisz boksz] (röv. P.O.B.)
postafordultával by return of post [báj ritőrn ov pószt]
postahivatal post office [pószt ofisz]
postai díjszabás postage rate(s) [pósztidzs rét(sz)]
postaköltség postage [pósztidzs]
postakörleti szám zip code number [zip kód nâmbər]
postaláda pillar-box [pilər-boksz], letter-box [letər-boksz]; *(US)* mail-box [mél-boksz]
postán by mail [báj mél]; **~ maradó (küldemény)** (care of) Poste Restante [(keer ov) pószt resztont]
postás postman [pósztmən]; *(US)* mailman [mélmən]
postautalvány postal order [pósztəl órdər]
pótadó surcharge [szörcsárdzs]
pótágy extra/spare bed [ekszrə/szpeer bed]
pótalkatrész spare part(s) [szpeer párt(sz)], spares [szpeerz]
pótdíj excess charge/fare [ikszesz csárdzs/feer], supplement [szâpliment]
pótkerék spare wheel [szpeer víl]

pótkocsi trailer [trélər]

pótmama baby-sitter [bébi-szitər]

pótolni to replace [tu riplész]; *(kárt)* to refund [tu rífánd]

pótszék extra seat [eksztrə szít]

pótutas *(motoron)* pillion passenger [piljən peszindzsər]

pótülés *(motorkerékpáron)* partner seat [pártnər szít]

pozíció position [pəzisn]

pörkölt 1. stew [sztyú], *(US)* goulash [gúles] **2.** roast [rószt]; ~ kávé roast coffee [rószt kɵfi]

Prága Prague [prág]

praktikus practical [prektikl]

prém fur [főr]

príma first-class [főrszt-klász]

primadonna leading lady [líding lédi]

prímás *(zenekarban)* leader of a gipsy band [lídər ov e dzsipszi bend]

privát private [prájvit]

próba test [teszt]; *(ruha)* fitting [fiting]; *(színház)* rehearsal [rihőrszl]

próbálni to try [tu tráj]; *(ruhát)* to try on [tu tráj on]

probléma problem [probləm]

produkció production [prədáksn]

prof., professzor prof., professor [prəfeszər]; ~ úr! professor!; **Kovács** ~ **úr** professor K.

profi professional [prəfesnl]

program program(me) [prógrem], entertainment [entərténment]

propaganda propaganda [propegendə], publicity [pâbliszíti]

propán-bután gáz butane gas [bjútén gesz], bottled gas [botld gesz]

prospektus prospectus [prəszpektəsz], brochure [brosjuər]

protestáns Protestant [protistənt]

pu. = *pályaudvar* railway station [rélvéj sztésn]
púder (toilet-)powder [(tojlit-)paudər]
puding pudding [puding]
pudrié, púderdoboz flapjack [flepdzsek]
puha soft [szoft]; *(hús)* tender [tendər]
pulóver pullover [pulóvər]
pult counter [kauntər]
pulzus pulse [pálsz]
pulyka turkey [tőrki]
pulykapecsenye roast turkey [rószt tőrki]
pumpa pump [pâmp]
puncs punch [pâncs]
puska gun [gân], rifle [rájfl]
puszi kiss [kisz]
pünkösd Whitsun(tide) [vitszn(tájd)]
pünkösdvasárnap Whitsunday [vitszândi]

R

rá upon [əpon]; **egy hétre ~** a week later [e vík létər];
nincs ~ idő there is no time for that [deerz nó tájm
for det]
ráadás *(művésznél)* encore [onkór]; **~ul** in addition [in
edisn]
rabbi rabbi [rebáj]
rábeszélni tu persuade [pərszvéd]; **rábeszélt, hogy el-
jöjjek** he persuaded me to come [hi pərszvédid mí
to kâm]
rábízni to entrust (with) [tu intrâszt (vid)]; **bizza csak
rám!** leave that to me [lív det tu mí]!
rács lattice [letisz], bars [bárz]
rácsavarni to screw on [tu szkrú on]
radarellenőrzés radar check [rédər csek]

radiálgumi radial-ply tyre [rédiəl-pláj tájər]
radiátor radiator [rédiétər]
rádió radio [rédió], wireless [vájərlisz]; **a ~ban** on the radio [on də rédió]; **~n közvetíteni** to broadcast [tu bródkászt]; **~t hallgatni** to listen to the wireless [tu liszn tu də vájərlisz]
rádióállomás radio station [rédió sztésn]
rádióbemondó(nő) announcer [enaunszər]
rádiókészülék radio set [rédió szet]
rádióközve'ítés (wireless) broadcast(ing) [(vájərlisz) bródkászt(ing)]
RÁDIÓZNI TILOS no radio to be played [nó rédió tu bí pléjd]
ráérni *(vmire)* to have/find time for (sth) [tu hev/fájnd tájm for (számszing)]; **ráér?** have you got time [hev ju got tájm]?; **nem érek rá** I am busy [ájm bizi]
ráfizetés *(különbözet)* additional payment [edisənl péjment]
ráfizetni to lose (money) on [tu lúz (máni) on]
ragadós sticky [sztiki]
ragályos contagious [kəntédzsəsz]
ragasztani to stick (on) [tu sztik (on)]
ragasztószalag adhesive tape [ədhísziv tép]
rágógumi chewing-gum [csúing-gâm]
rágós tough [tâf]
ragtapasz adhesive plaster [edhísziv plásztər]
ragyog shines [sájnz]
rágyújtani *(dohányzó)* to light a cigarette [tu lájt e szigəret]; **gyújtson rá!** have a cigarette [hev e szigəret]!
ráhajtó út access (road) [ekszesz (ród)]
rájöttem, *hogy* I found out (that) [áj faund aut (det)]
rajt start [sztárt]
rajta on [on], upon [əpon]; **mi volt ~?** what did she wear [vat did si veer]?
rajtam on me [on mí]

rajz drawing [dróing]; *(minta)* design [dizájn]
rajzfilm animated carton [enimétid kártún]
rajzolni to draw [tu dró]
rajzszeg tack [tek]
rák *(folyami)* crayfish [kréjfis]; *(tengeri)* lobster [lobsztər]
rakni to put [tu put]
rakodási terület loading area [lóding eeriə]
rakomány consignment [kənszájnmənt]; *(hajóé)* cargo [kárgó]
rakott burgonya layered potatoes [léjərd pətétóz]
rakpart quay [kí]
raktár store-room [sztór-rúm]; *(kereskedelem)* warehouse [veer-hausz]
raktár(készlet) stock [sztok]
raktározni to store [tu sztór]
rám at/of me [et/ov mí]; **nézzen ~ !** look at me [luk et mí]!
randevú appointment [epojntmənt]; date [dét]
rándulás sprain [szprén]
ránézni to look at [tu luk et]
rang *(társadalmi)* status [sztétəsz]
rangja és címe rank or title held [renk or tájtl held]
rántotta scrambled eggs [szkrembld egz]
rántott csirke fried chicken [frájd csikin]
rátenni to put on [tu put on]
ravasz¹ cunning [kâning]
ravasz² *(fegyveren)* trigger [trigər]
RAVILL *(radio and television sets, electrical appliances)*
rázni to shake [tu sék]
razzia police-raid [pəlísz-réd]
recepció reception desk [riszepsn deszk]
recept *(főző)* recipe [reszipi]; *(orv)* prescription [priszkripsn]
redőny shutter [sâtər]
referencia reference [refrənsz]

reflektor *(autón)* headlight(s) [hedlájt(sz)]
református Reformed [rifórmd]
régen long ago [long əgó]
regény novel [novl]
reggel 1. morning [mórning]; **jó ~t!** good morning
[gud mórning]!; **~től estig** from morning till night
[from mórning til nájt] **2.** *(mikor?)* in the morning
[in də mórning]; **szerda ~** Wednesday morning
[venzdi mórning]; **korán ~** early in the morning
[őrli in də —]; **ma ~** this morning [disz —]
reggeli breakfast [brekfəszt]; **~vel** with breakfast
[vid brekfəszt]
reggelizni to take/have breakfast [tu ték/hev brekfəszt]
régi old [óld]; **~ barátom** an old friend of mine [en óld
frend ov májn]
rejtély mystery [misztəri]
rejtvény riddle [ridl]
rekamié (studio-)couch [(sztyúdió-)kaucs]
rekedt hoarse [hórsz]
reklamáció claim [klém], complaint [kəmplént]
reklám(ozás) publicity [pábliszití]
remek! splendid [szplendid]!
remekmű masterpiece [másztərpísz]
remélni to hope [tu hóp]
reménytelen hopeless [hóplisz]
rémes awful [óful]
rend order [órdər]; **~ben van!** all right [ól rájt], *(US)*
O.K. [ó ké]
RENDEL 9—12 consulting hours 9—12 a.m. [kenszálting auərz from nájn to tvelv éj-em]
rendelés *(árué)* order [órdər]; *(orvosi)* consulting hours
[kənszálting auərz]
rendelet order [órdər]
rendelkezés regulation [regjulésn]; **~re áll** is at the disposal of [iz et də diszpózl ov]; **állok~ére** I am at your
service [ájm et jor szörvisz]

rendelkezik *(vmivel)* be in possession of (sth) [bí in pəzesn ov (szâmszing)]
jeggyel **rendelkezők** ticket-holders [tíkit-hóldərz]
rendelni to order [tu órdər]; *(ruhát, cipőt)* to have (sth) made [tu hev (szâmszing) méd]; *(orvosságot)* to prescribe [tu priszkrájb]; tetszett már ~? are you being served [ár ju bíing szörvd]?
rendelő *(orvosi)* consulting-room [kənszâlting-rúm], surgery [szördzsəri]
rendelőintézet (out-patients') clinic [(aut-pésnc) klinik], polyclinic [poliklinik]
rendeltetési hely destination [desztinésn]
rendes normal [nórml]; *(szokásos)* usual [júzsuəl]; ~ **járat** regular service [regjulər szörvisz]
mint **rendesen** as usual [ez júzsuəl]
rendetlenség disorder [diszórdər]
rendezés *(számláé)* settlement [szetlment]; *(szervezés)* organizing [órgənájzing]; *(színházi)* staging [sztédzsing]
rendezni *(el-)* to arrange [tu əréndzs]; *(elintézni)* to settle [szetl]; *(meg-)* to organize [órgənájz]; **rendezte** . . . *(színház, film)* directed by [direktid báj] . .
rendező direktor [direktər]
rendezőbizottság organizing committee [órgənájzing kəmíti]
rendezvény programme [prógrem]
rendkívüli extraordinary [iksztródnri]
rendőr policeman [pəlíszmen]
rendőrkapitányság central police station [szentrəl pəlísz sztésn]
rendőrörs, rendőrőrszoba police station [pəlísz sztésn]
RENDŐRSÉG *(szerv)* police [pəlísz]; *(hely)* police station [— sztésn]
rendőrségi bejelentkezés police registration [pəlísz redzsisztrésn]
rendőrségi bírság police fines [pəlísz fájnz]

37

rendszám *(autóé)* registration number/mark [redzsisztrésn nâmbər/márk]

rendszámtábla number plate [nâmbər plét]

rendszer system [szisztəm]

rendszerint as a rule [ez e rúl], usually [júzsuəli]

reneszánsz Renaissance [rənésznsz]

rengeteg lots of [locc ov]

repülés flight [flájt]

repülési magasság flying altitude [flájing eltityúd]

repülni to fly ¡tu fláj]; **Párizsba repültem** I flew tu P. [áj flú tu P]

repülő flyer [flájər], pilot [pájlət]

repülőgép (aero-)plane [(eerə-)plén]

repülőjárat air-line [eer-lájn]

repülőjegy airline ticket [eerlájn tikit]

repülőposta air-mail [eer-mél]

repülőszerencsétlenség air crash [eer kres]

repülőtér airport [eerpórt], *(US)* aerodrome [eerədróm]; **a ~re !** to the airport [tu di eerport] !

repülőtéri autóbusz airport bus [eerpórt bâsz]

repülőtéri használati díj airport fee/tax [eerpórt fí/teksz]

repülőút flight [flájt]

rés slit [szlit]

rész part [párt], piece [písz]; **ebben a ~ben** in this part [in disz párt]; **~t venni** *(vmiben)* to take part in [tu ték párt in]; *(vmin)* to attend (at) [tu etend (et)], to be present at [tu bí preznt et]

részben partly [pártli]

részeg drunk(en) [drânk(n)]

reszelő file [fájl]

reszelt sajt grated cheese [grétid csíz]

részemről for/on my part [for/on máj párt]

részére for him/her [for him/hör]

részint partly [pártli]

részlet detail [dítél]; *(fizetési)* instalment [insztólment]
részletesen in detail [in dítél]
résztvevő participant [pártiszipent]
részvét sympathy [szimpəti]; **kifejezi ~ét** offer one's condolences [ófər vanz kəndólənsziz]
részvétel participation [pártiszipésn]
részvételi díj entrance fee [entrənsz fí]
rét field [fíld]
retek radish [redis]
rétes strudel [sztrúdl]
retesz bolt [bólt]
retikül (lady's) hand-bag [(lédiz) hend-beg]
rettenetes terrible [terəbl]
retúrjegy return ticket [ritőrn tíkit], *(US)* round-trip ticket [raund-trip tíkit]
reuma rheumatism [rúmətizm]
rév *(folyón)* ferry [feri]
revü (variety) show [(vərájəti) só], revue [rivjú]
réz *(vörös)* copper [kopər]; *(sárga)* brass [brász]
ribizli red currant [red kârənt]
riporter reporter [ripórtər]
ritka scarce [szkeersz]
ritkán seldom [szeldəm]
rizs rice [rájsz]
rizsfelfújt rice pudding [rájsz puding]
robogó motor-scooter [mótər-skútər]
roham *(betegségé)* fit [fit]
rohanni to run [tu rân]
róka fox [foksz]
rokkant invalid [invəlíd]
rokon relative [relətiv], relation [rilésn]; **a ~aim** my relatives [máj relətivz]; **~oknál lakik** is staying with relatives [iz sztéjing vid —]
rokonlátogatás family visit [femili vízit], visiting relatives [vizíting relətivz]
rokonlátogató vízum visitor's visa [vizitərz vízə]

37*

róla about/of him/her/it [ebaut/ov him/hör/it]; **~m** about/of me [ebaut/ov mí]

roletta blind [blájnd]

rom ruin [rúin]

római Roman [rómən]

római katolikus Roman Catholic [rómən ketəlik]

román Rumanian [ruménjən]

Románia Rumania [ruménjə]

román stílus Romanesque style [rómaneszk sztájl], *(GB)* Norman style [nórmən sztájl]

romantikus romantic [romentik]

romlandó perishable [perisəbl]

roncs wreck [rek]

rósejbni chips [csipsz]

rostélyos stewed sirloin cutlet [sztyúd szőrlojn kâtlit]

rostonsült grill(ed meat) [gril(d mít)]

rosttoll fibre pen [fájbər pen]

rossz bad [bed]; *(nem működő)* out of order [aut ov órdər]; **~ idő** bad weather [bed vedər]; **~ hír** bad news [bed nyúz]; **~ vonatra szállt** he took the wrong train [hi tuk də rong trén]

rosszabb worse [vőrsz]

rosszabbodik is getting worse [iz geting vőrsz]

rosszul badly [bedli]; **~ érzi magát** *(beteg)* feel unwell [fíl ânvel]

rosszullét indisposition [indiszpəzísn]

rovarirtó insecticide [inszektiszájd]

rozs rye [ráj]

rózsa rose [róz]

rózsaszín pink

rozsdamentes rust-proof [râszt-prúf]; *(evőeszköz)* stainless (steel) [szténlisz (sztíl)]

rozsdás rusty [râszti]

rozskenyér rye-bread [ráj-bred]

rögtön at once [et vansz], immediately [imígyetli]

RÖLTEX *(haberdashery and household textiles)*

röntgen X-ray [eksz-réj]
röntgenfelvétel X-ray picture [eksz-réj pikcsər]
rövid short [sort], brief [bríf]; **~ebb** shorter [sortər]; **túl ~** too short [tú sort]
rövidáru haberdashery [hebərdesəri], *(US)* dry goods [dráj gudz]
röviden in short [in sort]
rövidesen before long [bifór long]
rövidhullámú (adó)állomás short-wave station [sort-vév sztésn]
rövidítés *(jel)* abbreviation [ebríviésn]
rövidlátó short-sighted [sort-szájtid]
rövidzárlat short-circuit [sort-szörkit]
rubel rouble [rúbl]
rubin ruby [rúbi]
rúd pole [pól]
rúdugrás pole vault [pól vólt]
rúgás kick [kik]
rugó spring [szpring]
ruha *(női)* dress [dresz], frock [frok]; **ruhát felvesz** puts on her dress [puc on hör dresz]
ruhaakasztó clothes hanger [klódz hengər]
ruhaanyag dress material [dresz mətiəriəl]
ruhakefe clothes brush [klódz brás]
ruhásszekrény wardrobe [vórdrób]
ruhaszárító zsinór clothes-line [klódz-lájn]
ruhatár cloak-room [klók-rúm]
ruházat clothes [klódz]
rúzs lipstick [lipsztik]

S

saját own [ón]; **~ maga** he himself [hi himszelf], she herself [si hörszelf]; **~ magam** I myself [áj májszelf]
sajátosság peculiarity [pikjúlieriti]

sajátságos characteristic [keriktərisztik]
sajnálatos unfortunate [ânfórcsnit]
sajnálni to be sorry [tu bí szori]; **sajnálom** I am sorry [ájm szori]
sajnos unfortunately [ânfórcsnitli]
sajt cheese [csíz]
sajtó press [presz]
sakk chess [csesz]
sakkozni to play chess [tu pléj csesz]
sál scarf [szkárf]
saláta *(fejes)* lettuce [letisz]; *(étel)* salad [szeləd]
salátaöntet salad dressing [szeləd dreszing]
sampon shampoo [sempú]
sánta lame [lém]
sápadt pale [pél]
sapka cap [kep]
sár mud [mâd]
sárga yellow [jeló]; ~ **angyal** patrol car [pətról kár]; ~ **fény(jelzés)** *(jelzőlámpában)* amber (light) [embər (lájt)]; ~ **villogó fény** flashing amber signal [flesing embər szignl]
sárgabarack apricot [éprikot]
sárgadinnye musk melon [mâszk melən]
sárgarépa carrot [kerət]
sárhányó mudguard [mâdgárd], *(US)* fender [fendər]
sarok *(cipőé, lábé)* heel [híl]; *(szobáé)* corner [kórnər]
sarokülés corner seat [kórnər szít]
sáros muddy [mâdi]
sárvédő →sárhányó
sátor tent; *(vázszerkezetes)* frame tent [frém —]; **sátrat felállítani/verni** to pitch a tent [tu pics e tent], to set up a tent [tu szet âp e —]; **sátrat felszedni** to strike the tent [tu sztrájk də tent]
sátortábor camp [kemp], camping site [kemping szájt]
sátorverés setting up tents [szeting âp tenc]
sav acid [eszid]

sáv stripe [sztrájp]; *(forgalmi)* lane [lén]; **belső ~** *(GB)* outside lane [autszájd lén], *(US)* left lane; **szélső/külső ~** *(GB)* inside lane [inszájd lén], *(US)* right lane [rájt lén]; **~ot változtatni** to change lanes [tu cséndzs lénz]

savanyú sour [szauər]

savanyúcukor acid drops [eszid dropsz]

savanyúkáposzta sauerkraut [szauərkraut]

savanyúság pickles [piklz]

savhiány hypacidity [hájpəszíditi]

savszint acid level [eszid levl]

savtúltengés hyperacidity [hájpəreszíditi]

se neither [nájdər], *(US)* [nídər]; **~ nem írt, ~ nem telefonált** he neither wrote nor phoned [hí nejdər rót nor fónd]

seb wound [vúnd]

sebesség speed [szpíd]; **előírt legkisebb ~** compulsory minimum speed [kəmpâlszəri miniməm szpíd]; **megengedett legnagyobb ~** maximum speed [meximəm szpíd]; **kis ~gel** at a low speed [et e ló szpíd]; **teljes ~gel** at full speed [et ful szpíd]

sebesség(fokozat) gear(shift) [gíər (sift)]; **sebességet váltani** to change gear [tu cséndzs gíər]

sebességkorlátozás speed-limit [szpíd-limit]; **~ megszűnt** end of speed limit [end ov —]

sebességmérő speedometer [szpidomitər]

sebességváltó (the) gears [(də) gíərz], transmission [trenzmisn], *(kar)* gear(shift) lever [gíər(sift) lívər]

a **sebesült** the injured [di indzsərd]

sebesvonat fast train [fászt trén]

sebész surgeon [szördzsn]

sebészet surgery [szördzsəri]

segéd assistant [eszisztənt]

segély help, aid [éd]

segélyhely *(orvosi)* first-aid station [förszt-éd sztésn]; *(műszaki)* aidpoint [édpojnt]

segélyhívó telefon emergency telephone [imördzsənszi telifón]

segélykocsi patro lcar [pətról kár]

segélyszolgálat *(országúti)* patrol service [pətról szörvisz]

segíteni to help [tu help]; **segíthetek?** may I help you [méj áj help ju]?; **kérem segítsen!** please help me [plíz help mí]!

segítség help, aid [éd]; **kértem a~ét** I asked for his help [áj ászkt for hiz help]; **miben lehetek a ~ére?** what can I do for you [vot ken áj dú for jú]?; **~ével** by the help of [baj də help ov]; by means of [báj mínz ov]

sehol, sehova nowhere [nóveer]

selyem silk [szilk]

sem neither [nájdər], *(US)* [nídər]

semleges neutral [nyútrəl]

semmi(t) nothing [nâszing]; **~ sem** nothing at all [nâszing et ól]; **nem tesz ~t** it does not matter [it dâznt metər]; **~ esetre (sem)** by no means [báj nó mínz]

senki(t) nobody [nóbədi], no one [nó van]; **~ más** nobody else [nóbədi elsz]

seprű broom [brúm]

serpenyő *(konyhai)* frying pan [frájing pen]

serpenyős rostélyos broiled steak (with red pepper) [brojld szték]

sértés insult [inszált]

sertéscomb leg of pork [leg ov pork]

sertéshús pork [pork]

sertéskaraj pork-chop [pork-csop]

sertéspörkölt pork stew (with paprika) [pork sztyú]

sertéssült roast pork [rószt pork]

sértetlen(ül) unhurt [ânhört]

sérülés injury [indzsəri]; **súlyos ~eket szenvedett** he suffered severe injuries [hi szâfərd szíviər indzsəríz]

sérült *(személy)* injured [indzsərd]; *(kocsi)* damaged [demidzsd]
sérv rupture [rấpcsər]
séta walk [vók]
sétahajó pleasure boat [plezsər bót]
sétahajózás cruise [krúz]
sétálni to go for a walk [tu gó for e vók]; **sétáljunk egyet!** let us go for a walk [lec gó for e vók]!
sí ski [szkí]
síelni to ski [tu szkí]
sietni to hurry [tu hấri]; *(óra)* to be fast [tu bí fászt]; **siessünk!** let us hurry up [lec hấri áp]!
siker success [szəkszesz]
sikerülni *(vmi)* to succeed [tu szəkszíd]; **jól sikerült** turned out well [törnd aut vel]; **a kirándulás nem sikerült** the trip was a failure [də trip voz e féljər]; **sikerült elérnie a vonatot** he succeeded in catching the train [hi szəkszídid in kecsing də trén]
síkos slippery [szlíperi]
síkság plain [plén]
síléc ski(s) [szkí(z)]
sílift ski-lift [szkí-lift]
sima smooth [szmúsz]
simogatni to stroke [tu sztrók], to pet [tu pet]
sín rail [rél]; *(törött testrésznek)* splint [szplint]
sípcsont shinbone [sinbón]
síugrás ski-jump [szkí-dzsámp]
sír grave [grév]
síremlék tomb [túm]
sírni to cry [tu kráj], to weep [tu víp]
síugrósánc jumping-hill [dzsâmping-hil]
sízés skiing [szkíing]
sízni →**síelni**
sízők skiers [skíərz]
Skandinávia Scandinavia [szkendinévjə]
Skócia Scotland [szkotlend]

skót Scotch [szkocs]; Scots [szkoc]; Scot [szkot]

slusszkulcs ignition key [ignisn kí]

smink make-up [mék-áp]

só salt [szólt]

sofőr driver [drájvər], *(taxié)* cabman [kebmen]

sógor brother-in-law [brâdər-in-ló]

sógornő sister-in-law [szisztər-ın-ló]

soha never [nevər]

sóhajtani to sigh [tu száj]; **sóhajtson!** *(orvosnál)* say ninety-nine [széj nájnti-nájn]

sok *(egyes számmal)* much [mács]; *(többes számmal)* many [meni], a lot of [e lot ov]; ~ **szerencsét!** good luck [gud lâk]!

soká for a long time [for e long tájm]

sokan a great many people [e grét meni pípl]

sokat a lot [e lot]

sokszor many times [meni tájmz]

sonka ham [hem]

sor row [ró], line [lájn]; ~**ba állni** to queue up [tu kjú âp]

sorompó gate [gét]; ~**s vasúti átjáró** level-crossing with gates [levl-kroszing vid géc]; ~ **nélküli vasúti átjáró** level-crossing without gates [levl-kroszing vidaut géc]

sorozat series [szíríz]

sort(nadrág) shorts [sorc]

sós salty [szólti]

sóska sorrel [szorəl]

sótartó salt-cellar [szólt-szelər]

sovány thin [szin]; *(hús)* lean [lín]

söntés tap-room [tep-rúm], bar [bár]

sör beer [biər], ale [él], *(barna)* porter [portər]

sörnyitó bottle-opener [botl-ópnər]

söröző beer-house [biər-hausz]

sötét dark [dárk]

sötétedik it is getting dark [ic geting dárk]

spagetti spaghetti [szpəgeti]
spanyol Spanish [szpenis]; *(ember)* Spaniard [szpen-jərd]
Spanyolország Spain [szpén]
spárga *(növény)* asparagus [eszperəgəsz]
specialista specialist [szpesəliszt]
spenót spinach [szpɪnidzs]
spirituszfőző spirit-stove [szpɪrit-sztóv]
sport sport(s) [szpórt(sz)]
sportcsarnok sports hall [szpórc hól]
sportegyesület sports-club [szpórc-klâb]
sportember sportsman [szpórc men]
sportesemény sports event [szpórc ivent]
sportfelszerelés sports equipment [szpórc-ikvɪpment]
sportkocsi sports car [szpórc kár], coupé [kúpé]; *(gyermekeknek)* pushchair [puscseer]
sportpálya sports ground [szpórc graund]
Sportuszoda sports swimming-pool [szpórc szvɪming-púl]
sportzakó sports jacket [szpórc dzsekit]
stadion (people's) stadium [(píplz) sztédjəm]
statisztikai lap registration card [redzsisztrésn kárd]
stb. = *s a többi* etc., et cetera [itszetrə]
stég landing stage [lending sztédzs]
stílus style [sztájl]
stoplámpa stop light [sztop lájt]
stopperóra stop-watch [sztop-vacs]
stoptábla stop sign [sztop szájn]
stopvonal stop-line [sztop-lájn]
strand *(természetes)* beach [bícs], *(mesterséges)* open-air bath [ópn-eer bász]; **saját** ~ private beach [prájvit bícs]
strandolni to bathe [tu béz]
strandruha beech dress [bícs dresz]
strandsaru beech-shoes [bícs-súz]
stúdió studio [sztyúdió]

sugárhajtású (repülő)gép jet (plane) [dzset (plén)], jet air-liner [dzset eer-lájnər]

sugározni *(rádió)* to transmit [tu trenzmit]

sugárút avenue [evinyú]

sugárveszély radiation danger [rédiésn déndzsər]

sugárzás radiation [rédiésn]

súgni to whisper [tu viszpər]

súly weight [vejt]

súlydobás, súlylökés putting the shot [puting də sot]

súlyemelés weight-lifting [vejt-lifting]

súlykorlátozás weight limit [vejt limit]

súlyos heavy [hevi]; *(betegség)* serious [szírjəsz]

süllő pike perch [pájk pörcs]

sült 1. *(tésztaféle)* baked [békt]; *(zsírban)* fried [frájd] **2.** *(húsétel)* roast [rószt]; ~ **csirke** roast chicken [rószt csikn]

sürgöny telegram [teligrəm], wire [vájər], cable [kébl]

sürgönycím cable address [kébl edresz]

sürgönyözni to wire [tu vájər], to cable [tu kébl]

sürgős urgent [ő̃rdzsənt]

sürgősen urgently [ő̃rdzsəntli]

sűrített tej condensed milk [kəndenszt milk]

sütemény *(édes)* cake [kék], pastry [pésztri] →PÉK-SÜTEMÉNY

sütni *(ételt)* to bake [tu bék]; *(húst)* to roast [rószt]; *(zsírban)* to fry [fráj]; **süt a nap** the sun is shining [də szán iz sájning]

sütő oven [ȧvn]

sütöde *(üzem)* bakery [békəri]

Svájc Switzerland [szvicərlend]

svájci Swiss [szvisz]

svéd Swedish [szvídis]; *(ember)* Swede [szvíd]

Svédország Sweden [szvídn]

Sz

Sz. = *szombat, szerda* Saturday [szetərdi]; Wednesday [venzdi]

sz. = *szám* No., number [nâmbər]; = *született* → szül.

SZABAD *(taxin)* 'for hire' [for hájər]

szabad 1. *(nem foglalt)* free [frí]; ~ bemenet admission free [edmisn frí]; ~ idő leisure time [lezsər tájm, US lízsər —]; ~ kilátás *(előzésnél)* clear/unobstructed view [kliər/ânəbsztrâktid vjú]; ~ poggyászkeret free baggage allowance [frí begidzs elauənsz]; ~ szombat free Saturday [frí szetərdi]; ~ ez a hely? is this seat free [iz disz szít frí]? 2. *(megengedett)* permitted [pərmitid]; ~? may I [méj áj]?; ~! *(kopogtatásra feleletül)* come in [kâm in]!; nem ~ must not [mâszt not], is not to [iz not tu]; oda nem ~ menni you must not go there [ju mâsznt gó deer]; ~ (kérnem) a sót? may I trouble you for the salt [méj áj trâbl jú for də szólt]?; ~ megnézni? may I have a look [méj áj hev e luk]?

a szabad*ban* in the open (air) [in di ópn (eer)]

szabadjegy free ticket [frí tikit]

szabadkikötő free port [frí port]

szabadnap day off [déj óf]

szabadság holiday [holədi]; ~on on holiday

szabadtéri open-air [ópn-eer]

szabály rule [rúl]; regulation [regjulésn]

szabályos regular [regjulər]

szabályozni to regulate [tu regjulét]

szabálysértés offence [əfensz]

szabálysértő offender [əfendər]

szabályszerű according to regulations [ekórding tu regjulésnz]

szabálytalan irregular [iregjulər]

szabályzat regulations [regjulésnz]

szabás cut [kât]
szabó tailor [téjlər]
szabvány standard [sztendərd]
szag smell [szmel]
szaggatott vonal broken line [brókn lájn]
száj mouth [mausz]
szájrúzs lip-stick [lip-sztik]
szájvíz mouth-wash [mausz-vos]
szakácskönyv cookery-book [kukəri-buk]
szakács(nő) cook [kuk]
szakad (az eső) it is pouring (with rain) [it iz póring (vid rén)]
szakadék precipice [preszipisz]
szakáll beard [biərd]
szakasz section [szeksn]; *(vasúti kocsiban)* compartment [kəmpártment]
szakember expert [ekszpört]
szakítani to tear [tu teər]; *(virágot)* to pluck [tu plâk]
szakképzettség qualification [kvolifikésn]
szakközépiskola technical school [teknikəl szkúl]
szakma trade [tréd], profession [prəfesn]
szakmai professional [prəfesənl]
szakorvos specialist [szpesəliszt]
szakorvosi rendelőintézet polyclinic [poliklinik]
szakosztály section [szeksn]
szakszervezet trade union [tréd júnjən]
szál thread [szred]
szaladni to run [tu rân]
szalag ribbon [ribən]
szalámi salami
szálka splinter [szplintər]; *(halé)* fish-bone [fis-bón]
száll is flying [iz flájing] →beszállni, szállni
szállás accommodation [ekomədésn]; ~t biztosítani to secure accommodation [tu szikjuər —]
szállásadó landlord [lendlord], host [hószt]
szállásadónő landlady [lendlédi], hostess [hósztisz]

szállásdíj price of room [prájsz ov rúm], rate of accommodation [rét ov ekomodésn]

szállásfoglalás booking (of room) [buking (ov rum)]

szálláshely accommodation [ekomodésn]

szállítani to transport [tu trenszpórt]

szállítás transport [trenszpórt]

szállítmány consignment [konszájnment]

szállítóeszköz means of transport [mínz ov trenszpórt]

szállítólevél bill of delivery [bil ov dilívori]

szállító (vállalat) carrier [kerior]

szállni to fly [tu fláj]; **szálljon a 4-es buszra** take bus No 4 [ték bâsz nâmbor fór]; **vonatra ~t** he took a train [hi tuk e trén]; **hajóra szálltunk** we boarded a ship [vi bórdid e sip]

szálló, szálloda hotel [hótel]

szállodai hotel [hótel]; **~ alkalmazott** hotel employee [— emplojí]; **~ elhelyezés** hotel accommodation [— ekomodésn]; **~ szoba** hotel room [— rúm]; **~ szobafoglalás** hotel booking [— buking]; **~ szobautalvány** hotel voucher [— vaucsor]

szállodaköltség hotel expenses [hótel ikszpensziz]

szállodaporta reception desk [riszepsn deszk]

szállodautalvány, szálloda-voucher hotel voucher [hótel vaucsor]

szállodavezetőség hotel management [hótel menidzsment]

szalon drawing-room [dróing-rúm], *(US)* parlor [párlor]

szalonna bacon [békn]

szalonnasütés bacon toasting [békn tószting]

szalontüdő lights [lájc]

szalvéta napkin [nepkin]

szám number [nâmbor]; *(napilapé)* copy [kopi]; *(ruhaneműé)* size [szájz]; *(sport)* event [ivent]; **a tízes számú szobában lakik** he has room number ten [hí hez rúm nâmbor ten]

számára for him/her [for him/hör]; **az Önök ~** for you [for jú]

számítani *(vmit)* to calculate [tu kelkjulét]; **mennyit számít érte?** how much do you charge for it [hau mács du ju csárdzs for it]?; **számíthat rá!** you may rely on it [ju méj riláj on it]!; **holnaptól számítva** counting from tomorrow [kaunting from təmóró]

számítás calculation [kelkjulésn];**~om szerint** according to my calculations [əkórding tu máj kelkjulésnz]; **vegye ~ba hogy...** take into consideration (the fact) that [ték intu kənszidərésn (də fekt) det]

számla bill [bil], invoice [invojsz]; **kérem a számlát!** the bill, please [də bil, plíz]!; **kifizetted a számlát?** have you settled the bill [hev ju szetld də bil]?

számlálni to count [tu kaunt]

számolni to count [tu kaunt]

számos numerous [nyúmərəsz]

számozatlan unnumbered [ânnâmbərd]

számozott numbered [nâmbərd]

szanatórium sanatorium [szenətóriəm]

szandál sandals [szendlz]

szándék intention [intensn]

szándékosan on purpose [on pörpəsz]

szándékozni to intend [tu intend], to wish [tu vis]; **hova szándékozik menni?** where do you intend/plan to go [veer du ju intend/plen tu gó]?; **mit szándékozik tenni?** what do you mean to do [vot du ju mín tu dú]?

szánkó sleigh [szléj], sledge [szledzs]

szántóföld plough-land [plau-lend]

szappan soap [szóp]

szappanhab lather [láDər]

szappantartó soap-dish [szóp-dis]

száradni to dry up [tu dráj âp]

száraz dry [dráj]

szárazföldi éghajlat continental climate [kontinentl klájmit]

száraz vegytisztítás dry cleaning [dráj klíning]
szardínia sardine [szárdín]
szárítani to dry [tu dráj]
származás origin [oridzsin]
szárny wing [ving]
szárnyas *(baromfi)* poultry [póltri]
szárnyashajó hydrofoil [hájdrəfojl]
szárnyas vad wing-game [vlng-gém]
szárnyvonal *(vasúti)* branch line [bráncs lájn]
szarv horn [hórn]
szarvas stag [szteg], deer [diər]
szarvasbőr chamois (leather) [semvá (ledər)]
szarvasmarha cattle [ketl]
szatyor shopping bag [soping beg]
szavai, szavak words [vördz] →**szó**
szavatosság guarantee [gerənti], warranty [vorənti]
szavatossági biztosítás liability insurance [lájəbiliti insúrənsz]
szavazni to vote [tu vót]
száz hundred [hândrid]
század *(idő)* century [szencsəri]; **a XVIII. ~ban** in the 18th century [in di éjtínsz szencsəri]
századik (the) hundredth [(də) hândrədsz]
százalék per cent [pör szent]; **3 ~kal** by 3 per cent [báj szrí pör szent]
százas 1. *(szám)* (a/one) hundred [(e/van) hândrəd] **2.** →**százforintos**
százforintos (bankjegy) hundred-forint note [hândrəd-forint nót]
szebb more beautiful [mór bjútəful]; **~ mint a testvére** she is prettier than her sister [sí iz pritiər den hör szisztər]; **a leg~ lány** the prettiest girl (of all) [də pritiəszt görl (ov ól)]
szedni *(gyűjteni)* to gather [tu gedər]; *(gyümölcsöt, virágot)* to pluck [tu plák], to pick [tu pik]; *(gyógyszert)* to take [tu ték]

38

szédülök I feel giddy [áj fíl gidi]
szeg nail [nél]
szegélyvonal border line [bórdər lájn]
szegény poor [puər]
szegfű carnation [kárnésn]
szégyen shame [sém]
szék chair [cseer], seat [szít]
székelygulyás pork stew with sauerkraut [pork sztyú vid szauərkraut]
szekér wag(g)on [vegən]
székesegyház cathedral [kəszídrəl]
székhely seat [szít]; headquarters [hedkvórtərz]
széklet stool [sztúl]
székrekedés constipation [konsztipésn]
szekrény *(ruhás)* wardrobe [vórdrób], *(beépített)* closet [klozit]; *(öltözőben)* locker [lokər]
szél wind [vind]; **fúj a ~** the wind is blowing [də vind iz blóing]
a **szél(e)** (the) edge [(di) edzs]; *(edényé)* rim; *(járdáé)* kerb [körb]
szelep valve [velv]
szelephézag valve clearance [velv klírənsz]
szelephézagállítás valve clearance adjustment [velv klírənsz edzsâsztmənt]
szeles windy [vindi]
széles wide [vájd]
szélesség width [vidsz]
szélesvásznú film wide-screen film [vájd-szkrín film]
szelet *(kenyér, sajt)* slice [szlájsz]; **egy ~ sütemény** a piece of cake [e písz ov kék]
szeletelni to slice [tu szlájsz], *(húst)* to carve [tu kárv]
szellemes witty [viti]
szellő breeze [bríz]
szellőzés ventillation [ventilésn]
szellőztetni to air [tu eer]
szélsebesség wind speed [vind szpíd]

szélvédő(üveg) windscreen [vind-szkrín], *(US)* shield [vind-síld]

szelvény coupon [kúpən]; stub [sztâb]

szélvihar storm [sztórm]; *(erős)* gale [gél]

szem eye [áj], *(kötött)* stitch [sztics]; **szalad a ~ a harisnyán** there is a ladder/run in the stocking [deerz e ledər/rân in də sztoking]

szemafór signal [szignl]

szembejövő forgalom oncoming traffic [onkâming trefik]; *(tábla)* two-way traffic [tú-véj trefik]

szemben *(térben)* opposite to [opəzit tu]

szembiztos ladderproof [ledərprúf]

személy person [pörszn]; **~személyvonat**

személyautó (motor-)car [(mótər-)kár]

személyazonosság identity [ájdentiti]

személyazonossági igazolvány identity card [ájdentiti kárd]

személydíjszabás passenger tariff [peszindzsər terif]

személyenként per head/person [pör hed/pörszn]

személyenként és naponként per person and day [pör pörszn end déj]

személyes personal [pörsznl]; **~ használati tárgyak** articles for personal use [ártiklz for pörsznl júsz], personal effects [pörsznl ifekc]

személyesen in person [in pörszn]

személyforgalom passenger traffic [peszindzsər trefik]

személyi personal [pörsznl], private [prájvit]; **~ adatok** particulars [pərtikjulərz]; **~ igazolvány** identity card [ájdentiti kárd]; **~ és poggyászbiztosítás** personal and baggage insurance [pörsznl end begidzs insúrənsz]; **~ szükségletre** for personal needs [for pörsznl nídz]; **~ tulajdon** personal property/effects [pörsznl propərti/ifekc]

személykocsi *(vasúti)* passenger-carriage [peszindzsər-keridzs]; **→személyautó**

személypoggyász luggage [lâgidzs], *(US)* baggage [begidzs]
személyszállítás passanger service [peszindzsər szörvisz]
személyvonat slow/passenger train [szló/peszindzsər trén]
személyzet personal [pörsənel]
szemész oculist [okjuliszt]
szemét garbage [gárbidzs]
szemétkosár waste-basket [vészt-bászkit]
szemétvödör *(fémből)* garbage-can [gárbidzs-ken], *(egyéb)* waste-bin [vészt-bin]
szemhéj eyelid [ájlid]
szemközti opposite [opəzit]
szemöldök eyebrow [ájbró]
szemöldökceruza eyebrow pencil [ájbró penszl]
szempilla (eye)lashes [(áj)lesiz]
szempillafesték mascara [meszkərə]
szempont standpoint [sztendpojnt], point of view [pojnt ov vjú]
szemtanú eyewitness [ájvitnisz]
szemüveg spectacles [szpektəklz[, glasses [glásziz]
szén coal [kól]
szénaláz, szénanátha hay-fever [héj-fívər]
szendvics (open) sandwich [(ópn) sendvics]
szenvedély passion [pesn]; *(szórakozás)* hobby [hobi]
szenvedni to suffer [tu száfər]
szenzációs sensational [szenszésənl]
szennyes *(ruha)* laundry [lóndri]
szép beautiful [bjútəful]; *(nő)* lovely [lâvli], pretty [priti]; ~ **idő** fine weather [fájn vedər]
szépművészet fine arts [fájn árc]
szépművészeti múzeum Museum of Fine Arts [mjuziəm ov fájn árc]
szépség beauty [bjúti]
szept., szeptember Sep., September [szəptembər]
szer *(orvosság)* remedy [remidi]

szerda Wednesday [venzdi]; **szerdán** on Wednesday

szerelem love [láv]

szerelmes is in love (with) [iz in láv (vid)]

szerelő mechanic [mikenik]

szerelőakna repair pit [ripeer pit]

szerelvény *(vasúti)* train [trén]

szerelvényfal dashboard [desbórd], *(US)* instrument board [insztrument bórd]

szerencse luck [lák]; **szerencsét kívánni** to wish luck [tu vis lák]

szerencsejáték gambling [gembling]

szerencsekívánat congratulation [kəngretyulésn]

szerencsére luckily [lákili]

szerencsés lucky [láki]; ~ **utat!** have a good trip [hev e gud trip]!

szerencsésen happily [hepili]; ~ **megérkeztem** I have arrived safely [ájv erájvd széfli]

szerencsétlenség disaster [dizásztər]; *(baleset)* accident [ekszidənt]

szerencsétlenül járt met with an accident [met vid en ekszidənt]

szerep part [párt], role [ról]

szerepelni *(előfordul)* to figure [tu figər]; *(játszik)* to play [tu pléj]; *(vmilyen minőségben)* to act as [tu ekt ez]

szereposztás cast [kászt]

szeretet affection [əfeksn]; ~**tel** *(levél végén)* with (much) love [vid (mács) láv]; ~**tel üdvözlöm (őt)** give her my love [giv hör máj láv], I send her my love [áj szend hör máj láv]

szeretni *(vkit, vmit)* to love [tu láv], to like [tu lájk]; to be fond of [tu bí fond ov] . . .; *(szerelmes)* to be in love with [tu bí in láv vid]; **szeretek olvasni** I like to read [áj lájk tu ríd], I am fond of reading [ájm fond ov ríding]; **nem szeretek táncolni** I do not like to dance [áj dónt lájk tu dánsz]; **nem**

szeretem a teát I do not like tea [áj dónt lájk ti]; **szeretném, szeretnék...** I should like to [áj sud lájk tu] ...; **szeretném tudni** I should like to know [áj sud lájk tu nó]; **szeretne eljönni?** would you like to come [vud ju lájk tu kâm]?

szerezni to obtain [tu əbtén], to get [tu get]; **zenéjét szerezte...** music/composed by [mjúzik/kəmpózd báj] ...

szerint according to [əkórding tu]

szerkesztő editor [editər]

szerpentin (út) serpentine road [szörpəntájn ród]

szerszám tool [túl]

szerszámdoboz, szerszámláda tool box [túl boksz]

szertartás ceremony [szeriməni]; *(vallásos)* service [szörvisz]

szerv organ [órgən]

szervezés organization [órgənájzésn]

szervezet organization [órgənájzésn]; *(élő)* organism [órgənizm]

szervezni to organize [tu órgənájz]

szervezőbizottság organizing committee [órgənájzing kəmiti]

szerviz *(gépkocsi)* service [szörvisz]; **~re vinni a kocsit** to have the car serviced [tu hev də kár szörviszt]

szerviz-állomás service station [szörvisz sztésn]

szervusz hello [heló]!; *(US)* hi [háj]!; *(távozáskor)* bye-bye [báj-báj]!

szerző author [ószər]

szerződés contract [kontrekt]; **~t kötni** to conclude an agreement [tu kənklúd en egrímənt]

szesz alcohol [elkəhol]; spirit(s) [szpirit(sz)]

szeszes ital akoholic drink [elkəholik drink]

szétnézni to look round [tu luk raund]

szétszedni to take apart [tu ték əpárt]; to take to pieces [tu ték tu píssiz]

szezon season [szizn]

sziget island [ájlənd]
szigetelés insulation [inszjulésn]
szigorú severe [szivír]
SZIGORÚAN TILOS strictly forbidden [sztriktli fəbidn]
szíj strap [sztrep], belt
szikla rock [rok]
sziklás rocky [roki]
szikra spark [szpárk]
szilánk splinter [szplintər]
szilánkmentes shatter-proof [setər-prúf]
szilva plum [plám]
szilvapálinka plum brandy [plám brendi]
szilveszterest New-Year's Eve [nyú-jiərz ív]
szimfónia symphony [szimfəni]
szimfonikus zenekar symphonic orchestra [szimfonik
   ókisztrə]
szimpla simple [szimpl]; *(kávé)* small (black espresso)
   coffee [szmól (blek eszpreszó) kofi]
szín colour [kâlər]; *(helyszín)* scene [szín]
színdarab play [pléj]
színes coloured [kâlerd]; ~ **dia** colour transparency/
   strip [kâlər trenszpeerənszi/strip]; ~ **felvétel** colour
   photograph [kâlər fótəgráf]; ~ **film** colour film
   [kâlər film]; ~ **televízió** colour TV [kâlər tíví]
színész actor [ektər]
színésznő actress [ektrisz]
SZÍNHÁZ theatre [sziətər]
színházjegy theatre-ticket [sziətər-tikit]
színhely scene [szín]
szinkronizált? is it dubbed [iz it dâbd]?
színmű play [pléj]
színműíró playwright [pléjrájt]
színpad stage [sztédzs]
színszűrő colour-filter [kâlər-filtər]
szintbeni kereszteződés level crossing [levl krəszing],
   (US) grade crossing [gréd kroszing]

szintén also [ólszó], as well [ez vel]

szív heart [hárt]

szivacs sponge [szpândzs]

szivar cigar [szigár]

szivárgás leak [lík]

szivattyú pump [pâmp]

szívbaj heart trouble [hárt trâbl]

szívélyes hearty [hárti]; ~ **üdvözlettel** *(levél végén)* cordially yours [kórdjəli jorz]

szíves kind [kájnd]; **legyen ~ be so kind as to** [bí szó kájnd ez tu]; **lenne ~ becsukni az ajtót!** would you mind shutting the door [vud ju májnd sâting də dór]; **lesz ~ befáradni!** will you come in [vil jú kâm in]!

szívesen! *(köszönömre)* not at all [not et ól]!, *(US)* you are welcome [júr velkâm]!

szíveskedjék . . . would you kindly [vud ju kájndli] . . .

szívesség favour [févər]; **kérhetek egy ~et** *(öntől)* will you do me a favour [vil ju dú mí e févər]

szívroham heart attack [hárt etek]

szmoking dinner jacket [dinər dzsekit], *(US)* tuxedo [tâkszídó]

szó word [vörd]; **egy ~val** in a word [in e wörd]; **arról van ~, hogy . . .** we are talking about [vír tóking ebaut] . . .; **~ba hozta . . .** he mentioned [hi mensnd] . . .

szoba room [rúm]; **~ reggelivel** bed and breakfast [bed end brekfəszt]

szobaár price of room [prájsz ov rúm]

szobaasszony chambermaid [csémbərméd]

szobafoglalás(i díj) reservation [rezərvésn]

SZOBA KIADÓ room to let [rúm tu let], *(US)* vacancy [vékənszi]

szobakulcs key (of room) [kí (ov rúm)]

szobarendelés booking/reservation of rooms [buking/rezərvésn ov rúmz]

szoba-service room service [rúm szörvisz]
szobaszám room number [rúm nâmbər]
szobatárs room-mate [rúm-mét]
szobor statue [sztetyú]
szobrász sculptor [szkâlptər]
szociális social [szósl]
szocialista socialistic [szósəlisztik]; ~ **tábor** socialist camp [szósəliszt kemp]
szódavíz soda-water [szódə-vótər]
szokás habit [hebit]; *(népi)* custom [kâsztəm]; ~ **szerint** as usual [ez júzsuəl]
szokásos usual [júzsuəl]
szokatlan unusual [ânjúzsuəl]
szoknya skirt [szkört]
szokott 1. usual [júzsuəl]; 2. ~ **bridgezni?** do you play bridge [du ju pléj bridzs]?; **korán szoktam kelni** I (usually) get up early [áj (júzsuəli) get âp őrli]
szól *(csengő)* is ringing [iz ringing]; *(rádió)* is on [iz on]; *(jegy, vízum)* is valid for [iz velid for]; *(küldemény)* is for [iz for] ...; *(mű)* is about [iz əbaut]; **miről ~?** what is it about [vat iz it əbaut]?; →**szólni**
szolgálati útlevél service passport [szörvisz pászport]
szolgálni *(vmire)* to serve (for) [tu szörv (for)]; **mivel szolgálhatok?** what can I do for you [vat ken áj dú for jú]?
szolgáltatások services [szörvisziz], facilities [fəszilitiz]; *(kempingben)* camping facilities [kemping fəszilitiz]
szolgáltatni to supply [tu szəpláj]
szólista soloist [szólóiszt]
szólítani to call [tu kól]; **majd szólítjuk!** you will be called [júl bí kóld]
szólni *(vknek)* to tell (sby) [tu tel (szâmbədi)]; **szóljon neki!** call him [kól him]!; **mit szól ehhez?** what do you say to that [vat du ju széj tu det]?; **szóltam**

neki a dologról I informed him about the matter
[áj infórmd him ebaut də metər] →szól

szóló¹ *(hangszer)* solo [szóló]

szóló² *(vmire)* valid (for) [velid (for)]; *(valahova)*
to; a **Londonba ~ jegy** the ticket to London [də
tikit tu L.]; *(valakinek)* for; **két személyre ~** for
two persons [for tú pörsznz]

szólóest recital [riszájtl]

szóló **motorkerékpár** motorcycle without sidecar
[mótəszájkl vidaut szájdkár]

szombat Saturday [szetərdi]; **~on** on Saturday:
este Saturday evening [— ívning]

szomjas thirsty [szörszti]

szomorú sad [szed]

szomszéd neighbour [néjbör]; **a ~ ház** the next house
[də nekszt hausz]

szórakozás entertainment [entərténment]

szórakozási lehetőségek *(üdülőhelyen)* recreational
facilities [rekriésnəl fəszilitiz]; (opportunities for)
entertainment [(opərtyúnitiz for) entərténment]

szórakozik has a good time [hez e gud tájm], has fun
[hez fán]; **jól szórakozott?** did you enjoy yourself
[did ju indzsoj jorszelf]?

szórakozóhely place of amusement [plész ov emjúz-
ment]

szórakoztatni to amuse [tu emjúz]

szórakoztató amusing [emjúzing]; **~ muzsika** light
music [lájt mjúzik]

szorít *(cipő)* pinches [pincsiz]

szoros 1. *(szűk)* tight [tájt] 2. *(hegyé)* pass [pász]

szorozni to multiply [tu máltiplá]

szorulás constipation [kənsztipésn]

SZOT = *Szakszervezetek Országos Tanácsa* TUC, Coun-
cil of (the Hungarian) Trade Unions [kaunszl ov
(də hângeeriən) tréd júnjənz]; **~ üdülő** TUC rest-
-tome [— reszt-hóm]

szótár dictionary [diksnri]; **nézze meg a ~ban!** look it up in the dictionary [luk it âp in də diksnri]!

szovjet Soviet [szóvjet]

a **Szovjetunió** the Soviet Union [də szóvjet júnjən]

szög nail [nél]; *(mértani)* angle [engl]

szögletes angular [engjulər]

szőke blond; **~ nő** a blonde [e blond]

szökőkút fountain [fauntin]

szőlő grape(s) [grép(sz)]

szőlőhegy vineyard [vinjərd]

szőnyeg carpet [kárpit]

szőrme fur [för]

szörnyű horrible [horəbl]

SZÖRP squash [szkvos]

szőttes homespun [hómszpân]

szöveg text [tekszt], *(dalé)* words [vördz]

szövet cloth [klosz], material [mətiəriəl]

szövetkezet co-operative [kó-opərətiv]

szövetség federation [fedərésn]

sztereo stereo [sztirió]

SZTK = *Szakszervezeti Társadalombiztosítási Központ* TUIC, Trades Union Social Insurance Centre

SZTK-rendelő *(district polyclinic for health insurance members)*

sztrájk strike [sztrájk]

sztrájkolni to strike [tu sztrájk]

szúnyog mosquito [məszkító]

szúnyogháló mosquito-net [məszkító-net]

szuperbenzin super(petrol) [szjúpər(petrəl)], *(US)* premium gas(oline) [prímjəm gesz(əlín)]

szurkoló fan [fen]

szúrni to prick [tu prik], *(rovar)* to bite [tu bájt]

szűcs furrier [fâriər]

szűk narrow [neró]; *(ruha)* tight(-fitting) [tájt(-fíting)]

szükség need [níd]; **~em van** I need [áj níd]

szükséges is required/needed [iz rikvájərd/nídid];

ha ~ if necessary [if neszisziri]; **nem** ~ **hogy Ön menjen** there is no need for you to go [deer iz nó níd for jú tu gó]

szükségtelen unnecessary [ânnesziszəri]

szül. = *született* born; ~ **Budapesten** born in B.; **Lukács Lajosné,** ~ **Láng Ilona** Mrs. L. Lukács, née I. Láng

születés birth [börsz]; ~ **helye** birth place [— plész]; ~ **ideje** birth date [— dét]

születési anyakönyvi kivonat birth certificate [börsz szətifikit]

születési év year of birth [jiər ov börsz]

születésnap birthday [börszdéj]

született born → **szül.**

szülők parents [peerənc]

szünet break [brék]; *(színházban)* interval [intərvəl]; *(iskolai egésznapos)* holiday [holədi]; *(iskolai nyári)* vacation [vəkésn], holidays [holədiz]

szünetel is suspendid [iz szəszpendid]

szünidő vacation [vəkésn], holidays [holədiz] *(hétfőn)* **szünnap** closed (on Mondays) [klózd (on mândiz]

szüret vintage [vintidzs]

szürke grey, *(US)* gray [gréj]

szűrő(betét) filter [filtər]

szűzérmék fillets of pork [filitsz ov pórk]

szvetter sweater [szvetər]

szvit suite [szvít]

T

T = *tanuló vezető* Learner driver [lőrnər drájvər]

t = *tonna* ton [tân]

tábla board [bórd]; *(útjelző)* road sign [ród szájn], direction post [direksn pószt]

tabletta pill [pil], tablet [teblit]
tábor camp [kemp]; **~t bontani** to strike a camp [tu sztrájk e kemp]; **~t ütni** to pitch a camp [tu pics e kemp]
tábori camp; **~ ágy** camp-bed [kemp-bed]; **~ szék** camp-chair [kemp-cseer]
táborozás camping [kemping]
táborozni to camp [tu kemp]
tábortűz camp-fire [kemp-fájər]
tag *(egyesületé)* member [membər]
tág wide [vájd]
tagadni to deny [tu dináj]
tágas wide [vájd]
tagdíj subscription(s) [szebszkrípsn(z)]
tagsági igazolvány membership card [membərsip kárd]
táj(ék) region [rídzsən]
tájékozódás orientation [óriəntésn]
tájékoztatás(ul) (for your) information [(for jor) infəmésn]
tájékoztatni to inform [tu infórm]
tájékoztató iroda information bureau [infərmésn bjúró]
tájékoztató szolgálat information service [infərmésn szörvisz]
takarékoskodni to save (up) [tu szév (âp)]; to economize [tu ikonəmájz]
takarítani to clean [tu klín]
takaró (foot) rug [(fút) rág], blanket [blenkit]
tál dish [dis]
talaj soil [szojl]
találat hit
található to be found [tu bí faund]
találka date [dét]
találkozni to meet [tu mít]; **találkozzunk ...** let us meet at [lec mít et] ...; **már találkoztunk** we have (already) met [ví hev (ólredi) met]
találkozóhely meeting place [míting plész]

találni to find [tu fájnd]; **nem találtam otthon** I did not find him at home [áj did not fájnd him et hóm]

tálalni to serve (up) [tu szőrv (áp)]

TALÁLT TÁRGYAK Lost Property [loszt proparti]

talán perhaps [parhepsz]

tálca tray [tréj]

talp sole [szól]

tályog abscess [ebszisz]

támad *(keletkezik)* arises [erájziz]

támla back [bek]

támogatás aid [éd], assistance [eszisztansz]

tanács advice [edvájsz]; *(testület)* council [kaunszl]

tanácsháza town-hall [taun-hól]

tanácsolni to advise [tu edvájz]; **azt tanácsolom, hogy . . .** I advise you to [áj edvájz ju tu . . .]

tanár schoolmaster [szkúlmásztar], teacher [tícsar]; *(egyetemi)* professor [profeszar]

tánc dance [dánsz]

táncdal dance-song [dánsz-szong]

tánclemez dance record [dánsz rekard]

táncolni to dance [tu dánsz]

TÁNCZENE dance-music [dánsz-mjúzik]

tandíj tuition (fees) [tyuisn (fíz)]

tanfolyam course [kórsz]

tanítani to teach [tu tícs]

tanító school-teacher [szkúl-tícsar]

tanítvány pupil [pjúpl]; student [sztyúdant]

tankolni to fill up [tu fil áp]

tanú witness [vitnisz]

tanulmányút study tour [sztâdi tuar]

tanulni to learn [tu lőrn]

tanuló student [sztyúdant]

tanuló vezető (T) learner driver (L) [lőrnar drájvar], *(US)* student driver [sztyúdant drájvar]

tanya farm [fárm]

tányér plate [plét]
tapasz *(sebre)* plaster [plásztər]
tapasztalat experience [ikszpləriənsz]
tapasztalatlan inexperienced [inikszpləriənszt]
tapasztalt experienced [ikszpləriənszt]
táplálék food [fúd]
tápláló nourishing [nârising]
taps applause [eplóz]
tárca pocketbook [pokitbuk]
tárcsa disc [diszk], *(telefoné)* dial [dájəl]
tárcsázni to dial [tu dájəl]
targonca truck [trâk]
tárgy *(dolog)* object [obdzsekt]; *(beszélgetésé)* subject [szâbdzsekt]
tárgyalás talks [tóksz], conference [konfərənsz]; ~okat folytattunk we conducted talks [vi kəndâktid tóksz]
tarifa tariff [terif], rate [rét]
tarka colourful [kálərful]
tárlat exhibition [ekszibísn], show [só]
tárolás storage [sztóridzs]; ~i költségek storage charges [sztóridzs csárdzsiz]
társ(nő) companion [kəmpenyən]
társadalom society [szəszájəti]
társadalombiztosítás social insurance [szósl insúrənsz]
társalgás conversation [konvərszésn]
társalgó *(nyilvános helyen)* lounge [laundzs], parlo(u)r [párlər]
társaság society [szəszájəti]; vidám ~ a merry company [e meri kâmpəni]
társasjáték parlour game [párlər gém]
társas szoba *(turistaházban)* dormitory [dórmitri]
társasutazás conducted tour [kəndâktid tuər], package tour [pekidzs tuər]
tartalék reserve(s) [rizőrv(z)]
tartalékalkatrészek spares [szpeerz]

tartalékjátékos reserve (player) [rizőrv (pléjər)]
tartalmazni to contain [tu kəntén]
tartalom content(s) [kontənt(sz)]
tartály container [kenténər], tank [tenk]
tartani to hold [tu hóld]; *(autót)* to own [tu ón]; *(vminek)* to hold [tu hóld], to consider [tu kənszid-ər]; *(vmerre)* to make for [tu mék for]; *(időben)* to last [tu lászt]; **attól tartok (hogy)** I am afraid (that) [ájm əfréd (det)]; **1 órát tart** it takes an hour [it téksz en auər]; **tartson velünk** join our party [dzsojn auər párti]
tartár mártás tartar souce [tártər szósz]
tartós *(holmi)* durable [gyuərəbl]; ~ **hullám** perm(anent wave) [pőrm(ənənt vév)]
tartozás debt [det]
tartozékok accessories [ekszeszəriz]
tartozik *(vkire)* concerns sby [kənszőrnz szâmbədi]; *(vmivel)* owes sby [óz szâmbədi]; **hozzánk** ~ he is one of us [hi iz van ov âsz]; **mivel/mennyivel tartozom?** how much do I owe you [hau mâcs dú áj ó jú]?; *(üzletben)* how much is it [hau mâcs iz it]?
tartózkodás *(vhol)* stay [sztéj]; **30 napi ~ra érvényes** is valid for 30 days' stay [iz velid for szőrti déjz sztéj]
tartózkodás ideje duration of stay [gyuərésn ov sztéj]
tartózkodási engedély residence permit [rezidənsz pőrmit]
tartózkodási hely residence [rezidənsz]
tartózkodni *(vhol)* to stay (swhere) [tu sztéj (szâmveer)]
tartozni to owe [tu ó] →**tartozik**
táska bag [beg]
táskaírógép portable typewriter [pórtəbl tájprájtər]
táskarádió portable radio [pórtəbl rédió]
tat *(hajó)* stern [sztőrn]

tavaly last year [lászt jiər]

tavalyelőtt the year before last [də jiər bifőr lászt]

tavasz spring [szpring]; **tavasszal** in spring [in szpring]

TÁVBESZÉLŐ *(fülkén) (local calls)* →**telefon**

távbeszélő-állomás telephone-station [telifón-sztésn]

távbeszélőfülke call box [kól boksz]

távbeszélőnévsor telephone directory [telifón direktəri]

távcső binoculars [binokjulərz], field glass(es) [fild glász(iz)]

távfűtés district heating [disztrikt híting]

távirat telegram [teligrəm], cable [kébl]

táviratblanketta telegraph form [teligráf fórm]

táviratcím cable-address [kébl-edresz]

TÁVIRATFELVÉTEL *(postán)* telegrams [teligrəmz]

táviratilag, távirati úton by wire/cable [báj vájər/kébl]

táviratozni to send a telegram [tu szend e teligrem], to wire [tu vájər], to cable [tu kébl]

távmérő range-finder [réndzs-fájndər]

távol far (away) [fár (evéj)]; **~ van** is away [iz evéj]

távollátó long-sighted [long-szájtid]

távollét absence [ebszənsz]; **~em alatt** in my absence [in máj ebszənsz]

távollevő absent [ebszənt]

távolság distance [disztənsz]

távolsági long-distance [long-disztənsz]; **~ autóbusz** motor coach [mótər kócs]; **~ autóbuszpályaudvar** coach/bus terminal [kócs/bász tőrminl]; **~ beszélgetés** trunk call [tránk kól], *(US)* long-distance call [long-disztənsz kól]

TÁVOLSÁGI TÁVBESZÉLŐ *(fülkén) (long distance calls)* → **telefon**

távolugrás long jump [long dzsámp]

távozáskor when leaving [ven líving]

távozni to leave [tu lív]; *(szállodából)* to check out [tu csek aut]

39

taxi taxi(cab) [tekszi(keb)], cab [keb]; ~**val, ~n** by taxi [báj tekszi]

taxiállomás taxi stand [tekszi sztend], cabrank [kebrenk]

taxiköltség taxi fare [tekszi feer]

taxisofőr cabdriver [kebdrájvər]

te you [jú]; ~ **magad** you yourself [jú jorszelf]; a ~ **fiad** your son [jor szán]

tea tea [tí]

teakonyha kitchenette [kicsinet]

teáscsésze tea-cup [tí-káp]

teáskanna teapot [típot]; *(viznek)* tea-kettle [— kelt]

teasütemény tea cake [tí kék]

teázó *(bolt)* tea-shop [tí-sop]

technika *(tudomány)* technology [teknolədzsi]

technikum technical school [teknikl szkúl]

technikus technician [teknisn]

teendő business [biznisz]; **mi a ~?** what is to be done [vac tu bí dân]?

téesz, tsz. co-op(erative) [kó-op(ərətiv)]

téged you [jú]

tégla brick [brik]

tegnap yesterday [jesztədi]; ~ **este** yesterday evening [jesztədi ívning], last night [lászt nájt]

tegnapelőtt the day before yesterday [də déj bifór jesztədi]

tehát thus [dâsz]

tehén cow [kau]

teher burden [bőrdn]; *(rakomány)* load [lód]

teherautó, tehergépkocsi (motor-)lorry [(mótər-)lori], *(US)* truck [trâk]; **csukott ~ van** [ven]

teherautóforgalom heavy traffic [hevi trefik]

teherpályaudvar goods station [gudz sztésn]

tehervonat goods train [gudz trén], *(US)* freight train [fréjt trén]

tehet can/may do [ken/méj dú]

tej milk
tejberizs milk-rice [milk-rájsz]
tejbüfé milk bar [milk bár]
tejcsarnok dairy shop [deeri sop]
tejcsokoládé milk chocolate [milk csoklit]
TEJÉRT dairy (products) [deeri (pródâkc)]
tejeskávé white coffee [vájt kofi]
tejföl sour cream [sauər krím]
tejkonzerv canned/condensed milk [kend/kəndenszt]
tejpor milk powder [milk paudər]
tejszín (sweet) cream [(szvít) krím]
tejszínhab whipped cream [vipt krím]
TEJVENDÉGLŐ milk bar [milk bár]
tekercsfilm roll film
tekézés bowling [bóling]
tekinteni *(vkire, vmire)* to look at [tu luk et]; *(vminek)*
 to consider [tu kənszidər]
tekintet *(pillantás)* look [luk], glance [glánsz]
tekintve hogy considering that [kənszidəring det]
tél winter [vintər]; **~en** in winter [in vintər]
tele full [fúl]; **~ kérem** fill her up, please [fil hör
 âp, plíz]
telefon (tele)phone [(teli)fón]
telefonálni to telephone [tu telifón]
telefonbeszélgetés call [kól]
telefonfülke call-box [kól-boksz]
telefonkagyló receiver [riszívər]
telefonkészülék telephone (set) [telifón (szet)]
telefonkönyv telephone directory [telifón direktəri]
telefonközpont telephone exchange [telifón ikszcséndzs]
telefonszám telephone-number [telifón-nâmbər]; **mi a
 ~a?** what is your number [vac jor nâmbər]?
telefonüzenet phone message [fón meszidzs]
teleobjektív telephoto lens [telifótó lensz]
telep 1. = **település**; 2. *(elem)* (electric) battery [(ilek-
trik) betəri]
 39*

telepes battery-operated [betəri-opərétid]
település settlement [szetlmənt]
teletölteni to fill up [tu fil àp]
televízló television [telivizsn], TV [tíví]; **~n közvetíteni** to televise [tu telivájz]; **~t nézni** to watch the TV [tu vocs də tíví]
televízíóadás television broadcast [telivizsn bródkászt]
telex telex [teleksz]
telexezni to telex [tu teliksz]
telex-szám telex number [teliksz nâmbər]
téli winter [vintər]; **~ gumi** snow/winter tyre/tire [sznó/vintər tájər]; **~ idény** winter season [vintər szízn]; **~ sportok** winter sports [vintər szpórc]
telik *(idő)* passes [pásziz]
télikabát winter-coat [vintər-kót]
teljes complete [kəmplít]; **~ ár** inclusive price [inklúziv prájsz]; **~ ellátás** full board [ful bórd]; **~ név** full name [ful ném]
teljesen entirely [intájərli]
teljesíteni *(feladatot)* o perform [tu pərfórm]; *(kérést)* to fulfil [tu fulfil]
teljesítmény achievement [ecsívmənt], *(gépkocsié)* performance [pərfórmənsz]
temető cemetery [szemitri]
templom church [csörcs]
tengely *(keréké)* axle [ekszl]
tengelykapcsoló clutch [klâcs]
tengelytörés axle-brake [ekszl-brék]
tenger sea [szí]
tengerentúli oversea(s) [óvərszí(z)]
tengeri sea [szí]; **~ beteg** (is) seasick [(iz) szíszik]; **~ fürdőhely** seaside resort [szíszájd rizórt]; **~ hal** sea fish [szí fis]; **~ kikötő** seaport [szípórt]; **~ út** voyage [vojidzs]
tengerpart seaside [szíszájd]
tenisz tennis [tenisz]

teniszezni to play tennis [tu pléj tenisz]
teniszpálya tennis-court [tenisz-kórt]
teniszütő (tennis) racket [(tenisz) rekit]
tenni to do [tu dú]; to make [tu mék]; *(vhova)* to put [tu put]; **jót fog ~** it will do you good [it vil dú jú gud] →**tesz**
tény *(cselekedet)* act [ekt]; *(valóság)* fact [fekt]; **a ~ az (hogy)** ... in fact [in fekt], as a matter of fact [ez ə metər ov fekt] ...
tenyér palm [pám]
tényleg really [riəli]
tér *(űr)* space [szpész]; *(városban)* square [szkveer]
terasz terrace [terisz]
térd knee [ní]
térdharisnya, térdzokni knee-stockings [ní-sztokingz]
terelőoszlop bollard [bolərd]; traffic pillar [trefik pilər]
terelősziget road/traffic island [ród/trefik ájlənd]
TERELŐÚT bypass [bájpász], detour [dítúr], diversion [dájvörsn]
terelővonal broken white line [brókn vájt lájn]
terem¹ hall [hól]
terem² to produce [tu prəgyúsz], to yield [tú jíld]
terep ground [graund]
terhelés load [lód], laden weight [lédn véjt]
terhes tiresome [tájərszəm]; *(állapotos)* pregnant [pregnənt]
teríték cover [kâvər]
térítés refund [rífând]
térítésmentes(en) free of charge [frí ov csárdzs]
terítő *(asztalon)* (table) cloth [(tébl) klosz]
terjedni to extend [tu iksztend]
térkép map [mep]
térképjelek map symbols [mep szimbəl]
termálfürdő thermal bath [törməl bász]
termék product [prodâkt]

termelés production [prədâksn]

termelőszövetkezet *(mezőgazdasági)* farmer's co-operative [fármərz kóopərətiv]

termés crop [krop]

természet nature [nécsər]

természetesen! of course [ov kórsz]!

természetjáró tourist [túriszt]

TERMÉSZETVÉDELMI TERÜLET reserve [rizörv], *(US)* reservation [rezərvésn]

termosz thermos flask [törmosz flászk]

térti jegy return ticket [ritörn tikit]; *(US)* round-trip ticket [raund-trip tikit]

terület territory [teritəri]

terv plan [plen]

tervezett intended [intendid], planned [plend]

tervezni to plan [tu plen]

tessék *(itt van)* here you are [hiər ju ár]!; *(asztalnál)* help yourself [help jorszelf]!; *(kopogásra)* come in [kâm in]!; *(nem értettem)* (I) beg your pardon? [(áj) beg jor párdn]?; ~ **jönni!** come on, please! [kâm on, plíz]!

test body [bodi]

testsúly body weight [bodi véjt]

testvér *(férfi)* brother [brâdər]; *(nő)* sister [szisztər]

tesz *(cselekszik)* does [dâz]; *(helye^Z)* puts [puc], places [plésziz]; *(vmivé)* makes [méksz]; **nem ~ semmit!** never mind [nevər májnd]!; **tegye az asztalra!** put it on the table [put it on də tébl]!; **mit tegyek?** what shall I do [vat sel áj dú]?, what am I to do [vat em áj tu dú]?; **hova tette(d) a kulcsot** where did you put the key [veer did ju put də ki]?; **nem tehet róla** it is not his fault [ic not hiz fólt] →**tenni**

tészta *(sült)* cake [kék], *(tésztaféle)* pastry [pésztri], *(főtt)* noodles [núdlz]; *(nyers)* dough [dó]

tető *(hegyé)* peak [pík]; *(fáé, dombé)* top; *(házé)* roof [rúf]; *(ládáé)* lid; **a tetején van** it is on the top [ic on də top]

tetőablak skylight [szkájlájt]

A TETŐN DOLGOZNAK! works overhead! [vörksz óvərhed]

tetszik: hogy ~? how do you like it [hau du ju lájk it]? **tetszett?** did you like it [did ju lájk it]?; **mi ~?** what can I do for you [vat ken áj dú for jú]?; **mit ~ keresni?** what are you looking for [vat ár ju luking for]?; **~ már kapni?** are you being served [ár ju bíing szörvd]?

tett act [ekt]

tévé TV [tiví]; **a ~ben** in the TV [in də tiví]; **~t nézni** to watch the TV [tu vocs də tiví]

tévéadás television broadcast(ing) [telivizsn bródkászt(ing)]

tévedés mistake [miszték]; **~ből** by mistake [báj miszték]

tévedni to be mistaken/wrong [tu bí misztékn/rong]; **tévedtem** I was mistaken/wrong [áj voz misztékn/rong]

tévéjáték TV-play [tiví pléj]

tevékenység activity [ektiviti]

tévékészülék television set [telivizsn szet], TV set [tiví szet]

tévéműsor TV program(me) [tiví prógrem]

tévénéző televiewer [telivjúər]

téves kapcsolás wrong number [rong nâmbər]

tévézni to watch the TV [tu vocs də tiví]

ti you [jú]; **~ magatok** you yourselves [jú jorszelvz]; **a ~ kocsitok** your car [jor kár]

tied, tietek (is) yours [(iz) jorz], belongs to you [bilongz tu jú]; **hol a tied/tietek?** where is yours [veerz jorz]?

tilalmi idő closed season [klózd szizn]

tilalmi (jelző)táblák prohibitive/prohibitory signs [prəhibitiv/prəhibitəri szájnz]

tilalom prohibition [próhibisn]; **~ feloldása** end of prohibition [end ov —]

tilos forbidden [fəbidn], prohibited [prəhibitid]

TILOS AZ ÁTJÁRÁS no thoroughfare/entry [nó szárəfeer/entri]

TILOS A BEMENET! no admittance [nó ədmitənsz]

TILOS A DOHÁNYZÁS no smoking [nó szmóking]

tiltakozni to protest [tu prəteszt]

tipikus typical [tipikəl]

típus type [tájp]

tiszt officer [ofiszər]

tiszta clean [klín]; *(nem kevert)* pure [pjuər]; **~ gyapjú** all wool [ól vúl]; **tisztában vagyok azzal, hogy . . .** I (quite) realize that [áj (kvájt) riəlájz det] . . .

tisztán *(nem piszkosan)* cleanly [klínli]; *(italról)* neat(ly) [nít(li)]; *(US)* straight [sztrét]

tisztás clearing [kliəring]; *(US)* opening [opning]

tisztázni to clear [tu kliər]

tisztelet respect [riszpekt]; **...~ére** in honour of [in onər ov] . . .; **kiváló ~tel** *(levél végén)* yours (very) truly [jorz (veri) trúli]

tiszteletdíj fee(s) [fí(z)]

tisztelt: ~ Braun Úr! *(levélben)* Dear Mr. Braun [diər misztər braun]; **~ hallgatóim!** ladies and gentlemen [lédiz end dzsentlmen]!

tisztítani to clean [tu klín]

TISZTÍTÓ dry-cleaner [dráj-klínər]

tisztítószer detergent [ditördzsənt]

tisztviselő(nő) clerk [klárk, *(US)* klörk]; *(magasabb rangú)* official [əfisl]

titeket you [jú] →ti, tied

titkár(nő) secretary [szekrətri]

titkárság secretariate [szekrəteeriət

tíz ten; ~**kor** at 10 (o'clock) [et ten (ə'klok)]
tizedes pénzrendszer decimal (currency) system [deszimel (kârənszi) szisztim]
tizedik (the) tenth [(də) tensz]
tizenegy eleven [ilevn]
tizenegyes *(sport)* penalty kick [penlti kik]
tizenhárom thirteen [szörtín]
tizenhat sixteen [sz!ksztín]
tizenhét seventeen [szevntín]
tizenkét óra (it is) twelve o'clock [(it iz) tvelv ə'klok]
tizenkettő twelve [tvelv]
tizenkilenc nineteen [nájntín]
tizennégy fourteen [fórtín]
tizennyolc eighteen [éjtín]
tizenöt fifteen [fiftín]
tízes *(szám)* (number) ten [nâmbər ten]; *(bankjegy)* ten-forint note [— nót]
tízszer ten times [ten tájmz]
tó lake [lék]
toalett lavatory [levətəri]
toalettpapír toilet-paper [tojlit-pépər]
tojás egg [eg]; **kemény** ~ hard-boiled egg [hárd-bojld eg]; **lágy** ~ soft-boiled egg [szoft-bojld eg]
tojásfehérje white of egg [vájt ov eg]
tojásrántotta scrambled eggs [szkrembld egz]
tojássárgája yolk [jók]
tojástartó egg-cup [eg-kàp]
tok case [kész]
tokaji (bor) Tokay (wine [vájn]
tolatás *(autó)* reversing [rivörszing]; *(vonat)* shunting [sânting]
tolatni *(autó)* to reverse [tu rivörsz]; *(mozdony)* to shunt [tu sânt]
tolatólámpa reversing light [rivörszing lájt]
toll feather [fedər], *(írásra)* pen
tolm.ícs(nő) interpreter [intörpritər]

tolmácsolni to interpret [tu intőrprit]

TOLNI push [pus]

tolóajtó push-door [pus-dór]

tolongás crowd [kraud]

tolózár bolt

tolvaj thief [szíf]

tompa *(eszköz)* blunt [blânt]; *(fény)* dim

tompítani *(fényszórót)* dip the headlights [dip də hedlájc]

tompított fény(szóró) dipped/dimmed light [dipt/dimd lájt], *(US)* low beam [ló bím]

tonhal tuna (fish) [tjúnə (fis)]

tonna ton [tân]

a **tóparton** on the shore of the lake [on də sór ov də lék]

torkolat mouth [mausz]

torlódás *(forgalmi)* (traffic) jam, [(trefik) dzsem], hold up [hóld áp]

t **orma** horse-radish [hórsz-redis]

torna gymnastics [dzsimnesztiksz]

tornacipő gym shoes [dzsim súz]

torok throat [szrót]; **fáj a torkom** I have a sore throat [ájv e szór szrót]

torokfájás sore throat [szór szrót]

torony tower [tauər], *(temploné)* steeple [sztípl]

toronyugrás high diving [háj dájving]

torta (layer) cake [(léjər) kék]

TOTÓ football pool [futból púl]

TOTÓ-LOTTÓ *(ládán) (football pool coupons and lottery tickets only)*

tovább *(térben)* further [főrdər]; *(időben)* longer [longər]; **és így ~** and so on [end szó on]; **~ maradtam mint ...** I stayed longer than [áj sztéjd longər den] ...; **nem várhatok ~** I cannot wait any longer [áj kánt véjt eni longər]

továbbadni to pass ⟨on⟩ [tu pász ⟨on⟩]

továbbhajtott he drove on [hi dróv on]

továbbhaladni to move on [tu múv on], to proceed [tu prəszíd]

további further [főrdər]; ~ **intézkedésig** until further orders/notice [əntil főrdər órdərz/nótisz]; **minden** ~ each additional [ics edisənl]

továbbítani *(tárgyat)* to pass on [tu pász on]; *(levelet)* to forward [tu fórvəd]

továbbjutott *(sportversenyen)* qualified for the next heat [kvolifájd for də nekszt hít]

több 1. more [mór]; *(néhány)* several [szevrəl], a few [e fjú]; ~ **mint** more than [mór den]; **nincs** ~ there is no more (of it) [deer iz nó mór (ov it)] **2.** ~**ek között** among others [emâng âdərz]

többé (nem) no/any more/longer [no/eni mór/longər]; ~ **kevésbé** more or less [mór or lesz] *a* **többi** the rest [də reszt]; **a** ~**ek** the others [di âdərz]

többnyire mostly [mósztli]

többség majority [mədzsoriti]

többszintű csomópont multilevel/flyover junction [mâltilevl/flájóvər dzsânksn]

többször several times [szevrəl tájmz]

tök vegetable marrow [vedzsitəbl meró]

tőkehal cod(fish) [kod(fis)]

tökéletes perfect [pörfikt]

tőkés országok capitalist countries [kepitəliszt kântriz]

tölcsér *(fagylalt)* cone [kón], cornet [kórnit]

tőle from/by/of hím/her/it [from/báj/ov him/hör/it]; ~ **magától** from himself/herself [from himszelf/hörszelf]; ~**m** from me [from mi]; ~**tek** from you [from jú]

tölgy oak [ók]

tölteni *(folyadékot)* to pour [tu pór]; *(tartályt)* to fill [tu fil]; *(akkumulátort)* to charge [tu csárdzs]; *(időt)* to pass [tu pász]

töltőállomás petrol/filling station [petrəl/filling sztésn]
töltődinamó charging generator [csárdzsing dzsenərétər]
töltőtoll fountain-pen [fautin-pen]
töltött stuffed [sztáft]; ~ **csirke** stuffed chicken [— csikin]; ~ **káposzta** stuffed cabbage [— kebidzs]; ~ **paprika** stuffed paprika
tőlük from them [from dem]
tőlünk from us [from âsz]
tömeg mass [mesz]; *(ember)* crowd [kraud]
tömítés seal(ing) [szíl(ing)]
tömlő inner tube [inər tyúb], hose [hóz]; ~ **nélküli gumi(abroncs)** tubeless tyre [tyúblisz tájər]
tömni *(fogat)* to stop [tu sztop], to fill [tu fil]
töpörtyű crackling [krekling]
töpörtyűs pogácsa crackling cone [krekling kón]
tőr foil [fojl]
TÖRÉKENY fragile [fredzsájl]
töréskár *(baleseti)* collision insurance [kəlizsn insúrənsz]
törhetetlen üveg shatter-proof glass [setər-prúf glász]
törlendő delete [dilít]
törni to break [tu brék]
törődni *(vmivel)* to take care of [tu ték keer ov]; **ne törődjön vele!** never mind [nevər májnd]!
török Turkish [törkis]
Törökország Turkey [törki]
törölni to wipe [tu vájp], *(bútort)* to dust [tu dâszt]; *(magnóról)* to erase [tu iréz]; *(listáról, számláról)* to strike out [tu sztrájk aut]; *(rendelést, tel. hívást)* to cancel [tu kenszl]
törött *(üveg)* broken [brókn]
tört burgonya mashed potatoes [mest pətétóz]
történelem history [hisztəri]
történelmi historical [hisztorikl]
történet story [sztóri]

történik happens [hepənz]; **mi történt?** what happened [vat hepənd]?; **hogy történt?** how did it happen [hau did it hepn]?

törülköző towel [tauəl]

törvény law [ló]

törvényellenes illegal [iligl], unlawful [ânlóful]

törvényes legal [lígl]

törvényszék law-court [ló-kórt]

törzs *(testé, fáé)* trunk [trânk]

TRAFIK tobacconist's (shop) [təbekəniszc (sop)]

tragikus tragic [tredzsik]

traktor tractor [trektər]

tranzisztoros transistor [transziszter]

tranzit transit [trenszit]

tranzitszálló transit hotel [trenszit hótel]

tranzitvízum transit visa [trenszit vízə]

tréfa joke [dzsók]

tribün grandstand [grendsztend]

trolibusz trolley-bus [troli-bâsz]

TROLIBUSZMEGÁLLÓ trolley-bus stop [troli-bâsz sztop]

tsz = *termelőszövetkezet* farmers' co-operative [fármərz kó-opərativ]

tubus tube [tyúb]

tucat dozen [dâzn]

tud *(ismer vmit)* knows [nóz]; *(képes megtenni)* can (do) [ken (dú)]; is able to (do) [iz ébl tu (dú)]; ~om I know [áj nó]; nem ~om I do not know [áj dónt nó]; ~ angolul? can you speak English [ken jú szpík inglis]?; ~na cigarettát adni? could you give me some cigarettes [kud ju giv mi szâm szigərec]?; nem ~tunk átmenni we could not get through to [vi kudnt get szrú tu] →**tudni**

TUDAKOZÓ *(helyiség)* inquiry office [inkvájəri ofisz]

tudakozódni to make inquiries about sth [tu mék inkvájəriz əbaut szâmszing]

tudás 286

tudás knowledge [nolidzs]
tudatni to let sby know [tu let szâmbədi nó]
tudni *(vmit)* to know [tu nó]; *(vmiről)* to be aware of [tu bí eveer ov]; **szeretném ~** I should like to know [áj sud lájk tu nó] →**tud**
tudniillik namely [némli]
tudnivaló(k) information [infərmésn]
tudomány science [szájənsz]
tudományos scientific [szájəntifik]; **~ munkatárs** research worker [riszőrcs vőrkər], researcher [riszőrcsər]
tudósítás *(újságban)* report [ripórt]
...túl beyond... [bijond]; *(időben)* past [pászt]; *(túlságos)* too [tú]; **~ sok** too much [tú mâcs]
tulajdon property [propərti]
tulajdonos owner [ónər]
tulmelegszik (it) overheats [óvərhíc]
tulóra overtime [óvərtájm]
tulsúly excess weight [ikszesz véjt], *(US)* excess baggage [ikszesz begidzs]
tulzás exaggeration [igzedzsərésn]
tura excursion [ikszkőrsn], tour [túr]
turista tourist [túriszt]
turistaárfolyam tourist rate (of exhange) [túriszt rét (ov ikszcséndzs)]
turistaház tourist hostel/lodge [túriszt hosztl/lodzs]
turistaidény touring season [túring szízn]
turistajelzés blaze [bléz]
turista osztály tourist class [túriszt klász], economy class [ikonəmi klász]
turistaszállás tourist home/lodge [túriszt hóm/lodzs]
turistaszálló (tourist) hostel [(túriszt) hosztl]
turistaút walking path [vóking pász]
turista útlevél tourist passport [túriszt pászpórt]
turistavizum tourist visa [túriszt vízə]
turisztika tourism [túrizm]

turné tour [túr]

turnus *(étkezésnél)* sitting [sziting]

túró cottage cheese [kotidzs csíz]

túrógombóc cottage-cheese dumplings [kotidzs-csíz dâmplingz]

túrós csusza noodles with cottage cheese [núdlz vid kutidzs csíz]

tű needle [nídl]

tüdő lung(s) [lâng(z)]

tüdőgyulladás pneumonia [nyúmónjə]

tükör looking-glass [luking-glász], mirror [mirər]

tükörtojás fried egg [frájd eg]

tünet symptom [szímtəm]

tűnik *(látszik)* seems [szímz], looks [luksz]

türelem patience [pésnsz]

türelmetlen impatient [impésnt]

tűrhetetlen unbearable [ânbeerəbl]

tűrni to endure [tu ingyúr]

tüszős mandulagyulladás follicular tonsillitis [fəlikjulər tonszilájtisz]

tűz fire [fájər]; **tüzet rakni** to lay a fire [tu léj e fájər]; **tüzet kérek!** a light, please [e lájt, plíz]!

tüzelőanyag fuel [fjuəl], petrol [petrəl], *(US)* gas(oline) [gesz(olín)]

tűzijáték fireworks [fájərvörksz]

tűzkő flint

tűzoltóautó fire engine [fájər endzsin]

TŰZOLTÓK fire-brigade [fájər-brigéd], *(US)* fire department [fájər dipártment]

tv, TV = *televízió* television, TV [telivizsn, tíví]

tv-film TV-film [tíví-film]

tv-készülék TV set [tíví szet]

tv-közvetítés TV broadcast(ing) [tíví bródkászt-(ing)]

tv-műsor TV program(me) [tíví prógrem]

tv-néző (tele)viewer [(teli)vjúər]

Ty

tyúk hen
tyúkleves chicken soup [csikin szúp]
tyúkszem corn [kórn]

U, Ú

u. = *út* Rd., road [ród]; *utca* street St. [sztrít]
uborka cucumber [kjúkâmbər]
uborkasaláta cucumber-salad [kjúkâmbər-szeləd]
udvar yard [járd]
udvarias polite [pəlájt]
udvariatlan impolite [impolájt]
ugrás jump [dzsâmp]
úgy so [szó]; ~ **látszik/tűnik** it seems [it szímz]
ugyanakkor at the same time [et də szém tájm]
ugyanaz(t) the same [də szém]
ugyanis namely [némli], that is [det iz]
ugyanúgy in the same way [in də szém véj]
ugye isn't it [iznt it]?; ~ **beszél angolul?** you speak English, don't you [jú szpík inglis, dónt jú]?; ~ **eljön?** yon will come, won't you [ju vil kâm, vónt ju]?; ~ **tud úszni?** you can swim, can't you [ju ken szvim, kánt ju]?
úgynevezett so-called [szó-kóld]
új new [nyú]
újabban recently [ríszntli]
újból again [egen]
újburgonya new potatoes [nyú pətétóz]
újév new year [nyú jiər], *(napja)* New-Year's Day [nyú jiərz déj]

újévi üdvözlet New Year's greetings [nyú jiərz grítingz]
ujj *(kézen)* finger [fingər]; *(ruháé)* sleeve [szlív]
újjáépítés reconstruction [ríkənsztrâksn]
újra again [egen]
újraoltás revaccination [rívekszinésn]
újság news [nyúz]; *(lap)* newspaper [nyúszpépər]; mi ~? what is the news [vac də nyúz]?
újságárus newsagent [nyúzédzsənt]; *(utcai)* newsman [nyúzmen]; *(bódé)* news-stand [nyúz-sztend]
újságcikk article [ártikl]
újságíró journalist [dszőrnəliszt]
ultrarövid hullám (URH) very high frequency (VHF) [veri háj fríkvənszi]; ultra-short wave [âltrə-sórt vév]
unalmas dull [dâl]
unoka grandchild [grencsájld]
unokafivér cousin [kâzn]
unokahúg niece [nísz]
unokanővér cousin [kâzn]
unokaöcs nephew [nevjú]
unokatestvér cousin [kâzn]
úr *(megszólítás)* Sir [ször]; *(osztály-jelölés)* gentleman [dzsentlmen]; *(tulajdonos, gazda)* master [másztər]; *(névvel együtt)* **Brown** ~ Mr. Brown [misztər Braun]
URAK Gentlemen [dzsentlmen]
URH → **ultrarövid hullám**
URH-kocsi police radio car [pəlísz rédió kár], (police) patrol car [(pəlísz) pətról kár]
úszás swimming [szvíming]
úszni to swim [tu szvim]
úszó swimmer [szvímər]
uszoda swimming bath/pool [szvíming bász/púl]
uszómedence swimming-basin [szvíming-bészn]
úszónadrág bathing-drawers [bézing-drórz], swim-trunks [szvím-trânksz]
úszósapka swimming/bathing cap [szvíming/bézing kep]

40

út way [véj]; *(épített)* road [ród]; street [sztrit]; *(US)* highway [hájvéj]; *(utazás)* journey [dzsŏrni], trip; *(hajóval)* voyage [vojidzs]; **~nak indulni** to set out (on a journey) [tu szet aut (on e dzsŏrni)]; **~on van** is under way [iz ândər véj]; **az ~ra** for the trip/journey [for də trip/dzsŏrni]

útakadály road-block [ród-blok]

útállapot szolgálat road-condition service [ród-kəndisn szŏrvisz]

utalvány assignment [eszájnment], *(postai)* postal-order [pósztl-órdər]

után after [áftər]; **10 ~** after 10 (o'clock) [áftər ten (ə'klok)]

utánaküldeni to forward to [tu fórvəd tu]

utánállítani to readjust [tu rí-edzsâszt]

utánfutó trailer [trélər]; *(sátorral felszerelt)* campavan [kempəvan]

utántölteni to refuel [tu rífjuəl], to refill [tu rífil]

utánvét(t)el cash on delivery (C.O.D.) [kes on dilivəri]

utas passenger [peszindzsər], travel(l)er [trevlər]

UTASELLÁTÓ AUTOMATA vending machine [vending məsín]

UTASELLÁTÓ (VÁLLALAT) *(catering company of the Hungarian State Railways)*

utasforgalom passenger traffic [peszindzsər trefik]

utasfülke passenger cabin [peszindzsər kebin]

utasgép → utasszállító repülőgép

utasítás instruction [insztrâksn]; **~t adó jelzőtábla** mandatory sign [mendətri szájn]

utaslista, utasnévsor passenger list [peszindzsər liszt]

utasszállító repülőgép passenger plane [peszindzsər plén], airliner [eerlájnər]

utastér passenger compartment [peszindzsər kəmpártment]

utazás *(hosszabb)* journey [dzsőrni], travel [trevl], tour [túr]; *(tengeri)* voyage [vojidzs]; *(rövidebb)* trip; ~ hajón travel(l)ing by ship [trevling báj sip]; ~ repülőgépen travel(l)ing by air [trevling báj eer]; ~ vonaton travel(l)ing by train [trevling báj trén]; egyszeri ~ra szóló jegy single ticket [szingl tikit]; az ~ időpontja date of travel [dét ov trevl]

utazási travel [trevl]; ~ biztosítás travel insurance [— insúrənsz]; ~ csekk travel(l)er's cheque/check [trevlərz csek]; ~ iroda travel agency/office [trevl édzsənszi/ofisz]; ~ okmányok travel documents [trevl dokjumənc]

utazni to travel [tu trevl], *(vhova)* to go to [tu gó tu], to leave for [tu lív for]; hova utazik? where do you go (to) [veer du ju gó (tu)]?; mikor utazik? when are you leaving [ven ár jú líving]?

utazó passenger [peszindzsər], *(kereskedelmi is)* travel(l)er [trevlər]

utazók, utazóközönség travel(l)ers [trevlərz]

utazósebesség cruising speed [krúzing szpíd]

útbaigazítást adó jelzőtábla informative sign [infórmətiv szájn]

útburkolati jelek rood markings [ród márkingz]

utca street [sztrít]

utcai street [sztrít]; ~ árus street vendor [— vendər]; ~ ruha lounge suit [laundzs szjút]; ~ szoba front room [front rum]; ~ világítás street lighting [sztrít lájting]

utcasarok (street) corner [(sztrít) kórnər]

útelágazás road junction [ród dzsánksn], *(US)* intersection [intərszeksn]

ÚT ELZÁRVA road closed [ród klózd]

ÚTÉPÍTÉS road works [ród vörksz]

úthálózat road network [ród netvörk]

úthálózati térkép road atlas [ród etləsz]

úthasználati díj toll [tól]

40*

úticél destination [desztinésn]

úticsekk traveller's cheque/check [trevlərz csek]

útikalauz traveller's guide [trevlərz gájd]

útiköltség fare [feer]; *(összes)* travelling expenses [trevling ikszpensziz]

úti okmányok travel documents [trevl dokjumənc]

útipoggyász luggage [lágidzs], *(US)* baggage [begidzs]

útiprogram tour programme [túr prógrem]

útirány direction [direksn], route [rút]; **~t jelző tábla** direction sign [direksn szájn]

útitárs travel(l)ing companion [trevling kəmpenyən]

útiterv itinerary [ájtinərəri]

útjelző road sign [ród szájn]

útkanyarulat bend, *(US)* curve [kőrv]; **~ jobbra** right bend/curve [rájt bend/kőrv]

útkereszteződés crossing [kroszing], cross-road [kroszród], road-junction [ród-dzsánksn], *(US)* (road) intersection [(ród) intərszeksn]; **~ alárendelt útvonallal** intersection with a non-priority road [intərszeksn vid e non prájoriti ród]

útközben on the way [on də véj]; en route [an rút]

útleágazás exit [ekszit]

útleírás *(könyv)* travel book [trevl buk]

útlevél passport [pászpórt]; **útlevelet kérni** to apply for a passport [tu epláj for e pászpórt]; **~ -és vámkezelés** passports and customs [pászpórc end kásztəmz]

útlevél(fény)kép passport photo [pászpórt fótó]

útlevéllap inset (to identity card) [inszet (tu ájdentiti kárd)]

útlevélosztály passport office [pászpórt ofisz]

útlevélszám passport No. [pászpórt nâmbər]

útlevél tulajdonosa holder of passport [hóldər ov pászpórt]

útlevélvizsgálat passport examination [pászpórt igzeminésn]

útmegszakítás break of journey [brék ov dzsőrni], *(éjszakára)* stopover [sztopóvər]
útmenti wayside [véjszájd]
útmutató guide [gájd]
utóidény late season [lét szízn]
utókezelés after-treatment [áftər-trítment]
utolérni to overtake [tu óvərték]
utoljára for the last time [for də lászt tájm]
utolsó last [lászt]
utolsó előtti last but one [lászt bât van]
utónév Christian/first name [krisztjən/förszt ném]
útpadka hard shoulder [hárd sóldər]
útpálya *(melléknyomokkal)* carriageway [keridzsvéj]; *(melléknyomok nélkül)* roadway [ródvéj]
útravaló provision for the journey [prəvizsn for də dzsőrni]
útszámozás *(térképen)* road number [ród nâmber]
útszűkület road narrows [ród neróz], narrow road [neró ród]
úttest road(way) [ród(véj)], carriageway [keridzsvéj]
úttörővasút Pioneer Railway [pájənlər rélvéj]
útvám toll [tól]
útviszonyok road conditions [ród kəndisnz], state of the road [sztét ov də ród]
útvonal route [rút]; *(vasút)* line [lájn]; **vmilyen ~on** by way of [báj véj ov], via [vájə]
uzsonna tea [tí]

Ü, Ű

üdítő ital(ok) refreshment(s) [rifresmənt(sz)]
üdülni to be on holiday [tu bí on holədi]
üdülő *(ház)* rest home/house [reszt hóm/hausz]; *(személy)* holiday maker [holədi mékər]
üdülőhely holiday centre/resort [holədi szentər/rizort]

üdülőhelyi díj/illeték visitors' tax [vizitərz teksz]

üdvözlés greeting [gríting]

üdvözlet greeting [gríting]; **szivélyes ~tel** yours sincerely [jorz szinsziərli]

üdvözlöm! How do you do [hau du ju dú]?

üdvözölni *(üdvözletet küldeni)* to send greetings [tu szend gríting]

ügy business [bíznisz]

ügyeletes on duty [on gyúti]

ÜGYELETES GYÓGYSZERTÁR chemist on night duty [kemiszt on nájt gyúti]; **legközelebbi ~** nearest chemist open [nírəszt kəmiszt ópn] . . .

ÜGYELJÜNK A TISZTASÁGRA! no litter please

ügyes clever [klevər]

ügyfél client [klájənt]

ügynök agent [édzsənt]

ügynökség agency [édzsənszi]

ügyosztály department [dipártmənt]

ügyvéd lawyer [lójər]

ügyvezető igazgató manager [menidzsər]

ülés *(hely)* seat [szít]; *(gyűlés)* session [szesn], meeting [míting]

ülni to sit [tu szit]; **hol ül ön?** where are you sitting [veer ár ju szíting]?

ülőhely seat [szít]

ünnep holiday [holədi]; feast [físzt]; *(ünnepség)* celebration [szelibrésn]

ünnepelni to celebrate [tu szelibrét]

ünnepi festive [fesztiv]; **~ alkalom** festive occasion [fesztiv əkézsn]; **~ ebéd** banquet [beŋkvit]; **~ játékok** festival [fesztəvl]

ünnepnap holiday [holədi]

űr *(világűr)* space [szpész]

üres empty [emti]; *(el nem foglalt)* free [frí], vacant [vékənt]; **~ben van** is in neutral (gear) [iz in nyútrəl (gíər)]; **~en jár** run idle [rán ájdl]

üresjárat neutral gear [nyútrəl giər]
űrhajó spaceship [szpészsip]
űrkutatás space research [szpész riszőrcs]
űrlap (printed) form [(prİntid) form]
ürmös vermouth [vőrmút]
űrrepülés space flight [szpész flájt]
űrtartalom cubic capacity [kjúbik kəpesziti]
ürügy pretext [prİtəkszt]
ürühús mutton [mâtn]
üst kettle [ketl]
ütés blow [bló]
ütni to strike [tu sztrájk], to hit [tu hit]
ütő (tenisz) racket [rekit]
üveg (anyag) glass [glász]; (palack) bottle [botl]
üzem plant [plánt], works [vörksz]; **~ben tartani**
   to operate [tu opərét], to work [tu vőrk]
üzemanyag fuel [fjúəl]
üzemanyagtartály fuel tank [fjúəl tenk]
üzemanyag-töltő állomás filling/petrol station [filing/
   petrəl sztésn], (US) gas station [gesz sztésn]
üzemképes állapotban in working order [İn vőrking
   órdər], in running order [in râning órdər]
üzemzavar breakdown [brékdaun]
üzenet message [meszidzs]; **~em van az ön részére**
   I have a message for you [ájv e meszidzs for jú]
üzenni (vkinek) to send word to sby [tu szend vőrd
   to szâmbedi]
üzlet business [biznisz]; (helyiség) shop [sop]; (US)
   store [sztór]
üzletember businessman [bizniszmen]
üzleti negyed shopping area [soping eeriə]
üzleti ügyben on business [on biznisz]
üzletvezető manager [menidzsər]

V

v. = *vagy* or [or]
V = *vasárnap* Sunday [szándi]
vacsora supper [szápər]
vacsorázni to have supper/dinner [tu hev szápər/
dinər]
vad 1. wild [vájld] **2.** *(állat)* game [gém]
vadállat wild animal [vájld eniməl]
vadas hús venison [venzn]
vadász hunter [hántər]
vadászat hunting (trip) [hánting (trip)]
vadászati engedély shooting licence [súting lájszənsz]
vadászfegyver shot-gun [sot-gán]
vadászház shooting-lodge [súting-lodzs]
vadászkutya hunting dog [hánting dog]
vadászni to hunt [tu hánt]
vadászterület hunting-ground(s) [hánting-graund(z)]
vadászzsákmány bag [beg]
vaddisznó wild boar [vájld bór]
vadkacsa wild duck [vájld dák]
vadnyúl hare [heer]
vádolni to accuse [tu ekjúz]
vadonatúj brand new [brend nyú]
vadregényes romantic [rəmentik]
vadrezervátum (nature) reserve [(nécsər) rizŐrv]
vágány (rail-)track [(rél-)trek]; *(állomáson)* platform
[pletfórm]
vagdalt hús mince(d meat) [minsz(t mít)], Hamburg
steak [hembörg szték]; *(US)* hamburger [hembörgər]
vágni to cut [tu kát]
vagon wagon [vegən]
vagy or [or]; ~ ... ~ either ... or [ejdər ... or]
te **vagy** you are [ju ár] →**van**
vágy desire [dizájər]

vagyis that is to say [det iz tu széj]

én **vagyok** I am [áj em] →van

vagyon fortune [fórcsən]

ti **vagytok** you are [ju ár] → van

mi **vagyunk** we are [vi ár] → van

vaj butter [bâtər]

vajas buttered [bâtərd]; ~ kenyér bread and butter [bred end bâtər]

vajastészta puff pastry [pâf pésztri]

vajon if, whether [vedər]; ~ ki ő? I wonder who he is [áj vândər hú hí iz]?; ~ eljön-e? I wonder if he is coming [áj vândər if hi iz kâming]

vak blind [blájnd]

vakáoió holiday(s) [holədi(z)]

vakbélgyulladás appendicitis [epəndiszájtisz]

vakít blinds [blájndz], dazzles [dezlsz]

vaku flash(gun) [fles(gân)]

valahogyan somehow [számhau]

valahol somewhere [számveer]

valaki somebody [szâmbədi]; *(kérdésben és tagadáskor)* anybody [enibodi]; ~nek for/to somebody [for/tu szâmbədi]; ~t somebody

valamennyi all [ól] *(utána többes szám)*; every [evri] *(utána egyes szám)*

valami *(állításokban)* something [szâmszing]; *(kérdésben és tagadáskor)* anything [eniszing]

valamikor once [vansz]

valamint as well as [ez vel ez]

válasz answer [ánszər], reply [ripláj]; ~ fizetve reply paid [ripláj péjd]

válaszkupon reply-coupon [ripláj-kúpon]

válaszolni to answer [tu ânszər], to reply [tu ripláj]

választani to choose [tu csúz]; ezt választom! I shall take this (one) [ájl ték disz (van)]!; választott már? have you made your choice [hev ju méd jor csojsz]?

választás election [ileksn]

választék choice [csojsz]

váll shoulder [sóldər]

vállalat company [kâmpəni]

vállalatvezető manager [menidzsər]

vállalni *(vmit)* to undertake sth [tu ândərték szâmszing]

vallás religion [rilidzsn]

vállfa clothes hanger [klódz hengər]

való *(valamiből készült)* is made of [iz méd ov]; **hova ~?** where do you come from [veer du ju kâm from]?; **mire ~?** what is it used for [vat iz it júzd for]?; **gyerekeknek ~ könyv** a book for children [e buk for csildrən]

valóban indeed [indíd]

valódi real [riəl]

válogatni to choose [tu csúz]

válogatott selected [szilektid]; **a ~ csapat** the selected team [də szilektid tím]

a **valóságban** in reality [in rieliti]

valószínű probable [probəbl]

valószínűleg probably [probəbli]

valótlan untrue [ântrú]

válság crisis [krâjszisz]

váltakozó alternate [óltőrnit]; **~ áram** alternate current [óltőrnit kârənt]; **~ várakozás** unilateral parking on alternate days [júniletərəl párking on óltőrnit déjz]

váltani *(ruhát)* to change (clothes) [tu cséndzs klódz]; *(pénzt)* to change (money) [tu cséndzs (mâni)]; **jegyet ~** to buy/book seats/tickets [tu báj/buk szíc/tikic]

váltó *(vasúti)* points [pojnc]

váltófutás relay race [riléj rész]

váltósúly welterweight [veltərvéjt]

változás change [cséndzs]

változatlan unchanged [âncséndzsd]

a **változatosság kedvéért** for a change [for e cséndzs]
változni to change [tu cséndzs]; **változott a program**
the program(me) has changed [də prógrem hez
cséndzsd]
valuta (foreign) currency [(forin) kârənszi]
valutabeváltási árfolyam rate of exchange [rét ov
ikszcséndzs]
valutavizsgálat currency examination [kârənszi igzem-
inésn]
vám customs [kâsztəmz]
vámbevallás customs declaration [kâsztəmz deklərésn]
vám- és devizanyilatkozat customs and currency
declaration [kâsztəmz end kârənszi deklərésn]
vámhatóság(ok) customs authorities [kâsztəmz oszori-
tiz]
vámhivatal customs office [kâsztəmz ofisz]
vámkezelés customs clearance [kâsztəmz kliərənsz]
vámköteles subject to duty [szâbdzsekt tu gyúti];
ez vámköteles? is that dutiable [iz det gyútjəbl]?;
~ **út** →**vámút**
vámmentes bolt tax-free shop [teksz-frí sop]
vámmentes(en) duty-free [gyúti-frí]
vámnyilatkozat customs declaration [kâsztəmz dek-
lərésn]
vámnyugta clearance receipt [kliərensz riszít]
vámos, vámőr, vámtiszt customs officer [kâsztəmz
ofiszər]
vámrendelkezések customs regulations [kâsztəmz
regjulésnz]
vámtarifa customs tariff [kâsztəmz terif]
vámút toll road [tól ród], turnpike (road) [törnpájk
(ród)]
van 1. is [iz]; exists [igzíszc]; *(létezik)* there is . . .
[deer iz]; ~**nak** . . . there are [deer ár] . . .; **itt** ~
here it is [hiər it iz]!; **ő** ~ **itt** he/she is here [hí/sí
iz hiər **ők Bécsben** ~**nak** they are in Vienna [déj

ár in vienə]; hogy ~? how are you [hou ár ju]?;
héttő van it is Monday [it iz mândi]; van l özvetlen
vonat ...-be? is there a through train to... [iz
deer eszrú trén tu]? →vagy, vagyok, vagytok, vagyunk
2. *(birtoklás)* ~ vmije has sth [hez szâmszing]; ~
valami elvámolnivalója? have you anything to
declare [hev ju eniszing tu dikleer]?; ~ (Önnek)
kocsija? — Igen van. Have you (got) a car [hev ju
(got) e kár]? — Yes, I have [jesz, áj hev]

vaníliafagylalt vanilla ice [vənilə ájsz]

vánkos pillow [pilló]

vár castle [kászl]

várakozás parking [párking]

várakozni *(autó)* to park [tu párk]; ~ tilos no parking
[nó párking], parking is forbidden [párking iz
fəbidn]

várakozóhely parking area [párking eeriə]

várakozó jármű parked vehicle [párkd viəkl]

váratlan unexpected [ânikszpektid]

varieté variety show [vərájəti só]

varieté(színház) music hall [mjúzik hól]

vármegye county [kaunti]

várni to wait [tu véjt]; **várj egy kicsit** wait a moment
[véjt e móment]; **várlak!** I shall be expecting
you [ájl bí ikszpekting jú]!; **Önre várok** I am
waiting for you [ájm véjting for jú]; **sokáig vár-
tam** I waited for a long time [áj véjtid for e long
tájm]; **egy telefont várok** I am waiting for a (phone)
call [ájm véjting for e (fón) kól]

várólista waiting-list [véjting-liszt]

város town [taun], *(nagyobb)* city [sziti]

városháza town-hall [taun-hól]

városi town [taun]; ~ iroda town terminal [taun
törminl]; *(légitársaságé)* air terminal [eer —];
~ lámpa side lamp/light [szájd lemp/lájt]; ~ vonal
outside line [autszájd lájn]

városközpont town centre [taun szentər]
Városliget City Park [sziti párk]
városnézés sight seeing [szájt-szíing]
városnéző autóbusz sight-seeing bus [szájtszíing bâsz]
városnéző körséta sight-seeing tour [szájt-szíing túr]
városrész district (of a town) [dlsztrikt (ov e taun)]
VÁRÓTEREM waiting room [véjting rúm]
varrás seam [szím]; ~ **nélküli** seamless [szímlisz]
varrni to sew [tu szó]
varrókészlet sewing kit [szóing kit]
varrónő (ruha) dressmaker [dreszmékər]
varrótű (sewing) needle [(szóing) nídl]
vas iron [âjən]
vasalni to iron [tu ájən], to press [tu presz]
vasaló iron [ájən]
vásár market [márkit]; (nagy) fair [feer]
vásárcsarnok market-hall [márkit-hól]
vásárló buyer [bájər]
vasárnap Sunday [szândi]
vásárolni to buy [tu báj]; (bevásárolni) to go shopping [tu gó soping]; **mit akar ~?** what do you want to buy [vat du ju vant tu báj]?
VASÉRT, vaskereskedés hardware shop [hárdveer sop]
vastag thick [szik]
vasút railway [rélvéj], (US) railroad [rélród]; ~**on** by rail [báj rél]
vasútállomás railway station [rélvéj sztésn]
vasúti railway [rélvéj], (US) railroad [rélród]; ~ **átjáró** railway/railroad crossing [— kroszing]; (szintbeni) level-crossing [levl-kroszing]; ~ **csomópont** railway junction [— dzsânksn]; ~ **híd** railway bridge [— bridzs]; ~ **jegy** railway ticket [— tlkit]; ~ **kocsi** railway carriage [— keridzs], (US) railroad coach [rélród kócs]; ~ **menetrend** railw v guide

[rélvéj gájd]; ~ **összeköttetés** railway connection
[— kəneksn]
vászon linen [línin]
vatta cotton-wool [kotnvúl]
váza flower vase [flauər váz]
vázlat sketch [szkecs]
vázlatkönyv sketch-book [szkecs-buk]
vécé lavatory [levətəri], W.C. [dâbljú-sí]; **van a közel-
ben nyilvános ~?** is there a public convenience
near here [iz deer e pâblik kənvínjənsz niər hiər]?
vécépapír toilet paper [tojlit pépər]
védeni to defend [tu difend]; to protect [tu prətekt]
védett útvonal priority road [prájoriti ród]
védjegy trade-mark [tréd-márk]
védőhuzat slip-cover [szlip-kâvər]
védőkorlát guard rails [gárd rélz]
védőoltás vaccination [vekszinésn]
vég end; ~**e** (the) end [(di) end]; **a ~én** *(végül)* in
the end [in di end]; **a hét ~én** at the end of the
week [et di end ov də vík]; ~**et ér** come to an end
[kâm tu en end]
VÉGÁLLOMÁS terminus[tőrminəsz], terminal (station)
[tőrminəl (sztésn)]; ~**!** all change [ól cséndzs]!
végezetül finally [fájnəli]
végezni *(munkát)* to do [tu dú], to perform [tu pör-
főrm]; **végzett már?** have you finished [hev ju
finist]?; **ha végzett** if you have finished [if ju hev
finist]; **Oxfordban végzett** he graduated from O.
[hi gregyuétid from O.]
végig to the end [tu di end]; ~ **az úton** all along the
road [ól əlong də ród]; ~ **velünk volt** he vas with
us all along [hi voz vid âz ól əlong]
végigmenni *(utcán)* to walk down (the street) [tu
vók daun (də sztrít)]
végigolvasni to read through [tu ríd szrú]
végleges final [fájnl]

végösszeg sum total [szâm tótl]

végre at last [et lászt]; ~ **is** after all [áftər ól]

végrehajtani *(vmit)* to carry out [tu keri aut]

végrendelet (last) will [(lászt) vil]

végső last; ~ **ár** lowest price [lóəszt prájsz]

végszükség emergency [imŕdzsənszi]

végtag(ok) limb(s) [lim(z)]

végül is after all [áftər ól]

végzetes fatal [fétl]

végzettség qualification [kvolifikésn]

végződik ends [endz]

vegyes(en) mixed [mikszt]

vegyesváltó medley relay [medli riléj]

vegyész chemist [kemiszt]

vegyészmérnök chemical engineer [kemikl endzsiniər]

vegytisztítás dry-cleaning [dráj-klíning]

VEGYTISZTÍTÓ dry cleaners [dráj klínərz]

vékony thin [szin]

vele with him/her/it [vid him/hör/it]; ~ **utazó ...** accompanying [ekâmpəniing] ...; ~**m** with me [vid mí]; ~**tek** with you [vid jú]

vélemény opinion [əpinyən], view [vjú]; ~**em szerint** in my opinion [in máj əpinyən]

véletlenül by chance [báj csánsz]

velő *(étel)* brains [brénz]

velük with them [vid dem]

velünk with us [vid âz]

vendég *(hívott)* guest [geszt], *(látogató, szállodában is)* visitor [vizitər]

vendégcsapat visiting team [viziting tím]

vendégkönyv visitors' book [vizitərz buk]

vendéglátás hospitality [hoszpiteliti]

vendéglátó host [hószt]

VENDÉGLŐ restaurant [resztərón]

vendégművész guest artist/performer [geszt ártiszt/ pərfórmər]

vendégség party [párti]
vendégszereplés guest performance [geszt pərfőrmənsz]
vendégszeretet hospitality [hoszpiteliti]
vendégszoba guest room [geszt rúm]
venni *(vmiből)* to take [tu ték]; *(vásárolni)* to buy [tu báj]; **vegyen még!** help yourself to some more [help jorszelf tu szám mór] →**vesz**
ventillátor fan [fen]
ventillátorszíj fan-belt [fen-belt]
vény prescription [priszkripsn]
vér blood [blåd]
véralkoholszint blood alcohol level [blåd elkəhol levl]
vérátömlesztés blood transfusion [blåd trənszfjúzsn]
vércsoport blood group [blåd grúp]
verejték sweat [szvet]
verekedés fight [fájt]
verekedni to fight [tu fájt]
verés beating [bíting]
vereség defeat [difít]
véres hurka black pudding [blek puding]
vérezni to bleed [tu blíd]
vérmérgezés blood poisoning [blåd pojzning]
vérnyomás blood-pressure [blåd-presər]
vers verse [vőrsz], poem [póim]
versengés competition [kompitísn]
verseny contest [konteszt], race [rész]
versenyautó racing car [részing kár]
versenyezni to compete [tu kəmpít]
versenyló race-horse [rész-hórsz]
verseny(mű) *(zenei)* concerto [kəncsőrtó]
versenyző competitor [kəmpetitər]
vérvizsgálat blood test [blåd teszt]
vérzés bleeding [blíding]
vérzik is bleeding [iz blíding]
vese kidney [kidni]; **~ velővel** kidney and brains [kidni end brénz]

vesekő (kidney) stone [(kidni) sztón]

vesepecsenye sirloin [szörlojn], *(US)* tenderloin [tendərlojn]

vesz →**venni**

veszedelmes dangerous [déndzsrəsz]

veszekedni to quarrel [tu kvorl]

veszély danger [déndzsər]; **~ esetén** in an emergency [in en imőrdzsənszi]; **~t jelző háromszög** warning triangle [vórning trájengl]; **~t jelző tábla** warning sign [vórning szájn]

veszélyes dangerous [déndzsrəsz]; **~ lejtő** dangerous hill [déndzsrəsz hil]

VÉSZFÉK communication cord [kəmjúnikésn kórd]

veszíteni to lose [tu lúz]

VÉSZKIJÁRAT emergency exit [imőrdzsənszi ekszit]

vesztegzár quarantine [kvorəntín]

veszteség loss [losz]; *(kár)* damage [demidzs]

vétel *(vásárlás)* purchase [pőrcsəsz]; *(rádió)* reception [riszepsn]

vetés crops [kropsz]

vetítőgép cine-projector [színi-prədzsektər]

vetítővászon screen [szkrín]

vetkőzni to undress [tu ândresz]

vétség offence [əfensz]

vevény receipt [riszít]

vevő purchaser [pőrcsəszər], customer [kâsztəmər]

vevőszolgálati állomás service agency [szőrvisz édzsənszi]

vezényelni *(karmester)* to conduct [tu kəndâkt]

vezércikk editorial [editóriəl]

vezérel control [kəntról]

vezérigazgató managing director [menidzsing direktər]

vezeték *(hálózati)* mains [ménz]; *(cső)* pipe [pájp]; **a ~ érintése életveszélyes!** danger, high voltage [déndzsər, háj voltidzs]!

41

vezetéknév surname [szörném], family name [femili ném]

vezetni to lead [tu líd], *(autót)* to drive [tu drájv]; *(üzemet, háztartást)* to run [tu rân]; **tud kocsit ~?** can you drive a car [ken ju drájv ə kár]?; **ez az ajtó vezet . . .** this door leads to [disz dór lídz tu] . . .

vezető leader [lídər]; *(autóé, mozdonyé)* driver [drájvər]; *(üzleti vállalkozásé)* manager [menidzsər]; ~ **nélküli bérgépkocsi/bérautó** self-drive car [szelf-drájv kár], *(US)* drive-yourself car [drájv-jorszelf kár]

vezetői engedély/jogosítvány driving licence [drájving lájszənsz]

vezetőkorlát *(biztonsági)* safety fence [széfti fensz]

vezetőoszlop safety post [széfti pószt]

vezetősáv border line [bórdər lájn], marginal strip [márdzsinl sztrip]

vezetőség management [menidzsment]

vezetőülés driving seat [drájving szít]

via via [vájə]

viadukt viaduct [vájədâkt]

vicc joke [dzsók]

vicces funny [fâni]

vidám gay [géj]

Vidám Park Gaiety Park [géjəti párk]

vidék country [kântri]; *(város ellentéte)* country-side [kântri-szájd]; ~**en** in the country [in də kântri]; ~**re** to the country [tu də kântri]

vidéki város provincial town [prəvinsl taun]

víg gay [géj], cheerful [csiərful]

vígjáték comedy [komidi]

vígopera comic opera [komik opərə]

VIGYÁZAT! caution [kósn]!, danger [déndzsər]!

VIGYÁZAT! AUTÓ beware of traffic [biveer ov trefik]!

VIGYÁZAT! kísérő nélküli állatok beware of animals [biveer ov eniməlz]!, animals crossing [eniməlz kroszing]

vigyázatlan careless [keerlisz]

VIGYÁZAT! LÉPCSŐ mind the steps [májnd də sztepsz]!

VIGYÁZAT! MAGASFESZÜLTSÉG danger! high tension [déndzsər! háj tensən]

VIGYÁZAT! A TETŐN DOLGOZNAK danger! work overhead [déndzsər! vörk óvərhed]

vigyázni *(ügyelni)* to take care [tu ték keer]; **vigyázz!** look out [luk aut]!

VIGYÁZZ! beware [biveer]!; danger [déndzsər] caution [kósn]!

VIGYÁZZ! HA JÖN A VONAT beware of the train [biveer ov də trén]!

VIGYÁZZ! A KUTYA HARAP beware of the dog [biveer ov də dog]!

vihar storm [sztórm]

viharlámpa hurricane lamp [hârikən lemp]

viharos stormy [sztórmi]; ~ **átkelés** rough crossing [râf kroszing]

vikend week-end [vík-end]

vikendház cabin [kebin]

vikend-vizum week-end visa [vík-end vízə]

világ world [vörld]; *(föld)* globe [glób]; **az egész** ~**on** all over the world [ól óvər də vörld]

világbajnok world champion [vörld csempjən]

világbéke universal peace [junivőrszl písz]

világcsúcs *(sport)* world record [vörld rekord]

világháború world war [vörld vór]

világhírű world-famous [vörld-fémәsz]

világítani to light [tu lájt]

világítás lights [lájc], light(ing) system [lájt(ing) szisztim]; ~**t bekapcsolni** to light up [tu lájt áp]

világkiállítás international/world exhibition [intərnesnl/vörld ekszibisn]

világos clear [kliər], bright [brájt]; *(egyszerű)* simple [szimpl]

41*

világos sör ale [él]
világrész continent [kontinənt]
világszerte all over the world [ól óvər də vörld]
világváros metropolis [metropəlisz]
villa fork [fórk]; *(ház)* villa [vilə], cottage [kotidzs]
villámlás lightning [lájtning]
villamos 1. electrical [ilektrikəl]; ~ **berendezés(ek)** electrical equipment [ilektrikl ikvipmənt] **2.** *(jármű)* tram [trem], *(US)* streetcar [sztrítkár]; ~**sal menni** to go by tram [tu gó báj trem]
VILLAMOSMEGÁLLÓ(HELY) tram stop [trem sztop]
villamosvasút electric train [ilektrik trén]
villámzár zip fastener [zip fásznər]
villanófény flashlight [fleslájt]
villany electricity [ilektriszíti]; *(lámpa)* electric light [ilektrik lájt]
villanyáram electric current [ilektrik kârənt], electricity [ilektriszíti]
villanybojler electric water-heater [ilektrik vótər-hítər]
villanyborotva electric razor [ilektrik rézər]
villanyfőző electric cooker [ilektrik kukər]
villanykapcsoló electric switch [ilektrik szvics]
villanykörte bulb [bâlb]
villanylámpa electric lamp [ilektrik lemp]
villanymelegítő *(párna)* electric pad [ilektrik ped]
villanyrendőr traffic lights [trefik lájc]
villanyszerelő electrician [ilektrisn]
villanyvasaló electric iron [ilektrik ájən]
villáskulcs spanner [szpenər]
villogni to flash [tu fles]
villogó *(irányjelző)* direction indicator [direksn indikétər], blinker [blinkər]
villogó fény(jelzés) flashing light [flesing lájt]
villogtatni to flash (headlights) [tu fles (hedlájc)]
vinni *(vmit)* to carry [tu keri]; *(vhova)* to take [tu ték] →**visz**

virág flower [flauər]

VIRÁGÉRT, virágárus *(boltos)* florist [floriszt]

virágvasárnap Palm Sunday [pám szándi]

virsli (Vienna) sausage [(vienə szoszidzs], *(US)* *(forrón)* hot dog

viselkedés behaviour [bihévjər]

viselni *(hordani)* to wear [tu veer]

visz *(vmit)* is carrying [iz keriing]; **magával ~** takes along [téksz elong]; **vigyen kérem...** take me to... please [ték mí tu... plíz]; **vittem neki virágot** I brought some flowers for her [áj brót szám flauərz for hör]

viszonozni to return [tu ritörn]

viszont on the other hand [on di ádər hend]; **~ kívánom!** the same to you [də szém tu jú]!

viszontlátásra! so long [szó long]!, see you later [szi ju létər]!

viszonyítva as compared to [ez kəmpeerd tu]

viszonylag comparatively [kəmperətivli]

viszonylat *(járat)* line [lájn]

vissza back [bek]

visszaadni to give back [tu giv bek]

visszafelé backwards [bekvədz]; *(az úton)* on the way back [on də véj bek]

visszafizetni to repay [tu rípéj]

visszafordulni to turn back [tu törn bek]

a **visszajáró pénz** (the) change [(də) cséndzs]

visszajönni to come back [tu kám bek], to return [tu ritörn]; **visszajött már?** is she back [iz si bek]?

visszahozni to bring back [tu bring bek]

visszaküldeni to return sth [tu ritörn számszing], to send sth back [tu szend számszing bek]

visszamenni to go back [tu gó bek]; **vissza kell mennem** I must go back [áj mászt gó bek]

visszapillantó tükör rearview mirror [riərvjú mirər]

visszatéríteni to refund [tu rífánd]

visszatérítési igény claim for refund [klém for rifánd]
visszatérni to return [tu ritörn]
visszautazás return (journey) [ritörn (dzsörni)]
visszavágó (mérkőzés) *(sport)* return match/game [ritörn mecs/gém]
visszaváltani to re-exchange [tu rí-ikszcséndzs]
visszavezetni to lead back [tu líd bek]
visszavinni to take back [tu ték bek]
visszavonhatatlan irrevocable [irrivókəbl]
visszavonni to withdraw [tu viddró]
visszhang echo [ekó]; *(eseményé)* reaction [rieksn]
vita debate [dibét]
vitamin vitamin [vitəmin, *(US)* vájtəmin]
vitatkozni *(vkivel)* to argue (with sby) [tu árgjú (vid számbedi)]
viteldíj fare [feer]
vitorla sail [szél]
vitorlás sailing-boat [széling-bót], yacht [jót]
vitorlázás sailing [széling], yachting [jóting]
vitt took [tuk] →visz
vívás fencing [fenszing]
víz water [vótər]; **a ~ben** in the water [in də vótər]
vízállás water-level [vótər-levl]
vízcsap tap [tep]
vizes wet
vízfestmény water-colour [vótər-kálər]
vízhatlan waterproof [vótərprúf]
vízhűtés water cooling [vótər kúling]
vízi water [vótər]; **~ sport(ok)** water sports (vótər szporc], aquatics [ekvetiksz]; **~ úton** by water [báj vótər]
vízibusz water bus [vótər bász]
vízilabda water polo [vótər póló]
vízisí water-ski [vótər-szkí]
vízszint (water-)level [(vótər-)levl]
vízszintes horizontal [horizontl]

vízum visa [vizə]; ~**ot kérni** to apply for a visa [tu eplái for e vizə] →**átutazóvízum; látogatóvízum; célvízum**

vízumhosszabbítás extension of visa [iksztensn ov vizə]

vízumigénylés visa application [vizə eplikésn]

vízumkérő lap visa application form [vizə eplikésn form]

vízummentesség visa exemption [vizə igzemsn]

vízumszolgálat visa service [vizə szörvisz]

vízvezetékszerelő plumber [plâmbər]

vizsga examination [igzeminésn], test [teszt]

vizsgálat examination [igzeminésn], (nyomozás) investigation [invesztigésn]

volán (steering) wheel [(sztíring) víl]

VOLÁNTOURIST (one of the Hungarian travel bureaus)

volna: (fontos) ~ it would be (important) [it vud bí (impórtənt)]; **ha (ön) magyar** ~ if you were Hungarian [if ju vőr hàngeerian]; **ha autóm** ~ if I had a car [if áj hed e kár]; **én is elmentem** ~ I should have gone, too [áj sud hev gon, tú]

volt¹ 1. was [voz], were [vőr]; ~ **(ön) Londonban?** have you been to L. [hev ju bín tu L.]?; **itt** ~**ak tegnap** they were here yesterday [déj vőr hiər jesztərdéj]; **nem** ~**am ott** I was not there [I voznt deer]; **mind ott** ~**unk** we were all there [vi vőr ól deer] **2. neki** ~ **autója** he had a car [hí hed e kár]

volt² former [fórmər]

volt³ (villamosság) volt

vonal line [lájn]; **tartsa a** ~**at**! hold the line [hóld də lájn]!; **a** ~ **foglalt** the line is engaged/busy [də lájn iz ingédzsd/bizi]

vonat train [trén]; ~**on/tal utazni** to go by train [tu gó báj trén]; ~**ra szállt** he took a train [hí tuk e trén]

vonatkozó concerning [kənszörning]

vonatkozólag referring to [rifőring tu]

vontatás towing [tóing]

vontatási költségek towing charges [tóing c sárdzsiz]
vontatni to tow [tu tó]
vontatókötél towline [tólájn], towrope [tóróp]
vonzó attractive [etrektiv]
vő son-in-law [szán-in-ló]
vödör bucket [bákit]
vőlegény fiancé [fianszé]; *(esküvőn)* bridegroom [brájdgrurı]
völgy valley [veli]
vörheny scarlet fever [szkárlit fívər]
vörös red; ~ **bor** claret [klerət]
vöröshagyma onion [ányən]
vöröskereszt Red Cross [red krosz]

W

watt watt [vot]
W. C. W.C. [dâbljú-szí]

Y

Y-elágazás Y junction [váj dzsânksn]

Z

zab oat [ót]
zabkása porridge [poridzs]
zabpehely oat-flakes [ót-fléksz]
zacskó bag [beg]
zacskós tej cartoned milk [kártənd milk]
zaj noise [nojz]
zajos noisy [nojzi]
zakó coat [kót], jacket [dzsekit]

zápor shower [sauər]

zár lock [lok]; *(fényképezőgépen)* shutter [såtər]

zárkioldó release [rilíz]

zárni to close [tu klóz], *(kulcsra)* to lock [tu lok]; ~**va van** is closed [iz klózd]

zárócsavar cap screw [kep szkrú]

záróra closing time [klózing tájm].

záróvonal *(Magyarországon)* continuous white line [kəntinyuəsz vájt lájn], *(GB, US)* double white line [dåbl vájt lájn]

ZÁRVA closed [klózd]

zászló flag [fleg]

zavar *(zűr)* confusion [kənfjúzsən]; *(anyagi)* difficulty [difikəlti]; *(vmi működésében)* breakdown [brékdaun]

zavarni to disturb [tu disztörb]

zavartalan(ul) undisturbed [åndisztörbd]

zebra *(átkelőhely)* zebra (crossing) [zíbrə (kroszing)]

zeller celery [szeləri]

zene music [mjúzik]

zenegép music box [mjúzik boksz]

zenekar orchestra [órkisztrə], *(könnyűzenei)* band [bend]

zenemű piece of music [písz ov mjúzik]

zeneműkereskedés music shop [mjúzik sop]

zenés (víg)játék musical (comedy) [mjúzikəl (komidi)]

zenész musician [mjúzisn]

zeneszerző composer [kəmpózər]

zéró nought [nót], zero [ziəró]

zivatar thunderstorm [szåndərsztórm]

zokni socks [szoksz]

zóna zone [zón]; ~ **adag/étel** *(small portion usu. to be had in smaller restaurants)*

zongora piano [pjánó]

zongoraművész, zongorista pianist [pjeniszt]

zongorázik plays the piano [pléjz də pjánó]

zöld green [grín]
zöldbab French beans [frencs bínz]
zöldborsó green peas [grín píz]
ZÖLDÉRT *(fruits and vegetables)*
zöldfőzelék green vegetables [grín vedzstəblz]
zöld kártya green card [grín kárd]
zöld nyíl *(kiegészítő lencsében)* green arrow (filter signal) [grín eró (filtər szignl)]
zöldpaprika green pepper/paprika [grín pepər]
zöldségárus greengrocer [gríngrószər]
zöldség(félék) vegetables [vedzstəblz]
ZÖLDSÉG, GYÜMÖLCS vegetables, fruit [vedzstəblz, frút], greengrocer and fruiterer [gríngrószər end frútərər]
zöldségleves vegetable soup [vedzstəbl szúp]
a zöme the majority [də mədzsoriti]
zörgés rettling [retling]
ZUHANY shower [sauər]
zuhanyozni to take a shower(-bath) [tu ték e sauər(-bász)]
zuhanyozó *(hely)* shower(-bath) [sauər(-bász)]
zúzódás bruise [brúz]
zűrzavar chaos [kéjosz], confusion [kənfjúzsn]

Zs

zsába neuralgia [nyúreldzsə]
zsák bag [beg], sack [szek]
zsákmány bag [beg]
zsákutca blind-alley [blájnd eli], dead-end (street) [ded-end (sztrít)]
zsalu shutters [sâtərz]
zseb pocket [pokit]

zsebkendő handkerchief [henkərcsif]
zsebkés penknife [pen-nájf]
zseblámpa electric torch [ilektrik tórcs], flashlight [fleslájt]
zsebóra watch [vocs]
zsebpénz pocket-money [pokit-mâni]
zsebrádió pocket/portable radio [pokit/pórtəbl rédió]
zsebtolvaj pickpocket [pikpokit]
zsemle roll (of bread) [ról (ov bred)]
zsidó Jew(ish) [dzsú(is)]
zsilett safety razor [széfti rézər]
zsilip sluice [szlúsz]
zsinagóga synagogue [szinəgog]
zsinór string [sztring]
zsír fat [fet]; *(kenő)* grease [grísz]
zsírfecskendő grease gun [grísz gân]
zsírzás lubrication [lubrikésn]
zsírzófej lubrication plug [lubrikésn plâg]
zsoké jockey [dzsoki]
zsöllye *(színház)* stall(s) [sztól(z)]
zsúfolt packed [pekt]
zsúr (tea-)party [(tí-)pârti]
zsűri jury [dzsuəri]